KB118922

교단
X

교단
X

나카무라
후미노리
장편소설

박현미
옮김

자음과모음

차례

바르나여, 나의 가장 큰 죄는 무엇이란 말입니까?

—『리그베다』

"그러니까 그 여자는 살아 있어."

고바야시는 눈앞의 나라자키를 쳐다보며 그렇게 말했다.

푸르스름한 술집의 불빛이 나라자키의 얼굴을 희미하게 비췄다. 마치 나라자키의 모습을 악의 빛으로 차 있는 것처럼 보이게 하려는 듯. 고바야시는 '이 녀석 얼굴이 이랬던가?' 하고 생각했다. 삶에서 중요한 뭔가가 빠진 듯한 표정. 그런데 이상하게도 쓸데없이 눈빛만 강렬했다.

"……정말이야?"

나라자키의 목소리가 갈라졌다.

"그래, 정말이야. 전에도 말했지만 확실해. ……다치바나 료코는 살아 있어. 죽지 않았다고."

고바야시는 잔의 위스키가 줄어들었다는 것을 깨달았다. 자신의 의지와 상관없이 손이 혼자서 움직이는 것 같았다. 지난

달 초, 고바야시는 다치바나 료코를 봤다. 너무나 확실하게.

나라자키 곁을 떠나 실종된 여자. 자살까지 암시하며 실종된 여자.

"그래도 말이야, 내 생각엔 관여하지 않는 편이 좋을 것 같아."

고바야시는 작은 소리로 그렇게 말했다.

"왜지?"

"음, 그건……."

고바야시가 나라자키와 다치바나 료코를 처음 봤을 때 둘의 관계는 이상했다. 사귄다고 했지만 그다지 친밀해 보이지 않았다. 다치바나 료코가 나라자키를 두고 갑자기 실종된 후 고바야시는 우연히 그 여자를 발견했다. 말을 걸 용기가 없었던 그는 직업상 버릇처럼 여자의 뒤를 쫓았다. 그 여자는 낡은 아파트로 들어갔다. 틀림없는 다치바나 료코였다.

"그건 그렇고, 조사했지? 빨리 보여줘."

"하긴 했지만……."

그들의 거래와는 아무 상관없는 먼 테이블에서 시끌벅적한 소리가 들렸다. 그 소리는 점점 힘을 잃더니 이윽고 어둠에 녹듯 사라져갔다. 고바야시가 몇 주일 전 우연히 다치바나 료코를 봤다고 말했을 때, 나라자키는 상당히 놀랐다. 하지만 곧 이제야 퍼즐이 맞아떨어져 이해가 된다는 듯한 이상한 표정을 지었다.

고바야시는 나라자키의 부탁을 받고 그 여자를 조사하게 됐다. 여자가 들어간 아파트도 알아냈으니 자신이 찾아가보겠다고 말했지만, 나라자키는 이상하게도 더 이상은 그에게 조사를 부탁하지 않았다. 고바야시는 탐정사무소에서 일하지만 들어간 지는 아직 반년도 되지 않았다. 일의 내용도 주로 다른 탐정의 보조업무일 뿐 단독으로 사건을 맡지는 못했다. 스스로 무리라고 느꼈고, 그러고 싶지도 않았다. 하지만 여자의 이모저모에 대해서는 단기간에 효율적으로 조사할 수 있었다. 고바야시는 뭔가 이상하다고 생각했다. 어째서 자신과 같은 견습생이 이렇게까지 조사할 수 있었는지.

"혹시 내가 상처받을 만한 뭔가 중대한 비밀이라도 있어?"

"설마."

조금 전과는 다른 먼 테이블에서 웃음소리가 들렸다. 가게 안은 어슴푸레해서 떠드는 사람들의 윤곽만 흐릿하게 보였다. 고바야시는 다시 위스키를 마시는 자신을 의식했다. 왠지 취할 것 같았다.

나라자키에게 자신이 걱정하는 걸 말해야 하나? 하고 고바야시는 생각했다. 가방 안에는 다치바나 료코에 관한 조사 자료가 들어 있었다. 고향은 나가사키 현. 여자는 나가사키에서 초등학교부터 고등학교를 마친 후 릿쿄 대학에 합격해 도쿄로 왔나. 하지만 퇴학하고는 소식이 끊겼다. 그 후 여자가 모습을 드러낸 곳은 어느 종교 시설에서 열린 집회였다. 도쿄에 있는 소문이 좋지 않은 소규모 종교 집단이었다. 하지만 그곳에서도 결국 모습을 감췄다. 여자가 다시 나타난 것은 작년, 나라자키와 만났을 때였다.

다시 말해 종교 시설에서 사라지고 나라자키와 만날 때까지 그사이에 여자가 어떻게 생활했는지 흔적조차 없다는 얘기다. 여자는 홀연히 나라자키 앞에 나타났다가 다시 모습을 감추고 말았다. 종교 시설이라는 점도 신경에 쓰였다. 당연히 관여하지 않는 편이 좋았다. 여자는 살고 있던 아파트에서 이미 나와버렸다. 아파트 주민들을 여러 번 조사했지만 역시 그녀는 다치바나 료코였다. 틀림없었다.

고바야시는 멍하니 바 테이블을 바라봤다. 바 테이블 안에서 움직이고 있는 세 명의 바텐더가 세쌍둥이처럼 보였다. 그들은 무표정한 얼굴로 느릿느릿 움직였다. 그는 머리를 가볍게 흔들었다.

"수수께끼 같다는 건 알겠어. 하지만 어쨌든 죽지는 않았어. 이번 조사로 확실하게 알았지. 글쎄, 뭐라고 해야 할지. ……그 여자도 나름 생각이 있었을 테고, 네가 납득하지 못하는 것도 이해하겠어. 하지만 네 곁에서 떠났다는 건 이제 확실해."

고바야시는 그 여자를 조사하면서 기묘한 감각을 느꼈다. 그녀의 흔적에 도달하는 한 개의 선이 미리 준비돼 있던 것처럼. 마치 자신이 먼 곳에서부터 그녀에게 이끌린 것처럼. 그는 또다시 위스키를 마셨다. 사실 그 여자는 처음부터 자신 앞에 일부러 모습을 드러낸 것이 아니었을까? 자신이 탐정사무소에 다닌다는 사실을 여자도 알았을 것이다. 하지만 도대체 왜?

"내 말 들어봐."

고바야시가 정색하며 나라자키에게 말했다.

"분명히 말하지만 이상한 예감이 들어. 만나지 않는 게 좋겠어. 그 여자한테는 뭔가 있어. 거기에 말려들 필요는 없잖아."

"……왜?"

"왜냐고? 네 인생이잖아."

"인생?"

"그래, 네 인생이 이상한 식으로 꼬일 수도 있잖아. 말하자면……."

"뭐 어때."

"뭐?"

나라자키의 다음 말을 고바야시는 평생 잊지 못할 것 같았다.

"지금까지 나의 인생? 거기에 무슨 가치가 있지?"

고바야시는 잠시 나라자키의 얼굴을 바라보다가 이윽고 조사 결과가 든 봉투를 그에게 건넸다. 그들의 대화와는 상관없이 옆 테이블에서 작은 소동이 벌어졌다. 고바야시는 또 위스키를 마셨다. 위스키를 마시면서 이것을 그에게 전달하기 위해 일부러 취했는지도 모른다고 생각했다.

봉투를 열고 있는 나라자키를 보면서 고바야시는 자신의 역할이 뭐였을까 생각해봤다. 예를 들어 이것이 어떤 이야기라면 자신은 당연히 조연에 불과했다. 앞으로 무슨 일이 일어나든 누가 어떻게 되든 그건 자신과는 상관없으며, 그저 이 이야기의 계기가 되는 시시한 부속품에 지나지 않는다고. 다른 손님들이 서서히 집으로 돌아갔다. 어두컴컴한 가게 안에는 나라자키와 고바야시만 남았다. 파란 불빛은 줄곧 나라자키만 비췄다.

더 이상 마실 필요가 없는데도 고바야시는 위스키를 또 주문했다. 지금까지 자신의 인생은 가치가 없다. 나라자키는 그렇게 말했다. 고바야시 역시 그럴 거라고 생각했다. 그의 눈에도 나라자키의 인생은 충만해 보이지 않았다. 결코 누구한테 질투를 받을 정도의 인생이 아니었다. 고바야시 자신의 지금까지 인생과 마찬가지로.

제1부

1

나라자키는 문 앞에 멈춰 섰다.

나무로 만든 낡고 거대한 문. 글자가 적혀 있지만 흐릿해서 읽을 수가 없었다. 바로 들어갈까? 나라자키는 고민했다. 하지만 뭔가 이상했다. 이건 종교 시설이라기보다 단순한 집이 아닌가?

차가운 공기 속에 우뚝 솟은 문은 시험하듯, 혹은 어떤 판결을 내리듯 나라자키를 내려다보고 있었다. 문을 올려다본 나라자키는 자신의 왜소한 몸을 의식했다. 그리고 바로 들어갈 용기가 없어 문을 그냥 지나쳤다. 기와를 얹은 높은 흙벽 때문에 내부를 늘여다볼 수는 없었다.

고바야시한테서 받은 조사 보고서가 떠올랐다. 다치바나 료코는 분명히 이 종교 단체에 소속돼 있었다. 교주는 마쓰오 쇼타로라는 인물로, 본인은 정작 자신을 아마추어 사색가라고 소개하고 있었다. 주위에서는 종교 단체로 보고 있지만 사실 정식 단체 이름도 없고, 종교 법인으로 등록돼 있지도 않았다. 신자라는 개념도 따로 없었다. 모시는 신도 없이 그저 '신은 존재하는가?'라는 물음을 생각하는 모임이었다. 도대체 무슨 모임인지 그 정체를 알 수가 없었다.

문을 지나치면서 자신은 늘 이렇다는 생각을 했다. 행동의 주저. 무겁게 가라앉는 하루하루에 머물러버린 감각. 그런 날들은 불쾌하지만, 한편으로는 그런 불쾌감을 맛보고 싶기도 하다. 하루하루의 권태는 마치 혈육처럼 자신의 곁을 떠날 줄 몰랐다. 이제 그만하자고 결심했는데, 또다시 눈앞의 현상에 몸을 맡기고 만다. 내면에서 느끼기 시작한 인력(引力)을 따르자. 그 앞에 뭐가 있든 이제는 아무 상관없다.

한 바퀴 돌자 다시 문이 보이기 시작했다. 지금 나는 걷고 있다. 나라자키는 그렇게 생각했다. 거의 의식하지 않고 걷고 있었다. 왜 이런 식으로 걷는가? 마찬가지로 심장과 다른 장기들 역시 마음대로 움직였다. 마치 몸속에 웅크리고 있던 무수한 타인처럼. 나라자키는 숨을 크게 들이마셨다. 무슨 생각을 하는 거야? 저 문을 봤기 때문이다. 정신이 혼란스러웠다.

어쨌든 이 시설을 방문하면 다치바나 료코에 대해 알 수 있을 것이다.

다시 문 앞에 섰다. 문은 여전히 거대했다. 들어갈까 말까 망설이던 그때 인터폰이 눈에 들어왔다. 인터폰을 향해 손가락을 뻗었다. 마음의 준비도 하지 않았는데. 만약 컬트(cult)* 교단이면 어떡하지? 심장박동이 빨라졌다. 감금을 당하거나 세뇌를 당해 머리가 이상해질지도 모른다. 이미 세뇌당했다는 것도 의식하지 못하고 폴짝폴짝 뛰면서 "세뇌라니 말도 안 되는 소리 말아요" 하고 말할 수도 있다. 나라자키는 버튼을 눌렀다. 둔탁한 벨 소리가 주변에 울려 퍼졌다. 하지만 이제는 돌이킬 수 없었다.

─네.

예상과 달리 중년 여자의 목소리가 들렸다.

"저기, 마쓰오 쇼타로 씨 계신가요?"

─누구시죠?

몸이 긴장됐다. 이미 상황 속으로 들어가고 만 것이다.

"나라자키 도루라고 합니다. 저는…… 그냥 평범한 사람입니다."

불쑥 찾아와 다치바나 료코가 어디 있는지 묻는다면 알려주지 않을 것이다. 신자가 될 생각은 없지만 관심이 있는 척해서 조금씩 캐보자. 고바야시가 찾아낸 다치바나 료코의 아파트에 이미 그녀는 없었다. 고바야시에게 들켜 또다시 자취를 감춘

* 기성 종교가 아닌 광신적 사이비 종교 집단.

것이다. 나라자키는 자신이 미소 짓고 있다는 것을 깨달았다.

— 평범한 사람?

"……아, 네."

— 방송국에서 오신 분은 아니죠?

"아닙니다. 못 믿겠다면 소지품 검사를 하셔도."

— 할아버……, 아니 마쓰오 씨한테 무슨 용건이 있나요?

"……네."

잠시 시간이 흐르고, 이윽고 안쪽에서 문이 열렸다. 마중 나온 사람은 세 명의 남녀였다. 중년의 남녀와 젊은 여자. 온통 흰색으로 치장했을 거라고 생각했지만 그들은 모두 평범한 옷을 입고 있었다. 중년 여자는 생뚱맞게도 리락쿠마가 그려진 앞치마를 둘렀다. 나라자키는 살짝 당황했다.

"들어오세요."

나라자키가 안으로 들어갔다. 문 안쪽은 거대한 광장이었다. 미묘하게 푸른빛이 나는 모래가 빈틈없이 깔려 있고 곳곳에 돌이 놓여 있었다. 신사(神社) 같다고 그는 생각했다. 하지만 신사에서 볼 수 있는 기둥은 없었다. 커다란 연못도 있지만 잉어가 살 것 같지는 않았다.

"저기…… 정말 방송국에서 나오신 건 아니죠?"

리락쿠마 앞치마를 두른 여자가 말했다.

"네, 이 종교에 관심이 있어서……."

"종교?"

중년 남자가 말했다. 머리는 백발이 섞인 까까머리였지만 표정만큼은 젊었다.

"음, 여기는 종교 단체가 아닌데."

"네?"

"하긴, 종교라고 할 수 있나? 뭐라고 하는 게 맞는지……."

"어렵죠. 뭐라고 할까요?"

젊은 여자가 그렇게 말하고는 나라자키에게 물었다.

"혹시…… 힐링 파워 때문에?"

"그게 뭐죠?"

나라자키가 되물었다. 힐링 파워라니?

"아닙니까? 그럼, 이야기를 들으려고 왔나요?"

"네, 그렇습니다."

나라자키의 모습에 중년의 까까머리 남자가 살짝 웃었다.

"안으로 들여보내도 괜찮을까? 어쩐지 저 사람은 해를 끼칠 것 같지 않은데."

저택 툇마루가 보였다. 그곳에 몇 명의 남녀가 앉아 있었다. 그들의 시선을 느끼면서 나라자키는 현관에서 저택 안으로 안내받았다. 괜찮을까? 나라자키는 생각했다. 이렇게 쉽게 들여보내주다니. 하지만 계속 걸을 수밖에 없었다. 저택은 넓지만 낡았고, 바깥 정원에 비해 삼엄하지 않았다. 다다미로 된 거실로 안내를 받은 나라자키는 방석 위에 앉았다. 열 평 정도 되는 방. 고요함은 장소의 크기에 비례하는 것 같았다.

"나라자키 도루 씨라고 했죠? 나는 요시다요."

중년 남자가 말했다.

"저는 미네노예요. 아까 만난 앞치마 두른 여자분은 다나카 씨."

젊은 여자가 그렇게 말했다. 미네노라고 밝힌 여자는 눈매가 가늘고 아름다웠다.

"여기는 누구한테 들었어요?"

"친구한테요."

"친구? 아, 그렇구나……."

적당히 둘러댔는데 뭐가 '그렇구나'야. 추궁당할까 봐 대답도 미리 준비했는데. 미네노라는 여자가 다시 말했다.

"그런데 모처럼 여기까지 와주셨는데 마쓰오 씨는 지금 안 계세요."

"안 계시다뇨?"

"병에 걸렸어요."

그 말에 요시다가 웃었다.

"웃기지? 힐링 파워로 사람들을 고쳤다는 사람이 병에 걸렸으니 말이야. 게다가 자신의 힐링 파워가 먹히지 않아서 서양 의학의 힘을 빌리러 대학병원에 갔다니까."

"그만해요."

미네노가 요시다에게 주의를 줬지만 그녀 역시 웃음을 참고 있었다. 대체 무슨 일이지? 교주가 병에 걸렸는데 웃음이 나오다니.

"이야기를 정리하자면."

미네노가 또다시 입을 열었다.

"힐링 파워라는 건 반은 농담이고 가벼운 어깨 결림이 낫는 정도예요. 마쓰오 씨 본인도 요즘엔 장난으로 하는 것 같아요. 아무튼 진지한 건 아니에요."

그녀가 미소 지었다.

"어쨌든 지금은 입원했어요. 그래서 사실 당신을 여기에 들여놓는 게 이상하죠. 이곳에서는 누가 찾아오면 쫓아내게 돼 있어요."

"이곳에 대해 어느 정도 알고 있지?"

요시다가 그 말을 했을 때 리락쿠마 앞치마를 두른 여자가 차를 가지고 왔다. 나라자키는 고맙다는 뜻으로 고개를 숙였지만 아직 말을 붙일 용기는 없었다.

"실은 잘 몰라요."

"잘 모르는데 오다니 용감한데."

요시다가 살짝 웃었다.

"그럼, 어떻게 할까. 아까도 말했지만 여기는 누가 찾아오면 내쫓으라고 해. 마쓰오 씨가 없을 경우에 누가 상대할지도 정해져 있고. ······음, 그래서 말인데 우선 이곳에 대해 간단히 알려줄까? 너무 기대하게 만들어도 안 되니까. 마쓰오 씨와 만날 때도 가능한 한 냉정하게 대하는 게 좋겠어. ······여기는 종교

단체가 아니야. 그래서 자네 기대에 부합할지 어떨지는 몰라. 최근에는 누가 찾아올 때마다 그렇게 하고 있어. 과도한 기대를 하고 찾아오는 사람이 많은데 나중에 실망해서 문제가 생기는 것도 막아야 하고."

마쓰오 쇼타로라는 이 저택의 주인은 자주 정원에서 홀로 명상하는 기묘한 인간이었다. 옛날에는 담장조차 없어 명상하는 모습을 지나가는 사람도 볼 수 있었다. 근방에는 기괴한 노인이라고 소문이 났는데 처음에는 그런 정도로만 알려진 인물이었다. 그가 지금까지 무엇을 했는지, 언제부터 이 저택에 살았는지도 알려지지 않았다. 주인이 없을 거라고 생각했던 낡은 저택에 갑자기 그가 나타난 느낌이었다. 그의 과거는 아무도 알지 못했다.

어느 날 원인 불명의 다리 통증에 괴로워하던 노파가 이곳을 방문했다. 노파는 마쓰오에게 기도를 해달라고 부탁했다. 의사도 원인을 모르는 통증에 노파는 괴로워했고, 다양한 종교 단체와 도사들을 찾아다녀봤지만 나아질 기미는 없었다. "당신은 늘 여기서 좌선(坐禪)했죠?" 하고 노파가 물었다. "혹시 어떤 능력이 없나요? 시험 삼아 제 다리에 기도해주지 않겠어요?"

마쓰오는 놀라서 자신에게 그런 능력은 없다고 말했다. 그리고 그저 차나 한잔 마시고 가라며 노파를 저택 안으로 들였다. 저택에는 마쓰오 외에 그의 아내 요시코가 있었다. 세 사람은 앉아서 이런저런 이야기를 했다. 마쓰오와 그의 아내 요시코는 노파의 다리 통증을 동정했다. 마쓰오는 혹시, 하는 마음에 노파의 다리를 만져봤지만 아무 일도 일어나지 않았다.

"그래도 고마워요. 또 와도 되죠?"

노파의 말에 마쓰오 부부는 고개를 끄덕였다. 그런데 몇 주일간 방문이 계속되었을 때 노파의 다리가 낫기 시작했다.

"음…… 섣불리 기대해선 안 되니 하는 말인데, 그 할머니의 증상은 스트레스였어."

요시다가 다시 입을 열었다.

"병 치료는 옛날부터 종교의 전형적인 스타일이야. 물론 정말로 능력을 가진 사람도 있겠지만 적어도 마쓰오 씨는 아니야. 예를 들어 믿음이 있는 자는 구원을 받는다는 말이 있잖아? 그건 어떤 의미에서 진실이야. 예수 그리스도가 세상에 나와 많은 환자들을 고친 전설이 있는데 나는 그게 진실이라고 생각해. 이 사람에게 병을 고칠 힘이 정말로 있다. 신의 아들이다. 이렇게 굳게 믿으면 어지간한 병쯤은 나을 가능성이 있어. 인간의 자연치유 능력은 정말로 어마어마한 데다 스트레스로 인한 병도 많으니까. 눈앞에서 신을 봤다는 감동에 휩싸인다면 인간의 내면은 상당히 활성화될 거야."

요시다가 미소 지었다.

"퇴마라는 것도 같은 성질이라고 봐. 물론 정말로 귀신을 내

쫓는 사람도 있겠지만 몸속에 있는 스트레스 덩어리를 인격화시켜 귀신이라고 부르며 그걸 제거했다고 의뢰자를 납득시키지. 신체 균형이 깨지거나 정신의 불안정이 스트레스로 인한 경우라면 몸 상태는 좋아져. 참고로 나는 그걸 비판하는 건 아니야. 인간은 문화적으로 진보하면서 그런 치료 방법을 포기해버렸다고 해야 할까. 신이나 귀신에게서 병의 근원을 찾고, 또 그것에서 치유의 손길을 받아 내면의 면역력을 활성화시키는 방법은 의학이 미숙했던 옛날 사람들로서는 절실하고 중요한 의학이었을 거야. 낫는다는 의미에서는 의심할 여지없는 의학이지."

다리가 나았다는 노파의 소문은 조금씩 마을로 퍼져 나갔다. 사람들이 하나둘씩 마쓰오를 찾았는데 원인을 알 수 없는 심장의 두근거림이나 어깨 결림 등이 잘 나았다. 마쓰오는 자신에게 그런 능력은 없다고 거듭 말했다. 하지만 그런 말을 자꾸 고집스럽게 하면 믿음을 가진 의뢰인의 사기를 떨어뜨리고, 나을 병도 낫지 않는다. 기왕이면 모든 사람들이 나았으면, 하고 바랐던 마쓰오는 딜레마에 빠졌다. 요시다가 보기에도 마쓰오는 믿는다는 행위와 치료라는 현상이 서로 관련 있다는 사실을 전부터 알고 있는 것 같았다. 자신의 뜻과 상관없이 종교가 탄생하는 기묘한 구도였다. 하지만 오래가지는 않았다. 당연한 얘기지만 낫지 않은 사람도 많았기 때문이다.

낫지 않은 사람들은 마쓰오를 비난하기에 이르렀다. 남들은 다 나았는데 자신만 낫지 않으니 기분이 나빴던 것이다. 하지만 마쓰오는 사례금을 받지 않았으므로 큰 문제로 번지지는 않았다. 그럼에도 단체는 점점 변질됐다.

"여기에 있으면 어쩐지 기분이 편안해지지 않나요?"

이번엔 미네노가 입을 열었다. 그들의 웃는 얼굴에 나라자키는 점점 숨이 막혔다.

"책도 많고 모래가 깔려 있어서 소리를 흡수하는 것처럼 고요하지요. 신사에 들어온 것처럼."

"……그렇군요."

나라자키는 감정 없는 목소리로 말했다.

"여기에 있으면 어쩐지 기분이 좋아진다는 사람들이 많습니다. 힐링 파워라기보다 이 장소 자체가 특별한 것 같아요. 요즘 얘기하는 파워 스팟*처럼 말이죠. 다른 지방 사람들도 몰려들기 시작했어요. 진지한 건 아니고 그저 뭔가 있을 것 같다는 느낌을 가지고 말이죠. 마쓰오 씨는 정원을 개방했어요. 주변 사람들한테 기둥만 세우면 신사 같다는 말을 들었죠. 마쓰오 씨한테는 사람을 끌어당기는 능력이 있어요. 그의 과거는 그동안 수수께끼였는데…… 그러다가 자연발생적으로 한 달에

* 좋은 기운을 불어넣어주거나 몸과 마음을 치유하는 명소.

한 번 정원에 파이프 의자를 늘어놓고 마쓰오 씨의 이야기를 듣는 모임이 열리게 됐습니다. 버블 경제가 붕괴하고 사회가 불안정했던 시기였죠."

나라자키는 고개를 끄덕였다. 그렇다고 특별히 흥미가 있는 것은 아니었다. 요시다가 말했다.

"마쓰오 씨의 이야기가 재미있는지는 사람마다 다르지만 적어도 특이하기는 하지. 나의 신을 믿어라가 아니라 신은 존재하는가를 주제로 삼았으니. 이런 교주가 있나 싶었을 거야. 젊은 사람들에게도 인기가 있었고, 돈도 받지 않았으니. 괴상하기는 하지만 종교명도 없으니 문턱이 낮았지."

나라자키는 또다시 고개를 끄덕였다. 하지만 어떻게 해야 좋을지 몰랐다. 왜 다치바나 료코는 이런 단체와 엮였을까? 실종이라는 심각함은 찾아볼 수 없었다. 이런 교단의 역사 따위는 관심도 없었다. 나라자키가 기대했던 것은 이런 게 아니었다. 좀더 간단하고 철저하게 자신을 바꿔주기를 원했다. 윤리나 도덕이나 인간적인 고민이 아무 상관없을 정도로. 자신의 지금까지 인생마저 소멸시켜줄 정도로.

"저기."

나라자키가 그들의 말에 끼어들었다. 이런 선량해 보이는 사람들에게 볼일은 없다. 생각한 것을 말하면 된다. 귀찮은 이야기를 들을 필요도, 주저할 필요도 없다.

"다치바나 료코는 어디에 있죠?"

그들 모두 나라자키의 얼굴을 쳐다봤다.

"사람을 찾고 있었어? 마쓰오 씨 이야기를 들으려는 게 아니고?"

"네. 그것도 그렇지만 우선 이 여자를 찾으려고 왔어요."

"……그런 이름은 몰라."

요시다는 그렇게 말했고 다른 사람들도 비슷한 반응을 보였다.

"여긴 회원 개념이 없어서 명부(名簿)도 없지. 그리고 가명을 쓸 수도 있으니까."

"이 여자입니다."

나라자키는 사진 한 장을 꺼냈다. 그곳에 있는 사람들 모두 그 사진을 들여다봤다. 단 몇 초였지만 나라자키에게는 아주 오랜 시간처럼 느껴졌다. 고요함이 방을 더 크게 느껴지도록 했다.

"당신은……."

요시다가 진지하게 나라자키를 쳐다봤다. 이미 미소는 사라지고 없었다.

"이 여자와 어떤 관계지?"

"네?"

"잠깐만요."

미네노가 요시다를 저지하듯 말했다. 그녀 역시 분명히 동요하고 있었다.

"죄송하지만…… 당신은 이 여자랑 무슨 관계죠?"

대체 무슨 일이지? 사람들 모두 자신을 쳐다보고 있었다. 나라자키는 의식적으로 숨을 깊게 들이마셨다.

"관계…… 라고 하니 설명하긴 어렵지만, 어쨌든 찾고 있습니다."

"왜지?"

요시다가 낮은 소리로 물었다. 전부 말해야 하나? 이상한 일에 휘말린 것은 아닌가? 나라자키는 억지로 얼굴에 미소를 지었다.

"저에게서 이 여자가 사라졌어요."

"자네에게서? 무슨 말이지? 이 여자가 어떤 사람인지 알고 찾는 건가?"

"네? 어떤 사람이라뇨? 대체 무슨……."

"아니에요."

미네노가 요시다에게 말했다.

"그 여자를 잘 안다면 여기를 찾아오진 않았겠죠."

"그렇겠군."

다시 방이 고요해졌다. 앞치마를 두른 여자는 당황했는지 그저 고개만 숙이고 있었다.

"어차피 당신은 이야기를 듣는 게 낫겠어요. 순서대로 듣는 게 이해하기 쉬울 것 같은데……. 마쓰오 씨와 여기에 모인 사람들의 뒷이야기 말이에요. 이 여자에 대해서라면 그게 제일 알기 쉬울 것 같습니다. 그것이 당신이 듣고 싶어 하는 얘기일 테고요."

2

살랑거리는 바람에 응접실 창문이 괴로운 듯 흔들렸다. 나라자키는 공기가 건조하다고 느꼈다. 불을 붙이면 금방 활활 타오를 것 같았다. 기둥도, 천장도, 이 저택을 이루고 있는 모든 것도.

"여기에는 다양한 사람들이 모여 있습니다."

미네노가 말을 이었다.

"매달 두번째 토요일에 하는 마쓰오 씨의 강연을 듣기 위해서요. 저나 요시다 씨처럼 마쓰오 씨의 인품에 반해서 온 사람도 있지만 여전히 그를 신성시하는 사람들도 있습니다. 음…… 아무래도 순서대로 얘기하는 편이 이해하기 쉬울 것 같군요. 상당히 복잡한 이야기라서. 이 사진을 우리에게 보여줬을 때 당신은 진지했습니다. 그렇다면 우리 역시 당신과 진지하게 얘기를 나눠야 할 것 같아요."

나쓰오를 신성하게 바라보는 사람들은 대개 과거에 어떤 종교를 경험하고 실패한 뒤 마쓰오와의 만남을 통해 뭔가를 기대했다. 괴로움을 끌어안고 사는 젊은이들도 있었다. 친구나 연인, 사회 혹은 다른 종교가 구원했어야 할 사람들. 수는 많지 않지만 공부를 하러 온 사람들도 있었다. 종교의 근원적 물음에 대한 공부. 마쓰오의 이야기를 자신들의 교리(敎理)에 참고하기 위해서. 오래전부터 모임에 참가했던 사람들이 보기에 그런 사람들은 금방 티가 났다. 계산적이고 자신의 말을 상대의 내면까지 도달하게 하는 독특한 목소리를 가졌으며 인상이 좋지 않았다. 그중 한 명인지는 모르지만 오십대로 보이는 남자가 있었다. 사와타리라고 이름을 밝혔지만 본명은 아닐 것이다.

지금으로부터 5년 전이었다. 평소와 다름없는 토요일, 마쓰오와의 대화 시간에 사건이 벌어졌다. 당시는 한창 전성기여서 정원에 약 200명 정도가 모여 있었다. 사람들 앞에서 강연을 하던 중 마쓰오가 갑자기 쓰러졌다. 나중에 알았지만 뇌경색이었다. 쓰러진 순간 미네노를 비롯해 옛날부터 마쓰오를 따르던 사람들이 당황해서 달려들었다. 그때 청중들 속에서 "신이 내렸다!" 하는 소리가 들렸다. "전에도 본 적 있어. 신이 내린 거다."

정원이 떠들썩해졌다. 나중에 알고보니, 전에도 본 적이 있다고 외친 목소리의 주인공은 전에 가입했던 어떤 종교 단체 제례(祭禮)에서 똑같은 장면을 봤다고 했다. 하지만 모임에 새로 참가한 사람들은 그가 전에도 마쓰오 씨의 이런 모습을 목

격한 것으로 해석했다. 마쓰오 곁으로 달려간 사람들을 향해
"방해하지 마" 하고 외치는 소리가 들렸다. "중간에 방해하면
죽을 수도 있다." 마치 달려드는 옛 참가자들이 분위기 파악
못하는 신참이라도 된다는 듯.

"그게 맹점이었다고나 할까요."
미네노가 조용히 말했다. 어쩐지 겁먹은 것처럼 보였다.
"여기는 그다지 간섭하지 않는 자유로운 모임이라 참가자
들끼리 서로 잘 몰랐습니다. 소위 말하는 간부 같은 사람이 있
었다면 사태를 수습하기 쉬웠을지도 모르죠. 마침 그때는 마
쓰오 씨의 부인도 자리에 없었어요. 요시다 씨가 휴대전화로
구급차를 불렀습니다. 곧 일어날 혼란을 예상했나 봐요. 그동
안 모두들 마쓰오 씨에게 정신이 팔려 있었고."

마쓰오의 곁으로 다가가려는 사람들을 온 힘을 다해 저지하
려는 일부 사람들로 인해 파이프 의자가 마구 쓰러지고 혼란
은 걷잡을 수 없이 커졌다. 요시다 덕분에 구급차는 일찍 도착
했지만 일부는 구급대원을 안으로 들여보내려고 하지 않았다.
옥신각신이 이어졌다. 구급대원들은 혼란스러워했다. 성난 목
소리가 오가고 울부짖는 소리도 났다. 새로운 참가자들 중에
는 교주가 쓰러진 거 시시한 연출이고, 이 단체 역시 수상하다
며 실망한 사람들도 있었는데 실제 구급차를 보고는 태도를

바꿨다. 교주가 정말 쓰러졌다는 것을 알게 된 것이다. 그들은 오래된 회원들 편에 섰다. 빨리 이 노인을 구급차로 옮겨야 한다. 그렇게 결정하고는 교주에게 손대지 말라고 외치는 사람들을 힘으로 막아냈다. 마쓰오는 간신히 들것에 실렸다.

마쓰오는 목숨은 건졌지만 왼쪽 팔에 마비가 남았다. 조금만 일찍 병원에 도착했다면 마비 증상은 없었을지도 모른다. 하지만 마쓰오는 아무도 책망하지 않았다. 왜냐하면 누구도 악의는 없었으니까. 마쓰오에게 영적인 현상이 일어났다는 오해는 그곳에 모인 사람들이 — 이런저런 불행을 경험하고 구원받길 바라는 그들이 — 품었던 소망이었기 때문에. 위대한 무언가 자신을 구원해주길 바라는 그들의 순수한 마음이었기 때문에. 말하자면 마쓰오의 마비된 왼팔은 그 사람들의 괴로움이 만들어낸 결과라고 할 수 있었다. 마쓰오는 나중에 이렇게 말했다. "이것으로는 모자라. 왼손 하나로 그들의 괴로움을 받아들였다고 할 수는 없어. 내게는 그럴 자격이 없어."

5년 전 그 사건으로 인해 모임은 분열됐다. 마쓰오에게 신성함 따위는 없다고 실망한 사람들이 많아졌고 이상한 소동을 경험하고는 거리를 둔 사람들도 많았다. 마쓰오가 입원해 있는 동안 참가자들은 매달 두번째 토요일에 모임을 계속했지만 아무 의미 없이 왔다가 그냥 돌아갔다. 그중에 참가자들에게 접근한 사람이 있었다. 앞서 이름이 잠깐 언급된 사와타리라는 남자였다. 그는 마쓰오가 쓰러졌을 때의 소동을 계속 관찰했다. 교주에게 신이 내렸다고 떠들던 사람들, 소위 쉽게 흥분하는 사람들을 지켜본 것이다. 요시다는 사와타리가 그들에게 말을 건네는 모습을 멀리서 본 적이 있었다. 30분도 지나지 않아 그들은 사와타리 앞에서 울기 시작했다. 그 뒤로 사와타리는 몇십 명의 참가자들을 빼내 모습을 감췄다. 빼돌린 사람들 중에는 고학력자들이 많았다. 그리고 어떤 사실이 발각되었다.

"마쓰오 씨는 사기를 당했습니다."

미네노가 작은 소리로 말했다.

"마쓰오 씨는 자산가였지만 소유하고 있는 토지 일부를 자선병원에 제공해달라는 말을 듣고는 깊이 생각도 하지 않고 내주었습니다. 하지만 그 땅은 병원으로 쓰이지 않고 이상하게 전매(轉買)가 반복되다가 고속도로로 통하는 길이 되어버렸습니다. 그런데 그것만이 아니었습니다. 어떻게 된 일인지 마쓰오 씨는 다른 토지도 모두 내줘야 했고, 상당한 손실을 보게 되었습니다. 그 사기는 가공의 자산관리회사가 벌인 일인데 사와타리와 관련이 있었습니다. 밝히고 싶어 하지 않았지만 사실 마쓰오 씨와 사와타리는 이전부터 깊은 관계가 있었던 것 같아요. 생각해보면 우리는 이 저택에 나타나기 전의 마쓰오 씨에 대해서는 잘 모르니까. 결국 사와타리는 마쓰오 씨 자산의 일부와 그의 곁에 모여든 사람들 일부를 빼내 모습을 감쳤지요. 그리고…….”

미네노가 갑자기 입을 다물었다. 그러자 요시다가 뒤이어
말했다.

“당신이 찾는 여자는 그 자산관리회사 사람이야. 마쓰오 씨
에게 사기 친 사기꾼 중 하나. 그리고 그들은 사와타리와 함
께 모습을 감췄어. 그들의 종교로 돌아갔다고 하는 게 정확하
겠군.”

“……그들의 종교?”

나라자키는 겨우 그렇게 말했다.

“그래. 그러니 그 여자는 여기에 없어. 그곳은 이름 없는 종
교 단체야. 그 단체는 공안의 감시를 한 번 받고는 교묘하게 자
취를 감췄지. 공안들 사이에서는 X라고 불렸던 것 같아. 이름
이 없으니 말이지. 수상쩍은 이름이니 다른 유래가 있는지도
모르지. 하여튼 자네가 찾는 여자는 거기에 있어. 거긴…….”

어두운 방. 나는 얼마나 여기에 있었던 걸까? 일주일? 한
달? 주위가 벽으로 둘러싸인 좁은 방. 머리가 아프다. 아니, 아
프지 않을지도 모른다. 아까 봤던, 그래, 문, 문이 있다. 엄마,
문만 닫으면 괜찮을까? 아니, 절대 아니야. 왜냐하면 그 문에
는 구멍이 있으니까. 내가 공작 수업에서 쓰는 송곳으로 작게
구멍을 만들었으니까.

더 이상 배고픔도 느껴지지 않는다. 몸에 힘도 들어가지 않

는다. 마지막으로 음식을 먹은 게 언제였더라? 마지막으로 물을 마신 게 언제였더라? 소리, 소리가 났다. 몸 안쪽에서 환희와 같은 열기가 솟구쳐 오른다. 소리다. 소리가 났다. 분명히 지금 노크 소리가 났다. 어디서 난 걸까? 막힌 벽 너머에서? 잊혀진 건 아니라는 노크 소리. 우리가 아직 너를 기억하고 있다는 소리. 고맙다. 너무 고마워 눈물이 날 것 같다. 이렇게 괴로운데, 이제 더 이상 토해낼 것도 없는데. 하지만 나는 지금 회사에 있을 때보다 더 확실하게 나의 존재를 느낀다. 뭐라고 말하면 좋을까? 엄마, 문만 닫으면 괜찮다고? 회사에 있을 때보다 확실히 내가…… 이렇게 존재하고 있는데. 아니, 다르다. 실재하는 것이다. 나는 지금 고통 속, 아니 고통 자체로서 이 공간에 있다. 고통이 되어 이 세계 안에 있다. 나의 손과 발, 나의 장기, 나의 성기. 몸은 더 이상 움직일 수 없는데 의식만 부글부글 끓어오르는 것 같다. 의식의 홍수, 토해내고 싶을 정도의 의식. 아아, 그녀는 지금 어디에 있지? 그것은 꿈이었을까? 문만 닫으면 괜찮다고? 고요해진 술집 2층. 바람이 세게 부는 날에는 문이 덜컹거리는 소리가 나서 무서웠던 2층. 안 된다는 걸, 봐서는 안 된다는 걸 알고 있었어요. 하지만 초등학생이었던 나는 그걸 보고 싶어서 견딜 수가 없었어요. 그걸 보면서 성기를 만지작거리고 싶었어요. 탄탄한 허리로 잘 알지도 못하는 남자들을 멋지게 받아들이던 당신을. 능숙하게 받아들이며 기뻐하던 당신을. 문만 닫으면 괜찮다고? 나는 그 남자들이 부러워어요. 나도 2만 엔을 내면 당신과 그런 일을 할 수 있을까요? 좀더 확실히 말해볼까요? 내가 부러웠던 건 당신을 안던 남자들이 아니었어요. 마구 흘러나오는 말을 멈출 수가 없다. 멈출 필요도 느끼지 않는다. 나는 당신이 부러웠어요. 성욕으로 범벅이 된 남자들은 옆방에 있는 나에겐 흥미가 없었어요. 그들은 나 따위에는 관심 없고 오로지 당신만을 원했죠. 그토록 건장하고 훌륭한 몸을 가진 남자들을, 난폭한 그들의 성욕을 당신은 탄력 있는 허리로 계속 받아들였어요. 굉장해요, 엄마는. 정말 굉장해요. 그렇게 커다란 남자들을 전부 받아들일 수 있으니 말이죠. 내가 애탈 정도로, 그토록 기분 좋은 얼굴로. 나도 그렇게 되고 싶었다. 그런 식으로 나를 갈구하길 원했다. 이제 모두 나를 무시하지 않아요. 나를 원해도 어쩔 수 없어요. 그 이후부터다. 그 이후부터 그랬다. 내가 여성에게 감정이입하며 섹스하게 된 것은. 나의 쾌락뿐만 아니라 내게 안긴 여성의 쾌락까지 상상해서 사랑할 정도로 쾌락을……. 그래서 여성을 이상하게 만들어버릴 정도로 난폭하게, 더 난폭하게. 아아, 나는 선량했는데. 패기 없는 남자였는데. 그것만큼은! 나의 인생을 붕괴시킬 정도로 강하게! 뭐지, 이 음악은? 아, 알겠다. 알겠어. 이 방에서 여러 번 들었었잖아. 바흐다, 바흐. 〈주여, 깊은 심연에서 당신께 부르짖나이다〉. 왜지? 이 음악과 그 영상이 겹치다니. 남자들과 떼 지어 있는 엄마의 영상과 겹치다니. 설마 그 방에 그리스도가? 그 장소에 그리스도가 있었던 걸까? 엎드린 자세로 구멍에 눈을 대고 당신의 기뻐하는 모습을 몰래 봤을 때 나는 뭔가에 이끌린 기분이었다. 그것이 그리스도였을까? 그 장소에, 그 장소 어딘가에. 아니, 그 장소 자체가 그리스도였나? 구원? 아니다, 구원이 아니다. 구원이 아닌 공포, 공포였다. 왜 그리스도는 나에게 공포를 보여준 것일까? 나의 본질이라서? 그것이 나의 본질이라서? 나의 본질을 그리스도가 나에게 보여준 것일까? 무엇 때문에? 나를 어디로 인도하려고? 어떤 심연의 끝으로? 무엇을 위해서? 왜 그런 잔혹한 짓을!

노크 소리. 고맙다. 잊혀진 건 아니다. 그렇지만 시야가 흐려진다. 문? 문만 닫으면 괜찮다고? 나의 본질. 시야가 흐릿해…… 토할 것 같다. 아무것도 나오지 않는다. 미세하게 목에 경련이 일어난다. 괴로운지 기분이 좋은 건지 알 수 없다. ……어, 문? 문이 열린다?

"축하해."

열린 문 너머에서 빛이 새어 들어왔다.

마른 남자는 쓰러진 상태로 그 빛을 올려다봤다. 강한 빛은 아니지만 줄곧 어둠 속에 있었던 남자는 눈이 부셨다. 빛? 그는 생각했다. 아아, 사람들이 있다. 사람들이.

"괜찮아? 축하해. 잘됐다, 정말 잘됐어."

머리를 길게 기른 남자 신자가 마른 남자의 몸을 부축해 좁은 방에서 끌고 나왔다. 빛이 흘러나왔다. 머리 긴 신자는 울고 있었다. 마른 남자는 자신의 몸이 뜨거워지는 것을 느꼈다. 나를 위해 누군가 울고 있다니.

"아……."

"괜찮아. 말하지 않아도 돼. 축하해. 교주님을 뵐 수 있어."

"어?"

교주님을? 정말로? 마른 남자는 몸이 떨리기 시작했다. 이런 나를 위해서? 사람들이 많다. 모두 미소 지으며 나를 바라본다. 그중에는 우는 사람도 있다. 이런 나를 위해서? 고맙다. 노크한 건 당신들이었군요. 아무도 너를 잊지 않았다고 노크해준 건 당신들이었군요. 마른 남자의 몸 내부에서 뜨거운 것이 번졌다. 이 정도의 기쁨을 경험한 적이 있었던가.

"축하해."

"축하해."

"축하해."

마른 남자는 머리 긴 신자에게 이끌려 계단을 올랐다. 21층으로. 선택된 자가 아니면 들어갈 수 없는 21층. 내가 21층에 갈 수 있다니. 이런 내가……. 흐려지는 시야 끝에 문이 보였다. 널찍한 공간. 딱딱한 돌 타일에 발소리가 울렸다. 의식이 흐릿해지면서 온갖 소리가 몸속에 울려 퍼졌다. 거대한 문이었다. 거대한 문만이 확실하게 보였다. 머리 긴 신자가 말했다.

"저는 더 이상 갈 수 없습니다. 축하합니다. 자, 교주님이 당신을 직접 만나주실 겁니다. 얼마나 감동입니까. 얼마나 기뽑니까."

문이 열렸다. 안은 어두웠다. 교주는 의자에 앉아 있었다. 한 눈에 그가 교주라는 것을 알 수 있었다. 마른 남자는 마음속으로 외쳤다. 나는 당신과 만나기 위해 이곳에 왔습니다. 나는 당신을 만나기 위해, 오로지 당신을 만나기 위해 태어났습니다.

"잘 견뎠다. 너는 훌륭하다."

교주의 목소리는 낮고 강했다. 마른 남자는 울음을 터뜨리며 그 자리에서 무너졌다.

"지금까지 너의 고통스러웠던 인생, 지금까지 결실 맺지 못했던 너의 인생은 오늘로 끝났다."

"……네."

마른 남자는 그저 울면서 목소리의 주인을 올려다봤다.

"여기에 너를 상처 줄 사람은 없다."

"……네."

"너의 능력을 이해하지 못하는 바보도 존재하지 않는다."

"……네."

"너의 인생을 방해하는 자도 존재하지 않는다."

"……네."

"너는 누구와도 바꿀 수 없는 나의 제자다. 아무도 너를 대신할 수는 없다. 우리에게, 그리고 나에게 너는 누구도 대신할 수 없는 동료다."

울고 있는 남자는 자리에서 일어설 수가 없었다.

"여기에 너의 인생이 있다. 너의 살아갈 목적 전부가 있다. 나는 이 세계를 바꿀 생각이다. 네 힘이 필요하다."

"네."

마른 남자는 무릎을 꿇고, 교주에게 기도하듯 손을 모았다. 남자는 또다시 울었다. 흐르는 눈물이 멈출 줄을 몰랐다. 격렬하게, 따뜻하게, 도저히 제어할 수 없을 정도로. 인생의 의의, 위안, 꿈, 긍지, 그 모든 것을…….

"제 인생을 바치겠습니다, 교주님. 저는 당신의 것입니다."

"그곳은 이름이 없어서 이렇게 부르지."

요시다가 중얼거렸다.

"교단 X."

3

"교단 X?"

기묘한 이름이라고 나라자키는 생각했다. 프로젝트 X 같다. 아니면 스파르탄 X.*

"경찰에 사기 신고는요?"

---

* 1984년 일본에서 발매된 아케이드용 액션 게임. 성룡이 주연을 맡았던 동명의 영화를 주제로 하고 있다.

"마쓰오 씨가 싫어했거든."

요시다가 지긋지긋하다는 듯 말했다.

"마쓰오 씨와 사와타리, 그 두 사람 사이엔 뭔가가 있어. ……우리는 모르지만."

밖은 점점 어슴푸레해져서 방의 조명이 강조됐다. 인공적인 빛 때문에 사람들의 그림자가 길어졌다.

"그런데 자네 이야기를 들려주지 않겠나?"

요시다가 나라자키에게 말했다.

"도움이 되지 못해서 미안하네. 우리도 그 여자 일당, 다시 말해 사와타리를 찾는 중이야. 마쓰오 씨한테는 비밀로 하고. 자네 얘기를 들으면 찾을 수 있는 단서를 발견할 것도 같은데."

"……사실은 잘 모릅니다."

나라자키는 그렇게 말했다.

"모른다고?"

"네."

어디까지 말하면 좋을까. 나라자키는 생각했다. 하지만 거짓말은 안 된다. 자신은 그 여자에 대해 거의 알지 못한다.

"무슨 얘기지?"

"그저 그 여자가 제 곁에 있다가 갑자기 실종됐습니다."

"그 말은…… 자네들 사귀는 사이인가?"

"설명드리기 힘듭니다."

침묵이 이어졌다. 나라자키는 요시다가 자신을 빤히 쳐다보는 것을 느꼈다. 리락쿠마 앞치마를 두른 여자는 여전히 고개를 숙이고 있었다. 방에 걸린 시계의 초침이 천천히 움직였다. 미네노가 숨을 내뱉듯 작게 말했다.

"힘들게 여기까지 왔으니 또 방문해주시겠죠? 말하기 힘든 부분도 있을 거예요. 마음 내킬 때 천천히 얘기해주면 됩니다. 오늘은 DVD라도 보는 게 어떨까요? 저희 모임 때 녹화한 겁니다. 마쓰오 씨가 없을 때 여기 온 분들은 다들 그렇게 해요."

"하지만."

"억지로 이야기를 끄집어내려고요? 마쓰오 씨도 그건 원하지 않을 텐데."

요시다가 곤란한 표정으로 미네노를 쳐다봤다. 하지만 미네노는 요시다를 무시하고 조심스럽게 나라자키의 눈을 바라봤다.

"다치바나 씨의 모습도 찍혔을 것 같고."

미네노가 일어나자 요시다도 어쩔 수 없다는 듯 몸을 일으켰다. 나라자키는 그들을 따라 방에서 나와 낡은 복도를 걸었다. 바닥은 낡긴 했지만 반질반질 윤이 났다.

"여러분은 여기서 뭘 하나요?"

나라자키가 물었다. 흥미는 없었지만 자신이 아무 말도 하지 않았다는 부담감 때문이다.

"청소해야죠. 마쓰오 씨가 돌아오니까."

"돌아오다니요? 심각한 병이 아닌가요?"

"치질이야."

요시다가 말했다. 미네노가 자신도 모르게 웃었다.

"치질 맞아요. 수술이 필요할 정도로 심각한 치질. 웃기죠?
교주가 치질이라니."

다른 방으로 들어갔다. 다다미방에는 텔레비전과 재떨이가
있었다. 먼저 방보다 좁지만 어쩐지 난방이 더 잘되는 것 같았
다. 나라자키만 남기고 요시다와 일행들은 밖으로 나갔다. 나
만 혼자 남겨두다니. 나를 믿는 건가? 여닫이문은 밖에서는 잠
기지 않는 것 같았다.

나라자키는 DVD가 들어 있는 상자를 멍하니 바라봤다. 교
주의 영상이니 좀더 단정하게 진열돼 있을 거라고 생각했다.
그중 한 장을 손에 들었다. 나라자키는 담배에 불을 붙였다. 한
달 전까지 끊었던 담배였다.

흘러나온 영상에는 몸이 호리호리한 노인이 등장했다. 칠십
대쯤 됐을까. 보는 것만으로는 짐작이 되지 않았다. 눈이 크고
머리는 짧게 정돈돼 있었다. 머리카락은 온통 백발이었지만
노인치고는 깔끔한 얼굴이었다. 회색 스웨터에 베이지색 바지
를 입고 있었는데, 확실히 교주 같은 인상은 느껴지지 않았다.
왼팔을 움직이는 걸 보니 쓰러지기 전에 찍은 것 같았다. 마쓰
오는 툇마루에 앉았고, 수십 명의 관객은 정원에 놓인 파이프
의자에 쭉 앉아 있었다.

이 종교에 흥미가 있어서 왔다고 했으니, 꼼짝없이 볼 수밖
에 없었다.

4

교주의 기묘한 이야기 1

오늘은 조금 진지한 이야기를 해보겠습니다. 부처는 모두
알고 있죠? 부처. 불교의 시조라고 불리는 사람. 설날에 가는
신사가 아니에요. 그것은 신도(神道)*라는 종교입니다. 제야의
종 아시죠? 바로 그런 절이 불교예요.

대불(大佛)을 본 적 있죠? 그것은 부처의 모습을 동상으로 크
게 만든 겁니다. 여러분은 부처에 대해 어떤 이미지를 가지고
있나요? 적어도 좋은 사람이라고 생각할 겁니다. (약간의 웃음소
리) 선한 일을 하고 자비가 넘치며 죄인을 깨우쳐 극락으로 이
끄는 존재. 하지만 정말 그럴까요? 과연 부처는 좋은 사람일까
요? 오늘의 테마는 이것과 최신 뇌 이론입니다. 사실, 이 두 개
는 밀접하게 관련되어 있습니다.

부처의 이름은 고타마 싯다르타입니다. 태어난 건 기원전

---

* 불교와는 다른 일본 특유의 신앙으로, 특정 신을 믿는 것이 아닌 자연숭배사상이 종교
로 발전한 것이다.

624년이라고 하는데, 기원전 463년이라고도 하니 정확하지는 않습니다. 기원전, 그러니까 예수 그리스도보다 약 600년에서 400년 정도 이전에 태어났습니다. 왕족이었지만 스물아홉 살의 나이에 처자를 두고 궁정을 나와 방랑한 후 35세에서 36세 무렵에 깨달음을 얻었다고 합니다. 그의 가르침인 불교는 인도뿐만 아니라 나중에 중국과 일본에도 전파됩니다. 일본에도 절이 많습니다. 부처가 어떻게 태어났는지에 대한 다양한 설이 있는데, 그중에는 전설 같은 기상천외한 것도 있습니다. 배를 태워주지 않아 하늘을 날았다는 설도 있지 않습니까. 후세 사람들이 불교를 다양하게 전개해서 경전(經典)과 교리가 방대해졌습니다. 물론 그 경전은 모두 훌륭합니다. 하지만 솔직히 말해 나는 불교 자체에 흥미가 있지는 않습니다. 그저 부처라는 사람에게 관심이 있을 뿐입니다. 그가 어떤 사람이고, 그의 가르침은 어떤 것인가에 대해서. 하지만 부처는 말씀을 남기지 않았습니다. 기독교도 마찬가지입니다. 제자와 예수를 신봉하는 사람들이 나중에 그의 말을 전한 것입니다.

그런데 불교에는 『숫타니파타』라는 경전이 있습니다. 방대한 불교 경전 중 가장 오래된 것입니다. 가장 오래됐다는 것은 그만큼 부처의 말에 가깝다는 걸 의미합니다. 저는 이것을 읽고 놀랐습니다. 불교가 가진 종래의 이미지에서 상당히 벗어났기 때문입니다. 게다가 『숫타니파타』는 불교가 인도에서 중국과 일본으로 전파될 때 거의 전해지지 않았다고 합니다. 다

시 말해 나중에 형성된 동아시아권 불교에 이 책은 어떤 영향
도 주지 않았습니다. 불교 중에서 가장 오래된 경전, 즉 보다
생생하게 부처의 목소리를 들을 수 있는 가능성을 가진 경전
인데 말입니다.

이『숫타니파타』중에서도 제4장과 마지막 장인 제5장이 가
장 오래됐습니다. 숫자가 큰 쪽이, 다시 말해 뒤쪽이 왜 오래됐
는가 하면, 이것이 경전의 편집 방식 중 하나이기 때문입니다.
참고로 이슬람교의『코란』역시 시기적으로 나중 것을 앞쪽에
배열하기도 합니다. 하지만 힌두교 성전 중에서 가장 오래됐
다는『리그베다』는 새로울수록 뒤쪽에 배치되니 결국 제각각
인 셈입니다.

그럼, 읽겠습니다.

"우리는 생각하고 존재한다는 미망(迷妄)에 빠지게 하는 부
당한 사유의 근본을 모두 제지하라."

1956년에 태어난 철학자 데카르트의 유명한 명제 "나는 생
각한다, 고로 존재한다"를 2천 년 먼저 태어난 부처가 부정한
것입니다. 서양 철학자들이 오래 고민했던 것을 부처는 약 2천
년 전에 일축했습니다.

"윤회의 흐름을 끊은 수행승에게는 집착이 존재하지 않는

다. 해야 할 것(선)과 해서는 안 되는 것(악)을 미련 없이 버린 그들에게는 번민이 존재하지 않는다."

즉, 나쁜 일뿐만 아니라 선한 일도 하지 않습니다. 종교가인데 말이죠! 그는 선악에 대해서도 고민하지 않습니다.

"성자는 어떤 일에도 막힘이 없으며 사랑하지도 않고, 미워하지도 않는다."

그리고 사람을 사랑하지도 않습니다. 당연히 여성도 사랑하지 않습니다. 애인도 없습니다. 여성 역시 인간으로 몸속에 장기가 있고 콧물과 변을 배출하니 애욕을 버리라고 합니다. 이건 정말 믿기지 않는 얘기입니다. 인간은 변을 배출하니 잘난척하지 말라니.

"종교적 행위에 이끌리지 말고 전통적인 학문에도 이끌리지 않는다."

"본 것, 배운 것, 사색한 것 그리고 형률과 도덕에 얽매여선 안 된다./ 온갖 교리라 불리는 것을 받아들이지 마라."

"박카리, 바드라부다 그리고 알라비 고타마*가 신앙을 떨쳐 버렸듯 그대도 그렇게 신앙을 떨쳐버려라."

어떻습니까? 마치 종교가 아닌 것 같죠? 세계적 불교학자 중에서 원시불교에 정통한 나카무라 하지메** 씨의 설명을 인용하자면 "교리를 부정하는 것이 불교다"라고 했습니다. 멋진 말입니다. "최초 불교에서는 어떤 경우엔 교리를 믿는다는 의미의 신앙(saddhā)을 설법하지 않고 가르침을 듣고 마음이 맑아졌다는 의미에서의 믿음(pasāda)을 설법했다"라는 얘기가 됩니다. 소위 종교가 아니었을 가능성이 있습니다. 나카무라 하지메 씨는 부처에 대해서 "그 자신에게는 어떤 종교의 시조가 된다는 의식이 없었다"라고 했습니다. "이른바 불교학이라는 것을 버리지 않으면 『숫타니파타』를 이해할 수 없다"고 말이죠.

그렇다면 부처의 깨달음은 어떤 것이었을까요? 마찬가지로 『숫타니파타』를 참고해보겠습니다. 상당히 난해합니다.

"내면적으로든 외면적으로든 감각적 느낌을 즐기지 않는 사람/의 식별작용이 지멸(止滅)한다."

---

* 박카리는 부처의 제자로 늙고 병들어 죽음에 이른 그에게 형상에 대한 집착을 버리고 진리를 추구하라는 가르침을 준다. 바드라부다는 『숫타니파타』에 등장하는 제자로 부처에게 '집착'에 대해 질문한다. 알라비 고타마에서 '알라비'는 부처가 살던 곳의 지명이고 부처의 본래 성은 '고타마'로, 부처 스스로를 지칭한 표현이다.
** 일본의 인도철학자이자 불교학자로 도쿄 대학, 하버드 대학 교수를 역임했다.

"식별작용이 지멸하면/이 명칭과 형태도 사라진다."

　명칭과 형태라는 것은 간단히 설명하면 개인의 존재를 구성하는 정신과 신체를 말합니다.

　즉, 그가 한 일은 모든 욕망을 없애는 것입니다. 쾌와 불쾌를 없애고, 감각적인 느낌을 즐기지 않고, 이것은 저것 저것은 이것이라는 식별작용도 없앤 '무(無)'의 상태. 욕망을 가지려고도 하지 않고 욕망을 버리려고도 하지 않는 상태. 다시 말해 그런 것조차 생각하지 않을 정도의 무. 서양에서 말하는 허무를 초월한, 좀더 철저한 무로서 어디에도 집착하지 않는 것입니다. 그런 존재가 죽어서 다시 태어나고 또 죽어서 다시 태어난다는 인도 사상인 윤회의 사이클에 들어갈 리 없습니다. 왜냐하면 산다는 것을 받아들이는 쾌와 불쾌와는 아주 먼 무의 경지에 있기 때문입니다. 바꿔 말하면 다시 태어날 필요가 없습니다. 즉, 해탈이자 열반(涅槃) 상태를 말합니다. 모든 욕망을 없애고, 감각도 소멸시키고, 무언가를 식별하는 것조차 소멸시킨 절대적인 경지 열반. 무이면서 자신이 무라는 사실도 인식하지 않는 궁극의 상태. 놀랍습니다. 그럼, 해탈 이후는? 아마 그 이후도 생각하지 않는 것이 해탈이라고 생각합니다. 부처는 윤회에서 해탈하여 신이 된다는 의식도 없고, 애초에 그런 생각조차 하지 않는 것처럼 느껴집니다. 있는 것은 그저 편안한 상태입니다. 어떻습니까? 이것이 최강의 인간 아닌가요?

이 세계의 모든 것에서 자유롭고, 신에 대해서도 생각하지 않으니 어떤 의미에서는 신조차 초월한 것입니다. 인간에게 온갖 것을 요구하는 신의 집착으로부터 부처는 자유롭습니다. 정신적으로 인간이 신을 초월했다, 이렇게 말할 수 있을 것 같습니다. 이것을 지금으로부터 2천 몇백 년 전에 그는 혼자 생각했던 것입니다. 그리스도의 가르침도 훌륭하지만 부처 역시 상당한 인물입니다.

"있는 그대로 생각하는 사람도 아니고, 잘못 생각하는 사람도 아니고, 생각 없는 사람도 아니고, 생각을 소멸시킨 사람도 아니다.—이렇게 이해한 자의 형태는 소멸한다."

이 얘기를 글로 쓰는 건 가능하지만 머리로 이해하는 것은 어렵습니다. 생각하는 존재도 아니고 생각하지 않는 존재도 아니라니. 이렇게 글로는 쓸 수 있지만 글의 이해에서, 즉 글의 논리에서 초월한 상태(열반)라고 말할 수 있습니다. 달리 말하면 열반의 경지에 들어가야 이해하게 될 것 같습니다. 불교를 공부한 사람이라면 앞서 언급한 말에서 '무소유처(無所有處)' '비상비비상처(非想非非想處)'*를 연상할지도 모릅니다. 부처는

---

* 형상의 속박에서 벗어난 순수한 선정의 세계가 무색계(삼계 중 하나)인데, 이것의 네 가지 경지 중 하나인 무소유처는 존재하는 것은 없다고 체득한 경지이고, 비상비비상처는 생각이 있는 것도 아니고 없는 것도 아닌 경지를 뜻한다.

그 후 또 다른 영역으로 비약합니다. 이 무렵에는 중도(中道)*의 맹아를 보였지만 그것을 전면에 드러내진 않았습니다. 삼계설(三界說)** 같은 교리도 아직 탄생하지 않았습니다. 그것은 후세에 불교가 발전한 것입니다.

여러분은 이미 눈치챘을지도 모르겠습니다.

'과연 이 종교는 널리 퍼질 것인가?'

맞습니다. 이대로라면 전파되긴 어렵습니다. 왜냐하면 이런 상태에 도달하기 어렵거니와 모두가 부처처럼 되어 연애도 못하고 자식도 낳지 못한다면 인류가 멸망하기 때문입니다. 열반은 모든 것을 초월한 궁극의 경지입니다. 일반 사람들이 이 경지를 목표로 하기는 어렵습니다. 그래서 불교가 변화하기 시작한 겁니다. 그렇다고 부처의 가르침에서 동떨어진다는 것을 의미하지는 않습니다. 그 점에 대해서는 마지막에 다시 말씀드리겠습니다.

그런데 처음에 언급한 부처의 말을 기억하고 계십니까?

"우리는 생각하고 존재한다는 미망에 빠지게 하는 부당한 사유의 근본을 모두 제지하라."

* 양 극단인 지나친 쾌락에 빠져서도 안 되고, 지나친 고행에 빠져서도 안 된다는 의미로, 불교에서 말하는 참다운 수행의 길.
** 중생의 생사윤회(生死輪廻)의 세계를 분류할 때 탐욕과 몸의 육신의 여부로 욕계, 색계, 무색계의 삼계로 나눠 설명한다.

데카르트의 유명한 명제를 약 2천 년 전에 부정했던 말. 저는 아마추어 사상가로서 최근 뇌에 대한 다양한 연구를 하고 있습니다. 뇌와 의식. 우리가 지금 자신에 대해 생각하는 이 의식이라는 것은 대체 무엇인가? 연구를 할수록 부처의 말이 최신 뇌 이론과 비슷하다는 것을 알게 됐습니다.

교주의 기묘한 이야기 1: 계속

뇌는 약 천 수백억 개의 신경세포가 각각 시냅스*라는 무수한 물질과 이어져 구성됩니다.

그건 상상만으로도 굉장합니다. 천 수백억 개라니. 정신이 아득해지는 숫자입니다. 이것이 여러분의 뇌 안에 장착돼 있습니다. 인간의 신체는 수많은 원자로 구성돼 있습니다. 그것 역시 방대한 숫자입니다.

예를 들어 인체를 구성하는 데 가장 중요한 단백질을 예로 들겠습니다.

단백질은 20종류의 아미노산이 어떻게 결합하느냐에 따라 종류가 약 수천만이 됩니다. 인체 구성요소인 단백질, 그리고 그 단백질을 구성하는 수많은 아미노산 중의 하나인 알라닌을 예로 들어보면, 알라닌은 H_3C, NH_2, OH, O로 구성돼 있습니

---

* 신경세포의 신경돌기 말단이 다른 신경세포와 접합한 부위로 뇌 속의 정보회로 역할을 한다.

다. 즉, 각각 원자의 결합체인 화학물질입니다. 당연한 얘기지만 뇌의 형태 역시 마이크로 세계에서 보면 무수한 원자와 원자들의 결합에 의해 만들어집니다. 나아가 원자는 더 작은 양자, 중성자, 전자로 구성돼 있고, 양자와 중성자는 좀더 작은 쿼크(quark)로 구성됩니다. 일반적으로 현재 과학자들이 받아들이는 건 쿼크까지입니다. 참고로 원자의 크기를 나타낼 때 옹스트롬(Å)이라는 단위를 사용하는데 1옹스트롬은 1밀리의 천만 분의 1이니 얼마나 작은지 알 수 있습니다. 한마디로 말해 인간의 몸은 모두 화학물질입니다. 새삼스레 이런 얘기를 들으니 뭔가 아득한데, 뇌 안의 천 수백억 개의 신경세포도 마찬가지입니다. 신경세포는 원자의 결합체인데 마이크로 물질의 화학 기능과 무수한 전기신호를 통해 활동합니다. 이것 역시 놀랍기는 한데, 실제로 뇌는 그렇습니다.

그럼, 왜 이런 무수한 화학적 반응에서 의식이 생겨나는 걸까요? 이것이 불가사의합니다. 대체 의식이란 무엇일까요? 이런저런 생각을 하는 '나'라는 존재, 그 '나'라는 것은 무엇일까요? 우리는 스스로 생각하고 행동합니다. 이왕 이 이야기를 하려고 마음먹었으니 지금 말하겠습니다. 그런데 약간 으스스한 실험 결과가 있습니다.

벤저민 리벳이라는 과학자가 했던 유명한 실험입니다. 이 실험에 의하면 인간은 뭔가를 하려는 의지가 생겼을 때, 사실은 그 의지를 본인이 인식하기도 전에 뇌의 어느 부분이 반응한다는 것입니다. 대체 무슨 말일까요? 쉽게 말해 손가락을 움직이려는 의지보다 그것을 움직이는 역할을 하는 뇌의 신경회로가 먼저 반응을 합니다.

이 실험에서는 뇌가 손가락을 움직이려고 반응한 0.35초 후에 의식, 즉 내가 손가락을 움직이겠다는 의지를 가집니다. 실제로 손가락을 움직이는 건 그 의식, 내가 손가락을 움직이려는 의지를 가진 후 0.2초가 지나서입니다.

그리고 많은 뇌 과학자들은 이렇게 말합니다.

의식 '나'를 관장하는 뇌의 특정 부위는 존재하지 않는다.
뇌의 대국적(大局的)인 기능에 의해 의식 '나'가 생겨난다.
뇌가 없으면 의식 '나'는 발생하지 않는다.
뇌의 활동이 의식 '나'에 반영된다.
하지만 의식 '나'가 뇌에 어떤 인과작용을 일으킬 수는 없다.

어떻게 된 일일까요? 의식 '나'라는 것은 결코 주체가 아니라 뇌의 활동을 반영하는 거울 같은 존재일 가능성이 있습니다. 우리가 '반짝거렸다!'고 느꼈을 때, 사실은 영점 몇 초 전에 뇌가 반짝거렸던 것입니다. 지금 이런저런 생각을 하는 의식 '나'는 자신의 일이나 생각을 결정하지 않습니다. 결정한다고 착각할 뿐입니다. 사실은 우리가 인식할 수 없는 영역, 즉 뇌의 결정을 한 발 늦게 따라하고 있는 것입니다. 이것이 의식 '나'

의 정체입니다. 마치 우리가 '나'라는 객석에 앉은 자기 인생의 관객인 것처럼.

아! 웅성거리는 소리가 들리는군요. 뭐 그런 바보 같은 이야기가 있느냐고요? 물론 믿기 어려우실 겁니다. 이것은 마지막에 한 번 더 얘기하기로 합시다. 우선 원래 이야기를 좀더 하겠습니다.

여기서 기억해야 할 것은 부처의 바로 그 말입니다.

"우리는 생각하고 존재한다는 미망에 빠지게 하는 부당한 사유의 근본을 모두 제지하라."

부처는 과학적인 실험도 하지 않았고, 뇌를 해부하지도 않았습니다. 그저 의식을 응시하고 꾸준히 명상함으로써 의식 '나'의 실체가 없다는 사실을 깨달은 것인지도 모릅니다. 그것은 정말 엄청난 얘기입니다. 움직이는 것은 뇌라는 화학물질이고, '나'라는 것은 없다는 사실. 행동의 출발은 '나'가 아니라 내가 인식할 수 없는 '화학물질=뇌'이고, 나는 그것을 따라할 뿐이라니. 그럼, 부처가 보는 세상은 어떤 것이었을까요?

인간의 몸이 무수한 원자로 이루어져 있다는 것은 앞에서도 이야기했습니다. 사실 인간의 몸은 음식을 먹고 배설하므로 1년만 지나면 몸을 구성하는 원자는 전부 교체됩니다. 그렇다면 왜 원자가 교체됐는데도 몸은 여전히 같은 모양과 성질을 가진 손가락을 유지할까요? 그것은 DNA와 손가락 속에 있는 무수한 원자들이 각각의 특징을 가지고 있으며, 똑같이 구성할 수 있기 때문입니다. 그렇다면 원자는 왜 교체되는가 하면 인간을 포함한 모든 물질은 엔트로피 증가 법칙* 속에 있기 때문입니다. 아주 간단히 말씀드리면 원자 상태에서 볼 때 모든 물질은 그냥 내버려두면 엉망이 됩니다. 개체도 언젠가 분해됩니다. 그걸 막기 위해 생물은 자신을 구성하는 원자들을 늘 신선하게 유지해야 합니다. 그렇지 않으면 몸속 원자들은 점점 엉망이 되고 붕괴하기 때문입니다. 즉, 음식을 먹는다는 건 영양 이외에도 필요한 역할이 있습니다. 참고로 DNA도 데옥시리보 핵산(deoxyribonucleic acid)이라는 화학물질입니다. 아, 뭔가 무서운 얘기네요. 어쨌든 부처는 세계를 그렇게 봤을 가능성이 있습니다.

인간 역시 끊임없이 교체되면서 형체가 유지되는 원자의 느슨한 결합체라는 식으로 말이죠. 좀더 말하자면 언젠가 신체가 전부 교체될 텐데도 자신이라는 것이 존재한다고 착각하는 결합체인 것입니다. 누군가가 자신에게 부딪힌다면 그건 원자의 느슨한 결합체와 원자의 느슨한 결합체가 부딪혔다는 얘기입니다. 뇌는 감각적인 느낌을 즐기지 않으므로 이렇듯 인간이라는 존재에게 세상을 보여줘도 아무런 느낌이 없습니다.

* 엔트로피는 물리계의 무질서한 정도를 의미하는 단어로, 엔트로피 증가 법칙은 우주의 엔트로피는 항상 증가한다는 열역학 제2법칙이다.

당연히 의미나 가치도 생각하지 않습니다. 그저 공간에 무수한 원자들이 움직이고 흔들리는 편안한 경지.

사실 내가 이 정원에서 좌선할 때 도달하고 싶던 것이 바로 이러한 경지였습니다. 아, 거짓말입니다. 솔직히 말하면 여성에게 매료되어 무아지경에 빠지는 것. (웃음소리) 아니, 제 말이 틀린가요? 여성이란 그토록 멋진 존재잖아요! (웃음소리) 하지만 여성에 대한 집착을 가진 채 모든 집착을 버린다는 것은 모순됩니다. 그 경지는 어떤 의미에서 부처보다 어렵습니다. (웃음소리)

자, 여기서 오늘 이야기의 주요한 부분은 끝이 납니다. 마지막으로 또다시 뇌 이야기로 돌아가겠습니다. 조금 전에 의식 '나'가 뇌에 어떤 인과작용도 일으킬 수 없다고 말씀드렸습니다. 의식보다 뇌가 먼저 반응한다고. 의식 '나'는 자신이 하는 일이나 생각을 결정하지는 않습니다. 결정한다고 착각할 뿐이지 사실은 우리가 인식할 수 없는 영역, 즉 뇌의 결정을 늦게 따라할 뿐이라고 했습니다. 그렇다면 왜 의식 '나'라는 것이 뇌의 내부에서 나타나는 것일까요? 아니, 나타나야만 했을까요?

이것은 진화와 관련이 있습니다. 일설에 따르면 '나'라는 개념을 갖지 않은 하위 의식, 즉 원의식은 파충류에서 조류 그리고 파충류에서 포유류로 진행되는 단계에서 발생한다고 합니다.

이 진화 단계에서 시상(視床)*이라고 하는 뇌 부위와 피질이라고 불리는 뇌 부위 사이를 양방향으로 왔다 갔다 하는 복잡한 회로가 생기는데, 거기에서 원의식이 발생합니다. 왜냐하면 의식이 있는 편이 모든 상황에 대응할 수 있고, 그것이 생물에게 유리하기 때문입니다. 뇌가 의식이라는 거울에 자신을 비춰본다면 뇌 속 활동을 스스로 파악하기 쉬워집니다.

나아가 '나'라는 개념이 발생한 것은 그 회로가 점점 복잡해졌기 때문입니다. 그것은 보다 높은 차원의 진화 단계에서 발생했습니다. 다시 말해 고차원의 의식은 인간과 오랑우탄 정도의 동물에게만 있다고 합니다. 제 생각에는 돌고래와 침팬지에게도 있을 것 같습니다.

그렇다면 왜 이런 고차원적인 '나'라는 의식이 생겨났을까요? 그것은 기억과 크게 관련이 있다고 합니다.

방대한 기억을 처리할 때 "이것은 모두 어떤 개체가 경험한 일이다"라는 통일감이 필요하기 때문입니다. 그렇지 않으면 혼란이 생깁니다. 그래서 끊임없이 교체되면서 형체가 유지되는 원자의 느슨한 결합체에 '나'라는 의식이 발생한 겁니다.

뇌가 모든 것을 결정하고 의식 '나'는 그저 그것을 따라할 뿐입니다. 하지만 '그렇다면 무슨 생각을 하든 마찬가지잖아. 뇌가 알아서 할 테니. 내일부터는 자포자기해버리겠어'라고 생

---

* 뇌의 다섯 개 부분 중 하나인 간뇌의 대부분을 차지하는 회백질부로, 많은 신경핵군으로 이뤄져 있다.

각해서는 안 됩니다. 왜냐하면 만약 당신이 그렇게 생각한다면 뇌가 정말 그렇게 돼버리기 때문입니다(솔직히 말하면 당신이란 당신의 뇌겠지만). 그러니 자포자기해도 똑같다는 의미가 아닙니다. 다시 말씀드리지만 자포자기해버리자고 생각하면(뇌가 그렇게 생각했는지는 의식에 의해 당신은 영점 몇 초 후에 알게 되겠지만) 뇌가 정말 자포자기해버리기 때문입니다.

물론 현재의 뇌 과학에서 이것이 진실이라고 단정할 수는 없습니다. "어쨌든 뇌가 계기가 되지만 의식은 거부권을 가지고 있다"라는 우리의 통념에 딱 들어맞는 설도 있고(하지만 유감스럽게도 이 설은 유력하다고 할 수 없습니다), 애초부터 "의식은 뇌의 활동에 작용할 수 있다. 의식이 주체다"라는 설도 있습니다. 어느 것이 진실인지는 아직 단정할 수 없습니다. 단지 이러한 유력한 설이 있다고 기억해두면 됩니다.

일상생활에서 이런 것을 의식할 필요는 없습니다. 어쩌면 틀린 학설일지도 모르니까 말이죠. 다만 일상에서 "어쩌면 우리의 의식은 전혀 정해지지 않았을지도 모른다" 혹은 "어쩌면 우리는 관객일지 모른다"라는 의문을, 어떤 계기를 통해 가끔씩 떠올려보면 에고(ego)끼리의 갈등이나 싸움이 상당히 우습게 느껴질 것입니다. 끙끙거리면서 고민하던 일을(끙끙거리며 고민하는 건 좋은 일이지만) 조금은 다른 각도에서 바라볼 수 있을지도 모릅니다. "아아, 뇌가 또 고민하는구나. 거추장스러운 원자의 결합체 같으니"라는 식으로 말이죠. 그리고 확실한 건 이런 의식을 만들어내는 뇌의 시스템은 압도적으로 엄청납니다. 천 수백억 개의 신경세포가 격렬한 속도로, 쉬지 않고 정신없이 움직입니다. 이런 엄청난 의식 시스템을 가지고 있는 여러분은 누구나 대단한 존재입니다. 의식 '나'가 없다면 뇌는 자신의 활동을 정확하게 파악할 수 없습니다. 즉, 의식은 뇌에게 반드시 필요한 존재입니다. 결국 이것은 '당신＝뇌'라는 결론과 같습니다. '당신＝뇌'는 당신만의 독창적인 '당신＝뇌'입니다. 이것은 때가 되면 다시 이야기하도록 합시다.

다만 이 설이 옳다고 하면 무서운 결과가 생길 것입니다. 혼(魂)은 존재하지 않을지도 모르기 때문입니다.

혼이라는 것을 죽은 후에 의식이 연기 같은 형태로 남아 있다가 어딘가로 올라가는 것이라고 정의한다면 말입니다. 의식이 뇌 메커니즘의 산물이라면, 뇌의 활동을 반영하는 거울이라면, 혼은 존재하지 않을 가능성이 커집니다. 왜냐하면 뇌 시스템이 없다면 의식은 생기지 않을 테니 말입니다. 뇌의 소멸과 더불어 의식은 사라지게 됩니다.

일반적으로 물리학에서는 혼의 존재를 부정합니다. 하지만 저는 혼이 있다고 생각합니다. 뿐만 아니라 물리학과 모순되지 않는 형태로 혼이 존재한다고 믿습니다. 그것도 또 다른 기회에 이야기하도록 합시다.

이제 정말 마지막으로 부처 이야기를 다시 해보겠습니다. 제가 말한 부처의 이미지가 진실인지는 당연히 모릅니다. 저는 아마추어 사색가이고 이런저런 지식과 사실들을 조합하는 수준입니다. 단순히 불교의 새로운 종파 혹은 교파라고 판단하셔도 상관없습니다. 하지만 앞에서도 말씀드렸듯이 이것은 본래의 불교와도 모순되지 않습니다. 이번 이야기의 마지막은 나카무라 하지메 씨의 말을 인용하며 끝맺겠습니다.

"석가의 깨달음의 내용과 불교의 출발점이 각각 다양하면서도 다르게 전해졌다는 점에서 우리는 중대한 문제점과 특성을 도출할 수 있다.

우선 첫번째로 불교 그 자체에는 특정 교리라는 것이 존재하지 않는다. 부처는 자신의 깨달음의 내용을 정식화해서 설교하려는 욕심을 부리지 않았고, 인연에 따라 상대에 따라 다른 설교를 했다. (……) 기성(旣成)의 신조나 교리에 얽매이지 않고, 현실의 인간을 있는 그대로 보고, 안심입명(安心立命)*의 경지를 그리려고 한 것이다. (……) 실천 철학으로서의 이 입장은 사상적으로 무한한 발전을 가능한 한 전부 이끌어낸다. 후세의 불교에서 다종다양한 사상이 성립된 이유를 우리는 여기에서 찾는다."

즉, 가르침을 청하는 사람 자체를 보고 부처는 다양한 말을

* 어떤 일에도 전혀 흐트러짐이 없으며 완전히 편안한 평정심에 이른 상태.

전했다는 것입니다. 또 인용을 해보겠습니다.

"아량 있고 침착한 태도를 가지고 이단마저 포용한다. 불교가 후세에 널리 세상에 퍼져서 인간의 마음속에 따뜻한 빛을 비출 수 있게 된 것은 시조인 부처의 이런 성격에서 유래한 것이라 생각된다."

불교란 얼마나 아름다운 사상인가요? 부처는 별나지만 참 좋은 사람이었다고 할 수 있습니다.

이야기가 여기저기로 많이 새버리고 말았군요. 오늘 이야기는 여기서 마치겠습니다.

미네노는 툇마루로 나왔다.

주변은 이미 어두웠다. 살랑거리는 바람이 나무들을 흔들고 있었다. 한적하구나, 하고 미네노는 생각했다. 여기에 있으면 시간이 천천히 흘러간다. 나의 뇌는 이렇게 괴로운데. 나의 의식은 이런 괴로움을 보고 있는데.

아까 그 남자는 DVD를 다 봤을까? 복잡한 얘기라서 자신도 아직 전부를 이해하진 못했다. 등 뒤에서 발소리가 들리자 자연스레 몸 매무새를 가다듬는 자신을 느꼈다.

"……왜 그 사람 이야기를 묻지 않았지?"

미네노가 미처 돌아보기도 전에, 뒤에서 요시다의 목소리가 들렸다.

"……물어보기가 부담스러워서요. 우리는 이 모임의 역사를 말하면 되지만 그 사람은 자신의 개인사를 말해야 하니까."

"그렇긴 하지."

"지금 물어봤자 표면적인 얘기밖에 해주지 않을 것 같고. 그리고…… 마쓰오 씨였다면 그랬을 것 같아서요."

"……맞는 말이야."

가슴이 두근거렸다. 정원은 이렇게 고요한데 나무들이, 모래가, 희미한 바람마저도 의지를 가진 것처럼 느껴졌다. 악의를 갖고 뭔가를 기대하는 것처럼.

"음…… 요시다 씨, 그 사람 어때 보여요?"

"실은 나도 그걸 물어보고 싶었는데."

바람이 불었다. 날씨가 쌀쌀했다.

"……나쁜 사람 같지는 않아요."

"하지만 뭔가 생각이 많아 보이는 얼굴이야. 마쓰오 씨를 만나게 했으면 어땠을까. 자존심이 세고 상처를 잘 받아서 마음을 쉽게 열 것 같지는 않아. 다만……."

"네?"

"불길한 예감이 들어. 말로 표현하긴 힘들지만, 그 사람이 지금 이 타이밍에 여기에 왔다는 것 자체가……."

"……저도 똑같은 생각을 했어요."

그는 뭔가를 부숴버릴 것만 같았다. 아무런 자각 없이 여기에 나타난 것뿐인데. 하지만 지금의 상황을 해결하려면 뭔가를 부숴야 한다. 그게 나라도 상관없다, 라고 미네노는 생각했다. 내가 부서져도 다른 사람들만 괜찮다면……. 하지만 정말인가? 미네노는 어금니를 꽉 깨물었다.

그렇지 않지? 너는 원했지? 맞잖아, 너는 원했잖아! 그녀는 머리를 흔들었다. 괴롭다. 그리고 이 괴로움은 누구와도 공유할 수 없다. 나는…….

"……있잖아."

요시다가 말했다. 목소리가 부드러워졌는데도 미네노는 자신이 경계하고 있다고 느꼈다.

"우리한테 말할 수 없는 걸 마쓰오 씨한테는 털어놓을 수 있잖아."

"네?"

"떠안지 마. 떠안으면…… 넌 죽어."

미네노는 뒤돌아볼 용기가 없었다. 자신이 어떤 표정을 짓고 있는지 알기 때문에. 미네노는 천천히 숨을 들이마시며 목소리를 억지로 꾸몄다. 어릴 때부터 그랬던 것처럼.

"무슨 소리예요? 게으름 피우지 말고 빨리 청소나 해요."

이런 곳에 모여 있다고 해서 누구나 행복한 건 아니다. 멀어져가는 요시다의 발소리를 들으며 미네노는 멍하니 정원을 바라봤다. 다시 어금니를 세게 깨무는 자신을 느꼈다. 마쓰오 씨의 이상에서 자신은 이미 멀어져 있었다.

5

"만약 인생을 다시 산다면."

다치바나 료코가 그런 말을 한 적이 있었다.

"지금까지 인생을 그대로 다시 살아서 지금의 당신이 되는 걸 용인하겠어?"

그때 나는 뭐라고 대답했던가? 나라자키는 생각에 잠겼다. 물론, 이라고 거짓말을 했던가. 아니다, 솔직하게 대답했었다.

"마치 내가 자신이라는 객석에 앉은 인생의 관객인 것처럼."

마쓰오 쇼타로는 DVD에서 그렇게 말했다. 만약 그렇다면, 하고 나라자키는 생각했다. 자신 앞에 있는 인생이란 쇼는 왜 이토록 지루한 걸까. 주위의 눈치를 살피며 신중하게 살아왔다. 겁쟁이일 만큼. 지켜야 할 것은 아무것도 없는데 말이다. 그래서 결국 펑, 하고 터진 것이다. 이런 식으로.

비어 있는 수많은 캔을 멍하니 바라봤다. 방 테이블에 놓인 내용물이 조금씩 남아 있는 캔들. 알루미늄 캔의 매끈한 표면에, 그 많은 개수에 나라자키는 갑자기 소름이 끼쳤다. 뭐지? 이 존재감은? 버리면 좋았을걸. 방 청소라도 하면 마음이 조금 개운해질까? 하지만 기력이 없었다. 그리고 취해 있었다.

방의 천장을, 창문을 가린 커튼을, 침대 옆 희미한 조명을 바라봤다. 방의 모습을 보는 것이라고 생각했다. 마쓰오 쇼타로에 따르면 방의 모습을 의식하는 나에게 방의 모습이 비친다. 어디도 갈 곳 없는 장소에서 취해 있다. 취할 수밖에 없는 기분이다. 나의 뇌는 왜 이토록 평범할까.

애초에 다치바나 료코와의 만남도 기묘했다.

회사를 마음대로 그만둔 지 몇 주일 후, 도서관에서 돌아오는 길이었다. 평소에도 책을 자주 읽었다. 책장을 넘기고 있으면 단어들이 자신을 귀찮은 세상으로부터 격리시켜주었다. 열이 나는 듯한 나른함 속에서 언젠가 그만두었던 독서를 다시 시작하기로 했다. 새 책은 그저 그렇고, 옛날에 읽었던 책을 빌리려고 도서관으로 향했다. 주인공이 무직인 소설 몇 개가 생각났다. 책을 빌리고, 캔 커피를 사서 근처 벤치에 앉았을 때 누군가 말을 걸었다. 생각해보면 그때부터 수상했다.

"책이 많네요."

어쩌면 이토록 부자연스럽게 말을 걸 수 있을까? 하지만 그때 나라자키는 피곤했다. 고독을 좋아하지만 한편으로는 누군가를 원하고 있었다. 정신을 차렸을 땐 그는 이미 동요하고 있었다. 다치바나 료코가 아름다웠기 때문이다. 그녀가 사르트르에 대해 알고 있어서 그랬는지도 모른다. 이 일본에서, 자기와 같은 세대에서 사르트르에 대해 잘 알고 있는 기특한 사람이 몇이나 될까? 『구토』를 읽은 사람이 얼마나 있을까?

그녀는 겉모습도 기묘했다. 옷차림과 머리 모양에서 전혀 현대적인 감각을 느낄 수 없었다. 까만 생머리는 너무 길었다. 옷도 멋을 전혀 부리지 않고, 단지 살을 가릴 목적으로만 걸친 것 같았다. 세상에 자신을 드러내지 않고, 멋 내는 걸 부끄러워하는 것처럼. 원래 멋 낸다는 개념 자체가 없는 것처럼. 그런 여자가 과연 타인에게 말을 걸 수 있을까? 요시다에게 이야기를 들은 지금은 이해가 된다. 그것은 세상에서 격리된 인간의 모습이다. 옛날 신흥종교가 세상을 휘젓던 무렵, 뉴스에서 자주 보던 수수한 모습의 여자들.

그날은 그냥 헤어졌지만 책을 반납하는 날에도 그녀는 또 도서관에 있었다. 우연이었을까? 아니면 일상적으로 도서관에 오는 여자였을까? 그녀는 낯선 현대작가의 책 몇 권과 『바가바드 기타』를 감추듯 들고 있었다. 옛날 작가의 책이라는 것은 알았지만 나중에 인터넷으로 검색해보고 힌두교 경전이라는 걸 알았다. 젊은 여자가 힌두교라니? 단순히 인도를 좋아하는 여자인지도 모르지만 고독함 속에서 묘하게 그녀에게 끌리고 있었다. 회사를 그만두었기 때문이라고 나라자키는 생각했다. 일상의 에어포켓에 들어간 것처럼. 회사를 다니던 날들의 연속이었다면 도서관에 가지 않았을 것이고, 그녀와 만나도 그토록 마음이 심란하지는 않았을 것이다.

나라자키는 그때의 일을 기억했다. 찻집에 가서 휴대전화 번호와 메일 주소를 교환했다. 몇 번 식사도 했다. 지난 몇 년간 여성과 잠자리를 갖지 않았던 나라자키는 그녀를 원했다.

식사를 하고 돌아가는 길에 손을 잡았다. 이상하게도 그녀의 손바닥은 땀범벅이었다. 남자 경험이 별로 없어서 그런가, 하고 생각했지만 참아야 할 필요는 느끼지 않았다. 어둠 속에서 키스하려고 하자 그녀의 몸이 순간적으로 굳어졌다. 나라자키를 받아들이려고 했지만 결국 얼굴을 돌리고 말았다. "미안해요." 그녀는 말했다.

"아, 나도…… 미안해요."

나라자키는 반사적으로 그렇게 말했지만 몹시 당황했다.

"그게 아니고."

"……네?"

"그게 아니라…… 조금만 시간을 줘요."

그 정도로 남성에게 익숙하지 않은 걸까? 나라자키는 혼란스러웠다. 하지만 그때 그녀가 입은 셔츠의 소매 사이로 선이 보였다. 그녀가 나라자키의 키스를 피하려는 순간 올라간 셔츠 소매, 여성용치고는 두꺼운 손목시계 벨트 옆에 그어진 가느다란 선. 또 한 번 그녀를 끌어당기려던 나라자키는 움직임을 멈췄다. 그녀는 그에게로 시선을 돌리며 작게 말했다.

"……미안해요. 이제 만나주지 않을 건가요?"

그녀는 뭔가를 극복하려는 것 같았다. 나라자키는 억지로 웃어 보였다.

"아니요. 만나고 싶어요. 다치바나 씨만 괜찮다면……. 이제 이런 행동은 안 할게요."

그 후로도 자주 만났다. 얼마나 기묘한 관계인가? 손은 잡지만 키스는 하지 않고 일주일에 한 번씩 만나다니. 함께 걷다가 무심코 그녀를 보면 울고 있을 때가 있었다. 그때마다 나라자키는 이유를 물었지만 그녀는 아무 말 없이 그저 고개만 저었다.

두 달이 지나고 석 달이 지났다. 자기 방에 온 그녀를 나라자키는 안으려고 했다. 역시나 그녀의 몸은 굳어버렸다. 나라자키가 몸을 떼자 그녀가 울음을 터뜨렸다.

"혹시…… 과거에 무슨 힘든 일이라도 있었어요?"

나라자키가 조심스럽게 물어봤지만 그녀는 고개를 저었다.

"미안해요. 나는……."

"음…… 그럼 이렇게 함께 자는 건 어떨까. 손만 잡고."

나라자키가 손을 내밀었다. 그녀는 그 손을 그저 바라만 봤다.

"……안 돼요. 도저히 극복할 수 없어요."

"……응?"

"……차라리 죽는 게 나을지도 몰라요. 내가 죽으면…… 어쩌면."

"그게 무슨 소리예요?"

"아니, 아니에요. 나는 죽지 않아요. 절대로 죽지 않아. 그래서 나는, 나는!"

"……다치바나 씨?"

나라자키는 그녀를 향해 계속 손을 내밀고 있었다. 그녀가 나라자키를 물끄러미 바라봤다. 방금 죽은 사람을 눈에 담으려는 듯. 죽은 개를 눈에 담으려는 듯. 울면서 계속 그를 바라보던 그녀가 갑자기 뒤돌아서 방문을 나갔다. 수수한 옷차림으로. 치렁치렁한 긴 머리로. 나라자키는 뒤쫓을 기력조차 없었다.

다음 날 나라자키는 고민 끝에 전화를 걸었다. 하지만 다치바나 료코는 전화번호와 이메일을 모두 바꿨다. 죽는다는 말을 하지 않았던가? 나라자키는 생각했다. 그럼 경찰에 연락해야 하나? 몸에서 힘이 빠졌다. 그러고 보니, 그녀가 사는 곳도 알지 못한다. 그녀에 대해서 아무것도 모른다. 경찰에 연락하면 뭐라고 말할 것인가? 아는 여자가 실종됐습니다. 네, 죽을지도 몰라요. 사는 곳이요? 모릅니다. 그 여자 연락처요? 몰라요.

나라자키는 책상 서랍에서 코인을 꺼냈다. exe라고 새겨진 코인. 얼마 전에 세면대에서 발견한 것이었다. 지난 몇 년간 자기 방에 들어온 건 고바야시와 다치바나 료코 두 사람밖에 없었다. 고바야시에게 물었지만 모른다고 했다. 그렇다면 그녀가 놓고 간 것이다. 왠지 묻지 않는 편이 나을 것 같았다. 물어볼 기회를 놓친 채 그녀는 떠나버렸다. exe? 갑자기 신경이 쓰이기 시작했다. 이게 뭘까? 무슨 기념 주화인가? 외국 돈이라고 하기엔 생김새가 너무 빈약하다. 아니면 가방이나 버튼 장식인가?

한 달 후, 그는 고바야시로부터 다치바나 료코를 봤다는 소식을 들었다. 살아 있다는 사실에 안도했지만 만나러 갈 용기는 나지 않았다. 고바야시에게 그녀를 조사해달라고 부탁했다. 집착이었다. 무엇에? 그녀에게? 그녀의 무엇에?

교단 X. 코인 exe. 너무나 수상쩍었다. 그녀는 왜 자신을 콕 찍어 말을 건 것일까? 그 단체는 마쓰오 쇼타로 주변에 있는 고학력자들을 많이 빼냈다고 한다. 생각해보니 그녀를 만나기 전부터 주위에서 사람의 기척을 자주 느꼈던 것 같다.

하지만 나는 고학력자가 아니다. 스카우트될 능력도 없다.

나라자키는 그 이유를 알 수 없었다.

6

두통 때문에 책의 문장이 들어오지 않았다.

다카하라는 읽던 책을 책상에 내려놓았다. 그리고 담배를 물고 불을 붙였다.

침대에 놓인 휴대전화에서 시선을 거두고 다시 책을 손에 쥐려다 그만두었다. 진정이 되지 않았다. 인생의 어떤 상황에서도 냉정해지자고 마음먹었는데. 전화를 기다리는 것뿐인데 책을 읽을 수 없다니. 다카하라는 의자에서 일어나 오디오 스위치를 눌렀다. 쇼스타코비치의 현악 4중주 1번 선율에 몸을 맡기려고 했지만 역시나 두통이 생겼다. 다시 한 번 휴대전화를 봤다. 이상하다. 약속 시간은 이미 15분이나 지나 있었다.

기분 나쁠 정도로 고요하다는 생각이 들었다. 신자들은 모두 조용히 생활한다. 이 주변에 들어선 아파트 중 하나가 음침한 종교 시설이라고 대체 누가 생각할까? 공안의 눈을 피해 몸을 숨긴 단체라고 누가 생각할까?

다카하라는 멍하니 종이에 끄적이기 시작했다. 노크 소리가 났다. 당황한 자신에게 짜증이 났지만 종이를 말아 서랍에 넣으며 작은 소리로 대답했다. 여자가 들어왔다. 머리를 염색한 젊고 날씬한 여자. 두세 번 얘기를 나눈 적이 있었다. 큐프라의 여자다.

"저…… 커피는?"

"고마워."

다카하라는 그렇게 말했다. 자신의 말이 친절하게 들렸을까?

"하지만 그런 일 안 해도 돼. 너는 가정부가 아니잖아. 커피는 내가 끓일게."

"죄송합니다."

"아아, 화낸 건 아니야. 정말 고마워."

여자는 방 테이블에 커피잔을 내려놓았다. 하지만 나갈 생각은 없는 듯 보였다.

"네 것은?"

"저는 됐어요."

"하하하. 여기까지 왔으니 같이 마시자. 커피는 내가 끓일게."

"아니에요."

"괜찮아."

다카하라는 웃어 보였다. 아마도 여자는 커피를 마시지 않았던 것 같다. 다카하라는 찬장에서 홍차를 꺼냈다.

"……오늘은 월요일인데 괜찮아?"

"네, 오늘 휴무예요."

"그렇구나."

"다카하라 씨도…… 월요일인데 괜찮아요?"

"하하하."

다카하라가 소리 내어 웃었다.

"나는 안 가. 간부인 내가 있으면 다들 불편할 거야."

"그런가요?"

침대 위의 휴대전화를 봤다. 전화는 아직도 울리지 않았다. 만약 전화가 오면 어떻게 하지? 일단 여자를 밖으로 내보내는 수밖에 없다.

"혹시, 이제 정해진 기간이 다 되어가나?"

다카하라는 홍차를 여자 앞에 내려놓으며 말했다. 어차피 그 얘기겠지.

"……네. 앞으로 두 달 후면."

"잘됐다. 축하해."

"……그건 그렇지만."

"무슨 일 있어?"

"……그게 아니라."

무슨 일이 있느냐고? 뻔뻔해도 정도가 있지. 자신의 말은 전부 뻔뻔하다. 지금까지 인생 전부가.

"저는…… 무서워요."

"바깥세상에 나가는 것이?"

"네……."

다카하라는 음악을 껐다. 이제 준비는 됐을 것이다. 곧바로 본론으로 들어가면 된다.

"저는 밖에 나가면 또 반복된 삶을 살 거예요. 또다시 이상한 남자에게 끌려 괴로울 테고, 돈까지 떨어지면 다시……."

"……그렇군."

이럴 때 괜찮다고 말해서는 안 된다. 왜냐하면 괜찮지 않으니까.

"반복되겠죠. 쭉 그래왔어요. 머리로는 알아요. 하지만……."

"알긴 뭘 알아."

"……네?"

"모르는 거야. 너는 깨닫지 못한 거라고."

여자는 뭔가를 생각하는 듯한 표정을 지었다. 다카하라는 숨을 들이쉬었다.

"그건 결국 네가 원하는 거야. 그런 괴로움을 말이야. 괴로움에는 인력이 있어. 괴로워서 어쩔 줄 모르면서도 계속 거기에 머물고 싶지."

"……그럴지도 모르죠."

다카하라는 자신도 모르게 그녀를 봤다. 반박할 거라고 생각했는데.

"하지만 왜 그럴까요?"

"자신을 그리고 상대방을 증오하기 때문에 그럴지도 모르지. 괴로운 장소에 있다는 사실이 강하게 느껴지니까. 그 감정 자체에도 인력이 있으니까. 마치 버릇처럼."

다카하라는 거기서 말을 멈췄다. 섹스에 자극제가 되니까. 이렇게는 말하지 않았다. 죽이고 싶을 만큼 미워하면 희박한 자신의 존재감이 생생하게 살아나니까. 이렇게도 말하지 않았다. 원치 않는 남자에게 안기는 게 참을 수 없으니까. 증오와 애정과 불행이 섞인 섹스가 좋으니까, 라고도 말하지 않았다.

"그래서 무서워요. ……좀더 여기에 있게 될지도 몰라요."

"그럼 21층에?"

"……꼭 그래야만 하나요?"

"그건 아니지만 드문 경우일지도 모르지."

다카하라는 다시 담배에 불을 붙였다. 휴대전화는 울리지 않았다. 중요한 전화였다. 이것으로 모든 게 결정된다고 말할 성도로……. 두통이 다시 시작됐다.

"물론 교주님은 훌륭하신 분이에요. 훌륭하신 분이지만……

뭐라고 말해야 좋을지."

"괜찮아. 여기서 한 얘기는 아무한테도 말 안 할게."

"곁에 있으면 자신을 잃어버리는 것 같아요. ……그게 무서워요."

생각보다 여자의 머리가 좋다고, 다카하라는 생각했다. 하지만 그것은 이 스카우트가 실패했다는 것을 의미한다.

"그렇군. ……그래도 여기에 있으면 힘들지 않아?"

"아니요. 모두 잘 대해주고, 불결한 사람도 없잖아요. 일주일에 한 번은 이렇게 쉴 수도 있고."

"그런가? 나는 잘 모르겠는데."

"제가 이제까지 있던 곳과는 완전히 달라요."

"……그렇구나."

그럼 어떤 행복을 바라는데? 하지만 다카하라는 묻지 않았다. 용서할 수는 없지만 걷잡을 수 없이 끌리는 남자와 애증의 쾌락에 빠지는 행복이 좋아? 이렇게도 묻지 않았다.

거기서 더 나아가 마약을 하고 쾌락의 한계를 넘어서서 재가 돼버리는 행복은 어때? 아니면 약간 타협해서 그저 그런 남자랑 결혼을 하면? 다카하라의 머릿속에서 말들이 계속 쏟아져 나왔다. 그래서 아이를 낳고, 역시 여자는 아이를 낳아봐야 한다는 말을 하면? 연하장에 아이들 사진을 오려 붙여서 주위 사람들에게 돌리고, 아이가 부모 곁을 떠나려고 해도 보내지 않고 언제까지나 자식에게 들러붙어 사는 행복은 어떨까? 내면은 불안으로 괴롭지만 일을 잘해 능력을 인정받고, 많은 사람들에게 존경을 받아 잡지사와 인터뷰를 하는 건 어떨까? 이왕 이렇게 된 거 종교에 의탁하는 건 어때? 바깥세상을 경멸하면서 자신은 신의 가호를 받아 죽어서도 천국에 갈 수 있다고 착각하고, 실제로 죽은 후에는 우주의 먼지가 되더라도 그땐 이미 죽었으니 결국 불행도 느끼지 못하는 행복은 어떨까? 커다란 것을 원하면 안 되고 소소한 일상을 사랑하라는 진부한 메시지에 부응해서 오로지 일상을 즐기는 행복은 어떨까? 자, 어느 쪽이 좋지? 행복은 정말 많아. 인생이 인간에게 주는 행복의 변주는 다양하니까. 남을 제치고 행복을 손에 넣는 거야. 행복이란 타인의 불행을 낳는 거니까. 너의 불행도 누군가 행복의 결과일지도 모르니까. 우리의 행복은 세계의 기아들을 무시해서 생긴 폐쇄된 공간이니까. 아니면 인도의 수행자가 돼서 모든 걸 초월해 보는 건 어때? 다카하라는 미소 지었다. 하지만 이런 말은 차마 할 수 없었다.

"다카하라 씨는 어떤 것에도 만족할 수 없는 사람 같아요."

갑자기 그녀가 말했다. 자신도 모르게 여자의 얼굴을 응시하고 있던 다카하라는 시선을 내리깔았다. 역시 여자는 생각보다 머리가 좋았다.

"어떤 행복을 갖더라도, 어떤 카운슬링을 받아도, 다카하라 씨는 구원받지 못할 것 같다는…… 그런 생각이 들어요."

희미하게 심장박동이 빨라졌다. 다카하라는 미소 지었다.

"하하, 그건 실례지. 난 행복해."

"죄송합니다. 그냥 그런 생각이 들어서……."

그녀가 숨을 삼켰다.

"다카하라 씨가 조금이라도 편안해지길 원해요. 저는 다카하라 씨를 구원할 수 없어요. 그건 알아요. 하지만 리나 씨도 다카하라 씨를 구원할 수는 없을 거예요."

갑자기 무슨 말이지? 다카하라는 여자를 바라봤다. 눈가가 촉촉하고 목소리가 커졌다. 귀찮게 돼버렸다. 결국 그녀는 바깥세상의 진흙 밭에서 이쪽 세상의 진흙 밭으로 이동한 것뿐인가?

"여자들은…… 나라면 이 사람을 구할 수 있다, 바꿀 수 있다고 생각하지 않아?"

"그런 사람도 있겠지만 모두가 그렇진 않아요. 다카하라 씨는 뭐든 자신이 만든 카테고리에 넣어야 안심이 되나 봐요."

머리가 좋다. 다카하라는 생각했다. 나에게 일부러 싫은 말을 해서 강한 인상을 남기려는 것도 포함해서. 분명히 이 스카우트는 실패했다.

"하지만…… 3초 동안은 다카하라 씨를 구원할 수 있을 것 같아요."

"뭐?"

"다카하라 씨가 제 몸이 마음에 들지 않아도, 적어도 제 안에서 격렬하게 사정하는 3초 동안에는……. 다카하라 씨, 저는."

다카하라는 여자를 바라봤다. 여자의 눈과 입술이 젖어 있었다. 과연 그렇구나. 확실히 여자는 상상을 초월한다. 교주의 말이 맞다. 여자는 알 수가 없다. 가슴을 열어젖힌 흰옷 사이로 왼쪽 어깨가 드러나 있었다. 하얗고 둥그스름한 어깨. 치마 밑으로는 허벅지와 다리가 뻗어 있었다. 3초라. 다카하라는 생각했다. 3초의 행복.

"……마음은 고맙지만 개인적인 접촉은 금지잖아."

"하지만 리나 씨는."

"그 아이는 달라. 허가를 받았어."

"그럼, 저도 허가해주세요."

"……잠깐, 침착해. 너는 지금 밖에 나와서 불안해진 거야."

하지만 3초 동안은 행복하겠지? 하고 다카하라는 말하지 않았다. 그 3초의 사정 후에 찾아올 권태를 벌써 상상하는 나 같은 인간에게도? 다카하라는 미소 지었다. 가능한 한 친절하게.

"지금 너의 상태를 냉정하게 생각해봐. 그 상태가 지금까지 너를 불행하게 만든 원인이야. 그러니까."

속이 빤히 들여다보인다. 역시 자신의 말은 뻔뻔하다. 그 여자는 냉정해질 수 없다. 냉정해져봤자 인생은 재미없으니까. 냉정해져서 뭘 어쩌란 말인가? 그래, 그게 무슨 상관이야. 눈앞의 행복을 구할 수만 있다면 설령 그것이 지옥이라도 상관없다.

다카하라는 또다시 여자를 응시했다. 천진난만했을 무렵의 그녀를 상상했다. 예를 들어 중학생 시절의 그녀라면 같은 학년 남학생들에게 인기가 많았을 것이다. 그녀를 짝사랑해서 가슴앓이를 한 남학생들도 많았을 테지. 그녀는 착각하고 있다. 자신은 그다지 많은 여성과 섹스하지 않았다. 금지된 개인 접촉을 하면 한 시간은 꿈에 젖겠지. 들켜서는 안 된다, 절대로 소리 내서는 안 된다, 하면서 일부러 그녀의 목소리가 밖으로 새어나가도록 해볼까? 다카하라는 미소 지었다. 하지만 그것은 앞으로의 계획에 방해가 된다. 이 쾌락은 계획에 어울리지 않는다.

"다카하라 씨, 저는……."

다카하라의 말을 무시하듯 여자가 자리에서 일어났다. 그러고는 손을 내밀며 가까이 다가왔다. 갑자기 휴대전화가 울렸다. 다카하라의 심장이 빠르게 뛰기 시작했다.

"………미안, 전화가 왔어. 이 얘기는 나중에 하자."

여자는 갈 곳을 잃은 손을 내렸다. 당황한 여자가 방을 나갔다. 그녀에게는 카운슬링을 받도록 해야 한다.

다카하라가 전화를 받았다. 앞으로의 모든 계획이 결정되는 전화를. 목소리를 냈다. 가능한 한 작게.

7

교주의 기묘한 이야기 2

여러분, 오늘은 우주에 대해 이야기해볼까 합니다. 우주의 창조이자 인도 종교 성전 중 가장 오래됐다고 하는 『리그베다』에 대해서 말입니다. 우리가 사는 이 우주는 대체 어떤 것일까요? 대체 어떻게 탄생한 것일까요?

우리가 사는 지구는 태양계라는 공간에 있습니다. 이런 태양계 같은 별 무리가 무수히 모인 별의 집단을 은하라고 합니다. 참고로 우리가 사는 은하는 멀리서 보면 원반 형태로 보이고, 그 반지름은 약 5만 광년(光年)입니다. 빛의 속도로 날아 5만 년이 걸릴 정도로 넓습니다. 그리고 우주에는 그런 은하가 현재 밝혀진 것만 해도 천억 개 정도 된다고 합니다. 반지름이 5만 광년인 은하가 천억 개. 이것은 얼토당토않은 숫자이고, 정신이 아득해지는 압도적인 넓이입니다.

참고로 우리가 사는 태양계는 천억 개의 은하 중 하나로 은하수 중심에서 약 2만 8천 광년 떨어진 끝자락에 있습니다. 즉, 우리가 사는 태양계는 은하수 중에서도 변두리인 셈입니다.

그렇다면 이런 우주는 어떻게 태어났을까요? 진실인지 아닌지는 모르시만 현재 유력시되는 설을 소개하겠습니다. 우주는 지금으로부터 약 137억 년 전에 탄생했습니다.

여러분, 우선 진공이라는 것을 상상해보십시오. 공기도 무엇도 없는 공간. 하지만 완전히 아무것도 없는 진공은 없습니다. 사실 진공을 자세히 들여다보면 그곳에는 원자보다 훨씬 작은 마이크로 소립자가 갑자기 생겨나고 다음 순간 사라지는 현상을 반복합니다. 이상하지요? 결국 진공은 단순한 무가 아닙니다. 유와 무 사이를 떠도는, 유이기도 하고 무이기도 한 상태. 이해하기 어렵나요? (웃음소리) 하지만 지금은 우리 뇌가 가진 상식을 일단 내려놓으세요. 아무것도 없는 공간인 진공 속에서 마이크로 소립자가 갑자기 생겨나고 획 사라진다고 생각하면 될 것입니다. 본래 이 공간은 유와 무라는 대립하는 개념이 혼재한 장소였습니다.

나아가 우주는 '이 순간'이라는 시간적인 한 점에서 시작된 것이 아니라고 합니다.

그 무렵에는 시간이라는 개념이 현재 우리가 느끼는 '과거→미래'처럼 지속되는 것이 아니라 소위 과거도 미래도 아닌 허구의 시간이었다고 합니다. 우리의 뇌로는 그런 시간을 상상할 수가 없습니다. 왜냐하면 우리의 뇌는 '과거→미래'라는 시간의 흐름을 느끼도록 만들어졌기 때문입니다. 그런 허수의 시간 중에서, 어디가 시작인지도 모르는 상태 속에서 우주는 극소의 크기를 가진 존재로서 갑자기 나타나게 됩니다. 어떻게 불쑥 나타났을까요? 이것을 터널효과*라고 합니다. 마이크로 물질은 일시적으로 어디선가 에너지를 빌릴 수 있다고 합니다. 이런 불가사의한 터널효과가 발생하면 갑자기 생겨났다가 휙 사라지는 입자가 분명히 존재하게 됩니다. 그 순간 허수의 시간은 현재 우리가 인식하는 '이 시간'으로 변화했고, 그 10의 34제곱분의 1초보다 더 짧은 순간에 빅뱅이 발생했고, 우주는 폭발적으로 팽창했습니다. 빅뱅을 통한 우주 탄생 0.01초 후에 우주의 온도는 천억 도였고, 빅뱅 후 3분 사이에 헬륨 같은 원자핵이 만들어졌다고 합니다.

여기서 의문이 생깁니다.

그렇다면 그 전에는?

이것은 허수의 시간이니 '한 점'이나 '그 전'이라는 건 없다고 말씀드릴 수 있습니다. 하지만 이 우주와는 다른 모우주** 같은 것이 존재하고, 터널효과에 의해 모우주와 연결된 순간 우주가 태어났다는 설이 있습니다. 좀더 말하자면 우주의 시작은 특이점(特異點)***이라는 한 점의 무한대에서 빅뱅이 일어나 시작됐다는 설도 있습니다. 물리학에서 무한대라는 것은 없습니다. 즉, 물리법칙이 깨지는 특이점에서 생겼지만 그 후에는 물리법칙에 의해 팽창했다는 얘기입니다. 이 특이점 설

---

* 양자역학에서 입자가 가진 운동에너지보다 더 큰 위치에너지의 높은 장벽을 어떤 확률로 뚫고 나가는 현상.
** 우주의 끝에 무엇이 존재하는가에 대해 무(無), 또 나른 우주, 모우수라는 세 개의 가설이 있는데, 그중 모우주 가설은 우주가 모우주에서 떨어져 나온 것으로 파악한다.
*** 블랙홀의 중심에는 상대성이론에 따라 시공간의 곡률이 무한대가 되는 특이점이 존재하는데, 이곳에서는 물리법칙에 어긋나는 일이 발생한다.

은 현재는 받아들여지지 않지만 저는 꽤 매력적이라고 생각합니다.

그럼, 여기서 『리그베다』에 대해 생각해봅시다.

『리그베다』는 기원전 1200~1000년 사이에 만들어진 인도의 가장 오래된 종교 성전입니다. 유대교의 성서 성립 시기나 불교, 기독교보다 훨씬 오래됐고 힌두교 성전 중에서도 가장 오래됐습니다. 지금으로부터 약 3천 년 전 문장이라고 생각하니 마음이 약간 설레기도 하네요. 그중에 우주 탄생에 대한 이런 문장이 있습니다.

"그때 무도 없었다. 유도 없었다./ 우주의 최초는 암흑으로 덮여 있었다. 우주는 광명이 전혀 없는 파도(salila)였다. 공허하게 뒤덮여 있던 유일한 것의 발현이 열의 위력으로 탄생했다.

맨 처음 의욕은 그 유일한 것에서 나타났다. 이것은 사고의 첫번째 씨앗이었다. 성현들은 숙고해서 마음으로 구하고 무안에서 유의 연결을 발견했다.

그들(=성현)의 끈은 옆으로 팽팽하다. 아래가 있었는가. 위가 있었는가. 잉태하게 만드는 것(=남성적인 힘)이 있고, 위력(=여성적인 힘)이 있다./ 신들은 우주의 전개 이후에 나타났다."

어떤가요? 약 3천 년 전에 쓰여진 이 문장은 현재 최신 물리학과 일치합니다.

사실 처음에는 신화를 조사하려고 『리그베다』를 읽기 시작했는데, 우연히 이 문장들을 발견하고는 깜짝 놀랐습니다. 소설로 써보고 싶을 정도로. (웃음소리) 의욕이란 것은 탄생한 최초 입자의 팽창하고자 하는 의욕으로 읽을 수 있습니다. 성현이란 것은 수수께끼 같은데 이것은 어떤 비유라고 생각해도 좋고, 그런 존재가(어쩌면 모우주에) 있다고 생각해도 좋을 것입니다. "신들은 우주의 전개 이후에 등장했다"라는 말도 어쩐지 굉장하네요. 우주의 생성은 신에 의한 것이 아니라는 얘기입니다.

나아가 최신 소립자 이론에는 이런 얘기가 있습니다. 이 세계의 극소물질은 작은 입자, 즉 점이 아니라 초마이크로의 끈 모양이라는 것입니다. 이 끈은 진동하는데 그 방식에 따라 현재 알려진 수십 종류의 소립자로 변화한다는 것이 소위 초끈이론*입니다.

"그들(=성현)의 끈은 옆으로 팽팽하다. 아래가 있었는가. 위가 있었는가."

이것은 앞에서 읽어드린 『리드베다』의 한 구절입니다. 여기에도 끈이 나옵니다. 사실 이 문장에서 끈이라는 단어가 어쩐

* 우주를 구성하는 최소 단위인 소립자가 쿼크 같은 둥근 형태가 아니라 이보다 훨씬 작고 끊임없이 진동하는 아주 가느다란 끈이라는 이론.

지 갑자스러울 뿐더러, 부자연스러운 타이밍에 불쑥 튀어나왔습니다. 『리그베다』의 우주 생성론은 현재의 최신 우주 이론을 제대로 예견한 것입니다. 어떻게 이것이 가능했을까요? 우연이라고 생각하는 사람도 있을 것입니다. 이름조차 모르는 이 구절의 작가는 틀림없이 망상(妄想)을 봤을 것입니다. 사실, 저도 그렇게 생각합니다. 그렇다면 그의 망상은 왜 우주의 진리를 꿰뚫어 봤을까요? 약 3천 년 전 옛날에 예를 들면 '그때 무도 없었다. 유도 없었다' 하는 초고도의 추상 개념을 어떻게 가질 수 있었을까요? 그 의문에 대해 저는 그 사람이 우주의 구조를 알았기 때문이라고 대답하고 싶습니다.

원자는 원자에 대해 잘 압니다. 우리가 생각하는 '안다'는 감각과 맞지 않는다면 '원자는 원자에 대해서 스스로 체현한다'라고 말해도 좋을 것입니다. 이 작가도 인간일 테니 그의 뇌 역시 당연히 무수한 원자의 조합으로 만들어졌습니다. 원자는 원자를 잘 안다. 원자는 원자의 비밀을 내포한다. 그 무수한 원자의 조합이 '그'의 의식에게 세계의 본질을 보여준 것이 아닐까요? 3천 년 전이라면 현대처럼 쓸데없는 정보가 범람하지는 않았을 것입니다. 우리의 뇌 구조와 그들의 뇌 구조는 완전히 달랐겠지요. 그는 아마도 명상으로 어느 경지에 도달하여 이 영상을 봤을 것입니다. 이른바 원자가 내포하는 진실을. 그리고 수백 년 후에 명상을 통해 부처가 의식의 정체에 대해 알게 된 것처럼. 즉, 우리의 뇌 속에는 이미 이 세계의 진실이 존재하는 것이 아닐까요? 아무래도 저는 그렇게밖에 생각되지 않습니다.

이야기를 좀더 해봅시다. 우주에 대해서 조사하면 할수록 이상한 감각을 느낍니다. 왜냐하면 조사할수록 우주라는 것이 인간과 생물에 지나치리만큼 적합하게 만들어졌다는 것을 알게 되기 때문입니다.

이런 3차원의 공간이 아니라면 인간은 태어날 수 없었습니다. 모든 역학이 현재와 같지 않다면 지구는 태양 주위를 제대로 돌지 못하고 어딘가 떨어지고 맙니다. 좀더 마이크로한 얘기를 해보겠습니다. 전자력의 강도를 결정하는 전기소량*의 수치나, 양자나 중성자를 결합해서 원자핵을 만드는 힘의 강도를 결정하는 결합상수**가 만약 지금 이 세계의 수치에서 조금이라도 어긋난다면 유기물질을 만드는 원소인 탄소가 우주 안에서 합성되지 않습니다. 탄소가 없으면 당연히 유기물인 생물이 태어날 수 없습니다. 단백질이 없으면 DNA를 만들 수 없고 DNA가 없으면 단백질을 만들 수 없습니다. 생물이 탄생할 때 그들이 동시에 존재했다는 얘기가 됩니다. 이런 예는 그 외에도 얼마든지 열거할 수 있습니다. 마치 이 우주의 구조가 생물을 만들기 위해 존재한다고 말할 수 있을 만큼.

* 양, 음 전기량의 최소 단위로 전자, 양성자가 가지고 있는 전기량의 절댓값을 말한다. 기호는 e.
** 소립자 간의 물리적 상호작용의 세기를 나타내는 상수들을 말한다.

물론 이런 반론을 할 수도 있습니다.

"인간이 태어났기 때문에 나중에야 그럴 거라고 느낀 것뿐
이다. 인간이 태어난 우주이니 그런 우주가 인간에게 적합한
것은 당연한 얘기다."

"이 우주 이외에도 무수한 우주가 있지만 이 우주가 우연히
인간과 잘 맞아 인간이 태어난 것이다. 생성된 후 바로 사라지
는 실종우주도 수없이 많다."

맞는 얘기입니다. 그래도 여전히 저는 이 우주가 인간에게
안성맞춤이라고 말하고 싶습니다. 여기에는 어떤 의미가 있습
니다. 그러나 대부분의 물리학자들은 인간 본위(本位)의 입장
을 부정합니다. 혼과 저세상 그리고 신의 존재까지. 하지만 정
말 그렇다고 단정할 수 있을까요? 그럼, 이제 현재 우주학의
불명료한 점에 대해 이야기해볼까 합니다.

2003년 미국 나사(NASA)가 '우주의 96퍼센트는 정체불명
의 물질과 에너지로 이뤄졌다'라는 조사 결과를 발표했습니
다. 최신 수치로는 약 95퍼센트가 정체불명이라고 합니다. 생
명을 가진 신체, 공기와 별 등을 구성하는 소위 우리가 정체
를 아는 물질과 에너지(원자, 소립자 등)는 약 5퍼센트밖에 없
습니다.

그렇다면 나머지 95퍼센트는 무엇일까요? 그중 약 23퍼센트가 암흑물질이라고 합니다. 정체불명이라 확실하지 않지만 무게가 있고, 다른 물질과 반응하지 않고 그냥 스쳐 지나가는 유령 같은 입자라고 생각됩니다.

이것은 우주의 끝에만 존재하는 것은 아닙니다. 사실 우리의 바로 곁에도 있습니다. 지금 우리 신체를 빠져나가는 것들 속에 존재합니다. 더 나아가 암흑물질은 다른 차원 사이를 운동하는 입자가 아닌가, 하는 설도 있습니다. 다른 차원? 어쩐지 지어낸 얘기 같지만 원래 우주 자체는 만들어낸 이야기처럼 수수께끼투성이입니다.

예를 들어 아인슈타인의 상대성이론이 있지 않습니까? 그 이론에 따르면 공간은 굽어 있습니다. 중력이란 휘어진 공간 때문에 생긴 것입니다. 쉽게 말하면, 지금까지 영원불변의 존재라고 여겨졌던 시간과 공간이 늘어나고 수축하는 상대적인 것이라는 의미에서 상대성이론입니다. 그리고 이것은 실험으로도 확실히 밝혀졌습니다. 참고로 중력은 다른 차원에도 영향을 줄 수 있다고 합니다.

그리고 정체불명의 나머지인 약 72퍼센트는 암흑 에너지라고 합니다. 주위에 중력과는 반대인 반발력을 갖게 하고 현재도 계속 팽창하는 우주의 원인과 깊은 관련이 있다고 합니다. 나아가 이 에너지는 우주 결말의 열쇠를 쥐고 있습니다. 이 에너지의 정체를 밝히면 우주의 미래가 어떻게 될지 알 수 있습니다. 이것 역시 나중에 이야기하도록 합시다.

우주과학의 불분명한 점에 대해 한 가지 더 말씀드리겠습니다. 현재 최신 우주 이론은 브레인 우주론이라고 합니다.

우리의 우주는 10차원의 공간을 떠도는 얇은 막 같은 것이 아닌가, 하는 이론입니다. SF 같은 이야기가 아니고 전 세계의 고명한 현대 물리학자들이 진지하게 연구 중입니다. 1차원은 선, 2차원은 평면, 3차원은 우리의 공간. 그럼 다음 차원은? 4차원은 시간이라는 설이 있습니다. 10차원이 되면 대체 무엇이 될까요? 이에 대한 답은 아직 알려져 있지 않습니다.

이처럼 물리학과 우주과학이 완벽하지는 않습니다. 완벽은커녕 마이크로의 세계를 연구하는 양자론(SF에도 자주 등장합니다)과 아인슈타인의 상대성이론의 통합도 여전히 이뤄지지 않았습니다. 이 두 개가 통합될 때 이 세계와 우주의 구조 전부를 알 수 있는 궁극의 이론이 완성될 거라고 하는데, 아직 갈 길이 먼 것 같습니다.

그럼, 이 궁극의 이론이 아직 만들어지지 않았다는 전제하에 제가 생각하는 세계상을 여러분께 이야기할까 합니다.

8

교주의 기묘한 이야기 2: 계속

우선은 이 세계를 구축하고 있는 극소물질에 대해서입니다.

전에도 말씀드렸지만 물질을 형성하는 원자는 양자, 중성자, 전자로 이뤄져 있고, 나아가 그런 양자와 중성자는 보다 작은 쿼크로 이뤄져 있습니다. 이보다 더 작은 것이 있다고 하고 '극소의 한 점'을 가정해봅시다. 그런 극소의 한 점 내부는 어떨까요? 저는 두 가지 패턴이 존재한다고 봅니다.

우선 패턴 1.

만약 세계가 닫혀 있지 않고 다른 차원이 있다면 그 안은 텅 비어 있을 것입니다. 솔직히 말하면 우리에게 텅 빈 굴 같은 공간으로 보일 것이고, 그 끝은 인간의 개념에서 말하는 다른 차원이라는 얘기입니다. 하지만 차원이 다르다는 것은 여기서부터 차원이 달라진다는 식으로 경계가 뚜렷하지 않고, 서서히 달라지는 방식으로 차원이 달라집니다. 즉, 우리의 세계는 세상에서 말하는 3차원이지만 그것은 다른 차원과 희미하게 겹쳐져 있다는 것이 제 생각입니다. 다른 차원은 별세계라는 의미가 아니라 빛과 전자, 더 자세히 말하면 시간으로는 더 이상 판별할 수 없는 영역일 뿐입니다. 그 영역은 시간조차 존재하지 않을지도 모릅니다. 무엇인가 생겨났다가 사라지는, 아니 존재라는 개념 자체가 아예 없을지도 모릅니다. 이 세계는 다양한 영역과 서서히 겹쳐지는 방식으로 이뤄졌다는 생각이 듭니다.

그리고 패턴 2.

세계에 다른 차원은 없다는 경우입니다. 이럴 때 최소 물질의 안을 들여다볼 수 있는 인간이 있다면(불가능하지만 만약 그런 인간이 있다고 가정한다면) 그의 눈에 비치는 내부는 검은 세계일 것 같습니다. 그가 좀더 눈을 부릅뜨면 빛 같은 것이 보일지도 모릅니다. 다시 말해 그는 거기서 자신이 있는 우주 자체를 보게 될 거라고 생각합니다. 상당히 동화 같은 이야기입니다. 극소의 세계를 들여다봤더니 그곳에 자신이 있는 우주가 있다. 그때 그는 어떤 반응을 보일까요? 이 세계의 불가사의함에 감동할까요? 아니, 아마도 그는 공포에 휩싸일 것입니다.

우주가 인간에게 더할 나위 없이 딱 들어맞는 이유에도 두 가지 패턴이 있다고 봅니다.

패턴 1.

유감스럽지만 우연이라는 가능성.

우리 사회를 멀리서 원자 상태로 본다면 현재 인간 사회도 원자가 결합했다가 분리되는 형상이고, 모든 것은 단지 연속된 원자의 화학반응에 불과합니다. 그것이 설령 생명이라 불리는 것이라도 단지 그렇게 됐을 뿐이지, 아무 의미가 없다고 말할 수 있습니다.

그리고 패턴 2.

원자 결합의 발전은 이 세계의 어떤 상태와 접속할 가능성을 가지고 있다는 것입니다.

생명이든 사회든 근원의 근원, 또 그 근원의 근원을 찾다 보면 원자의 화학반응이라는 것은 앞서 말씀드린 것과 같습니다. 하지만 여기에는 의미가 있습니다.

우리의 의식을 만들어내는 뇌는 원자의 집합으로 이뤄졌다고 말씀드렸습니다. 즉, 이런 의미라고 생각합니다.

원자들은 어떤 결합 방식을 취하면 의식을 만들어낼 수 있다.

바꿔 말하면, 애초에 원자들은 의식을 만들어내는 능력을 갖추고 있다.

저는 이것이 진실이라고 생각합니다. 왜냐하면 원자의 결합인 우리의 뇌가 지금 이렇게 의식을 만들기 때문입니다. 얼마나 불가사의한 일입니까! 그렇다면 왜 원자는 결합을 통해 의식을 만들어내는 능력을 가지고 있는 걸까요?

물론 의식이린 인간이 만든 개념이고 착각에 지나지 않는다는 설도 있습니다. 만약 그렇다면 이렇게 바꿔 말할 수 있습니다. 애초에 원자는 의식이라는 착각을 만들어내는 능력을 갖추고 있다고 말이죠. 똑같은 얘기입니다. 착각이라는 것도 인간이 만든 개념에 지나지 않으니까요.

여기서 기억해야 할 것은 전에 말씀드린 것처럼 인간의 의식은 뇌에 작용할 수 없다는 것입니다. 바꿔 말하면 인간의 '의식=원자의 집합으로 만들어진 무형의 것'은 '뇌=무수한 원자의 집합, 즉 유형의 물체'에 작용할 수 없다는 얘기가 됩니다. 왜일까요? 어쩌면 이렇게 말할 수도 있을 것 같군요. 의식이란 3차원적 의미와는 다른 영역에 속하기 때문이라고. 3차원적 공간 속에서 의식은 어떤 물체에 작용할 수 없는 유일한 존재라고 할 수 있습니다. 무형의 중력도 마찬가지입니다. 그렇지만 전에 말씀드린 가설이 옳다면 의식은 어디에도 작용할 수가 없습니다.

즉 의식이 속한 영역, 이 세계의 영역은 다른 차원으로 빠져 나온 것이 아닐까 생각합니다. 암흑물질도 다른 차원으로 이동하는 물질일지 모른다고 최신 과학에서는 말합니다(암흑물질의 정체가 의식이라고 말할 생각은 전혀 없습니다). 앞에서 다양한 차원이 이 세계와 서서히 겹쳐졌다고 말씀드렸습니다. 즉, 원자는 원래 가진 성질 때문에 결합하면서 '그 영역/다른 차원'으로 향하는 (겹치는) 성질을 가지고 있는 게 아닐까요. 차원이라고 하지만 먼 곳에 있는 것이 아니라 명확한 경계 없이 이 세계의 겉과 속의 다중 버전처럼 겹쳐져 있다고 생각합니다. 유령이라는 존재도 이런 겹쳐진 차원 속을 파고든 의식의 파편이 아닐까 싶습니다.

생명은 원자와 원자가 결합한 분자가 다양하게 결합해서 태어났습니다. 흐느적거리는 생물 미만의 상태에서 인간으로 진화하는 흐름은 의식을 발생시키기 위한 것이었다고 생각합니다. 원자들은 필연적으로 다른 차원과 접속하려고 하고, 그렇기에 의식을 만들어내려고 합니다. 즉 '그 영역/다른 차원'으로 빨려들어갑니다. 자연 도태 같은 진화론적 입장에서 봤을 때 의식을 가지고 있는 진화된 생물의 움직임도 원자 상태에서 보면 어디까지나 '그 영역/다른 차원'으로 빨려들어간 결과가 아닐까 생각합니다.

그렇다면 의식, 즉 우리의 존재에는 의미가 있습니다. 인간적인 개념에서의 의미와는 다를지 모릅니다. 하지만 적어도 단순한 우연은 아닙니다. 왜냐하면 원자들은 본래 결합에 따라 의식을 만들어내는 능력을 내포하기 때문입니다. 그것은 우주가 생물과 인간에게 맞도록 만들어진 이유이기도 합니다. 그렇다면 다른 차원의 영역이란 무엇일까요?

그것은 모릅니다. 천국이나 지옥을 떠올리는 것은 안이한 발상입니다. 그것과 의식 수준의 높고 낮음은 아마 상관없을 겁니다. 원시적인 동물의 의식이나 인간의 발달된 의식이나 종류가 다를 뿐 아마도 그 영역에서는 동등한 가치를 가지며, 어쩌면 가치라는 개념조차 없을지도 모릅니다. 그곳은 사념체(思念體)* 같은 곳이 아닐까 합니다. 이 세계의 든든한 토대인 사념.

　수많은 물리학자와 뇌 과학자들이 혼은 없다고 말합니다. 하지만 앞에서 말씀드렸듯이 과학은 아직 만능이 아닙니다. 양자론과 상대성이론을 결합하지도 못했습니다. 다른 차원은 너무나 마이크로해서 인간에게 보이지 않는다는 설이 있습니다. 하지만 그건 다른 차원의 입구가 너무 작아서 인간에게는 보이지 않는 게 아닐까요? 그중에 다른 차원, 암흑물질이 있다면 무수한 원자가 결합해서 뇌를 만든 그 결합체 어딘가에 눈에 보이지 않는 입구가 존재하지 않는다고 누가 단언할 수 있을까요? 인간이 죽으면 그 인간을 이루는 원자의 결합은 붕괴됩니다. 그래도 우리의 의식은 그 입구에서 휙, 하고 다른 차원으로 옮겨 가는지도 모릅니다. 그 사념체 속에 들어갔을 때 우리는 이 세계의 모든 진실을 알 수 있을 것입니다. 물론 그렇지 않을 수도 있습니다. 그저 뭔가의 양분으로 흡수될지도 모릅니다. 어찌 됐든 그건 죽었을 때 생각해보기로 합시다. 앞으로도 우주와 인간에 대한 이야기를 계속해보려고 합니다.

　마지막으로 아주 짧게, 다시 우주 이야기로 돌아가보겠습니다.

---

* 특정 그룹이나 단체의 사고나 생각을 추상적 혹은 구체적인 형태를 띠게 만드는 것.

천억 개의 은하가 있다고 말씀드렸는데, 아주 먼 곳에서 전체를 보면 어쩐지 벌집처럼 생겼다는 것을 알 수 있습니다.

벌집의 텅 빈 부분은 아무것도 없는 것처럼 보입니다. 요컨대 벌집의 육각형 형태를 만드는 막과 같은 선, 이 선 부분이 은하(별의 집단)의 연계처럼 빛나는 것 같습니다. 그리고 이 구도를 보면 어떤 물체와 닮았다는 느낌이 듭니다. 바로 뇌의 신경세포입니다.

정말 신기한 일입니다. 오늘 이야기는 여기서 마치겠습니다.

DVD를 제자리에 놓고 나라자키는 방을 나왔다.

저택으로 다시 돌아온 나라자키를 미네노와 사람들은 따뜻하게 맞이했다. 요시다는 무슨 말을 하려는 듯했지만 다치바나 료코에 대해서 입을 다문 그를 채근하지는 않았다. 리락쿠마 앞치마를 두르고 있던 다나카는 오늘은 주전자 그림 앞치마를 둘렀다. 주전자에 얼굴이 그려져 있고 '자, 한번 끓어볼까?' 하는 말풍선까지 달려 있었다. 직접 만든 건가? 그림의 의도가 대체 무엇일까? 복도를 걷는데 앞에서 미네노가 다가왔다.

"마쓰오 씨의 이야기 어때요? 재미있었나요?"

옆에는 덩치 큰 남자가 있었다. 처음 보는 사람이었다. 나라자키는 미소를 지었다.

"잘 모르는 이야기가 많아서……. 그런데 매일 그런 이야기를 하나요?"

미네노가 희미하게 웃었다.

"아니, 다양해요. 난해한 것도 많지만. 가끔 「마지막 콜레스테롤」이라는 자작 소설을 읽기도 하고."

"……마지막 콜레스테롤?"

"네. 의사한테서 더 이상 콜레스테롤을 섭취하면 안 된다는 말을 들은 노인들이 마지막으로 그토록 원하던 달걀을 밥에 비벼 먹는다는 단편소설이에요."

"……초현실적인 소설이군요."

"그리고 이런 것도 있어요."

옆에 있는 덩치 큰 남자가 웃으며 말했다.

"제목이 '포르노 혁명'이에요. ……마쓰오 씨는 쓸데없이 위아래로 흔드는 포르노 앵글을 싫어했죠. 영화 찍는 방법이 늘 불만이었어요. 여배우가 저렇게 노력하는데 무능한 감독 같으니! 라고 말이죠. 화를 내는 포인트가 틀렸다는 생각은 들지만…… 아무튼 그러다가 대상이 아니라 스스로를 혁명하면 된다는 사실을 깨달았다고 합니다."

"……스스로를?"

"즉, 영화에 나오는 여배우를 옛날 여자친구라고 생각하거나, 자신을 배신한 여자라고 감정이입을 하면서 보면……."

"……말이 되네요."

나라자키는 애매하게 웃을 수밖에 없었다.

"세상에 불만이 있으면 세상을 바꾸거나 자신의 인식을 바꿀 수밖에 없다는 주장을 포르노와 연결해서 얘기하려고 했지만 보기 좋게 실패했습니다. 객석에서 터진 야유 소리에 마쓰오 씨가 오히려 화를 냈어요. ……어쨌든 이제 돌아오실 테니 실물을 볼 수 있답니다."

"돌아온다고요?"

"네, 그래요. 마쓰오 씨가 내일 퇴원한다고 합니다."

미네노는 왜 처음부터 그 말을 하지 않았을까? 미네노가 말을 이었다. 가늘고 긴 눈이 살짝 젖은 것 같았다. 그녀는 오늘도 아름답다.

"그에게 나라자키 씨를 소개할게요. 자신의 DVD를 봤다고 하면 분명히 기뻐할 겁니다."

나라자키는 문을 나섰다.

마쓰오 쇼타로가 퇴원한다. 나라자키는 곰곰이 생각했다. 나는 그 사람과 만날 생각이었나? 실제로 나는 그 노인에게 알 수 없는 흥미를 가지고 있다. 하지만…… 그래서 뭘 어쩔 셈인가? 그에게 인생의 의미라도 배워 감동적으로 사회에 복귀할 것인가? 아니, 무엇보다 사회에 복귀할 수 있을까? 지금으로서는 조금도 복귀하고 싶은 마음이 없는데.

나라자키는 계속 걸었다. 저택 안에 있으면 마음이 편했다. 이유는 모르지만 미네노의 말대로 그곳에는 사람을 차분하게 만드는 뭔가가 있는 것 같았다. 미네노 때문인가? 나라자키는 생각했다. 그녀는 아름답다. 대체 내가 무슨 생각을 하는 거지. 무엇을 원하는 거야. 우선은 마쓰오 쇼타로를 만나자. 이유는 없다. 그냥 만나보자.

"나라자키 도루 씨 맞죠?"

등 뒤에서 소리가 났다. 뒤돌아보니 젊은 여자가 있었다. 저택에 있던 사람은 아니다. 무슨 일이지? 그 여자를 보고 저택의 사람이 아니라는 것을 바로 알 수 있었다. 심장박동이 빨라졌다.

"……다치바나 료코 씨를 찾고 있죠?"

"……네?"

나라자키는 어리둥절한 표정으로 여자를 봤다. 갈색 머리에 커다란 눈. 누군가와 닮았다. 누구지? 도무지 생각이 나지 않았다.

"같이 가실래요?"

"……어디로?"

나라자키의 말에 여자는 미소를 지었다. 어쩐지 나라자키에게는 그리운 얼굴이었다. 그들 옆으로 자동차 몇 대가 지나갔다. 바람이 차가웠다. 여자가 조용히 입을 열었다.

"우리 교단으로요."

9

여자는 미소를 지은 채 나라자키 앞에서 걷기 시작했다.

어떻게 된 일일까? 나라자키는 생각을 정리하려고 했지만 이미 자신이 여자를 따라 걷기 시작했다는 것을 깨달았다. 심장이 계속 빨리 뛰었다. 그녀는 분명히 다치바나 료코의 이름을 말했다. 그렇다면 그녀가 부른 것인가? 무엇을 위해? 내가 이 저택에 있다는 것은 어떻게 알고?

그런 생각을 하면서 나라자키는 여전히 여자의 뒤를 쫓아서 걸었다. 검은 스커트 밑으로 검은 스타킹으로 감싼 늘씬한 다리가 움직이고 있었다. 그녀는 뒤돌아보지도 않았다. 이대로라면 당장 도망칠 수 있다. 멀리 승합차가 보였다. 그리고 옆에는 한 남자가 서 있었다. 저기에 타라는 건가? 왠지 수상쩍었다.

왜 나를 선택했는지 물어보자. 왜 마쓰오 쇼타로에게 사기를 쳤는지도. 하지만 그건 언제라도 물어볼 수 있다. 차에 올라타기 전에 말하면 좋을까? 그녀는 나의 발소리를 들으며 내가 따라오는지 확인하는지도 모른다. 왠지 그랬으면 좋겠다는 생각이 들었다. 여자가 문이 열려 있는 승합차에 올라탔다. 기다리던 남자는 운전석에 앉았다. 나라자키가 승합차 앞에 멈춰서자 그녀가 그를 향해 미소 지으며 차 안에서 손을 내밀었다. 승합차에 타는 걸 도와주기 위해. 나라자키의 결단을 도와주기 위해.

나라자키는 그 손을 멍하니 바라봤다. 이런 장면을 여러 번 본 적이 있었다. 다치바나 료코가 실종되기 전날, 침대 옆에서 내밀었던 자신의 손. 그는 지금까지 세상을 향해 손을 내밀었지만 아무것도 붙잡을 수 없었다. 손을 내민 상태로 하염없이 기다려도 어떤 존재도 그 손을 잡지 않았다. 당연히 자신에게 먼저 손을 내밀었던 적도 없다. 멀리서 사이렌 소리가 울렸다. 나라자키는 여자가 내민 손을 잡았다. 따뜻했다. 나라자키는 그녀에게 부담이 가지 않도록 무릎을 구부려 거의 혼자 힘으로 승합차에 올라탔다.

슬라이드 방식의 문이 닫혔다. 철컥하는 소리가 났다. 돌이키기엔 이미 늦었다.

여자가 살짝 뿌린 향수 냄새가 차 안에 퍼졌다.

창문에는 불투명 필름이 붙여져 있어 밖을 볼 수가 없었다. 운전석과 뒷자리에도 커튼이 쳐져 있었다. 설령 밖에 미네노나 요시다, 고바야시가 있다고 해도 이젠 그들을 볼 수가 없었다. 엔진 소리가 울리고 차가 움직이기 시작했다. 낯익은 장소를 떠나간다. 자신의 인생이 멀어진다.

아니다. 나라자키는 바로 생각을 바꿨다. 몸이 붕 뜨는 기분이 들었다. 차가 이동하면 할수록, 뭔가에서 멀어질수록, 지금 자신이 진정한 인생을 걷고 있는 것처럼 느껴졌다. 지금 살아 있음을 느낄 수 있는 일상의 감각들이 있다. 손끝에 닿는 공기의 감촉, 앉아 있는 허리의 자세, 입고 있는 옷 등을 의식했다. 시간의 흐름이 확실하게 느껴졌다. 지금이 지나고, 또 지금이 지나고, 또 지금이 왔다가 지나간다. 차의 가죽 시트 표면이 또렷이 보였다. 인공 처리한 가죽치고는 감촉이 살아 있다. 어떤 동물의 가죽일까? 동물 가죽이 이런 형태가 될 수 있다니? 차의 속도가 줄어들더니 바로 옆으로 자동차가 통과하는 기척이 났다. 갑자기 시끄러운 멜로디가 들리더니 바로 멀어져갔다. 또 사이렌 소리가 났지만 그 소리도 점점 사라졌다.

"……지금 어디로 가나요?"

나라자키는 마치 다 알고 있다는 듯 말을 걸었다. 여자가 그를 향해 얼굴을 돌렸다. 그 사소한 움직임만으로 은은하게 뿌린 향수 냄새가 차 안에 퍼졌다. 향기가 입 안으로 들어왔다. 몸속으로도.

"걱정하실 필요 없습니다."

여자가 또다시 미소 지었다. 나라자키는 여자의 부드러운 곡선의 가슴을 쳐다봤다. 스타킹을 신은 두 다리는 뭔가를 얽어매듯 꼬아져 있었다. 물론 걱정은 하지 않는다. 걱정할 이유도 없다. 이런 자신의 인생에서 지켜야 할 것은 아무것도 없다.

미묘하게 느껴지던 외부의 빛이 사라지고 결국 차가 멈췄다. 어느 정도 달렸는지 알 수 없었다. 나라자키는 스스로 슬라이드 문을 열었다. 그들의 수고를 덜어주려는 것처럼. 비위를 맞추는 것처럼.

거친 콘크리트 감촉이 신발 바닥에 느껴졌다. 어떤 건물의 지하주차장. 남자가 비상문처럼 보이는 문을 열었다. 나라자키는 여자의 뒤를 따라 안으로 들어갔다. 남자는 들어가지 않았다. 어슴푸레한 복도를 여자와 함께 걸었다. 여자가 왼쪽에 있는 문을 열었다. 희미한 빛. 그곳에는 마스크로 얼굴을 가린 또 다른 여자가 있었다.

그 여자는 나라자키를 자리에 앉히고 그의 팔을 들어 올렸다. 소독약 냄새. 주사기를 본 나라자키가 외마디 비명을 질렀다.

"걱정하실 필요 없습니다."

마스크를 쓴 여자는 겁에 질린 나라자키를 향해 부드러운 목소리로 말했다.

"잘 보세요. 이 주사기에는 아무것도 들어 있지 않습니다. 자, 잘 봐요."

분명 아무것도 들어 있지 않았다.

"피를 조금 뽑을 겁니다. 그리고 화장실에서 소변도 봐야 해요. 간단한 의식입니다."

피의 우열이라도 가리는 건가? 하지만 뭔가를 몸속에 넣는 것보다 훨씬 낫다는 생각이 들었다. 나라자키는 순순히 피를 뽑히고는 종이컵을 들고 화장실로 들어갔다.

그 방에서 나온 후 같이 온 여자와 함께 또다시 어두운 복도를 걸었다. 엘리베이터를 기다렸다. 정적 속에서 덜컹거리며 엘리베이터 내려오는 소리가 들리더니 뒤이어 벨 소리가 조심스럽게 울렸다. 엘리베이터가 열렸다. 마치 의지를 가진 것처럼. 사람을 불러들여 안에 태우고 불쾌하게 토해내는 것처럼.

여자는 아무 말도 하지 않고 그저 미소만 지었다. 그가 결코 도망치지 않으리라는 것을 알고 있듯이. 나라자키는 생각을 멈췄다. 그렇다, 도망칠 생각은 없다. 여자는 18층 버튼을 눌렀다. 이 건물은 조용했다. 아무도 없는 것처럼.

엘리베이터가 열리고 다시 어슴푸레한 복도를 걸었다. 넓은 복도 왼쪽에 몇 개의 문이 있었다. 아파트 호수가 늘어선 것과 비슷했다. 느낌으로는 상당히 긴 거리를 걸은 것 같았다. 드디어 여자가 걸음을 멈추고 문을 열었다. 1807호. 곧이어 여자는 방으로 들어갔다.

"잠깐 고개를 저쪽으로 돌려주세요."

붉은 조명이 은은하게 비추는 방에서 여자는 불쑥 그렇게 말했다. 나라자키는 몸을 돌려 방금 전에 들어온 현관문을 봤다. 목이 말라 침을 삼켰다. 호흡이 가빠졌다. 공기가 습했다. 나라자키의 몸에 땀이 맺혔다.

"……됐습니다."

고개를 돌리자 그녀가 서 있었다. 목욕 타월만 두른 채. 은은한 붉은 불빛에 몸이 그대로 드러나 부끄러움을 느끼는 듯. 여자의 등 뒤에는 침대가 있었다. 거대한 침대. 거기에서 뭐든 다 할 수 있는 침대. 나라자키는 숨을 삼켰다.

"······생각나는 걸 말해보세요."

"······네?"

"머릿속에 떠오르는 것 말이에요."

나라자키는 여자의 몸을 계속 바라봤다.

"······무슨 뜻인지 모르겠어요."

"그냥 생각나는 걸 말하면 돼요. 주저할 것 없어요. 자신에게 거짓말할 필요도 없어요. ······어떤 부끄러운 일도 괜찮아요. 남에게 말할 수 없는 일도."

여자는 계속 말을 했다.

"자신의 어두운 부분, 추악함, 과거 전부. ······지금 머리에 떠오르는 것 전부."

"······예뻐요."

나라자키는 겨우 그렇게 말했다. 목이 말랐다.

"그리고요?"

"당신과······ 아니, 하지만 저는 지난 5년간 아무하고도."

여자가 미소를 지으며 나라자키의 양팔을 잡았다. 그리고 자신의 가슴에 갖다 댔다. 부드러운 감촉이 그에게 전해졌다. 나라자키는 손을 움직이지 않도록 애썼지만 가만히 있기가 힘들었다. 이윽고 그는 천천히 손을 움직였다. 부드럽고 따뜻했다. 여자의 향수 냄새가 몸속으로 스며들어왔다.

"······음악을."

"······음악?"

"그래요, 음악."

말이 의식 위로 떠오른다. 그러고는 녹은 납처럼 퍼져 나간다. 여자는 양팔을 나라자키의 목에 둘렀다. 나라자키가 그녀를 껴안았다.

"별거 아니야. ……정말 별거 아니야. 그건 목소리를 지우는 것이니까. 인간이 화내는 목소리는 무섭잖아?"

입에서 말이 흘러나왔다.

"인간의 분노는 공포잖아? 별게 아니야. 남에게 떠벌릴 만한 불행은 아니야. 단지 어른, 부모의 화내는 소리에 겁먹은 것뿐이야."

여자가 나라자키의 귓가에 입술을 문질렀다.

"그래서 벽 너머의 좁은 거실에서 싸우는 소리가 들리면 음악을 틀었어. 일본과 외국 음악들. 음악은 어른들이 싸우는 공포스런 목소리를 지우고, 그것을 기쁨의 소리로 바꿔줬지. 좋아하는 소설의 한 구절을 떠올릴 수도 있었어. 책을 좋아했거든. 그러고 있으면 마음이 편해졌으니까."

여자는 고개를 끄덕였다. 마치 재촉하듯.

"……그 후에 나는 이성적으로 살았어. 내 인생과 생각을 모두 이성으로 컨트롤하며 살려고 했어. 아니, 의식하고 그런 건 아니야. 어느새 그렇게 됐지."

왜 자신이 이런 이야기를 하는 걸까? 몸에서 힘이 빠져나갔다.

"왜냐하면 나는 약했으니까. 부모의 싸움을 정면으로 받아들이지 못하고, 음악과 소설의 도움을 받아야 할 만큼 약했으니까. 어린아이는 모두 약해. 그런 약한 시기에 자신이 얼마나 나약한지 확인시켜주지. 인간의 고함 소리는 내면의 한구석을 늘 불안하게 만들지. 매일매일 그런 것에 노출되면 아주 사소한 일에도 겁이 나. 조건반사처럼, 다른 사람이 화를 내면 불안해서 견딜 수가 없어. 부모가 이혼했을 땐 오히려 마음이 놓였어. 이제 그런 목소리를 듣지 않고 살겠구나 싶어서. 내 존재 자체가 그들의 짐이 됐다는 사실도 알고 있었어. 아장아장 걸으며 손을 내밀었는데 내 손을 엄마가 잡아준 것이 나의 첫 번째 기억이야. 눈이 있었어. 나를 방해물처럼 쳐다보는 눈. 그 눈은 고함 소리와 겹쳐져 나에게 이 세상에서 사라지라고 말하는 것처럼 느껴졌어. 하지만 부모의 애정 같은 건 아무래도 상관없었어. 그저 나를 부정하는 목소리만 사라진다면 그걸로 좋았어. 언제부터인가 내 모든 걸 이성으로 둘러싸게 됐지. 마치 갑옷처럼. 모든 사물을 반투명한 막 같은 것을 통해 보게 됐어. 약했으니까. 인간이니까 어쩔 수 없어. 왜냐하면 인간이니까. 이런 생각을 하면서 다른 사람들을 대했어. ……아무에게도, 그 누구에게도 기대한 적은 없었어. 상대가 화내지 않도록 늘 마음을 졸였지. 그래서 공부할 마음도 없었어. 지방대학을 나와 취직하려고 했지만 취업난이 극심했던 시기잖아. 제대로 된 회사가 없었어. 하지만 그것도 이성으로 가뒀지. 어쩔 수 없

다며. 인간이 만든 사회가 제대로 돌아갈 리 없다며. 별 볼 일
없는 인간들과 함께 별 볼 일 없는 자신이 별 볼 일 없는 일을
해야 한다고. 그렇게 살아갈 생각이었어. 하지만 놀랐어. 정말
놀랐어. 고함치는 상사의 목소리를 들으면서 나는 머릿속으로
음악을 틀었지. 빌 에번스*의 〈왈츠 포 데비〉. 그와 동시에 도
스토옙스키『백치』의 미슈킨 공작**의 아름다운 결말을 떠올리
기도 했지. 그러면 아무렇지 않았으니까. 어처구니없는 잔업
이 이어졌어. 신경쇠약에 걸려 회사를 그만둔 동료도 몇 명 있
었어. 상사는 계속 내게 화를 냈지. 화를 내지 않도록 애썼지
만 그 상사한테는 무리였어. 하지만 어차피 상대는 능력도 없
고, 능력이 없어서 이런 회사에 들어왔고, 능력이 없는데도 부
하에게 화풀이나 하는 바보니까 신경 쓸 필요도 없었어. 음악
을 틀었지. 하지만 그 음악이 갑자기 끊겼어. 이상하다고 생각
했지. 미슈킨 공작도 사라져버렸어. 어떻게 된 걸까, 하고 봤더
니 상사의 입술이 말이야. 그 입술이 갑자기 으스스하게 보이
는 거야. 입술이다. 이렇게 생각했지. 그래, 지금도 확실히 기
억해. 입술이다. 이렇게 생각했어. 이빨이 있다. 이빨이다. 이
렇게 생각했어. 기분이 나빴어. 말하고 있구나. 이 녀석이 말하

* 미국의 재즈 피아니스트. 재즈계의 쇼팽으로 불리며 제2차 세계대전 이후 가장 영향
력 있는 재즈 피아니스트로 평가받았다.
** 백치에 가까운 선량한 미슈킨 공작이 욕망의 화신인 로고진과 친구가 되면서 사랑과 질
투, 복수, 돈과 살인에 얽히게 된다. 사랑과 연민의 정신을 가진 공작은 사람들 사이에서
화해와 조화를 위해 노력하지만 결국 현실의 광란의 소용돌이에서 무력감을 느끼고 만다.

고 있구나, 하고 생각했어. 기분 나쁘네, 이 자식. 죽어버리면 좋을 텐데. 기분 나쁘다, 정말 죽어버리면 좋을 텐데. 이런 생각을 하면서 나는 손바닥으로 상사의 얼굴을 있는 힘껏 후려쳤어. 상사는 쓰러지면서 책상에 세게 부딪혀 엄청난 소리가 났어. 속이 후련했느냐고? 후련했다면 상황은 달라졌을지 모르지. 곤란하게도, 아니 뭐랄까, 잔혹하게도 상사의 얼굴을 강하게 짓누른 후에야 나는 제정신이 들고 말았어. 큰일 났다, 이제 어쩌지. 아니, 정확히 말하면 내 손바닥이 상사의 얼굴을 누르기 직전에 이미 제정신으로 돌아와 있었어. 나는 완전히 일상 속으로 돌아왔어. 그렇다면, 그렇다면 처음부터 그런 일은 하지 않았으면 좋지 않았을까. 그렇지? 바로 제정신으로 돌아올 거면서 왜 그런 짓을 했을까? 어째서 나의 뇌는 그런 짓을 한 걸까? 게다가 어째서 나의 뇌는 바로 원래 상태로 돌아온 걸까? 그대로 미쳐버렸다면 굉장히 편했을 텐데."

여자는 나라자키의 머리를 감싸고 자신의 가슴에 묻었다. 그는 숨을 헐떡이면서 잠에 빠져들 것 같은 자신을 느꼈다. 하지만 잠들지 않았다. 지금 그에게는 이성도 없고 음악도 울리지 않는다.

"……당신이 여기에 온 이유는 뭔가요?"

"뭐?"

"여기에 온 이유."

"나는, 다치바나……."

아니야. 그게 아니야. 나라자키는 그녀의 가슴을 손으로 주물렀다. 목욕 타월이 벗겨지고 눈앞에 그녀의 가슴이 드러났다. 나라자키는 그 가슴에 얼굴을 파묻었다. 유두를 입에 넣고 빨아들였다. 소리가 났다. 유두를 핥는 소리. 여자는 그를 받아들이며 속삭이는 듯한 소리를 냈다. 신음 소리 같기도 하고, 숨을 내쉬는 것 같기도 한 소리.

"이제 싫어졌어. 그저 그런 나도, 내 인생도 다 싫어졌어."

"음."

여자는 나라자키의 머리를 팔로 감쌌다. 나라자키는 더 이상 참을 수가 없었다.

"**나는 내 인생을 모욕하기 위해 여기에 왔어.** ……다들 눈살을 찌푸리겠지. 정체를 알 수 없는 단체에 들어갔다고. 내 인생과 번지르르한 위선으로 가득 찬 녀석들을 모두 모욕하기 위해……."

여자는 나라자키를 침대로 이끌었다. 그리고 키스했다. 그의 혀와 여자의 혀가 얽혀들었다. 나라자키는 탐하듯 그녀의 혀를 입속으로 빨아들였다. 옷을 벗었다. 온몸으로 여자의 몸의 탄력과 체온을 느꼈다. 부드러운 가슴에 얼굴을 파묻었다. 여자는 이미 상당히 젖어 있었다.

"아…… 아."

여자는 눈을 감고 허리를 들썩였다.

"손가락……. 창피해요, 그렇게 손가락으로 하면."

나라자키의 손가락을 몸속에 받아들이며 여자는 몸을 부르
르 떨었다. 그녀의 격렬한 반응이 나라자키의 두 손가락에 고
스란히 전해졌다. 여자는 나라자키의 성기를 애무하고는 정상
위(正常位) 자세로 자신의 젖은 성기 속으로 이끌려고 했다.

　"……콘돔은?"

　"걱정 말아요. 여기에 성병 있는 사람은 없어요. 음…… 아
까 검사 기억하죠? 당신은 통과했어요."

　여자의 몸속으로 나라자키의 성기가 들어갔다. 그의 성기가
부드러운 탄력으로 휘감겼다. 빨아들이듯 수축하면서 마구 엉
켰다. 나라자키는 여자의 몸속에서 격렬하게 움직였다. 그녀
가 질액으로 또 젖기 시작했다.

　"피임약도 먹었어요. ……마음껏 안에다 싸요. 음…… 당신
이 하고 싶을 때까지. 마음껏 내 몸속에다."

　여자가 긴 다리로 나라자키의 허리를 휘감았다. 나라자키
는 몸을 뗄 수가 없었다. 아니, 몸을 뗄 생각도 없다. 가슴과 복
부가 땀으로 밀착됐다. 체위를 바꿀 여유도 없었다. 여자는 부
끄러운 표정을 지으며 그의 귓가를 향해 계속 숨을 토해냈다.
나라자키를 온몸으로 휘감았다. 그리고 키스했다. 입술이 젖
었다.

　"……생각났다."

　나라자키가 숨을 헐떡이며 말했다.

　"너는 내가 처음으로 좋아했던 여자랑 닮았어. ……다른 사

람이지만 어딘가 닮았어. 내 인생에서 처음으로 다른 사람에게 흥미를 가진 순간의……."

여자는 또 미소를 지었던가? 하지만 나라자키는 그녀의 표정을 살필 여유가 없었다.

10

눈을 떴다. 붉고 은은한 불빛의 전등. 똑같은 방이다.

인기척이 났다. 어둠 속에서 여자의 뒷모습이 보였다. 자신이 어떻게 잠들었는지 기억나지 않았다. 섹스하면서 잠이 들었던가? 그렇게 기진맥진할 정도로?

혼자 있는 게 불안했다. 여자에게 어제 실례되는 행동은 하지 않았을까? 정성을 다했을까? 갑자기 신경이 쓰이기 시작했다. 평소 버릇처럼 "저기……" 하고 나라자키가 여자에게 말을 걸었다. 그녀가 뒤를 돌아봤다.

"……네?"

"어제 그 여자는 벌써 나갔어요. 오늘은 저예요."

여자가 미소 지었다. 목욕 타월만 두른 채 오늘은 자기 차례라니? 어떻게 된 일이지? 대체 여긴 어디지?

"밥을 자리려고 했는데……."

여자는 그렇게 말하면서 다가왔다. 아름답다. 어제 그토록 그 여자를 탐했는데. 자신은 이미 이 여자가 아름답다고 생각하고 있다. 나라자키는 절망적으로 웃고 싶어졌다. 형편없다. 그러나 그게 나다. 그녀가 목욕 타월을 양옆으로 벌렸다. 나라자키는 숨을 들이쉬었다.

"봐, 벌써 이렇게."

여자가 나라자키의 성기를 만졌다. 나라자키는 여자에게 키스하고 그녀의 가슴에 얼굴을 묻었다. 유두를 입에 머금었다. 어제처럼.

"흐음…… 아기 같아."

나라자키의 혀가 움직이기 시작했다. 빨지 않은 쪽 유두를 손끝으로 문질렀다.

"아…… 아기는…… 그런 짓 안 해."

나라자키는 땀에 젖은 여자의 몸을 혀로 핥기 시작했다. 여자가 깔깔대며 웃었다. 그런 나라자키를 받아들이려는 듯. 타락했다는 생각이 들었다. 하지만 뭐가 나쁜가. 이 행위에 어떤 점이 나쁘단 말인가.

아름답다는 말을 듣는 건 기분 나쁘지 않다. 하지만 여기는 어둡고 블랙라이트 조명*이 달려 있다. 화장만 제대로 했다면 대부분의 여자는 아름답게 보일 것이다. 하지만 이 남자는 나

---

* 자외선 형광등으로 흰색과 형광물질에 반응한다.

의 눈을 칭찬했다. 내가 남몰래 자신하던 부분. 이 남자는 어쩐지 슬퍼 보인다. 아니, 여기에 오는 사람들 모두…….

내가 몇 번째일까? 열심히 가슴을 만진다. 다른 사람과 처음 살이 닿으면 불안하다. 안심하고 싶어져 그의 손 위에 내 손을 포갠다. 세번째일까? 네번째일까? 얌전히 밥을 먹을 생각이었는데 남자는 이미 발기돼 있었다. 식사를 해서 그런가보다. 유두를 핥고 있다. 기분이 좋다. 갑자기 나는 아양을 떨고 싶어진다.

손가락이 들어온다. 가운뎃손가락. 그의 손가락이 몸속에서 움직이는 것이 느껴진다. 벌써 이렇게 젖어서 부끄럽다. "창피해요." 나의 말에 남자는 즐거워하는 것 같다. 바보 같다. 하지만 기분 좋다. 손가락이 집요하게 안을 휘젓고 있다. 저항하고 싶은 마음과 달리 손가락이 두 개로 늘어난다. 좀더 젖어보자. 저절로 소리가 나온다. 오늘은 더욱 난잡하게 굴고 싶다. 이 남자가 마음에 든다. 내 취향일지도 모른다.

입으로 남자의 성기를 문다. 귀엽다는 생각이 든다. 이렇게 귀여운 것이 또 있을까? 뒤쪽을 혀끝으로 핥는다. 남자가 짧게 숨을 내쉰다. 귀엽다. 울음을 터뜨릴 것처럼 발기돼 있다. 기쁘다.

그가 나를 거칠게 덮친다. 오늘은 야해지고 싶다. "안에다 싸요." 그의 귓가에 대고 이렇게 말한다. "안에다 하는 게 좋아. 많이 싸줘." 남자는 이런 말을 좋아한다. 하지만 그렇게 말하면서 나도 약간 흥분한다. 결국 이 말은 나를 위한 것이다. 남자의 성기가 들어온다. 들어오는 것을 안에서 전부 느낄 수 있다. 한 번 빠져나가더니 다시 들어온다. 구석까지 닿는다. 소리가 나온다. 온 신경이 성기에 집중돼 있는 것 같다. 소리가 터져 나오고야 만다. 기분 좋다. 침대가 삐걱거린다. 상당히 젖어 있다. 시트가 젖을지도 모른다. 남자의 무게감이 느껴진다. 압사할 것 같은 느낌. 그는 필사적으로 움직인다. 귀엽다. 기분이 좋다.

오늘은 절정을 느끼고 싶다. 그런 심정이다. 나는 절정을 위해 집중한다. 늘 하던 대로 절정에 이르기 위해 상상을 시작한다.

이 남자에게 여자가 있다고 내 멋대로 상상한다. 지난 몇 년간 남자는 그 여자를 만나지 않았다. 하지만 그는 나를 안고 있다. 무아지경에 빠져서. 그는 내가 좋아서 견딜 수 없으니까. 내가 매력적이니까. 내 몸이 더 자극적이니까. 그래서 나는 그 여자한테서 남자를 빼앗았다. 이렇게 다리를 쫙 벌리고 그를 받아들인다. 어쩔 수 없지 않은가. 내가 매력적이니까. 내 몸이 더 자극적이니까. 나는 가공의 여자에게 말을 건다. 아, 기분 좋아. 너무 좋아. 너, 보고 있니? 부러워? 어때? 아…… 미칠 것 같아. 정말 미칠 것 같아.

입에서 소리가 터져 나온다. 더 이상 어떻게 할 수 없을 정도로 느낀다. 몸을 떼려고 해도 남자가 계속 나를 누르고 있다. 그래도 좋다. 나 역시 그의 움직임에 맞춰 허리를 들썩인

118

다. 더욱더 밀착시킨다. 그와 마찰이라도 하려는 듯. 부끄러운데 그만둘 수가 없다. 이대로, 이대로 절정에 다다를 것 같다. "안 돼!" 하고 내가 말한다. 하지만 안 되긴 뭐가 안 돼. 이렇게 좋은데. 이제 될 대로 되라지. 몸이 붕 떠오르다 떨어지는 듯한 기분을 느낀다.

그가 다시 움직인다. 내가 절정에 다다른 걸 알고 기뻐하는 것 같다. 왜일까? 섹스가 아니라 마치 자위하는 것 같다. 하지만 기분이 좋다. 아주 좋다. 침대가 계속 삐걱거린다. 나의 질액이 철썩철썩 소리를 낸다. 철썩철썩, 철썩철썩⋯⋯. 그가 짧게 소리를 지른다. "나 사정해도 돼?" 하고 물어본다. 귀엽다. 안 된다고 하면 어떻게 할 건데? "괜찮아." 나는 그의 귓가에 속삭인다. "싸. 너무 좋아⋯⋯." 그가 뭔가를 토해내는 듯한 소리를 낸다. 그의 성기가 내 안에서 부르르 떨면서 움직인다. 내 몸속 체온과 딱 맞다. 그가 사정한다, 내 안에다. 심장박동처럼 그의 성기가 움직인다. 그의 피부가 떨린다. 그는 여전히 정액을 내뿜고 있다. 따뜻하다. 늘 생각했다. 정액은 따뜻하다. 나는 그의 머리를 계속 쓰다듬는다.

나는 다른 여자보다 자극적이었을까? 남자가 나에게 키스한다. 그의 머리를 쓰다듬던 왼쪽 손가락이 어느새 내 입가에 와 있는 걸 깨닫는다. 엄지손가락을 입으로 빨 생각이었나? 왜 그랬을까?

문이 열리고 머리 긴 남자가 들어왔다.

나라자키는 오늘에야 깨어났다. 조금 전 여자는 어디로 가버린 걸까? 남자가 들어왔는데도 수치심은 들지 않았다. 수건으로 하반신을 가려서 그런가? 아니, 그건 아니다. 남자가 미소를 지었기 때문이다. 꾸짖을 생각이 전혀 없는 미소. 아니, 그것보다는 당신과 내가 같은 부류라는 미소.

"교주님을 뵈러 가야 합니다."

머리 긴 남자가 작은 소리로 말했다. 교주. 바로 사와타리라는 남자인가? 마쓰오 쇼타로에게 사기를 친 남자.

"옷을 입어요. 당신 옷은 세탁해놓았어요. 문밖에서 기다릴게요."

지금껏 여기서 마련해준 검은색 운동복을 계속 입고 있었다. 익숙한 자신의 옷이 마치 타인의 허물처럼 보였다. 얼마 동안 여기에 있었던 걸까? 매일 여자들이 온 것은 아니었다. 맨처음 여자를 제외하고는 나흘 동안 똑같은 여자가 찾아오더니 이틀을 쉬었다가 또 나흘간 다시 왔던 것 같다. 일주일에서 미묘하게 어긋난 사이클. 완전히 나를 잊고 지냈구나, 하고 나라자키는 생각했다. 하지만 여자를 탐닉하는 데 충족이 있을 수 있을까? 하룻밤 자고 나면 또다시 여자를 원하는 자신을 느꼈다. 이미 중독된 것처럼. 버릇처럼.

나는 이미 세뇌된 걸까. 나라자키는 알 수 없었다. 하지만 엄청난 서비스가 아닌가. 아니, 여기서는 이게 평범한 일인가?

일상에서는 통 큰 서비스로 보이는 것이 여기에서는, 이 세계에서는 당연한 일인가?

옷을 갈아입고 문을 열었더니 머리 긴 남자가 기다리고 있었다. 그의 뒤를 따라 복도를 걸었다. 조용했다. 마치 건물이 주인이고 그 안에서 인간이 몰래 살고 있는 것처럼.

문이 열리더니 계단이 나왔다. 엘리베이터는 더 이상 사용하지 않는 것 같았다. 또각또각, 구두 소리가 울렸다. 남자가 뒤를 돌아봤다.

"저는 더 이상은 갈 수 없습니다. 교주님을 만나러 가시죠."

어두워서 남자의 표정은 잘 보이지 않았다. 그를 남겨두고 문 앞에 보이는 문을 열었다. 내부 역시 어슴푸레했다. 남자가 앉아 있었다. 저 사람이 교주겠지. 얼굴 표정은 보이지 않았지만 바로 알 수 있었다. 다른 인간들과 다르다. 나이는 많지만 신체 골격과 얼굴이 상당히 단정하다. 오십대쯤 됐을까? 몇 살일까? 저 사람이 사와타리다. 틀림없다.

"인생을 모욕하기 위해."

갑자기 남자가 혼잣말을 했다. 나라자키는 남자를 올려다 봤다.

"……네?"

"그렇게 말했지? 처음에?"

고개를 끄덕여야 하나? 잘 모르겠다.

"……아주 잘했다. 그만하면 됐어."

남자가 미소를 띤 것 같았다. 왜일까? 눈은 아직도 어둠에 익숙해지지 않았다. 심장이 빠르게 뛰기 시작했다.

"왜 저를?"

겨우 그렇게 말했다. 목소리가 갈라졌다.

"왜라니? 무슨 뜻이지?"

"저는 결코 우수한 사람이 아닙니다."

이 방은 지나치리만큼 고요했다.

"우수? 그건 인간의 우열이라는 의미인가?"

"네?"

"너는 아직도 그런 걸 신경 쓰고 있나?"

의자에 앉아 있는 남자는 상체를 앞으로 구부린 채 고개만 들어 자신을 보고 있었다. 표정이 없었다. 왜 이럴까, 이 남자는? 목이 마르기 시작했다.

"……여긴 대체?"

"……마음에 걸리나?"

남자는 다시 의자 등받이에 몸을 기댔다. 천천히.

"웃기는 얘기야. 대부분의 인간들은 자신이 사는 세계가 어떤지, 자신의 운명이 어떻게 되는지 모르고 살고 있어."

"……그건 그렇습니다."

무엇을 긍정하는 걸까? 하지만 여기에서 일어나는 일을 알고 싶지 않다는 의미는 아니다. 아니, 정말 알 필요가 없을까? 여기에서 벌어지는 일을 자세히 알 필요가?

"아스팔트와 배기가스로 뒤덮인 나라에서…… 타인을 의식하며 사는 하루하루를 선택할 것인가. 아니면 우리와 함께할 것인가. 어느 쪽을 선택할지는 자네의 자유가 아니야."

나라자키가 남자를 올려다봤다.

"왜냐하면 너는 내 제자니까. 네가 필요해."

부성을 이용하는 건가. 이전 방에서는 모성을. 인간의 결함을 파고든다. 이런 식이구나, 하고 나라자키는 생각했다. 하지만 여기에는 매뉴얼 이상의 깊숙한 뭔가가 있는 것 같았다. 세상은 불가사의하다. 불가사의한 것으로 치면 이 교단도 마찬가지다. 무릎을 꿇고 있는 자신을 발견했다. 언제부터였지? 처음부터? 이 남자를 본 순간부터?

"사람은 기도를 하지."

남자가 입을 열었다.

"서양에서는 손가락을 깍지 끼지만 동양에서는 손바닥을 마주하지. 그것은 신에 대한 의지의 차이야. ……손가락을 깍지 끼는 건 자신의 운명을 관장하는 존재에 대한 강렬한 기도를 표현하는 거야. 동양은 좀더 소극적이고. 가능하다면 나를 부탁한다는 식으로. 너는 지금 손을 양 무릎에 올려놓았어. 그러니 그걸로 됐다. 너는 마쓰오 곁으로 가라."

"……네?"

"마쓰오의 무리에 늘어가라. 지시는 나중에 내리겠다."

"……뭘 위해서죠?"

"뭘 위해서?"

남자의 무표정한 얼굴에서 미묘한 감정의 변화가 드러났다. 하지만 나라자키는 그것이 무엇을 의미하는지 알 수 없었다.

"인생이란 그런 것이지. 자신의 상황이 무엇을 위한 건지는 아무도 알 수가 없다. ……그저 한 가지, 네게는 세상과 다른 점이 있다. 그건 우리가 너를 필요로 한다는 것이다."

당연히 납득할 수 없는 말이었다. 하지만 자신은 납득하려고 한다. 자리에서 일어났다. 그의 말을 따르기 위해.

"가끔 부를 테니 안심해도 돼."

남자가 말했다. 아버지가 아이에게 따듯한 인생의 교훈이라도 말하는 것처럼. 지난 얼마 동안의 여자들이 머릿속에 떠올랐다.

"가끔 퇴폐적으로 구는 것도 좋겠지."

11

한 달이 훌쩍 지나 있었다.

나라자키는 다시 휴대전화 화면을 봤다. 어느 틈에 가져갔다가 되돌려준 휴대전화. 3주일 정도 지났을 거라고 생각했는데, 시간 감각이 이상했다.

교단에서 나올 때 창문과 운전석이 불투명 필름과 커튼으로 가려진 승합차에 태워졌다. 이 상태로는 장소를 알 수 없었다.

교단 안은 픽션 같았다. 과도하게 집중해서 모아진 정신의 집합이 공간을 왜곡시키는 것처럼. 컬트 종교의 내부는 대개 픽션과 비슷할지 모른다. 나라자키가 고등학생쯤이었을 것이다. 여러 대의 지하철 차량에서 독가스 사린(sarin)*이 동시에 뿌려지는 경악할 만한 테러리즘이 일어났다. 범인은 컬트 종교 집단이었다. 숨어 있던 픽션이 일상 속에 드러나는 순간이었다. 돌발적인 픽션 앞에 일상은 무력했다. 그리고 언제나 눅눅하고 흐리멍덩하다. 일상은 픽션을 해체하고, 사형을 선고하고, 모든 걸 평균으로 돌려놓는다. 많은 희생자를 발생시키고, 그리고 또다시 대비할 것이다. 다음 픽션을 말이다.

나라자키는 열린 문을 통해 안으로 들어갔다. 사와타리의 말을 들어서였을까? 잘 모르겠다. 다만 그는 마쓰오와 만나야 한다는 생각밖에 없었다. 속마음을 말하자면 또다시 어두운 교단으로 돌아가고 싶다. 그 한정된 공간에서 여자들과 함께 있고 싶다. 한심하다. 이런 소리가 들리는 것 같다. 어둡다. 공감할 수 없다. 이런 소리도 들린다. 이런 것을 두고 고독이라고 부르는지도 모른다.

넓은 정원 끝에 미네노의 모습이 보였다. 그녀 역시 자신을

---

* 도쿄 지하철 독가스 살포 사건으로 알려진 신경가스로 무색무취의 휘발성 물질로 강력한 독성을 가지고 있다.

알아봤다. 베이지색 롱코트를 입고 있었다. 나라자키는 처음으로 자신을 발견한 사람이 미네노라서 다행이라고 생각했다. 하지만 미네노의 표정에서 불안을 느꼈다.

"⋯⋯저기, 괜찮아요?"

미네노가 말했다. 나라자키는 말이 제대로 나오지 않았다.

"너무 말라서⋯⋯."

미네노를 바라보며 아름답다는 생각이 들었다. 그녀가 가까이 다가오는 동안 머릿속으로 미네노를 안는다. 목소리까지 상상하면서. 스스로를 비웃을 기력도 없다. 도무지 구제불능이다.

"실은 독감에 걸리는 바람에."

"⋯⋯한 달이나요?"

"그건 아니고, 이제야 몸이 회복되기 시작했어요."

나라자키가 그렇게 말했지만 미네노는 동정하는 기색이 없었다. 눈치챈 건지도 모른다. 아니, 그보다 처음부터 그 교단에서 왔다고 생각할지도 모른다.

"마쓰오 씨가 오셨어요. 나라자키 씨 이야기를 했더니 꼭 만나고 싶다고 하셨어요. 이쪽으로 오세요."

원하지는 않았지만 그렇게 됐다는 태도다. 나라자키의 몸에서 여러 명의 혐오스러운 여자 냄새를 느낀 것인지도 모른다.

저택 복도를 걷다가 장지문 앞에 멈춰 섰다. 요시다의 모습은 보이지 않았다.

"마쓰오 님, 나라자키 씨가 왔어요."

미네노가 장지문을 열었다. 노인은 방석 위에 앉아 있었다. DVD의 영상보다 몸이 더 작았다. 상당히 말랐다. 왼쪽 팔이 축 늘어져 있었다. 대체 몇 살일까? 나라자키는 혼란스러웠다. 영상으로는 칠십대라고 생각했는데 훨씬 많지 않을까? 검은색 스웨터에 녹색 바지를 입고 양반다리를 하고 앉아 있었다. 눈과 귀가 상당히 컸다. 앉은 채로 자신을 물끄러미 쳐다봤다.

"……내 DVD 어땠나?"

"……네?"

"DVD 말이야. 어땠냐고?"

말라서 눈이 커 보인 걸까? 새하얀 머리는 길지는 않지만 뭔가가 흘러내릴 것처럼 밀도가 높았다. 턱이 가늘고 콧날이 서 있었으며, 주름으로 뒤덮인 얼굴은 단정했다. 수염도 없었다.

"음…… 좋았습니다."

나라자키는 겨우 그렇게 말했다. 노인의 목소리는 가늘지만 쩌렁쩌렁했다.

"뭘 봤지? 「마지막 콜레스테롤」?"

"아니, 그건 아직……."

"뭐야. 그랬어?"

마쓰오는 흥미를 잃은 것처럼 갑자기 표정이 사라졌다. 나뭇결이 살아 있는 효자손을 오른손으로 붙잡고 다리를 긁기 시작했다. 등도 그다지 굽지 않았다.

"미네짱."

갑자기 미네노를 향해 말했다.

"가슴 만지게 해줘."

놀란 나라자키가 노인의 얼굴을 쳐다봤다. 대체 무슨 말을 하는 거지?

"싫어요."

미네노가 냉정하게 말했다.

"대신 내 고추 만지게 해줄게."

"싫습니다."

당황한 나라자키가 두 사람을 쳐다봤다.

"왜? 그러면 평등하잖아."

"평등하지 않아요."

"남녀는 평등하지 않다는 얘긴가?"

"네. 여성이 위입니다."

"나라자키."

"네?"

"네가 부탁해봐."

"……무엇을 말입니까?"

"가슴 말이야."

"네?"

"그래, 이건 수행이다."

수행? 이건 또 무슨 말인가? 벌써 망령이라도 들었나?

"……못 합니다."

"수행이라니까."

"수행……."

나라자키는 미네노를 봤다. 미네노는 언짢은 얼굴이었다.

"저기…… 교주님이 가슴을 만지도록 허락해주지 않겠어요?"

"싫습니다."

"불합격!"

노인도 언짢아졌다. 이 상황은 뭐지? 나라자키한테도 불똥이 튀었다. 두 사람을 감당하기가 어려웠다.

"너는 불합격이야. 뭐더라? 그래, 간부를 시켜주려고 했는데. 미네짱이 가슴을 만지게 해주지 않아서 자네도 불합격이야. 마음 내키면 다시 와."

미네노는 밖으로 나갔다. 이 황당한 상황은 뭐지? 이 노인은 존경받는다고 하지 않았던가.

"하지만 나라자키, 내가 미네짱 가슴을 만졌는데 그녀가 적극적으로 나오면 어떡하지?"

"네?"

"적극적으로 나오면 어떻게 하냐고 묻잖아. 난 비아그라를 먹지 않으면 안 되거든."

"……그렇군요."

"아니, 모르겠다. 할 수 있을지도……."

노인은 방석 위에 앉은 채 눈살을 찌푸렸다. 자세히 보니 살짝 걷어 올린 손목에 도라에몽 손목시계를 차고 있었다. 있을 수 없는 일이다. 이 교단으로서는 최악의 사태다. 교주가 노망이 들다니.

"사와타리는 어떻게 하고 있나?"

"……네?"

노인이 자신을 쳐다봤다. 특별히 날카롭게 얘기한 것도 아니다. 노인의 목소리는 여전히 가벼웠다.

"아, 그렇구나. 말할 수 없겠지. 그래도 건강하겠지?"

나라자키는 숨을 삼켰다. 생각이 정리되지 않았다.

"……저."

"응?"

"……어떻게"

나라자키는 자신도 모르게 물었다. 심장박동이 빨라졌다.

"어떻게? 아아, 어떻게 알았냐고? 왜냐하면 자네는 다치바나를 찾으러 여기에 왔잖은가. 그런데 한 달간 사라졌다 또다시 나타났어. 결국 그사이에 그들에게 권유를 받았고, 어떤 명령을 받고 다시 여기로 왔겠지. 그렇게 생각하는 게 일반적이지 않겠나? 야윈 것도 그렇고."

"저는……."

"아, 괜찮아, 괜찮아. 말하지 않아도 돼. 말하면 그들을 배신한 꼴이 되잖아? 하지만 내가 알고 있으면 너도 죄책감 없이 여기에 있을 수 있어. 일단 여기 대표는 나니까."

나라자키는 말문이 막힌 채 노인을 봤다. 대체 이 노인은 뭐지? 대체 뭘까? 심장이 계속 빨리 뛰었다.

"그……."

나라자키는 일어선 채로 말했다. 생각해보니 아직 자기 소개도 하지 않았다.

"만약, 그렇다고 해도…… 괜찮나요?"

"……왜?"

"왜라뇨? 제가 이곳에 불이익을 줄지도 모르는데."

노인은 흥미진진하게 나라자키의 얼굴을 들여다보다가 갑자기 웃음을 터뜨렸다.

"불이익? 그렇다면 어쩔 수 없지. 하지만 자네는 내게 용무가 있어서 온 거잖아? 그런데 내가 왜 자네를 내치겠나? 만약 자네가 나를 싫어해도 나는 자네가 마음에 들어. 그러면 되지 않은가?"

미노네는 마쓰오의 식기를 씻는 중이었다.

편식은 여전하지만 식사는 하는 것 같았다. 아마 곧 과자를 내오라고 하겠지. 만두가 나오려나. 성희롱을 한다는 것은 건강하다는 뜻이겠지?

욧짱이 부엌으로 들어왔다. 요 며칠 욧짱은 계속 자신의 곁을 맴도는 눈치다. 하지만 이런 분위기에서는 거절할 수 없다.

"설거지는 놔둬. 내가 할게."

"금방 끝나요."

늘 생각하지만 욧짱은 옛날에는 아주 미인이었을 것이다. 지금도 충분히 아름답지. 키가 작고 등이 꼿꼿하다. 하지만 일흔은 넘었을 것이다. 아니면 더 많나?

"과자는 됐어요. 그냥 내버려둬."

뒷머리가 신경 쓰였다. 너무 세게 묶어서 그런 것 같았다.

"아니에요. 가져다 드릴게요."

"또 성추행당할 텐데."

미네노는 살짝 웃었다.

"만질 용기도 없을 테니 괜찮아요."

"그건 그래. 그래도 기분 상하지? 틀니라도 끼고 만두를 먹으면 좋을 텐데."

욧짱이 노래를 부르며 냉장고를 열었다. 적당한 타이밍이 온 것이다. 물어보겠지? 어떻게 할까? 하지만 물어보면 내가 다시는 오지 않을 거라고 생각할지 모른다. 겁쟁이들. 겁쟁이에 착하다. 욧짱은 아마 묻지 않을 것이다. 그런데 나는…….

"임신했구나."

당황한 미네노가 놀라 요시코를 봤다. 요시코는 웃고 있었다.

"너는 정말 고집이 세. 이렇게 말을 꺼낼 수 있게 분위기도 만들었는데……. 아직 티가 나지는 않지만 태도나 표정을 보면 알 수 있어. ……느낌도 그렇고."

주름진 웃는 얼굴. 뭔가가 떠올랐다. 떠올린 것은 광경이
아니다. 결핍이다. 엄마가 한 번도 자신에게 보여주지 않았던
얼굴.

"……상대는 다카하라 맞지? 나는 그렇게 생각하는데."

미네노는 말이 나오지 않았다. 눈물이 나올 것 같았다. 요시
코의 손이 시야에 들어왔다. 놀라서 몸에 힘이 들어갔다. 가느
다란 손이 미네노의 눈앞을 가로질렀다. 수도꼭지를 돌리자
계속 흘러나오던 물이 멈췄다.

"……괴롭겠지. 다카하라한테 애인이 있는 것도 알고 있지?"

"……네."

미네노는 반사적으로 대답한 자신에게 놀랐다. 어째서 욧짱
은 다카하라의 교제 상대까지 알고 있지? 다카하라는 사와타
리와 함께 마쓰오 씨에게 사기를 친 사람인데. 사기의 가해자
와 피해자라는 관계가 전부가 아닌가? 생각이 제대로 정리되
지 않았다.

"다카하라가 누구랑 사귀는지는 아니?"

"……아니요."

"리나야."

미네노는 숨을 들이마셨다. 가슴이 빨리 뛰었다.

"그 애는 우리에게 리나라고 말했지만 본명은 다치바나 료
코라는 것 같아. ……아, 그 애가 가명을 쓴 건 다 알고 있겠지.

……그가 찾아왔으니."

몸에서 힘이 빠져나갔다.

"지금 와 있는 사람이 그 애를 찾으러 온 거지? ……복잡하네."

나라자키에게서 다치바나 료코라는 이름을 들었을 때도 알아채지 못했다. 하지만 그는 리나의 사진을 보여주며 다치바나 료코라고 말했다. 그때는 그녀가 가명을 썼구나, 하는 정도로만 생각했다. 그녀가 다카하라와 사귄다는 것은 몰랐다. 사귀는 사람이 있다는 건 알았지만 설마 상대가 그 여자라고는 생각하지 못했다. 그들은 사업상 파트너라고 생각했다. 무슨 생각을 하는 거야. 미네노는 문득 정신을 차렸다. 그것보다 사과를 해야 한다. 그와 관계를 가진 건 사기 사건 이후였다는 것을. 그들을 배신한 상대와 자신이…… 한 번만이 아니었다. 아주 여러 번. 자아를 망각할 정도로.

"안심해. 쇼타로도 알고 있으니까."

"네?"

"우리는 다 알고 있어. 너는 잘못이 없어."

"그렇지만."

미네노의 목소리가 커졌다.

"저는 그 사람이 마쓰오 씨를 배신한 후에."

"괜찮아. 아무 문제없어. 연애한 거잖아. ……쇼타로는 말이지, 그것보다도 미네짱이 젊고 체격이 좋은 남자를 좋아한다는 사실에 낙담했어."

미네노는 마음이 풀려서 요시코를 봤다.

"그것보다 지금은 몸을 소중히 해야지. ……얼굴을 보면 알수 있어. 낳을 거지? 이제 고민거리가 하나 없어졌으니 낳을수 있겠어."

욧짱이 손으로 미네노의 볼을 만졌다. 미네노는 자신이 울고 있다는 것을 느꼈다.

"우리는 아이가 없어서 중요한 조언은 할 수 없겠지만."

"……아니에요."

"나는 신경 쓰지 않아도 돼. 아이를 갖는 것 이상의 추억이 있으니까."

"……무슨 말인가요?"

미네노가 그렇게 말하자 요시코는 쑥스러운 듯 웃었다.

"비밀."

요시코는 미네노가 알지 못하는 노래를 부르며 복도를 걸어갔다. 미네노는 그 뒷모습을 계속 바라봤다.

하지만, 하고 미네노는 생각했다. 마쓰오 씨도, 욧짱도 알지못한다. 다카하라와의 관계를 미안하게 생각하지만 후회는 하지 않는다는 사실을. 그들에게 사과하고 싶은 마음은 진심이지만 만약 그가 지금이라도 불러낸다면 기꺼이 그를 만나러간다는 것을. 기쁘게 몸을 맡긴다는 것을. 그가 마쓰오 씨한테서 뭔가를 빼앗으라고 하면 울면서 그 말을 따르리라는 것을.

그에게 안겨 있을 때의 내가 얼마나 볼썽사나운 모습으로, 볼썽사나운 소리를 내는지를.

어금니를 세게 깨물었다. 죽고 싶다.

하지만 역시 옷짱이었다. 며칠 새에 산부인과에 두 번이나 갔지만 두 번 다 임신하지 않았다는 말을 들었다. 임신이 틀림없는데. 다카하라의 아이를 가진 것이 틀림없는데. 분명히, 분명히 임신이 맞는데.

미네노는 손으로 배를 만졌다. 평소 정확하던 생리가 늦어질 때마다 그랬던 것처럼.

의사는 모른다. 틀림없는 임신이다. 이 아이를 지키기 위해서 매일 조심하며 살아야 한다.

마쓰오는 화장실에 앉아 있었다.

"지금 엔트로피 증가를 막고 있습니다"라고 중얼거리며 혼자 웃었다. 이 개그는 써먹을 수 있을까? 하지만 그러려면 사람들 앞에서 변을 봐야 한다.

나라자키를 보면서 젊다는 생각을 했다. 서른이 약간 넘었을까? 그는 젊고, 대수롭지 않은 지옥에 있다. 하지만 그런 지옥이라면 흐뭇할 것이다. 여자들에게 둘러싸여 있었겠지.

가볍게 기침을 했다. 기침이 점점 강해져 화장지로 입을 막았다. 피가 묻어 나왔다.

"다 안다고." 이렇게 중얼거리며 화장지를 기분 나쁜 듯 던졌다. "다 알아." 다시 한 번 기침을 했다. 하지만 조금만 더 버텨줘. 아마도 버틸 수 있겠지? 내 몸은 내가 잘 알고 있으니.

통증이 없다고 했는데. 멍하니 생각했다. 이토록 오래 살다가 마지막을 통증으로 끝내는 인생이란 얼마나 얄궂은가? 마쓰오는 웃었다. 대체 누가 치칠 수술이라고 믿어줄 것인가. 화장실에서 나왔다. 아무 일도 없었던 것처럼.

오늘은 공기가 습했다. 미처 안개가 되지 못한 수분이 몸에 달라붙는 것처럼. 내일은 비가 오겠지.

12

호텔 Publikum의 로비. 거대한 샹들리에가 높은 천장에 매달려 있다. 지진이 오면 떨어지는 게 아닐까? 잘게 부서진 수많은 유리 조각이 사람들을 찌를 것 같았다. 불쾌한 위험을 품고 있다.

다카하라는 로비를 지나쳐 그 옆 카페로 들어갔다. 지시받은 대로 양복을 입고 신문을 손에 들었다. 의자에 앉아 아이스커피를 주문했다. 신문을 펼쳤다. 마치 어떤 연극을 하는 듯.

몸이 왜소한 웨이트리스가 아이스커피를 가지고 왔다. 웃는 얼굴로 받아줬다. 웨이트리스는 잠시 동안 다카하라에게 시선을 보냈다. 아름답다. 다카하라는 그렇게 생각했다.

다카하라는 자리에 앉기 전에 눈으로 주변을 살폈다. 방범 카메라는 없었다. 손님들의 표정도 어두웠다. 모두 어떤 절박한 문제라도 안고 있는 모습이었다. 자신은 그저 이곳에서 신문을 읽고 있으라는 말을 들었을 뿐이다. 접촉은 저쪽에서 한다. 다카하라는 담배에 불을 붙이고 펼친 신문에 시선을 던졌다. 정치면 기사들은 하나같이 관료의 승리를 보고하는 것처럼 보였다.

옆에 앉은 손님이 파스타를 먹었다. 파스타는 타액과 섞이면서 잘게 부서졌다. 다카하라는 구토가 올라올 것 같았다. 신경을 다른 곳으로 돌리기 위해 신문으로 시선을 옮겼다.

아프리카의 기아에 관한 뉴스. 어느 나라 부자의 식후 디저트 값으로 구할 수 있는 생명. 신의 이름을 내걸고 서로 싸우는 사람들. 그리고 그것을 이용하는 사람들.

꽤 떨어진 테이블에 남자가 앉았다. 서양인이다. 두통이 왔다. 심장박동이 빨라졌다. 저 녀석인가? 틀림없다. 그래도 마음의 평정을 잃어서는 안 된다. 내가 먼저 움직일 필요는 없다.

신문에 다시 눈길을 줬다. 여기에는 뭐가 적혀 있을까? 두통때문에 글자가 눈에 들어오지 않았다. 단어는 알지만 의미가 이해되지 않는다.

어떤 일이 생겨도 냉정해지자고 마음먹었다. 다카하라는 또다시 담배에 불을 붙였다. 손이 떨리지는 않았을까? 두통이 심해졌다. 시선 끝에 있는 테이블 모서리가 흐릿해졌다. 초점이 맞지 않았다. 미세하게 흔들리는 시야 속에서 조금 전 그 서양인이 자신을 지켜보는 걸 느꼈다. 마치 정지된 풍경처럼 움직임이 멈췄다. 무슨 신호일까? 그걸 해독해야 한다. 밖으로? 다카하라는 소리 내지 않고 입술만 움직였다. 상대는 아무런 반응도 없었다. 그래서 다카하라는 영어로 "밖으로?" 하고 다시 입술을 움직였다. 하지만 역시 반응이 없었다. 그는 머리카락이 길고 눈이 파랬다. 잘못 짚었나? 그런 생각을 하고 있을 때 그보다 더 먼 곳에 앉은 일본인 남자의 손가락이 짧게 움직였다. 밖을 가리키고 있었다. 다카하라는 두통을 느끼며 자리에서 일어났다. 귀찮은 일이 해결됐다. 서양인은 움직일 기색이 없었다.

호텔에서 나와 잠시 기다리고 있으니 휴대전화가 울렸다. 다카하라는 신중하게 전화를 받았다. 잡음이 들렸지만 조금 전 가게는 아닌 것 같았다.

—미행당하고 있습니다. 분명합니다.

낮은 목소리의 남자였다.

"……누구한테서?"

—모릅니다. 당신 교단의 동료겠지요.

다카하라는 머리를 굴렸다. 여기까지는 택시로 왔다. 그런데 대체 누가?

—이번 접촉은 중지입니다.

"잠깐만."

— 괜찮습니다. 다시 연락드리겠습니다.

전화는 거기에서 끊겼다. 다카하라는 그저 자신의 심장 소리만 느끼고 있었다.

어떻게 된 일이지? 부하들이 따라붙은 건가? 다카하라는 골똘히 생각에 잠겼다. 아니, 그건 아니다. 부하들은 아직 내가 그들과 접촉했다는 걸 모른다. 설마, 교주에게 들킨 건가? 부하들 중 누군가가 교주에게 밀고했나? 설마. 나는 아직 교주와 제대로 접촉할 수 없는 자들을 부하로 골랐다. 그 녀석들은 신뢰할 수 있다. 맹신하기 때문이다. 이 교단에 대해서. 교주에 대해서. 그리고 나에 대해서도. 내가 고른 부하들은 이 계획이 교주의 지시라고 굳게 믿고 있다. 자신들은 신자들 중에서 교주에게 발탁된 정예라고. 다른 신자에게 새어나가면 자격을 잃을 거라고 굳게 믿고 있다. 들킬 리가 없다. 나의 계획은 순조롭게 진행됐을 텐데.

범인을 찾아야 한다. 다카하라는 생각했다. 반드시 범인을 찾아야 한다.

13

교주의 기묘한 이야기 3

오늘은 인간이라는 존재에 대해 다양한 이야기를 해보겠습니다.

우선 여러분, 죽으면 우리의 몸은 어떻게 될까요? 불교를 믿으면 화장할 테니 화장장에서 태워져 연기가 되겠지요. 남은 건 뼛조각뿐이고. ……하지만 사실은 그렇지 않습니다.

화장장에서 인간의 신체가 태워진들 소멸되지는 않습니다. 우리의 몸은 전부 원자로 구성돼 있다고 전에 말씀드렸습니다. 화장장에서 몸이 태워질 때 원자들의 결합인 분자 상태에서 해체가 이뤄집니다. 하지만 그렇다고 해서 우리 몸을 구성하는 원자 자체가 붕괴되지는 않습니다. 물론 소멸하지도 않습니다. 우리의 몸을 구성하는 원자는 연기 속에서 공중으로 확산됩니다. 그러므로 이 지구상에 언제나 존재합니다.

그리고 그 원자들은 다시 누군가의 신체를 구성하는 물질이 됩니다. 공기 중에서 어떤 원자와 결합해 어떤 분자가 되고, 다시 생물에게 흡수돼 누군가 그것을 먹으면 다시 인간의 구성물이 됩니다. 예를 들어 히미코(卑弥呼)*의 신체를 구성하는 원

---

* 일본 고대 야요이 시대의 야마타이국 여왕으로 추대받아 일본 역사상 최초의 여왕이 되었다.

자가 지금 당신의 신체 속에 들어왔을 가능성도 있습니다. 여러분, 손가락과 팔을 자세히 보세요. 거기에는 아주 옛날 사람이나 바로 얼마 전에 죽은 사람의 신체 구성물이 들어 있을 가능성이 있습니다.

지구가 탄생한 이래 존재했던 모든 원자는 소멸하지 않았다고 생각합니다. 원자 속의 원자핵을 파괴하려면 우주공간에서 어떤 특수한 상황에 놓이거나 입자가속기* 같은 기기를 사용해야만 합니다. 그러니 이렇게 바꿔 말할 수 있습니다. 소위 인간 신체의 구성물은 아주 옛날부터 계속 돌려쓰고 있다고. 당연히 이것은 인간에게만 국한된 얘기는 아닙니다. 모든 생물, 모든 물체를 구성하는 재료는 아주 오래전부터 재사용되고 있습니다. 어쩐지 굉장하다는 생각이 들지 않나요? 현재 우리의 신체 속에는 예전의 다양한 것들을 구성하던 물질이 들어 있습니다. 어떤 생물이 탄생했을 때 그것은 무에서 나타난 것이 아닙니다. 이 우주와 지구에 있던 재료들이 조합되고 원래 있던 재료들을 받아들이면서 커졌을 뿐입니다.

이것을 이해한 다음 전에 했던 이야기로 돌아갈까 합니다. 인간은 1년만 지나면 신체를 구성하는 원자가 완전히 교체된다고 했던 말을 기억해보시길 바랍니다. 우리의 신체 재료는 아주 옛날부터 돌려쓰고 있고, 더군다나 그 신체는 현재도 계

---

* 전자나 양성자 같은 입자를 강력한 전기장이나 자기장 속에서 가속시켜 큰 운동에너지를 발생시키는 장치.

속 교체되고 있습니다. 그렇다면 우리의 존재는 대체 무엇일까요?

이 세계에서 개체라는 것은 적어도 물질 개념에서 보면 존재하지 않을지도 모릅니다. 늘 교체되고, 인간이 죽으면 그 구성물은 다시 어떤 구성물로 재순환되기 때문입니다. 말하자면 우리는 먼 고대에서 현재까지 늘 이어져오는 어떤 물체의 일부인 셈입니다. 여기에는 개체라는 개념조차 없습니다. 우리는 전부 하나다! 사실 이 말은 개념에 그치지 않고 물질 상태에서도 실제로 그렇습니다.

그렇다면 우리는 왜 개체(나)로서 존재한다고 생각하는가? 그것은 뇌의 탓입니다.

뇌는 자신이 개체라고 인간이 스스로 생각하게끔 만들기 때문입니다. 뇌는 개체(나)라는 개념을 만들고 자신의 세포도 늘 교체합니다. 그런데 그 개체(나)는 매 순간마다 이어집니다. 얼마나 불가사의한 일입니까. 그걸 만들어내는 물체인 뇌의 재료는 교체되는데 '나'는 그대로 지속되고 있다니. 어떻게 그런 일이 가능할까요? 나아가 의식 '나'가 뇌(원자의 집합)에 작용할 수 없다는 가설도 떠올려보시길 바랍니다. 우리는 먼 옛날부터 신체의 재료를 돌려쓰며 현재까지도 늘 교체되고 있습니다. 게다가 그런 흐름 속에서 '나'라는 존재는 죽음을 맞는 순간까지 매 순간 이어집니다. 그리고 순간순간 이어지는 '나'는 자신이라고 인식하는 '나'에게 전혀 작용할 수 없습니다. 나아가 우리의 신체를 구성하는 원자는 본래 무수하게 결합함으로써 그런 '나'를 만들어낼 능력을 가지고 있습니다.

너무나 불가사의합니다.
대체 어떻게 된 일일까요?
대체 우리는 어떤 존재일까요?

그럼, 이 문제를 고찰하기 위해 오늘은 이야기를 좀더 진행해보겠습니다. 인간의 운명에 대해서 말입니다.

예를 들어 당구를 친다고 합시다. 당구대에 맞은 공이 그 후 어떻게 될지는 맞는 순간에 이미 결과가 나와 있습니다. 엄밀하게 그것을 계산하는 건 불가능하지만 이론으로는 맞았을 때 힘이 들어간 정도, 각도, 당구대와의 마찰, 공기저항, 만약 맞은 직후 지진이 일어났다면 지각판의 긴장 정도, 이런 식으로 말이죠. 공을 친 직후 이미 그 공이 어떤 공과 부딪힐지, 그리고 부딪힌 공이 어떤 구멍으로 떨어질지, 떨어지지 않을지도 정해져 있다고 봅니다.

우주가 빅뱅으로 시작됐다고 전에도 말했습니다. 그것은 일종의 폭발입니다. 이 말은 그때 에너지의 크기, 기세(氣勢), 열 그리고 어떤 입자가 분출했는지에 따라 이후 우주의 전개가 완전히 달라진다는 말입니다. 즉, 그때의 에너지 값이 달랐다면 다른 우주가 만들어졌을 것입니다. 이 말은 우리의 우주가 탄생했을 때, 즉 빅뱅이 일어난 직후에 이미 이 우주가 어떤 형태로 퍼져 나갈지 정해져 있었다고 말할 수 있지 않을까요?

전자력의 강도를 정하는 전기소량 수치나 양자와 중성자를 결합해서 원자핵을 만드는 힘의 강도를 결정하는 결합상수가 만약 지금 이 세계의 수치에서 살짝이라도 비껴갔다면 인간은 탄생하지 않았을 거라고 전에도 말했습니다. 바꿔 말하면 이 세계는 인간이 탄생할 가능성으로 가득 차 있었다, 이렇게 얘기할 수 있지 않을까요? 우주는 혹성 같은 별이 탄생할 가능성으로 가득 차 있었고, 태양이 탄생할 가능성도 가득 차 있었습니다. 조금 극단적으로 말하자면 '정해져 있었다'라고 말할 수 있습니다. 빅뱅 시점에 이미 인간이 탄생할 거라고 정해져 있었던 것은 아닌지, 저는 그렇게 가정해보고 싶습니다.

그럼, 이 가설을 좀더 진행하기 위해서 이번에는 생물학 이야기를 해보겠습니다. 단순한 생물, 즉 단세포생물에 대해 고찰해봅시다. 이 단순한 생물을 관찰하면 자유의지*의 근원을 찾아볼 수 있습니다.

예를 들어 수온 25℃에 적응된 단세포생물인 짚신벌레는 당연히 25℃인 곳에 모여 있습니다. 짚신벌레들은 이리저리 이동하면서 살기에 편한 25℃인 곳으로 서서히 모여들 겁니다.

---

* 외부 요소들에 방해받지 않고 자신의 행동과 의사를 스스로 조절하고 결정하며 통제할 수 있는 능력.

그때 생물답게 일찍 오는 녀석도 있고, 늦게 오는 녀석도 있습니다. 만약 25℃가 아닌 곳에서 먹이를 준다면 늦게 오는 놈들은 이득을 보게 됩니다.

25℃인 곳에 있는 짚신벌레도 거기에 머물면서 25℃인 곳을 지나갔다 되돌아오고, 되돌아왔다 다시 지나치는 행동을 반복합니다. 그리고 25℃인 곳에 있는 짚신벌레의 숫자가 많으면 많을수록 그들의 움직임에 개체차가 생깁니다. 그곳에 있는 짚신벌레의 숫자가 적다면 짚신벌레들의 개체차도 적어집니다. 숫자가 많으면 많을수록 천천히 움직이는 놈, 마구 휘젓고 돌아다니는 놈처럼 행동이 각양각색으로 달라집니다.

그리고 이상하게도 이것은 유전자가 완전히 똑같은 박테리아 집단에서도 마찬가지입니다. 유전자가 똑같은 단순한 생물인데도 그곳에 모여든 집단 숫자에 따라서 그들의 움직임에는 개체차가 생깁니다. 즉, 단순한 생물은 많이 모일수록 자발성이 커집니다. 여기에 덧붙인다면 자발성은 사는 환경이 나쁠수록 높아집니다.

그렇다면 이런 짚신벌레의 자발성의 근원은 무엇일까요?

그것은 세포 안에 발생하는 전기 노이즈라고 알고 있습니다. 이 전기가 크게 흔들릴 때 움직이는 방향을 바꾼다는 얘기입니다. 이 전기 노이즈의 근원은 원자와 결합한 분자의 열적 요동입니다.

그리고 짚신벌레에서 진화의 정점에 다다른 인간들 사이에는 자발성의 단계는 있지만 단절은 없다는 상당히 유력한 설이 있습니다. 저도 그렇게 생각합니다. 외부 자극→전기 노이즈→신체 반응처럼 단순하지는 않습니다. 인간처럼 고도의 생물이 되면 외부 자극 없이도 스스로 전기 노이즈를 발생시켜 신체를 움직일 수 있게 됩니다. 이렇게 스스로 발생시킨 전기 노이즈가 의식의 근원은 아닐까요?

그리고 여기서 인간의 의식(나)은 뇌에 작용할 수 없다는 말을 다시 떠올려보시길 바랍니다.

그렇다면 과연 우리에게 자유의지가 있을까요? 대답은 '없다'가 되겠습니다. 자유의지의 발단은 분자의 열적 요동, 즉 모두 원자 상태에서의 화학적 반응이라는 얘기입니다. 그럼 인간이 탄생한 것도 빅뱅 때 이미 정해져 있었다면, 더 나아가 인간의 생활과 오랜 역사 속에서 우리가 각자 어떻게 움직일 것인지도 분자의 열적 요동이라면, 원자의 화학적 운동이라면, 모두 빅뱅 때 결정된 것이라고 말할 수 있을까요? ……아니, 틀렸습니다. 정확히 말하면 틀릴지도 모릅니다.

여기서 등장하는 것이 양자역학입니다.

14

교주의 기묘한 이야기 3: 계속

양자역학이란 아주 간단히 말해 종래의 인과율, 즉 고전 물리학에서는 설명할 수 없는 마이크로한 세계를 이야기합니다. 당구공을 맞추면 인과적으로 이렇게 된다, 저렇게 된다고 말할 수 있습니다. 하지만 원자 같은 마이크로 세계에서는 이렇게 하면 이렇게 된다는 식의 인과관계로 설명할 수 없는 것들이 많습니다. 예를 들어보겠습니다.

어떤 에너지로 양자와 어떤 원자핵을 충돌시켰다고 합시다. 모든 결과가 같지는 않습니다. 어떤 확률에서는 X라는 상태가 되고, 어떤 확률에서는 Z라는 상태가 됩니다. 그렇다면 X라는 상태만 나타나도록 충돌시키는 조건을 인과적으로 선택할 수 있느냐, 하면 그렇지는 않습니다. 따라서 확률적으로 말할 수밖에 없습니다. 그리고 좀더 설명하자면 반드시 높은 확률 쪽으로 움진인다고 한정할 수도 없습니다. 따라서 양자론을 채택하면 세상 만물에는 우연과 확률이라는 것이 발생합니다. 지금 현재의 우주 형태도 다양한 우연이 작용한 결과라고 말할 수 있습니다.

물체의 움직임에서 인과성을 보려면 우선 그 물체 자체를 관측해야 합니다. 그런데 곤란하게도 예를 들어 전자를 정확하게 관측하는 것조차 어렵습니다. 왜냐하면 전자를 보려면 당연히 전자에 빛을 비춰야 하는데, 이러한 마이크로 세계의 물질은 빛을 비추는 것만으로도 움직입니다. 빛은 입자이자 파동이니 빛을 비추기만 해도 그 빛이 전자를 뻥, 하고 차버립니다. 자세한 설명은 얘기가 길어지니 생략하겠습니다. 그런데 그런 전자의 위치를 확인하려고 하면 속도가 불명료해지고, 속도를 확인하려고 하면 위치가 불명료해집니다. 설명이 아주 간단해지고 말았습니다만, 이런 식의 이론을 '불확정성 원리'라고 합니다. 이처럼 불확실한 마이크로의 세계에서 인과를 예측할 수 없는 건 당연합니다. 물리학에서 말하는 인과율이 붕괴됐다고 말할 수 있습니다. 이 세계의 만물은 확률로밖에 논의할 수 없으니까요.

하지만 이건 어디까지나 관측에 관한 이야기이고, 제 생각에는 만물의 진실과는 관계가 없습니다. 인간이 관측할 수 있는 진실이라는 것은 분명히 존재하지만, 모든 만물을 한계가 있는 인간이 지각할 수 있는 성질로 생각할 필요는 없습니다. 흥미가 있는 분은 찾아보면 재밌을 것 같은데, '슈뢰딩거의 고양이'*라는 문제가 나오는 것 자체가 바보 같습니다.

이런 양자론의 창시자 격인 보어와 아인슈타인의 논쟁은 유명합니다. 아인슈타인은 보어를 비판하면서,

* 오스트리아의 물리학자 슈뢰딩거가 양자역학의 불완전함을 증명해 보이기 위해 고안한 사고 실험.

"신은 주사위를 던지지 않았다. 자연을 확률 같은 개연성으로 호도(糊塗)해서는 안 된다. 좀더 완벽한 방법으로 말해야 한다. 다만 인간 인식의 완전성이 충분히 파악되지 않은 현재로서는 유효한 방법으로써 확률이나 통계를 충분히 활용해야 한다."

이런 말을 했습니다. 양자론의 기술 형식은 유효하지만 어디까지나 수단이므로, 그것을 기초개념으로 슬쩍 바꾸는 것은 이상하다는 얘기입니다. 자연현상을 지배하는 것은 확률 같은 애매한 것이 아니고 근저에 필연적인 인과관계가 존재한다고 주장했습니다. 하지만 현재로서 이 논쟁은 아인슈타인의 판정패인 것 같습니다.

하지만 사실은 어느 쪽이 맞을까요? 양자론의 개념은 물론이고 이론 역시 방대합니다. 순간이동도 가능하다고 보고, 희박할 정도로 낮은 확률이기는 하지만 인간이 벽을 통과할 수도 있다고 합니다(그 확률은 대략 1을 100‥‥‥‥‥00으로 나눈 정도입니다. 이 0이라는 숫자는 1센티미터 속에 0이 세 개 정도 들어간다고 하면, 그 길이가 수십만 광년이 될 정도이니 도무지 실감이 나지 않는 숫자입니다). 아직 미완성인 이론이라는 점은 틀림없습니다.

어떤 천재가 등장해서 이 수수께끼를 풀어주길 바랍니다. 이것은 물리학의 영역에만 머물지 않습니다. 뇌 이론과 조합하면 상당히 재미있을 것입니다. 뇌도 원래는 원자이므로 원자의 인과성을 알면 모든 것이 풀립니다. 인류 역사상 최대의 발견입니다. 모두 결정돼 있다는, 다시 말해 운명은 발견하는 것이라는 말이기 때문입니다. 연애도, 일도, 지금 당신이 무심코 하는 행동도, 궁극적으로는 당구공과 같다는 얘기가 됩니다.

하지만 현시점에서 우리는 단언할 수 없습니다. 그렇기 때문에 가능성으로 논의할 수밖에 없습니다.

첫번째는 만물의 운명은 전부 결정돼 있다는 설. 먼저 말씀드린 것에 대한 반론으로, 즉 양자 세계에서의 불확정성도 인과로서 확실히 증명될 수 있는 미래를 가정했을 때의 설입니다.

두번째는 양자론을 과감하게 채택한 설. 이 세계는 확률과 우연으로 이루어지며, 인간의 탄생이나 지구의 탄생도 완전히 우연이다. 운명 따위는 존재하지 않는다는 설.

첫번째 설을 지금까지 저의 설명이라고 받아들인다면, 문학적 언어로 이렇게 표현할 수 있을 것 같습니다.

우리는 완전히 정해진 인생이라는 쇼를 관람하는 관객이다.

두번째는,

우리는 완전히 우연의 연속인 인생이라는 쇼를 관람하는 관객이다.

아니, 이 두번째는 정확하지 않습니다. 왜냐하면 여기서 말하는 우연에는 범위가 있기 때문입니다. 우주는 인간이 탄생할 가능성으로 가득 차 있었다는 말을 떠올려보시길 바랍니다. 인간의 탄생이 설령 우연이었다고 해도 가능성이 제로인 것은 아니기 때문입니다. 그것과는 반대로 지금 이 순간, 이야기를 듣는 여러분의 등에 우연히 날개가 생길 확률은 제로입니다. 즉, 이 세상의 가능성은 유한하며 완전한 우연 따위는 존재하지 않습니다. 따라서,

우리는 한정된 범위에서 우연의 연속에 따른 인생이라는 쇼를 관람하는 관객이다.

이렇게 말하는 것이 정확하겠죠. 그런데 어느 쪽이 옳을까요? 저는 둘 다 맞고, 객관적으로 같은 말이라고 얘기하고 싶습니다.

여러분, 자신의 과거를 떠올려보십시오. 탄생에서 현재에 이르기까지 당신은 반드시 하나의 길을 걸어왔을 것입니다.

양자론을 잘 아는 사람은 이렇게 말할지 모릅니다. 과거에는 온갖 인생을 선택한 자신이 있고, 지금의 자신은 그중 하나에 지나지 않는다고. 이 세계는 인간의 그 선택에 의해서, 그 선택의 숫자만큼의 세계가 존재하는 다세계(多世界)라고. 하지만 지금 그것은 시답지 않은 얘기입니다. 그런 말을 들어봤자

아무런 위로가 되지 않습니다. 왜냐하면 똑같은 것이니까. 적어도 지금, 이 세계의 여기에 있는 당신은 하나의 길을 걸어왔을 것이기 때문에.

마찬가지로 당신의 미래 역시 하나의 길을 걷게 될 것입니다. 당신이 그때 이렇게 손을 움직였다, 이것을 하고 저것을 하지 않았다, 저것이 되고 이것이 되지 않았다, 그 순간순간 선택한 점들의 연속으로 생겨난 하나의 길입니다. 당신이 죽는 순간까지 그 길은 이어집니다. 당신이 어떤 선택을 하든 무엇을 하든 나중에 되돌아보면 그것이 하나의 길이었다는 사실에는 변함이 없습니다. 두 개의 길을 걸을 수도 없고, 그런 부담을 가질 필요도 없습니다. 당신은 그저 단 하나의 길을 걸으면 됩니다.

그것이 정해진 길이든, 변하는 길이든 결국은 하나의 길입니다. 정해져 있다, 운명이다, 이런 말들은 어차피 사람들이 만든 개념에 지나지 않습니다. 우연이라는 단어도 인간의 개념에 지나지 않습니다. 하지만 하나의 길이라는 점은 분명합니다. 짚신벌레를 예로 들었지만 우리는 그저 자신에게 편안한 25℃의 장소를 찾으며 살아가면 됩니다. 하지만 이 길은, 그리고 인간이라는 존재는 슬픕니다. 왜냐하면 우리가 죽는다는 것을 명확하게 인식하는 유일한 존재이기 때문입니다.

다시 말해 인간이라는 존재는 자신이 죽는다는 것을 아는 '의식'이며, 나아가 과거에서 현재까지 방대한 원자의 끊임없는 흐름과 공간 속에서 하나의 길 위에 존재했다가 칠팔십 년 후쯤 소멸을 반복하는 존재입니다. 의식이 뇌에 작동할 수 없다는 설을 채택한다면 그 길이라는 쇼를 그저 보여주고, 자신이 죽는다는 것을 계속 의식하며, 언젠가 사라지는 존재입니다. 인간은 의식을 고도의 것으로 만들어버렸습니다. 그만큼 기쁨도 크지만 슬픔도 큽니다. 그 진폭은 의식이 높은 만큼 모든 생명들 중에서 가장 큽니다. 하지만 결국엔 죽습니다. 이 세계의 기쁨에 대해 알고 있는데도 죽습니다. 지금까지 몇 조나 되는 사람들이 죽었습니다. 앞으로도 계속 죽게 되겠지요.

하지만 이 세계는 인간 탄생의 가능성으로 가득 차 있는 세계입니다. 좀더 말하자면 원자는 결합을 통해 의식을 만들어내는 능력을 애초에 구비하고 있었습니다. 여기에는 어떤 의미가 있습니다. 이전에 제가 말한 것처럼 어딘가의 층과 이어져 있습니다. 분명히 그럴 겁니다. 이것을 우연이라고 치부하기에는 너무 정교합니다. 우리가 걷는 길도 그런 층과 관계가 없지는 않습니다. 그리고 그 층은 무수한 이야기와 관계가 있습니다.

인간은 아주 먼 옛날부터 고도의 의식을 가졌고, 늘 이야기를 원했습니다. 사람들은 신을 만들어낼 뿐만 아니라 반드시 신화까지 만들었습니다. 지금도 여러분은 드라마와 만화를 보겠지요. 연예인에 대한 가십도 이야기입니다. 인간은 지구상에서 유일하게 이야기를 찾는 생물입니다. 자신의 인생도 이야기이고, 인생이라는 이야기를 걷는 과정에서 또 이야기를 찾습니다. 인간이 평생에 아는 이야기의 숫자는 픽션을 포함한다면 방대합니다. 즉, 우리는 중복되는 이야기 속에 있습니다. 이야기의 중복성은 층과 관계있는 것 같습니다. 즉, 그 층에서 중요한 것은 우리 신체의 움직임, 무엇을 보고 말하는 실제의 움직임 자체는 아닙니다. 우리의 의식에 무엇을 떠올렸는가, 우리의 의식이 어떻게 움직였는가, 이것이 훨씬 중요합니다. 우리의 의식은 그 층과 겹쳐져 있습니다. 우리는 그 층에서 이러한 자신을 바라보고 있습니다. 즉, 이야기를 경험하고 있는 것입니다.

바꿔 말하면 인간이란 과거에서 현재까지 방대한 원자의 끊임없는 흐름 속에 떠오른 이야기입니다. 그리고 나는 다른 층에서 그 이야기를 보는 관객이 아닐까요? 이런 나에게 열량도, 에너지 양도 없으니 인간이 만든 물리학의 법칙 밖에 있습니다. 즉, 다른 층에 있습니다. 이 기묘한 균형이, 이 기묘한 균형 자체가 이 세계가 아닐까요? 어떤 의미가 있는지는 모릅니다. 우리의 이야기를 원하는 누군가가 존재할지도 모릅니다. 하지만 만일 의미가 있다면 우리는 그것을 위해서라도 똑바로 살아야 합니다. 한 줄기 이야기 속을, 원자의 흐름 속을 우리는 몸에 힘을 주고 통과해야 합니다. 그것이 산다는 것입니다.

이 이야기는 만만치 않습니다. 나는 인생에 대해 무책임하게 낙천적으로 말할 생각은 없습니다. 어떻게 이 '이야기'를

'통과'할 것인가. 여기에는 크게 동양과 서양의 두 가지 태도로 나눌 수 있습니다.

하나는 서양의 '신의 시련'이라는 사고입니다. 어떤 힘든 일이 발생했을 때 그것은 운명이며, 신이 주는 시련이라고 생각하는 삶의 태도. 극복할 수 있는 것이기에 신이 자신에게 시련을 준 것이라고. 신이라는 말 대신 운명에 의한 시련이라고 말해도 좋습니다. 이처럼 운명에 도전하는 인간의 태도는 아름답습니다. 저는 그렇게 생각합니다.

두번째는 동양의 소위 '제행무상(諸行無常)' 같은 사고입니다. 모든 것은 무로 돌아간다. 모든 것은 사라지므로 힘든 인생에 우왕좌왕하지 말아야 한다는 생각. 괴로움과 슬픔은 언젠가는 사라집니다. 괴로움과 슬픔을 삼키고 평안해지기를 기다립니다. 슬픔과 괴로움이 사라지는 것은 아름답습니다. 저는 그렇게 생각합니다.

어느 쪽이 옳다는 얘기가 아닙니다. 저는 진실은 그 사이에 있다고 생각합니다. 양쪽 모두에 있다고 말해도 좋습니다. 때로는 도전하고, 때로는 모든 게 언젠가 사라진다고 생각하면 됩니다. 그래도 좋습니다. 설령 그것이 정해진 것이든 변하는 것이든, 우리는 주체성을 가지고 눈앞에 나타난 길을 계속 선택하는 자세를 가지면 됩니다. 그런 자세가 분명히 필요합니다.

여러분도 앞으로 하나의 길인 자신의 '이야기'를 계속 '통과' 하시길 바랍니다. 먼 옛날부터 존재하던 무수한 원자는, 그토록 압도적이며 방대하고 복잡한 고도의 시스템은 모두 지금 당신의 이야기를 위한 것이니까. 그리고 지금의 당신 모습을 만든 원자들은 당신이 죽은 후에도 남아 언젠가는 또 누군가의 이야기를 위해 존재할 것이니까.

당신의 이야기를 지지하는 이 이야기 법칙, 무수하게 흘러가는 원자의 시스템은 절대적으로 풍요롭고 사치스러운 것입니다.

여러분이 자신에게 편안한 25℃의 장소를 발견할 수 있기를 빌겠습니다. 오늘 이야기를 마치겠습니다.

15

"교주님, 실례합니다."

흰옷을 입은 남자가 회색 손수레를 밀면서 문 안으로 들어왔다.

21층에 있는 교주의 방은 열다섯 평 정도 크기였다. 전체적으로 어둡고 내부에는 침실로 이어지는 문이 있었다. 의자에 앉은 교주가 어떤 표정을 짓고 있는지는 알 수 없었다. 멍한 눈으로 남자가 미는 손수레를 보고 있을 뿐이었다. 수레에는 상자가 있고, 그 안에는 결박당한 여자가 들어 있었다.

"전에 말씀하셨던 컬트 교단 여자입니다."

교주는 무표정하게 상자 안의 여자를 바라봤다. 여자는 짐을 싸는 비닐 끈으로 아무렇게나 몇 겹씩 묶여 있었다. 공포 때문에 소리를 지르지 않는 건가, 하고 흰옷의 남자는 생각했다. 여자는 키가 크고, 아름다웠다.

"……음, 음."

교주가 불명료한 신음 소리를 냈다. 흥미를 가진 것일까? 모르겠다. 흰옷의 남자는 긴장하기 시작했다.

"이 여자가 속한 종교에서는 섹스가 금지돼 있습니다. 타인 앞에서 함부로 살을 드러내는 것도."

교주가 의자에서 일어나 상자 속을 내려다봤다. 여자는 하얀 블라우스에 검은색 롱스커트를 입고 있었다.

"그리고 자위행위도 금지합니다."

"과연…… 컬트군."

교주가 억양 없는 소리로 말했다. 컬트? 흰옷의 남자가 마음속으로 자문했다. 여기도 컬트 아닌가? 아, 아니다. 여기는 컬트가 아니다, 여기는. 아니, 그럼 뭘까? 여기는 뭘까? 수행이 부족하다. 요즘에는 자주 이상한 생각에 사로잡힌다. 흰옷을 입은 남자가 고개를 들자 교주가 자신을 멀뚱멀뚱 쳐다보고 있었다. 심장이 뭔가에 찔린 것 같았다. 들킨 건가? 나의 고민을?

"……섹스하면 죽는다는 거지?"

교주가 갑자기 물었다. 남자의 고민 따위는 개의치 않는 눈빛으로. 남자는 당황해서 입을 열었다.

"네, 여자는 물론이고 여자와 섹스한 남자도."

"……음."

"실제로 여섯 명이 죽었습니다. 어떻게 된 일인지는 모르겠지만."

교주가 숨을 내쉬었다. 어떤 감정의 표현일까. 한숨 같지도 않고, 웃는 것 같지도 않았다.

"간단하군. 그들의 신이 죽인 건가?"

교주가 여자에게 다가갔다. 흰옷의 남자는 당황해서 결박당한 여자를 상자 안에서 일으켜 세웠다. 여자가 버둥거리다 쓰러졌다.

"죄송합니다. 잠들게 했어야 하는데."

"왜지?"

교주가 물었다. 왜냐고? 흰옷의 남자는 그 의미를 이해할 수 없었다. 바로 옆 문에서 두 명의 남자가 나왔다. 이런 곳에 문이 있다니. 버둥거리는 여자를 데려가서 의자에 앉혔다. 치과에서 볼 수 있는 기다란 의자. 하지만 다리를 벌릴 수 있도록 불쾌해 보이는 파이프가 튀어나와 있었다. 여자가 발버둥 쳤지만 남자들은 표정 하나 바뀌지 않았다. 그들은 다시 문으로 천천히 사라졌다. 문 너머도 어두워서 잘 보이지 않았다.

"너희들 신의 이름은 무엇이냐?"

교주가 긴 의자에 묶인 여자에게 물었다. 여자는 교주를 노려봤다. 하지만 교주는 표정 하나 바뀌지 않았다.

"신의 이름이 뭐지?"

여자는 대답하지 않았다. 대신 흰옷의 남자가 입을 열었다.

"……이름은 없습니다. 그저 신자들을 지켜주고 있습니다."

"재미없군."

교주가 여자의 긴 스커트를 손으로 말아 올렸다. 흰옷의 남자는 머리 위에서 어떤 시선 같은 것을 느꼈다. 만에 하나. 남자는 생각했다. 만에 하나, 정말로 그들의 신이 있다면? 이 여자는 물론이고 교주까지 죽는 건 아닐까? 흰옷의 남자는 자문했다. 남자는 이전에 이 여자와 같은 컬트에 있었다. 지금의 교단으로 옮기고 모든 게 미망이라는 것을 깨달았지만 몸속 어딘가에서 다 닦아내지 못한 감촉이 되살아났다. 분명히 자신은 그 신에서 멀어졌고, 이 교단에 들어와 섹스를 했지만 죽지 않았다. 하지만 여전히 신자인 그녀는 어떻게 될 것인가? 그녀는 아직 신자다. 실제로 여섯 명이 죽었다. 신자의 맹세를 하고도 신 몰래 음탕에 빠진 바보 같은 여섯 명이. ……만에 하나. 남자는 계속 생각했다. 만에 하나, 신 따위를 믿지 않는 인간도 불단(佛壇)을 걷어차지는 않을 것이다. 여자가 소리를 질렀다. 울고 있다. 교주가 스커트를 전부 들어 올렸다. 하얀 속옷이 보였다. 흰옷의 남자는 고개를 돌리고 싶었다.

"싫어, 안 돼."

여자가 교주를 노려보며 외쳤다. 교주는 여자의 블라우스를 벗기기 시작했다. 아래위 속옷에 손을 댔다. 맨살을 보여서는 안 되는 여자는 몸을 버둥거렸지만 결박당해 움직일 수 없었다. 속옷이 모두 벗겨졌다. 높은 천장의 불빛에 땀으로 젖은 여자의 몸이 드러났다. 그 컬트 안에서는 필요도 없었을 텐데 탄력적인 여자의 가슴은 존재감이 흘러넘쳤다. 유두가 약간 컸다. 이런 몸이었던가. 흰옷을 입은 남자는 생각했다. 그녀는 이런 몸을 옷 속에⋯⋯. 계속 바라보는 자신을 느꼈다. 교주가 여자의 가슴을 입으로 빨았다.

"그만해. ⋯⋯우리는."

"응?"

"아아, 신이시여."

여자가 머리 위의 빛을 올려다봤다. 길게 기른 머리카락이 마구 흐트러지고 가느다란 눈은 눈물로 빛났다. 긴 다리 사이에 자리한 성기가 흰옷을 입은 남자의 위치에서도 보였다. 그곳으로 교주의 손가락이 들어갔다. 부드럽게 휘저었다. 여자의 몸속을.

"⋯⋯신이시여, ⋯⋯신이시여."

"왜 헐떡이지?"

"⋯⋯어?"

여자의 질액이 흘러넘쳤다. 다리를 타고 내려왔다.

"너는."

"아니야."

"맞아. 너는 그런 여자다. 오랜만이라서 더욱 그럴 거야."

교주가 몸을 쭈그리고 앉아 여자의 성기를 향해 혀를 내밀었다. 벌레가 먹이를 핥듯이.

"아, ……아."

"응?"

"……신이시여."

"그래, 신이 보고 있다. 죽음이 바로 옆에 있다."

여자의 질액이 흘러넘쳐서 웅덩이에 들어간 것과 비슷한 소리가 방 안에 울려 퍼졌다. 그 소리가 여자의 귀에도 들릴 거라고 흰옷의 남자는 생각했다. 죽음이 이 방으로 들어온다. 교주는 여자의 성기에 대고 혀를 놀렸다. 목이 말라 컵에 담긴 물로 목을 적시듯.

"아, 아아!"

"갈 것 같아? 갈 수 있으면 가봐."

"싫어요."

"신에게 보여주면 돼."

"죄송합니다. 용서해주세요. 아…… 아…… 용서해주세요."

"응?"

"신이시여, 신이시여."

"신에게 보여주면 흥분하겠지?"

여자의 허리가 들썩였다. 그녀가 외쳤다.

"안 돼. 아아!"

여자의 몸이 부들부들 떨리기 시작했다. 하지만 교주는 멈추지 않았다. 여자가 울부짖었다.

　"안 돼, 안 돼."

　여자의 몸이 또다시 경련했다. 질액이 뿜어져 나왔다. 보기 흉할 만큼 멀리. 흰옷을 입은 남자의 발 언저리까지 물방울이 튀었다.

　"아, 아, ……아."

　여자의 몸이 계속 경련했다. 몸이 뒤틀리고 가슴이 크게 흔들렸다. 교주는 옷을 벗기 시작했다. 그리고 지나치게 젖어든 여자의 몸속에, 아직 경련이 잦아들지 않은 여자의 몸속에 자신의 성기를 넣었다.

　"……안 돼."

　"죽음은 탄력이 있고 동그랗다고 생각하는데…… 어떠냐?"

　교주의 몸이 움직였다. 공격을 받은 여자는 이제 불명료한 소리밖에 낼 수 없었다. 느끼는 게 아닐까, 하고 흰옷의 남자는 생각했다. 정체를 알 수 없는 눈물이 남자의 눈에서 흘러나왔다. 괴로웠다. 남자는 생각했다. 지금까지 계속 괴로웠다. 연달아 육친(六親)을 잃은 불행의 원인은 선조의 강한 성욕 때문이라고 했다. 그래서 정체를 알 수 없는 중년 여자들의 모임에 들어가 깊은 산속의 병원 같은 건물에서 몇 년을 살았다. 엄중한 계율과 금욕 속에서 신을 느끼던 나날들. 여자가 교주에게 매달렸다. 이런 엄청난 쾌락을 어떻게 해야 좋을지 모르겠다는 듯. 너무나 노골적으로 다리를 크게 벌렸다. 매달리면 된다고 남자는 생각했다. 매달리면 된다. 볼썽사나운 소리를 지르며 교주님에게 매달리면 된다. 우리는 모두 용서받으니까. 세상이 어떻게 생각하든 그런 건 아무래도 상관없으니까. 남자는 머리 위를 의식했다. 죽일 테면 죽여봐라. 우리는 인간이니까. 죽일 테면 죽여.

교주는 여자의 부드러운 입에 혀를 집어넣고 계속 움직였다. 어쩐지 액체 같다고 남자는 생각했다. 교주의 몸은 나이에 비해 탄력 있었다. 아름답다. 아름다운 액체.

"아, 아아."

여자는 이미 교주와 서로 혀를 휘감고 있었다.

"아, 앙, 아아아."

여자가 다시 몸을 부르르 떨고 교주의 몸도 미세하게 경련했다. 존재가 흔들리고 있다고 남자는 생각했다. 교주는 사정하고 있었다. 여자의 몸속에. 남자는 숨을 삼켰다. 순간 교주의 눈앞으로 뭔가가 스쳐 지나간 것처럼 보였다. 뭐지, 저건? 하고 남자는 생각했다. 쾌락에 잠겨야 할 교주의 눈을 뭔가가 가렸다. 저것은 대체 뭘까?

"……너는 21층에서 살아라."

성기를 빼내며 교주가 작은 소리로 말했다. 여자가 고개를 끄덕였다. 얼굴에 홍조를 띤 여자의 눈은 눈물에 젖어 아름다웠다. 정액을 빨아들인 여자의 표정이라고 남자는 생각했다.

몸속으로 정액을 들이마신 여자의…….

"……너도 해."

교주가 흰옷의 남자를 보며 말했다. 남자는 고개를 끄덕였다. 스스로도 놀랄 만큼 자연스럽게. 이것은 선이 아니라고 남자는 생각했다. 여자나 자신이나 이전의 도독한테서 다른 도독에게 왔을 뿐이다. 남자는 생각했다. 하지만 악도 아니다. 교주는 그저 성적으로 여자를 안은 것뿐이니.

흰옷의 남자는 다리를 벌린 여자 앞에 섰다. 그녀와 눈이 마주쳤다. 저 시설에서…… 여자는 여동생 같은 존재였다. 이토록 아름다운 여성이라고는 생각지도 못했다.

"……저기."

여자가 교주에게 말을 걸었다.

"응?"

"……봐주세요. 봐주셨으면 해요."

"……응응."

마치 도전하듯 남자를 쳐다봤다. 시선을 똑바로 향한 채 미소 지었다. 입술이 젖어 있었다. 아름답다. 그녀는 해방됐다. 선도 악도 아니다. 이건 그런 것이 아니다. 해방된 것이다. 우리라는 존재에서……. 남자는 부드럽게 여자의 뺨을 만졌다.

16

어두운 방. 오늘은 시간이 없다.

다카하라는 방에 모인 신자들을 응시했다. 여섯 평쯤 되는 공간에는 다카하라를 포함해 열여섯 명이 있었다. 모두 정직한 눈이다. 의욕에 가득 찬 눈. 다카하라한테서 나올 말을 기대하며 기다리는 눈.

이들 모두 행복하다고 다카하라는 생각했다. 그들처럼 되고 싶었다. 하지만 배반하는 인간이 이들 중에? 모르겠다. 교주라면 꿰뚫어 볼 것인가?

"상황 보고를 하라. ……시노하라, 준비됐나?"

"네."

시노하라는 엄숙하게 대답했다. 빨리 보고하고 싶은데 어떻게든 참고 있는 것처럼. 진전이 있는 것 같았다.

"지난번에 보고한 PPSh-41의 인도는 다음 주 화요일로 정해졌습니다. 이미 조직폭력배들 손에 들어갔고, 그 뒤는 그들이 맡을 겁니다."

"인도할 장소는?"

"아파트를 단기 임대 계약했습니다."

"……위험성은?"

"없다고는 할 수 없지만 우리에게 위해를 가해봤자 저쪽에 이득은 없다고 봅니다."

다카하라는 골똘히 생각에 담겼다. 그의 침묵에 답하듯 시노하라가 말을 이었다.

"그들이 거래 현장에서 우리에게 위해를 가한다면 PPSh-41을 우리에게 건네지 않고 현금만 가져가거나, 아니면 애초부터 PPSh-41이 없어서 현금만 빼앗는 경우라고 봅니다. 그래서 우리 다섯 명이 거래 현장으로 갈 생각입니다. 그들 입장에서 이번 거래 금액은 다섯 명의 시체를 처리하는 노력에 비해 타산이 맞지 않는다고 생각할 겁니다. 물론 살해는 하지 않고 현금만 빼앗길 경우도 있습니다. 하지만 그들은 그 세계에서는 나름대로 명성이 있습니다. 증거가 남는 부정한 일은 하지 않을 거라고 추측됩니다."

다카하라는 다시 생각에 잠겼다. 정말로 괜찮을까? 다카하라가 염려하는 것은 그런 게 아니었다. 이것이 만약 경찰이나 공안의 함정이라면? 하지만 이런 말을 할 수는 없었다.

"만일 이것이 공안의 함정일지라도."

다카하라의 염려를 알아챈 듯 시노하라가 말했다.

"우리는 좌파 중에서도 과격파라고 말할 생각입니다. 징역을 받아도 상관없습니다. 다른 신자들이 우리의 뒤를 이어주길 바랍니다."

거래에 나설 예정인 다섯 명을 다카하라가 진지한 눈빛으로 바라봤다. 뭔가에 홀린 듯한 충반한 표정. 다카하라는 숨을 들이마셨다. 그들에게 대답해야만 한다.

"……알았다. 자네들의 마음은 잊지 않겠다."

그들의 눈이 빛났다. 여기에 있는 모든 사람들이 작게 소리를 냈다. 내면의 고양(高揚)이 흘러나온 것처럼. 그들의 미묘한 움직임, 호흡과 목소리가 고양을 더욱 전파시킨다. 하나가 되어간다. 육체의 내부가 들끓는다.

"우리는 정예다."

"네."

"우리는 선택받았다."

"네."

열기로 가득 찬 공기에서 그들의 체온이 느껴졌다. 모두가 다카하라를 보고 있었다. 자신을 잊을 정도로 기대에 가득 찬 뜨거운 열기.

"PPSh-41을 다루려면 훈련이 필요할 텐데…… 부탁하네."

다카하라는 이번에는 요시오카를 봤다. 요시오카는 힘겹게 고개를 끄덕였다. 그는 옛날에 자위대에 있었다.

"PPSh-41은 그다지 기술이 필요 없습니다. 기관총이니까요."

다카하라는 적막한 계단을 올랐다.

자신의 구두 소리가 울려 퍼져서 누군가 뒤를 쫓는 것처럼 느껴졌다. 조금 전의 고양을 몸속에 남긴 채 다카하라는 교주가 있는 방 문 앞에 섰다. 그들 속에 배신자가 있다고는 생각하지 않는다. 저런 순순한 표정의 밀고자는 상상할 수 없다. 다카하라는 곰곰이 생각했다. 짐작해볼 수 있는 것은 밀고가 아니라 교주가 눈치챘다는 것이다. 하지만 어떻게?

다카하라는 숨을 깊게 내쉬고는 문을 노크했다. 안에서 불명료한 소리가 들렸다. 문을 열었다. 교주가 소파에 누워서 여자의 몸을 애무하고 있었다. 우울하게.

괴물 같은 자식, 하고 다카하라는 생각했다.

교주 속에는 지옥이 있다. 그는 지옥에 저항하는 것이 아니라 스스로 내부의 지옥에 빠져들어 천천히 흔들린다. 어째서 저토록 우울하게 여자를 안을 수 있을까. 저토록 암울한 눈빛으로. 그렇다면 그만두면 되지 않는가. 하지만 교주는 습관처럼 손을 뻗는다. 감동 없이. 흔들리며 우울하게. 벌레가 수액을 핥는 것처럼.

"……부르셨나요?"

다카하라는 작은 소리로 말했다. 이런 녀석인데. 다카하라는 생각했다. 이런 녀석인데, 그 앞에만 서면 자신은 긴장하고 만다. 상대가 괴물이기 때문이다. 허물을 벗은 것처럼 보이지만 표정은 조금도 풀어지지 않는다. 이 녀석은 속을 알수가 없다.

"……부르지 않았는데?"

교주는 자신과 다카하라 사이에 있는 공간을 바라보고 있있다. 보고 있는 건가? 정말 그런가? 이 녀석은 무엇을 보고 있나?

"방해해서 죄송합니다."

"……아니, 괜찮아. ……참, 그 여자가."

교주는 그렇게 말하며 천천히 목을 내밀고는 다른 여자의 혀를 손가락으로 집었다. 여자는 힘을 빼고 가만히 있었다. 다카하라는 그저 기다렸다. 대화하면서 이메일을 보내는 녀석도 있는데 이 자식은 섹스를 한다. 다카하라는 웃음이 새어나올 것 같았다.

"그 여자…… 큐프라의 여자가…… 참회하러 온 것 같아. 너와 개인적으로 접촉했다고. 그래서…….'

교주는 여자의 다리를 벌려 성기를 보고 있었다. 옷에 붙은 얼룩이라도 살피는 것처럼. 다카하라는 작게 숨을 뱉었다. 그런 거짓말을 할 정도로 그 여자는 질투를 했었나? 자신이 안아주지 않아서?

"카운슬링을 받게 했다. 그리고…….'

"……저에게는 벌을 주시지 않습니까?"

"……응?"

철썩대는 소리가 여자의 다리 사이에서 들렸다. 여자는 짧게 숨을 헐떡이기 시작했다. 교주가 그런 일로 벌을 줄 리 없다는 것을 다카하라는 알고 있었다. 그가 알고 싶은 건 다른 일이다. 자신의 계획이 들켰는가, 들키지 않았는가. 교주의 눈을 봤지만 아무것도 읽을 수가 없다. 모르겠다.

"……내가 벌을 줄 리가 없잖아. ……후계자인데."

거짓말. 다카하라가 마음속으로 외쳤다. 그렇다면 왜 이 교단을 종교 법인으로 하지 않는가? 단지 공안의 눈을 피하기 위해서만은 아닐 것이다. 대체 뭘 꾸미는 거냐? 생각이 꼬리에 꼬리를 물었다.

교주가 귀찮은 듯 손가락을 움직였다. 풀려버린 코트의 단추라도 만지작거리듯. 소극적으로 벌린 여자의 다리 사이에서 철썩철썩 소리가 계속 들렸다. 여자는 만족스러운 표정으로 다카하라를 힐끔거렸다. 소리가 부끄럽겠지.

"카운슬링을 받게 하고…… 너를 좀더 갈구하도록 하겠다."

"……그럼 21층으로?"

"응, 응."

다른 사람을 미칠 정도로 사랑하는 여자를 열심히 농락하는 거라고 다카하라는 생각했다. 다카하라, 다카하라, 하고 애원하는 여자를 거리낌 없이 안을 것이다. 역시 수액이라도 핥듯이. 웃음기 하나 없이 우울하게.

마쓰오 쇼타로와는 다른 타입이었다. 그 노인에게는 사람이 따른다. 교주에게도 사람들이 모이는 것처럼 보이지만 실제로는 그렇지 않다. 이 녀석의 몸속에서는 무거운 액체 같은 것이 흘러나오는 것 같다. 그 무거운 액체에 사람들이 다가온다. 자신들의 어두운 부분을 그 액체에 녹여서 가라앉히려는 듯.

여자가 몸을 비틀었다. 소리가 커졌나. 다리를 있는 힘을 다해 오므리는 것은 부끄러움 때문인가, 아니면 절정에 다다르기 위해서인가? 누운 상태로 몸을 젖히는 마른 여자의 자태를 보면서 다카하라는 머리가 멍해졌다. 여자가 시트를 움켜쥐었다. 여자 때문에 젖어버린 시트. 긴 머리카락에 희미한 불빛이 반사됐다.

설마 료코가? 다카하라는 생각했다. 료코는 분명히 뭔가를 눈치챘다. 증거만 잡지 않았을 뿐이다. 하지만…… 그래서 료코에게 이 교단에서 빠지라고 말한 것이다. 교섭을 하면 그녀는 빠져나갈 수 있을 것이다. 아마도.

료코를 데리고 갈 필요는 없다. 이런 나의 인생에. 복구될 수 없는 이런 나의 인생에.

17

나라자키는 마쓰오의 대담회 준비를 돕기로 했다.

이 단체에 명부는 없지만 다음 대담회를 개최할 때 알려달라며 연락처를 남기고 가는 사람이 많았다. 이메일이나 팩스는 글을 송신하면 끝나지만 전화는 번거롭다.

"글은 이렇게 하면 될까요?"

미네노가 마쓰오에게 물었다. 팩스와 이메일용 문장.

"……내 초상화는 안 넣을 거야?"

"넣길 원하세요?"

"왜냐하면 내가 상당히 인상적인 얼굴 아닌가?"

마쓰오는 그렇게 말하고는 미네노를 진지하게 바라봤다. 귤이 날아와 마쓰오는 가지고 있던 효자손으로 귤을 받아쳤다. 던진 사람은 아내인 욧짱이었다. 마쓰오가 받아친 귤을 욧짱이 받아내더니 또 던졌다. 마쓰오가 다시 효자손으로 귤을 퉁겨서 떨어뜨렸다. 요시다가 중간에 끼어들었다.

"비켜, 대머리."

마쓰오가 요시다에게 말했다. 이번에는 요시다가 화를 냈다.

"중이니까 당연히 머리를 밀었죠."

"거짓말. 머리가 빠지는 거지? 응? 머리가 자꾸 빠지니까 빡빡 민 거잖아?"

"흠, 그런 말씀을 하다니. ……그렇게 나오겠다 이거죠?"

요시다가 마쓰오에게 덤벼들었다.

"그래요. 머리가 빠져서 그랬어요. 머리가 빠지는 걸 어떻게 해요!"

나라자키는 고마키라는 여자와 함께 방을 나가려고 했다. 정원에 늘어선 파이프 의자 일부가 녹슬어서 새것으로 교체하기 위해 구분할 필요가 있었다. 귤이 나라자키의 등을 맞췄다.

"……아야, 왜 그러세요?"

"너 고마키랑 어디 가?"

마쓰오가 화를 냈다. 이제는 그 이유조차 알 수 없었다.

"의자를 골라내야죠. 힘쓰는 일이잖아요."

"페팅*했지?"

"네?"

"너 고마키랑 페팅했지? 창고 구석에서. 아, 안 돼. 다들 있는데, 이런 제길!"

나라자키는 당황했다. 고마키가 말했다.

"……그래?"

"네? 그럴 리가요."

"나를 그런 눈빛으로 보다니!"

"아닙니다. 제정신이세요? 이제 그만하세요."

"……그럼 진지하게 대답해."

마쓰오가 말했다. 효자손으로 나라자키를 똑바로 가르킨 채.

"정말 한 번도 고마키를 음흉한 눈길로 본 적 없어? 단 한순간이라도? ……거짓말하면 캔디형에 처하겠어. 내 부분 틀니를 캔디처럼 네 입속에 넣겠다."

"……그건."

"정말이구나!"

고마키가 소리치며 나라자키에게서 떨어졌다.

"그런 식으로 말하면 이상하죠? 요시다 씨, 뭐라고 말 좀 해보세요."

"시끄러!"

* 이성 혹은 동성끼리 행하는 성적 애무.

"뭐가 시끄러워요!"

나라자키가 버럭 소리를 질렀다.

"그런 식이니까 머리카락이 빠지는 거예요. 머리가 지구라면 호주 정도만 남아 있겠네요."

"뭐? 너 그런 식으로 나올래?"

"그만둬요. 요시다 씨 머리 빠지는 거랑 나라자키가 무슨 상관이에요. 요시다 씨가 머리를 대충 민 거잖아요. 혼자서 민 거 맞죠? ……호주에서 캥거루라도 키워요."

미네노와 요시다가 언쟁을 벌이기 시작했다. 나라자키는 상관 않고 방을 나오려고 했지만 고마키가 경계하는 눈빛으로 그를 응시했다. 귀찮다. 대체 왜 저러는지. 그때 다나카가 나라자키의 진로를 방해하듯 방으로 들어왔다. 오늘은 체 게바라 앞치마를 둘렀다. 저런 물건은 대체 어디서 파는 걸까?

"……저기, 매스컴에서 몰려와 있어요."

다나카는 묘한 표정으로 말했다.

"쫓아내야 할 것 같은데…… 어떻게 할까요? 일단 부엌에 있는 바퀴벌레 약으로……."

"그러지."

욧짱이 말했다. 나라자키가 끼어들었다.

"안 된다고 생각합니다."

"그래?"

"괜찮아."

마쓰오가 말했다. 고개를 끄덕이고 돌아가는 다나카를 나라자키가 막았다.

"그래, 나라자키."

마쓰오의 효자손이 다시 나라자키를 향했다.

"네가 응대해라. 그리고……."

효자손으로 계속 나라자키를 가리켰다.

"하반신을 드러내고 이렇게 말하는 거야. 어? 혹시 의사 선생인가요? 내 고추가 썩었거든요."

"……왜 그런 말을?"

"그야 당연히 너를 괴롭히려고 그러는 거지."

"싫습니다."

"그럼, 미네짱."

"싫어요."

찾아온 사람은 주간지 기자들이었다. 여성 기자와 남성 카메라맨인데 전화로 의뢰를 거절당해서 직접 찾아왔다고 한다. 재개하는 종교 활동을 취재한다고는 하지만 수상한 종교 단체에 대해 왈가불가할 목적으로 찾아온 것이 분명했다. 나라자키는 경계하면서도, 그들을 막지는 않았다.

"사례는 소소하지만 회사에서 정해놓은 금액을 지불하겠습니다."

마쓰오의 눈이 괴상하게 변했다.

"사례는 필요 없어요. 그 대신 당신 젖을 쿡쿡 찌르게 해줘요."

"네?"

여성 기자가 짧게 외쳤다. 카메라맨은 셔터를 누르던 동작을 멈췄다.

"……저기, 농담이시죠?"

"농담 아닙니다. 젖을 찔러보게 해달라니까."

마쓰오는 진지한 눈빛으로 기자를 봤다. 놀란 기자를 그 방에 남겨두고 미네노와 나머지 일행은 방을 나갔다. 생각이 없는 걸까? 매스컴에 그런 태도를 취하면 어떻게 될지 잘 알 텐데. 아무 상관도 없는 나라자키가 방에 남았다. 여기자는 누가 봐도 알아챌 정도로 잔뜩 화가 나 있었다.

"저희를 놀리시는 겁니까?"

"놀리는 게 아닙니다. 그저 젖을 한번 찔러보고 싶다고 말한 것뿐입니다. 그렇잖아요? 인생은 찌르거나 찔리거나 둘 중 하나입니다. 어쩌면 찔리는 건 나일지도 모르지. 물론 당신일 수도 있고. 누구나 찔릴 가능성은 있습니다. ……알겠어요?"

"……네?"

"모코펜 모코펜, 누가 찔렀나, 모코펜……. 지금부터 이 주문을 외울 테니 눈을 감아요."

"싫습니다."

"뭐라고?"

마쓰오가 갑자기 소리를 낮췄다.

"왜 찌르게 해주지 않아? 왜?"

"네?"

"쩔러보고 싶다니까, 이 바보야!"

마쓰오가 일어섰다. 여기자가 비명을 질렀다. 카메라맨이
여기자를 보호하려고 둘 사이에 끼어들었다. 나라자키가 마쓰
오를 제지했다.

"죄송합니다. 지금…… 빙의(憑依)가 돼서."

"빙의?"

"그래요. 모든 인격이 교주님에게 들어와 있어요! 바로 지금."

여기자와 카메라맨을 방에서 내쫓았다. 나라자키는 마쓰오
를 쳐다봤다.

"무슨 짓이에요?"

나라자키의 말에 마쓰오는 언짢은 표정을 지었다.

"……상대가 나를 놀리러 왔으니 나도 되갚아준 것뿐이야."

"아니, 그건 아니죠. ……정말 뭐라고 해야 할지. 당신은 기
회만 있으면, 정말."

"뭐가?"

"여자 가슴을 만지려고 했잖아요?"

마쓰오가 효자손을 얼굴 앞에서 좌우로 흔들었다.

"그럴 리가. 아까 그건 정말로 고상한 복수야."

"아니에요. 분명히 만지려고 했잖아요."

여기자와 카메라맨이 돌아가는 소리를 들으며 요시코는 미

178

네노를 바라봤다. 미네노는 배 위에 손을 얹은 채 출력한 인쇄물을 살피는 중이었다. 어쩌면. 요시코는 생각했다. 어쩌면, 이 아이는 임신하지 않았는지도 모른다. 임신했다고 착각하는 것이다. 거의 병적으로 착각하는 것이다. 어쩌면…….

미네노가 뒤를 돌아보자 요시코는 웃는 표정을 지었다. 만약 그렇다면. 요시코는 다시 생각했다. 내가 보듬어줘야 한다. 어딘가 둘이 숨어서 이 아이 곁을 지키며 회복을 도와줘야 한다. 다카하라를 잊게 해줘야 한다.

미네노가 이 단체에 들어왔을 때 그녀는 분명히 마쓰오와 요시코에게서 가정을 원했다. 어린 시절 갖지 못한 것을 그녀는 요시코와 마쓰오에게 바랐다. 요시코는 그것을 알면서도 그녀를 받아들였다. 요시코는 배에 손을 얹은 미네노를 보면서 골똘히 생각했다. 그렇기 때문에, 그렇기 때문에 우리에게 책임이 있다.

어젯밤 저택에서 도마뱀을 봤다. 검게 보인 건 밤이라서 그랬을까?

뭔가가 일어나려고 한다. 가슴이 요동쳤다. 지난 몇 년간 없었던 뭔가가.

18

마쓰오의 강연 시간까지는 아직 멀었는데 이미 많은 관객들이 저택 정원에 모여들었다.

미리 파이프 의자를 배열해두면 편할 텐데, 의자만 많고 사람이 적으면 보기에 좋지 않다는 마쓰오의 고집 때문에 사람들이 온 이후에 의자를 더 준비하기로 했다. 비교적 젊은 사람들이 많았다. 그중에는 열성적으로 필기도구까지 챙겨 온 사람도 있었다. 이 대담회를 위해 3주나 준비했다.

계속해서 사람들이 몰려왔다. 나라자키는 페트병에 담긴 차를 나눠줬다. 마쓰오는 원고 준비는 전혀 하지 않고 방에서 텔레비전을 보고 있었다. 얼마 전 인터뷰 사건은 아직 기사로 나오지 않았다. 만약 기사가 나왔다면 사람들이 야유를 퍼부었을 텐데, 다행히 강연은 잡지 발간일 전이었다.

나라자키는 미네노를 찾았지만 모습이 보이지 않았다. 이상하다. 조금 전까지 분명히 같이 차를 나눠줬는데. 다시 페트병을 가지러 가다가 동작을 멈췄다. 객석에 남자가 있었다. 머리 긴 남자. 그 교단 시설에서 사와타리와 만났을 때 자신을 21층으로 안내한 남자. 왜지? 나라자키는 남자를 응시했다. 그 교단에 있는 남자가 여기에 무슨 일로?

"나라자키."

어느새 요시다가 뒤에 와 있었다. 심장박동이 빨라졌다.

"머리카락을 뒤로 묶은 저 남자 보이지?"

"……네."

"다른 교단의 남자야. 전에도 여기 왔었는데 사와타리가 자취를 감췄을 때 함께 사라졌지. ……틀림없어."

나라자키는 돌아섰지만 요시다의 눈을 쳐다볼 수가 없었다.

"지금은 또 모르는 척하네. 강연 전에 소동을 일으키고 싶지 않으니 강연이 끝나면 니야마랑 가토를 데리고 가서 저 남자를 제압해. 마쓰오 씨는 모르게."

요시다의 목소리는 속삭이듯 작았다.

"내 얼굴은 이미 저 남자가 알아. 니야마와 가토는 여기 온 지 얼마 안 됐으니 모를 거야. 물론 너에 대해서도 모르고. 그러니까 강연이 시작되면 니야마랑 같이 저 남자 바로 뒷자리에 앉아. 그리고 문을 나서자마자 붙잡아."

나라자키는 대답할 수가 없었다.

"물론 문밖에도 사람들을 미리 배치해둘게. 떠들썩하게 제압할 건 없어. 그건 아니야. 마쓰오 씨가 몰라야 하니까. 우선은 얘기를 해보고 얌전히 나오면 건너편 찻집에라도 들어가. 그들 교단이 어딘지 알아내려고 그래. 미행하려고 했지만 우리는 그런 경험이 없어서 실패할 수도 있잖아……. 알았지?"

나라자키가 애매하게 고개를 끄덕였다. 요시다는 사라졌다. 신임을 받는 건가? 그런 생각이 떠올랐지만 바로 생각을 고쳐먹었다. 그 반대다. 시험하는 것이다. 자신은 마쓰오에게 흥미

가 있다며 이 단체에 접근하고는 한 달 동안 자취를 감췄다가
다시 야윈 모습으로 나타났다. 그동안 그 교단과 어떤 접촉이
있었다고 생각하는 것도 무리는 아니다. 이 말을 들은 자신이
수상하게 행동하면 그 교단과 관계가 있다는 것이 들통 난다.
요시다는 머리 긴 남자와 자신, 둘 모두에게서 정보를 얻으려
고 한다. 지금 이 순간부터 자신도 감시받는다. 아마도 자신이
모르는 마쓰오 단체의 사람에게서.

나라자키는 숨을 내쉬었다. 위험한 건 머리 긴 남자가 자신
을 알아보고 놀라는 일이다. 그는 알고 있을까? 내가 사와타리
의 지시를 받고 여기에 와 있다는 사실을.

머리 긴 남자의 자리, 그 세 자리 뒤에 전단지가 있었다. 장
소는 이미 정해졌다. 나라자키는 그곳에 앉을 수밖에 없었다.

사람들이 계속해서 정원으로 들어왔다. 200명 정도 될까?
마쓰오가 툇마루에 등장하자 소란스러움이 찾아들었다. 아무
래도 사회나 다른 진행 없이 갑자기 시작하는 것 같았다. 나라
자키는 서둘러 자리에 앉았다. 머리 긴 남자의 뒷자리에.

"여러분! 와주셔서 감사합니다."

마쓰오의 말에 관객들이 박수 쳤다. 말랐다. 새삼 DVD에서
본 영상과 비교하니 그는 상당히 야위었다.

"오늘은 저의 마지막 이야기를 하겠습니다."

관객들이 조용히 웅성거렸다.

"저의 반생, 아니 제 모든 인생을 이야기할까 합니다. ……저

의 죄를 말입니다."

19

교주의 기묘한 이야기 4

내가 태어난 곳은 아이치 현입니다. 어머니는 원래 여관에
서 종업원으로 일하셨고 아버지는 재벌까지는 아니지만 상당
한 토지를 소유한 지주였습니다. 나 같은 사생아는 대개 숨기
기 마련인데 이상하게도 나는 아버지의 저택에서 살았습니다.
어머니도 같이요. 본가 가족들과는 거의 얼굴을 마주치지 못
했습니다. 저택 구석에 내 방을 마련해줬습니다. 어머니가 병
으로 돌아가시고 난 후에는 저택의 유모 손에 자랐습니다.

아버지의 부인에게 아이가 태어나지 않을 경우 나를 후계자
로 거둘 생각이었던 것 같습니다. 만약 아이가 태어나면 나는
쫓겨나서 어딘가에 팔릴 거라고 생각했습니다. 저택에서 살고
싶지는 않았지만 그래도 아직 어린애였습니다. 혼자 살 수가
없지요. 그저 아이가 태어나지 않기를 바랐습니다. 그런 뒤틀
린 정신을 가지고 나는 유소년 시절을 보냈습니다.

하지만 그 집에 아이가 태어나고 예상대로 나는 저택을 나
오게 됐습니다. 물론 팔려간 것은 아닙니다. 아버지 부인의 뜻

에 따라 나는 아이치에서 도쿄로 올라오게 됐습니다. 어쩔 수가 없었겠죠. 탄생이란 행복이 방해꾼을 몰아낸 셈입니다. 행복이란 성질상 많은 것들을 배제한 다음에 만들어지는 폐쇄된 공간이기 때문입니다. 부인 입장에서 보면 어쩔 수 없는 일이었습니다. 부인 역시 나름의 슬픔을 느꼈을 겁니다. 나는 손으로 기와를 만드는 공장에서 숙식하며 일했습니다. 하지만 공장주 부부는 좋은 사람들이었습니다. 학교는 결국 초등학교까지만 마쳤습니다.

당시 세상엔 커다란 전쟁이 벌어졌습니다. 태평양전쟁, 즉 제2차 세계대전입니다.

스무 살이 되던 해 소집영장이 나왔고 나는 전쟁에 참가했습니다.

내가 가장 먼저 떠올린 건 영장은 사실 그 저택에서 태어난 아이에게 나온 게 아닌가, 하는 의심이었습니다. 자신들의 아이를 전쟁에 내보내지 않기 위해 그 영장을 나에게 보낸 거라고. 물론 그럴 리는 없습니다. 나의 지나친 생각이었죠. 하지만 당시의 나는 그 정도로 꼬여 있었습니다.

나는 전쟁 따위엔 전혀 관심이 없었습니다. 군인을 동경하지도 않았습니다. 전쟁의 발발로 일본이 점점 기울던 무렵 사회주의자들이 지하운동을 벌였습니다. 나는 거기에 참가하지는 않았지만 인쇄된 선동 연설문을 수상한 장소로 배달해주는 대신에 책을 빌렸습니다. 사회주의에 흥미는 없었지만 어떻게 해서든 책을 읽고 싶었습니다. 당시에는 입수하기 힘들었던 서양의 책들도 독학으로 열심히 읽었습니다. 귀축미영(鬼畜美英)*이라는 말이 유행했지만 그토록 멋진 문학을 낳은 국가가 무슨 귀축이란 말인가. 아니, 그렇다고 저는 진보파를 자처하진 않았습니다. 그저 나는 일본, 아니 일본이라는 이름을 들먹이는 군인들이 싫었습니다. 왜냐하면 그것은 아버지를 연상시켰기 때문입니다. 우리 아버지는 투철한 애국자였습니다. 그 시대, 그 연배의 사람들이라면 당연한 얘기입니다. 당시 세계에 대한 나의 인식은 개인적인 호불호로 갈렸습니다.

내가 배치된 곳은 육군 제357사단, 필리핀 중북부의 최전선이었습니다. 당시 일본군 병사 대부분의 사인이 아사(餓死)와 병사(病死)였다는 사실을 여러분도 다 아실 겁니다. 일본군 병사들은 말만 번드르르하고 무능한 국가 밑에서 적군과 싸우지도 못하고 열대 정글을 헤매다 굶주림과 말라리아로 죽었습니다. 나는 3개월의 교육을 받고 합류된 소위 보충병이라 불리는 병사 중 하나였습니다. 우리는 연안부 경비를 맡았습니다. 그런데 정찰병이 100척에 가까운 미군 함선이 몰려온다는 것을 확인한 뒤, 우리가 속한 소대를 포함한 중대가 산악부에 옹성하게 됐습니다. 당시 우리 대부분은 이미 말라리아에 걸려 있

* 일본이 제2차 세계대전 패전 때까지 귀신, 짐승 같은 영국과 미국을 박멸하자며 내건 슬로건.

었습니다.

이길 리 없다. 그렇게 생각했습니다. 중대장을 비롯한 간부들은 그런 말은 한마디도 입에 담지 않았지만 우리 같은 보충병들은 모두가 확신했습니다. 적의 함선, 남국의 바다를 유유하게 건너는 은색 강철, 상공에 늘 날아다니는 은색 전투기. 무겁고, 단단하고, 닿으면 모든 걸 튕겨낼 것 같은 거대하고 둔탁한 은색의 광택. 그 압도적인 기계의 존재감 앞에서 무엇을할 수 있을까요? 우리의 소원은 불타듯이 더운 산간부에 웅성하며 그대로 패전을 기다리는 것이었습니다. 패전하면 조국이유린당한다는 군부의 거짓말을 믿을 정도로 우리는 순진하지않았습니다.

그런데 대대 본부에서 원군(援軍) 소식이 전해졌습니다. 120명의 지원부대를 보낸다는 겁니다. 기관총도 몇 대밖에 없는 상황에서 이제 와서 120명의 원군이 무슨 소용이란 말입니까? 상대는 세련된 원거리 포격을 퍼붓는데 단발총과 허리에찬 칼과 자살용 수류탄으로 싸우라고? 죽기 위해서 오는 원군. 대대 본부의 간부들이 핀리핀의 주요지가 뺏기는 걸 손 놓고보고 있었다는 비난을 본토에서 듣지 않기 위해 보내진 살아있는 인간들. 그리고 전원의 죽음을 무릅쓰고 우리는 있는 힘을 다해 싸웠다, 국가의 이름에 부끄럽지 않은 전투를 했다, 그렇게 본토에 보고하기 위해 죽어야 하는 원군. 죽음은 당연히두렵고 저항감이 생기므로 죽으면 야스쿠니에 모셔져 영웅이 된다고 계속 감언이설을 합니다. 사지(死地)로 향하는 병사를 종교로 부추기는 것은 예나 지금이나 마찬가지입니다. 그리고 그 소식은 우리 중대 또한 죽으러 갈 병사를 모집한다는 것을 의미했습니다. 나는 아직 말라리아에 걸리지 않아서 원군을 맞이하는 부대에 참가해야 했습니다. 다섯 명 정도 되는 소대가 막사에서 나왔을 때 미군의 포격이 시작됐습니다.

그것은 전투가 아니었습니다. 아주 멀리서 날아오는 포격을 향해 우리가 할 수 있는 건 도망치는 것 말고는 없었습니다. 중대는 뿔뿔이 흩어졌습니다. 나는 시력이 나쁜 소위의 소대에 합류했지만 결국엔 도태되고 말았습니다. 말라리아에 걸렸기 때문입니다.

고열에 시달리다가 이틀째는 다리를 질질 끌었고, 나흘째부터는 제대로 말도 하지 못했습니다. 혀가 내 마음대로 움직이지 않았습니다. 그리고 나는 버림받았습니다. 그것은 당연합니다. 그때까지 나 역시 여러 목숨을 그런 식으로 방치했으니까요. 지팡이 대신 쥐었던 굵은 나뭇가지. 그 가지 때문에 상처난 손바닥에서 피가 흘러나오는 것도 모르고 대소변을 흘리면서, 쓰러진 비쩍 마른 전우를 향해 내가 요령 없이 뱉은 편히 쉬라는 거짓말. 그것이 거짓말이라는 걸 알면서도 그렇게 말할 수밖에 없는 지팡이를 짚은 나를 향해 애처로운 미소를 보이며 쓰러진 무수한 생명들. 자신의 의지와 상관없이 대소변을 지른다. 그것은 말라리아로 인한 죽음의 전조였습니다. 이

번에는 내 차례였습니다. 나는 쓰러졌고 벌러덩 누워서 정글의 무성한 이파리들을 봤습니다. 그렇구나. 그렇게 나는 혼잣말을 했던 것 같습니다. 푸릇푸릇한 풀이 뺨을 만지듯 찔렀습니다. 그렇구나. 그렇구나. 하지만 뭐가 그렇다는 건지는 알지 못했습니다.

해가 뜨면 옷을 뚫을 정도로 뜨거운 열기가 피부를 태웁니다. 숲은 영원히 이어질 것 같았고, 풍요롭다기보다는 무성한 가지들이 여러 겹 포개져 아무렇게나 길쭉길쭉 뻗어 있었습니다. 나는 외롭게 이국의 숲속에 있었습니다. 어디서 찢어졌는지 기억나지 않는 팔에 난 기다란 상처에서 얼핏 구더기가 보였습니다. 구더기는 내가 발견하면 모습을 감춥니다. 마치 부끄러워하는 듯. 부끄러워하는 자신을 어쩐지 자랑스럽게 내게 보여주려는 것처럼. 통증은 있었겠지만 느낄 수가 없었습니다. 이건 남의 팔이고, 남의 팔을 구더기가 먹고 있는 거라고 생각했습니다. 하지만 아직 의식은 있었습니다. 시야가 좁아지고 열로 인한 환각으로 이파리들이 무수히 많은 작은 손등처럼 뿌옇게 보일 뿐이었습니다. 자살할까도 생각했습니다. 속이 메슥거렸지만 토해내도 위 속에는 아무것도 없습니다. 갈증으로 목은 타들어갈 것처럼 뜨거웠습니다. 고통을 빨리 끝내야 한다. 굶주림으로 배가 아팠지만 어쩐지 가슴과 목에도 통증이 있었습니다. 가끔 경련이 일어나 의식을 잃으려고 하면 어느새 어디선가 통증이 살아나고 의식이 돌아왔습니다.

구토를 해도 여전히 나오는 것은 없었습니다.

마침 수류탄을 가지고 있었습니다. 죽을 때는 이것을 던져서 죽자고 생각했습니다. 총으로 자살을 시도하다 실패해서 이빨이 부러지고 턱과 뺨이 무참히 관통당한 채 한 시간이나 살아 있었던 동료를 봤기 때문입니다. 하늘을 뒤덮은 가지들이 뒤틀렸고, 바람이 불지 않아 무성한 잎들은 꿈쩍도 하지 않았습니다. 살을 벨 만큼 무성한 풀들이 자라난 땅에 수류탄을 내려놓았습니다. 그리고 수류탄을 응시했습니다. 그 연한 오렌지색 육각형의 철통을 바라보면서 내가 죽는 이유에 대해 생각했습니다. 뺨에 손을 댔더니 이빨 하나하나의 위치를 알 수 있을 만큼 움푹 패어 있었습니다. 제 인생은 막바지에 이르렀습니다.

나는 전쟁에서 죽는다. 무능한 국가의 무능한 작전 때문에 죽는다. 그건 분명했습니다. 하지만 이 전쟁은 무엇인가? 나는 생각했습니다. 우리는 일본의 승리를 위해 전쟁한다. 그렇다면 승리란 무엇일까? ……승리하면 우리는 어떻게 되는 걸까?

필리핀을 일본이 제압하면 연료 보급로를 확보할 수 있습니다. 그러면 일본에 계속 연료를 보낼 수 있고 미국과 장기전을 펼칠 수 있습니다. 그것이었습니다. 그렇게 해서 일본이 미국을 이기면 어떻게 될 것인가? 미국과 연합군이 일본에 정전(停戰)을 신청하고 일본에 유리한 병화조약을 체결하면 어떻게 될 것인가? 정복한 중국의 이권과 동남아시아의 이권을 확보할 수 있다. 그것뿐입니다. 그것으로 기뻐하는 건 누구인가?
각각의 이권을 가진 재벌들, 그리고 재벌과 유착한 군 상층부,
그리고 정치가들입니다. 그렇게 되면 일본은 어떻게 될 것인
가? 민중도 그 여파를 타서 약간은 부유해지겠죠. 하지만 그게
전부입니다. 부유해지고 싶으면 일하면 됩니다. 참고로 제2차
세계대전으로 인한 일본인 사망자 수는 300만 명이 넘습니다.

　나는 내가 왜 죽어야 하는지 알 수가 없었습니다. 반대의 상
황, 즉 패전하면 어떻게 될지를 생각했습니다. 일본에게 불리
한 평화조약이 체결되고 일본은 국제사회에서 낮은 위치로 전
락합니다. 그것뿐입니다. 지면 조국은 유린당하고 여자들은
강간당하고 아이들은 죽는다. 그런 군부의 어리석은 선전을
그대로 받아들일 정도로 나는 순진하지 않았습니다. 낮은 자
리로 전락하면 일하면 됩니다. 그리고 극복하면 됩니다. 일본
인은 어떤 상황에서든 일을 할 테니 말이죠.

　전쟁이 끝나면 반드시 평화조약을 맺습니다.

　어느 쪽이 유리하게 평화조약을 맺을 것인가.

　평화조약의 내용과 전사자의 숫자가 균형을 이뤘던 예가 지
금까지 있었을까요? 거듭 말씀드리지만 그 전쟁에서 일본인
의 사망자 수는 300만 명이 넘습니다.

　이런 전쟁을 지지한 건 격양된 기분이었습니다. 국가를 위
해 사지로 향한다. 군인의 경례, 목숨을 걸고 적을 토벌한다,
희생의 아름다움. 이런 내셔널리즘은 기분을 격양되게 만듭니

다. 왜 기분이 격양될까요? 사회적 동물의 성질, 무리 지어 흥분하면 뜨거워지는 생물의 특성 때문만은 아닐 겁니다. 경박한 자신이 대의(大義)로 인해 역할을 부여받고, 불만스러운 자신의 모순은 적을 향하게 될 것입니다. 자신들은 상대보다 민족적으로 뛰어나다고 착각할 수도 있습니다. 인간은 스스로의 우위성을 믿고 싶어 하는 생물입니다. 더 나아가 인간은 선의를 전제로 할 때 더욱 흉포해집니다. 선의와 정의를 내걸어 스스로의 흉포성을 해방하는 것입니다.

그리고 당시의 군국주의자들은 복잡한 생각에서 해방됐습니다. 맞고 틀리고의 문제가 아닙니다. 그들은 사상에 침식당하기를 원했습니다. 사상에 침식당하면 쾌락이 생깁니다. 자신의 왜소한 사고회로를 위대하게 만들어준다고 착각할 수 있기 때문입니다.

도스토옙스키라는 러시아 문호의 『미성년』이라는 소설에 이런 내용이 나옵니다. 사상은 때론 그 개인의 전 존재를 구속해버린다. 사상에 뿌리까지 잠식당한 인간은 감정으로 머리가 단단해지고 반대되는 사상을 아무리 퍼부어도 절대로 변하지 않는다. 그들을 이론을 통해 이성적으로 바꾸는 건 거의 불가능하다. 그런 개인이 바뀐다면 그건 다른 감정이 생기는 경우이며, 강렬하게 감정이 움직이는 별도의 체험이 있어야 그 개인은 비로소 사상에서 해빙된다. 노스토옙스키는 소설에서 이렇게 말했습니다. 정말 맞는 말입니다. 이런 생각, 즉 사상이

경화되는 것이야말로 인류 역사의 비극 중 하나입니다. 일본 만세를 외치며 기분이 격양된 당시 군인들에게 아무리 이성적으로 말해도 그들은 절대로 변하지 않습니다. 다른 생각을 머리에 심기도 전에 차단해버립니다. 이런 녀석들은 지금도 세상에 존재합니다. 다른 사고방식을 한 번이라도 자신의 내면에서 심오하게 생각하기를 두려워하는 약한 정신을 가지고 있습니다. 사고가 굳어버린 사람들이라고 할 수 있습니다.

유치하기 짝이 없습니다. 적어도 타인의 행복을 위해 배척당하고 위축된 나에게는 그런 대의가 유치하게 생각됐습니다. 정말 별게 아니었습니다.

하지만 그곳에 포탄이 있습니다.

내가 수류탄을 응시하면서 쓰러졌던 곳은 무성한 수풀 가지들이 엮여서 펼쳐진 완만한 경사면이었습니다. 조금만 올라가면 경사면이 급해져 언덕이 나옵니다. 그 언덕 저편에서 포격 소리가 들린 것입니다. 게다가 그건 미군의 일방적인 포격이 아니었습니다. 일본군의 반격 소리도 들렸습니다.

학력이 없는 나는 후방에서 마치 좌익 인텔리를 흉내 내듯 전쟁을 비판했지만 동포들은 싸웠습니다.

나는 보충병이었지만 병사였습니다. 반사적으로 총을 움켜쥐었습니다. 하지만 몸을 움직일 수 없다는 사실이 떠올랐습니다. 그런데 어찌 된 일인지 제 몸은 움직였습니다. 분명히 다리를 움직일 수 없었습니다. 하지만 총을 들고 언덕을 올라 적

앞에 나타날 힘은 남아 있었습니다.

그때 나의 행동들이 뇌리에 떠올랐습니다. 그것은 어떤 계시처럼 저를 찾아왔습니다. 언덕을 올라 적군에게 다가갑니다. 갑자기 언덕 뒤편에서 나타난 일본군인 내가 적군을 향해 수류탄을 던지고 이후 목숨이 끊어질 때까지 총을 쏩니다. 눈에 잘 띄지 않는 경사면은 위치상 미군들에겐 맹점입니다. 나의 이런 행동으로 적어도 적군인 미군을 몇 명쯤은 죽일 수 있고, 그건 동포가 도망갈 수 있도록 도와주는 것을 의미합니다. 미군을 한 사람이라도 더 죽이면 그만큼 일본인의 목숨을 구할 수 있습니다.

더군다나 어차피 나는 머지않아 죽습니다.

나는 총을 쥔 채 포격 소리를 들었습니다. 아니, 들은 건 아니었습니다. 포탄의 진동은 내 귀와 몸 내부를 관통했고, 그 진동으로 인해 몸속 장기의 위치까지 확실하게 느껴질 정도로 나를 격렬하게 흔들었습니다. 나는 진동 속에 있었습니다. 그때 갑자기 뇌리에 떠오른 건 죽이고 싶지 않다는 생각이었습니다.

미군 병사를 죽이고 싶지 않다. 그들은 나처럼 책을 읽을지 모른다. 그들에게는 사랑하는 사람이 있을지 모른다. 언어는 다르지만 평소라면 웃으면서 술을 마시고 있을지도 모른다. 죽이고 싶지 않다. 그렇게 생각하니 어쩐지 안심이 되었습니다. 무엇을 안심하는가? 하지만 그때 또다시 계시처럼 영상 하나가 떠올랐습니다.

죽일 필요는 없다. 그 영상은 이렇게 말했습니다. '나는 미군 병사 앞에 모습을 드러내고 수류탄을 들판에 내던진다. 폭발음을 들은 미군 병사는 내 존재를 알아챈다. 미군 병사가 나를 향해 총을 쏘는 동안, 숨어 있던 일본 병사를 경계하느라 퍼붓던 포격이 잠시 멈춘 동안 동포들은 도망칠 수가 있다. 어차피 나는 얼마 안 있어 말라리아로 죽을 테니까. 다시 말해 살해당하지 않고 목적을 이룰 수 있다.' 심장박동이 빨라졌습니다. 왜 빨라졌는지 알지 못한 채 현기증을 느꼈습니다. 나는 총을 땅에 내려놓고 수류탄을 쥐었습니다. 마치 그 모습을 누군가 지켜보고 있다는 느낌이 들었습니다. 나는 일어서려고 했습니다. 역시 누군가 보고 있다는 느낌을 받으면서.

하지만 내 몸은 말을 듣지 않았습니다.

여러분은 이미 아시겠죠? 나는 무서웠습니다. 곧 죽을 사람이지만 나는 죽는 것이 두려웠습니다. 미군 병사를 죽이고 싶지 않다는 건 핑계였고, 실제로 나는 공포 속에 있었습니다. 격렬한 진동이 몸을 계속 흔들었습니다. 포탄은 내 몸을 악의를 가진 열기로 엉망으로 만들고 날려버릴 것입니다. 여기에 있으면 안전하다. 이런 소리가 들리는 것 같았습니다. 여기에 있으면. 여기에서 벌레처럼 숨어 있으면. 나는 포격 속에서 눈앞의 흙과 그 흙에 붙은, 아마 내 것이라고 생각되는 울퉁불퉁한 발자국을 이유도 없이 필사적으로 바라봤습니다. 미군 병사가 동포를 말살하는 틈에 도망치면 되지 않을까? 나는 머리를 굴렸습니다. 지금이 기회가 아닐까? 그래, 이곳을 진짜 벌레처럼 설설 기어서 도망치면 되지 않을까? 너는 벽돌공장에서 일했었잖아? 벽돌공장 공원이잖아? 그래, 사장 부부에게 살아 돌아오겠다고 약속했잖아? 너를 위해서가 아니야. 그 사람들을 위해서 도망치는 거야. 그들을 슬프게 만들지 않기 위해서 도망치면 되는 거야…….

이 전쟁은 잘못된 거다. 그건 맞습니다. 하지만 나는 이 전쟁에 반대하는 사회주의자들과 가까웠지만 그들의 활동에 참가하지는 않았습니다. 체포된 그들이 옥중에서 고문당하고 죽는 것을 곁눈으로 보면서도 아무것도 하지 않았습니다. 사회주의자들과 함께 옥중에서 죽지 않은 내가 전쟁에 나가게 된 것은 어쩌면 당연할지도 모릅니다. 누가 봐도 가혹한 운명입니다. 하지만 그렇다고 해도 그 속에서 어떻게 살아갈 것인가의 선택은 나에게 있었습니다.

포탄의 진동으로 몸속까지 흔들리면서도 나는 기어갔습니다. 머릿속에서 선의를 내걸고 좌익 인텔리처럼 미군 병사를 죽이고 싶지 않다고 느꼈던 건 거짓이었습니다. 죽이고 싶지 않은 건 진짜였지만, 움직일 수 없었던 이유는 너무 무서웠기 때문입니다. ……이제 곧 말라리아로 죽을 운명인데도.

그때 말소리가 들렸습니다. 외부에서 들렸다기보다는 나의 내부에서, 아니 어떤 외부적인 요인이 나에게 작용해서 내게 말을 재생시킨 것만 같았습니다. "뜨겁지도 않다." 분명히 그렇게 들린 것 같았습니다. 그것은 적들의 신이었습니다. 성경의 묵시록. 적들이 모시는 신의 말. "네가 이렇게 미지근하여 뜨겁지도 않고 차지도 않으니, 나는 너를 입에서 뱉어버리겠다." 나는 그때 기어가면서 포격에서 멀어지려고 했습니다. "뜨겁지도 않다." 벌레처럼 기어가는 나에게 그 소리는 고막이 채 울리기도 전에 진동으로 전해졌습니다. 마치 귀가 되어버린 듯한 나의 등 뒤로 그 말이 들리기 시작했습니다. "미지근하니." 나라는 미지근한 존재. 아무것도 하지 않고 이 전쟁에 억지로 쑤셔 넣어져 말라리아로 죽을 운명인데 삶을 조금이라도 오래 맛보고 싶어서 동포가 죽어가는 것도 무시하고 기어가는 운명. "나는 너를 입에서." 포격이 갑자기 그쳤을 때 나는 바닥에 엎드린 채로 넋이 나가버렸습니다. 다 끝났구나 싶었습니다. 내가 아직 도망치지 않았는데 포격이 끝나버렸구나. 적이 올 거라고 생각했습니다. 뜨겁지도 않은 적이 온다. 지금 막 전투를 끝낸 미국 병사 중에는 사상자가 있을 것이다. 포로를 죽이지 않는 선진국이라고는 하지만 전투 직후에 일본 병사에게 온정을 베풀 정신적인 여유가 과연 그들에게 있을 것인가? 뜨겁지도 않은 나는 엎드린 채로 꼼짝도 하지 않았습니다. 그들의 언어인 영어를 통해 그들의 신을 알게 됐지만 그들의 신에게 배척당했습니다. 하지만 미군 병사는 내 쪽으로 오지 않았습니다. 전쟁은 내게 총탄도 주지 않고, 용기도 주지 않고, 말라리아만을 주고 내

머리 위를 통과해 갔습니다. 나라는 존재가 하찮다는 증명만을 남긴 채. 더 이상 포격 소리는 들리지 않았습니다.

나는 울었습니다. 실제로 눈물이 났는지는 모르지만 오열로 상당히 목이 아팠습니다. 잔혹하다. 갑자기 그런 생각이 떠올랐습니다. 산다는 것은 얼마나 잔혹한 일인가. 내가 아름답게 죽지 않은 것이 원인이겠지만 왜 나라는 존재는 이토록 잔혹하게 비소(卑小)한 자신을 지켜봐야만 하는 것인가.

그리고 비가 내렸습니다. 건기에 접어든 열대에서 비가 내리는 건 드문 일입니다. 하지만 분명히 그 시기에 그 섬에서는 몇 번 비가 내렸습니다. 내가 엎드린 채 정신을 잃은 건 짧은 시간이었습니다. 내가 쓰러진 땅에 빗물이 차올라 질식하면 좋았을 것을, 나는 괴로워서 정신이 들었습니다. 나의 몸은 추할 정도로 건강했습니다. 덧없이 져버리는 아름다움도 아닙니다. 구차하게도 나는 땅에 생긴 물웅덩이의 물을 마시면서 겨우 체력을 회복했습니다. 그리고 정신을 차리고 일어섰습니다.

여기에 있고 싶지 않다. 여기는 내가 동포를 배신한 장소다. 하지만 어디를 가든 그런 내가 따라옵니다. 나의 뇌에 기생하며 어디든 따라옵니다. 오열로 목이 아팠습니다. 죽어가는 동포를 못 본 척하고 적의 신에게 배척당한 내가 갈 곳은 없습니다. 어디든 머물 곳이 없습니다. 니는 주머니에 있던 수류탄을 의식했습니다. 죽어야 한다. 이런 인간의 목숨은 가치가 없다.

하지만 왜 그때 죽지 않았는가, 하는 생각이 들었습니다. 죽어야 할 때 죽지 않고 쓸데없이 죽다니. 혼자 있을 수 없다. 그렇게 생각했습니다. 하지만 주변에는 아무도 없었습니다. 뭔가를 떠올려 상상해보기로 했습니다. 하지만 내게는 이럴 때 떠올릴 만한 사람도 없었습니다.

어머니는 내가 어릴 적에 돌아가셔서 떠올릴 수가 없었습니다. 애인도 없었습니다. 내가 떠올린 건 나를 내쫓은 아버지 부인의 모습이었습니다. 딱 한 번 어릴 적에 상상했던 적이 있습니다. 만약 그 여자가 실제와는 달리 살갑게 내가 어머니라고 부르도록 허락해줬다면. 나는 그 여자를 착한 엄마라고 상상할 수가 있었습니다. 정글을 기듯이 걷던 때 떠오른 건 과거의 그런 공상이었습니다. 나는 손을 뻗었습니다. 구더기가 끓지 않은 왼쪽 손을. 구더기가 끓는 손은 상대에게 미안하기 때문에. 쓰러지는구나, 그렇게 생각했습니다. 지금 쓰러지면 죽는다. 시야가 좁아지더니 도저히 통제할 수 없을 정도로 좁아졌습니다. 위에서 장으로 어떤 신호처럼 강한 통증이 전해졌습니다. 나는 인생의 마지막에서 뭔가를 말해야 한다고 생각했습니다. 쓰러지기 전에 뭔가를. 대체 무슨 말을 해야 할까? 할말은 전혀 없었습니다. 내게는 말할 자격조차 없습니다. 나는 울면서 뭔가에 손을 뻗은 채 쓰러졌습니다. 하지만 내 몸은 쓰러지지 않았습니다.

이상하게도 나는 등을 기대고 있었습니다. 앞으로 걸어갔을 텐데 어느새 굴렀는지 내 몸은 뭔가에 등을 기대고 있었습니다. 의지하고 있었다? 아닙니다. 그것은 받아졌다는 감각에 가까웠습니다. 이것은……. 의식이 끊어질 것 같은데도 등의 감촉을 알아냈습니다. 그건 나무였습니다. 필리핀 북서부 루손 섬에는 없는 일본의 녹나무처럼 두꺼운 줄기를 가진 커다란 나무. 나무가 내 몸을 받아주고 있다. 죽음을 향하고 있는 내 앞을 이 나무가 가로막고 서 있다. 나는 큰 나무에 등을 대고 눈물을 주르륵 흘리기 시작했습니다. 그때 눈물이 나온 것은 확실히 기억합니다. 빗물을 마셔서 나온 건지도 모릅니다. 이런 비소한 나를, 적의 신에게 배척당하고 자신의 나라의 신마저 거부한 나를 이 큰 나무는 받아주고 있다. 뭔가는 뭔가와 만날 수가 있다. 그렇게 생각했습니다. 인생의 여정에서 뭔가는 반드시 뭔가를 만나게 됩니다. 당시에는 물리 지식이 없었지만 과거에서 미래를 향해 움직이는 원자의 흐름 속에서 '나'라는 원자의 흔들림을 큰 나무의 원자의 흔들림이 받아주고 있다. 원자끼리 서로 동지라며. 나무는 똑바로 뻗어 있었습니다. 남국의 태양을 받아 웅대해진 나무는 나의 작은 몸을 받아들여 압도적인 존재감을 내뿜으며 그곳에 서 있었습니다. 아주 드높이 솟아 있습니다. 빛은 머리 위의 무수한 잎 사이로 흘러넘쳤습니다.

미군 병사에게 발견됐을 때 나는 상가 근처에 쓰러져 있었다고 합니다. 근처에는 줄기가 가는 망그로브만 무성했을 뿐 큰 나무는 없었다고 했습니다. 그렇다면 뭐였을까요? 분명히 비소한 나의 몸을 받아준 그것은. 나는 미군의 포로가 됐습니다. 그리고 패전 후 일본으로 귀국했습니다.

20

교주의 기묘한 이야기 4: 계속

일본에 돌아온 후 나는 아무것도 하지 않고 빈둥대며 지냈습니다. 비소한 나의 자아 속에 전쟁에서 죽은 생명이 들어왔습니다. 그들이 언제까지나 내 속에서 괴로워했습니다. 나의 내면의 대부분은 과거와 죽은 자들이 차지했습니다. 싸구려 술을 마시고 비틀거리며 밖으로 나가서는 아무나 골라 뒤를 밟기도 했습니다. 사람을 뒤쫓으면 어쩐지 쓸쓸함이 희석됐습니다. 살아 있는 사람과 이어져 있다는 감각을 느꼈습니다. 어쩐지 나는 뒤를 쫓는다는 행위를 통해 타자와 관계가 생긴 것 같았습니다. 상대 역시 빈둥거리며 살거나 가난한 집으로 들어가면 마음이 편해지기조차 했습니다. 하지만 가끔 그 큰 나무가 떠올랐습니다. 그건 뭐였을까? 쓰러진 내 앞을 막아주던 실재감이 흘러넘치던 크고 웅대한 나무.

십 수 년 후 나는 어느 종교에 입신하게 됐습니다. 아니, 당시에는 종교라고 부르지 않았습니다. 스즈키라는 스승의 제자로 들어갔습니다.

스승은 상당히 독특한 인물이었습니다. 키가 크고, 이미 노년에 접어들었지만 체격이 떡 벌어지고 코와 입과 귀가 당당하게 컸습니다. 하지만 눈만은 이상하게도 작았습니다. 모든 종교에 정통했고 자연과학도 잘 알았습니다. 우리 단체는 어느 지방의 산에서 공동생활을 했습니다. 자급자족했습니다. 나는 전쟁 체험을 스승에게 고백하게 됐습니다. 그 단체에는 전쟁으로 정신과 육체에 상처를 입은 사람들이 많았습니다. 스승은 내게 그 큰 나무에 대해 자세히 이야기하도록 했습니다. 스승도 느낀 적이 있다고 했습니다.

스승은 병으로 죽음 문턱을 경험한 적이 있었는데 병원 침대에서 숨이 끊어지려고 하던 그때 뭔가가 자신을 받아들였다고 합니다. 하지만 그것은 큰 나무가 아니고 검고 더러운 천 다발 같은 것이었습니다. 펄럭펄럭 움직이면서 휘감듯이 스승의 몸을 받아들였습니다. 스승은 그게 무엇이었는지 지금도 알지 못한다고 했습니다. 검은 천 다발? 당연히 저도 그것이 무엇인지 알지 못했습니다. ……그걸 알게 된 것은 상당히 시간이 지나서였습니다.

100명이 자급자족하는 단체를 이끌던 스승은 가끔 양복으로 갈아입고 제자 중 일부를 순서대로 도쿄로 데리고 나갔습니다. 스승은 소유하는 토지를 운용하고 주식까지 거래했던 것입니다. 처음 그 외출에 따라갔을 때 나는 놀랐습니다. 스승이 그토록 속물이라는 사실에.

하지만 그 이유를 바로 알았습니다. 스승은 그렇게 번 돈으로 전후 일본에 넘쳐나는 부랑아들을 위해 고아원을 만들고, 경험이 풍부한 제자들을 아프리카와 동남아시아로 보내 의료 사업을 벌였습니다. 우리가 얻을 수 있는 건 자급자족을 통한 음식뿐이었습니다. 그래도 스승은 웃으면서 다 같이 도쿄에 나가 맛있는 것을 먹고 오자고 했습니다. 술집에서 술을 마시자고도 했습니다. 뭐라고 할 말이 없었습니다. 하지만 투철하지 않은 그의 선함이 오히려 내게는 마음 편했습니다. 나는 스승 밑에서 수행에 힘썼습니다.

수행은 좌선하는 것입니다. 산의 숲속에서 좌선을 하며 내면에서 이미지를 계속 끌어안는 것. 예를 들어 눈앞의 꽃과 풀을 보고, 그 꽃과 풀을 눈을 감고 좌선을 하며 나의 내면에 심상으로 떠올리고, 그 심상이 실제의 현상처럼 느껴질 때까지, 나아가 그 꽃과 풀과 자신의 경계를 없애는 영역까지 이르는 것. 그렇게 되면 좌선하느라 엉덩이를 붙인 대지와 인근의 나무와 화초와 자신의 경계가 애매해집니다. 자신을 흘러가는 것의 일부라고 인식하는 것. 인간에 대해서도 그런 수행을 합니다. 사람과 사람 사이에 개체의 개념을 없애나갑니다.

나는 스승의 조언대로 마을로 나와 작은 방을 빌리고 일을 했습니다. 스승에게는 주말에만 다녀오기로 했습니다. 스승은 내가 실제 사회 속에서 수행하는 것이 옳다고 조언했습니다. 실제 사회에서 누군가에게 도움이 되라고. 실제 사회에서 자신을 수행하라고. 자신의 존재의 경계가 없어지는 것이 마을 크기만큼 넓어졌을 때 비로소 한 단계 높은 곳까지 갈 수 있다고. 나는 공장에서 일했고 결혼도 했습니다. 욧짱과 말이죠.

당시의 나는 스스로를 하찮게 여겼습니다. 전쟁 체험만이 나의 모든 것이었습니다. 나는 그런 볼품없는 자신의 존재를 소멸시키고 개념과 행위로만 살 수 없을까, 하고 생각했습니다. 즉, 누군가에게 도움이 되려는 개념뿐인 존재. 나의 내면과 과거의 추함은 어떤 의미에서는 아무것도 아니지 않은가? 내가 행복만 바라지 않는다면. 그러나 나를 바꿔준 것은 스승과 욧짱이었습니다. 욧짱은 나의 고백을 의미 있다고 말해줬습니다. 당신의 그런 경험은 누군가에게 도움이 돼야 한다고. 아무리 추악하고 슬픈 과거도 어딘가에 도움이 될 수 있다고. 비참함도 후회도 가치가 있는 거라고. 종류가 어떻든 그것은 경험이기 때문에 반드시 도움이 될 거라고.

하지만 스승은 이따금 멍해지는 날이 많아졌습니다. 노화가 진행된 탓이라고 생각했습니다. 하지만 아무래도 그게 전부는 아닌 것 같았습니다.

"이 세상에는 뇌로 인해, 다시 말해 무수한 소립자의 결합에 의해 무수한 의식이 존재한다."

어느 날 스승은 나에게 이렇게 말했습니다.

"이 세상에 존재하는 무수한 의식 중에서 가능한 한 많은 의식이 기쁨을 느끼는 것이 좋겠지. 그런 인류애적인 의미뿐만이 아니라 화학적으로도. 우주 전체가 화학반응이라는 의미에서도…… 그렇지 않은가?"

그때 나는 고개를 끄덕였던 것 같습니다. 하지만 어쩐지 스승은 곤혹스러운 표정으로 나를 보았습니다.

"하지만 만약, 기쁨을 느끼는 의식이 늘어날수록 슬픔을 느끼는 의식도 늘어난다면? 인간 전체의, 아니 그것이 소립자로 이뤄진 총체적인 의식의 화학구조이자 성질이라면? ……무서운 이야기가 아닌가? 그렇지 않나? 우리의 활동이란 기쁨을 이쪽에서 저쪽으로 옮기는 것밖에 되지 않는다. 여기서 구원받은 사람들을 위해 아득한 먼 곳에서 슬픔의 의식이 발생하듯이. 그것이 우리가 감지할 수 없는 이 세계에서 유전하는 소립자 전체의 성질이라고 한다면……. 실제 사회에서도 그렇지 않은가? 부자가 늘어날수록 가난한 사람이 늘어난다. 그렇게 단순하지는 않겠지만 개요만 파악하면 그렇다. 사회란 인간이라는 개개의 존재가 집단화해서 표출한 것이니까. 인간은 소립자로 이뤄져 있다. 이 말은 사회란 소립자의 성질이 표면화된 것이라는 말이 아닌가. 그렇다면 소립자의 세계에서도 그렇지 않을까? 기쁨이 늘어날수록 슬픔이…… 물론 수학적으로 엄밀하지는 않지만. 이 세계의 악이 인간 때문이 아니라 소립자로 인한 화학반응 때문이라면 어떻게 될까? 아니 그것보다도, 인간은 소립자로 이뤄졌으니 악의 가장 근본은 소립자가 아닐까? 소립자는 모든 악을 발생시킬 가능성으로 가득 차 있다. 좀더 정확히 말하면 소립자는 스스로 구축한 인간이라는 존재를 악으로 파악할 가능성으로 가득 찼다는 얘기가 된다. 악은 인간이 발생시킨 것이 아니라 우주가 탄생한 순간부터 인간이란 존재에게 당연히 발생하리라 예상됐다는 얘기다. ……그렇다면 우리가 사는 이 세상이란 무엇인가? 악이란 무엇인가?"

60년대 당시엔 학생운동이 활발했습니다. 미일안보조약*에 반대하는 소위 안보투쟁도 그렇습니다. 즉, 반미운동이지요. 우리는 그것과 전혀 상관없이 산속에서 살았지만 스승의 도쿄에서의 경제활동이 당국에 발각됐을 때, 혁명 그룹의 용의자들을 숨겨줬다는 이유로 그들의 자금원이라는 말도 안 되는 미움을 받았습니다. 개방적이었던 우리 단체는 점점 폐쇄적으로 변해갔습니다. 제 개인적으로는 전쟁이 끝나고 책임을 져야 할 사람들이 미국에 의해 다시 무대에 오르는 형국에 화가 났습니다. 흥미가 있는 분은 '역코스'라는 단어를 키워드로 조사해보십시오. 전후 미국은 일본을 다시 우경화시킬 정도로 소비에트 공산권에 위협을 느꼈습니다. 다시 말해 일본이라는

---

* 제2차 세계대전 패전 후 일본이 미국과 맺은 조약으로 1960년에 개정됐다. 일본이 무력 공격을 받으면 미일 양국이 공동 대처하고 미군 내 일본군 주둔을 인정하는 등 일본 안보의 상당 부분을 미국에 의존한다는 내용이다.

섬나라를 공산권의 방파제처럼 써먹으려고 했습니다. 그러나 나는 어떻게 되든 상관없었습니다. 커다란 역사에 저항하는 존재는 귀중합니다. 하지만 그런 흐름 때문에 희생을 강요받는 약자를 구하는 존재도 귀중하지 않습니까? 예를 들어 여자와의 사이에 아이를 만들고는 사상이니 뭐니 하며 여자와 아이를 버리고 운동에 나선 녀석들도 있는데, 그런 이들에게 정의가 있을까요? 우리는 단지 그렇게 버림받은 아이들을 돌보고 있었습니다.

스승은 점점 희생이라는 말을 쓰기 시작했습니다.

"세상에는 희생이 필요할지 모른다. 유전하는 역사 속에서 희생양이 될 존재를 세상은 필요로 할지 모른다. 선택받은 존재가 이 세상에는……. 그럼으로써 많은 선을 발생시킬 수 있다면."

하지만 나는 그런 스승의 말이 이해되지 않았습니다. 대충 알 것도 같았지만 그 말의 근거가 무엇인지는 알 수 없습니다. 성전이 있다면 얘기가 다르지만 우리에게 그런 건 없었습니다. ……그런데 무섭다고 느껴지지 않습니까? 모든 종교의 성전은 아주 옛날에 쓰여졌다는 이유로 신임을 얻고, 아주 옛날에 쓰여졌다는 이유로 고칠 수가 없습니다. 성전은 가령 신이 만들었다고 해도, 그 신은 당연히 당시의 세계정세를 이야기했을 겁니다. 그런데도…… 인류는 앞으로도 쭉 과거에 의해 규정될 것입니다. 과거와 현대의 왜곡 속에 쭉 방치될 것입니다. 이것이 지금 인류가 놓인 상황입니다. 하지만 우리 단체도 점점 종교로 변하기 시작했습니다. 폐쇄적으로 변하는 것의 당연한 귀결입니다. 당시에는 신흥종교가 성행했습니다. 그런 흐름 속에서 제자들이 다른 단체를 부러워하는 것은 당연합니다. 그리고 어쩐지 스승도 그런 흐름을 적극적으로 받아들이려고 했습니다.

여담이지만 당시에 왜 신흥종교가 번성했느냐 하면 고도경제성장기였기 때문입니다. 신흥종교는 현세의 이익, 즉 일상생활에서 행복을 구하는 경우가 많은데 고도경제성장기에는 자연히 인간들의 삶이 편해집니다. 그래서 종교를 표방하는 쪽도 현세의 이익을 내걸기 쉽고, 시대의 흐름 때문에 부유해진 사람들도 종교 덕분이라고 생각하기 쉽습니다. 현재 일본에는 기존의 것 외에는 새로운 종교가 많이 생겨나지 않았습니다. 만성적인 불경기이므로 우리 종교에 들어오면 행복해질 수 있다고 말하기가 힘들어졌습니다. 그러니 요즘 종교가들은 점술가 같은 존재로 변해서 돈 많은 개인에게 접근합니다. 상대가 집단이 아닌 개인이라면 뭐든지 세뇌시킬 수 있습니다. 아주 효율적입니다.

그 후 학생운동은 점점 과격해졌습니다. 혁명운동, 전쟁이 길어지면 길어질수록 제어가 불가능할 정도로 격해지는 것은 화학반응과 비슷합니다. 어느 날 나는 깊은 밤중에 스승에게 불려 나갔습니다. 스승은 지금의 나만큼 고령이 됐습니다. 단체, 아니 당시에는 이미 확실한 종교 모임으로 변했는데, 제자들이 사는 펜션의 어느 방으로 불려갔습니다. 그런데 거기에 어떤 한 남자가 먼저 와 있었습니다. 여러분 중에도 아는 사람이 있을 겁니다. 바로 사와타리라는 남자입니다. 젊고 우수한 의사라는 것 외에 나는 그 사람에 대해 몰랐습니다.

"……에도시대에 농민들의 풍습 중에 이런 것이 있다."

스승은 띄엄띄엄 이렇게 말했습니다. 어쩐지 협박하는 것처럼.

"비가 내리지 않고 기근이 생기면 지장보살을 함부로 다루고 더럽힌다. ……신에 대한 분풀이는 아니다. 그렇게 신의 사자 같은 존재를 더럽히면 하늘이 그 더러움을 씻어내기 위해 비를 내려줄 거라고 믿었지. ……소위 신의 사자와 비슷한 존재를 지상에서의 인질처럼 이용한 것이지. 여기에는 흥미로운 민속학이 있는데…… 나도 함께 더럽혀져야 한다."

스승은 그 무렵 스즈키라는 성을 버리고 이라야라고 이름을 바꿨습니다. 주말에만 스승을 만나던 나는 스승이, 그리고 이 단체가 급격하게 변모하는 모습을 제대로 파악하지 못했습니다. 모른 척했던 건지도 모릅니다. 폐쇄적인 공간 속에서 스승과 제자들이 서로 호흡하는 것처럼 변했기 때문에 그 변화의 흐름은 상당히 빨랐습니다. 현실을 직시했을 때는 이미 늦어버렸습니다.

"……내가 비참하게 더럽혀지면 분명히 신이 모습을 드러낼 것이다. ……희생이 필요하다. 알겠지?"

나는 이해가 가지 않았습니다. 스승은 이 방에서 들은 것은 아무한테도 말해서는 안 된다고 신신당부했습니다. 이야기를 끝냈을 때 스승의 방 안쪽 문에서 젊은 여자가 들어와 그의 곁에 붙어 앉았습니다.

"……보셨나요?"

펜션에서 나오며 사와타리가 내게 말했습니다. 그는 스승의 명령으로 어딘가에 갔다가 바로 전날에 돌아왔습니다. 나는 고개를 끄덕였습니다. 사와타리는 말을 이었습니다.

"이미 기력이 떨어졌을 텐데 여자를 옆에 두다니. ……망령이 들어도 그렇지. 안 그래요?"

사와타리는 그렇게 말하며 웃었습니다. 나는 눈살을 찌푸리며 마음에도 없는 말을 했습니다.

"……스승에게 실례되는 말이군. 그 말 취소해."

"취소하지요. 하지만 뭘 꾸미고 있는 걸까요? ……저는 살짝 기대됩니다."

아무리 의사에다 우수하다고 하지만 왜 이런 남자를 제자로 받아들인 걸까? 나는 이상하다고 생각했지만 묻지는 않았습니다. 스승은 그 후에도 나와 사와타리를 불러서 이상한 이야기를 자주 했습니다. 그러다 본론으로 들어가게 됐습니다.

"……여기에 리스트가 있다."

스승은 우리에게 두꺼운 봉투를 건넸습니다.

"다음 주 수요일 오전 1시, 이 리스트를 가지고 도쿄 역으로 가라."

나는 무슨 뜻인지 몰랐습니다. 스승은 이미 목소리마저 탁하게 변해 있었습니다.

"내 말 잘 들어라. 절대로 안을 봐서는 안 된다. ……장소는 정해지지 않았다. 역 주변을 걷고 있으면 그쪽에서 너희를 발견할 것이다."

스승의 말은 두서가 없었습니다. 하지만 사와타리는 정중하게 고개를 숙이고 봉투를 손에 들고 방에서 나왔습니다. 어쩐지 무거워 보이는 가방을 들고 있었습니다. 나도 그 뒤를 따라 나왔습니다.

"……잠시 몸을 숨기도록 하죠."

펜션에서 10미터 정도 떨어진 곳에서 사와타리가 갑자기 말을 꺼냈습니다.

"그러는 편이 좋겠어요. 다음 주까지 함께 있지 않을래요?"

나는 상황이 파악되지 않았습니다.

"왜지? 아니, 그것보다 이 봉투는 대체 뭐야? 혹시 뭔가 알고 있어?"

나의 물음에 사와타리는 웃으며 말했습니다.

"부인도 함께 있는 편이 좋겠어요. 호텔을 잡을게요. 따라오세요."

이해도 하지 못했으면서 왜 그를 따라갔는지. 나는 사와타리를 신용하지 않았지만 마음속에선 그 이상으로 스승을 믿을 수 없게 됐습니다. 나는 사와타리라는 존재가 만만치 않다는 걸 알고 있었습니다. 속을 알 수 없는 사람. 아직 젊었던 그의 내면에 대해 그렇게 느꼈습니다.

나는 그의 말대로 욧짱을 데리고 사와타리가 지정한 호텔로 갔습니다. 그는 우리 방에 들어오더니 갑자기 종이 다발을 테이블에 던졌습니다. 스승에게서 받은 봉투의 내용물이었습니다.

"예상했던 대로 리스트입니다. 전직 좌익 학생들. 위험한 그룹입니다."

"뭐? ……스승님이 왜 그런 일을?"

내 질문을 무시하고 사와타리는 말을 이었습니다.

"좀더 말해드릴까요? 스승은 말이죠, 이걸 되찾으려고 조만간 우리를 죽이려고 할 겁니다."

나는 혼란스러워졌습니다. 스승은 스스로 건넨 것을 왜 되찾으려는 걸까? 하지만 여러분 중에 이미 알고 있는 사람도 있겠지만, 사와타리의 목소리에는 호소력이 있습니다. 이해가 되지 않아도 어쩐지 설득을 당합니다. 의식 속에 판단을 심판하는 곳을 그대로 지나쳐 내면 깊은 곳에 직접 도달하는 목소리. 하지만 저 역시 모든 걸 그대로 다 받아들일 수는 없었습니다. 저는 몇 번씩 질문했습니다. 하지만 사와타리는 대답해주지 않았습니다. 저는 그 주 수요일에 리스트를 가지고 가는 행위를 거부했습니다. 이해가 안 되는 일을 수행할 수는 없었습니다. 저는 리스트를 되찾으려고 했지만 사와타리는 그것을 건네주지 않았습니다. 이대로라면 나는 아무것도 모르는 채희한한 사건에 휘말리게 됩니다. 하지만 어느샌가 욧짱이 사와타리 뒤로 다가갔습니다. 그리고 놀랍게도 사와타리의 목에 칼을 들이댔습니다.

"상황을 말해줘요."

욧짱이 나직하게 말했습니다. 욧짱은 몸집이 작고 민첩한여자였습니다. 하지만 설마 칼을 들고 남을 위협하다니! 여러분, 아내를 다 이해했다고 생각하면 안 됩니다. 하지만 욧짱은나를 위해 그렇게 해줬습니다.

"지금 쇼타로는 위기에 처해 있습니다. ……말해주지 않으면 찌를 거예요."

하지만 사와타리는 동요하지 않았습니다. 당연합니다. 지켜보는 나도, 칼을 든 욧짱도 이미 동요했기 때문이죠. 순간 사와타리는 가늘게 뜬 눈으로 나를 보며 살짝 웃었습니다.

"그노시스주의입니다."

"뭐?"

사와타리는 칼 따위는 안중에도 없는 듯 말하기 시작했습니다.

"……1945년, 이집트에서 그노시스주의와 관련된 고문서가 발견된 것은 알고 계시겠죠? 기독교에서 이단 취급을 받고 성서에도 편찬되지 못한 금서. 그 금서의 일부가 발견됐습니다. 엄청난 발견입니다. ……지금 유럽과 미국에서는 그노시스주의 연구가 상당히 왕성합니다. 스승도 요즘엔 그것만 생각합니다."

설명이 필요할 것 같군요. 예수 그리스도는 기원전 4년 무렵 이 땅에 태어나 다양한 기적을 펼쳐 많은 사람들을 구원했습니다. 하지만 제자 중 하나인 유다에게 배신당합니다. 유다의 배신으로 예수는 당국에 체포되고 십자가에 못 박혀 죽습니다. 기독교에서 유다는 배신자의 대명사입니다.

기독교 성서는 예수가 쓴 것이 아닙니다. 예수의 가르침을 가슴으로 받아들인 자들이 예수 사후에 그의 말과 행동을 기록한 것입니다. 그중에서 당국 교회가 채택한 것이 성서로 편찬됐습니다. 내용 중에는 당연히 당시의 교회에 맞지 않은 것도 있었습니다. 그런 문서는 이단 취급을 받아 금서로 처분됐습니다. 하지만 그 일부가 남아서 발견됐습니다. 큰 소동이 벌어질 것은 당연합니다. 그노시스주의란 당시의 교회에서 배제된 기독교 이단 사상 중 하나입니다.

1978년, 아직 세상에는 알려지지 않았지만 유다 복음서 같은 것이 이집트에서 발견됐습니다. 그리스도를 유다의 시점에서 묘사한 것입니다. 이것이 공표된 것은 2000년대에 들어와서인데 이미 꽤 옛날부터 기독교의 이단인 그노시스주의에 대한 다양한 논의가 있었습니다.

그노시스주의는 정의가 방대해서 전부 말할 수는 없습니다. 그러므로 일부만 소개하겠습니다.

전염병과 굶주림에 괴로워하는 대지 위에서 그들은 이 세계를 창조한 신을 숭배하는 행위를 그만두었습니다. 이런 불완전한 세계를 창조한 신이 선량하고 전지전능할 리가 없다, 이 세계를 만든 신은 신들 중에서도 레벨이 낮은 하위 신이라고 생각했습니다. 그게 아니면 말이 안 된다고 생각했습니다. 진정한 신은 다른 곳에 있으니 이 세계의 탄생에 관여하지 않은 진정한 신을 숭배해야 한다고 했습니다. 결국 그들은 성서에 나온 이 세계를 만든 신을 저주하게 됩니다.

이런 생각을 가지고 있으니 배신자 유다에 대해서도 다양한 해석이 탄생했습니다. 예수와 유다가 사실은 밀약을 교환했다고도 합니다. 예수는 자신이 희생하면 기독교를 보다 전설적이고 강고한 것으로 만들 수 있다고 생각해 유다에게 자신을 배신하라고 시켰습니다. 이것은 유다만이 예수의 진의를 알고 있었다는 얘기가 됩니다.

그노시스주의가 아니더라도 유다만큼 비극적인 인물은 없을 것입니다. 왜냐하면 예수는 정의로운 성서 속에서도 유다가 자신을 배신할 것을 알고 있었기 때문입니다. 쉽게 말해 유다는 이용당한 것입니다. 유다가 목을 매고 죽었다고도 하고, 배가 갈라져서 죽었다고도 적혀 있는데 배가 갈려 죽은 건 그 안에서 악마가 나왔기 때문이라면 어떨까요? 사실 정통 성서에서도 유다에게 악마(사탄)가 들어 있다는 기술이 있습니다. 만약 그렇다면 유다는 악마에 사로잡혔다는 얘기가 됩니다. 그말은 유다가 자신의 의지로 예수를 배신한 것이 아니라 악마에게 조종당했다는 것입니다. 이것은 비극입니다. 유다의 탓이아니기 때문입니다. 신은 예수가 십자가에 못 박힐 것도, 그 죽음으로 인해 기독교가 폭발적으로 전파될 것도 당연히 알고 있었습니다. 유다는 그것을 위한 중요한 퍼즐 조각이었습니다. 배신자가 필요해 악마를 선동했고, 예수를 섬기는 유다를 조종해 배신자가 되도록 만들었습니다. 선을 전파하는 기독교 최대의 공로자이자 희생자가 유다라는 이야기가 됩니다. 그런데도 유다는 결국 마지막에 무참하게 죽음을 맞이합니다. 신에게 이용당해 벌레처럼 죽게 됩니다.

그런 그노시스주의 사상에 스승은 심취했다고 사와타리는 말했습니다. 그는 계속 말했습니다.

"스승은 옛날에 육군 제357사단의 간부였어요."

나는 놀랐습니다. 그 사단에는 나도 속해 있었습니다.

"스승이 거기서 무엇을 했는지는 모릅니다. 하지만 상당히 무자비한 일을 한 게 아닐까, 추측할 수 있습니다."

"말도 안 되는 소리 하지 마."

"스승의 선이 과거 악의 반증이라고 생각하면 부자연스러운가요? 선인이 처음부터 선인이라고? 당신은 그 정도로 순박합니까?"

나는 입을 다물었습니다.

"스승은 재판을 받아야 했을 겁니다. A급 전범 같은 큰 죄가 아니라 조잡한 죄로. 그런데 어찌 된 일인지 스승은 석방됐습니다. 제 추측으로는 뒤에서 미국이 움직였다고 봅니다. 언젠가 어떤 일에 이용하려고. 그리고 마침내 때가 왔습니다. 일본의 좌익 학생운동은 미국에게는 귀찮은 일입니다. 딱히 위협은 아니지만 귀찮은 것은 분명합니다. 몇 년 전 공안경찰이 스승과 접촉했습니다. 스승이 확실히 이상해진 건 그 이후입니다. 아무래도 자금원이 돼서 유력한 혁명 그룹들을 모으라는 말을 스승이 들은 것 같습니다. 혁명가들을 모아라. 파악한 것을 정리해서 넘겨라. 그러면 당국도 한 번에 많은 혁명가들을 체포할 수 있습니다. 자금원이 배신하면 녀석들은 의심병이 생길 겁니다. 그리고 그들은 내부에서부터 서서히 붕괴될 겁니다."

사와타리는 말을 이었습니다.

"하지만 어설픈 선인이 그런 일을 할 수는 없었겠지요? 그래서 그는 자신의 행동을 정당화하려고 한 겁니다. 노화가 진행되는 그의 뇌가 인격을 이분화하기 시작했습니다. 저는 의사입니다. 그래서 알 수 있습니다. 지금의 스승은 확실히 다중인격장애 초기 증상을 보입니다. 다시 말해 학생들을 배신한 인격과 그걸 인지하지 못하는 인격 두 개를 서서히 만들어내고 있습니다."

"말도 안 돼."

"말도 안 되는 일이 실제로 일어나고 있습니다. 요즘 스승의 조용한 붕괴를 당신도 봤지 않았습니까? 열 몇 개의 인격이 발생하는 사례도 있습니다. ……그의 의식은, 아니 그의 무의식이라고 말하는 것이 정확하지만, 지금 그노시스주의를 따르려고 합니다. 아니, 정확히 말하면 이미 그건 그노시스주의도 아닙니다."

참고로 다중인격장애는 지금 해리성동일성장애라고 부릅니다.

"스승은 예수와 유다의 사건에 신이 관련되지 않았다고 생각합니다. 즉, 예수의 다중인격장애로 인한 증상이라고 봤습니다. 예수는 배신당하고도 정의의 사도로 죽어서 자신을 전설화시키려고 하는 의식과 사람들을 위해 오랫동안 일하려는 의식 사이에 있었다고 생각합니다. 예수는 다중인격장애 증상을 보일 때 유다에게 자신을 배신하라고 속삭입니다. 하지만 십자가 위에서 정신을 차립니다. 그는 아연실색해서 그 유명한 '아버지, 어찌하여 저를 버리시나이까'라는 말을 하며 울부짖습니다. 좀더 말해볼까요? 예수가 듣던 신의 목소리가 정신병에 의한 환각이라면? 그것은 비극입니다. 머릿속에서 환청으로 신의 목소리가 들리고, 인격이 분열되고, 자신의 운명도 환청으로 듣습니다. 유다에게 자신을 배신하라고 말하고 십자가로 향합니다. 하지만 십자가 위에서 완전히 제정신이 돌아옵니다. 더 이상 신의 목소리가 들리지 않습니다. 죽음을 앞둔 충격으로 잔혹하게도 정신병이 났습니다. 그때 예수는 십자가 위에서 유다의 얼굴을 봤을지도 모릅니다. 예수는 유다에게 자신을 배신하라고 속삭인 걸 완전히 잊었습니다. 그의 머리에는 이미 유다가 자신을 배신했다는 막연한 의식만이 존재합니다. 그는 유다를 증오에 가득 찬 눈으로 봤겠지요. 그 눈을 본 유다의 슬픔은 어땠을까요? 스승의 무의식은 지금 그런 역사적 비극을 반복하려고 합니다. 이건 자신이라는 개인의 열등함이 아니고 역사적, 신화적 현상이니 어쩔 수 없다는 것으로 만들려고 합니다. 이제 아시겠습니까? 지금 스승이 하려는 것과 예수의 경우는 그 의미가 완전히 다릅니다. 한쪽은 정의의 사도, 한쪽은 그저 공안에게 이용만 당한 배신자입니다. 하지만 비극적이게도 스승은 자신의 지금 상황을 예수의 사건과 비슷하다고 착각하려고 합니다. 전혀 다른데도 말입니다! 아마도 스승은 더 나아가 스스로 인격을 붕괴시킬 것입니다. 왜냐하면 그런 모자른 사람이 이런 역경을 극복하려면 미치는 것밖에 없으니까요!"

"……그래서 되찾으러 올 거라고 말한 거야? 잠시나마 정상으로 돌아온 스승이?"

"그래요. 그래서 우리는 몸을 숨긴 겁니다. 최근에 야나기모토 씨를 본 적이 있습니까?"

야나기모토는 우리 단체의 2인자였습니다.

"그는 아마도 살해당했을 겁니다. 맨 처음 리스트를 건네받은 건 그 사람이었습니다."

나는 정신이 얼떨떨해졌습니다.

"하지만 왜 우리가……."

"아직도 모르겠어요?"

사와타리가 다시 희미하게 웃었습니다.

"지금 스승에게 불만을 가진 세력이 있다는 것쯤은 알고 계시죠? 그들이 의지하던 사람이 야나기모토 씨, 저, 그리고 당신이기 때문입니다! 잘 들어요. 우리에게는 사람을 모으는 특별한 능력이 있습니다. 어느 정도 눈치채고 있으셨죠?"

나는 그렇다고 생각하지 않았지만 적어도 야나기모토와 사와타리에게는 그런 면이 있었습니다.

"스승은 그런 우리가 신경 쓰였을 겁니다. 그래서 원래부터 그의 무의식에 우리에 대한 살의가 존재했고, 리스트를 건넨 후에는 후회로 인해 그 마음이 더 커졌을 가능성이 높습니다. 이미 스승의 정신은 그 정도로 복잡하게 붕괴됐습니다."

상황을 정리하기 위해 나는 그 후 30분 정도는 아무 말도 하지 않았습니다. 좀더 오랜 시간이었을 수도 있습니다. 눈앞 테이블에는 운동가들의 리스트가 적힌 종이 다발이 있었습니다. 욧짱도 어느샌가 칼을 쥔 손을 내리고 생각에 잠겼습니다.

"아니, 그것만은 아니야."

나도 모르게 혼잣말을 했습니다.

"정신이 점점 붕괴된 스승은 단순히 신화의 구도를 모방하는 데 그치진 않았을 거야. 그래도 명석한 부분은 남아 있을 테니……. 자신이 아닌 우리를 배신자로 만들어서 도망치려는 계산인지도 모르지."

사와타리는 잠시 나를 바라보다가, 이윽고 미소 짓기 시작했습니다.

"역시…… 당신은 그런 생각을 할 정도로 사람을 삐딱하게 보고 있군요. 그 말이 맞아요. 모든 걸 우리 탓으로 돌리고 이 위기를 벗어날 생각인지 모릅니다. ……자신은 어디까지나 배신당한 희생자인 것처럼. 그리스도는 죽었지만 자신은 아무 상처도 없이."

"자네는 정말 이 리스트를 공안에 넘길 건가? 왜지? 스승의 지시를 따를 마음은 없나?"

"……그래야 유쾌하니까요."

"그런 이유로? 우리가 할 일은 스승을 설득해서 스승의 생각을 돌려놓는 것이 아닌가."

"그게 가능합니까?"

사와타리가 말을 이었습니다.

"제 말을 들어보세요. 이것을 공안에 넘겨 녀석들이 붙잡힌들 그게 무슨 대수입니까? 지금의 학생운동이 정말로 세상을 바꿀까요? 당연히 무리지요. 그들 중 일부가 자신들의 혁명 놀이에 스스로 세뇌당해 들뜬 기분에 잔인한 행동에 나서고 희생자가 나오면 그걸로 끝입니다. 그 사실에 눈을 뜬 사람들은 착취하는 쪽인 대기업에 취직하겠지요. 그들의 운동은 결국 후배 혁명가 예비군들을 실망시키고, 세상은 혁명가를 허용하지 않는 분위기가 팽배해질 것이고, 보수적인 무리에도 적당한 여론이 만들어지면 그걸로 끝입니다. 지금이라면 그들은 오히려 체포되는 편이 충실한 인생을 사는 게 아닐까요? 리스트에 올라간 사람들은 과격한 사상을 가졌지만 아직 큰일은 벌이지 않았으니 말입니다. 본보기로 체포되고는 바로 석방될 것입니다. 그리고 가정을 꾸리겠죠. 가난한 국가를 착취하는 대국의 일원이 되어서 당시엔 나도 혈기가 왕성했지, 지금 젊은이들은 한심해, 이런 얘기나 하는 바보가 될 겁니다. 그들에게는 그러는 편이 좋지 않을까요?"

사와타리는 웃었습니다. 하지만 나는 납득할 수가 없었습니다. 나에게는 전쟁의 기억이 있습니다. 또다시 일본을 우경화시킬 수는 없습니다. 전쟁을 하게 만들 수는 없습니다. 그들의 운동이 조금이라도 전쟁을 저지시키길 바라는 마음을 버릴 수가 없었습니다. 하지만 동시에 그들 일부가 언젠가 과격파가 돼서 자멸하고, 대다수는 평범한 생활로 돌아가리라는 것 역시 예상할 수 있었습니다.

"……하지만 난 싫다."

그런데도 나는 그렇게 말했습니다. 배신하는 것도 싫고, 휘말리는 것도 싫었습니다. 그때 사와타리가 "**뜨겁지도 않다**"라고 말했습니다.

"당신은 알고 있죠? 묵시록에 나와 있습니다."

"……어떻게 그걸?"

"네?"

"아니, 아무것도 아니야."

사와타리는 무심코 말한 것 같았습니다. 아니, 무심코라기
보다 나라는 존재가 그 말에 너무나 맞아떨어졌을 테죠. 어디
에도 관여하지 않고 큰일을 하려고도 하지 않았으니까.

저는 결국 사와타리를 막지도 못하고, 그렇다고 협력하지도
못했습니다. 스승이, 그리고 주변 사람들이 붕괴되는 동안에
저는 그저 호텔 방에 있었습니다. 일부 운동가들이 일제히 체
포됐다는 소식을 저는 욧짱과 둘이서 텔레비전으로 보게 되었
습니다. 마치 외부자처럼.

스승이 혁명가 그룹과 관계있다는 사실, 나아가 그들을 배
신했다는 소문은 순식간에 퍼졌습니다. 스승은 당국에서 벌을
받지는 않았습니다. 밀약이 있었던 걸까요? 그리스도는 십자
가에 매달렸는데.

단체가 붕괴되는 걸 막으려고 했던 것이겠죠. 스승은 신자
들을 모았습니다. 오랜만의 설법이었습니다. 나와 사와타리도
그 자리에 있었습니다. 스승은 설법 중에 자신이 숭고한 이상
을 달성하기 위해 혁명가들을 지배했다는 사실을 말한 뒤, 여
기 있는 신자들의 배반으로 폭로됐다고 외쳤습니다. 스승이

우리를 가리켰습니다. 증오에 가득 찬 표정으로. 그 표정은 분명히 우리에게 내린 지령을 잊은 것이었습니다. 그때 스승은 진심으로 우리를 증오했습니다.

신자들이 의자에서 일어났습니다. 성난 소리와 비명 속에서 나와 사와타리를 향해 신자들이 손을 뻗었습니다. 그때 회의장에 갑자기 큰 소리가 울려 퍼졌습니다. 마치 신의 목소리가 내린 것처럼.

"……여기에 리스트가 있다."

회의장이 서서히 조용해졌습니다.

"다음 주 수요일 오전 1시, 이 리스트를 가지고 도쿄 역으로 가라. 내 말 잘 들어라. 절대로 안을 봐서는……."

스승의 목소리였습니다. 모두 놀라서 아무 말도 하지 못했습니다. 회의장 스피커에서 그 목소리가 흘러나왔습니다. 사와타리가 녹음한 것입니다. 지금 같은 소형 녹음기가 아닙니다. 그가 커다란 가방을 들고 있던 이유를 그때 알았습니다. 회의장의 스피커를 이용하는 쉽고 단순한 연출. 하지만 이럴 때일수록 그런 간단한 장치가 가장 효과적입니다.

"사와타리 씨는."

갑자기 키 큰 남자가 외쳤습니다. 사와타리가 준비시킨 남자였습니다.

"스승에게 맡은 행위를 충실하게 나했을 뿐입니다. 여러분도 눈치채셨죠? 스승은 이미 미쳤습니다."

스승은 평정심을 잃었습니다. 몸이 마른 노인이 마치 도둑질이 발각돼 정신없이 저항하는 것처럼. 하지만 너무나 절망적인 나머지 손을 몇 번 이상하게 움직이더니 그대로 굳어버렸습니다. 경직된 것처럼. 스승은 이윽고 몸을 조금씩 움직였습니다. 모두 멍한 눈으로 스승을 봤습니다. 그 시간은…… 정말로 길었습니다.

그 후 단체는 분열하기 시작했습니다. 사와타리에게 붙으려는 사람, 단체에서 나간 사람. 저는 스승이 했던 고아들의 지원 사업을 이어받았습니다. 사와타리는 나에게 이렇게 말했습니다. **당신은 이렇게 되기를 기대했죠?** 라고.

그 후 딱 한 번 스승과 만났습니다. 스승은 노인들이 수용된 요양원에 들어갔습니다. 스승은 나를 알아보지 못했습니다. 모든 걸 잊은 것 같았습니다. 왼손에는 장난감 풍차를 들고 있었습니다. 어린애처럼.

다만 저는 나름의 결말을 짓기 위해서 왜 배신자로 나와 사와타리를 선택했는지 물었습니다. 스승은 계속 멍하니 있다가 갑자기 낮은 소리로 말했습니다. 조금 전까지는 말을 전혀 또렷하게 못했는데.

"왜냐하면 너는 전쟁에서 동포가 죽는 것을 보고도 못 본 척한 녀석이잖아."

스승은 그렇게 말하고는 손에 든 풍차에 시선을 던졌습니다. 빙글빙글 도는 것이 신기해서 참을 수 없다는 듯.

옛날에 병상의 스승을 받아들인 검고 더러운 천 같은 것을 떠올렸습니다. 그 천은 스승에게 자신을 경험시키려고 일부러 스승의 목숨을 한 번 구해준 것일까요? 너에게는 아직 해야 할 일이 있다고. 만약 그 천에 인격이 있다면 그 천은 스승에게 이런 메시지를 전했을까요? 나를 대신해 네가 일을 해줬으면 좋겠다. 그래서 아직 살아 있는 것이다.

하지만…… 뭘 위해서?

그 후 사와타리는 몇 번인가 저를 만났습니다. 그는 광신적이고 위험한 신자들을 이끌고 그들에게서 돈을 착취한 다음 그 신자들도 해산시켰습니다. 그는 나를 따라 자선활동을 하는 사람들을 보면서 내게 이렇게 속삭였습니다.

"당신은 나라는 존재를 이용해 이 모임을 처음처럼 건전하게 만들려고 합니다. 당신의 무의식이. ……**아무 말 없이 바라보면서.** 당신에게는 나 같은 존재가 필요합니다. ……아닙니까?"

결국 나는 모임을 다른 사람에게 맡기고 떠났고, 아버지가 몰래 내게 남긴…….

마쓰오가 쓰러졌다. 너무나 갑작스럽게.

21

혼자 내버려두지 마.

미네노는 다카하라의 목덜미를 보면서 어깨와 등이 오싹해지는 것을 느꼈다.

외롭다. 미네노는 생각했다. 끝나면 다카하라는 바로 잠이 든다. 섹스가 끝난 다음에는 꼭 안아줬으면 좋겠는데. 너무나 두렵다. 혼자 방치되는 느낌이 드니까. 너무 고독해지니까.

등과 다리에도 소름이 끼쳤다. 하지만 이불을 잡아당기면 다카하라가 잠을 깰 수도 있었다. 자신이 움직이면 침대 매트의 스프링이 흔들려 다카하라가 일어날지도 모른다. 미네노는 다카하라를 바라보면서 계속 한기를 느꼈다. 고독하다.

지지난 주에 생리를 했다. 임신했을 텐데. 분명히 임신했을 텐데. 아직 제대로 마음의 정리를 하지 못했다. 누군가가 내게서 가져갔는지도 모르겠다. 누군가가 내 배에서 아기를……

추위에 몸이 떨렸다. 이렇게 바로 옆에 있는데. 흔들어 깨워서 다시 한 번 안기고 싶다. 자신을 꿈속에서라도 갈구했으면 한다. 절정에서도 다카하라는 세 번씩이나 피임기구가 빠지지 않았는지를 확인했다. 그는 두려워하면서 나를 안는다. 쭉 그래왔다. 그러니 내가 임신할 리가……

성기가 젖어 있었다. 그렇게 격렬하게 했으니. 조금 전 일을 아직 그곳이 기억하고 있으니. 정숙하지 못하다고 생각했다.

좀더 하고 싶다. 아까 그렇게 했는데도.

머리가 멍해졌다. 침대 옆에 놓인 휴대전화로 시선을 옮겼다. 또 녹음을 해버렸다. 스마트폰의 녹음 앱. 내 목소리, 다카하라의 목소리, 침대가 삐걱대는 소리, 장난스럽게 다카하라가 속삭이는 야한 말들. 다카하라는 내 안에 들어올 때 추할 정도로 성기가 발기된다. 그리고 질척질척하는 소리……. 그곳이 다시 젖기 시작했다. 눈을 감고 이 소리를 들으면 다카하라가 바로 옆에 있는 것처럼 느껴졌다. 집에 있을 때면 그에게 안겨 있는 자신을 질투하며 스스로를 위로했다.

빨리 녹음기를 꺼야 했다. 이런 고독한 시간을 기록할 필요는 없다. 그가 깨어나도 괜찮다고 생각한 미네노는 자리에서 일어나 속옷을 입기 시작했다.

옷을 입으니 어쩐지 마음이 급해졌다. 마치 조금 전 행동이 양심에 걸린 것처럼.

평소에는 입지 않는 짧은 치마, 한쪽 어깨가 비치는 옷. 마쓰오 씨의 대담회가 한창일 텐데.

다카하라가 눈을 떴다. 기분을 망쳐서는 안 된다고 미네노는 생각했다. 언짢은 기분을 감춘 듯한 억지웃음을 보고 싶지는 않았다.

"……미안, 깜박 잠들었네."

"응. ……나도."

"……왜?"

다카하라가 웃으며 바라봤다. 미네노는 부끄러운 듯한 표정을 지었다.

"나도…… 하고 싶었거든."

미네노는 그렇게 말하고는 다카하라에게 누운 채 키스했다. 부담스러운 여자라는 인식을 주면 안 된다. 그러면 다카하라는 나를 만나주지 않을 것이다. 다카하라의 팔이 미네노를 안았다. 미네노는 웃으며 가슴에 얼굴을 파묻은 다카하라의 머리를 쓰다듬었다. 다카하라의 팔이 치마 속으로 들어와 속옷을 벗기기 시작했다.

"……이대로 해?"

"응."

옷 입은 채 하는 걸 좋아하지 않았다. 제대로 옷을 벗겨줬으면 싶었다. 하지만 미네노는 받아들이기로 했다. 가볍게 만날 수 있는 성숙한 여자라고 생각해주길 바랐다. 이 얼마나 바보 같은 짓인가. 다카하라의 혀가 미네노의 입안으로 들어왔다. 하지만 이 남자가 너무 좋아서 견딜 수가 없다. 죽이고 싶을 만큼 너무너무 좋다. 다카하라의 오른손이 피임기구를 찾고 있었다. 미네노는 그 손을 팔로 가볍게 눌렀다.

"……그냥 해도 돼. 오늘은 괜찮아."

자신의 목소리가 어색하게 들리지 않았을까? 괜찮은 날이 아니다. 오늘 화장실에서 검사했을 때 선이 짙게 나왔다. 배란일 직전.

"……응."

귓가에 대고 말했다.

"내 안에서 싸면…… 기분 좋아."

다카하라는 웃음을 띤 채 여전히 피임기구에 손을 뻗었다. 안전한 쾌락만을 원하는 남자. 겁쟁이라고 귓가에 속삭여볼까. 몸이 뜨거워진다. 이 남자는 어떤 반응을 보일까.

갑자기 다카하라가 동작을 멈추고 시계를 응시했다. 미네노가 키스했다. 하지만 다카하라는 충격을 받은 것처럼 움직임을 멈췄다.

"……왜 그래?"

"……너무 오랫동안 잤어."

다카하라는 여전히 시계를 봤다.

"전화해야 해. ……교주한테."

"어? 그럼, 빨리 해야지."

미네노는 생각지도 못한 말을 하며 몸을 뗐다. 다카하라의 모습을 보면서 거짓말이라고 생각했다. 사와타리에게 전화하지 않을 것이다. 틀림없이 리나……, 아니 다치바나 료코한테.

"미안하지만 잠시 자리를 비켜줄래? 교주와의 대화는 외부에 새어나가면 안 돼. 그런 규칙이……. 아니야, 내가 나가지."

"괜찮아. 내가 옷을 입었잖아."

미네노는 문밖으로 나가려고 하다가 침대 옆 휴대전화를 봤다. 아직 녹음을 정지시키지 않았다. 그와 다치바나 료코의 대화 따위는 나중에라도 듣고 싶지 않았다. 정말 그럴까? 정말 듣고 싶지 않을까? 질투에 미친 나는 듣지 않고서는 틀림없이 견딜 수 없을 것이다.

방에서 나왔다. 이런 허름한 호텔에서 여자 혼자 복도에 나와 있다니.

오후 4시에 전화한다고 전했는데 벌써 5분이나 지났다. 괜찮을까? 다카하라는 계속 고민했다. '그들'은 시간에 엄격하다.

신호음이 들렸다. 받지 않는다. 늦었기 때문이다. 좋지 않은 일이 벌어졌다. 그들에게 신용을 잃으면 자신에겐 더 이상의 미래는 없다. 짧은 미래조차도.

— 왜 이렇게 늦었어.

남자의 목소리다. 두통이 생겼다.

"……혼자 있는 시간을 내기가 힘들어서. 미안하다."

— 너의 미행자는 어떡하라고.

남자의 목소리는 낮고 날카로웠다. 다카하라가 입을 열었다. 긴장을 감추면서.

"……그건 잘 모르겠지만 당신들은 너무 예민하군. 우리에게 배신자는 없다. 눈치챈 사람도 없다. 교주도 눈치채지 못했다."

상대가 짧은 숨을 내뱉는 것이 느껴졌다. 어디에 있는 걸까? 남자의 목소리 뒤로 북적거리는 소리가 들렸다. 이유는 모르지만 다카하라는 그 소리가 그립게 느껴졌다. 다시 두통이 찾아왔다. 미네노와 섹스할 때 느꼈던 목이 졸리는 듯한 통증.

—이 일은 세심한 주의를 필요로 한다. 알겠지만 실패한다면 너희는…….

"알고 있다. PPSh 기관총은 입수했다. 열다섯 정 있다. 그쪽 준비가 끝내는 대로 우리가 움직이겠다."

—빠르군. 문제는 없나?

"없다. 거래는 완벽하다. 내 부하들이 완벽하게 처리했다. ……탄약도 준비했다. 여덟 대의 트레일러 내부가 전부 화약이다. 트레일러 자체가 폭약인 셈이다. ……나머지는 우리가 움직이면 된다."

—훌륭하다고 해두지.

"……당연한 일을."

다카하라의 목소리에 힘이 들어갔다. 짧게 숨을 들이마셨다.

"우리는 파멸도 두렵지 않다."

문 안쪽에서 노크 소리가 들려 미네노는 다시 방으로 들어갔다. 생각보다 짧았다. 무슨 대화였을까? 다치바나 료코에게 시답잖은 사랑 얘기라도 속삭인 걸까? 나중에라도 녹음한 걸 듣지 않겠다. 만약 그렇다면 나의 헐떡이는 소리를 그녀에게 들려줘야지. 내 안에서 기뻐하는 그의 흥분된 목소리도.

"……미안. 밖으로 내보내서."

"괜찮아. ……그런데 정말로 교주야?"

"어?"

다카하라의 목소리가 날카로웠다. 미네노는 그를 물끄러미 바라봤다. 역시, 다치바나 료코였구나.

"혹시 다치바나 씨는 아니고?"

미네노는 농담처럼 말할 생각이었지만 미묘하게 목소리가 떨렸다. 눈치챘을까? 나의 동요를?

"……왜 료코를?"

"아, 욧짱한테서 들었어. 당신이 그 여자와 사귄다고."

"그런데 어떻게 이름까지 알았지?"

그렇구나. 미네노는 생각했다. 그녀는 가명으로 우리에게 접근했다. 우리가 그녀의 본명을 아는 것은 이상하다. 나라자키에 대해선 그들도 모를 것이다.

"……몰라. 욧짱이 말해줘서 알았지."

"……그 여자랑은 끝냈어."

"거짓말."

미네노는 일부러 웃었다. 있는 힘을 다해 자연스럽게. 하지만 애를 쓸수록 더욱 자연스럽지가 않았다.

"……하긴 누구라도 상관없겠지, 당신한테는? 나를 놀릴 거면 다른 날에 해. ……지금은 머리가 아파."

"미안해."

"아니, 괜찮아. 그리고 앞으로 당분간 연락이 안 될 거야."

미네노는 자신도 모르게 다카하라의 얼굴을 정면으로 바라봤다. 심장이 빨리 뛰었다.

"……교단 방침이 그래. 간부들 수행 기간에는 모든 번호를 착신 거부해야 돼."

그렇다면 휴대전화 전원을 끄면 된다. 일부러 착신 거부를? 사실은 휴대전화 전원을 끄면 안 되는 거겠지. 다치바나 료코 한테서 전화가 올 테니까. 사실은 나만 착신 거부할 거니까. 그 여자와 여행을 갈 거니까.

"교주한테서 연락이 오면 꼭 받아야 해. 그래서 전원은 끄지 않고, 다른 연락만 끊는 거야."

전부 거짓말이다. 거짓말. 미네노는 몸이 뜨거워졌다.

"그러니까…… 너도 그동안 남자친구랑 만나."

"응……. 어쩔 수 없지."

미네노는 웃었다. 얼굴에 경련이 일어나는 것 같았다. 하지만 거기까지 신경 쓸 여유가 없었다. 남자친구는 없다. 나에겐 너밖에 없어. 하지만 그렇게 말하면 너는 만나주지 않겠지. 너는 겁쟁이에다 차갑고 뒤틀렸지만 이상하게도 착하니까. 제대로 짝이 있는 여자가 아니면 이렇게 대하는 것이 미안하다는 바보 같은 생각을 하는 사람이니까. 아, 갑자기 생각났다. 그래, 아이만 만들면. 그래, 아이를.

"……있잖아, 아까 하던 거."

미네노가 다카하라에게 손을 뻗었다. 하지만 다카하라는 그 손을 잡지 않았다. 그 손을 잡고 침대로 쓰러지지 않았다.

"……미안, 이제 나가봐야 해."

"어?"

미네노가 일어났다.

"그래."

"뭐…… 어쩔 수 없지. 나중에 보충해."

미네노는 그렇게 말하며 휴대전화를 가방에 넣었다. 녹음된 걸 집에서 듣는다면 질투에 몸이 떨릴 것이다. 갑자기 가방 안에서 전화벨이 울렸다. 그녀는 당황했다. 전화기에 뜬 번호는 요시다였다.

"미안. 잠깐……."

통화 버튼을 눌렀다. 요시다가 하는 얘기가 머리에 들어오지 않았다. 아니, 너무 많은 얘기라서 판단할 수가 없었다. 병원, 마쓰오 씨. 그가 무슨 말을 하는 건지. 그는……. 눈앞이 깜깜해졌다. 정신을 차리니 누군가 자신을 붙잡아줬다. 다카하라다. 그에게 몸을 기대고 있었다.

"가야 해."

미네노가 말했다. 자신이 울고 있다는 것을 느꼈다.

"가야 해. 마쓰오 씨가 죽을 것 같아."

마쓰오가 쓰러진 순간 나라자키는 뛰쳐나갔다.

요시다가 부른 구급차가 도착할 때까지 모임의 오래된 회원들과 함께 마쓰오를 지켰다. 손님들도 자리에서 일어나 웅성거렸지만 구급차가 도착하자 바로 길을 터줘서 혼란스럽지 않게 마쓰오를 병원으로 이송시킬 수 있었다.

중환자실에 들어가 일단 목숨은 건졌지만 중태였다. 처음 진찰한 의사 말로는 지금 몸 상태로 살아 있는 것 자체가 기적이고, 앞으로 의식이 돌아올 수는 있지만 앞으로 며칠 못 버틸거라고 했다.

아내인 요시코조차 면회가 허락되지 않았다. 요시코는 자신이 냉정하다는 사실에 놀랐다. 하지만 생각해보면 쭉 각오했던 일이었다. 자신과 쇼타로는 이미 오래 살았다. 마쓰오의 나이를 생각하면 행복한 죽음이라고 할 수 있었다.

요시코의 머릿속에 마쓰오 쇼타로와의 만남이 떠올랐다. 전쟁으로 부모를 잃고 전후 혼란 시기에 친척들한테 쫓겨난 요시코는 몸을 팔아 생계를 이어갔다. 지금도 그렇지만 당시에는 그런 식으로 살아가는 여자들이 드물지 않았다. 요정*이지만 매춘도 하는 커다란 저택이었다.

* 술과 요리를 파는 고급 음식점.

요시코는 몸집이 작지만 저택에서 입는 옷과 화려한 화장에 충분히 익숙해졌다. 원래 섹스를 좋아하지는 않지만, 당시에는 이 일을 잘한다고 생각했던 적도 있었다. 그 무렵 자신은 무슨 생각을 하며 살았던가. 요시코는 생각했다. 이제는 흐릿해져 생각나지 않았다. 하지만 그것은 마쓰오 덕분이었다.

전쟁터에서 돌아와 기묘한 종교에 몸담은, 근처 공장에서 일하는 남자. 손님으로 온 마쓰오를 본 순간, 요시코는 심장이 빨리 뛰었다. 마쓰오는 요시코를 멍하니 보며 자신에 대해서 조곤조곤 얘기한 다음 아무 말이 없었다. 요시코를 안지도 않았다. 그날 밤 요시코는 아직 인생에 동요될 것이 남아 있다는 걸 알았다. 요시코는 마쓰오를 증오했다. 괜히 쓸데없는 짓을 하러 온 남자라고 생각했다. 마음이 마구 흔들리면 내일부터 하루하루를 견딜 수가 없을 것이다. 마쓰오의 옷에 배인 공장 기름 냄새가 좁은 방 안에 희미하게 남아 있었다.

그래서 다음 날 마쓰오가 다시 찾아왔을 때는 놀랐다. 그는 갑자기 "당신을 좋아합니다"라고 말했다.

"결혼을 전제로 사귀고 싶습니다."

이 남자, 대체 무슨 소릴 하는 건가? 사기를 당하고 있는 건가? 하지만 눈앞에 있는 남자는 긴장한 것 같았다. 마치 어느 상류층 딸에게 고백이라도 하는 것처럼. 마쓰오는 계속 머리를 긁적였다. 땀도 흘렸다.

"……저는 이런 곳에서 일하는 여자잖아요."

그렇게 말했더니 눈앞의 남자는 이상하다는 듯 자신을 바라봤다.

"……그래서, 그게 왜요?"

"……네?"

"혹시 달리 좋아하는 사람이라도?"

이야기의 요점이 어긋났다. 요시코는 다시 한 번 말할 수밖에 없었다.

"아니, 저는 이런 가게에서 일하는 여자란 말이에요."

"……그런데요?"

"그러니까, 그게 아무렇지 않느냐고요?"

"……아무렇지 않느냐고? 아아, 맞다. 제가 깜빡 잊고 말을 안 했습니다. 저와 사귀면 이 가게를 그만둬야죠. 제가 먹여 살리겠습니다."

여전히 이야기가 어긋나 있었다. 좁은 방이 조용해졌다. 간소한 이불과 술상용 앉은뱅이책상만 있는 다다미방. 옆방에서는 어느 공무원과 술 취해 떠드는 여자의 목소리가 들렸다. 심장박동이 빨라지고 괴로워서 미칠 것만 같았다.

"아니, 그러니까 저는 이런 여자입니다. 저의 과거도……."

"……과거요? 아, 그런 건 상관없습니다."

마쓰오가 요시코를 바라보며 말했다.

"당신이 어떻게 살았든, 과거에 무슨 일이 있었든 상관없습니다. ……당신이 마지막에 선택한 사람은 저니까요."

요시코는 멍하니 마쓰오를 바라봤다.

"괴로운 기억이 있다 해도…… 기억이란 다른 기억이 늘어나면 희미해질 테니까. 저와의 추억을 만들어서 당신의 괴로운 기억을 지우면 됩니다."

마쓰오가 말을 이었다.

"몸도 바뀝니다. ……세포라는 건 늘 새로워지는 것이니까. 기억은 실체가 없으니 당신도 바뀔 수 있어요."

그 후 요시코에게 아이가 생기기 힘들다는 걸 알았을 때도 마쓰오는 낙담하는 모습을 보이지 않았다. "저는 당신이랑 결혼했으니까, 당신을 좋아하니까, 아이는 필요 없어요." 마쓰오는 그렇게 말했다.

이런저런 생각들이 떠올라 요시코는 눈물을 흘렸다. 행복한 인생이었다. 흐르는 눈물이 멈추지 않았다. 마쓰오가 했던 말들은 옳았다. 세월이 쌓일수록 마쓰오와 만나기 전의 기억은 희미해져갔다. 마쓰오와의 추억만 늘어갔다.

그 후 몇십 년간 크게 싸워 집을 나가기도 하고, 죽고 싶은 생각이 들기도 했다. 하지만 다시 화해하며 함께 살아왔다. 이 길고 긴 세월은 어떤 것과도 바꿀 수 없다. 다시 눈물이 났다. 얼마나 좋은 인생이었던가. 이 나이가 되면 큰 싸움의 추억조차 미소 짓게 만든다.

정신을 차려보니 요시코는 자신과 함께 병원 의자에 앉아 있던 오래된 회원들에게 마쓰오와의 만남을 얘기하고 있었다. 옛날에 자신이 유곽에 몸담았던 사실을 알지 못하는 사람은 이중에서 나라자키 정도일 것이다. 하지만 이 모임에 흥미를 가지고 찾아왔을 정도니 그 역시 그다지 놀라는 기색은 없었다.

"남성 여러분."

요시코가 웃는 얼굴로 말했다.

"여자의 어리광일지 몰라도…… 남자는 그래야 하지 않을까요? 가능하다면, 정말 가능하다면…… 쇼타로처럼."

달려오는 발소리를 듣고 요시코는 그 소리가 미네노라는 것을 알았다. 미네노는 요시코를 본 순간 어슴푸레한 병원 복도에 쓰러졌다. 그리고 모두 지켜보는 앞에서 울음을 터뜨렸다. 몸에 남자의 기운이 남아 있었다. 어째서. 요시코는 생각했다. 어째서 이 아이는 이토록 자신을 책망하는 상황에 늘 놓여 있을까.

요시코는 미네노에게 몇 번이고 고개를 끄덕이며 안아줬다. 온기가 느껴졌다. 이 아이는 아직 서른 즈음이다. 진정한 인생은 이제 막 시작됐다. 이 아이에게선 좋은 냄새가 난다. 미네노를 위로할 생각이었지만 그녀의 온기 덕분에 자신이 위로받고 있다는 걸 느꼈다. 이 아이를 지켜주려고 했지만 오히려 자신이 구제받는 것인지도 모른다.

"이제 …… 모두 가보세요."

요시코가 말했지만 오래된 회원들은 돌아가려고 하지 않았다. 사실은 마쓰오의 곁에 모였던 모든 사람들이 병원으로 오려고 했다. 하지만 누군가 그것을 막았다.

"……집에 남아 있는 사람들도 걱정할 거예요, 나라자키."

요시코는 미소를 지었다.

"이대로 있다가는 미네짱이 쓰러질 것 같으니 나라자키가 데리고 가도록 해요. ……기다리는 사람들한테는 솔직히 말해 줘요. 이미 마쓰오는 얼마 남지 않았다고."

나라자키가 눈물을 글썽였다. 그 모습을 보자 요시코는 다시 울 것 같았다. 이 아이도. 요시코는 나라자키를 보면서 생각했다. 이 아이도 문제를 안고 있구나.

"나라자키."

제대로 걷지 못하는 미네노를 데리고 가려던 나라자키를 요시코가 불러 세웠다. 가까이 다가가 작은 소리로 말했다.

"만약 나한테 무슨 일이 생기면…… 이 아이를 부탁해."

23

"결국 실패다."

방은 너무나 조용했다. 침을 삼키는 것조차 신중할 정도로. 머리 긴 남자가 교주 앞에 우뚝 서 있었다. 어둠 속에서 발의 통증이 느껴졌다. 교주님이 자신을 쳐다보고 있지 않다고 머리

긴 남자는 생각했다. 교주님은 침대에 똑바로 누운 채 움직이지 않았다. 무엇을 보는 걸까. 아무것도 보지 않는지도 모른다.

"쓰러져서…… 저희로서는."

더 이상 말을 이을 수가 없었다. 변명이 되기 때문이다. 교주님이 바라는 건 성공한 결과뿐이다. 이유나 과정에 흥미를 갖지 않는다.

마쓰오 쇼타로를 데려온다. 그것이 사명이었다. 만나기로 한 장소와 교주님의 이름이 적힌 작은 메모지만 건넨다면 마쓰오 쇼타로 혼자서 올 거라고 판단했다. 그러면 차에 태워서 데려오면 된다. 계획은 실패할 리가 없었다. 머리 긴 남자도 마쓰오를 잘 알고 있었다. 이전에는 스승으로 추앙했으니까. 하지만 쓰러졌다. 아무런 전조증상도 없이. 그래서 데리고 올 방법이 없었다.

"죽었나?"

"……네?"

"죽었냐고, 그 사람."

신중하게 침을 삼켰다.

"조금 전 나라자키와 연락을 했습니다. ……모르겠다고."

"그럼 죽었겠군."

나라자키는 마쓰오에게 마음이 기울었다고 머리 긴 남자는 생각했다. 아니, 여기에 있는 동안에도 계속 그 녀석의 내면에는 마쓰오가 있었을 것이다. 교주님이 바로 옆에 있는데도. 자신이 전화를 걸었을 때 나라자키는 분명히 불쾌해 보였다.

"교주님."

대답이 없었다. 하지만 머리 긴 남자는 몸에 힘을 실었다. 비밀 이야기를 하고 싶다. 교주님과 자신만의 비밀. 단 하나만이라도.

"마쓰오 쇼타로를 여기에 데리고 와서⋯⋯ 대체 무슨 일을."

도중에 목소리가 떨렸다. 순간 방 안 분위기가 차가워졌다. 머리 긴 남자가 발작적으로 무릎을 꿇었다.

"⋯⋯죄송합니다! 죄송합니다!"

몸이 떨렸다. 두렵다. 두려워 견딜 수가 없다. 여기에서 쫓겨나면 자신은 어디에도 갈 곳이 없다. 교주님에게 버림받는다면 비소한 자신은 살아 있어도 가치가 없다. 안 된다. 절대로 안 된다. 더 이상 바깥세계로 돌아가고 싶지 않다. 아무한테도 인정받지 못하고, 자신의 장점과 가능성을 알아주지 않는 바깥세계는 쓰레기 더미다. 그런 쓰레기들에 둘러싸여 살아가는 것은 이제 더 이상 참을 수 없다.

왜지? 왜 이렇게 버릇없는 짓을? 그래, 마쓰오한테서 교주님의 옛날이야기를 들어서 그렇다. 지금과는 완전히 다른 사람 같았던 젊은 시절 교주님의 이야기를 들었기 때문이다. 모습이 눈에 선하다. 젊은 모습이. ⋯⋯응? 하지만 이 감각은 뭘까? 무릎을 꿇은 채라면 말할 수 있지 않을까? 무엇을? 무엇을 말할 생각인가?

"교주님."

무슨 말을 하려는 것인가?

"대체 교주님은…… 무슨 일을 하셨습니까?"

숨이 멎는 것 같았다. 하지만 말은 머릿속에서 흘러나왔다. 마쓰오와 헤어진 후 당신은 어디서 무엇을 했습니까? 어디서 무엇을 하면 지금의 당신처럼 될 수 있습니까? 좀더 확실하게 말씀드리겠습니다. 무엇을 하면 그렇게 됩니까?

시야가 좁아졌다. 나는 무엇을 하는 건가? 무엇을? 저항하는 건가? 복종하는 벌레가 벌벌 떨면서 혀를 내밀고? 놀리듯 웃으면서? 교주님의 분노를 받으면 죽는다. 혼란스럽다. 어떻게 하면 좋을까. 어떻게 하면?

"죄송합니다! 죄송……."

이마를 바닥에 조아렸다. 침묵을 멈춰주세요. 침묵을. 바닥에 이마를 박았다. 바닥은 단단했다. 하지만 계속 엎드려 있을 수밖에 없었다.

"괜찮다."

부드러운 목소리. 눈에서 눈물이 흘러나왔다.

"언젠가 알려주겠다. 너에게만. ……너는 특별한 제자니까."

눈물이 흘렀다. 눈물이.

"……고맙습니다. 아, 저는."

"이제 그만 물러가라."

문을 열고 천천히 방을 나왔다. 조금 전까지의 혼란은 분명히 마쓰오 때문이다. 그 남자의 이야기 때문에 내가 이상해진 것이다. 강철 같은 의지. 이것이 필요하다. 어떤 의견도 듣지 않는 강철 같은 의지. 의지는 단단하면 단단할수록 아름답다. 교주님이 전에 그렇게 말한 적이 있다. 나는 내 자신을 교주님께 바쳤다. 나의 괴로움, 슬픔, 고민 전부를. 그래서 나는 더 이상 아무 생각하지 않아도 된다. 아무것도 고민할 필요가 없다. 나의 일은 모두 교주님이 생각하고, 모두 교주님이 결정해주니까. 교주님이 나를 인도해줄 테니까. 그저 교주님의 명령을 하루하루 수행하면 된다. 이 얼마나 아름다운 날들인가. 이 얼마나…….

사람의 그림자가 다가왔다. 이런 시간에. 머리 긴 남자는 살짝 당황했다.

"……리나 씨?"

머리 긴 남자의 눈앞에 리나가 서 있었다. 하지만 그는 그것이 가명이라는 것을 모른다. 다치바나 료코가 본명이라는 것도.

"지금까지 어디에? 아…… 나는."

남자는 오른손을 자신의 가슴에 댔다.

"어쩌면 나는 간부가 될지도 몰라요. 간부가! 당신과 스기모토 씨, 다카하라 씨, 마에다 씨처럼 코인을 소유한 간부가…….

"그래? 교주님은 계셔? 만나야 하는데."

"네, 계십니다."

다치바나 료코의 표정이 어떤지는 어두워서 잘 보이지 않았다. 하지만 그녀의 목소리는 떨렸다.

"……긴급히 전해드릴 말이 있어."

24

마쓰오는 눈을 뜨자마자 요시코에게 병실을 옮기라고 말했다.

이런 기구를 주렁주렁 매달고 있는 건 싫다. 집에서 죽고 싶다고. 요시코가 마쓰오의 입에 귀를 가까이 대고 물었지만, 마쓰오의 의식이 돌아왔다면 당연히 그렇게 말할 거라고 생각했다.

그 말에 의사도 그렇게 하라고 허락했다. 의사와 마쓰오는 전부터 오랫동안 알던 사이였고 그의 임종에 관해 자주 이야기를 나눴다. 마쓰오의 의식이 돌아왔다는 소식을 들은 오래된 회원들이 병원으로 달려오려고 했지만 내일 돌아갈 테니 오지 말라고 요시코가 만류했다. 오래된 회원들뿐만 아니라 수많은 사람들이 달려오면 병원이 혼잡해질 것이 뻔했다.

요시코가 퇴원 준비를 시작하자 마쓰오는 어딘가를 멍하니 바라보면서 아무래도 오늘 하루만 더 있어야겠다고 불쑥 말했다. 목소리는 가냘팠지만 방문 앞에 있던 요시코는 그 소리를 확실하게 들었다. "왜요?" 그녀가 물었지만 마쓰오는 "많은 것들을 알게 됐어"라는 이해가 안 되는 소리를 했다. 게다가 오늘은 혼자서 이 방에 있겠다는 것이다.

평범한 아내라면 결코 허락할 리가 없다. 언제 죽을지 모르는 남편을 병실에 놓고 가다니. 하지만 요시코는 고개를 끄덕였다. 마쓰오에게는 마쓰오의 생각이 있다.

"하지만…… 욧짱, ……약속할게."

마쓰오는 힘겹게 천천히 말했다.

"오늘은, 죽지 않아. ……알겠지? 그러니까 걱정 마."

그날 밤 비가 내리기 시작했다.

빗소리에 섞여 소리가 희미하게 들렸다. 주위를 살피는 듯한 진중한 발소리였다. 마쓰오는 침대 위에서 그 소리를 들었다. 하지만 병원 현관에서부터 쭉 느끼고 있었던 것만 같았다.

발소리의 남자 역시 어쩐지 자신의 발소리를 마쓰오가 계속 듣고 있는 것처럼 느꼈다. 자신이 내는 소리 하나하나를 알고 있는 것 같았다. 다가가기 위해 움직이는 건 자신일 텐데 마치 움직이는 자신이 지배당하는 것처럼.

마쓰오의 병실 문 앞에서 발소리가 멈췄다. 마쓰오는 눈을 뜬 채 기다리고 있었다. 문이 열렸다. 다카하라가 서 있었다.

다카하라는 마쓰오가 깨어 있는 걸 보고 순간적으로 몸이 굳었다. 역시 이 노인은 나를 기다리고 있었구나. 심장박동이 빨라졌다.

어둡고 좁은 방이었다. 마쓰오는 침대 위에서 이불을 덮은 채로 몸을 일으켰다. 그리고 등 뒤에 있는 벽에 머리를 기댔다. 상당히 냉기가 도는 방이라고 다카하라는 생각했다. 이 노인은 이제 습도도 느끼지 못하는 걸까?

"……이제 곧 돌아가신다고요?"

다카하라는 들고 간 볼품없는 꽃다발을 거칠게 창문 옆 선반에 놓았다.

밤에도 꺼지지 않는 거리의 불빛이 커튼 사이로 새어 들어왔다.

"이제 우리를 책망할 수도 없게 됐군요. ……사기당해 돈을 빼앗겨도 경찰에게 말도 못하더니. 사람이 좋아도 어느 정도여야지. 이제 성희롱도 못 하겠어요."

다카하라는 꽃다발을 물끄러미 바라봤다.

"그래도 당신 강의는 꽤 괜찮았어요. 지루하다고 느끼는 사람들이 더 많았지만 적어도 나는."

다카하라의 몸이 긴장되기 시작했다. 마쓰오가 입을 열었다.

"……왜 울지?"

다카하라는 손으로 볼을 훔쳤다. 문 앞에서부터 그랬다.

"……글쎄요. 나한테도 인간의 피가 흐르는지도 모르겠군요."

벽 너머에서 진동하는 모터 소리가 들렸다.

"……여전히 악몽을 꾸나?"

다카하라는 마쓰오를 쳐다볼 수가 없었다.

"쓸데없는 신경 쓰지 마세요."

"아마…… 그렇겠지. 하지만."

마쓰오의 말에 다카하라의 몸이 또다시 굳어지기 시작했다. 어째서 이 노인은 죽음의 문턱에서 이렇게 말할 수가 있는가?

"자네가 지금 안고 있는 문제는…… 실체가 없어."

갑자기 두통을 느꼈다. 현기증까지도. 토할 것 같아서 그 자리에 주저앉고 싶었다.

"……당신이 뭘 알아."

"글쎄. ……내가 지금 움직일 수 있다면."

"……어떻게 할 건데요? 죽일 건가요?"

"……어깨를 마구 흔들겠지. 자네와 둘만 있는 공간에서 계속 어깨를 흔들 텐데."

다카하라는 그제야 마쓰오를 쳐다봤다. 몸이 미묘하게 떨렸다. 죽음을 앞둔 이런 노인에게 왜 주눅이 드는 걸까. 사와타리보다 위압감이 느껴졌다. 이 세대는. 다카하라는 계속 생각했다. 이 세대는 무시무시하다. 역경을 헤쳐 나온 세대다. 지금과 다르다.

"……이미 늦었습니다."

가볍게 바닥이 흔들렸다. 약한 지진이었다. 하지만 다카하라와 마쓰오는 그런 흔들림에는 개의치 않았다. 마쓰오가 입을 열었다.

"많은 일들을, 알게 된 것 같다는, 생각이 드네. 흐릿하지 만…… 선이."

"……선?"

"가느다란, 무수한 선이 뻗어 있어. ……복잡하게, 얽혀서. ……세상을 움직이는 권력자의 선이나, 집에서 나오려고 하지 않는 인간의 선이나, ……놀랍게도, 모두 똑같아."

다카하라는 서 있는 채로 움직이지 않았다.

"선이 얽히고, 무수한 사건들을 계속 일어나게 만들지. ……이야기야. 이야기는 복잡하게 이어져. ……뭐가 일어날 지, 그것까지는 모르지만, ……앞으로 큰 비극이 있을 거다. ……그리고, 그 커다란 비극을, 지금의 나로서는 저지할 수 없 다는 것도, 알게 됐다. ……자네들 역시 저지할 수 없다는 것 도. 자네들의 의식……, 자네들은 비극에 등장하는 인물이지 만, 그것과 동시에 관객으로, 그저 그 현상을 지켜보게 될 거 다. ……지금, 입자들이 소동을 벌인다. 소동을 계속 벌인다. ……하지만."

마쓰오는 다카하라를 똑바로 쳐다봤다.

"나는 기도할 수밖에 없다. ……하나하나, 가까운 것들부 터."

"……기도를 들어줄지 안 들어줄지는 모르셌네요."

마쓰오가 작게 숨을 들이마셨다. 호흡을 정돈하듯.

"……우선, 미네짱을 돌려줘."

"……네?"

"미네짱을, 미네짱을 돌려줘."

다카하라는 마쓰오를 응시했다. 입가에 웃음이 번졌다.

"그 애는 자기가 좋아서 나를. ……아무튼 그렇게 심각한 사이는 아니에요. ……그 애한테는 다른 남자친구가 있어요."

"거짓말이라는 것쯤은 알지 않나?"

마쓰오는 숨을 내뱉었다.

"거짓이라는 걸 알면서, 자네는, 미네짱과 함께 있어. ……이제는 헤어져주게. 그리고……."

마쓰오는 말을 이었다.

"다치바나 료코짱을 행복하게……."

"그녀와는."

"자네는 파멸할 테니 그 아이를 끌어들이고 싶지 않다, 어차피 그런 생각이겠지? 자네들은 남매이면서 타인이니까."

다카하라의 아버지와 다치바나의 어머니는 재혼이라는 형태로 함께 살게 됐다. 호적상은 남매지만 피가 섞이지는 않았다. 다카하라와 다치바나는 열세 살부터 섹스를 했다. 좁은 방에서 아무에게도 들키지 않았다. 서로의 부모가 이혼한 후에도 관계를 계속 이어나갔다.

"료코짱에게 헤어지자고 말해도 듣지 않고 믿지 않았겠지. 그래서 미네짱과 사귀는 척해서 료코짱이 떨어져 나가도록 했을 테지. ……얼마나 단순한 방법인가. 미네짱이 진심이라는 걸 일부러 모르는 척하면서. ……자네는 어리석다. 남자의 아둔함의 종합 세트 같다."

마쓰오의 목소리가 갑자기 낮아졌다.

"하지만…… 자네가 그렇게 했다고 해도, 설령 어떤 오차가 발생했다고 해도, 그건 작은 부분은 바꿀 수 있겠지만 커다란 흐름은, 결국 그것마저 흡수해서 움직이지. ……그러니 우리는 무력해질지 모른다. 앞으로 일어날, 커다란 비극을 앞두고. 하지만 이것만은 기억해두게."

마쓰오가 다카하라의 눈을 뚫어지게 쳐다봤다. 다카하라는 갑자기 공포에 휩싸였다. 자신은 뭔가를 기대하고 마쓰오에게 왔다. 희망에 찬 뭔가를 내면에서 갈구했던 것 같다. 하지만 이 노인의 말은 그 모든 것을 부정한다. 마치 선고처럼. 마쓰오가 뭘하든, 내가 뭘하든, 커다란 흐름은 결국 그것마저 흡수해서 움직인다고? 마쓰오의 눈이 흐릿해졌다. 그의 표정과 상반신이 굳어갔다.

"……등을 쭉 펴고, 몸에 힘을 줘."

다카하라는 망연자실 서 있었다. 공포가 더욱 커져갔다. 마쓰오가 또 뭔가를 말하려고 했다. 그는 갑자기 마쓰오가 이해되지 않았다. 아니 그것보다, 저기에 있는 건 정말로 마쓰오인가? 마쓰오의 모습을 한 누군가인가? 그림 누구인가? 아니, 무엇인가? 마쓰오의 말은 끝나지 않았다.

"하지만…… 한 가지 방법이."

심장박동이 빨라졌다. 다카하라는 자신의 심장박동이 마쓰오의 심장박동처럼 느껴졌다. 마쓰오가, 아니 마쓰오의 모습을 한 물체가 흥분하기 시작하는 걸 느꼈다. 마쓰오가 입을 열었다. 스위치를 바꾸려고 한다. 어쩐지 불쑥 그런 생각이 들었다. 어떤 스위치에 손을 뻗으려고 한다. 손을 뻗어서는 안 되는 물건에. 마쓰오의 입은 계속 떨면서 금방이라도 흘러넘칠 것처럼 뭔가를 말하려고 했다. 몇 초가 지나고 몇 분이 지난 것만 같았다. 마쓰오는 여전히 입을 벌린 채였다. 멀리서 사이렌 소리가 들렸다. 갑자기 이명이 들리고 팔과 어깨가 가벼워지고 방 안의 공기가 느슨해지고 자신의 호흡 소리가 들리기 시작했다. 지금 무슨 일이 일어나고 있는지 이해가 되지 않았다. 마쓰오의 몸에서 힘이 빠지고 있었다. 마쓰오가, 마쓰오가 돌아온다. 다카하라는 그저 가만히 서 있을 수밖에 없었다.

"……하지만 그건 누구에게도 부탁할 수 없어. 말할 수 없어. ……어쩌면 비극을 더욱 크게 만들지도 모른다. 자네는 살 수도 있겠지만 다른 많은 사람들이 절멸할 테니까. ……사와타리는 나의 이해를 넘어섰다. 어떻게 하면 좋을까."

다카하라는 조잡한 꽃다발을 들고 방에서 나가기 위해 병실 손잡이를 돌렸다. 왜 자신이 방을 나가는지도 모르는 채. 다카하라는 복도를 걸었다. 걸어가는 자신을 그저 관람하는 것처럼. 복도에도 냉기가 돌았다. 조금 전까지 머물렀던 방처럼.

심장박동이 점점 빨라졌다. 조금 전 그 시간은 뭐였을까? 오른손에는 방에 놓고 왔어야 할 꽃다발이 들려 있었다. 언제 이것을 다시 가져온 것일까?

다카하라는 그저 계속 걸었다. 아마도 마쓰오는 내일 죽을 것이다. 그런 생각이 들었다.

25

좁은 방에 남자가 쓰러져 있었다.

이름도 없는 교단 시설의 16층, 1603호. 침대와 간소한 검은 책상, 작은 테이블과 두 개의 의자만 있는 방. 남자는 바닥 카펫 위에 쓰러져 있었다. 남자가 죽기 전에 앉아 있었는지 침대 옆에 의자도 넘어져 있고, 그 옆에는 유리잔도 떨어져 있었다.

이 시체를 아직 아무도 눈치채지 못했다. 시체는 요시오카라는 남자였다. 다카하라가 비밀리에 모은 멤버 중 하나인 전직 자위대원인 남자.

쓰러지지 않은 나머지 의자는 쿠션 부분이 움푹 들어가 있었고, 아직 희미하게 온기가 남아 있었다. 조금 전까지 누군가가 그곳에 있었다는 흔적처럼.

요시오카 시체의 목에는 수많은 붉은 상처가 세로로 나 있었다. 그가 스스로 쥐어뜯었는지도 몰랐다. 그 붉은 선 하나하나가 남자의 공포와 절망을 나타내는 것처럼, 토해낼 수 없는 걸 토해내려고 격렬히 저항한 흔적처럼, 지나치리만큼 너무나 선명했다. 떨어진 유리잔에는 아직 투명한 액체가 남아 있었다.

그런 1603호 앞을 담소를 나누며 걷는 두 명의 신자가 있었다. 당연히 그들도 아직 시체의 존재를 몰랐다. 그들은 1603호 앞을 지나쳐 각자의 방으로 들어갔다.

쓰러지지 않은 쪽 의자의 움푹 들어간 쿠션이 조금씩, 눈에 보이지 않을 정도로 섬세하게 원래 상태로 돌아오고 있었다.

*

마쓰오가 돌아온다는 소식에 저택의 회원들은 정원의 의자를 정리하기 시작했다.

마쓰오가 쓰러진 순간부터 모든 것이 마비됐다. 저택에 계속 남아 있는 사람들도 있었고, 일단 집에 갔다가 다음 날 다시 오겠다며 돌아간 사람들도 있었다. 지금 저택 안에는 서른 명 정도 되는 사람들이 있었다.

미네노는 저택의 2층 방에서 이불을 깔고 누웠다. 꿈을 꿨다. 그녀의 어렸을 적 꿈.

"거기에 앉아봐."

엄마는 그렇게 말하고 더러워진 책가방을 메고 집에 온 미네노를 방석 위에 앉혔다. 엄마는 늘 미네노를 노려봤다. 눈을 돌려도 그 시선을 피할 수가 없었다. 미네노는 목에 힘을 주고 시선을 내렸다. 나는 나쁜 짓은 하지 않았는데.

"내 얘기를 들어줄 사람은 아무도 없어, 너 말고는. ……알겠니? 어제 너희 아빠는 결국 집에 돌아오지 않았어."

꿈에서처럼 미네노의 엄마는 매일 아버지의 험담을 자세하게 미네노에게 들려줬다. 그것이 엄마의 일과였다. 아버지가 인간으로서 얼마나 비열하고 불결하며, 엄마를 어떻게 불행하게 만들었고, 미래마저 망쳤는지 가르쳐준 것이다. 그건 아마도 부모가 자식에게 절대로 해서는 안 되는 것 중의 하나다. 희망이 사라지기 때문이다. 어른이 된다는 것에 대해. 그리고 누군가와 서로 사랑하고 가정을 꾸리는 것에 대해.

"그 여자는 말이지, 얼마나 밉살스러운지 몰라. 네 아버지란 작자는 그런 여자한테 들락거려. 무슨 짓을 하고 다니는지 알겠지? 아이인 네가 제대로 이해하도록 말해줘야겠구나. 네 아버지는 그 여자의 옷을 발가벗겨. 그리고 그 여자의 온몸을 핥아. 면도해도 거무스름한 수염이 남아 있는 입에서 빨간 혀를 내밀고 그 천박한 여자의 몸을. ……추잡하지? 더럽지? 그게 바로 네 아빠야."

엄마는 늘 '네 아빠'라는 단어를 썼다. 그러면 어린 미네노는 늘 자신이 혼나는 기분이 들었다. 엄마는 말하면서 늘 자신의 뺨을 할퀴었다. 엄마의 버릇이었다. 엄마는 늘 한쪽 뺨을 마구 긁어댔다. 거기에 기생하는 뭔가를 길게 기른 손톱으로 파내려는 것처럼.

하지만 나쁜 건 엄마만이 아니었다. 엄마의 부모는 엄마에게 차가웠다. 외갓집에 갔을 때 미네노는 민감하게 감지할 수 있었다. 엄마는 옛날부터 학대를 받아 고독했다. 그래서 자신이 곁에 있어줘야만 했다.

하지만 미네노는 점점 엄마가 방해물 같다는 생각이 들었다. 엄마의 이야기를 듣고 있으면 너무 짜증나서 엄마와 똑같이 뺨을 긁어대고 싶었다. 고등학생이 됐을 때 우수했던 미네노의 성적은 갑자기 곤두박질쳤다. 남자를 사귀었기 때문이다. 미네노는 엄마한테서 벗어나려고 했다. 하지만 엄마는 미네노에게 늘 찰싹 달라붙어 있었다. "너 밖에 없어." 엄마는 늘 그렇게 말했다. "내가 너를 낳았잖아. 내가 너를 낳았잖아. 너를 낳아서 내 미래가 없어졌잖아. 내겐 아무것도 없어. 그러니 너는 나를 버릴 수 없어."

미네노는 늘 엄마한테서 도망치려고 했다. 아버지는 나중엔 아예 집에 돌아오지 않았다. 미네노가 남자친구 집에서 나흘간 머물렀을 때 휴대전화가 울렸다.

"……오늘 집에 돌아와. 엄마가 방해되지? 그렇다면 네가 원하는 대로 해줄게."

미네노가 집에 돌아왔더니 엄마는 수면제를 먹고 쓰러져 있었다. 구급차를 불렀다. 엄마는 병원에서 눈을 떴다.

엄마는 일부러 죽지 않을 만큼의 수면제를 먹었는지도 모른다. 눈을 떠서 미네노를 보고 훌쩍거리면서 울었다. "네가 나를 살렸구나." 엄마는 하염없이 울었다. "기쁘다. 역시 네가 나를 살렸어."

미네노가 그때 느낀 건 공포였다. 엄마는 그 후 갑자기 몸이 나빠져 몇 년 후에 췌장암으로 죽었다. 입원 중에 병문안을 가면 엄마는 기뻐했지만 미네노가 자신에게 이미 애정을 느끼지 않는다는 것을 눈치챘고, 그녀가 눈치챘다는 사실을 미네노도 알고 있었다.

"……너는 네 아빠 자식이니까."

엄마는 병으로 인한 괴로움을 미네노에게 복수하려는 듯 조용히 말했다.

"내가 낳았지만…… 너는 정말 냉정한 애야. 내 인생은 불행했어. 신은 없어."

엄마가 죽었을 때 미네노가 느낀 건 해방감이 아니라 죄악감이었다. 이 죄악감은 뿌리가 깊어서 아무리 뺨을 긁어대고 어금니를 깨물어도 떨칠 수가 없었다.

미네노는 이불 속에서 눈을 떴다. 눈에서 눈물이 흘렀다. 꿈때문에 흘린 눈물인지, 마쓰오 때문에 흘린 눈물인지 알 수 없었다.

기억이 중간에 끊겼다. 병원에서 나라자키가 데려간 후 어떻게 된 걸까? 분명 울면서 누군가에게 큰 소리를 친 것 같았는데. 그리고…… 그 녹음.

자기 전에 미네노는 멍한 의식 속에서 다카하라와의 섹스를 녹음한 것을 들으려고 했다. 왜 이런 타이밍에 들으려고 한 건지 모르겠다. 하지만 아무리 들어봐도 이해할 수가 없었다. 아니, 이해는 됐다. 하지만 머리에 들어오지 않았다.

이어폰을 꽂고 다시 한 번 재생했다. 정신은 집중할 수가 없는데 심장박동만이 모든 걸 이해한 것처럼 빨라졌다.

기관총? 폭약? 트레일러? ……이건 뭐지? 교주에게 들키지 않았다는 건 무슨 의미지?

'우리는 파멸도 두렵지 않다.' 이건 또 무슨 소리인가? 아니, 그것만이 아니다. 대체 이 전화는…….

갑자기 몸을 일으켰다. 심장이 점점 빨리 뛰었다. 다카하라가 이상하다. 다카하라는……. 지금 누워 있을 상황이 아니다. 다카하라에게 전화했지만 받지 않았다. 미네노는 어리둥절했다. 그래, 다시 한 번 그와 연락하자. 하지만 문자를 해도 답이 없었다.

어떻게 하면 좋을까? 이대로는 안 된다. 하지만 내가 무슨 말을 해도 그는 변하지 않을 것이다. 머리가 아프다. 어떻게 하면 좋을까? 그래, 나는 이제 곧 배란일이…….

멍해진 미네노는 자리에 주저앉았다. 아이? 그래, 나는 임신했다. 아니다. 임신하지 않았다. 임신하지 않았나? 그래. 분명히 그랬다. ……머리가 아프다. 아이가 있으면 다카하라가 내게 오지 않을까. 그래, 틀림없이 그럴 것이다. 우리 엄마는 그렇게 해서 아버지와 결혼했으니까.

하지만 다카하라는 신중하게 섹스한다. 그는 겁쟁이다. 하지만 피임기구는 완벽하지 않다. 나를 늘 바라보는 남자가 있다. 나를 늘 가지고 싶어 하는 남자가.

문에서 노크 소리가 났을 때 미네노는 놀라 소리를 지를 뻔했다. 나라자키가 들어왔다. 그는 뭔가 조심스럽게 말했지만 미네노에게는 들리지 않았다. 의식이 멀어지다가 또 희미하게 돌아왔다. 그래, 이 남자는 늘 나를 원하는 눈빛으로 바라봤다. ……이 남자라면 다카하라의 아이를 만들 수 있지 않을까? 그렇다, 이 남자는…….

나라자키는 미네노를 보고 숨을 삼켰다. 그녀가 이런 눈빛을 보인 적이 있었나? 제정신인가? 사실 이 방으로 데리고 오기 전에 그녀는 제정신이 아니었다. 고마키 씨에게 큰 소리로 따지고 덤벼들다가 곧바로 그에게 울면서 사과했다.

나라자키는 가지고 온 차를 미네노 앞에 내밀었다. 미네노가 블라우스 단추에 손을 대고 하나씩 풀기 시작했다. 나라자키는 당황해서 그저 미네노를 쳐다봤다.

미네노는 미소를 지으며 멍한 눈으로 나라자키를 응시했다. 이불 위에 앉은 채 다리를 움직여 치마를 벗었다. 입을 반쯤 벌린 채 계속 단추를 풀었다. 벌어진 블라우스 사이로 하얀 어깨가 드러나고 검은 속옷이 보이기 시작했다. 속옷으로 감싼 가슴도.

"나라자키……."

미네노가 작게 말했다. 나라자키는 숨을 들이마셨다.

"나를 안아줘요."

*

병실에서 마지막 DVD 촬영을 끝냈을 무렵에는 이미 밝은 밤이 됐다.

병원 직원에게 짐을 가져오라고 하고 마쓰오와 요시코는 병실을 떠났다. 요시코가 팔을 부축하기는 했지만 마쓰오는 이상하게도 똑바로 걸었다.

택시 운전수에게 짐을 트렁크에 넣어달라고 부탁하고 뒷자리에 앉았다. 운전수가 행선지를 물어봤는데 요시코는 순간적으로 말문이 막혔다. 마쓰오가 갑자기 입을 열었다.

"네리마…… 도요타마……."

마쓰오의 목소리는 비교적 뚜렷했다.

"……욧짱, 우리가 옛날에 살았던 곳을, 보고 오자."

택시가 달리기 시작했다. 30년 전, 마쓰오의 아버지가 그에게 상당한 유산을 남겼다는 사실이 밝혀졌다. 그쪽 가족들이 비밀로 해서 마쓰오는 알지 못했다. 하지만 그 자손 중 양심적인 사람 하나가 어느 날 갑자기 마쓰오를 찾아와 재산을 나눠줬다. 그중에는 현재의 저택도 포함돼 있었다.

전부 기부할까도 생각했지만 운용하면 정기적으로 좀더 크게 기부할 수 있다는 사실을 알았다. 그렇다면 마쓰오가 자산가가 된 건 이미 상당히 나이를 먹고 난 이후였다.

택시가 고속도로에 진입했다. 요시코의 오른손에 마쓰오의 왼손이 겹쳐졌다. 요시코는 그 손을 쥐었을 때 이상한 점을 느꼈다. 마쓰오의 왼손은 움직일 리가 없었다. 그런데 마쓰오가 희미한 힘으로 요시코의 손을 쥐고 있었다.

정말로 미미한 힘이었지만 어쨌든 손이 움직이고 있었다. 요시코는 놀랐지만 말하지는 않았다. 말을 하면 뭔가가 붕괴될 것만 같았다.

"아아…… 달이."

마쓰오의 말에 창밖을 봤더니 거대한 보름달이 밤거리에 걸려 있었다. 달의 색은 깊고 어딘가로 빨려들어갈 것 같았다. 보는 사람의 눈을 통과해서 내면 깊은 곳에 빛을 닿게 만드는 것처럼 아주 강렬하게 반짝였다. 마치 심장박동처럼 그 빛은 희미한 강약을 품고 있었다.

"……기사 양반."

마쓰오가 말했다.

"달이, 아름답네요."

운전수도 힐끔 창밖을 보고 뭔가를 말했다.

"이대로 보고 싶으니, 그냥…… 고속도로로 가 술래요?"

운전수는 고개를 끄덕이고 조심스럽게 속도를 줄였다. 마쓰오와 아내를 태운 택시는 고속도로를 쭉 달렸다.

"자연은, 평등해. ……나 같은 인간의 마지막에도 달이 이렇게 비춰주네."

요시코는 마쓰오의 왼손을 꼭 쥐었다. 마쓰오의 향기가 났다.

"나는."

말을 하려다가 요시코는 울었다.

"당신과 함께여서 행복했어요."

요시코는 계속 울었다. 마쓰오의 손에서 전달되는 온기는 너무나 따뜻했다.

"아내한테, 이런 말을 들으면…… 그 남자는 성공한 사람이야."

마쓰오는 작게 웃었다.

"나도, 행복했소. ……정말로 고마워."

요시코는 미소 지었다.

"……이틀 정도 괴상한 밤은 있었지만요."

"응? 그게 뭐지?"

"후후후."

요시코는 마쓰오의 어깨에 기댔다. 약해졌을 법한 마쓰오는 그래도 요시코의 몸을 든든히 받쳐줬다. 버티고 살아온 시대가 다르다. 마쓰오의 어깨에 살은 없지만 강단은 있었다.

"아아, 보인다. ……보여. ……자연은 굉장해."

마쓰오가 창밖을 보면서 말했다.

"무수한, 소립자가, 천천히, 흔들리고, ……이야기를 만들어
가는 거야. 세상이란 게…… 참 굉장해."

요시코는 고개를 끄덕였다. 커다란 달이 그들을 비췄다.

"나와 욧짱의 이야기도, 이 위대한 세상 위에, 있었지."

"……네, 있었죠."

창밖의 달이 강하게 빛나고 있었다.

"잘 부탁해. 저택에 있는 그들을."

"……네."

"그들에게는, 아직, 도움이."

"……네."

"욧짱, ……아니, 요시코."

마쓰오가 말했다. 요시코의 심장박동이 빨라졌다.

"키스, 해주지 않겠나?"

요시코는 마쓰오의 어깨에 팔을 뻗어 마쓰오에게 키스했다.

"……고마워. 나는 당신이 좋아."

"……저도 당신이 좋아요."

한 번 더 키스했다. 이번에는 긴 키스였다.

한참을 키스한 채 마쓰오는 미소를 짓기 시작했다. 마쓰오
의 목숨이 끊어졌다는 사실을 요시코는 그의 입술 감촉으로
알 수 있었다.

제2부

1

교주님이 어둠 속에서 희미하게 눈을 뜬 것 같다.

조금 전까지 잠든 것 같았는데. 몸이 희미하게 반응한다. 마치 목에 작은 이물질이 걸려서 신경 쓰이는 것처럼. 나는 그 얼굴을 물끄러미 응시한다. 교주님은 어딘가를 보고 있지만 결국 봐야 할 것을 보지 못했다는 듯 또다시 눈을 감는다. 왜 갑자기 눈을 떴을까? 하지만 지금은 더 이상 움직이지 않는다. 아까의 위화감은 잊은 것처럼. 그런 건 처음부터 없었던 것처럼.

교주님은 계속 눈을 감고 있다. 눈앞에 발가벗은 수많은 남자와 목욕 타월만 두른 여자들이 있는데도.

"오늘은 월요일이다."

남녀 무리 앞에서 마에다가 말한다. 널리 울려 퍼지는 목소리, 올곧은 자세. 그는 친절하다. 그 사람뿐만이 아니다. 여기에 있는 사람 모두…….

"아무것도 생각할 필요 없다."

마에다가 말을 잇는다.

"너희의 괴로움과 슬픔과 고민을 교주님이 전부 받아들여 주실 거다. ……너희는 자유다. 너희는 인생의 굴레에서 해방된 자유로운 존재다. 무가 돼라. 오늘은 월요일이다. 교주님이 허락하신 월요일이다."

마에다와 성교했을 때를 떠올렸다. 그는 나의 몸이 절정에 다다를 때까지 천천히, 조용히, 열심히 나를 안아줬다. 그의 성기가 몇 번씩 내 몸속으로 밀고 들어왔고, 나는 감촉을 탐하듯이……. 기억을 떠올리는 것만으로도 벌써 젖기 시작한다.

"자, 해방하라. 너희의 광기를. 너희의 선함을. 우리는 하나다. 우리는 모두 하나의 존재다. 여기에는 경계 따윈 존재하지 않는다. 여기에는 인생의 머뭇거림 따윈 존재하지 않는다."

마에다의 목소리가 조금씩 커져간다.

"서양의 신이 처음 인간을 만들었을 때 아담과 이브는 발가벗고 행복했다. 그들은 금지된 지혜의 열매를 먹고 이성을 갖게 됐다. 발가벗은 자신을 부끄럽게 여기고 그 벌로 낙원에서 추방당했다. 신은 남녀가 알몸이 되는 걸 좋아한다는 얘기다. 그러니 기독교가 성에 엄격하다는 건 근본적으로 모순된 말이다. 그렇다면 그런 지혜의 열매 따위는 입에서 뱉어내라! 자, 자아를 잊어버리자!"

그 말을 신호 삼아 어둠 속에서 남녀가 격렬하게 엉겨 붙기 시작한다. 눈앞의 남녀가 키스한다. 쪽쪽거리는 천박한 소리를 내면서. 교주님을 부른다. 교주님! 나를 안아주세요. 모두 시작한다. 나도! 우리도! 교주님! 수많은 남녀가 움직인다. 서로의 성기를 탐하듯 핥는 남녀가 있다. 구불거리듯 움직이는 남자의 손가락을 성기로 받아들이는 여자도 있다. 그 여자는 부끄러운 듯 기뻐하며 숨을 헐떡인다. 바로 눈앞에는 근육질의 건장한 남자에게 안겨 있는 아름다운 여자……. 부럽다. 교주님, 교주님! 조용히 교주님의 손가락이 움직인다. 내 가슴을 만지작거린다. 일어난다, 교주님이. 눈앞의 활성화된 소립자들의 소동 속에서. ……나의 가슴은 그렇게 크지 않다. 크다고 봐줬으면, 하고 바란다. 가슴을 애무당하면서 나는 들키지 않게 겨드랑이를 살짝 오므린다.

"아……."

소리를 내고 만다. 나의 오른손 중지를 교주님의 입에 넣는다.

"교주님……."

왜일까? 갑자기 부끄럽다. 성기가 젖기 시작한다. 왜 교주님이 내 오른손을, 그것도 중지만을? 교주님의 축축한 입술이 수축하고 조이듯 내 중지를 빨아들이고 있다. 이 감촉은…… 내 성기와 비슷하다. 혼자서 할 때 나의 중지가 늘 그렇게 느끼듯이……. 몸이 갑자기 뜨거워진다. 부끄럽다. 어제 나는 월요일을 기다리지 못하고…….

"아, 아……."

느끼고 만다. 중지를 빨리고 있을 뿐인데. 질퍽거리는 소리가 난다. 교주님이 잘 아는 내 몸속의 감촉과 비슷하다. 이번에는 약지도 빨려든다. 부끄럽다. 몸이…….

"……가라."

"……네?"

"……가서 저 남자들과 해."

수많은 손길이 내 몸에 뻗친다. 교주님한테서 멀어진다. 목욕 타월이 벗겨지고 교주님 앞에서 나체가 된다. 무수한 손들이 뻗어와 내 몸을 만지작거린다. 장난감처럼 희롱한다. 그들은 누구지? 아름다운 얼굴의 남자들. 키스해준다. 달콤한 냄새. 남자의 혀가 내 입안에서 움직인다. 나도 받아들인다. 키스해주는 남자의 목에 팔을 두른다. 그와 키스하는데 누군가 내 유두를 정신없이 빨고 있다. 모두가 내 몸에 빠져들고 있다. 소리를 내고 만다. 성기에 손가락이 들어온다. 누구의 손가락이지? 왜 이렇게 능숙한 거지? 마구 휘젓고 있다. 부드럽고 집요하게.

"……아, 아."

"벌써 젖었네. ……어떻게 한 거야?"

내 성기를 즐기는 남자의 귓가에 속삭인다.

"안 돼."

"안 된다고? 정말?"

"응, 응……."

남자의 손가락이 내 안에서 쉼 없이 움직인다. 마치 내 안에 있는 뭔가를 찾듯이. 안 돼, 안 돼. 나는 계속 말한다. 그렇게 손가락으로 휘저으면 교주님 앞에서 사정하고 말 거야. 사정하는 모습을 교주님께 보여주게 될 거야. 몸이 경련한다. 많은 남자들도 볼 것이다. 질척질척 소리가 부끄럽다. 아, 아……. 나의 성기는 이토록 정숙하지 못하다니.

"……쌀 것 같아. ……더 이상 못 참겠어."

"싸도 괜찮아, 어서."

"……아, 아아."

"괜찮아. 걱정 말라니까."

"안 돼, 아아!"

나의 성기에서 질액이 뿜어져 나온다. 멈출 수 없다. 부끄럽다. 부끄러워서 견딜 수 없는데 좀더 휘저어주면 좋을 것 같다. 그곳을 계속 자극받는다면 나의 질액은 계속 쏟아져 나올 것이다. 내가 질액을 내뿜는 걸 주위 여자들도 보고 있다. 여자들이 나를 보며 소리를 지른다. "어머!" "엄청나네." 여자들의 가느다란 목소리. 싫다, 여자들에게 보여주고 싶지 않다. 여자들에게는 나의 볼썽사나운 성기를 보여주고 싶지 않다. 하지만 그렇게 생각하면 할수록 좀더 보여주고 싶다는 생각이 든다. 아아, 아아, 나는 지금 느끼고 있다. 교주님도 나를 보고 있다. 이것은 모두 당신에 대한 공물(供物)입니다. 나는 산 제물로 당신에게 바쳐졌습니다. 이 쾌락도, 질액이 내는 질퍽거리는 소리도, 모두 당신에게 바쳐졌습니다. 아아, 아아, 애가 탄다. 좀더 부끄러워지고 싶다. 좀더 느끼고 싶다. 나의 유두를 부드럽게 빨기 시작한 남자에게 속삭인다.

"……해."

"어?"

"……안에다 해."

남자의 성기가 내 몸속으로 들어온다. 질액이 또 흘러나온다. 남자가 격렬하게 움직인다. 이제 아무 생각도 나지 않는다.

"앙, 아아, 아아!"

"……엄청나게 젖었어."

"아아, 격렬하게 움직이니까 그렇지."

"굉장해, 네 안이……."

"아아, 이제."

내 위에서 움직이는 남자가 눈을 감는다. 나는 절정에 다다른 그에게 애정을 느껴 키스한다. 조금 전까지 그렇게 위세 당당했는데 벌써 절정에 다다르다니. 귀엽다. 나는 생각한다. 이 남자는 왜 이렇게 귀여운 걸까.

"……기분 좋아. 어서 싸줘. 너도 그러고 싶잖아!"

"……아아."

남자가 내 안에다 사정한다. 자신도 모르게 분출해버리고
만 것처럼. 이토록 늠름한데 남자가 몸을 떨고 있다. 내 그곳
때문에……. 교주님, 이것도 모두 당신에게 바칩니다. 이 쾌락
이, 저에게서 교주님에게 연결됩니다. 교주님의 신경을 전율
시킵니다. 우리가, 우리의 쾌락이. 허탈해진 남자가 몸을 떼어
내자 또 다른 남자의 성기가 몸속으로 들어온다. 잠깐만, 안
돼. 하지만 나는 마음속으로 생각한다. 안 되긴 뭐가 안 돼. 얼
굴에 웃음을 띤다. 빨리 해줘서 기쁘다. 아직 절정에 다다르지
않았으니까. 남자는 나를 뒤돌게 하고는 집요하게 삽입한다.
다른 남자의 성기가 눈앞에 있다. 사랑스럽게 느껴져 입에 넣
는다. 쪽쪽, 일부러 소리를 낸다. 뒤에서는 계속 격렬하게 움직
이고 있다. 기분 좋다. 소리가 커진다. 내 안에 있는 그의 성기
모양을 짐작할 수 있을 것 같다. 그만큼 내 성기가 그와 얽혀
있으니까. 다리가 마비된다. 이 남자는 나를 절정까지 가게 해
줄 것이다. 아아, 이상해진다. 아무것도 생각할 수가 없다. 옛
날부터 나는 성적인 여자였다. 초등학생 무렵 철봉을 올라갔
을 때 기분이 좋아진 경험을 한 다음엔 가구에 비비면서 자위
를 했다. 옛날에는 자위밖에 하지 못했는데. 남자 앞에서 절정
을 맞는 것이 두려웠는데. 아, 나는 교주님의 성기! 교주님이
뭔가를 느낀다. 모든 신경의 일부가 돼서……. 아아, 아아, 이
렇게 큰 소리로 헐떡이는 나의 성감이, 이 격렬한 성감이 교주

님께 바쳐진다. 그리고 하나가 돼 커다란 인물에게, 커다란 인물에게, 나의 성기가, 나의 성이 바쳐진다. 아아, 드디어 왔다. '내'가 사라진다.

"또 쌀 거야?"

내 위에서 움직이는 남자에게 그렇게 말한다.

"진짜로 그럴 거냐고?"

아까 질액을 흩뿌리던 여자를 보면서도 나는 느끼고 말았다. 내게는 약간의 레즈비언 기질이 있는지도 모른다. 귀여웠다, 그 아이. 좀더 정신을 못 차리게 만들어주고 싶었다. 하지만 지금은 눈앞의 남자에게 애정을 느낀다. 정상 체위로 필사적으로 움직이고 있는 얼굴을 밑에서 올려다본다.

"……또 쌀 거냐고?"

"……죄송합니다."

"……회사도 가족도 다 버리고 이 종교에 들어온 거지?"

"……네."

"……그래서 스무 살이나 차이 나는, ……아, 이런 젊은 여자 속에다, ……아, ……두 번이나, ……싸고 싶어?"

"……죄송합니다. 죄송합니다."

그렇게 말하면서도 남자는 움직임을 멈추지 않는다. 왜일까. 문득 그 여자가 떠오른다. 내가 자기 남자를 빼앗았다며 자살한 여자. 그 여자의 장례식에 나는 아무렇지 않은 얼굴로 나갔다. 자기가 한 짓은 제쳐두고 마치 내가 나쁜 것처럼 나를 책망하고 죄악감을 씌우려 했던 그 남자의 졸렬함에 질렸다. 나는 그 남자 따위는 아무래도 상관없었다. 그저 그 여자가 미웠다. 빼앗은 남자에게는 더 이상 흥미가 없었다.

내가 정말로 흥미가 있었던 건 어쩌면 그 여자였을 것이다. 나는 그 여자를 좋아했는지도 모른다. 그래서 그런 짓을 했는지 모른다. 하지만 그렇다면 왜 슬프지 않았던 걸까? 그 여자에게 올린 선향 불로 나는 담뱃불을 붙였다. 그녀의 죽음을 경멸하듯. 나는 무엇을 원했던 걸까? 좋아하는 상대를 무참하게 죽이는 것? 그것을 반복하는 것? 만약 그렇다면 나는……

"……쌀 거야? 이렇게 어린 여자 안에다?"

"……헉, 헉, 상당히, 이 안이, ……안이, 젖었어."

"네가 그런 거잖아. 당신이 이렇게 젖게 만들었잖아. 젊은 여자의 그곳을……. 또 쌀 거야? 응? 또 쌀 거냐고?"

"……아아, 저는."

먼 곳의 교주님과 눈이 마주친다. 교주님을 처음 봤을 때 나는 당황했다. 마음 깊은 곳과 몸의 근간이 흔들릴 정도로 충격을 받았다. 그 남자와 비교한다면. 그 남자는 나의 악을 받아들이기에는 부족했다. 악은 그 남자의 극히 일부였다. 여기에서는 아무도 나를 비난하지 않는다. 나의 처녀성을 빼앗은 주제에 제대로 학교에 다니라고 잔소리했던 숙부 같은 인간은 없다. 고아인 나를 길러줬으니 마누라와 자식이 있는데도 아무렇지 않게 나를 안은 걸까? 그의 악은 비소하다. 그가 내게 심하게 잔소리한 것은 나의 타락이 자신의 죄 때문이라고 생각하고 싶지 않아서다. 그 남자의 악이 비소하지 않았다면 나는 그를 죽이지 않았을 것이다. 내 인생에 흠집을 낸 남자가 너무나 비소했기 때문에 분노했던 기억이 난다.

하지만……. 나는 생각한다. 나는 여기서는 부정당하지 않는다. 나의 살인 따위는 교주님의 악이 감쪽같이 지워줄 것이다. 성매매업소에서 일하던 때 신자에게 스카우트를 받아 여기까지 왔다. 다시 교주와 눈이 마주친다. 그 순간 나는 절정에 달할 것 같다. 섹스를 싫어했던 나를 바꿔준 사람. 몸이 나락으로 떨어질 것 같다가 다시 원래대로 돌아온다. 몸이 떨리기 시작한다.

"으응, 그렇게 거칠게 할 거야? 그렇게 싸고 싶어?"

나는 웃음을 띠기 시작한다. 나의 악덕을 교주님이 다 이해해준다. 나의 악덕이 쾌락과 어울려 교주님께 바쳐지고 교주님의 일부가 된다. 기분 좋다. 좀더 천박해지고 싶다. 아무것도 생각하고 싶지 않다. 정말 아무것도 생각하고 싶지 않다. 나는 커다란 남자의 일부가 되어…….

"아아, 쌀 거야?"

정신이 아득해진다. 몸이 계속 떨린다. 내게는 감촉만 남는다. 감촉만을 탐하듯. 아아, 아아, 몸이 나락으로 떨어지더니…… 이윽고 멍해진다. 내 위로 누군가 올라탄다. 어두운 주변에 사람이 있다. 아아, 하고 있구나. 성기가 욱신거리고 나는 다시 헐떡이기 시작한다. 또 하고 있다. 남자의 허리 움직임이 격렬해진다. 기분 좋다. 기분 좋아. 나는 방금 절정까지 갔는데 남자는 멈추려고 하지 않는다. 남자가 나의 유두를 빨고, 허리를 움직이면서 격렬하게 키스한다. 남자에게 공격당한 나는 또다시 절정에 다다를 것 같다. 남자 냄새. 남자의 냄새가 난다. 절정까지의 간격이 짧아진다. 남자는 끝없이 계속 움진인다. 나의 몸을 꽉 안고는 격렬하게 허리를 움직여 깊숙한 곳까지 닿는다. 몇 번씩, 몇 번씩, 몇 번씩, 몇 번씩. 머리가 욱신거리고 열이 오른다. 기분 좋다. 아아, 또 밀려온다. 이상해진다. 내가 사라질 것만 같다…….

"아아, 아아! 아아!"

"더 이상 참을…….."

"안 돼, 안 돼. 나의 그곳이…….."

"아아, 아아."

죽을 것 같다. 기분 좋다. 나의 성기가 기뻐한다. 또 절정에 이르고 만다. 아아, 나는 가증스럽다. 정말 가증스럽다. 나는, 나는…….

"앙, 아아, 아아."

"아."

"쌌어? 어?"

"……아아!"

"아직도 싸는 거야? 세상에! 아직도 나오고 있어……. 또다시 갈 것 같아. 아, 아……."

내 위로 누군가 쓰러진다. 땀으로 젖은 몸이 호흡 때문에 아래위로 들썩인다. 멍해진다. 몸이 부르르 떨린다.

"……기분 좋았어?"

몸속에 있는 그의 정액 온도를 느끼면서 나는 그렇게 말하고는 미소 짓는다. 그가 성기를 빼내자 다시 강한 쾌락이 덮쳐와 몸이 또다시 경련을 일으킨다.

"어. ……여기서는 무슨 짓을 해도 괜찮아."

남자의 머리카락을 만지며 부드럽게 키스한다. 내가 혀를 집어넣었더니 남자도 천천히 혀를 움직인다. 부드럽고 따뜻하다. 왜일까? 악덕 속에 있으니까……. 나는 누군가에게 부드러워지고 싶다.

"조금 쉰 다음에…… 또 해도 좋아. 몇 번이라도 할 수 있어. 네가 마음에 들어."

*

어떻게 된 일일까?

다카하라는 요시오카의 시체를 내려다봤다. 시체의 목에는 수많은 붉은 줄이 세로로 그어져 있었다. 목을 마구 긁은 것인가? 그의 양 손톱 끝에 피와 살점이 붙어 있었다.

"……자살로 보기엔 이 유리잔이 이상하군요. 다른 한 사람이 이 방에 있었다는 얘기가 됩니다."

테이블에 남겨진 유리잔을 보면서 시노하라가 작은 소리로 말했다. 죽은 요시오카는 이번 계획에서 총기를 담당했다. 그가 사용한 걸로 추정되는 유리잔은 바닥에 떨어져 있었다.

"하지만 어쩌면 자살을 타살처럼 보이도록 꾸민 것일지도 모릅니다. ……말할 것도 없이, 자살은 우리 교단에서 금지입니다. 그래서 누군가에게 살해당했다는 생각이 들게끔……. 하지만 그래도……."

시노하라는 갑자기 입을 다물었다. 가까스로 서 있는 거라고 다카하라는 생각했다. 조금 전까지 이 방에 함께 있던 아다치는 지금 화장실에서 구토를 하고 있다. 자살? 중압감 때문에? 다카하라는 생각했다. 그는 이번 계획에서 중요한 임무를 맡았다. 하지만 그렇다고 해서 자살을? 시노하라가 의아한 눈빛으로 자신을 쳐다보고 있었다. 아마도 시체를 앞에 둔 자신이 냉정해 보였을 것이다. 익숙하기 때문이라고 다카하라는 말하지 않았다. 좀더 무참한 시체를 여러 번 봤다는 사실을. 그걸 얘기하려면 자신의 체험도 말해줘야 한다. 두통이 몰려왔다. 평소보다 심하게.

"……이 일을 우리 말고 아는 사람은?"

"없을 겁니다. 월요일이라 다른 사람들은 모두 홀에서……. 저와 아다치는 요시오카와 트레일러에 대해서 회의할 게 있었습니다. 그런 곳에 언제까지 놔둘 수만은 없어서……. 우리 중에 대형면허를 가진 사람은 요시오카뿐인데."

"이 방 열쇠는?"

"……열려 있었습니다."

"그렇군……."

재떨이로 시선을 돌렸을 때 다카하라는 심장이 무겁게 두근대기 시작하는 것을 느꼈다. 머리로 인식하는 것보다 몸이 빨리 반응했다. 시노하라가 입을 열었다.

"……이 담배꽁초는 요시오카가 늘 피우던 것입니다."

아니야, 하고 다카하라는 머릿속으로 중얼거렸다. 물론 이것은 그가 늘 피우던 담배 상표다. 하지만 남아 있는 담배꽁초 수에 비해 담뱃재가 너무 많았다.

다카하라는 요시오카가 자신의 재떨이를 청소하는 모습을 떠올렸다. 꼼꼼한 남자였다. 그는 늘 재떨이 안의 담배꽁초를 말끔하게 물로 닦아낸 뒤 쓰레기통에 버린다. 담배꽁초만 손가락으로 집어서 버리는 짓은 하지 않는다. 재떨이에 남은 재의 양은 누군가 자신의 담배꽁초만 가지고 갔다는 사실을 의미한다. 재의 양을 보면 아마도 침입자는 혼자가 아닌 것 같다. 하지만…… 왜 그들은 유리잔을 테이블에 남기고 갔을까? 그것도 한 사람 것만?

두통이 심해졌다. 확실한 건 그가 살해당했다는 것이다. 그렇다면 이 계획을 눈치챈 누군가의 짓인가? 하지만 도대체 왜?

"……교주님께 보고는 내가 드리도록 하지."

다카하라는 떨리는 소리로 말했다.

"당연한 얘기지만 이 시체는 비밀리에 처리해야만 한다. 너와 아베는…… 아무 말 하지 마라."

"그래도 이대로 뒀다간 시체가."

"우리끼리 옮기는 수밖에. 지하나…… 어디 없을까? 이것이 들어갈 만한 물건이?"

"……이것, 말인가요?"

"아아, 미안. 정신이 어떻게 됐나 봐. ……요시오카를 담을 만한 뭔가가."

시체는 거추장스럽다. 살아 있는 인간도 거추장스럽지만 시체도 마찬가지다. 인간의 시체만큼 거추장스러운 것이 또 있을까.

"……밖으로 옮기는 건 위험할까요?"

"무리야. 우리의 존재까지 알게 될 거야. 우리는 공안한테 몸을 숨기고 있잖아."

"그럼…… 큰 화분이 있습니다. 그거라면 들어갈 것 같아요. 흙을 덮어서, 하지만……."

"알아. 장시간은 무리지. 어쨌든 서두르자. 파티가 끝날 때까지 이제 세 시간도 남지 않았다."

"……교수님한테는."

갑자기 건방진 소리를 했다.

"내가 보고한다고 말했잖아!"

다카하라는 자신도 모르게 거칠게 말했다. 하극상을 벌이는 자는 방출하자고 언제나 냉정하게 마음먹었는데.

더 이상 이 일로. 다카하라는 계속 생각했다. 더 이상 이 일로 우물쭈물할 시간은 없다. 교주에게 이 시체의 존재를 알려서는 안 된다. 다른 멤버들이 알아서도 안 된다. 이제 계획을 실행해야만 한다. 무리일지라도 어쩔 수 없다.

2

"호흡이야, 나라자키."

나라자키는 저택 툇마루에서 담배를 피우며 마쓰오가 했던 말을 떠올렸다.

마지막이 된 마쓰오의 대담회를 준비하던 중이었다. 둘만 남게 되자 그가 불쑥 말을 꺼냈다. 방석 위에 양반다리를 하고 앉아 효자손으로 나라자키의 등을 찌르면서.

"불교와 선(禪)에서 얘기하지만, 특히 선에서는 호흡이 상당히 중요한 역할을 해. 인생이 불안하고 사념이 떠오를 때 천천히 심호흡을 계속해. 그 호흡에만 의식을 집중하는 자신은 그저 공기를 들이마시고 뱉어내는 그릇에 지나지 않는다고 생각하면서. 오직 호흡에만 의식이 향하도록."

나라자키는 애매하게 고개를 끄덕였다. 어깨를 쿡쿡 찌르는 효자손이 거추장스럽다고 느끼면서.

"핵심은 말이야, 불안과 사념이 떠오르는 걸 억제하는 것이 아니라 그저 떠오르는 대로, 흐르도록 내버려둬야 해. 억제한 다는 것은 다시 말해 거기에 얽매여 있다는 얘기지. 그러니 흐 르는 대로 둬. 불안과 사념을 의식에서 쫓아가지 않고 그저 흘러가게 둬. 그리고 오직 호흡에만, 호흡이라는 고요한 행위 에만 계속 집중하는 거야. 그러다 보면 어느새 그런 불쾌한 사 념은 사라지게 되지. 더 이상 의식하지 않게 돼."

마쓰오는 갑자기 어깨를 찌르는 행동을 멈췄다.

"이것이 선의 기초야. 선은 거기에서 깨달음의 경지를 향하 게 되지. ……선이라는 것이 가부좌하는 거잖아? 좌선 말이야. 그 자세를 그려보면 오른쪽 다리와 왼쪽 다리가 얽혀서 좌우 가 각각 하나인데도 두 개의 다리로 돼 있어. 그게 깨달음의 첫 걸음이야. 너도 내가 부처에 대해서 말한 DVD를 봤겠지? '있 는 그대로 생각하는 사람도 아니고, 잘못 생각하는 사람도 아 니고, 생각 없는 사람도 아니고, 생각을 소멸시킨 사람도 아니 다. 이렇게 이해한 자의 형태는 소멸한다.' 이것은 부처의 말씀 이야. 이 말씀은 말의 법칙, 즉 논리나 인간의 사고회로 법칙 으로는 이해할 수 없어. '생각 없는 사람도 아니고, 생각을 소 멸시킨 사람도 아니다'라니. 1은 1이고, 2는 2라는 사고회로 를 가지고는 이해할 수 없어. 1은 1이면서 동시에 2가 되니까.

마치 좌선할 때의 다리처럼. 더 나아가 우주의 시작인 진공에서 소립자가 생겨났다가 갑자기 사라지는 '무도 아니고, 유도 아닌' 상태. 이것을 물리학적 현상에 비춰봤으면 좋겠구나. 덧붙여서 빛이라는 것은 입자이면서 동시에 파장이라는 것도. ……마이크로의 세계로 파고들수록 화학적이고, 언어의 논리에서 일탈한다는 것을 알 수 있지. 우주의 진실이란 건 아마도 이런 영역일 거야. ……인간은 선을 통해 말의 논리에서 일탈함으로써 우주의 진정한 모습에 녹아들어 일체가 되지. 깨달음, 너바나*란 이때의 편안함을 말하는 거야."

마쓰오는 그렇게 말하고는 잠시 이상하다는 듯 나라자키의 얼굴을 응시했다.

"……왜 내가 지금 이 이야기를 너랑 하고 있지?"

"네?"

나라자키가 당황했다.

"모르죠. 저한테 물어보지 마세요."

그때 마쓰오가 왜 그런 이야기를 했는지 몰랐던 것처럼 미네노가 눈앞에서 옷을 벗기 시작했을 때 어째서 자신의 뇌리에 그 이야기가 떠올랐는지 알 수 없었다. 나라자키는 미네노를 아름답다고 생각했다. 연애 감정이라기보다 좀더 원초적

* 열반, 최고의 경지라는 의미.

인, 섹스를 하고 싶다는 직접적인 생각. 나라자키는 미네노를 볼 때마다 성적인 느낌에 휩싸였다. 눈치채지 못하게 미네노의 자태를 가끔 훔쳐볼 때도 있었다.

정신을 차려보니 나라자키는 계속 심호흡을 하고 있었다. 내가 왜 심호흡을? 기묘하게도 그 호흡 속에 마쓰오가 있는 것 같다는 생각이 들었다.

"미네노 씨……."

어렵게 말문을 열었을 때 이 여자를 안지 않겠다고 마음먹은 자신을 느꼈다. 그녀가 정상적인 상태가 아니라는 사실을 다시 인식했다. 남자는 여자가 나중에 후회할 섹스를 해서는 안 된다.

"미네노 씨는 매력적이고, 상당히 아름답고, 솔직히 정말로 하고 싶지만."

나라자키는 미네노의 몸을 조심스럽게 끌어당겨서 안았다. 옷을 벗는 여자를 거부할 수는 없었다.

"지금 제정신이 아닙니다. ……분명히 나중에 후회할 거예요. 푹 자는 게 좋겠어요."

말하는 도중에 미네노가 이불 위로 쓰러졌다. 나라자키는 놀랐지만 그녀가 잠이 든 것을 알았다. 나라자키는 미네노의 옷 단추를 잠글까 고민하다가 결국 그대로 이불을 덮었다. 그녀의 몸에 더 이상 다가가는 건 참기 힘들 깃 같았다.

나라자키는 툇마루에서 담배를 피우며 다카하라는 어떤 인물일까, 하고 생각했다. 미네노가 잠든 방에서 나오려고 할 때 갑자기 그녀의 입에서 "다카하라!"라는 말이 튀어나왔다. 잠꼬 대라는 것을 바로 알았지만 한참을 그 자리에서 미네노의 얼굴을 보았다. 분명히 그녀는 다카하라를 친숙하게 불렀다. 다치바나 료코는 한때 성이 다카하라였다. 고바야시가 조사한 자료를 보고 나라자키는 그 사실을 알았다. 다카하라? 누구지? 흔한 성이다. 우연일까?

나라자키는 미네노와 섹스하는 상상을 하려다 바로 그 생각을 지웠다. 정신이 어떻게 된 건지. 물론 성욕은 보통인 편이었다. 하지만 이 정도였나? 이 정도로 여자에 사로잡힌 인간이었나? 이건 세뇌일까? 이름도 없는 그 교단에서 받은 세뇌. 성욕이라는, 조종하기 쉬운 영역을 과도하게 조장당하면 사람은 쉽게 세뇌당하는 걸까? 갑자기 성기가 단단해지기 시작했다. 미네노와 섹스하는 상상을 했기 때문이다. 그녀와 서로 혀를 휘감고 몸을 만지면서 옷을 벗기고 이불에 쓰러뜨린다. 도중에 미네노가 정신이 들어 그만두라고 했지만 그는 멈추지 않는다. "……네가 나빠." 나라자키가 말한다. "이미 여기까지 와놓고는." 나라자키는 그렇게 말하고는 또다시 미네노의 입술을 탐한다. 그녀의 몸을 희롱한다. 당황스러워하는 여자를 즐겁게 만들려는 듯. 악마적인 상상이다. 하지만 인간의 내면이란 그런 게 아니겠는가. 일상생활에서는 신사일지라도 그 정도 상상은 누구나 한다. 그런 일로 죄악감 따위는 느끼지 않는

286

다. 하지만…….

눈앞에 여자가 서 있었다. 고마키다. 뭔가를 말하려는 순간 키스를 당했다. 고마키의 혀가 들어왔다. 나라자키는 놀라 눈을 동그랗게 떴다. 고마키가 입술을 떼고 나라자키를 향해 미소 지었다.

"……어?"

나라자키는 겨우 그 말을 내뱉었다.

"……고마키 씨?"

"……돌아갑시다. 사와타리 님 곁으로."

나라자키는 어리둥절한 표정으로 고마키를 쳐다봤다.

"……당신은."

"당신과 마찬가지예요. 여기에 잠입했을 뿐이에요. 호출을 받았으니 돌아갑시다."

즐겁게 대담회 준비를 하던 그녀가 뇌리에 떠올랐다.

그녀가 사와타리의 교단 사람? 여기에 잠입했다고? 나와 마찬가지라고? 그런 기색은 조금도 보이지 않았다. 생각이 정리되지 않았다.

"사와타리 님이……, 교주님이, 당신을 불러오라고 하셨어요. 왜 좀더 일찍 부르지 않았느냐고. 당신을 아주 걱정스러워하며……."

걱정이라니 거짓말이다. 그런데도 기쁨을 느낀다. 지금까지 인생에서 누구에게도 걱정을 끼친 적이 없다. 아니, 이 저택 사람들이 있구나. 그런 생각을 한 순간 다시 고마키가 키스했다. 부드럽게, 농밀하게. 고마키의 손가락이 나라자키의 귀를 애무했다. 그리고 목덜미에 입을 맞췄다. 그 상태로 눈을 치켜뜨고 나라자키를 바라봤다. 고마키가 그 교단 사람이라는 사실이 아직 믿기지 않았다. 그런데도 상황은 계속 진행됐다.

"……돌아갑시다. 우리가 있을 장소로."

나라자키는 고마키가 내민 손을 잡았다. 당혹스러운 자신을 내버려두고 손이 혼자서 움직였다. 고마키와 함께 걷는 자신을 느끼면서 스스로를 납득시키려고 했다. 교단의 정체를 폭로하고 이 저택 사람들을 도와주자. 머릿속으로 자신에게 그렇게 말했다. 고마키의 부드러워 보이는 허리나 고마키 자체가 목적은 아니다. 사와타리한테 위로받고 싶다는 소망 따위는 없다. 파멸은 일시적이다. 나는 다시 돌아간다. 그렇게 자신을 다독였다.

그 교단에서 여자들과 있었을 때 자신은 이성에서 벗어나 있었다. 논리적 사고의 바깥에 머물렀다. 이성이 태어나기 이전의 장소에. 자아를 잊은 장소에. 성과 성이 합쳐져 상승하면 그 끝에는 인간의 이성을 초월하는 어떤 한순간이 있는 게 아닐까? 편안했다. 그곳은 편안했다. 마치 누군가의 깨달음 속에 온몸을 담근 것처럼. 지혜의 열매를 먹기 전의 벌거벗은 남녀처럼.

288

미네노는 이불 속에서 눈을 떴다. 눈에서 눈물이 흘러나왔다.

자신이 울면서 눈을 뜬 것은 지금이 두번째인 것 같다. 어떤 순환. 블라우스가 벗겨져 있는 걸 깨닫고 멍하니 기억을 더듬었다. 엄청나게 취했을 때의 기억을 다음 날에 어떻게든 떠올리려고 하는 것과 비슷했다.

나라자키에게 이상한 말을 한 건 아닐까. 그런데도 부끄럽다는 생각이 들지 않는 건 왜일까. 그에게 조금도 흥미가 없기 때문이다. 자신이 그에게 무슨 말을 하든 아무 상관없는 것처럼. 하지만 만약 그가 나를 안으려고 했다면 어쩔 셈이었는가. 나는 무슨 생각으로 그랬을까. 나라자키는 이불을 덮어주고 돌아갔다. 그토록 친절한데. 그런데도 그가 어떻게 되든 아무 상관없다니.

몹쓸 여자. 스스로 그런 생각을 했다. 다카하라, 다카하라만 찾는 바보 같은 여자. 하지만 그만둘 수는 없었다. 나의 뇌는…….

녹음한 게 떠올라 이불에서 일어났다. 녹음 기록을 스마트폰에서 USB 메모리로 옮겼다. 일종의 습관이었다. 작은 USB 메모리에 옮겨야 제대로 보관된 것 같았다. 하지만 보관해서 어쩔 셈인가? 이런 무시무시한 녹음을. 다카하라를 막을 수는 없었다. 하지만 어떻게 해야 하나? 이제 그와는 연락이 되지 않았다. 그가 있는 장소도 알지 못했다.

갑자기 더워져서 미네노는 창가로 갔다. 창을 열고 우연히 아래쪽 정원을 바라봤다. 밑을 내려다보는 자신을 의식이 뒤늦게 좇았다. 고마키가 나라자키를 향해 손을 내밀었다. 어떻게 된 일이지? 나라자키가 그 손을 잡았다.

심장박동이 빨라졌다. 요시다는 나라자키와 고마키를 의심했다. 고마키는 전부터 사와타리와 가까운 관계였나? 그리고 나라자키는 여기에 온 후 그들에게 권유받은 게 아닐까? 그들의 아지트에 있었던 게 아닐까? 만약 그렇다면…….

미네노는 옷매무새를 가다듬고 서둘러 방을 나섰다. 지갑과 휴대전화, USB 메모리만 들고. 그들의 뒤를 좇으며 미네노는 생각했다. 그들의 뒤를 좇으면 그 교단에 갈 수 있다. 다카하라와 만날 수 있다.

3

생각해보면 그들이 차로 이동하는 건 당연했다. 미네노는 택시 뒷좌석에 앉아 앞에서 달리는 승합차를 응시했다.

그들이 있는 곳을 알아내도 다카하라는 거기에 없을 것이다. 이미 다치바나 료코와 여행을 떠났을지도 모른다. 하지만 그래도 상관없다고 생각했다. 내가 저 사람들에게 감금되면 된다. 그러면 다카하라는 분명히 돌아올 것이다. 당혹스러운 표정을 지어도 좋다. 귀찮다고 여겨도 상관없다. 이제는 내 마음을 그에게 전부 보여주고 싶다. 더 이상은 견디기 힘들다.

승합차가 속도를 줄이더니 갑자기 멈춰 섰다. 미네노는 당황해서 택시를 정차시켰다. 그들이 내렸다. 나라자키, 고마키 그리고 모르는 남자. 그들이 걷기 시작했다. 여기서부터는 걸어가야 하나? 미네노는 택시비를 지불하고 내렸다.

가로등이 얼마 없는 좁은 길로 그들이 걸어갔다. 하지만 이런 곳에 아지트가? 이런 평범한 주택가에? 택시에서 내린 미네노는 서서히 두려워지기 시작했다. 정말 자신은 감금당할 것인가? 자신에게 그런 용기가 있는가?

그들은 벽돌벽과 마주한 T자로에서 왼쪽으로 돌더니 정원수가 멋진 주택 앞을 지나 전신주가 있는 골목을 따라 오른쪽으로 돌았다. 미네노도 거리를 유지하며 따라갔다. 정말 이대로 따라가야 하나? 미네노는 계속 생각했다. 그만두자. 그들이 있는 장소만 확인하고 몰래 돌아가자. 좁아지는 어두운 길을 걸으면서 점점 두려워졌다. 지금 무슨 짓을 하는 걸까? 요 며칠간 정말 이상했다. 하지만 그들의 장소는 궁금했다. 요시다 씨 역시 그들이 있는 곳을 알고 싶어 했다. 그들의 뒤를 따라 다시 골목을 돌았더니 나라자키와 고마키가 나란히 걷고 있었다. 입술이 마르기 시작했다. 생각이 제대로 정리되지 않았다. 여기까지 왔으니 다 알아낸 것이 아닐까? 나머지는 내일이라도 요시다 씨나 다른 사람들과 함께 오면 된다. 많은 신자들이 생활하는 장소일 테니 이 부근을 뒤지면 찾을 수 있을 것이다. 하지만 힘들게 여기까지 왔으니……. 혼란스러웠다. 그런데도 몸이 상황에 휩쓸리듯 움직였다. 이런 건 위험하다. 제대로 각오도 하지 않았는데, 마음을 정하지도 못했는데 휩쓸렸다가는.

어릴 적에 몸집이 커다란 낯선 남자가 말을 건 적이 있었다. 그 남자는 광고 전단지를 보여줬다. 말을 제대로 못하는 그는 자신에게 언어장애가 있다는 사실과 이 상품을 사고 싶지만 그 얘기를 제대로 점원에게 전달하기 힘들다고 했다. 부끄러운 듯 함께 가게에 가서 자기가 사고 싶은 물건을 점원에게 대신 말해줬으면 한다는 얘기를 띄엄띄엄 말했다. 그때도 그랬다. 모르는 남자를 따라가면 안 되는데 불쌍해서 그를 따라갔다. 하지만 이 남자가 거짓말을 한 거라면? 망설였지만 상황은 계속 앞으로 진행됐다. 남자가 자기 차를 타고 가자고 말했다. 눈앞에 작고 파란 차를 봤을 때 그곳은 미지의 장소처럼 느껴졌다. 문이 닫히는 순간 다시는 돌아올 수 없는 장소. 세상과 단절된 장소. 지금 생각하면 그 장소는 자신을 유혹하기 위해 준비된 특별한 함정의 공간이었다. 남자가 손을 내밀었다. 울퉁불퉁하고 커다란 손. 소매가 닳았고 손톱이 지저분했다. 그 손에 닿는 순간 상황은 급격하게 진행될 것만 같았다. 뭔가에 튕겨진 것처럼 냅다 달려서 도망쳤다. 이 남자가 운전할 수 있다면 조금 전 말이 거짓이라는 생각이 들었기 때문이다. 하지만 생각해보면 이상했다. 언어장애와 운전은 전혀 관계가 없

292

다. 하지만 어린아이였던 자신은 뭔지 모르지만 이상하다고 생각했다. 그 생각은 맞았다. 몇 개월 후, 그 남자가 버스정류장 앞에서 누군가와 말싸움을 하는 것을 봤기 때문이다. 아주 평범한 말투로.

심장박동이 훨씬 빨라졌다. 미네노는 의식적으로 숨을 크게 들이마셨다. 골목길 외등이 깜빡거렸다. 상황은 계속 진전됐다. 그녀는 그들을 따라 골목을 돌았다. 각오도 없이, 용기도 없이. 뭔가 이상하다고 느껴지기 시작했다. 긴장 탓에 혼란스러워진 자신이 뭔가를 놓치고 있는 것 같았다.

갑자기 등 뒤를 붙잡혔다. 수건이 입을 덮었다. 소독약 냄새. 남자의 손. 왜 이런 걸 놓쳤을까. 조금 전 골목을 돌았을 때 남자의 모습이 보이지 않았다. 지금 등 뒤에 있는 이 남자의 모습이.

"……여기까지 왔으니 그냥 돌려보낼 수 없지."

남자가 나직하게 말했다. 남자는 힘이 셌다. 이건 소독약이 아니다. 뭔가가 흔들리고 있다. 남자한테서 도망치려고 했지만 할 수가 없다. 드디어 붙잡았다. 누군가 이렇게 말한 것 같았다. 그 남자와 이 남자는 완전히 다른 사람인데.

"안심해요. 눈을 뜰 때면……."

남자가 귓가에 속삭였다.

"당신은 이미 위대한 교주님의 여자가 돼 있을 테니까."

"왜 걸어서 가지?"

나라자키는 옆에서 걷는 고마키에게 말했다. 함께 있던 남자는 어느새 사라졌다. 이유를 알 수 없었다.

"……오늘은 주차장을 쓸 수가 없어요."

"그게 아니야. 내가 탔던 승합차에 이번엔 커튼이 없었어. 이러면 내가 교단이 있는 장소를 대충 알게 되잖아. ……그렇다면."

나라자키는 그렇게 말하며 묘한 긴장감을 느꼈다.

"이제 나를 돌려보내지 않을 생각인가?"

나라자키의 말에 고마키는 그저 미소만 지었다. 긍정도 부정도 하지 않았다.

도망친다면 지금이다. 나라자키는 생각했다. 지금 돌아가지 못하면 돌이킬 수 없다. 남자가 모습을 감췄으니 지금이라면 도망칠 수 있다. 힘껏 달리면 고마키라도 어쩔 수 없을 것이다.

좁은 골목을 빠져나가니 넓은 길이 나왔다. 왜 일부러 좁은 길로 온 것일까?

"여기입니다."

고마키가 말했다. 밤의 어두운 하늘을 배경으로 고층 아파트가 서 있었다. 여기였던가. 설마, 이런 주택가에, 이런 아파트에, 교단 시설이 있다니. 하지만 이젠 상관없다. 도망치려면 지금밖에 없다.

조금 전 그 남자가 다시 나타났다. 여자를 안고 있었다. 나라자키의 심장박동이 빨라졌다. 그 옷차림은 미네노가 아닌가? 왜 미네오가 여기에? 왜 저 남자에게 안겨 있는 거지?

"미네노 씨!"

나라자키는 소리를 지르며 남자를 향해 달려갔다. 하지만 그 소리를 듣지 못했는지 남자는 열려진 아파트 뒷문으로 들어갔다. 나라자키가 뒤따라 안으로 들어갔지만 그곳에 있던 여러 남자에게 제지당했다.

"대체 어떻게 된 일이에요?"

남자들이 당황해서 나라자키를 제압했다. 그는 발버둥 쳤지만 더 이상 앞으로 나갈 수 없었다. 남자와 미네노의 모습은 보이지 않았다.

"잠깐만요. 저 여자는 아무 상관없어요. 저 여자를 돌려보내 줘요."

"……저 여자? 아, 아까 안겨서 온 여자 말입니까?"

"비켜요, 비켜."

"대체 무슨 일이죠?"

"죄송합니다. 제 실수예요."

고마키가 문을 통해 들어왔다. 그녀는 숨을 헐떡이지 않았다. 허둥대지도 않았다.

"미행당해서 어쩔 수 없이 여자 하나를 끌고 왔습니다. 하지만 괜찮아요. 저 여자는 이 교단과 관계가 있어요. 교주님도 흥미를 가지고 있고. 제 취향은 아니지만…… 미인이죠."

"이거 봐."

"어떻게 할까요? 흥분했는데. 다른 남자들은 지금 홀에 있어서."

"어쩔 수 없지. ……잠들게 해요."

이윽고 나라자키의 입에 수건이 둘러졌다. 숨을 들이마시면 안 된다. 숨을 들이마시면 몸을 움직일 수 없게 된다.

"그런데…… 이상해."

버둥대는 나라자키의 귓가에 고마키가 조용히 속삭였다.

"당신은 아까 공포를 느끼고 도망치려고 했지. 옆에 나밖에 없어서 기회였을 텐데. 하지만…… 결국 당신은 이곳에 왔어. 올 수밖에 없지. ……언어의 논리에서 일탈한 현상. 미네노가 뒤를 쫓아와 도망칠 기회를 얻었는데, 미네노가 뒤를 쫓아와 도망칠 수 없다니."

나라자키가 발버둥 치기 시작했다. 의식이 멀어져갔다.

"이것도 아마 사와타리 님의 힘입니다. 흥미롭군요. 무슨 일이 벌어질지……."

*

머리가 아팠다. 등에서도 통증이 느껴졌다.

아무것도 없는 콘크리트 바닥. 까칠까칠한 감촉. 이런 곳에서 자면 옷이 상할 것이다.

미네노의 심장이 빨리 뛰었다. 바닥에서 잠을 잔 것이다. 여기는 그들의 장소인가? 미네노는 당황해서 자신의 옷을 확인했다. 벗겨지지는 않았다. 속옷도 그대로였다.

갑자기 문이 열리고 남자가 들어왔다. 미네노는 어떻게든 일어서려고 했지만 아직 몸에 힘이 들어가지 않았다.

"이제 정신이 드나요?"

몸집이 큰 남자를 올려다보고 미네노는 공포를 느꼈다. 얼굴이 아름다운 남자다. 하지만 싫다. 이 남자에게 안기고 싶지 않다. 나는, 나는.

"……신체검사를 받아야 합니다."

미네노는 남자한테서 조금이라도 멀어지려고 했다. 하지만 미네노는 일어서기조차 힘들었다. 스커트 자락이 자꾸만 밟혔다.

"거기 누구……"

미네노는 소리를 질렀다. 하지만 목소리를 빼앗긴 것처럼 제대로 소리가 나지 않았다. 좁은 방. 도망칠 곳도 없다. 미네노는 손을 뻗으려고 했다. 하지만 붙잡을 것이 하나도 없었다. 도와줄 존재도 없다. 뭔가를 붙잡으려고 계속 손을 버둥댔지만 그곳엔 희미한 공기의 감촉밖에 없었다.

천장이 낮았다. 희미한 조명이 남자와 미네노의 몸 그림자를 벽에 비췄다.

옷자락이 콘크리트 바닥에 쓸리는 소리가 났다. 미네노의 신음 소리도.

그녀의 눈에 눈물이 번졌다. 두 사람의 그림자가 계속 벽에 비쳤다.

"아아, ……아아."

남자가 말했다. 쾌락으로 자신도 모르게 소리를 낸 것처럼.

"착각하고 있군요. 우리는 여성을 억지로 덮치지 않습니다."

미네노는 벗어나려고 더욱 발버둥 치면서 서 있는 남자를 올려다봤다. 남자가 곤혹스러운 표정을 지었다.

"나를…… 그런 식으로 봤나요? ……이거 충격인데."

남자는 정말로 상처받은 듯 말했다.

"하지만 신체검사는 받아야 합니다. 아, 아니다. ……조금만 기다리세요. 지금 여자를 불러올 테니까."

남자가 서툴게 웃어 보였다. 하지만 미네노는 여전히 남자한테서 벗어나려고 애썼다.

"두려워하지 마세요. 아, 알겠습니다. 여기서 한 발자국도 움직이지 않을게요."

당황해하고 있을 때 여자가 들어왔다. 여자의 그림자도 벽에 커다랗게 비쳤다. 머리가 긴 여자. 미네노는 그 여자를 알지 못한다. 그 여자가 이전에 다카하라의 방에 들어가 유혹하려다 실패한 여자라는 사실을.

"밖에서 기다릴게요. 그리고…… 부탁해요."

남자가 여자에게 그렇게 말하고는 문을 열고 나갔다. 여자

298

가 미네노를 바라봤다. 상품의 가치를 매기듯이.

"흐음…… 당신이군."

"……네?"

"고마키한테 들었어. 정말 다카하라 님의 여자야?"

미네노는 여자를 봤다. 다카하라 님이라는 단어의 울림, 자신을 향한 눈빛을 보면서 이 여자가 다카하라를 원한다는 것을 금방 알아챘다.

여자가 다가오더니 갑자기 가슴을 만졌다.

"……이러지 마."

"흐음, 당신이."

치마 속으로 여자가 손을 집어넣었다. 속옷 위로 미네노의 성기를 만졌다. 미네노가 발버둥 쳤지만 아직 몸이 제대로 말을 듣지 않았다. 여자가 미네노의 몸을 노려보고 있었다. 그녀의 부푼 가슴과 잘록한 허리를 증오의 눈빛으로.

"……이런 여자가 좋단 말이지. ……흠."

여자가 미네노의 몸을 뒤져 윗옷에서 지갑과 휴대전화를 꺼냈다. 그리고 문득 눈치챘는지 USB 메모리를 손에 쥐었다.

"……그건."

"중요한 게 들어 있나 보지?"

여자가 USB를 뚫어지게 쳐다봤다.

"……중요한 건 아니야. 돌려줘."

"……재밌을 것 같네. 내가 갖도록 하지."

미네노의 목이 타들어갔다. USB 메모리에는 다카하라의 통화가 담겨 있었다. 다카하라는 교주에게는 비밀이라고 말했다. 자신은 교주에게 발각되지 않도록 움직인다고. 이것이 발각된다면? 미네노는 어쩔 줄 몰랐다. 다카하라는 살해당하는 게 아닐까? 이전에 이 교단에서 몇 명의 신자가 죽었다는 소리를 들은 적이 있었다.

"잠깐만."

미네노가 소리 질렀다.

"잠깐만, 제발 부탁이야!"

하지만 미네노의 몸은 제대로 움직이지 않았다. 여자는 미소를 지으며 문밖으로 나갔다.

4

"······걱정하지 마."

눈을 뜬 나라자키에게 고마키가 말했다.

"생각보다 빨리 눈을 떴군."

"······잠깐만."

"왜?"

"······미네노 씨는 아무 관계없어."

나라자키는 겨우 그렇게 말했다. 일어서려고 했을 때 자신이 침대 위에 있다는 사실을 깨달았다. 두통이 왔지만 참지 못할 정도는 아니었다. 움직일 수 있었다.

"걱정 말아요. ……아까도 말했잖아."

고마키가 뒤를 돌아 옷을 벗기 시작했다. 블라우스 단추를 풀었다.

"그 여자는 다카하라 님의 여자야."

"……다카하라?"

"그래, 이곳의 간부. 실질적으로는 넘버 투."

나라자키는 망연히 고마키를 바라봤다.

"그렇다면…… 미네노 씨도 이 교단 사람?"

"아, 그건 아니야. ……그저 다카하라 님의 여자일 뿐이지, 여기 신자는 아니야. 하지만 다카하라 님의 여자니까 여기에 있다고 해서 이상할 건 없지."

"그래도."

"……교주님을 만나야만 해. 아마 교주님의 여자가 될지도."

방을 나가려는 나라자키의 팔을 고마키가 붙잡았다. 블라우스 앞섶이 벌어지고 브래지어가 보였다.

"당신, 리나 님을 찾고 있지?"

"리나?"

"다치바나 료코 님 말이야."

고마키가 미소 지었다.

"그녀는 이곳의 간부야. 그리고 다카하라 님의 옛날 남매이자 연인."

"······뭐?"

"그들 부모가 재혼해서 남매가 됐지. 피가 섞이지는 않았
어. 그래서 계속 연인이었지. 계속 쭉. ······아주 이상한 사람
들이야."

다치바나 료코와 보냈던 날들이 떠올랐다. 그렇다면 왜 그
녀는 자신에게 다가왔을까? 사귀는 사람이 있는데, 왜? 간부
라고? 목적이 대체 뭐지? 머릿속이 혼란스러웠다. 그런 나라
자키에게 아랑곳하지 않고 고마키는 계속 옷을 벗었다. 미소
를 지으며 치마 단추를 풀었다.

"그러니까 걱정할 필요 없어. 미네노가 어떻게 되든 남의 여
자잖아? 미네노와 리나 님 그리고 다카하라 님. ······당신은 그
들 바깥에 있는 사람이라고."

"하지만."

나라자키가 겨우 말을 했다.

"아까 미네노 씨가 교주의 여자가 될지 모른다면서."

"괜찮아. 교주님은 자신에게 빠져 있는 여자가 아니면 안지
않아. 안았다면 결국 그 여자의 의지로 한 거야. 다카하라 님을
잊겠지."

"하지만 그건 세뇌지?"

나라자키의 말에 고마키가 웃었다.

"웃기는 얘기하네."

고마키가 가까이 다가왔다.

"세뇌와 연애…… 뭐가 어떻게 다르지?"

목덜미에서 달콤한 향기가 났다. 말랐지만 육감적인 몸. 나라자키의 등을 팔로 감쌌다.

"남의 여자 따위 무슨 상관이야?"

나라자키에게 키스하고 침대에 쓰러뜨렸다.

"나를 마음껏 가지고 놀아도 좋아. 다 알고 있으니까. 저 저택에서 나를 가끔 음흉한 눈빛으로 봤잖아. ……그때 했던 상상을 지금 해봐. 내게 무슨 짓을 해도 좋아. 무슨 짓을 해도."

＊

다치바나 료코는 방 안 의자에 앉아 있었다.

어떻게 하면 좋지? 아직 확인되지는 않았지만 더 이상은 시간이 없다.

다치바나는 의자에서 일어나 침대에 누웠다. 아까부터 그녀는 똑같은 동작만 반복했다. 이미 감당할 수 없다고 그녀는 생각했다. 이제 그와 자신이 감당하기에는 너무 벅차다.

오늘은 월요일이었다. 마음이 진정되지 않았다. 귀를 기울이면 여자들 소리가 들릴지도 모른다. 월요일이면 늘 이 건물 자체가 불안정하게 흔들리는 것 같다. 떠들썩한 공기가 퍼져서 모든 것에 그들의 행위가 감염된 것처럼. 여기는 교주가 있는 곳. 이 세계에 출현한 교주의 공간.

좋아하지도 않는 남자에게 저런 장소에서 안기는 건 무리다. 다치바나는 생각했다. 해방감인가? 만회할 수 없다는 기분이 들지 않을까? 상상으로는 가능했다. 상상으로 모르는 남자에게 안긴 적도 있다. 하지만 현실에서는 그럴 수 없었다.

하지만…… 현실이란 무엇인가?

의식이 원하지 않는 곳으로 향했다. 그런 마음은 일반적인 정조 관념과는 다른 것인가? 다른 남자에게 안기는 것이 두려운가? 다치바나는 눈을 감았다. 이것은 복수다. 그와 이렇게까지 연결됐다는 것에 대한 복수. 성에 눈뜨기 전부터 그와 연결됐다는 것에 대한 복수. '기분 좋아.' 서로에게 그런 말을 속삭여왔다. 서로의 성기를 애무하는 것만으로는 부족해 열세 살 때 다카하라의 성기를 자신의 몸속에 넣었다. 다카하라와의 폐쇄된 행복 속에 쭉 있었다. 그것은 너무 빨리 찾아온 행복이었고, 아마도 그 행복은 체험해서는 안 되는 종류의 것이었다. 우리는 다른 세계에 대한 증오 속에서 이어졌기 때문에. 해서는 안 되는 행동을 함으로써 자신들이 세상에서 소외됐다는 것을 서로 확인하고 싶었기 때문에. 증오와 쾌락을 강하게 연결시켰기 때문에.

쾌락을 느끼면 느낄수록, 혀를 휘감으면 휘감을수록 뭔가에 다다른 것 같았다. 왜소한 자신들을 바라보는 검고 커다란 뭔가에.

하지만 검고 커다란 뭔가는 우리를 이끌지만 아무 책임도 지지 않는 것 같았다. 그저 우리를 마음껏 이용하고 버리는 것처럼.

문에서 노크 소리가 나서 대답했더니 여자가 들어왔다. 그녀는 아마도…… 큐프라의 여자. 오늘은 월요일인데, 휴가라도 낸 것인가?

"리나 님, 드릴 말씀이."

다치바나는 자리에서 일어났다. 언제라도 빠져나갈 수 있도록 가명을 쓰라고 시킨 것은 다카하라였다.

"……다카하라 님 일인데."

다치바나는 여자를 쳐다봤다. 그래, 이 여자는 그를 원했다. 카운슬링 방에 보내졌으니 지금은 21층에 있을 것이다. 묘한 분위기를 가진 여자. 손에 녹음기를 가지고 있었다.

"……오늘은 월요일인데 괜찮아?"

"네, 휴가를 냈어요."

"21층에는……."

다치바나의 말에 여자가 노려봤다.

"교주님은 저를 더 이상 안아주지 않습니다. 그냥 방에만 있어요. ……그래서 저는 다카하라 님을 사모해도 된다고 생각합니다."

"……글쎄 어떨지."

"……이것을 들어보세요."

여자가 녹음기 스위치를 눌렀다. 미네노의 USB 메모리에서 복사한 음원. 다카하라의 목소리가 울려 퍼졌다. 테러 계획이었다. 교주를 속이고 신자들을 선동할 계획. 심장박동이 빨라졌다.

"……이건."

"다카하라 님이 리나 님과 사귀는 건 알고 있습니다. 개인적인 접촉이 허용된다는 것도."

여자가 그렇게 말했다. 하지만 중요한 건 그게 아니다. 이것은 증거다. 그토록 찾았던 증거. 이것으로. 다치바나는 생각했다. 이것으로 그를 멈추게 할 수 있다. 하지만 그는 이미 여기에…….

"제 생각에 다카하라 님은 더 이상 리나 님을 좋아하지 않습니다. 하지만 리나 님이 다카하라 님을 원하니 그분은 리나 님 곁에 계신 겁니다."

"……대체 무슨 말을 하려는 거지?"

"다카하라 님을 이제 놔주세요. 그러면 저는 이것을 처분하겠습니다. 교주님께도 알리지 않겠어요."

다치바나는 여자를 봤다. 여자에게는 조금의 동요도 보이지 않았다.

"이것이 교주님께 알려지면 다카하라 님은 살해당할지도 몰라요. 아시겠어요? 당신이 물러나면 그는 살 수 있어요. 그러니…… 이젠 더 이상 다가가지 마세요."

연모를 해서 마음이 불안하구나. 다치바나는 생각했다. 그러면 냉정한 판단을 할 수가 없다. 그는 여자를 좋아하면 과도하게 친절해지는 버릇이 있다. 그래서 이런 귀찮은 일을 일으킨다.

"……진정하고. 뭐 마실래?"

"괜찮습니다."

"생각할 시간을 줘. 너무 갑작스러워서."

다치바나가 일어나서 전기포트의 스위치를 켜고 홍차를 끓였다. 홍차는 좋다. 기분을 진정시켜준다. 여자를 위해서도 차를 준비했다. 이 여자의 페이스에 말려들면 안 된다. 동요하지 않는 척하며 일부러라도 일상적으로 행동하는 자신을 보여줘야 한다.

여자는 다치바나를 노려봤지만 홍차를 마시더니 겨우 작게 숨을 뱉었다. 표정과 목소리에서 드러나지는 않았지만 여자가 긴장했다는 것을 다치바나는 눈치챘다. 그녀는 생각했다. 상당히 기가 세 보이지만, 이 여자는 바보다. 이런 바보 같은 여자는 싫다.

"진정하고 내 말을 잘 들어. 당신은 지금 환청을 듣는 거야."

"네?"

"나는 아무것도 듣지 않았어. 여기서 흘러나온 건 그저 기차소리뿐이야."

"무슨 말씀이에요?"

"……자살을 원해? 또 카운슬링을 받을 필요가 있군."

"그만하세요."

여자가 다치바나에게서 녹음기를 빼앗더니 일어섰다. 여자는 키가 크다. 싸우면 질 것이다.

"저는 이것을 다카하라 님에게 들려줄 겁니다. 다카하라 님의 목숨을 내가 쥐고 있다는 걸 그분도 알겠죠. 이제 그분은 내 것입니다. 내가 이것을 가지고 있는 한……."

여자가 갑자기 쓰러졌다. 다치바나는 카펫에 쓰러진 여자의 옆구리에서 조용히 녹음기를 주웠다. 이 약은……. 컵을 보며 생각했다. 예상보다 효과가 늦다.

쓰러진 여자 옆에서 다치바나는 옷을 갈아입고 외출 준비를 했다. 벗은 옷이 여자 옆에 떨어져 불쾌한 마음으로 주웠다. 여자 옆에는 USB 메모리도 떨어져 있었다. 혹시 이게 음원인가? 다치바나는 생각했다.

이런 바보 같은 여자를. 쓰러져서 무방비 상태가 된 여자의 가슴과 허리 살을 보면서 다치바나는 생각했다. 이런 바보 같은 여자를 그가 안았단 말이지?

"리나 님!"

갑자기 방문이 열리고 남자들이 들이닥쳤다. 그들은 울면서 다치바나의 방으로 들어왔다.

"뭐야?"

"리나 님! 우리는 당신을 체포해야 합니다."

"뭐?"

"죄송합니다!"

남자들이 몸을 제압했다. 다치바나가 발버둥 쳤지만 그들은 힘이 셌다.

"대체 왜 이래? 무슨 짓이야?"

"말씀드릴 수 없습니다. 죄송합니다."

다치바나는 순간적으로 녹음기와 USB 메모리를 주머니 속에 집어넣었다. 남자들은 울면서도 다치바나를 체포하는 일을 멈추지 않았다. 바로 옆에 쓰러진 여자한테는 눈길도 주지 않았다.

"잠깐, 진정해. ……우선 홍차라도."

"죄송합니다."

"누구 명령이야? 그것만이라도 말해!"

"말할 수 없습니다! 말할 수 없습니다!"

다치바나는 남자들의 팔에 매달린 채 방을 나갔다. 남자들은 그저 울기만 할 뿐 아무 대답도 해주지 않았다. 향하는 곳은 아마도 근처 지하실일 것이다. 패닉에 빠진 신자들을 수용하는 방. 기다란 복도를 걸으니 그곳 문이 열렸다. 강력한 힘이 다치바나를 그 방으로 밀어 넣었다.

"잠시 동안입니다. 당분간 이곳에 계십시오!"

남자들이 나갔다. 이유를 알 수 없었다. 마치 월요일, 사람이 적은 시간을 기다린 것 같은 행동. 간부에게 이런 처우를 내릴 수 있는 건 교주와 간부회의 결정 말고는 없다. 하지만 어째서?
누가? 다치바나는 숨을 헐떡이며 어떻게든 일어서려고 했다.

방 안의 여자와 눈이 마주쳤다. 미네노가 멍한 표정으로 자
리에 앉아 있었다.

5

마쓰오의 시체를 택시에 태운 채 요시코는 저택으로 돌아
왔다.

오래된 회원들이 마쓰오의 시체를 맞이해 이불에 눕혔다.
늦은 밤이었지만 마쓰오의 죽음을 알게 된 사람들이 저택으로
달려왔다. 그들은 조용히 눈물을 흘리면서 약간 왜소해진 것
같은 마쓰오의 시체를 그저 바라만 봤다.

"그런데……."

회원 중 하나가 조용히 말했다.

"그런데 어쩐지…… 마쓰오 씨 표정이 묘하네요."

자신도 모르게 뱉은 말인 것 같은데 작게 웃음소리가 들렸
다. 누구나 어렴풋하게 느꼈다.

"싱글벙글한 표정이 뭔가 야한 생각을 하다가 돌아가신
것……."

웃음소리가 들렸다. 그들은 울면서 동시에 웃고 있었다. 요

시코도 웃고 있지만 뺨에 체온 같은 것을 느꼈다. 쇼타로가 죽을 때 자신과 키스했다는 것은 누구에게도 말할 수 없다. 그것은 자신만의 소중한 기억이다.

마쓰오는 생전에 장례식은 하지 않아도 된다고 말했다. 죽음이란 무와 하나가 되는 것이라고. 생이란 커다란 무에서 소외된 존재라고. 죽음이란 원래의 장소로 돌아가는 것이며, 너무나 자연스러운 일이라고.

"자신이 태어나기 전의 일을 생각하면 돼."

상당히 오래전 마쓰오한테서 그런 이야기를 들었다.

"거기에는 아무것도 없지. 어쩐지 편안한 감각이잖아. 잠이 들었을 때 어땠는지 생각하면 돼. 잠든 상태에서 죽으면 이미 자신이 죽었다는 자각조차 없어. ……죽음은 자연스러운 일이야. 살아 있다는 건 그런 편안함에서 벗어난 상태야. 살아 있다는 것이 특수한 상태인 셈이지."

선(禪)을 얘기하는 거라고 요시코는 생각했다. 하지만 시체를 매장해야 했다.

"요시다……."

요시코가 부르기도 전에 요시다가 옆에 와 있었다. 요시코는 늘 요시다를 낮춰 부른다. 요시다는 마흔네 살이지만 요시코의 눈에는 아직도 청년 같다.

"미네노가 없어요."

요시다가 결심한 듯 말했다. 그의 눈은 젖어 있었지만 지금

해야 할 일에 정신을 집중하려고 노력했다.

"그리고 나라자키도 없습니다. 고마키도."

요시코가 숨을 깊이 들이마셨다.

"저는 이렇게 생각했습니다. 나라자키와 고마키가 그 교단에 부름을 받았다. 그것을 눈치챈 미네노가 뒤를 쫓았다. 아니면 들켜서 끌려갔거나. ……그들의 휴대전화가 전부 불통입니다."

요시코는 의식이 아득해지는 것을 느꼈지만 바로 정신을 차렸다. 충격을 받고 있을 때가 아니었다. 요시코는 자리에서 일어났다. 아직 똑바로 움직일 수 있는 자신의 다리가 듬직하게 느껴졌다.

"자, 들어봐요. 미네짱이 없어요. 그리고 나라자키랑 고마키도. 아마 사와타리 씨 교단에 끌려갔을 가능성이 있습니다."

사람들이 웅성거렸다.

"저는 지금부터 경찰서에 갈 겁니다. 다들 흩어져서 찾아주세요. 찾을 단서가 없다는 건 압니다. 하지만 이대로 가만히 있을 수는 없어요."

사와타리 교단의 존재에 대해서는 모두 알고 있었다. 회원들은 저마다 어떻게 찾으면 좋을지 이야기하기 시작했다.

"앞으로 일어날 일은 누구도 막을 수 없을지 모른다."

마쓰오는 전에 그렇게 말했다. 하지만……. 요시코는 생각했다. 만약 그렇다고 해도 우리는 저항해야 한다. 그녀는 마쓰오의 시체를 보면서 마음속으로 중얼거렸다. 그렇죠? 우리는 저항해야만 해요. 당신도 살아 있다면 그렇게 할 거예요.

"요시다, 쇼타로의 장례식을 부탁해요. 당신 절에서."

"네."

요시다가 고개를 끄덕였다.

"마쓰오 씨는 이제 저세상 존재예요⋯⋯. 일반적인 종교처럼 그렇게 말하는 것에는 부정적이긴 했지만."

불안한 표정이 남아 있었지만 요시다는 어떻게든 웃으려고 애를 썼다. 그녀는 마쓰오에게 시선을 던졌다.

"하지만 만일 저세상이 있다면 지금 '죄송합니다. 제가 틀렸네요' 하면서 길을 잃고 헤매고 있을지도 모르니⋯⋯ 만약을 위해 경은 읊도록 할게요."

＊

미네노는 문으로 갑자기 들어온 다치바나 료코를 보고 뛸 듯이 놀랐다.

상대방 역시 자신을 놀란 눈으로 쳐다봤으므로 이 만남을 전혀 예상하지 못했다는 것을 알 수 있었다. 미네노는 자신의 상황을 잊고 질투에 휩싸였다. 왜 이런 여자가. 미네노는 생각했다. 얼굴은 물론 단정하시만 여자로서의 매력은 느껴지지 않는다. 머리도 너무 길다. 화장도 제대로 하지 않았다.

당신이 나보다 나은 건 다카하라와 옛날에 남매였다는 것 뿐. 나보다 먼저 그를 만났다는 것뿐.

하지만 미네노는 아무 말도 하지 않았다. 내면에서 일어나는 초조함을 상대에게 말하고 싶지는 않다. 격렬함은 항상 그녀의 내면에만 가라앉아 있었다. 사람과 싸우는 일에도 늘 주저했다. 싫어하는 상대에게 자신의 기분을 감춰 자기혐오에 휩싸인 적도 있었다.

"······어째서?"

다치바나 료코가 먼저 말을 걸었다. 미네노는 말에 신중했다. 나중에 후회할 말은 하고 싶지 않았다.

"······끌려왔어요."

"끌려왔다고요?"

다치바나는 아직도 눈앞의 미네노라는 존재를 받아들이지 못하는 것 같았다.

"이곳은······ 처음이죠?"

"네."

"그럼, 어쩌면······ 당신은 교주와 만나야 할 겁니다."

"······네?"

"당신이 교주한테 무슨 일을 당할지······."

두 사람의 눈이 마주쳤다.

불과 몇 초에 지나지 않았지만 다치바나에게는 몇십 초처럼, 미네노에게는 몇 분처럼 느껴졌다.

미네노는 어쩐지 다치바나 료코가 무서운 일을 생각하는 것처럼 보였다. 자신의 몸과 가야 할 곳, 그리고 인생 모두를 마치 그녀가 전부 쥐고 있는 것처럼. 그녀는 뭔가를 고민하고 있었다. 미네노는 그렇게 생각할 수밖에 없었다.

하지만 결국 다치바나는 작게 숨을 내쉬었다. 불길한 생각을 떨쳐버리기 위해 뭔가를 뱉는 것처럼.

"오랜만이네요. 하고 싶은 말은 많지만…… 지금은 해야 할 일이 있어요. 미네노 씨의 생각을 듣기 전에…… 갑작스럽겠지만 말할게요. 교주와 만난다는 건 교주에게 안기는 것을 의미해요."

"……왜죠?"

"음, 우스운 얘기죠. 하지만 어쩔 수 없어요. 컬트 교단의 내부는 세상의 상식과 뚜렷하게 어긋나 있어요. 컬트는 그 속에서 픽션과 유사한 세계를 만들어 살고 있으니."

"그건 억지로 당한다는 말인가요?"

"아니요, 반드시 그렇다고는 할 수 없습니다. 처음에는 억지로 한다고 해도……. 잘 표현하기 힘들지만, 교주에게는 기분 나쁜 힘이 있습니다. 만나면 알 수 있어요. 그 남자는 특별합니다. 우선 말해두겠는데, 나는 교주와 관계를 갖지 않았어요. 나는 특별한 방식으로 들어왔기 때문에."

다카하라의 여자로 들어왔겠지, 하고 미네노는 생각했다.

"하지만 그것을 피할 방법이 하나 있어요. 그리고 그건 아마도 당신이 지금 하려는 일과 같아요. 우리의 생각은 일치할 겁니다."

"네?"

"이것을 여기에 가지고 온 게 당신이죠?"

다치바나가 녹음기와 USB 메모리를 꺼냈다. 미네노는 숨을 들이마셨다.

"……어째서?"

"우여곡절 끝에 지금은 내 손에 있습니다. 우리의 생각은 일치할 겁니다. ……교주에게 이것을 들려줄 거예요."

이 방에서는 소리가 들리지 않지만 지금 홀에서는 수많은 남녀가 서로의 성을 갈구하고 있었다.

남자로서의 성을, 여자로서의 성을, 아무런 주저 없이 해방하고, 얽히고, 뱉어내며 이성과 감정을 초월한 거대한 혼돈이 들끓고 있었다.

"하지만 그런 일을 했다가는 다카하라가 죽을 수도 있는데."

"……괜찮아요. 믿으세요. 그는 죽지 않아요. 그는 이곳의 2인자니까. 그 사람에게 심취한 신자도 있어서 교주라도 쉽게 손을 댈 수는 없습니다. 적어도 당장은 손쓰진 않을 거예요. 당신이 이것을 교주에게 들려주면 한가하게 당신을 안고 있지는 않을 거예요. 이 교단은 갑자기 요동칠 겁니다. 그 남자가 바라는 건 오로지 이 교단을 유지하는 것뿐이니까. 이 지옥을."

"……당신은요?"

"저는 신자가 아닙니다. 이곳의 간부인 건 맞지만 저는 그저."

다치바나는 말을 삼켰다. 하지만 미네노는 그다음에 나올 말을 알 것 같았다. 다카하라를 구하러 들어왔다, 그런 거겠지.

"하지만 다카하라가 아무런 벌을 받지 않다니."

"벌은 받겠죠. 적당한 때를 봐서 죽일 가능성도 있습니다. 그러니 그사이에 경찰에게 이곳을 알려야 해요. 실제로 당신은 지금 감금돼 있습니다. 이 장소만 알면 경찰은 쉽게 들이닥칠 수 있어요."

"……다치바나 씨."

"다하카라를 멈추게 할 사람은 교주밖에 없어요. 강제로 다카하라를 감금해서 멈추게 하는 것밖에 방법이 없습니다. 당신도 들었죠? 지금 그가 어떤 상황인지!"

다치바나의 목소리가 커졌다.

"그는 그 일을 정말로 할 겁니다. 며칠 후일지도 모르고, 내일일지도 몰라요. 시간이 없습니다. 만약 그렇게 되면 그는 정말로 죽습니다. 일본 경찰이 친절하게도 테러범을 산 채로 체포할 거라고는 생각하지 않아요. 지금 정권이 보수적인 건 당신도 알고 있죠? 본보기로 그는 총을 맞고 죽게 될 겁니다. 그것을 비난하는 일부 미디어도 있겠지만 국제적인 룰에 따라 테러범을 결연히 사살한 경찰과 정부를 비난하는 풍조는 지금 이 나라에는 없습니다. 특히 인터넷에 한정된 여론에서는 강력한 일본을 두 손 벌려 환영하겠죠. 여당 공작원이 인터넷

에 홀린 정보에 선동당하는 줄도 모르고 그저 기뻐합니다. 이
대로 있다가는 그는 테러 주동자가 되어 인생은 물론 목숨까
지 파괴됩니다. 시간이 없는 지금으로서는…… 이것을 교주
에게 들려줄 수 있는 건 당신밖에 없습니다. 어떤 긴급 상황에
도 교주를 만날 수는 없습니다. 교주로부터 부름을 받지 않는
한 우리는 누구도 교주와 만날 수 없어요. 그건 이곳의 절대적
인 규칙입니다. 오늘 나는 교주와 만나려 했지만 결국 실패하
고 말았습니다. 하지만 당신은 아마도 몇 시간 안에 교주에게
불려갈 겁니다. 이것을 교주에게 들려줄 사람은 당신 말고는
없어요."

"지금 경찰에 알리면요?"

"물론 지금으로서는 그게 가장 좋습니다. 하지만 방법이 없
어요. 저도 잡혀 있잖아요. 누구도 이 건물에서 나갈 수 없습니
다. 하지만 혼란이 벌어지면 그 기회를 노릴 수 있어요."

방은 천장이 낮고 좁았다. 미네노는 다치바나가 머릿속으
로 떠올렸다가 지우려고 했던 생각을 미뤄 짐작했다. 그것은
USB 메모리를 전하지 않고 자신을 그대로 교주에게 안기게
하는 것이다. 그러면 다카하라와의 관계에서 방해물이 사라
진다. 무서운 생각이었다. 왜냐하면 USB 메모리를 건네지 않
고 자신을 교주에게 안기게 하는 것은 다카하라를 멈출 수 있
는 귀중한 기회를 한 번 놓치는 일이 된다. 다카하라의 목숨을
위험에 노출시키면서까지 자신을 파멸시킬 생각을 하다니.

결국 다치바나는 그 생각을 지웠을 것이다. 하지만 사랑하는 상대가 죽을 수 있다는 위험성을 무시할 정도로 자신을 미워한다는 얘기가 된다. 어쩌면 이런 생각도 떠올랐는지 모른다. 다카하라가 죽으면 더 이상 그에 대해 고민하지 않고 감정을 정리할 수 있다. 저런 남자는 바람 핀 상대와 함께 죽어야 된다고. 물론 그 생각이 떠오른 건 감정이 고양된 한순간이었을 것이다. 하지만 상대의 죽음을 생각할 만큼 그녀는 다카하라 때문에 몇 년간 속을 끓였다. 자신의 인생을 침식당했다. 좋아하는 사람을 위해 자신의 인생을 희생하고, 그로 인해 괴로워하는 와중에 상대의 죽음까지 떠올리게 된 것이다. 그러면 자신의 내면도 붕괴되겠지만 전부 끝나버리길 바라는, 뭔가에 이끌린 듯한 감정. 미네노는 어쩐지 그 기분을 이해할 것 같았다.

"하지만…… 혼란이 발생한다고 해도 이 장소를 경찰에게 알릴 수 있을까요? 당신이 해방된다는 보장은요?"

"음, 지금 그게 문제예요. 여기서는 휴대전화 소지가 금지입니다. 가지고 있는 사람은 교주와 다카하라뿐. ……게다가 경찰에게 이 장소를 알리는 것에 찬성할 신자는 아무도 없겠죠."

미네노는 짚이는 사람이 있었다. 조용히 입을 열었다.

"……나라자키가 있어요."

"네?"

"……나라자키가 지금 여기에 있어요. 그러면……."

"······나라자키가?"

놀란 다치바나가 미네노를 쳐다봤다. 미네노는 그 이유를
알 수가 없었다.

"왜 그래요?"

"······나라자키가?"

"······그렇다니까요. 당신이 나라자키에게 권유하지 않았나
요?"

"······내가?"

"어? 다치바나 씨?"

다치바나는 마치 정신이 나간 것처럼 보였다. 미네노는 뭔
가 이상하다고 생각했다. 나라자키는 처음 다치바나를 찾으러
우리 단체에 찾아왔다. 역시 그들 사이에 연인 관계 비슷한 뭔
가가? 그렇다면 그녀와 나라자키를 엮으면······. 미네노는 머
리를 굴렸다. 나의 말 한마디에 모든 일이 술술 풀리는 건 아닐
까? 다치바나는 여전히 멍한 얼굴로 어딘가를 응시하고 있었
다. 예를 들어 다치바나, 당신을 열심히 찾고 있다, 당신을 쫓
다가 이 교단까지 와버렸다고 말한다면. 거짓말은 아니다. 자
세히 모르지만 거짓말은 아니다.

하지만 안 된다고 미네노는 생각했다. 용기가 없다. 그런 말
을 할 용기가 자신에게는 없다. 자신은 늘 나중에서야 이렇게
할걸, 하고 후회한다. 왜일까? 나는 왜 항상 이 모양일까?

"자세히는 모르지만······ 분명히 나라자키는 여기에 있을

겁니다. 그 사람이라면…….”

미네노가 말했다.

“그렇군요. 음, 그러면…… 다카하라 때문에 혼란스러운 교단의 혼잡을 틈타 밖으로 나갈 수도 있겠군요. ……그 사람이라면.”

다치바나는 그렇게 말했지만 표정은 여전히 멍했다.

갑자기 문이 열렸다. 전에 이 방에 들어왔던 몸집이 커다란 남자가 서 있었다.

“미네노 씨, 교주님이 부르십니다.”

다치바나 료코가 살며시 녹음기를 미네노에게 건넸다. 미네노는 손을 등 뒤로 돌려 그것을 받았다. 받는 순간 검지손가락 끝이 다치바나의 손끝에 닿았다. 따뜻했다. 몸에 혐오감이 느껴졌다. 다카하라를 안은 여자. 다카하라를 즐겁게 해준 여자…….

“……부탁해요. 지금은 오직 이 방법밖에 없어요.”

끌려가는 미네노에게 다치바나가 작게 말했다. 미네노는 고개를 끄덕였다. 하지만 그녀는 다치바나가 전보다 더 싫어졌다.

만약 그녀가 자신을 아이처럼 계략에 빠뜨렸다면 싫지 않았을지도 모른다. 증오심은 생겼을지라도 이런 식으로 싫어지지는 않았을 것이다.

방을 나올 때 미네노는 자신을 끌고 가는 남자의 얼굴을 봤다. 이 남자는 기가 약하고 얌전하다. 일이 잘될 수도 있다. 두꺼운 문이 등 뒤에서 무겁게 닫히기를 기다렸다가 미네노는 조용히 입을 열었다.

"저기…… 그 전에 다카하라를 만날 수 있나요?"

어떤 생각이 머릿속을 뚫고 지나간 것 같았다.

"네? 안 됩니다."

"부탁해요……. 교주와 만나기 전에 잠깐만."

미네노는 떨리는 목소리로 말했다. 실제로 떨고 있었기 때문에 연기할 필요도 없었다.

"……당신이 다카하라 님과 사귄 건 저도 알고 있습니다."

그가 친절하게 말했다.

"저는 다카하라 님을 존경합니다. 그렇다면 서로 말을 맞추도록 하죠. 약간의 시간을 벌 수 있는. ……화장실에 갔다고 하거나."

"……네."

"아까 지하로 끌려갔는데……."

순진한 얼굴의 남자가 말을 이었다.

"필사적이어서 말을 걸 수는 없었지만, 지금 지하에 가면 만날 수 있을 겁니다."

6

내려가는 엘리베이터 안에서 미네노의 몸이 굳어지기 시작
했다.

다카하라와 만나기로 결심한 건 자신인데 마치 이 좁은 엘
리베이터를 타고 억지로 그곳으로 끌려가는 것처럼. 문이 열
리고 눈앞에 빛이 없는 공간이 펼쳐졌다.

"어, 전기가 어디 있더라?"

미네노와 걷고 있던 키 큰 남자가 혼잣말을 했다. 미네노는
자신의 오른쪽 벽에 스위치가 있는 걸 봤지만 환해지는 것이
두려웠다. 어떤 얼굴로 그를 만나면 좋을지 알 수가 없었다. 게
다가 지금 자신의 몰골은 초췌했다.

이 사건의 해결책은 다치바나 료코의 방법만이 전부가 아
니다.

다카하라와 직접 만나는 방법이 있다. 다치바나는 그를 설
득하지 못해도 나는 할 수 있다.

미네노는 앞으로 자신이 할 행동을 머릿속에서 반복했다.
우선 둘만 남는다. 녹음을 들려준다. 내가 녹음했다고 고백한
다. 그리고 거짓말을 한다. 교주에게 이 녹음을 들려줬다고. 게
다가 이미 경찰도 알고 있다고. 그렇게 말하면 그가 선택할 수
있는 방법은 하나밖에 없다.

함께 도망치자. 그렇게 말할 것이다. 함께 도망쳐서 어디론

가 떠나자. 교단과 경찰뿐만 아니라 이 세계로부터, 우리의 인생으로부터 함께 도망치자.

그리고 이 교단이 있는 곳을 경찰에게 알린다. 나라자키가 유괴됐다고 신고한다. 왠지 나라자키와 교대로 이 교단에서 나오는 것 같아 마음이 불편했다. 하지만 그것 역시 금방 괜찮아질 것이다.

진실을 다카하라에게 들켰을 때 가장 중요한 순간을 맞이할 것이다. 그는 나를 버릴 것인가. 어쩌면 내게 살의를 느낄지도 모른다. 그래도 좋다. 그를 일시적으로라도 독점할 수 있다면. 아니, 무엇보다 그런 앞날의 일은 지금 생각하고 싶지 않다.

욧쨩, 미안해요. 미네노는 생각했다. 하지만 부디 알아주세요. 세상에는 당신처럼 살지 않는 여자도 있답니다. 마쓰오 씨 같은 남자를 만나지 못하는 여자도 많아요.

"아, 있다……. 뭔가 하고 있네."

남자가 혼잣말을 했다. 멀리 세 개의 그림자가 보였다. 뭔가 작업을 하고 있었다.

"뭘 하는 거지? ……재미있어 보이는데 다가가서 놀래주자."

남자가 활기차게 다가갔다.

걸어가는 남자의 뒷모습을 미네노는 가만히 응시했다. 긴장이 돼서 앞으로 나갈 수가 없었다. 갑자기 비명 소리가 났다. 비명을 지른 건 가까이 다가가던 남자였다. 이런저런 목소리가 난무했다. 하지만 미네노에게는 잘 들리지 않았다. 비명을 지른 남자의 어깨를 붙잡고 누군가 말을 했다. "누구냐?" 일제히 큰 소리가 들렸다. "누가 있다!" 어떤 그림자가 자신을 향해 달려왔다. 미네노는 순간 도망치려고 했지만 몸이 경직된 것처럼 움직이지 않았다. 미네노는 숨을 삼켰다. 다카하라가 있다. 바로 눈앞에.

"……미네노?"

다카하라가 숨을 헐떡거리며 미네노를 보고 있었다. 몸이 굳어지기 시작했다.

"아, 미안해."

왜 사과하는 거지? 미네노는 생각했다. 하지만 이 말밖에 나오지 않았다.

"미안해요. ……난."

"어떻게 된 거야? 왜 여기에 있어?"

"다카하라 씨!"

어둠 속에서 소리가 들렸다. 다카하라가 그 소리에 화를 냈다.

"괜찮아! 그쪽은 자네에게 맡긴다. 확실하게 설득해. 어떻게 말해야 할지 알잖아!"

미네노의 목에서 뭔가가 치밀어 올랐다. 다카하라의 이런 모습은 처음 봤다. 안 된다. 뭔지 모르지만 이 상황은 너무 최악이다.

미네노는 숨을 깊이 들이마셨다. 하지만 지금밖에 기회가 없다. 지금 해야만 한다.

"끌려왔어. ……부주의해서."

미네노의 말을 다카하라는 이해하지 못했다. 그리고 미네노를 봤을 때의 놀라움에서 여전히 회복되지 못했다.

"……누가? 왜 너를?"

"몰라. ……그것보다."

미네노는 주머니 속 녹음기를 힘껏 쥐었다. 하지만 용기가 없었다.

"……다카하라, 무서운 일을 생각하고 있지?"

"……어?"

"이미 들켰어. 당신이 교주에게 비밀로 하려던 일을."

다카하라가 미네노를 응시했다.

"……경찰에게도. 그러니까, 그러니까."

미네노는 자신도 모르게 손을 움직였다.

"……함께 도망쳐."

어둠 속에서 미네노는 쭈뼛거리며 손을 내밀었다. 지옥에 갇힌 채, 파멸만 남은 미래를 가진 남자에게 손을 뻗었다.

하지만 다카하라는 두통에 시달리고 있었다. 갑자기 덮친 친숙한 통증.

"……어떻게 된 거야. 차근차근 말해봐."

"시간이 없어. ……시간이."

"너는 뭘 알고 있지? 대체 무슨 소리야? 무슨 말이냐고?"

다카하라가 화를 냈다. 그는 평소의 부드러움을 잊었다. 항상 주위 사람들에게 보여주던 자신의 모습을 잊었다. 미네노는 무서웠다. 하지만 그녀에게는 지금밖에 없다.

"내가 녹음했어! 당신 전화 통화를. 녹음을 한 건 우연이지만 이미 다 들통 났어."

"녹음? ……설마, 그때?"

"바로 이거야!"

미네노가 녹음기를 다카하라에게 보여줬다. 다카하라는 그것을 응시했다. 혼란스러워할 거라고 생각했는데 그는 어쩐지 침착해 보였다.

낯선 모습이었다. 이 모습은 뭐지? 미네노는 다카하라를 응시했다. 진짜 다카하라인가? 정말로 그 다카하라인가?

"……거짓말이지?"

다카하라가 조용히 말했다. 미네노는 고개를 저었다.

"아니, 정말이야."

"아니야. 녹음은 정말이지만 경찰과 교주에게 들통 났다는 건 거짓말이야."

다카하라가 미네노를 똑바로 쳐다봤다. 그 눈에 애정은 없었다. 거짓말하는 상대의 진심을 파악하려는 의지밖에는.

"교주에게 들통 났다면 왜 그걸 네가 가지고 있지? 교주가 증거품으로 가지고 있을 텐데. 경찰에게 들켰을 리도 없어. 네가 나에게 말도 없이 경찰에게 알렸을 리가 없어."

"나는."

"게다가 너는 왜 이토록 필사적이지? 나와는 그저 즐기는 관계였잖아? 대체 왜 그래?"

미네노는 현기증을 느꼈다.

"……웃기지 마."

더 이상 자신을 막을 수가 없었다. 말투는 침착했지만 자신이 무슨 말을 하는지도 알지 못했다.

"알고 있잖아, 내가 어떤 여자인지. 모르는 척했을 뿐이잖아. 나에게 다른 남자는 없어. 거짓말 한 것은 맞지만 녹음은 진짜야. 나는 당신을 좋아해. 그러니까 도망치자. 같이 도망치자고."

히스테릭한 여자는 싫다고 미네노는 늘 생각했다. 하지만 지금 자신이 그렇게 돼버렸다. 그렇게 될 수밖에 없다. 조용한 말투가 그나마 위안이 됐다.

"나는 당신을 좋아해."

미네노는 다시 한 번 말했다. 자신의 말이 그에게 닿지 않는다는 것을 알면서.

"……헤어지자."

다카하라가 중얼거렸다. 상대에게 상처 줄 용기가 없는 남자가 있는 힘을 다해 말하는 것처럼.

"만약 내가 당신과 사귀었다면. ……아니, 이런 말은 비겁해. 전부 다 내 탓이야. 나 같은 남자는 차버려."

분노가 치밀어 올랐다.

"전부 당신 탓이라고? 그게 무슨 소리야?"

"헤어지자. 그 녹음은…… 마음대로 해."

미네노는 다카하라를 때리고 싶어졌다. 하지만 주저하는 자신을 느꼈다.

"그리고…… 너는 여기에 끌려왔으니 교주와 만나게 될 거야."

다카하라가 웃음을 지었다. 연기라는 것을 쉽게 알 수 있는 웃음.

"너는 그 남자의 여자가 될 거야. ……나보다 훨씬 능숙해."

미네노는 제정신이 아닌 상태로 다카하라를 쳐다봤다. 그녀는 지쳤다.

"됐어……. 그런 말 하지 않아도 돼."

몸에 힘이 들어가지 않았다.

"쓸데없는 말은 더 이상 하지 마."

미네노는 다카하라를 응시했다.

"뭐가 뭔지 모르겠어. ……잠시라도 좋으니 나를 안아줘. 너무 괴롭고 슬퍼. 당신과 헤어질지 아닐지 모르겠지만 지금 당장은 쓸쓸해서 죽을 것 같아. 아무 데도 갈 곳이 없어."

다카하라는 미네노를 응시하며 한 걸음 다가갔다. 그러다 자신의 양손을 내려다봤다. 흙이 묻어 있었다. 시체를 만진 손.

"……안아줘."

미네노는 반복해서 말했다. 두 다리로 서 있는 것이 신기할
정도였다.

"정말…… 안아주지 않을 거야?"

다카하라는 뭔가를 고민하고 있었다. 자신의 손만 바라봤
다. 미네노는 거기서 정신을 잃었다. 쓰러진 것은 아니고 서 있
는 채로 아주 잠깐 기억이 없었다. 정신을 차려보니 그녀는 키
큰 남자에게 이끌려 지하를 빠져나가는 중이었다. 키 큰 남자
는 동요한 듯 보였다. 옆에는 모르는 여자가 있었다.

멍하니 주위를 둘러보니 옆에 남자가 있었다. 남자가 자신에
게 하는 말을 미네노는 어떻게든 알아들으려고 했다.

"다카하라 님이 당신을 우선 내 방에 숨기라고 했어요. 그리
고 쉽지는 않겠지만 틈을 봐서 어떻게든 도망치라고. ……규
칙 위반이고, 사실 그런 짓은 할 수 없지만 나는 다카하라 님을
믿어요. 저기서 봤던 것도……. 나는 그를 믿습니다. 책임은 다
카하라 님이 전부 지겠다고 말했으니 나는……."

미네노는 미소를 지었다. 마지막까지 그 어중간한 친절을
다카하라는 버리지 않았다. 그렇게 하면 모든 것이 그에게 유
리해진다. 내가 교주를 만나지 않으면 교주가 녹음을 들을 수
없다. 녹음한 걸 마음대로 하라고 했던 말도 바로 후회했을 것
이다. 게다가 교주에게 안기는 나를 상상해 죄악감을 느끼지
않아도 된다.

녹음을 교주에게 들려주면 테러를 저지할 수 있고, 결과적

으로 그의 목숨도 구할 수 있다. 다치바나 료코는 그렇게 말했다. 그것은 맞는 말이다. 그의 목숨을 구하려면 우선 이 녹음을 교주에게 들려줘야 한다.

미네노는 갑자기 울음이 터졌다. 녹음기를 바닥에 버렸다.

그의 목숨을 구하지 않겠다. 이제 그는 어리석은 테러를 벌이고 부끄럽게 죽을 것이다. 교주에게 안긴 나를 상상하며 죄악감에 괴로울 것이다.

옆에서 걷고 있는 남자는 동요한 탓에 미네노가 뭔가를 버렸다는 사실을 눈치채지 못했다.

"괜찮아. 안내해."

미네노는 남자에게 그렇게 말했다. 넋이 나간 듯 웃음을 짓고 있었다.

"교주님한테 무슨 짓을 당해도 괜찮으니까."

7

"……아직."

남자는 휴대전화를 붙잡고 있었다.

"그래. ……절차는. ……아직이다. 알고 있지?"

남자는 오십대로 보였다. 입고 있는 양복은 싸구려는 아니지만 아주 비싼 명품도 아니었다. 구두도, 시계도, 취향이 나쁘지는 않지만 특별히 좋다고도 할 수 없었다. 얼굴 역시 못생기지는 않았지만 결코 여자를 매료시킬 정도는 아니었다.

남자는 전화를 끊고 나른한 듯 시선을 사선으로 향했다. 거기엔 삼십대쯤 돼 보이는 남자가 있었다. 그 남자는 취향이 고급스러운 양복을 입었다. 컴퓨터 화면을 보고 있는 남자는 눈이 크고 눈썹도 깨끗하게 정돈되어 있어 비교적 여자들이 호감을 가질 만한 얼굴이었다.

"……왜 재판관이 사형을 선고하는지 알고 있나?"

오십대 남자가 말했다. 삼십대 남자는 컴퓨터 화면에서 그에게로 시선을 돌렸다. 듣고 있다는 걸 보여주려는 듯.

"판례주의라서 그래. 많은 재판관이 사형을 언도할 때 판례주의 덕분에 내면의 부담을 덜 수 있어. 몇 명을 죽였고, 상황과 범행 방법은 이렇고……. 그러면 판결은 대략 정해지지. 과거에서부터 이어진 재판관들의 선례를 따라 그들은 판결을 언도해. 그래서 재판관들은 자신이 특별한 판결을 내려 사람의 죽음을 결정한다는 자각이 없어. 적어도 스스로에겐 그렇게 말할 수 있지."

오십대 남자는 잠시 말을 멈추고는 홍차를 한입 마셨다. 맛이 없다는 듯.

"그것은 요즘 비판을 받고 있어. 판례주의에 따르지 말고 제대로 개개의 사건에 맞는 판결을 내리라고. ……그런 주장은 옳다고 봐. 하지만 그건 동시에 재판관들의 정신적 부담을 증가시키는 일이지. 누가 좋아서 사형판결을 내리겠나? 본심은 누구나 내리고 싶지 않겠지."

"……왜 그런 얘기를?"

"물론 재판관이라는 직업을 선택한 이상 그런 책임까지 감수해야 한다고 말하는 사람도 있겠지. 사형수를 교수형에 처할 때 울며 날뛰는 그를 제압해 온몸이 상처투성이가 되도록 격투를 벌이고, 목줄 안에 억지로 목을 집어넣기를 형무관들에게 바라듯이. 국가의 병사들이 제대로 적군을 죽이길 바라듯이. ……그런 사법에 대한 불만을 떨쳐내기 위해서 배심원 제도를 만든 거야. 부담을 분담할 수 있기 때문이지. 양형(量刑)에 대한 불만도 듣지 않아도 되고. 사형제가 있는 국가에서 국민에게 양형까지 결정하도록 하는 선진국은 일본과 미국의 일부 주(州)밖에 없어. 국민들이야 그런 건 모르지. EU가 보기에 국민에게 그런 부담을 지우는 국가는 광기의 도가니겠지만, 어차피 이 제도는 계속될 테니. 국가에는 사형이 필요해. 사형, 즉 살인이라는 행위보다 법 자체를 강화시킬 수가 있어. 전쟁의 권리를 갖는 것과도 연관이 있지. 마음에 병이 생긴 배심원들도 늘어났어. 하지만 불만이 나오면 교묘하게 매체를 이용해 여론을 조종하면 돼. 정신이 이상해진 배심원이 실제로 어떻게 됐는지는 다루지 않고 마음의 치료가 중요하다는 결말로 끝내지 아주 웃기는 얘기야. 이 나라는 관료늘의 천국이니까."

"……왜 그런 얘기를?"

삼십대 남자가 또다시 물었다. 오십대 남자는 남의 말을 잘
듣는 편이 아니었다. 평소라면 그냥 흘려들었겠지만 어쩐지
오늘은 끼어들어 묻고 싶었다.

"……우리에게 이름은 필요 없다."

오십대 남자가 말했다. 그것이 삼십대 남자의 물음에 대한
대답이라는 듯.

"주인공은 상품이다. 가야 할 곳으로 상품을 옮기는 공장의
컨베이어 벨트에 이름 따위는 필요 없어. ……우리는 그저 판
례주의 정신으로 움직이는 것뿐이니까."

삼십대 남자는 말에 끼어들려다 그만두었다. 하지만 컴퓨터
화면만 보고 있을 수도 없었다.

"내면이 마구 흔들릴 때 인간은 크게 두 종류로 나뉘지. 하
나는 내면이 흔들릴 때 그 흔들림을 맛봄으로써 원래의 자신
을 조금씩 바꾸거나, 그런 흔들림을 즐길 수 있는 사람. 또 하
나는 흔들림을 차단하고, 만약 그렇게 만든 대상이 영화나 소
설이라면 흔들리게 된 원인에 반론하는 것이 아니라 스토리든
구성이든 트집을 잡아서 그 대상을 졸작으로 만들어 깊이 생
각하는 것을 피해 자신을 지키려는 사람. 내면이 흔들리는 경
험은 인간에게 좋든 나쁘든 스트레스야. 반론을 들을지 말지,
라고 하면 이해가 될까? ……자네는 자신이 어떤 타입이라고
생각해?"

삼십대 남자는 생각하는 척하며 일부러 대답하지 않았다. 그가 먼저 말할 것이기 때문에.

"자신은 전자라고 생각하겠지? 하지만 자네는 후자야. 나도 후자. 경직된 사람들이라고 할 수 있지."

그리고 오십대 남자는 순간 이상한 표정을 지었다. 경직된 사람들이라는 표현은 어쩐지 자신답지 않다고 생각했기 때문이다. 하지만 남자의 의문은 바로 사라졌다. 그는 자신에 대해 의문을 가져본 적이 거의 없었다.

"그러니 자네도 정의로운 얼굴은 하지 말게. 조직에 충실한 인간이나, 조직에 의문을 가지고도 결국 똑같은 행위를 하는 인간이나 결과적으로 같기 때문이야. 그저 자네의 내면이 다를 뿐이지. 단지 자신은 의문을 가지고 있지만 어쩔 수 없이 이 일을 하고 있다며 자신의 정신적 부담을 경감시키는 것뿐이야. 두 행위는 당하는 대상의 입장에서는 완전히 똑같아."

삼십대 남자는 뭔가 맞받아치려고 했지만 말하지 못했다. 눈앞의 남자는 자신의 인생 전부를 쥐고 있었다.

"게다가 자네는 나와 달리 가족이 있잖아? 자네의 그 쓸데 없는 트위터를 나는 가끔 즐겨 읽어. 인간이 인터넷에서 얼마나 유치한지 견본을 보여주더라고. 자네 닉네임은 걸작이더 군. 뭐였더라? 아아, 맞다. 육아 사무라이."

삼십대 남자의 몸에 힘이 실렸다. 부끄러움과 분노가 치밀어 올랐다. 하지만 그는 그 감정을 바로 진정시킬 수 있었다.

쑥스러운 표정까지 지어 보였다. 어떻게 아셨어요? 이렇게는 묻지 않았다. 이 남자는 모든 걸 알고 있으니까. 오십대 남자는 조용히 웃었다.

"하하하. ……**해피보이**."

남자는 계속 웃었다. 하지만 그게 진정한 웃음이 아니라는 것을 삼십대 남자는 알고 있었다. 이것은 연기다. 조금도 기뻐하지 않는다. 그저 상대를 불쾌하게 만들기 위한 연기일 뿐. 이 남자는 그런 연기를 의무처럼 하는 이상한 버릇이 있다. 혹시 일그러진 성적 취미가 아닐까, 하고 삼십대 남자는 생각한 적도 있었다.

"범죄 건수는 사회의 불만을 수치화시킨 거야."

그 증거로 남자는 웃고 있지 않았다. 화제도 바뀌었다.

"지금의 일본은 전에 없는 격차사회가 됐는데 왜 범죄가 현저하게 증가하지 않는지 알고 있나? 다양한 이유가 있겠지만 하나는 인터넷 덕분이야. 인터넷이 사람들 불만의 하수구가 돼 주지. ……엄청난 발명품이야. 이것으로 사회에 만연한 불만의 가스를 조금이라도 뺄 수 있어. ……정말 고마운 일이지. 그렇게 생각하지 않나? 범죄까지 이르지 않는 적당한 불만이 유지되고 있어. 바꿔 말하면 우리에게 필요한 정도의 불만. 국가를 우경화시키려면 사회 격차에 의한 불만이 필요한 거야. 인터넷은 그렇게 불만을 만들어내고, 그 불만을 타국에 전가시켜서 국가를 우경화시키지. 타국에 대한 혐오가 무의식적으

로는 자기 인생에 대한 불만의 표출이라는 사실을 아는 사람
은 별로 없어. 먼 옛날부터 자행되던 통치 논리를 반복하는 것
도 모르는 채 우경화할 수 있으니 얼마나 간단해. 안 그래? 아,
맞다. 자네한테 할 말이……."

오늘 이 남자는 기분이 좋은 것 같다. 말이 많아진 그를 보면
서 삼십대 남자는 생각했다. 이 불쾌한 상사의 평판은 좋지 않
았다. 학력은 일본 국내에서는 최상위에 속했고, 머리도 상당
히 좋았다. 하지만 두뇌의 명석함과 얼굴의 수수함이 균형이
맞지 않아 기분이 나빴다. 무엇보다 성격이 최악이었다. 지금
이야기를 듣는 것만으로도 알 수 있었다. 그의 부하가 되면 한
번은 몸이 망가졌다.

하지만 삼십대 남자는 이미 자신의 페이스를 되찾았다. 앞
으로 몇 분만 지나면 그의 이야기는 끝날 것이고, 자신은 자
기 일에 몰두할 수 있었다. 그 역시 이 남자와 마찬가지로 머
리가 좋았다. 더욱이 그는 정신의 균형을 유지하는 기술까지
갖췄다.

그는 일을 마치는 오후 5시가 되면 머릿속을 완전히 전환시
켰다. 일에 파묻힌 자신에서 좋은 남편, 좋은 아버지로. 가정에
서의 그는 머릿속에서 일을 완전히 지웠다. 웃는 얼굴로 아내
와 아이들을 끌어안았다.

*

"늦었잖아."

고마키가 말했다. 숨을 헐떡거리면서.

나라자키 위에서 고마키가 계속 몸을 흔들고 있었다. 방에 새로운 여자가 들어왔지만 나라자키는 고마키가 계속 움직이도록 내버려뒀다.

"늦어서 내가 혼자서 하고 있어. ……벌써 두번째야."

"죄송합니다. 그 여자를…… 이름은 잊었지만 찾으라는 말을 들어서."

여자는 그렇게 말하며 녹음기를 테이블에 놓았다.

"……이건 뭐야?"

"글쎄요. 그 여자가 떨어뜨렸다고 하는데…….."

고마키는 허리를 움직이면서 나라자키의 머리를 자신 쪽으로 끌어당겼다. 가슴에 얼굴이 파묻히도록.

"쌀 것 같아? ……이렇게 하면 쌀 것 같지?"

8

어슴푸레한 방. 사와타리가 침대에 앉아서 자신을 보고 있었다.

미네노는 멍한 눈으로 사와타리를 바라봤다. 전에 마쓰오의 대담회에서 봤을 때와 인상이 거의 변하지 않았다. 눈이 무서 울 정도로 날카롭고 얼굴은 단정했다. 나이를 가늠하기 힘들 었다.

"……표정이 좋군."

미네노가 방에 들어왔는데도 사와타리는 자세를 바꾸지 않 았다. 나른한 듯 옆으로 누운 채 미네노를 쭉 지켜보고 있었다. 미네노는 가슴이 답답해졌다. 이 압박감은 뭘까?

"절망적인가? 나쁘진 않군. 하지만 너는 아직 밑바닥을 경험 하지 않았어."

이완된 사와타리의 몸이 점점 침대 속으로 가라앉는 것처럼 보였다.

"내가 신호를 보내면 남자 여럿이 달려올 거다. ……너의 몸 을 결박할 거야. 너는 계속 내게 안겨야 할 거고. ……모든 게 끝나면 너는 밑바닥에 있겠지."

사와타리는 웬일인지 자신의 왼쪽 눈꺼풀을 손가락으로 집 어 느슨하게 당겼다. 입속에서 뭔가를 움직이고 있었다. 그 움 직임은 집요해서 미네노는 사와타리한테서 시선을 돌릴 수가 없었다. 뭔가가 밀려와 숨 쉬기가 힘들었다.

"……내 판단 하나로 너의 인생은 앞으로 완전히 바뀐다. 음, 늘 생각하지만…… 이 순간엔…… 기묘한 감각이 생기지. 너 는…… 마쓰오의 대담회에 참석했으니 알 거야. 뇌와 의식의 관계를. 나아가 우주에 의한 운명론을."

착각일지 모르지만 방의 어둠에 농도가 있다고 느껴졌다. 안쪽으로 가까이 갈수록 어둠이 진해졌다.

"지금, 나는 너를 안을지 말지 생각 중이다. ……솔직히 말해서 나의 뇌를 구성하는 무수한 소립자, 그 소립자들이 구성하는 천 수백억 개의 뇌 신경세포가…… 전기신호와 무수하게 뒤섞여서…… 눈앞의 여자를 어떻게 할지 결정하려고 하지. 의식인 나는 그것을 바라보고 있고."

사와타리는 손가락을 떼고 눈을 감았다. 이야기의 맥락과 관계없이 갑자기 졸린 것처럼. 이윽고 천천히 눈을 떴다. 순간, 눈앞의 미네노를 이상하게 쳐다봤다. 그러고는 다시 입을 열고 읊조리듯 이야기하기 시작했다.

"우주 빅뱅으로 모든 소립자의 움직임이 결정된다면…… 너의 미래도 결정돼 있겠지. 하지만 그것들이 무작위로 움직인다면 너의 운명은 아직 결정되지 않았다."

사와타리의 눈이 다시금 미네노의 모습을 확인하는 것처럼 움직였다. 마치 자신이 지금 누구와 얘기하는지 잊어버리고는 또다시 힘겹게 확인하려는 것처럼.

"……어느 쪽일까? 나는 자주 생각해. 모든 건 운명으로 결정돼 있는가, 아닌가. 이런 결정을 해야 하는 순간에. ……물론 여기에는 여러 가지 요인들이 포함돼 있어. 예를 들어 오늘은 월요일이고 나는 이미 여자를 너무 많이 안았어. ……너는 그

런 월요일에 왔어. 바꿔 말하면 너를 현시점에서 구성하는 소
립자들이, 현시점에서 나를 구성하는 소립자들 앞에 출현했
다. ……이 출현에 의미가 있는가, 없는가. 아니면 인간 상태에
서는 의미가 없는 것처럼 보이지만…… 소립자적으로는 중요
한 의미가 있는가."

"……지배라도 할 생각인가?"

미네노가 말했다. 희미하게 웃어 보였다.

"당신은 내가 절망하기 위한 도구에 지나지 않아."

사와타리가 미네노를 응시했다. 웃고 있는 것 같았지만 어
둠 때문에 잘 보이지 않았다.

"마쓰오의 대담회에서 봤을 때 너는 아직 평범한 소녀에 불
과했는데. ……꽤 괜찮군."

어둠 속에서 남자들이 나타나 미네노의 몸을 억눌렀다. 미
네노는 저항하지 않았다. 어둠과 대치하고 있다고 생각했다.
자신의 모든 것을 파괴할지도 모르는 것과. 공포를 느꼈다. 하
지만 생각했던 것만큼은 아니다. 미네노는 기묘한 감각에 휩
싸였다.

"걱정하지 마라. 너에게 손을 대지는 않는다."

남자들은 미네노를 어딘가로 끌고 갔다. 문이 있었다. 많은
문이.

"여기서 지켜보면 된다. 앞으로 일어날 일을."

*

머리가 아팠다. 설마 그런 짓을 하다니.

여자는 관자놀이를 누르면서 복도를 걷고 있었다.

왜 그들은 리나를 데려온 걸까? 누구의 명령인가? 간부에게 그런 짓을 할 수 있는 건 교주님이나 간부회의 결정밖에 없다. 아니, 중요한 것은 그게 아니다. 녹음기를 들고 가버렸다. 녹음기는 그나마 낫다. 하지만 USB 메모리를 빼앗긴 것은 최악이다. 참을 수 없다. 초조해서 어쩔 줄 모르겠다. 리나가 아직 기다리고 있을 것이다. 하지만 나는 찾으러 갈 수 없다. 다카하라 님의 여자가 되는 걸 허락받았다고 생각했는데, 나는 앞으로 모르는 남자를 상대해야 한다. 이제 싫다. 다카하라 님 이외의 남자에게 안기다니. 머리가 아프다. 월요일을 피할 수 있었는데. 그런 권리를 받았다고 생각했는데. 이제 지긋지긋하다. 도망치고 싶다. 다카하라 님의 여자가 될 수 없다면 아래 세상으로 나가고 싶다. 앞으로 며칠. 앞으로 며칠만 있으면 나갈 수 있다. 갑자기 어떻게 된 거지? 다른 남자에게 안기는 것이 싫어지다니. 세뇌가 풀린 걸까? 나는 세뇌당하고 있었나? 머리가 아프다. 하지만 나가서는 어쩌지? 나는 어차피 또다시 별 볼 일 없는 남자에게 매달리게 될 텐데……. 생각을 멈추자. 생각하지 않으면 된다는 것을 깨달은 건 몇 년 전이다. 출장 성매매를 하고 며칠이 지났을 무렵, 기다리는 상대가 누구인지도 모르는 채 그저 호텔로 향했다. 입으로 할 때도 상대에게 맡기는 것이 아니라 내가 주도적으로 움직이면 스트레스가 줄어든다. 일종의 작업처럼 한다. 마음과 몸을 어떻게든 나누려고 한다.

그 남자. 갑자기 그 남자가 왜 떠오른 걸까? 돈을 주지 않고 나를 안은 남자. "안에다 쌀까, 얼굴에다 쌀까." 내 위에서 움직이면서 녀석은 말했다. 그때 나는 얼굴에 싸는 것은 절대로 안 된다고 생각했다. 얼굴에다 사정하는 게 안에다 사정하는 것보다 훨씬 안전하지만 어쩔 수 없었다. 얼굴은 나와 가까우니까. 얼굴은 나 자체에 가까우니까. 성기는 나보다 멀다. 그것은 나에게 별도의 물건이다. 그 무렵에는 그렇게 생각했다.

문을 열었다. 고마키가 옷을 입으려고 했다. 다른 여자가 남자의 머리카락을 만지고 있었다. 이 남자는 누구지? 왜 이런 남자에게 여자가 셋씩이나?

"……당신도 늦었어. 나는 이제 돌아갈래."

고마키가 말했다. 뭐라고 변명을 해야 한다.

"죄송합니다. 신체검사를 하라고 해서."

"그래도 너무 늦었잖아."

심장박동이 빨라졌다. 그 녹음기가 테이블에 놓여 있었다.

여자는 서둘러 그것을 주워 밖으로 나갔다. 뒤에서 무슨 소리가 들렸지만 상관없었다. 엘리베이터 버튼을 눌렀다. 21층. 이것을 교주님께 들려주자. 다카하라 님을 구속하게 만들자.

나는 공적을 인정받아 다카하라 님을 보살피게 되겠지. 다카하라 님도 죽이지는 않을 것이다. 감금당하긴 하겠지만 살해당하진 않을 것이다. 엘리베이터가 도착하고 문이 열렸다. 아무도 쫓아오지 않았다. 올라타서 20층 버튼을 눌렀다. 문이 열리면 재빨리 21층으로 달려가면 된다. 괜찮다. 다카하라 님은 살해당하지 않는다. 설마 죽이지는 않겠지. 나는 그의 보호자가 될 수 있다. 하지만 만약 다카하라 님이 살해당한다면……. 하지만 지금은 생각만 하고 있을 때가 아니었다.

엘리베이터에서 내려 계단을 뛰어올라갔다. 이렇게 뛴 것은 학창 시절 이후 처음이다. 더 이상 떠올리고 싶지 않은 과거. 이제 과거는 필요 없다. 다카하라 님을 독차지할 생각만 하면 된다. 이제는 그것밖에 없다. 다른 남자에게 안기고 싶지 않다. 밖에 나가고 싶지 않다.

"어이, 기다려."

복도에 남자가 있었다. 검문하는 남자. 여자는 아랑곳하지 않고 달려서 빠져나갔다.

"무슨 일이야? 허가를 받지 않았잖아. 어차피 안 돼! 문은 열리지 않아!"

거대한 문 앞에 섰다. 두렵다. 하지만 지금은 긴급 사태다. 교주님도 허락하실 것이다. 열리지 않으면 고함치면 된다. 하지만 손잡이에 손을 대자 문이 열렸다.

"교주님!"

여자는 숨을 헐떡이며 외쳤다. 교주님은 누워 있었다. 나른하다는 듯. 조금 전까지 누군가와 함께 있었던 것 같았다. 누구지? 하지만 상관없다.

"교주님! 이걸, 이걸 들어보세요."

녹음기 스위치를 눌렀다. 다카하라의 목소리가 흘러나왔다. 이 방은 조용하다. 다카하라 님의 목소리가 울려 퍼졌다. 테러를 계획하고 있다는 것. 교주님 몰래 신자를 선동하고 있는 것. 즉, 교단을 탈취하려는 것. 뭔가가 붕괴되는 것 같다. 소리도 내지 않고 무너진다. 어째서일까? 여자의 몸이 뜨거워졌다.

"……호오"

교주님이 드디어 말했다. 뭔가가 계속해서 무너져간다. 여자는 필사적으로 말을 했다.

"교주님, 들으셨나요? 그는 무서운 일을 꾸미려고 합니다. 배신하려고 합니다. 교주님에게 비밀로 이런 일을. 그를 구속해주세요. 제가 그를 보살피게 해주세요. 제가 마음을 고쳐먹게 만들겠습니다. 제가, 제가."

"……다시 한 번 들려주게."

교주님이 천천히 일어섰다. 잠을 떨치려는 듯. 여자는 녹음기를 내밀었다. 교주님, 저를 다카하라 님의 보호자로. 어떻게든 다카하라 님을 손에 넣고 싶어요. 그를 위해서라면 무슨 일이든 할 수 있습니다. 무슨 일이든.

"……저에게 상을."

숨쉬기가 괴로웠다. 교주님에게 목이 졸리고 있었다.

뭐지? 이건 뭐지? 이런 중요한 사실을 알려줬는데. 교주님과 눈이 마주쳤다. 교주님이 목을 조르면서 자신의 얼굴을 들여다보고 있었다. 녹음기가 바닥에 떨어졌다.

"교…… 주님?"

괴롭다. 몸이 공중에 붕 떠 있다. 더 이상은 숨이…….

교주님의 목소리가 멀어져간다.

"……살려둘 수는 없다. 전부 들어버렸으니."

9

다카하라는 의자 깊숙이 앉아 있었다. 일어나고 싶지 않을 정도로 지쳤다.

"……결행은 내일이다."

시노하라와 아베 역시 의자에 몸을 깊게 파묻었다. 그들은 조금 전까지 몇 번씩 손을 씻었다. 흙이 묻었다는 이유만은 아니다. 시체를 만졌기 때문이다.

"알겠습니다."

시노하라가 말했다. 피곤할 텐데 목소리에 힘이 들어가 있다.

"너희들은 지금 당장 출발하라. 교주님의 허가는 내가 받겠

346

다. 호텔이라도 가서 좀 쉬어. 반드시 잠을 푹 자둬야 해. 내일 11시, 그 장소에서 집합하지."

두 사람이 일어섰다. 하지만 시노하라는 다카하라에게 시선을 돌렸다.

"다른 사람들은요?"

"이미 출발했다. 기재 준비를 마치고 내일 모이면 된다. 너희들도 빨리 가라."

"……다카하라 님은?"

"나는 아직 할 일이 남아 있어. 교주님과 약속이 있다."

"알겠습니다."

두 사람이 방을 나갔다. 다카하라는 의자에서 일어났다. 책상 서랍을 열쇠로 열고 권총을 꺼냈다.

권총을 만진 순간 팔의 신경이 떨리는 듯한 자극을 느꼈다. 손에 닿은 부분부터 몸이 긴장되기 시작했다. 문득, 자신을 뛰어넘어야 한다는 생각이 들었다. 이 기계는 냉혹함에 있어서 자신을 초월했다.

권총을 주머니에 넣고 다카하라는 엘리베이터를 탔다. 그리고 20층 버튼을 눌렀다. 다리에 힘이 빠졌다. 나는 나를 뛰어넘어야만 한다. 몇 번이고 깊게 호흡했다. **행위자로서.** 모든 것이 움직이기 시작했다. 나는 이제부터 벌어질 모든 일의 중요한 톱니바퀴가 될 것이다.

엘리베이터에서 내려 조심스럽게 계단을 올랐다. 망을 보

는 남자가 있었다. 그는 교주가 있는 방문 앞에서 곤혹스러워
했다.

"다카하라 님."

남자가 다가왔다. 안도했다는 듯이.

"여자가, 큐프라의 여자가 억지로 교주님 방에 들어갔습니
다. 저는 이 문을 만질 수가 없습니다. 만지면 죄를 짓는 것입
니다. 저는 안의 모습을 살필 수가 없습니다. 저는."

손동작으로 입을 다물게 했다. 주머니 속의 권총이 상당히
무겁게 느껴졌다.

"그래? 나머지는 내게 맡겨라."

"……하지만, 다카하라 님?"

"교주님이 부르셨다."

"……저는."

"못 들었나?"

"네."

"이상하군. ……하지만 나를 부르셨는데. ……내 말을 못 믿
겠다는 건가?"

"아닙니다. 하지만……."

머리가 몽롱해졌다. 갑자기 모든 게 귀찮아졌다. 이 녀석을
쏴서 죽여버릴까? 그럼 후련하겠지? 자신의 모든 미래를 내던
지는 순간 질펵하고 찐득찐득한 진흙탕 같은 감정이 치민다.
주머니 속의 권총을 의식했다.

하지만 다카하라는 미소 지었다. 행위자로서 행동해야만 한다.

"지금은 긴급 사태다. 허가 없이 여자가 방에 들어갔다. 그렇지? 여기는 간부인 내가 해결해야 한다. 책임은 전부 내가 진다."

"알겠습니다."

남자가 물러섰다.

"조금 더 물러나 있어."

남자는 순간적으로 다카하라를 이상하다는 듯 쳐다봤지만 한 걸음 물러섰다. 다카하라가 계속 쳐다보자 다시 한 걸음 더 물러섰다.

"제대로 정 위치로 물러나! 당황하는 모습을 교주님에게 보일 생각인가?"

남자가 놀란 듯 가버렸다. 다카하라는 문에 손을 댔다. 잠겨 있지 않았다. 이 정도면 괜찮은 상황이다.

천천히 숨을 들이쉬며 문을 열었다. 어둠 속에서 교주가 자신을 향해 앉아 있었다. 책상다리를 하고 앉은 채 수박을 먹는 듯한 자세를 취했다. 다카하라는 자신도 모르게 눈을 크게 떴다. 교주는 여자의 입술을 빨고 있었다. 힘없이 늘어진 여자의 머리통을 붙잡고 수박을 먹듯이 입술을 탐했다. 입술만을.

"……음, 음, 뭐야. ……무슨 일이야?"

교주가 다카하라를 알아보고 말했다. 하지만 바로 여자의 입술로 돌아갔다.

"그 여자는?"

"응? ……기절한 게 아닐까? 아니면, 죽었나? ……모르겠는데."

교주는 계속 여자의 입술을 빨았다. 기분이 나쁘고, 압박감이 느껴지기 시작했다. 움직이지 않는 여자는 옷을 입은 채였다.

떨리는 손으로 권총을 쥐었다. 지금이 적기라고 다카하라는 생각했다. 마침 자세도 적당하다. 머리 위치도 좋다.

각오하지는 않았지만 다카하라는 권총을 꺼내 들었다. 각오가 없이도 인간은 움직일 수 있다. 교주가 알아채지 못하도록 심호흡을 했다. 시야가 좁아졌지만 경직된 팔 관절을 억지로 움직였다. 팔이 움직이지 않는 건 힘을 너무 주었기 때문이다. 하지만 힘을 빼는 방법을 모른다. 팔을 움직일 때마다 깊게 숨을 들이마셨다. 권총을 쥔 손가락과 손바닥이 흠뻑 젖어 있었다. 머리로는 그만두고 싶다. 이제라도 자신의 행동을 되돌릴 가능성을 찾고 있다. 여자가 들어왔다는 말을 듣고 당신을 지키기 위해 여기에 왔습니다. 지금이라면 그렇게 말하고 돌아갈 수 있다. 하지만 몸이 움직이기 시작했다. 구토가 났다. 해버리면 된다, 해버리면. 그다음은 상황이 알아서 흘러갈 것이다. 고개 숙인 교주의 뒤통수에 권총을 갖다 댔다. 심장이 크게 요동치고 다리에서 힘이 빠져나갔다. 하지만 이미 늦었다. 해야 할 일밖에 남지 않았다. 되돌릴 수 없다.

"……지금부터 내가 하는 말을 따라해요. 이 녹음기에 녹음할 겁니다."

교주는 총 따위는 없는 것처럼 고개를 들고 다카하라를 이상하다는 듯 쳐다봤다. 그리고 다시 여자의 입술을 핥기 시작했다.

"여기에 원고가 있습니다. 이 글을 읽으면 됩니다. 지금부터 우리는 테러를 일으킬 겁니다. 주범은 교주님, 당신입니다. 당신이 여자에 탐닉한 사이에 우리에게 이 교단을 빼앗긴 겁니다."

다카하라는 자신이 이상하리만큼 땀을 흘리고 있다는 사실을 의식했다. 생각해보니 교주와 이토록 가까이 있었던 적은 없었다. 교주의 피부에서 나오는 체취마저 느껴질 정도의 거리. 호흡이 거칠어졌다. 압박감이다. 이 압박감은 뭘까?

"……호오."

"아시겠어요? 나는 당신을 죽을 수 있습니다. 이제 어떻게 되든 상관없습니다. 당신을 도와줄 자들을 저쪽 방에서 부르시겠습니까? 하지만 그렇게 하면 내가 당신을 죽일 겁니다. 당신에게는 선택지가 없습니다."

"……다카하라."

교주가 머리를 움직였다. 하지만 다카하라는 자신이 절대로 교주의 머리를 쏘지 못한다는 것을 알고 있었다.

"움직이지 마. 쏘겠다."

"다카하라."

다카하라의 권총은 움직이지 않았다. 다만 그 총구에 닿은 교주의 머리만이 움직였다. 총구가 교주의 뒤통수에 닿고, 귀에 닿고, 뺨에 닿았다. 아플 정도로 심장박동이 빨라졌다. 총이 뺨을 파고들어 교주의 얼굴 살이 일그러졌다. 하지만 교주는 총 따위는 없는 것처럼 뒤돌아봤다.

"쏘겠다."

"다카하라, **자네는 신의 실체를 본 적이 있는가?**"

주변이 서늘해졌다.

"……뭐? 없어. 있을 리 없잖아."

"그렇군. ……**나는 있다.**"

교주가 멍한 눈으로 자신을 바라봤다. 총구에 뺨이 눌린 채로.

"어떤 특정한 상황, 특정한 타이밍이 조합될 때 그것이 출현한다. ……한번 그것이 출현하면 그건 몸속 입자가 교체돼도 이상하게도 한 시기 동안 지속된다."

"……무슨 소리야?"

"정신 차려. ……**몸에 힘을 줘.**"

심장에 무거운 자극이 왔다. 마쓰오도 같은 말을 한 적이 있다. 심장이 통증으로 괴롭다.

"……그래서, 뭐라고 말하면 되지?"

"어?"

"말하라면서. 뭐야, 그만둘까?"

다카하라는 떨리는 손으로 원고를 내밀었다. 그때 총이 교주에게서 떨어졌지만 다카하라는 눈치채지 못했다.

"……음, 과연."

교주가 원고로 눈을 돌렸다. 다카하라는 허둥지둥 녹음기 스위치를 켰다. 교주가 원고를 읽기 시작했다.

"지금까지 너희들은 비밀리에 내 의지를 잘 실행해줬다. 모든 것은 움직이기 시작했다. 자, 움직여라. 나의 의지를 세상에 알려라. 동지들이여, 너희들은 나의 일부고 나는 너희들의 일부다. 선두에 선 너희들은 나의 자랑이다. 우리도 바로 그 뒤를 잇겠다."

교주는 원고를 내려놓고 망연해하는 다카하라 앞에서 다시 여자의 입술을 빨기 시작했다. 시체일지도 모르는 그것을. 그때 의식 한쪽에서 그 여자가 전에 자신에게 말을 건 큐프라의 여자라는 사실을 알아챘다. 하지만 그저 깨달았다는 것일 뿐, 다카하라에게는 뭔가를 느낄 여유가 없었다.

"교주님, 당신은……."

"……응?"

"당신은 대체 어떤 사람입니까?"

녹음기를 손에 든 다카하라가 자신도 모르게 그렇게 말했다. 스스로도 말의 의미를 모르는 채. 권총을 교주에게 향하는 것도 잊은 채.

"당신은 대체······."

"볼일 끝났으면 가봐."

교주가 말했다. 나른하다는 듯. 다카하라는 방을 나갔다. 차에 올라탄 기억은 없지만 그는 숨을 헐떡이며 핸들을 손에 쥐었다. 액셀을 밟고 교단 주차장을 빠져나갔다.

결행은 내일이다.

10

딱딱한 콘크리트 위에서 다치바나 료코는 눈을 떴다.

어느새 잠들어버렸다. 밖이 밝은지 어두운지 알 수 없었다. 얼마나 지났을까?

지금 밖에선 일이 벌어지고 있겠지. 그는 구속될 것인가? 빨리 여기에서 나가야 한다. 경찰에게 이 교단이 있는 곳을 알려야 한다.

하지만 방법이 없었다. 아무도 방에 오지 않는다. 먹을 것 정도는 가져다줄 거라고 생각했는데.

"만약 선량한 우주인이 지구에 왔다면 인간이 얼마나 교묘하게 빈곤을 만들어내는지 놀랄 것이다."

다카하라는 자주 그런 말을 했다. 그의 관심은 세계의 빈곤이다.

하지만 그것은 선량한 정신의 발로에서 비롯된 건 아니다. 그의 관심사는 그중에서도 기아인데, 거기에는 개인적인 체험이 얽혀 있었다.

다치바나와 남매가 되기 전, 그는 혹독하게 굶주린 적이 있었다. 공복을 느끼며 부잣집의 화려한 조명을 바라보는 정신적인 괴로움이 아니었다. 그건 철저한 '굶주림'이었다. 좁은 아파트 안에서 오랫동안 감금된 그는 절대적인 굶주림을 경험했다. 그 당시의 일을 그는 잘 말해주지 않았다. 세상에서 완전히 잊힌 작은 어린애였던 그는 격리된 도시의 한 아파트에서 철저히 굶주렸다. 발견됐을 당시 그는 쇠약이라는 영역을 넘어 위독하다고 불리는 상태였다. 근육은 거의 사라졌고 병원에서 생사의 경계를 왔다 갔다 하다가 목숨을 건진 것도, 굶주림으로 인한 실명과 뇌 장애가 생기지 않은 것도 기적이라고 했다.

그는 텔레비전에서 기아를 다루는 프로그램을 보고 가끔 구토할 때가 있었다. 그것은 타인에 대한 배려심이라기보다 자신이 체험한 공포를 그대로 재현한 고통이었기 때문이다.

"왜 가난한 나라가 존재하는가? 왜 굶주려서 괴로운 국가가 존재하는가? 그건 부유한 국가들이 그들이 빈곤하길 바라기 때문이다."

그의 이야기를 들으면 세계는 교묘한 장치를 만들어 빈곤을 창출했다. 여러 번 들어서 거의 외우다시피 한 이야기.

"우선 아프리카 어느 나라에서 어떤 자원, 예를 들어 석유가 발견됐다고 하자. 그 나라 왕이 석유 채굴권을 부유한 국가에게 주면 관계는 그대로 지속되지만, 만약 거부하면 부유한 국가는 그 나라의 가난한 사람들을 모아 반정부조직을 만들어 무기를 원조하고 전쟁을 일으키지. 미디어에는 민족적 대립이니, 독재정권의 압제라는 말을 흘려놓고는. 분쟁으로 많은 사람들이 죽고, 부모가 죽어서 수많은 아이들이 고아가 되고, 그 나라는 다시 가난해지지. 자신들이 원조하는 반정부조직으로 하여금 왕을 타도하게 만들어 새로운 왕과 정부를 세우지. 그리고 석유를 손에 넣는 거야. 뿐만 아니라 새로 들어선 왕과 정부는 자국의 빈민들을 생각하기보다는 뇌물로 점철된 인간이어야 훨씬 수월할 거야. 왕에게 뇌물을 줘서 그 나라의 석유를 쉽게 손에 넣을 수 있기 때문이지. 예를 들어 아프리카 어느 빈국의 왕은 개인 자산이 5000억 엔이라고 해. 말도 안 되는 금액이지. 그건 총 인구 약 6600만 명인 그 나라 GDP의 절반 이상인 금액이야. 그리고 그 왕의 배후에는 서구의 대국이 있어."

"석유가 나오면 그 나라는 부유해질 거라고 일반적으로 그렇게 생각하지. 하지만 그건 그 국가의 정부와 정부기관이 제대로 기능했을 때의 얘기야. 원유가 나오면 그 나라는 오로지 석유에 의존하는 길을 걷게 돼. 우선 원유가 나왔다는 것만으로 그 국가의 통화가치가 급격히 상승하고 원유 이외의 수출산업은 처참할 정도로 타격을 입어. 원유는 채굴하면 지하 압력으로 인해 지상으로 솟구치지. 펄프를 부착해서 파이프라인에 흘려보내는데 파손됐다가는 수많은 논밭들이 완전히 엉망이 돼버려. 그러면 무수한 농가들이 길거리에 나앉게 되지. 원유 채굴로 인한 현지의 고용 창출은 사실 공업제품을 만들 때의 고용 창출보다 훨씬 적어. 석유와 관련된 사람들의 이익만 급성장하는 거지. 부유한 국가들은 조금이라도 유리하게 석유를 손에 넣고 싶을 거야. 그러니 원유를 소유하는 정부와 정부기관을 뇌물과 부패로 타락하게 만들고 싶어 해."

"하지만 그러면 그 나라의 가난이 세계적인 문제가 되고, 원조 얘기가 나오게 되겠지. 바로 ODA라고 불리는 거야. ODA는 부유한 국가들의 세금에서 나와. 이런 ODA를 둘러싸고 부유한 국가들의 기업이 암암리에 활약을 펼쳐. 알기 쉽게 예를 들자면, 국제사회에서 엄청난 액수의 공적개발원조가 어떤 빈국에게 보내져. 하지만 원조는 빈국 지도자와 정부기관의 용돈으로 흘러들어가고 빈민에게 제대로 전달되지 않는 경우가 많아. 실제로 이런 데이터가 있어. 어느 빈국의 재무성이 지출한 농촌 진료소 원조금 중 실제로 진료소로 들어간 돈은 단 1퍼센트도 안 돼. 심한 경우에는 다액의 공적개발원조가 부유한 국가들의 은행으로 교묘하게 들어가기도 하지. 빈국은 거기에서 돈을 빼 쓰는 식이야. 빈국 지도자들과 공직자들은 본래 빈민에게 써야 할 돈을 서양 여러 국가의 은행에 숨겨놓는 거야. 당연히 서양 국가들은 그걸로 돈을 버는 거고."

"가난한 국가가 존재하면 부유한 국가들은 ODA를 내기 쉬워져. 그건 부유한 국가들의 공적 사업으로만 끝나는 경우도 있어. 물론 제대로 기능하는 ODA가 대부분이겠지만 그렇지 않은 경우도 있어. 예를 들어 회사 A가 ODA 자금을 이용해서 빈국에서 뭔가를 한다고 치자. 빈국 역시 떡고물을 얻어먹지만 대부분의 이익은 회사 A가 챙기지. ODA라는 이름의 공공 사업. 그 자금의 몇 퍼센트가 그대로 부유한 기업으로 유입되는 구도야. 빈곤한 국가가 있어주면 그만큼 기업들은 ODA에서 이익을 얻는다고 할 수 있어."

"농업에 대해 살펴볼까? 식량 부족이라는 것은 거짓말이야. 사실 지구의 식량은 현재 모든 인간들에게 배당되고도 남을 정도의 양이야. 부유한 국가들은 자국 농가에 다액의 보조금을 주고 있어. 보조금 덕분에 여유가 있는 부유한 국가의 농업은 싼 가격으로 농작물을 수출할 수 있어. 그리고 그런 농작물이 아프리카로 흘러들어가지. 아프리카 농가는 부유한 국가들이 제공하는 값싼 농작물에 가격으로 대항할 수 없어. 왜 부유한 국가들은 보조금을 줘서 자국 농업을 지키려는 걸까? 이유는 간단해. 농가들은 민주주의 선거에서 표를 몰아줄 수 있고, 또 전쟁에 대비해 국가들은 자국의 식량 자급률을 높이고 싶어 하지. 하지만 그런 보조금으로 지탱되는 값싼 식량이 아프리카에 대량으로 수출된다면 아프리카 농가들이 타격을 입게 된다는 것을 그들도 분명히 알고 있지. 여기에도 장치가 있어. 그렇게 해서 타격을 입은 농가들이 이번에는 다른 농업을 해보려고 하겠지. 그런 식으로 다른 농사를 짓게 만들고 싶은 거야. 다시 말해 부유한 국가들에게 유리한 농업을 말이야. 예를 들면 커피나 초콜릿 같은. 그것을 대량으로 농사짓게 해서 가격을 하락시킨 다음 부유한 국가의 기업들이 그걸 싼값에 수입하지. 우리가 사는 값싼 물건은 그런 가난한 국가 농가들의 열악한 임금 체계 아래서 생산되는 거야. 아프리카에서 기아가 발생한다고 치자. 아프리카는 더 이상 자급자족을 할 수 없으니 그렇게 되겠지. 하지만 기아가 발생하면 부유한 국가의 기업들에게는 아주 고마운 일이야. 세계 각국이 원조를 하려고 드니까. 그러면 관련 기업들이 제공하는 식량을 부유한 국가들이 세금으로 사주잖아. 아프리카 농가들은 스스로 기아를 극복할 수 있는 힘을 본래 가지고 있으면서도 구조적으로 빈곤 속에 함몰됐다는 얘기야."

"결국 빈곤은 부유한 국가들이 의도적으로 만들어낸 거야. 하지만 요 몇 년 전부터 상황이 바뀌었어. 예를 들어 부유한 국가들이 아프리카를 개발하려고 한다 치자. 아프리카 일부 국가에 아주 드물지만 중산계급이 생겼어. 값싼 노동력으로 마구 부려먹는 것에 그치지 않고, 시장을 찾아야 하니까 세계는 아프리카에게 소비국의 역할도 맡기려고 해. 잘민 하면 빈곤을 박멸할 수도 있지. 아프리카에서 시장을 구하려면 아프리카를 부유하게 만들어야 하니까. 하지만 또다시 기업들이 착취하기 시작하면 이제 아프리카는 영원히 가난해질 거야. 지금이 바로 그걸 바꿀 기회야."

그는 이런 이야기를 얼마든지 해줬다. 항상 이야기가 시작되면 열변을 토했다.

"그러니 핵심은 부유한 국가의 기업이야. 기업의 폭주를 조절할 수 있다면 이론상으로는 기아가 지구상에서 사라질 거야. 기업이 빈국을 개발해서 이익을 얻는 것은 좋아. 자선사업하는 게 아니니까. 하지만 기업은 빈국과 함께 빈곤을 이겨내야 한다는 생각을 가져야만 해. 그래서 다국적기업에 감시기관을 동행시켜야 해. NGO가 개별적으로 감시하는 것만으로는 약해. 국가가 의지를 가지고 ODA를 이용하려면 그 사용처를 감시하는 기관을 동행시키면 돼. 그리고 그 결과를 텔레비전, 매스컴, 국회에서 매년 한 번쯤 보도하게 하는 거야. 그 기업이 현지에서 어떻게 활동하는지, 그로 인해 현지인들이 불이익을 입지 않는지. 기업은 이미지를 중시하지. 기업 입장에서도 자신들이 빈곤을 박멸하는 경제활동을 한다는 점을 광고할 수 있지. 이익을 낳는 경제가 빈곤 박멸 사업과 연결되면 속도는 빨라져."

"부유한 국가에게 농가에 보조금을 주지 말라는 것은 현실적이지 않아. 물론 부유한 국가들이 자국 농가에 보조금을 주지 않는 것만으로도 아프리카 농작물이 국제사회에서 경쟁력을 가지고, 보조금의 몇 배나 되는 이익을 얻을 수 있는 건 사실이야. 그러니 적어도 부유한 국가들이 아프리카에 농작물을 수출하는 것을 단계적으로 막자는 거지. 그리고 아프리카는 자신들이 먹을 작물의 농업을 서서히 부활시켜 아프리카의 자급률을 높이는 거야."

"분쟁이 생겼을 때 양쪽 부대에서 사용하는 무기, 무기를 대준 국가, 그리고 자금원을 공개하는 규칙을 만들어야 해. 그러면 민족 대립을 부채질하고 조종하며, 민족 대립을 앞세워 대국끼리 뒤에서 싸운다는 걸 알게 될 거야."

"세계가 인터넷으로 연결됐다는 건 눈가림이야. 왜냐하면 정말로 뭔가를 발언해야 하는 빈국의 시골엔 인터넷이 없잖아. 그러니 진정한 의미에서 세계를 인터넷으로 연결시켜야만 해. 언제, 어디서, 왜 문제가 일어나는지를 현지인들이 세계에 발언할 수 있는 시스템을 구축해야 하지. 인프라 정비에 시간이 걸리고 현실적이지 않다고 말하는 사람은 아무것도 모르는 사람이라고 생각해. 왜냐하면 그런 빈국에서 싸우는 게릴라 부대는 실제로 산악지대에서 인터넷을 사용하고 위성 휴대전화를 사용하니까. 마음만 먹는다면 얼마든지 가능해. 위키피디아 같은 세계적인 사이트가 있잖아. 그리고 각 지역마다 제대로 된 공식 페이지를 만반에 준비해서 세계가 언제든지 그들의 목소리를 들을 수 있도록 해야지."

"국제연대 세금을 도입해야 해. 국경을 넘나드는 글로벌 경제 이익에 세금을 부과하고, 그것을 세계 문제를 위해 사용하는 거야. 이미 EU 일부에서 항공권연대 세금을 부과하고 있어. 금융에도 미약하나마 그런 국제 세금을 부과할 수 있다면 빈국을 위해 막대한 돈을 사용할 수 있지."

"철저한 공정 무역이 필요해. 공정 무역은 그 상품이 열악한 조건에서 빈국 노동자들을 혹사시켜서 생산된 것이 아니라, 공정하고 제대로 된 자금으로 만들어진 상품이라는 것을 증명하는 거야. 이것은 빈곤 경감으로 이어지겠지만 제도를 좀더 정비할 필요가 있어. 그리고 아직 많이 활성화되지 않았어. 이것을 사회운동이나 시민운동 같은 소소한 활동에 그치지 않고 세금을 이용해 텔레비전에 필수적으로 광고하도록 의무를 부과해야 해. 다국적기업에서 광고 수입을 얻는 민영방송이라면 불가능할지도 모르니 법적으로 의무화시켜야 해. 일본의 경우라면 공영방송인 NHK를 두 개로 나누고 싶어. NHK는 국민한테서 수신료를 받아 운용하니까 원래는 국가 권력이나 기업으로부터 독립해야 하는데, 정부의 안색이나 살피고 있지. 물론 이유는 있어. 국민이 선출한 정부의 눈치를 보는 건 국민의 눈치를 보는 것과 같다는 논리지만 그건 아니지. 그렇다고 해서 NHK에게 정부에게 공격적인 방송만 하라는 것도 이상하지. 그러니까 두 개로 나눴으면 좋겠어. 하나는 지금처럼 공평하고 안정된 보도를 하는 NHK. 물론 거기에도 큰 가치는 있어. 그리고 또 하나는 영국 BBC처럼 도발적인 특종을 연발하는 날카로운 국민방송. 기업의 '범죄'만을 다루는 것이 아니라

기업의 '범죄적인 이익 추구'도 제대로 다루어야 해. 기업광고와 관계없는 강력한 미디어가 출현하길 바라는 바야."

그의 말을 들으며 꿈같은 이야기라고 생각했다. 빈곤 박멸을 원하는 젊고 선량한 몽상가. 하지만 그것을 꿈같은 이야기라고 치부해버리는 자신에게 회의감이 든 적도 있었다. 사람이 죽어간다. 굶어서 죽고, 대국들에게 조종당해 총탄을 맞고 죽어간다. 그것을 멈추게 하려는 노력이 꿈같은 이야기가 돼버린 세상.

그는 원래 작가가 꿈이었다. 하지만 언제부턴가 더 이상 글을 쓰지 않았다. "이야기를 창조하는 걸 그만뒀다." 그는 이렇게 말했다. "내 인생을 창조하기로 했어. 행동으로 옮기기로 했어. 내가 노리는 건 근원적인 뿌리야. 세상을 바꾸겠어."

그는 다양한 NGO에 드나들며 네트워크를 넓혀갔다. 사람을 우습게 보는 버릇이 있고 자존심도 강했지만, 그는 머리가 좋았다. 그쪽 세계에서 그는 조금씩 유명해졌다.

물론 그의 이론에는 문제도 많았다. 예를 들어 아프리카에서 활동하는 다국적기업을 감시하는 기관을 동행하라고 했지만 그런 기관은 윤리와 도덕을 중시하기 때문에 경쟁에 약했다. 윤리와 도덕을 무시하고 제멋대로 아프리카 자원을 집어삼키려는 기업과의 경쟁에서 질 것이 뻔하다.

예를 들어 신량한 기업이 아프리카에서 어떤 자원 개발에 관여한다고 치자. 선량한 기업이 아프리카 현지 기업과 자원

개발 계약을 맺는다. 정부기관이나 아프리카 기업 간부에게 뇌물을 주지 않는다. 아프리카 노동자들의 노동 조건 개선이나 지역 인프라 정비에 협력한다. 그때 아프리카 기업이나 정부기관이 선량하지 않다면 그것을 귀찮아할 것이다. 그렇게 되면 말 잘 듣는 후진국 기업으로 교체할지도 모른다. 실제로 아프리카에는 그런 사례가 많다.

그런 반론을 하면 그는 그저 웃었다. 그리고 "내가 말한 건 단순한 비전이야" 하고 말했다. "세세하게 제작하는 건 그런 제도를 면밀하게 작성할 수 있는 사람들이 할 일이지. 비전을 현실화하기 위한 세부사항을 만들 수 있는 사람들이 할 일. 나는 그저 비전을 보여주고 행동할 뿐이야."

물론 지금 세계 문제의 대부분은 기업들이 만들고 있다. 모든 분쟁의 이면에는 기업들이 알게 모르게 활약하고 있다. 그곳으로 시선을 돌린 그의 판단은 아마도 옳을 것이다.

그런데 그는 달라졌다. 생각과 주장은 같지만 급진적인 실현 방식을 원했다. 언젠가 오랜 여행에서 돌아왔을 때 그는 아무 말도 하지 않았지만 그의 여권을 보고 아프리카 여러 나라를 다녀왔다는 사실을 알았다.

그리고 이유는 모르지만 그는 갑자기 종교 단체에 흥미를 갖게 됐다. 많은 신자들이 사와타리에게 현혹된 것과 달리 그는 스스로 사와타리에게 심취한 척하며 접근했다.

복도를 뛰어다니는 수많은 발소리가 들렸다. 여러 명의 신자들이 허둥대듯 자신의 방 앞을 지나갔다. 어떻게 된 걸까? 다카하라가 구속된 걸까?

요시코와 요시다는 경찰서에 있었다.

담당 형사와는 아는 사이였다. 교단 X. 그들은 실체를 모르는 사와타리의 교단을 암호로 그렇게 불렀다. 마쓰오가 입은 사기 피해는 그가 원하지 않아 고발하지 않았지만 지금까지 몇 번이나 경찰이 먼저 마쓰오에게 연락해왔다.

사와타리의 교단에 대해 뭔가 아는 게 있으면 알려달라. 그런 말을 들을 때마다 마쓰오와 요시코는 협력했지만 그들이 있는 곳도 몰랐고, 경찰이 와도 늘 대수롭지 않은 얘기만 했다.

"유괴라면 얘기가 심각해지는데요."

담당 형사가 말했다.

"우리는 7년 전 신자 살해 사건 때문에 그들을 조사하고 있는데…… 어디 있는지는 모릅니다. 한 번은 알아냈어요, 5년 전에요. 하지만 그들은 자취를 감추고 말았습니다. 어쩌면 해산했을 거라고 생각했는데……"

형사가 한숨을 내쉬었다.

"아직도 활동하고 있었군요. 무슨 짓을 하고 다니는지는 모르겠지만……. 아무튼 우리도 전력을 쏟아붓겠습니다. 그들이 있는 장소만 알아낸다면."

"잠깐 와보세요."

젊은 형사가 갑자기 문을 열고 방으로 들어왔다. 그는 당황하고 있었다.

"마침 잘됐네요. 요시코 씨랑 요시다 씨도 같이 있으니……. 지금 뉴스가 나오는데 무슨 얘긴지 모르겠어요."

도쿄 시내의 호텔 스위트룸에 다카하라와 그의 부하들이 집합해 있었다. 30명. 결행은 내일이다. 각자 할 일을 확인하던 그때 뉴스가 갑자기 흘러나왔다. 모두 어리둥절한 채 텔레비전을 쳐다봤다. 다카하라는 냉정해지자고 스스로를 다독였지만 쉽지 않았다.

"왜지?"

다카하라는 혼란스러워하며 혼잣말을 했다.

"왜일까?"

신자들이 21층으로 달려갔다.

"교주님!"

"교주님!"

모두가 외쳤다. 망을 보는 남자가 가로막았지만 그들을 막을 수는 없었다. 교주의 방으로 달려가려고 했다.

"교주님!"

그들 중 하나가 외쳤다. 울먹거리는 소리로.

"교주님! 이 건물이 기동대에 포위됐습니다."

11

방문이 열리고 안에서 교주가 나왔다.

등을 꼿꼿하게 세운 교주는 키가 컸다. 새로 마련한 회고 무늬 없는 법의를 입고 있었다.

"상황을 말해."

무릎을 꿇으려는 신자들을 교주가 저지했다. 손동작만으로. 간부인 마에다가 입을 열었다. 목소리가 떨렸다.

"1001호실 인터폰을 누른 사람이 있었습니다. 처음에는 당연히 무시했지만 무슨 권유를 하러 왔다며 집요하게 굴기에 화면을 봤더니 양복 차림의 남자 둘이 있었습니다. 보고를 받고 제가 망원경으로 밖을 살펴보니 기동대의 모습이 보였습니다."

"……처치는 해뒀나?"

"네. 긴급 사태에 대비한 조항 2조를 적용해서 정문 현관의 자동문 전원을 끄고 바리케이드를 쳤습니다. 뒷문도 막아놓았습니다."

"……다른 간부들은?"

"창문 강화 지시에 따라 움직이고 있습니다. 이 건물의 창은 스틸로 된 방범창으로 모두 막혔는데 그 부분을 좀더 강화시키기 위해서 철판을 덧댔습니다."

"신자들을 전부 홀에 집합시켜라. 간부들도."

"그런데……."

마에다가 우물거렸다.

"다카하라가 안 보입니다. 게다가 몇십 명의 신자도…… 사라졌습니다."

요시다는 경찰서 안의 텔레비전 화면을 잡아먹을 듯 보고 있었다.

요시코에게 시선을 옮겼는데 그녀의 얼굴이 창백했다. 무리도 아니라고 요시다는 생각했다. 너무 많은 일들이 벌어졌다.

"뭐지? 대체 어떻게 된 일이야?"

함께 화면을 보던 형사가 큰 소리로 말했다.

"여기는 우리 관할이잖아? 왜 사전에 알지 못했지? 대체 그들이 있는 장소를 이 녀석들은 어떻게 알았느냐고?"

경시청 공안부. 텔레비전 화면을 보는 모든 사람들의 머릿속에 그 명칭이 떠올랐을 것이다. 그들은 경찰과는 다른 논리로 움직인다. 관할 형사들에게 연락이 없었던 건 그들이 관할을 의심하기 때문이다. 경찰 중에 교단의 내통자가 있을지도 모른다는.

실제로 1995년에 발생한 컬트 교단의 지하철 독가스 살포 테러에서는 경찰 내부에 그 컬트 교단의 신자가 있어서 수사 정보가 누설됐다. 관할서에서 이번 강제 수사에 대해 알고 있는 건 한정된 고위층일 것이다.

폴리스 라인 앞에서 양복을 입은 남성 리포터가 뭐라고 소리를 지르고 있었다. 스튜디오에 있는 여성 캐스터와 말을 주고받았다.

—수색영장 죄명은 뭡니까?

스튜디오에서 그렇게 물어보니 리포터가 대답했다.

—아직 정확한 정보는 들어오지 않았습니다. 두 남녀가 납치 및 감금됐다는 정보도 있습니다.

—왜 기동대까지 출동한 건가요?

—이 교단이 대량의 무기를 소지하고 있다는 정보가 있습니다.

두 남녀……. 요시다의 가슴이 요동쳤다. 미네노와 나라자키가 틀림없다.

"왜지?"

옆의 형사 중 하나가 말했다

"그 피해 진술서는 우리가 수리했어. 그런데 왜 공안이?"

카메라는 고층 아파트를 비추고 있었다. 교단 시설이라고 생각할 수 없는 세련된 고층의 신축 아파트. 정문 현관의 자동문 유리 너머로 강고한 바리케이드 같은 것이 보였다. 이웃 주민에게 내쇠 지시가 내려졌다.

—다시 말해 이것은.

리포터가 말을 이었다.

—공안부가 물밑에서 이 교단을 오랫동안 조사한 결과인 것 같습니다.

요시코의 입술이 떨렸다. 충격이 너무 큰 걸까, 하고 요시다는 생각했다. 텔레비전에서 시선을 떼려고 한 그때, 요시코가 갑자기 입을 열었다.

"상당히 위험해."

"네."

요시다가 고개를 끄덕였다.

"이렇게 큰 사건이 돼버리면 미네노와 나라자키도."

"그것도 그렇지만…… 두 사람은 우선 괜찮습니다."

"요시코 씨?"

형사들과 요시다가 무심코 요시코를 봤다. 그녀가 말을 이었다.

"사와타리에게 무슨 일이 벌어진다면 모두 자살할 겁니다. 그들은 그런 집단입니다. 바리케이드가 무너져 기동대가 침입한 순간……."

화면에서는 기동대가 방패를 준비하기 시작했다.

"그들은 모두 죽을 겁니다."

홀에 신자들이 모여 있었다.

370

남자 신자가 120명, 여자가 50명. 조교와 함께 단상으로 향하면서 마에다는 긴장하기 시작했다. 앞으로 자신은 그들의 불안을 떨쳐내야 한다. 가능할까? 과연 그런 연설을 할 수 있을까? 다카하라가 있었으면, 하는 생각이 들었다. 다카하라라면 능숙하게 해낼 것이다. 그는 외모는 물론이고 사람을 끌어당기는 목소리를 가지고 있었다.

하지만 단상에 올라 신자들을 둘러봤을 때 마에다는 숨을 삼켰다.

그들은 고양돼 있었다.

그랬다. 마에다는 생각했다. 그들은 힘없는 양들이 아니다. 무력해서 교주님에게 몰려온 자들이 아니다. 각자 사회에서 소외되고 다양한 악의를 가졌으며 사회를 적대시하는 사람들이었다.

기대에 가득 찬, 오히려 자신을 격려하는 듯한 눈빛을 보내는 그들 앞에서 마에다는 눈에 눈물이 번지는 것을 느꼈다. 그래, 우리는 하나다. 사회가 보내는 적의에는 적의로 되받아치면 된다.

"모두들 잘 들어라!"

마에다의 목소리는 우렁찼다. 기분이 고양됐다.

"이미 알고 있겠지만 사회는 우리의 존재를 알았고, 지금 우리는 박해당할 위기에 있다. 모두들 경험했겠지만 밖에 있는 녀석들은 섬세함이 없는 쓰레기들이다. 거치적거리는 사람들

을 소외시켜서 자신들의 비소한 이익을 지키려는 쓰레기일뿐
이다."

목소리가 더욱 힘차게 변했다.

"모두 나약하게 그들에게 굴복할 것인가? 별 볼 일 없는 사
회 속에 매몰되는 것이 좋은가? 결코 아니다. 그건 결코 아니
다. 이것을 봐라!"

간부들이 단상에 씌운 비닐 덮개를 벗기자 수많은 총기가
나타났다. 신자들이 환호성을 질렀다.

"우리는 싸운다! 지금이야말로 우리를 소외시킨 사회를 향
해 너희들이야말로 쓸모없는 쓰레기라는 사실을 알려주자!"

환성이 외침으로 변하고 홀 전체가 고양되기 시작했다.

"우리 곁에는 교주님이 있다! 우리에게는 신이 있다. 정의는
우리에게 있다!"

"교주님!"

신자들 무리에서 기쁨의 소리가 울렸다.

"교주님!"

"교주님!"

마에다가 울부짖었다.

"여자들은 남자들을 지원해라. 개인 접촉, 어떤 섹스 행위
도 앞으로는 자유다. 하지만 큐프라 계약으로 여기에 있는 서
른다섯 명의 여자들에게는 억지로 강요하지는 않겠다. 지하의
안전한 장소에 방을 준비해뒀다."

372

하지만 큐프라의 여자들은 누구도 그곳을 떠나려고 하지 않았다. 반짝이는 눈으로 마에다를, 교주를 보고 있었다.

"우리는 하나다! 우리는 하나다!"

환성이 울려 퍼졌다. 홀 전체의 공기가 들끓듯 상승했다.

"우리 동료 중 일부는 이미 이 건물을 나가서 지금 사회를 총공격하기 위해 움직이고 있다. 그들은 수십 톤의 화약을 소지하고 있다. 사회를, 이 거지 같은 사회를 뿌리째 흔들기 위해서! 식량은 2개월분 있다. 우리는 얼마든지 싸울 수 있다."

다카하라가 없는 이유를 마에다는 자세히 몰랐다. 하지만 알 필요도 없었다. 교주님이 그렇게 얘기하라고 말씀하셨으니까. 교주님이 그들은 그 일을 위해 여기를 나갔다고 말씀하셨으니까.

"불꽃이 되라! 지금이 우리 인생의 아름다운 순간이다. 지금이 우리 인생의 아름다운 한 점이다!"

신자들이 외치는 용광로 같은 함성 때문에 이미 마에다의 목소리는 들리지 않았다. 몸이 떨렸다. 전쟁에 임하는 자의 떨림이다. 지금까지의 인생에서. 마에다는 생각했다. 지금까지의 인생에서 자신은 이 만큼의 흥분을 맛본 적이 있었던가? 자신의 존재가 마치 자신을 초월한 느낌이었다. 본래 티끌 같았던 자신의 존재를 훌쩍 뛰어넘은 것 같았다. 교주와 하나가 됨으로써 마치 자신까지 거대해지는 것처럼.

교주가 갑자기 일어섰다. 신자들이 외치면서 울기 시작했다.

"유능한 제자들이여!"

교주가 말했다. 신자들이 다시 고함쳤다.

"우리는 싸운다. 너희들 목숨을 내게 맡겨라!"

신자들이 절규했다. 홀이 환희로 들끓었다. 마에다의 눈에서 눈물이 흘렀다. 다행이다. 마에다는 생각했다. 교주님을 따르길 잘했다. 이미 자신의 목숨 따위는 어떻게 되든 상관없다. 사회를 흔들어버리겠다. 하찮은 쓰레기들에게 강렬한 자극을 안겨주겠다.

간부인 스기모토, 리나, 우나바라가 신자들에게 무기를 나눠주기 시작했다. 각각의 소지품을 메모지에 기록했다. 마에다는 리나, 다시 말해 다치바나를 본 순간 시선을 멈췄다. 저 표정은 뭐지? 왜 저런 비통한 표정을?

애인이 걱정되겠지. 마에다는 바로 그렇게 생각했다. 당연한 일이다. 자세히는 모르지만 다카하라는 교주님한테서 중요한 사명을 받았으니까.

그런데 그녀는 왜 감금당했던 것일까? 그쯤에서 마에다는 생각을 멈췄다. 생각은 쓸모없고 아무 도움도 되지 않는다. 목숨과 바꿀지라도. 마에다는 굳게 마음먹었다. 목숨과 바꿀지라도 교주님을 지키고 싶다. 그렇게 생각하는 자신이 자랑스럽다. 자신은 반석(盤石)이 될 것이다. 우리의 커다란 대의를 위해서.

12

다카하라는 집어삼킬 듯 텔레비전 화면을 보고 있었다.

남녀 두 명을 감금했다는 혐의로 기동대가 출동했다고? 그럴 리가 없다. 내가 하려는 일이 누설된 걸까? 그렇다면 왜 교단 시설을 포위하지? 나를 추적하지 않고?

다카하라는 머리를 굴렸다. 하지만 이건 지금부터 자신이 하려는 일에 좋은 기회다. 교단 시설에 정신없는 틈을 타서 동료에게 호텔 주변을 조사하도록 시켰지만 이상한 녀석은 없었다.

게다가 이 사건은 동료들을 실제 행동에 나서게 하는 최후의 일격이 됐다. 다카하라는 호텔 스위트룸에 모인 서른 명의 동료들을 향해 말했다.

"지금 본 것이 맞다. 우리가 하려는 일이 새나갔다."

모두 다카하라를 바라봤다. 불안에 떨 거라고 생각했는데 그들은 모두 고양돼 있었다.

"하지만 녀석들은 한발 늦었다. 우리는 이미 여기에 있다. 녀석들은 우리를 저지할 수 없다."

말을 하면서도 마치 상황이 말한 대로 움직이는 것 같다는 생각이 들었다.

"이것을 들어라. 교주님의 중요한 밀씀이 담겨 있다."

다카하라는 녹음기 스위치를 눌렀다.

─지금까지 너희들은 비밀리에 내 의지를 잘 실행해줬다.
모든 것은 움직이기 시작했다. 자, 움직여라. 나의 의지를 세상
에 알려라. 동지들이여, 너희들은 나의 일부고 나는 너희들의
일부다. 선두에 선 너희들은 나의 자랑이다. 우리도 바로 그 뒤
를 잇겠다.

환성이 울렸다. 교주의 목소리를 들으며 다카하라는 기묘한
감각에 사로잡혔다. 마치 이 상황을 전부 예측한 듯한 말.

원고를 쓴 것은 나인데.

"가자! 교주님이 함께한다!"

동요를 떨쳐버리고 다카하라는 외쳤다. 다시 환성이 터졌고
그들이 순서대로 방을 나갔다. 상황이 너무나 원활하게 흘러
간다는 생각이 들었다. 행위자는 나인데.

다카하라는 그들보다 늦게 엘리베이터를 탔다. 그리고 시노
하라와 함께 로비를 나와서 차에 올라탔다. 골프 가방에 담긴
PPSh-41 기관총.

"다카하라 님……."

"응?"

"……무기 일부가 사라졌습니다."

다카하라는 시노하라를 응시했다. 시노하라가 창백해진 얼
굴로 말했다.

"물론, 무기는 충분합니다. 하지만 예비로 준비해둔 총기가
사라졌습니다."

"……어째서?"

다카하라의 심장이 빨리 뛰었다. 차는 국도의 추월선으로 들어갔다.

"……충분하긴 하겠지. 사라진 건 뭔가? 정말로 예비해둔 것뿐인가? 그 열두 정의 콜트 권총인가?"

"네."

"그렇다면 문제없는 걸로 해두지. 큰 문제이긴 하지만……이제는 어쩔 수 없지."

다카하라는 얼굴에 동요가 드러나지 않도록 애썼다. 여기까지 와서 부하를 불안하게 만들 수는 없었다. 하지만 대체 무슨 일인가? 무기가 전부 사라졌다면 이해가 간다. 누군가가 우리들이 하려는 일을 알아채고 방해하려고 했다면. 하지만 일부라니 대체 무슨 일인가?

하지만 실행할 수밖에 없다. 이미 모두 움직이기 시작했다.

엄밀하게 계산된, 사망자가 나오지 않는 테러. 다카하라는 생각했다. 테러는 사망자가 나오면 세상의 주목을 받지만 범행 그룹의 정당성은 소멸한다. 그들의 주의(主義)와 주장도 지지를 얻을 수 없고 그저 단순한 범죄자로 격하된다.

그래서 아무도 죽이지 않는다. 살상 능력이 있는 기관총을 가지고 있는 건 자신 혼자였다. 부하가 가지고 있는 다른 총들은 모두 개조됐다. 맞으면 피가 분출하겠지만 어느 정도 근육이 있다면 결코 내장까지는 도달하지 않는다. 중상은 피할 수 없겠지만.

국도의 차선을 바꿔서 좌회전했다. 멀리 JBA 방송국이 보인다.

부하에게는 위협 사격만 하고 사람은 쏘지 말라고 엄명했다. 사람을 쏘면 살상 능력이 없다는 것이 들통 날 가능성이 있다. 사람을 쏘는 것은 나 혼자다. 나는 훈련이 돼 있다. 죽이지 않고 쏠 수 있다.

시계를 봤다. 오후 2시 50분. 앞으로 10분.

방송국에 총을 가진 경관은 없다.

한 시간이면 충분하다.

이 한 시간이 성공한다면 그들에게 부여받은 나의 사명은 완료된다.

JBA에 가까이 갔다. 본사에서 떨어진 본관. 하지만 저녁 시간에 방송되는 전국 뉴스는 이 스튜디오에서 발신한다.

길가에 차를 멈췄다. 앞으로 7분. 심장이 강하게 두근거리기 시작했다.

골프 가방에서 PPSh-41을 꺼냈다. 이미 조립은 해놓았다. 안전장치를 해제했다. 몇 번씩 반복한 동작이라 손가락도 떨리지 않았다. 저절로 손이 움직인 것처럼 안전장치를 해제할 수 있었다. 마치 심장 소리가 직접 들리는 것 같았다. 크게 숨을 들이마셨다. 앞으로 5분.

시노하라도 긴장했지만 입가에 웃음을 띠었다. 그렇다. 자신도 고양됐다. 박동의 리듬이 빨라서 긴장에서 벗어나고 싶은데도 흥분을 느꼈다.

"앞으로 2분 남았습니다."

기관총을 쥔 채 차에서 내렸다. JBA의 뒷문 주차장으로 향했다.

"앞으로 1분."

"좋아, 가자."

말하는 순간 심장이 더욱 요동쳤다. 주차장 경비원이 우리를 봤다. 손에 기관총을 들고 걸어오는 두 남자를. 경비원은 몸이 부실해 보여서 제대로 경비 역할을 할 것 같지 않았다. 그는 우리를 멍하니 쳐다보고만 있었다. 드라마나 촬영 스태프라고 생각하는 것 같다. 하지만 동시에 그게 아닐지도 모른다고 생각하는 것 같다. 불안이 서서히 커지는 것처럼 보였다.

"거기…… 자네들."

"3시입니다."

"좋다."

다카하라는 기관총으로 가까운 자동차를 쐈다. 그 반동으로 어깨에 충격이 왔고 그와 동시에 건조한 소리가 울려 퍼졌다. 자동차 앞유리가 깨졌다. 넋이 나간 경비원에게 기관총을 들이댔다.

"그대로 걸어. 뒷문까지."

걸으면서 자신을 향하는 여자의 시선을 느꼈다. 뒷문에서

막 나온 여자. 여자는 경비원에게 기관총을 들이댄 상황과 무참하게 유리가 깨진 자동차를 보고 그 현실감에 고함조차 지르지 못하고 그저 정신을 놓고 우리를 쳐다보고 있었다. 경비원이 다가가자 뒷문 자동문이 열렸다. 여러 남녀가 우리를 봤다. 하지만 그들은 아직 이 장면에서 현실감을 느끼지 못했다. 그 순간 다카하라는 기관총을 천장을 향해 난사했다. 무시무시한 굉음과 함께 조명 몇 개가 박살나서 바닥에 떨어졌다. 비명을 지르며 몇몇 남녀가 도망치려다 넘어지고 쓰러졌다. 경비원도 도망가려고 했다. 무리가 아니다. 그들은 총도 가지고 있지 않았다.

"전원 엎드려! 가능한 한 사람을 죽이고 싶지 않다. 모두 움직이지 마. 움직이면 죽이겠다!"

멀리서 유리 깨지는 소리가 들리고 무수한 비명 소리가 들렸다. 똑같은 일이 모든 출입구에서 벌어지기 시작했다.

"너도 꼼짝 마."

부스 안에 있는 수위에게 다카하라는 기관총을 들이댔다.

"단순한 협박처럼 들리나 보지? 움직여봐! 죽일 테니까!"

수위가 손을 어정쩡하게 올렸다.

"좋아. 전원 다 일어나. 손을 올린 채 걸어."

하지만 아무도 움직이지 않았다. 몸을 웅크린 채 꼼짝도 하지 않았다. 다카하라가 벽을 향해 기관총을 난사했다. 모두 비명을 질렀다.

"일어서! 그 문으로 들어가!"

다카하라에게 겁에 질린 시선을 던지며 남녀가 일어섰다. 그들은 비틀거리며 움직이기 시작했다.

"그쪽이다. 그쪽 문에다 넣어."

요란한 소리가 들렸다. 바깥에서 들어온 젊은 경비원이 뒤에서 시노하라에게 달려들었다. 왜 이런 바보 같은 짓을. 다카하라는 생각했다. 이럴 때일수록 얌전하게 말을 들어야지. 왜 이 녀석은 이토록 어리석을까.

시노하라가 경비원을 쓰러뜨리고 기관총을 들이댔다. 그의 얼굴에 웃음이 번지기 시작했다.

"잠깐, 쏘지 마!"

하지만 시노하라는 기관총을 난사했다. 경비원의 몸이 솟아오르더니 엄청난 양의 피가 분출했다. 다카하라는 숨을 삼켰다. 어떻게 된 일이지? 총알이 관통했다. 총알이 관통해서 반대쪽 벽에도 구멍이 뚫렸다. 경비원은 피범벅이 된 채 움직이지 않았다. 분명히 개조했는데, 왜지? 어떻게 된 거지?

"시노하라!"

"……다카하라 씨."

시노하라가 이번에는 왼쪽 주머니에서 권총을 꺼내 들었다. 그리고 다카하라에게 총구를 겨눴다.

"……시노하라?"

"……수고 많았습니다."

다카하라가 웃음을 띠었다.

"당신의 임무는 다 끝났습니다. 이제부터는 우리가 맡겠습니다."

시노하라가 다카하라를 향해 방아쇠를 당겼다.

다카하라는 이유를 알 수 없었다. 건조한 소리가 울려 퍼졌다.

무수한 비명 속에서 다카하라의 몸이 무너졌다.

13

다카하라의 수기

그 사건에 대해 쓰겠다.

왜 쓰는가. 누구에게 쓰는가. 그건 나 역시도 알 수 없다. 내게 일어난 일을 나는 지금 글로 남기려고 한다. 소설에 대한 미련일까? 항상 이런 식이다. 쓰기 전에 나는 늘 자문한다. 하지만 이유는 필요 없다. 나는 그저 내 내적 동기에 따르려고 한다. 이것은 나의 마지막 이야기가 될지도 모르니까.

6년 전, 나는 눈 위에 천이 드리우고 팔이 묶인 채 차 뒷좌석에 태워졌다. 깨끗하다고는 할 수 없는 작은 흰색 차였다. 일본

제품인 것 같다는 생각도 들었지만 알 수 없었다. 정비되지 않은 흙길을 달리는지 차는 좌우로 크게 흔들렸다. 머리에 덮인 까끌까끌한 천에서는 닭인지 당나귀인지 모르는 가축 똥냄새가 났다. 국가 이름은 적혀 있지 않았다. 그래서 적을 수가 없다. 아프리카 내륙부에 있는 작은 소국. NGO 스태프로 현지에서 간이 우물을 만들던 나는 머물던 호텔에서 밤중에 끌려왔다. 호텔이라고 해봤자 철로 된 컨테이너에 나무 문이 달린, 녹슬고 단내 나는 외로운 네모난 공간이었다. 노크 소리가 나서 문을 열어준 내게 그들은 총을 들이댔다. 총구가 내 등을 계속해서 세게 눌렀다. 특별한 계획조차 알 수 없는 엉성한 행동이었다.

"어디로 가는 거지?"

나는 영어로 말했지만 그들은 아무 말이 없었다. 그저 나를 물건처럼 무지막지하게 다뤘다. 내게 흥미도 없고 귀찮다는 듯 차에 태웠다. 영어가 통하지 않는다는 사실은 모든 게 소용없다는 것을 의미했다. 천에 덮인 내가 먼저 생각한 것은 저항해서는 안 된다는 것이었다. 천이 씌워졌다는 건 내게 보이고 싶지 않은 장소로 데려가기 때문이고, 그것은 그들에게 나를 돌려보낼 의지가 있다는 얘기였다.

눈이 보이지 않는 상태로 천 안쪽에 배인 가축 배설물 냄새를 맡으며 나는 흔들리는 차 안에서 나라는 존재를 계속 느꼈다. 하지만 냄새가 몸 안에 스며들수록 나는 뭔가에 침식당하는 것만 같았다. 이 땅에. 이 땅의 뭔가에. 아마도 나는 외국인이라서 인질이 된 것이다. 돈을 내는 것은 NGO인가, 국가인가. 만약 교섭이 실패한다면. 나는 생각했다. 바로 죽음을 당할 것이다. 이 땅에서 인간의 목숨 가치는 싸다. 왜냐하면 이 국가에서는 사람이 너무 많이 죽는다. 굶어서 죽고, 병으로 죽고, 내전으로 죽고, 폭동으로 죽는다. 이 국가에서는 사람이 죽는다는 게 그다지 드문 일은 아니다. 강간 살인, 사형. 티셔츠를 입은 가슴 부분만 남은 여자 시체를 마을에서 본 적이 있다. 나를 죽이는 일에 그들은 주저하지 않을 것이고, 죽어서 몇 시간이 지나면 머릿속에서도 사라질 것이다. 설령 나를 죽인 후 인질 교환의 교섭이 순조롭게 진행된다고 해도 그들은 아깝다는 생각밖에 하지 않을 것이다. 청결하지 않은 카페에서 진행된 카드 게임에서 졌을 때처럼. 인질 같은 건 이 땅에는 얼마든지 있다. 갈색 얼굴 때문에 강조된 흰 눈을 희미하게 움직이며 '아깝게 됐군' 하고 중얼거리고 말 것이다. 양팔이 뒤로 묶였다. 양 옆자리에는 총을 가진 갈색 피부의 거대한 남자들이 있었다. 내게는 도망친다는 희망은 없었다. 나라는 존재는 사람의 죽음이 특별할 것 없는 국가의 남자들에 의해 아무렇게나 살해될 것이다. 인간은 자신의 의지로 살아간다. 하지만 나는 내 의지에서 소외됐고, 나의 지금까지 인생의 흐름과 정답일지 모르는 운명에서 소외됐다. 지금까지의 노력, 능력, 나의 내부에 혹시 있을지 모르는 따뜻한 온정도 아무 상관없다. 나는 단순히 외국인이고, 설사 내게 특별함이 있다고 하더라도 그건 그들과는 상관없었다.

차가 멈추고 팔이 묶인 채 어떤 방에 집어넣어졌다. 바닥이 콘크리트처럼 딱딱하다는 것 외에 아무것도 알 수가 없었다. 가느다란 다리가 여러 개 달린 곤충의 존재를 발가벗은 오른쪽 네번째 발가락 부근에서 느꼈다. 지금까지 내 인생을 생각했다. 나는 울고 있었다. 이해되지는 않지만 자동차에 타 있는 동안 자신이 쭉 울고 있었다는 사실을 깨달았다. 괜찮아. 나는 스스로를 그렇게 달랬다. 나는 인질이고 그들은 나를 죽이지 않는다. 하지만 내 속의 뭔가가 발버둥 치며 눈물을 흘렸다. 그리고 외치려고 했다. 아니, 실제로 나는 쭉 외치고 있었다. 얌전하게 있어야 하는데. 멀리서 온기가 있는 희미한 빛이 보였다. 그것은 실제로 본 게 아니라 나의 내부에 존재하는 빛처럼 느껴졌다. 지금까지 내 인생 같다는 생각이 들었다. 풍족하지 않은 생활. 하지만 그것이 더할 나위 없이 귀중하고 따뜻하게 여겨졌다. 멀다. 나는 생각했다. 지금 나는 거기에서 멀리 떨어져 있다. 지금까지 내가 경험했을 그 온도에서 나는 지금 먼 곳에 있다. 갑자기 눈앞에 일본의 아파트 문이 보였다. 나는 구토를 느끼며 뭔가를 삼켰다. 굶주림의 기억이었다. 어릴 적 굶주렸던 기억. 나는 이대로 굶주리게 될 것인가? 공포를 느끼면서 나는 또 고함을 치려고 했다. 하지만 지금 생각해보면 그건 내가 스스로를 지키기 위해 생각해낸 기억일지 모른다. 굶주림에 대한 공포는 늘 내 안에 존재했었다. 공포는 스스로 의지를 가진 동적인 존재로서 내 안에 웅크리고 있었다. 그런 평소의 공포를 이끌어내서 나는 실제로 눈앞에 다가온 죽음을 단 몇 초라도 의식 바깥으로 밀어내려고 한 것일지 모른다. 아니면 그런 동적인 기억이 나의 죽음으로 인해 저절로 사라지기를 거부하고 저항하려고 마치 인격을 가진 것처럼 버둥대며 나타난 건지도 모른다. 감정이 무겁게 똬리를 틀고 나를 밀어 올리는 것 같았다. 정신을 잃는다는 말이 의식에 떠올랐다. 의식을 잃어서는 안 된다. 의식을 잃으면 나는 이대로 죽음을 맞이할지 모른다. 하지만 나는 뺨을 맞고서야 간신히 눈을 떴다는 것을 깨달았다. 나는 다시는 의식을 잃어서는 안 된다고 갈등했다. 이미 몇 초 전에 의식을 잃었는데. 인식은 늦게 온다. 그리고 내 인식은 시간의 경과를 거부하는 것처럼 영원히 몇 초 전에 멈추려고 했다. 바로 전 순간의 한 점 한 점에 계속 멈춰 있으려고 했다. 하지만 시간은 내 의지와 상관없이 흘렀다. 어느새 한 남자가 방에 와 있었다. 찌든 때와 가축과 우유 냄새가 났다.

"유감이다."

남자의 목소리. 영어다. 뭔가와 연결됐다는 생각에 나는 매달리듯 천으로 덮인 어둠 속에서 말했다.

"살려줘."

그때 나에게는 체면을 차릴 여유가 없었다.

"너는 일본인이 아닌가? 유감이다. 잘못 왔다."

"뭐?"

"우리는 CUUA 직원을 납치할 생각이었다. 네가 아니다. 너한테는 볼일이 없다. 그러니 죽일 수밖에 없다."

기업명은 가명으로 적었다. 이 국가 어느 지방의 미량의 석유 채굴권을 낙찰받은 기업이다. 이 기업을 위해서 방대한 숫자의 이 나라 농부들의 밭이 괴멸했다. 밭이 파괴된 농민들은 '도시'라 불리는 이 국가의 초라한 마을로 흘러들어와 여자는 몸을 팔고 남자는 자식을 팔았다. 우리 NGO는 이 기업에 저항할 생각이었다. 그들의 폭리를 세계에 알릴 생각이었다.

"나는 CUUA 직원이다."

무슨 말을 하는지 나조차도 알지 못했다.

"아니다. 너는 일본인이다. 여권을 봤다."

어둠 속에서 소리가 울렸다. 그때의 나는 내 목숨을 기아 박멸에 바치겠다고 맹세한 것을 기억하지 못했다. 인생은 굵고 짧다고 술집에서 후배들에게 웃으면서 말한 것도 기억하지 못했다. CUUA의 폭리를 멈출 수 있기를 줄곧 바랐던 나는 지금 인질로서 가치가 있는 CUUA 직원이 되고 싶었다. 누군지도 모르는 직원을 부러워했고, 자신이 CUUA의 직원이기를 간절히 빌었다.

"거기에서 일하고 있어. 정말이야."

"거짓말이다. 너는 NGO지? 잘못 데려왔어."

"아니야. 부탁이야. 이렇게 부탁할게."

나는 영어를 하는 상대에게 다가가기 위해 양팔이 결박당한 채 버둥거렸다. 밖에서 보면 날개 없는 벌레가 애원하는 것처럼 보였을지도 모른다. 노란색 벌레. 하지만 나는 아무리 애를 써도 목소리의 주인에게 가까이 다가갈 수 없었다.

"나는 아무것도 보지 않았다. 너희들을 모른다. 죽일 가치도 없다. 어딘가에 방출하면 스스로 돌아가겠다."

그렇게 말하고 버둥거리며 다가가려고 했다.

"무리다. 너는 우리의 아지트를 대충 알 수 있을 거다."

"그럼, 멀리 내려줘."

"뭐?"

상대의 놀란 목소리가 들렸다.

"다시 아까 장소에 내려달라고? 너를 위해서 석유를 쓸 것 같아?"

허벅지 사이가 젖은 걸 알았다. 언제부터 찔끔찔끔 소변이 샜는지 알 수 없었다.

"금방 편안해질 거야. 아…… 천은 벗겨주지."

천이 거칠게 벗겨졌다. 예상보다 훨씬 좁은 방이었다. 어둠이 옅어진 곳을 애원하듯 쳐다봤다. 누군가 이 방에서 나가려고 했다. 조금 전 그 남자. 정신을 차린 나는 그 남자를 향해 달려가기 위해 팔이 결박당한 채 일어서려고 했다. 하지만 다음 기억은 방 안에 쓰러진 나의 모습이었다. 어둠에 빨강이 섞였다. 빨강은 이윽고 녹색과 섞였고, 그 색이 실제 색인지 눈꺼풀 안쪽에 남은 잔상인지 모르는 채 어느새 그 색들도 방의 어둠에 섞여들었다.

나는 울고, 고함을 지르고, 팔의 결박을 풀기 위해 발버둥 쳤다. 한 시간이 지났을까. 세 시간이 지났을까. 시간을 가늠할 수 없는 그 무렵 벌레를 발견했다. 조금 전 내 발에 닿았던 벌레였다. 왜 그렇게 했는지 나로서는 알 수 없었다. 그 벌레를 죽여서 그들에게 도움이 되려고 했던 걸까? 나는 이 방에 있던 거치적거리는 벌레를 죽였다. 당신들을 위해서. 오로지 당신들을 위해서. 나는 정신착란을 의심했다. 착란을 의심하면서 끝까지 벌레를 눈으로 좇았다. '찾으려고 애써도 나오지 않는다. 하지만 내가 포기한 모습을 보이면 그 벌레는 바로 나오지 않을까?' 나는 그런 생각을 했다. '이렇게 맨발을 드러내면 결국 체온을 원해서 다가오는 게 아닐까?' '아니다, 녀석은 마음을 읽을지 모른다. 찾지 않는 것처럼 내면마저도 위장해야만 한다. 그런 건 자신 있다.' 하지만 벌레는 마치 존재를 지운 것처럼 아무리 시간이 흘러도 나타나지 않았다. 마치 내 착락을 거부하는 것처럼. 나를 착란에서 소외시킨 것처럼.

방에는 창이 없었다. 창, 즉 외부가 어떤 형태로 접해 있다면 나는 내가 엄청나게 비소한 존재라는 사실을 깨닫고, 그것을 부끄러워하겠지. 하지만 나는 살이 있다. 아니, 이렇게 이를 악물고 있다. 살아 있다. 지금 나는 살아 있다. 결박돼 있지

만 미세하게 손도 움직였다. 다리도 움직였다. 지금 1초가 지
났다. 또다시 1초가 지났다. 그렇다. 지금 나는 이 1초를 제대
로 내 신체에 관통시켰다. 그런 생각을 하고 있었다. 어둠이 시
야에 익숙해질 때쯤 나는 벽에 있는 희미한 금에서 눈을 떼지
못했다. 쓰러진 내 시선 높이에서 보이는 벽 아래쪽에 있는 금.
금이다. 나는 생각했다. 금이 존재한다. 그 순간 앞으로 나는
존재하지 않을 거라고 생각했다. 앞으로 존재하는 모든 것들
로부터 나는 영원히 격리된다. 그들은 무관심했다. 이 벽도, 벽
의 금도, 나에게 잡히려고 하지 않는 벌레도, 나를 지나치는 이
1초라는 시간도, 내게 무관심했다. 하지만 한편으로 나는 여전
히 그럴 리 없다고 생각했다. 세상이 이런 식으로 돌아갈 리가
없다. 차갑고 딱딱한 바닥은 여전히 차갑고 딱딱했다. 나는 다
시 굶주림의 기억을 떠올렸다. 그것이 또 다른 자기 방어인지
는 모르겠다. 분명히 그때 세상은 내게 무관심했다. 내 몸이 굶
주림으로 쇠약해져가는데 방문과 전기가 끊겨 꺼져버린 텔레
비전과 난방기구의 형태를 가진 철 덩어리와 의자 모양의 나
무들도 내게 무관심했다. 벽에 다가가 뺨을 댔다. 희미하게 냉
기가 느껴졌다. 지금 벽은 내게 냉기를 주고 있다. 그렇다면 벽
은 내게 무관심하지 않다는 얘기다. 아니다. 벽은 나의 죽음을
대단한 일이라고 생각하지 않는다. 나의 죽음을 큰일처럼 생
각하고 있는 건 나뿐이고, 세상도, 이 벽도, 나의 죽음을 그저
흔한 일로 생각한다. 나를 죽이려고 하는 그들도. 그렇다면 나

역시 나의 죽음을 흔해빠진 것으로 받아들여야 한다. 하지만 그건 무리다. 세상의 본질. 세상의 본질에 나를 맞출 수는 없다. 세상과 나는 완전히 다른 존재다. 그리고 아마도 이질적인 것은 나라는 존재다.

문이 열리고 내가 무슨 말을 하려고 할 때 총이 겨눠졌다. 기관총처럼 보였지만 알 수가 없었다. "피가 묻으니 밖에서 쏴라." 나는 그 말의 의미를 몰랐다. "피가 묻을 일은 없습니다." 내가 말했다. "나는 당신의 옷을 더럽히지 않겠습니다. 그러니 도와주십시오." 내 말은 가로막혔다. 그들이 나를 일으켜 세우려고 했지만 나는 온몸에 힘을 주고 저항했다. 이 바닥에서 멀어지면 진짜 죽는다고 생각했다. 내가 바닥이나 벽이었다면 얼마나 좋았을까. 바닥이나 벽이었다면 죽음을 당하진 않을 것이다. 나는 일어서지 않는 대신 질질 끌려갔다. 끈이 달린 무거운 짚처럼. 이건 말도 안 된다. 나는 생각했다. 이럴 리가 없다. 나는 일본인이고 안전한 삶을 살고 있으며 선의를 가지고 여기에 왔으니 이럴 리가 없지 않은가? 선의를 대하는 사람들의 태도가 이럴 수는 없지 않은가? 죽기엔 너무 이르지 않은가? 나의 죽음에 엄숙한 무언가가 있으면 좋겠다. 너무 급하지 않은가? 밖으로 쫓겨났을 때 압도하는 냉기를 느꼈다. 춥다는 생각이 들었다. 추운 건 싫다. 곧 죽을 텐데. 곧 죽는데도 추위가 싫다고 느끼는 내가 우습다고 그들에게 진해주고 싶었다. "춥네요." 나는 애교를 부리면서 그렇게 말했던가? 마치 나와 그들이 친

구나 어떤 관계라도 되는 것처럼. "춥네요. 이상하군요. 그렇
게 생각 안 하세요? 앞으로 나는 죽을 텐데." 하지만 나의 의지
와 상관없이 나는 밀쳐져 넘어졌고 뒷머리에 총구가 들이대졌
다. 총구가 닿은 머리 피부가 거부하는 듯 경련을 일으키기 시
작했다. 나는 울었다. 허벅지가 다시 젖기 시작했다. 마치 몇 초
후에 죽을 나의 몸에서 수분이 도망치려는 것처럼. "너희들은."
나는 말했다. "너희들은 뭐하는 것들이냐."

　하지만 나는 그들의 정체를 알고 싶어서 그렇게 말한 건 아
니었다. 나를 위압하며 부수려는 존재. 아무런 주저 없이 사람
을 쉽게 죽이고, 사람을 계속해서 죽이고, 자신들도 죽임을 당
하고, 또 다른 인간도 죽이는 이런 얼토당토않은 존재들에게
그렇게 말한 것이다. 하지만 그들은 웃으면서 'YG'라고 처음
듣는 단어를 말했다. 어떤 종교를 모체로 한 무장 조직.

　그때 자동차 소리가 들렸다. 그 소리에 반응하는 그들의 태
도를 보고 그 차가 그들에게 익숙하다는 사실을 알았다. 차가
멈추고 사람이 내렸다. 아직 멀다. 적어도 자신은 그 존재가 여
기에 올 때까지 살 수 있을 거라고 생각했다. 1초. 또다시 1초.
나는 다시 살 수 있다. 1초. 또다시 1초. 시야가 계속 좁아져 그
존재의 발밑밖에 볼 수 없었다. "스승이다." 영어를 할 줄 아는
남자가 내게 속삭이듯 말했다. "죽기 전에 스승을 만나다니 너
는 그나마 행운이다. 죽기 전에 기도해주마."

　스승이라고 불리는 존재가 내 눈앞에 웅크리고 앉았다. 갈

색 피부에 커다랗고 흰 눈. 몸이 마르고 얼굴이 아름다운 아프리카 노인이었다. 그 존재는 내 얼굴을 이상하다는 듯 쳐다봤다. 그리고 이윽고 벌린 입을 일그러뜨렸다. 사고를 가진 나보다 입안에 생긴 부스럼 같은 것이 더 신경 쓰이는 듯. 나는 소리를 내려고 했다. 소리를 내서 목숨을 구걸하기 위해서 무슨 말이든 내뱉으려고 했다. 하지만 소리가 나오지 않았다. 늘 분출했던 눈물의 양이 많아졌다. 목소리가 나오지 않았다. 나는 마지막 기회를 놓치려고 한다. 전혀 목소리가 나오지 않는다. 하지만 그 존재는 내 얼굴을 보면서 살짝 고개를 끄덕였다. 마치 내가 하려는 말을 전부 알고 있다는 것처럼.

처음 듣는 언어가 머리 위로 오고 갔다. 나는 어쩐지 조금 전과는 다른 눈물을 흘리고 있었다. 덜덜 떨리고 진정되지 않았던 몸속에 따뜻한 온기가 퍼졌다. 왜 그때 나는 바닥에 엎드린 채로 내가 살았다는 것을 알았을까? 그 존재는 아직 내게 아무 말도 하지 않았는데.

그 존재가 다시 한 번 내 앞에 몸을 웅크렸다. 나는 울면서 그 갈색의 아름다운 얼굴을 바라봤다.

"협력해라."

그 존재는 내게 그렇게 말하고는 일어섰다. 아직 아무 말도 하지 않았지만 내가 어떻게 대답할지 이미 알고 있는 것처럼. 그의 태도는 내게 무관심했던 벽의 금처럼 투박했다. 하지만 그것들과는 뭔가 달랐다.

"스승이 너를 구해줬다. 너는 일본인이다. 희한하군. 너 같은 일본인이 테러를 벌일 거라고는 누구도 생각하지 않으므로 이용 가치가 있다니."

하지만 나는 그런 통속적인 말을 듣지 않았다. 그건 이유가 아니다. 나는 그렇게 생각했다. 나와 그 존재 사이에 지금 이 무리들이 모르는 약속이 이뤄졌다. 그것이 뭔지는 모르지만 나는 그렇게 생각할 수밖에 없었다.

14

YG라는 무장 조직은 어떤 작은 종교를 모체로 삼았다.

먼 고대 때부터 이런저런 박해를 받았지만 비밀리에 계승된 종교. 유대교, 기독교, 이슬람교에 패배한 민간신앙. 고대부터 종교는 신자를 얻기 위한 싸움을 반복했다. 하지만 그러기 위해서는 힘뿐만 아니라 그 교리가 실제로 민중에게 퍼지기 쉬워야 유리했다. 다시 말해 사람들이 원하는 것이어야 한다. 기독교가 병을 치유하는 현상을 도입한 것도 신자를 얻기 위한 것이었다는 연구가 있다. 실제로 종교를 신앙으로서가 아니라 역사로서 파악하면 성서들은 다양한 시대적 배경과 이해관계로 이뤄져 있다.

이 민간신앙은 그런 다툼에서 패했다. 정식 이름은 적지 않겠다. 적을 수가 없다. 일반적으로 'R'이라고 불린다. R의 신은 어디에든 동시대적으로 존재하는 범신론적인 성격을 가졌다. 성전은 기원전 600년 무렵부터 구두(口頭)로, 즉 노래로 계승됐다고 하니 기독교와 이슬람교보다, 나아가 유대교의 성서 성립 시기보다 오래됐다. 성행위는 신성하며 그것은 죽을 운명을 가진 인간에게 내려준 온정이라고 여긴다. 신의 온정을 확인하기 위해 인간이 성행위를 하면 신이 강림한다고 믿는다. 하지만 성행위를 하는 인간이 신을 느낄 수는 없다. 신을 느낄 수 없을 정도로 무아지경에 빠지기를 신은 인간에게 바란다. 그렇기 때문에 성행위에서 신을 느끼는 건 그 성행위를 지켜보는 인간뿐이다. 따라서 이 종교에서는 타인의 성행위를 지켜보는 풍습이 있다. 타인의 성행위를 보면서 사람들은 신이 이 세계에 부여한 온정에 감사한다. 축제 날에는 밖에 펼쳐진 천 위에서 성행위를 하는 남녀 주위를 사람들이 둘러싼다. 횃불의 불꽃에 비친 갈색 피부의 젊은 남녀가 광란을 한다. 사람들은 그걸 보면서 자위하는 것도 허락된다.

세뇌받지 않은 원시적인 종교. 야만적이라고 말할 수도 있다. 나아가 이 종교에는 모든 교양의 필수인 선악의 관념이 없었다. 기준은 하나였다. 굶주려서는 안 된다는 것.

굶주려서는 안 된다. 이것이 기준이자 그들의 계율이었다. 마을 사람들의 굶주리고 싶지 않다는 소망이 그대로 계율이 된 소박한 것이었다. 예를 들어 돈을 소유한 인간을 죽이고, 그 돈을 빈민을 위해 전부 써버리는 것은 옳다고 여겼다. 그 돈을 소유한 자가 선한 사람이라고 해도 굶주린 사람이 가까이 존재한다면 선한 사람으로 인정되지 않는다. 이런 종교가 널리 전파될 리 없었다. 과격하고 교양으로 삼기에도 불충분하며 원시적이고 엉성하다. 동시에 힘을 가진 자를 부정한다. 종교는 권력자에 의해 전파된다. 박해를 당하는 건 당연했다.

나는 총기를 다루는 기술을 쉽게 익혀서 YG의 일원이 됐다. 한때 죽음의 공포에 휩싸였던 나는 그럼에도 불구하고 내가 살았다는 것을 확신한 후에는 도망칠 궁리만 했다. 목숨을 건졌다고는 하지만, 스승이 살려줬다고는 하지만, 나는 그의 신자가 아니었다. 살려만 주면 무슨 일이라도 하겠다고 생각했는데 목숨을 구하고 보니 그런 생각은 들지 않았다. 그런 방식으로 세뇌될 만큼 나는 순수하지 않았다. 바로 도망치지 않은 이유는 일원이 된 이상 절박한 죽음의 위험이 없었고, 완전히 도망칠 기회를 기다리는 편이 좋다고 생각했기 때문이다.

그들은 석유 채굴 회사, CUUA의 직원을 납치해서 몸값을 조달하는 것이 주된 활동이었다. 무장 멤버들 중에는 이 회사 때문에 농촌에서 쫓겨난 농민들이 많았다. 직원을 유괴해서 몸값을 얻으면 자신들의 생업이었던 농업에서 얻었던 만큼의 이익을 얻는다. 무모한 행위지만 생계가 절실했다. 그런 무장세력은 아프리카 땅에 수없이 많이 존재했다.

내게 영어로 말한 남자의 이름은 가명으로 케자프라고 하겠다. 케자프는 탄탄한 몸에 어떤 일에도 꿈쩍하지 않는 정신력을 가졌지만 겨우 열아홉 살이었다. 그가 태어난 곳은 여기가 아니었다. 원래는 멀리 떨어진 다른 아프리카 국가의 어느 무장 세력에 속했었다. 그가 다른 무장 세력에 들어간 이유는 소년 시절 그 무장 세력에게 마을을 습격당해 유괴를 당했기 때문이다. 억지로 유괴된 소년은 기회를 틈타 도망치려고 했다. 그래서 그 무장 세력은 소년이었던 케자프에게 벌을 줬다.

"녀석들이 총을 들이대고 같은 마을의 여자를 겁탈하라고 말했다. 겁탈하지 않으면 죽이겠다고. 그 여자는 내 어릴 적 친구였다. 우리 마을이 불타고 있었다. 나는 등 뒤에 총구가 들이 대어진 채 열네 살 여자를 강간했다. 여러 남자에게 붙들려서 옷이 발가벗겨졌고, 이미 처녀성을 잃어 다리 사이로 피를 흘리던 그 여자를. 관습으로 자행됐던 할례의 상처마저 찢겨진 그 여자를. ……울면서 말이야. 그들은 내가 우리 마을에 돌아갈 수 없도록 만들었다. '반복하면.' 그 리더는 말했어. '반복하면 어느새 쾌락에 이른다. 처음의 너의 죄도 결국엔 죄라고 생각되지 않는다.' 나는 인간을 많이 죽였어. 죽이면 죽일수록 나의 옛날 죄가 대수롭지 않게 되니까. 하지만 그 세력이 아프리카 공습으로 괴멸했을 때 나는 혼자가 됐다. 그때 스승과 만난 것이다. 이 조직은 강간을 하지 않는다. 할례도 하지 않는다. 성행위는 신의 은총이니까. 역시도 해서는 안 되니까. 구원받았다고 생각했어. 스승을, 그리고 신을 믿으면 나는 다른 세상으로 갈 수 있으니까. 괴로움이 없는 세상. 영어로 뭐라고 말하면 좋을까? ……헤븐인가?"

너무나 많은 사람들이 죽어나가는 나라. 그렇기에 케자프는 이런 잔혹한 경험이 아무렇지 않은 걸까? 그렇지는 않았다. 그들은 모두 상처받기 쉽고 자신들의 과거를 괴로워했다. 만약 일본의 정신과에서 진찰받았다면 다중의 정신질환이 발병했다는 말을 들었을 것이다. 그렇다고 현재의 상황이 용서되지는 않았다. 죽음의 바로 옆에서 고통을 안고 사는 그들은 늘 산다는 것에 대해 생각해야만 했다. 그리고 케자프는 타인에 대한 공감이라는 감각이 극단적일 만큼 결여됐다. 타인에게 공감하는 감각을 스스로 닫아놓았는지도 모른다. 그렇지 않으면 살아갈 수 없으니까. "어차피 나는 곧 죽는다." 케자프는 자주 그렇게 말했다. 그것이 유일한 면죄부인 것처럼. "하지만 사실은 여행 가이드가 되고 싶었어. 아프리카 자연의 위대함을 빈약하고 연약한 서양인들에게 알려주는 일 말이야."

실제로 스승에게서 배운 영어를 바로 습득했으니 그의 지능은 상당할 것이다. 하지만 이 국가에서는 그런 지적 능력의 소유자도 무장 세력의 일원에 지나지 않았다.

이 국가의 악은 선진국처럼 연약한 것이 아니었다. 좀더 극단적이고 투박하며, 코카인에 의해 일시적으로 융화되는 일상 속에 있었다.

나는 일원이 됐지만 실제로 납치에 관여하지는 않았다. 운동 능력만 봐도 이 땅에 태어난 사람들보다 열등한 황색인종인 나는 쓸모없다고 판단됐을지 모른다. "그때가 오면" 하고 스승은 나에게 말했다. "그때가 오면 일을 하도록 하지, 굶주린 자여."

스승은 나를 굶주린 자라고 불렀다. 그 말을 들었을 때 스승 덕분에 목숨을 구한 순간 내가 스승에게 연대를 느꼈던 이유를 알 것 같았다. 나는 굶주림의 경험을 이 땅의 누군가에게도 말한 적이 없었다. 스승은 내 얼굴을 보고, 나를 둘러싼 뭔가를 보고 나의 굶주린 과거를 알아챈 것이 분명했다. 따라서 나는 일본인이라서 목숨을 구한 것이 아니었다. 스승은 나를 여권에 적힌 '다카하라 유스케'가 아니라 '굶주린 자'라는 존재로 인식했다. 굶주린 적이 있는 사람. 스승은 나의 표정이 아니라 근원에 있는 것을 보고 있었다. 굶주린 자인 나는 스승과, 아니 스승이 펼치는 굶주림에 반발하는 활동과 이어졌다고 생각했다. 나의 근원이, 나의 존재가, 이 역사의 흐름과 이어졌다고 생각했다. 나는 다카하라 유스케가 아니라 굶주린 자였다. 굶주린 자인 나는 굶주림에 반발하는 작은 역사의 흐름과 이어진 것이라고.

나의 하루는 그저 그들의 아지트에 머무르는 게 다였다. 연금(軟禁)이라고 해도 좋았다. 가끔 내게 시장이라고 불리는 노점들이 모인 공터에서 장을 보게 했는데 나는 그럴 때마다 자유를 맛봤다. "도망치지 마." 혹시나 해서 케자프는 영어로 말했다. "도망치면 등 뒤에서 쏘겠다. 아무리 네가 시장에 있어도." 이 무장 세력 중에는 시장에서 나를 쏠 수 있는 총 기술을 가진 사람은 없었다. 도망친다면 이때다. 나는 시장에 갈 때마다 그렇게 생각했다. 눈앞으로 더러운 택시가 지나간 적도 있었다. 이걸 타면. 이걸 타고 도시로 간다면 나는 도망칠 수 있다. NGO로 돌아갈 수 있다. 하지만 나는 그 택시를 그냥 보냈다. 왜일까? 반드시 성공할 기회가 또 있을 거라고 생각했기 때문일까? 내가 도망치지 않은 이유는 정말로 그것뿐이었을까?

나의 성행위를 마을 사람들이 보게 됐다. 그날은 마을에 스승이 와서 내 성행위가 임시 제사처럼 됐다. 제사라고 해도 마을 사람들 전부는 아니었다. 사람들을 다 합해도 십 수 명에 지나지 않았는데, 마치 싸움 구경처럼 번잡스러웠다. 횃불 옆에 갈색 피부의 뚱뚱하고 거대한 여자가 있었다. 나는 마을 사람들 사이에서 전라가 되어 그 여자와 마주했다. 상반신만 그을리고 하반신은 하얗고 빈약한 피부를 드러낸 우스꽝스러운 내 몸을 보고 갈색 피부의 사람들은 일제히 웃었다. 나는 일본인 여자 말고는 자본 적이 없었다. 처음 만난 이국의 여자와 밖에서, 그것도 수많은 마을 사람들이 지켜보는 상황에서 내 성기는 도저히 발기되지 않았다. 우리의 섹스는 청결한 침대 위에서 사랑을 속삭이고, 서로를 애무하고, 브래지어와 팬티를 천천히 벗겨나가는 섬세한 것이었다. 나의 발기 불능에 대해 마을 사람들은 조소하지 않았다. 그저 나를 이국인이고 신의 은혜를 받지 못하는 불쌍한 존재로 여겼다. 스승은 미소를 지으며 나를 치하해줬다. "그가 우리와 함께 일을 하는 날." 스승은 말을 이었다. "그는 연약한 일본인에서 우리의 동료로 변화될 것이다."

그리고 그날이 정해졌다. 이웃나라에서 벌어진 요란한 테러리즘이었다.

15

이웃나라에 가서 폭발물을 실은 자동차를 방치한다. 폭발물은 휴대전화를 통해 멀리 떨어진 곳에서 조작한다. 그게 임무였다.

나는 일본인이니 설마 아프리카에서 테러를 벌일 거라고는 생각하지 않을 것이다. 그러니 만약 예기치 못한 사태가 벌어져도 빠져나갈 수 있다는 것이 스승의 계획이었다.

"자네들은 가미가제라는 과거가 있었지만 세계에서 가장 안전한 사람들이라고 생각될 것이다. 굶주린 자가 가진 여권은 유효하겠지?"

하지만 나는 그 행위의 의미를 알지 못했다. 시장에서 폭발을 일으키는 것이 어떤 의미가 있는가? 그 이웃나라에는 다국적군이 상주했다. 스승은 그들에 대한 항의라고 말했다. "그들이 이 땅에서 나가지 않는 한 우리는 테러를 일으킬 것이다. 그들은 가난한 우리한테서 자원을 착취하기 위해 온 것이다." 하지만 나는 이해하지 못했다. 이 폭발로 수많은 민간인이 죽을 텐데.

"민간인들의 죽음은 어떻고요?"

스승은 이상하다는 듯 나를 쳐다봤다. 그러고는 내가 일본인이란 사실을 새삼 떠올렸다는 듯 고개를 끄덕였다.

"그들은 R의 신봉자가 아니다."

나는 여전히 무슨 소리인지 이해가 되지 않았다.

"물론 그들은 R의 신봉자는 아닙니다. 하지만 계몽해서 그들이 R의 신봉자가 될 가능성이 있다면 어떻게 될까요? 미래의 신봉자를 살해할 권리를 신이 우리에게 허락할까요?"

스승은 아름다운 얼굴로 나를 뚫어지게 봤다. 마치 진귀한 외국의 햄스터를 손에 쥔 것처럼.

"민간인은 분명히 존귀한 희생이 될 것이다."

스승은 말했다.

"민간인 희생자는 사후에 R의 이름으로 다른 세계로 간다. R의 신봉자들과 같은 조건으로 높이 추앙을 받는다. 영어로 말하자면 헤븐으로."

더 이상 나에게는 반박할 말이 없었다.

"굶주린 자여."

스승은 말을 이었다.

"만약 자네가 성전으로 죽는다면 영웅이 되어 헤븐에서 중
요한 위치에 서게 된다. 완전히 네가 바라는 인간이 될 수 있
다. 그 세계에는 네가 현세에서 이루지 못한 모든 소망이 있
다."

스승은 내게 영령(英靈)이라는 말을 사용했을 뿐만 아니라
야스쿠니까지 빗대 말한 적도 있었다. 하지만 아마도 스승은
영령이나 야스쿠니에 대해 자세히는 몰랐을 것이다. 1869년에
도쿄에서 쇼콘샤(招魂社)로 창건됐다가 1879년에 야스쿠니 신
사라고 사호를 바꿨는데, 그 후 야스쿠니 신사는 근대 일본이
벌인 모든 전쟁에 관여했다. 제2차 세계대전 당시에도 일본 병
사가 전쟁에서 죽으면 야스쿠니 신사에서 영령으로 받들어지
고 제신(祭神)이 된다고 생각했다. 현인신 천황이 통치하는 국
가를 숭배하는 종교. 국민 전부를 끌어들인 그것은 종교를 초
월한 것이라고 말해도 좋았다. 전시 중에 야스쿠니 신사에서
는 자주 임시 대제가 벌어졌다. 병사의 유족들은 도쿄에 초청
돼 자신의 아들이 제신이 되는 모습에 감동했다. 유족들은 천
황의 모습을 가까이에서 보고 자신의 남편과 아이들이 천황에
의해 숭배되는 그 엄숙한 제사에 감동받았다. 그리고 고향에
돌아가서는 명예로운 유족이라는 칭송을 들었다. 죽은 병사를
영웅으로 만들 뿐 아니라 신으로 격상시키는 것은 병사의 용

기를 북돋아주고 새로운 병사를 보충하는 데 공헌했다. 야스쿠니 신사는 전쟁을 가능하게 한 종교로서 그 기능을 120퍼센트 달성했다. 하지만 그건 옛날 얘기다. 현재를 사는 일본인인 나에게 스승이 아무리 그런 말을 해도 목숨을 걸 마음은 생기지 않는다. 당시 일본인들 중에는 표면적으로는 국가에 대한 충성을 맹세했어도 모두가 국가라는 시스템에 감동했던 것은 아니다.

내가 이런 괴상한 R에 대해 조사하기 시작한 건 아무래도 테러에 대한 공포 때문일 것이다. 며칠 전 우리 마을에서 수십 킬로미터 떨어진 농촌을 아지트로 삼은 무장 조직이 정부군에 의해 학살당했다. 정부군이라고 해도 실상은 정부가 고용한 민병, 즉 용병들이었다. 인접 국가들의 사람들을 모아 만든 그들은 무장 조직을 고성능 총으로 차례차례 쏴 죽이고, 그들을 숨겨준 마을 여자들을 차례로 강간하고, 산 채로 체포했던 무장 조직 사람들은 나중에 공개 처형했다. 나는 그것을 봤다. 거기에는 눈알이 빠졌거나, 펜치로 인육을 찢어놓거나, 신체의 피부를 얇게 발라내는 일본인이 떠올릴 만한 만화 같은 잔혹한 취향은 찾아볼 수 없었다. 그들의 살해 방법은 좀더 단순했다. 즉, 목을 잘랐다. 한 번에 목을 자르는 것이 남자답다고 여겨서인지 그들은 목에다 검을 한 번밖에 겨누지 않았다. 실패했을 경우 피해자는 고통을 받는다. 하지만 그들은 그렇게 된 피해자를 동정하지는 않았다. 자신이 한 번에 자르지 못한 것은 피해자가 겁을 먹고 움직인 탓이라고 생각했고, 그 분풀이로 갈라진 목과 입에서 동시에 피를 쏟아내는 피해자를 경멸하듯 보고만 있었다. 앉은 자세의 시체는 버튼으로 뚜껑이 열리는 전기포트 같았다. 목 끝의 피부 한 장으로 이어진, 마치 머리 자체가 목에서 나오는 혈액의 부드러운 덮개인 것처럼. 나는 거기서 자신의 가까운 미래를 봤다. 목이 잘린 순간을 생각했다. 지금까지 내 인생 전부를 무지막지하게 다루는 그 순간, 나는 스승이 구해준 내 목숨을 생각했다. 그리고 나의 폭탄으로 죽임을 당할 민간인을. 나아가 헤븐에 대해서 생각했다.

교리의 근거는 한 권의 성서였다. 시의 형식으로 구전되어진 내용을 약 1300년 전 종이에 옮겨 책으로 만든 것이다. 하지만 그 후 박해로 인해 책이 소실되고 또다시 구전되다가 약 300년 전에 다시 책으로 만들어졌다. 그 책을 발견한 건 약 240년 전이었다. 하지만 그 성서에 적힌 것이 진실인지는 증명할 수 없었다.

분명히 이 땅에는 타인의 성행위를 지켜보는 풍습이 존재했다. 하지만 헤븐에 대한 기록은? 만약 아주 옛날에 문장이 뛰어난 어떤 사람이 생각나는 대로 적은 글이었다면? 그걸 마치 성서처럼 꾸며 "이 책은 대략 천 년도 전에……"라고 머리말을 자성한 것이라면. 옛날 이 땅의 족장 같은 사람이 진쟁이 임박했을 때 마을 사람들을 전사로 만들기 위해 이 전투에서 죽으

면 헤븐에 갈 수 있다는 계시가 있었다고 말한 것뿐이라면. 그
것을 누군가가 옮겨 적은 것이라면. 아니, 애초에 이 종교가 시
작됐을 당시의 마을 상황에 맞게 만들어진 이야기에 불과하다
면. 전쟁을 하는 병사가 죽음을 두려워하지 않도록 그런 종교
를 만든 것뿐이라면. 단지 오래됐다는 이유만으로 그것은 진
실이 되는 걸까? 이 성전의 근거는 무엇일까? 읽어본 사람은
그 시에 감동한다고 한다. 하지만 그것이 이 땅의 고대인이 만
든 문학적 걸작에 불과하다면?

　나는 케자프에게 조심스럽게 나의 의문점을 말했다. 케자프
는 분노에 가득 차 희번덕거리는 눈으로 나를 봤다. "신을 모
독할 생각인가? 이것은 이 땅에서 예로부터 내려온 것이다."
그의 분노는 이해가 간다. 종교란 사람들이 믿고 싶어서 믿는
것이다. "하지만 만약 그 전통적인 것이 애초에 아무 근거도
없는 것이라면?" 나는 그렇게 물어볼 수는 없었다.

　경치가 거꾸로 뒤집힌 꿈을 꿨다. 광대한 모래땅이 불쾌한
하늘이 된 것처럼. 건조하고 빈약한 나무들이 하늘에서 뻗어
나온 것처럼. 나는 목이 잘리고, 그 목이 거꾸로 매달려 있다.
얇은 피부에 매달려 소리를 지르려고 해도 목이 갈라져 아무
소리도 나오지 않는다. 대지가 공허한 하늘이 되고, 하늘에서
나무들이 자라나는 반대의 광경. 눈을 뜰 때마다 나는 평형감
각을 잃었다. 자는 것인가. 매달려 있는 것인가. 공포에 휩싸였
다. 나의 평형감각과는 상관없이 눈을 뜰 때마다 심장은 격렬

하게 뛰었다.

쇠약해져가는 나의 방 벽에 invocation이라는 글자가 적혀 있었다. 기도를 의미하는 영어 단어였다. 쇠약해지는 나를 위해 케자프가 어떤 주술을 걸었다고 생각했다. 하지만 케자프는 모른다고 말했다. "신의 기적일지도 모른다." 케자프는 바보 같은 소리를 했다. 하지만 그가 나의 용기를 북돋으려고 했다는 사실에 나는 이 비참한 나라에서 우정을 느꼈다. 다음 날 그 글자는 덧칠해져 있었다. 나는 케자프의 우정에 눈물이 날 듯 감사했지만 어쩌면 그건 스승의 책략일지도 모른다고 생각했다. 성전을 겁내는 일본인에게 용기를 주기 위해서 신이 직접 말을 부여했다는 유치한 기적을 내게 안겨줬다고. 이런 바보 같은 기적을 믿으라고? 나는 분노했다. 하지만 이것은 유치한 행위에 대한 분노가 아니라 스승이 결국 내게 성전에 참가하라고 말한 것에 대한 분노였다. 그 분노는 아버지에게 버림받은 아이의 분노와 비슷했다. 문자는 점점 진해지고 나의 분노는 인내의 한계에 다다르려고 했다. 스승에게 말할 용기가 없었던 나는 또다시 케자프에게 이 말을 전했다. 케자프는 겁내듯 나를 쳐다보며 말했다. "그건 네가 쓴 거야. 너는 밤중에 눈을 떠서 이상하게도 냉정한 모습으로 벽에 그 글자를 적었어." 그제야 나의 상태를 알 수 있었다.

결행을 앞둔 마지막 집합. 나의 눈앞에 때가 탄 흰색 차가 있었다. 이것은 나를 이 마을로 끌고 온 차였다. 예상대로 일본 제품이라는 사실에 나의 운명에 악의를 느꼈다. "성전을 끝내면 너는 더 이상 연약한 일본인이 아니다." 스승은 말했다. "너는 우리와 똑같아진다. **너는 굶주린 자에서 행위자가 된다.** 인생이 보여주는 수많은 현상에 너는 더 이상 동요할 필요가 없다."

성전은 두 개로 나뉘었다. 하나는 우리가 맡은 방치된 자동차를 이용한 테러리즘. 시장 안에서 폭발시켜서 상주하는 다국적군에 대한 항의를 보여주는 것. 두번째 그룹은 이웃 나라의 시장에 있는 경찰서를 습격하는 일이었다. 치졸하다고 나는 생각했다. 목숨을 걸기엔 너무나 조잡하고 엉망이다. 하지만 실제로 다국적군에게 공격을 가할 힘이 YG에게는 없었다. "항의다." 스승은 말했다. "우리의 목표는 승리가 아니다. 다음 세대를 위한 토대가 되는 것이다." 스승의 말은 서서히 흔해빠진 말로 변해갔다.

나는 케자프에게 내 생각을 전하려고 했다. 나는 비교적 수월한 그룹에 속했지만 그는 두번째 그룹에 속했다. 총을 들고 경찰서를 습격하다니. 아마도 몇 초 지나지 않아 달려온 정부군에게 사살될 것이다. 나는 처음엔 케자프처럼 영어를 하는 유능한 남자에게 스승이 이런 역할을 맡겼다는 사실에 의아했다. 하지만 이 계획을 발표하기 며칠 전에 영어를 하는 다른 남자가 스승 곁에 있다는 걸 알게 됐다. 나는 그 점이 염려됐다.

뭔가 이상하다고 생각했다. 이 성전에 과연 의미가 있는 걸까?

"행복하다."

케자프는 말했다.

"잘하는 것 하나 없는 내가 영웅이 되다니. 위대한 R의 이름으로. 나는 영웅으로서 헤븐에 갈 수 있다. 어릴 적 친구를 강간한 이런 내가 정화되다니. 죽은 어머니도 기뻐하실 거다."

"케자프."

나는 케자프를 불렀다.

"하지만 너는 가이드가 되고 싶었잖아? 이렇게 죽어도 괜찮아?"

내 말을 듣고 케자프는 이상하다는 듯 내 얼굴을 봤다. 그 얼굴은 순수했다. 그가 열아홉 살이라는 사실을 나는 그때 떠올렸다.

"무슨 소리야? 가이드는 헤븐에서 하면 되잖아?"

결론부터 말하자면 나는 도망쳤다. 결행 이틀 전, 나는 걸어서 마을에서 도망쳤다. 빈약한 숲에 들어가 길을 헤매고 산을 넘으려고 했다. 산속에서 나는 몇 구의 시체를 보았다. 산적에게 습격당한 것인지, 어떤 무장 세력에게 습격당했는지 알 수 없는 그 시체들에서 미래의 나의 모습이 겹쳐 보였다. 시체는 고개를 숙인 것처럼 쓰러진 것도 있고, 춤추듯 흐트러진 것도 있었다. 머리가 길고 옷을 입지 않은 부패된 여성 시체는 틀림없이 강간을 당했다. 그들은 여자의 시체가 이렇게 부패해서 추해지기 전에 범했을 것이다. 여자 몸의 맛있는 부분만 맛보고 버린 것처럼. 산을 넘어도 나는 또 시체를 보겠지. 시체는 아무리 가도, 아무리 가도, 온갖 포즈를 취하면서 각각의 풍경 속에 존재할 거라고 생각했다. 풍경이 거꾸로 뒤집혔다. 거꾸로 뒤집혀서 하늘이 된 마른 대지 밑으로 냄새를 풍기는 시체들이 마치 음식물처럼 쌓여 있다. 도중에 쓰러진 나를 발견한 사람은 운 좋게도 선량한 농민이었다. 나는 병원으로, 다시 경찰서로 옮겨졌는데 그곳으로 양복을 입은 백인이 찾아왔다. 거기서 알게 된 건 이웃나라의 시장에서 차를 폭발시켜 수십명의 사상자가 나왔다는 사실과 경찰서를 습격한 무장 조직이 몇 분 사이에 전원 사살됐다는 사실이었다. 서방 쪽 사자(使者)인 백인은 내게 그들의 아지트를 물으려고 하지 않았다. 마치 나와 관련되는 것이 싫은 것처럼. 하지만 이상했다. 그들은 무장 조직이다. 왜 그들의 아지트를 쳐들어가려 하지 않는가?

그 후 내가 알게 된 사실은 참담했다. 스승은 다국적군을 철퇴하기 위한 항의라고 했지만 다국적군은 2주일 후에 철퇴할 예정이었다. 그리고 스승은 다국적군과 관련된 군수회사와 어느 국가 양쪽으로부터 의뢰를 받고 테러를 범했다.

어떤 민간 군수회사가 다국적군 중 하나인 국가의 군대를 보조했다. 민간 군수회사 입장에서 다국적군의 철퇴는 일자리를 잃는 것과 동시에 회사 이익이 감소하는 것을 의미했다. 하지만 여기서 테러가 일어나면 어떻게 될 것인가. 다국적군은 철퇴할 수가 없다. 즉, 자신들은 계속 일할 수 있다. 하지만 그들의 이익 추구만을 위해 이런 일을 꾸민 것은 아니라고 믿고 싶었다. 이럴 때 다국적군이 철퇴하면 그 땅은 더욱 황폐해질 가능성이 있다. 그렇다면 왜 철퇴를 결의했을까? 이유는 여론이다. 다국적군을 구성하는 다양한 국가의 국민들이 자국 병사가 죽는 것을 더 이상 참지 못했기 때문이다. 하지만 그 회사도 일을 잃으면 도산 위기에 처한다. 사원들은 모두 자국의 가족들을 부양하고 있었다. "지금 다국적군이 철퇴하는 건 좋지 않다. 이 땅이 황폐해지고 나아가 사망자가 나온다." 도산 위기 속에서 회사 직원들은 그렇게 말했다. "약간의 희생으로 다국적군이 철퇴를 연장한다면 보다 많은 생명을 구할 수 있다."

스승에게 의뢰한 어느 국가의 사람은 그 나라에서 영향력을 가지고 싶어 했다. 국가를 혼란스럽게 만들어 다국적군만으로 역부족이라고 느끼면 그 국가에 차례가 올 것이다. 즉, 자신들이 개입해서 무장 세력과 직접 협상을 하려는 생각이었다. 그렇게 되면 그 국가는 자신이 직접 일을 시킨 스승과 협상을 하면 된다. 하지만 나는 그 국가도 선진국들에게 착취당했다는 사실에 분개했다. 그들은 그들의 종교 이름으로 이념을 말했다. 좀더 말하자면 그 땅은 세계 대국들의 군수회사로서는 무기를 대량으로 팔아치울 수 있는 중대한 수요지였다. 혼란이 길어질수록 대국들의 군수회사 이익은 올라간다. 그리고 각

회사에는 관련 기업이 딸려 있다.

나는 NGO로 돌아갔다. 행방불명이 됐지만 일본에서는 나에 관해서 보도하지 않았다. 그 땅에서는 일본의 어느 거대 기업도 몰래 활동을 했다. 국가 역시 관련된 사업을 공표하고 싶은 의사가 없었다. 방랑을 떠나 행방불명된 일본인으로 나를 처리하려고 했다. 물론 범행 그룹이 국가나 NGO에게 몸값을 요구한다면 그럴 수 없었겠지만, 상대가 아무 요구도 하지 않은 이상 우스꽝스러운 발표는 피하고 싶은 생각이었을 것이다.

NGO에게 한 통의 전화가 걸려온 것은 내가 귀환한 다음 날이었다. 마치 NGO 안에 내통자가 있다고 생각될 정도로 너무나 타이밍이 맞아떨어졌다. 상대는 내게 전화를 받으라고 요구했고 수화기를 쥐었더니 스승의 목소리가 들렸다.

"너의 배신은 잊지 않겠다."

스승의 목소리는 차디찼다. 이유는 모르지만 그때 나는 눈물을 참고 있었다. 눈물 따위는 흘릴 필요도 없는데. 나는 내가 알게 된 사실을 스승에게 말했다. 하지만 스승의 목소리에 동요는 없었다.

"그래서 어쨌다는 거냐. 우리 활동에는 돈이 필요하다. 때로는 적에게서 돈을 받을 수 있다. 모든 것은 R의 교리를 널리 전파하기 위해서다."

스승의 목소리는 계속 굳어 있었고, 흔들림이 없었다.

"당신은 종교의 수장입니까, 아니면 직업 테러리스트입니까? 당신은 직업으로 테러리스트를 하는 거죠? 당신 계획 때문에 동료들이."

"그들은 헤븐에 있다."

"민간인도 있습니다."

"그들도 헤븐에 있다."

스승에게는 어떤 말도 전달되지 않았다.

"그들의 죽음을 내가 슬퍼하지 않는다는 말인가? 모든 것은 존엄한 R의 교리를 널리 알리기 위해서다. 나는 계속 울고 있었다. 그들을 위해서."

"그들이 어떻게 죽었는지 아십니까? 그들의 살덩이가 탄환에 터지고 고통에 일그러졌는데."

"너는 보지 않았잖아?"

"그걸 봤다면 당신도 그런 말은 할 수 없을 겁니다."

나의 말에 스승은 잠시 침묵에 잠겼다. 하지만 그것이 내 말의 효과가 아니라는 것을 알고 있었다.

"일본인은 이상한 말을 하는구나."

스승이 조용히 말했다.

"내가 지금까지 대체 몇백 명의 시체를 봤을 거라고 생각하는 건가?"

케자프의 얼굴이 떠올랐다. 사이느가 되고 싶다고 말한 공감 능력이 결여된 남자. 탄환에 온몸이 분쇄돼버린 능력이 뛰어났던 남자. 무장 조직이라는 이름으로 매몰된 존재. 그의 이야기, 그의 인생, 그의 존재 의미.

"시체를 보지 않더라도 나는 슬픔을 느꼈다. 나는 계속 기도했다. 그들 영령을 위해서. 그들이 헤븐에서 행복하게 살 수 있도록."

악은 어디에 있고, 그 악은 누가 계승하며, 어떻게 하면 악을 끝낼 수 있는가?

악은 어디에 있는가?

하지만 스승은 내게 뭔가 철학적인 물음을 묻기 위해 전화한 것은 아니었다. 스승의 의도는 다른 데 있었다.

"너의 배신은 잊지 않겠다."

스승은 다시 처음 했던 말을 내뱉었다.

"나는 끝까지 너를 지켜볼 것이다. 너의 모든 활동을 볼 것이다. 우리 동료가 일본에 없다고? 굶주린 자여, 나는 실제로 봤다. 아파트 한쪽 방에서 굶주린 너의 어릴 적 모습을. 이 눈동자로. 이 두 개의 눈동자로. 신의 힘으로."

그때 왜 나는 아무 말도 하지 못했을까? 스승의 말이 몸속으로 들어왔다. 시야가 좁아지고 눈앞에 발이 보였다. 스승의 발이었다. 내 목숨이 끝나려고 할 때 봤던, 나에게 다가온 아름다운 발.

"기억해둬."

스승의 말은 끝나지 않았다.

414

"앞으로 너와 관련된 모든 인간이 무참하게 죽을 것이다. 목이 잘리고, 탄환으로 살이 튀고, 무참히 강간당할 것이다. 고대로부터 이어진 R의 이름으로. 연약한 너희 사회에 우리가 잠입할 것이다. 도망치는 방법은 하나다. 너는 항상 나에게 어떤 사실을 알려야 한다. **다시 연락하겠다.**"

나는 일본으로 돌아와 먼저 스승에게 연락했다. 연락을 취한 다음 날, 내 방 벽에 invocation이란 글자가 나타났다. 나는 그것을 발견하고. (수기는 여기서 끝이 났다.)

16

다카하라의 수기를 다 읽었다. 이것은 뭘까? 현실일까? 다치바나는 골똘히 생각하며 한참 동안 의자에서 꿈쩍도 하지 않았다.

다카하라가 테러를 시작했다는 말을 듣고 집회를 마친 다치바나는 그의 방으로 갔다. 미네노에게 건넨 녹음기는 어떻게 됐을까? 다카하라는 어떻게 구속되지 않고 이 시설을 나갈 수 있었을까? 온통 이해되지 않는 것들 투성이다. 다카하라는 교주에게 비밀로 일을 진행했을 텐데, 교주는 마치 모든 것을 알고 있는 것처럼 신자들 앞에서 발했다. 어떻게 된 일일까? 다치바나는 조금이라도 단서를 찾으려고 했다.

다카하라의 방은 여전히 간소했다. 마치 아무도 살지 않는 것처럼 사람의 온기가 없다. 가구들이 인간과 어울리기를 거부하고 차갑게 침묵하는 것처럼.

뭐라도 좋다. 뭐라도 단서가 될 만한 것을 닥치는 대로 찾으려고 했다. 떨어진 가방 안을 살피고, 책장에 진열된 파일들을 꼼꼼하게 읽고 다시 집어넣었다. 열쇠 구멍이 있는 책상 서랍에 손을 댔다. 열리지 않을 거라고 생각하면서 그것을 당겼다. 그런데 잠기지 않았다. 그리고 이 수기가 들어 있었다.

YG. 어디선가 들어본 적이 있었다. 하지만 분명히……. 다치바나는 또다시 서랍으로 다가갔다. 심장박동이 빨라졌다. 서랍 바닥은 이중으로 돼 있었다. 판을 제거하자 노트북이 나왔다.

교단 내에서 컴퓨터 소지는 금지다. 다카하라 역시 금지됐을 것이다. 무선 랜이 있으니 인터넷에 접속할 수 있을지도 모른다. 전원을 켰는데 암호가 걸려 있었다. 패스워드. 아닐 거라고 생각하면서 다카하라의 생년월일을 입력했다. 역시 맞지 않았다. 심장이 점점 빨리 뛰었다. 떨리는 손가락으로 영어 단어를 입력했다. invocation. 목이 바싹바싹 타들어갔다. 드디어 화면이 열렸다.

불쾌한 심장 소리를 느끼며 인터넷에 접속했다. 다치바나는 YG에 대해 조사하기 시작했다.

YG. 아프리카 민간신앙의 한 유파를 모체로 한 소규모 무장 조직. 보다 자세하게 조사하려고 계속 검색했지만 표시된 것은 해외 기사들뿐이었다. 어떤 영어 기사를 발견했다. 지도자의 이름은 니겔 A 알로이. 숨을 삼켰다. 다카하라가 마침 아프리카에 있던 6년 전, 그들은 분명히 테러를 벌였다. 시장에서 여섯 대의 자동차를 동시에 폭파시키고 경찰서도 습격했다. 56명의 사망자가 나왔다.

그리고 지도자인 니겔은 1년 전에 죽었다.

EU 국가의 공습을 받아 1년 전에 YG는 마을 전체가 전멸했다. 당시 72세였던 니겔도 즉사했다. 그의 경력을 조사했다. 기사에는 미국에서 출생해서 사우디아라비아로 건너갔고, 아프가니스탄과 레바논으로 장소를 옮긴 다음 아프리카 내륙부에서 무장 조직을 결성했다고 한다. 미국에서 태어났다고? 다카하라의 수기에서는 아프리카의 종교지도자였을 것이다.

다카하라는 사와타리 몰래 테러를 일으킬 거라고 전화로 말했다. 그 전화 상대는 이 무장 조직일 가능성이 높다.

하지만 그들은 전멸했다.

살아남은 잔당? 다치바나는 골똘히 생각했다. 하지만 이상했다. 왜냐하면 내가 들은 그의 전화 통화는 일본어였기 때문에.

아프리카 무장 세력 중에 일본어를 할 줄 아는 존재가 있을까? 그럴 리는 없다. 그건 현실적이지 않다.

이 컴퓨터의 존재는 숨겨야 한다. 이제는 유일한 외부와의 채널일지 모른다. 다치바나는 계속 생각했다. 그럴 리가 없다.

다카하라가 이상한 짓을 벌이기 전에 그를 억지로 구속시키고, 만약 교주가 그를 죽이려 들면 교묘하게 경찰을 불러들여 모든 걸 붕괴시키려고 했다. 그렇지만 이젠 늦었다.

왜 경찰은 이 건물 뒷문이 열린 순간을 노려서 기습하지 않았을까? 그렇다면 혼란한 틈을 이용해 신자들을 쉽게 체포했을 것이다. 하지만 기동대는 요란하게 건물을 포위해서 신자들이 무기를 준비하게 만들었다. 기동대가 들이닥친 순간 서로 엉겨 붙어서 싸울지도 모른다. 신자들이 집단 자살하는 것도 용이했다.

게다가 나는 왜 감금된 걸까? 간부들에게 더 이상 물어볼 수 없었다. 지금 그들의 눈은 이상하게 빛났다. 그들은 통상적인 인생에서는 결코 맛볼 수 없는 체험 속에 있었다. 지금 뭔가를 했다가는 다시 감금될지 모른다. 어떤 대의를 위해서. 정체를 알 수 없는 대의를 위해서.

다카하라는 어떻게 됐을까? 다카하라……. 다치바나는 서랍 구석에 여러 장의 종이가 뭉쳐 있다는 것을 알았다. 하얀 커피 용지. 펼쳐 보니 거기엔 invocation이라고 쓰여 있다. 손 글씨로 여러 번 덧칠해서 invocation이라고 쓰여 있다. 분명히 invocation이라고 쓰여 있다.

다치바나는 그 글자에서 눈을 뗄 수가 없었다.

누가 없을까? 다치바나는 자신도 모르게 그렇게 중얼거렸다. 아플 정도로 심장이 빨리 뛰었다. 더 이상 혼자서 생각하고 싶지 않았다. 내 이해를 뛰어넘었다. 혼자는 싫다. 이런 장소에 이런 식으로 혼자 있는 건 견디기 힘들다. 누가 없을까? 다치바나는 다카하라의 방을 나섰다. 뇌리에서 나라자키의 모습이 줄곧 떠올랐다.

17

"냉정해지세요."

교단 시설 창문이 살며시 열렸다. 기동대가 방어 자세를 취한 순간 큰 소리가 울려 퍼졌다. 그것이 여자 목소리라는 사실에 주변이 살짝 동요했다. 방송국 카메라가 그 사람이 누구인지 파악하려고 애써봤지만 목소리의 주인은 커튼에 가려져 보이지 않았다. 그것이 간부인 스기모토라는 사실은 교단 사람 외에는 아무도 몰랐다.

"다시 한 번 말하겠습니다. 냉정해지세요. 당신들의 목적은 무엇입니까?"

여자의 목소리에 기동대가 약간 술렁였다. 냉정하라고? 그건 통상 경찰이 범인에게 하는 말이다. 경시청 특수 경비차 주변에서 대답이 울렸다. 마찬가지로 확성기 소리였다.

"두 명의 시민을 납치, 체포, 감금한 죄로 제포영상이 나왔다. 신속히 인질을 해방하고 우리의 수사에 협력하라."

"인질?"

상당히 놀란 듯 여자의 목소리가 높아졌다.

"인질 따위는 없습니다. 혹시 최근에 입교한 두 사람 말인가요? 그들은 아직 입교 예식도 갖추지 못했습니다. 아직 신자가 되지 못했습니다. 그들은 신속하게 풀어주겠습니다."

기동대에서도 확연하게 동요가 일어났다. 폴리스 라인에서 멀리 떨어진 곳에서 각 방송국 카메라가 망원렌즈로 그 모습을 계속 찍고 있었다. 뉴스로 생중계 중이었다.

"그리고 강압적으로 들어오지 마십시오. 우리 교리에서는 교주님이 인정하지 않는 자는 이 건물에 들어올 수 없습니다. 여기는 우리의 성지입니다. 당신들이 이곳에 억지로 들어오면 우리는 집단 자살할 것입니다. 그렇게 교리에 정해져 있습니다. 그러니 부탁입니다. 강제로 들어오지 마세요. 인질은 풀어드리겠습니다. 제발, 우리를 그냥 놔두세요. 우리는 그저 조용히 수행할 뿐입니다."

상황이 이상한 방향으로 흘러갔다. 확성기를 든 남자는 무선을 통해 다음 지시를 기다리고 있었다. 그의 말은 자신의 뜻이 아니라 경시청 본부의 의지를 전달한 것이다.

"그렇다면 신속하게 인질을 해방하라. 너희가 대량 무기를 소지했다는 사실이 밝혀졌다. 체포영장도 있다. 무기를 버리고 신속하게 건물을 개방하라."

"무기는 없습니다."

420

"건물을 개방하라."

"무기는 없습니다. 이라크에 대량파괴무기가 없었던 것처럼, 아프가니스탄에 빈 라덴이 없었던 것처럼."

"우리가 휴대전화를 제공하겠다. 이후엔 그 휴대전화로 너희들의 요구를."

"요구 조건은 없습니다. 인질을 풀어줄 테니 그냥 돌아가세요. 휴대전화 따위는 필요 없습니다. 당신들은 이런 대화를 매스컴에 알리고 싶지 않겠죠?"

기동대의 반응은 느렸다. 여자의 목소리가 계속 들렸다.

"어쩌면, 어쩌면 말입니다. 당신들의 목적은, 설마 아닐 거라고 생각하지만 바로 코앞에 닥친 선거와 관련된 건 아닌가요? 지금 진행 중인 막대하고 방대한 공공사업의 이권을 정권 교체로 포기하고 싶지 않아서죠? 미국도 다양한 이권들이 개입해 있을 테니 현재 여당을 유지하라고 강력하게 요구한 건 아닌가요? 선거를 앞두고 강해진 일본을 어필해서 선거에서 이기려는 생각인가요? 국가는 내정이 막히면 대개 국민들의 시선을 외부로 돌려 일체감을 주려고 하지요. 지금까지 전형적으로 해왔던 수법입니다. 하지만 이번에는 순조로울 것 같지 않습니다. 왜냐하면 선거 전에는 그토록 잘도 날아왔던 북한의 도발 미사일이 이번에는 유감스럽게도 날아올 것 같지 않으니까요. 한국과 중국도 그다지 일본을 비판하지 않으니까요. 강한 여당을 연출해서 선거에서 이기고 싶나요? 그리고 이

번 사건으로 이 나라의 우경화에 힘을 실어줄 생각인가요? 강경하게 테러를 제압하는 정부를 비판하는 여론은 이미 이 나라에선 먹히지 않습니다. 오히려 박수갈채를 받습니다. 경찰의 권한과 장비 강화의 이권도 관련됐을지도 모릅니다. 이런 목적으로 기동대가 출동하다니, 우습군요. 말도 안 되는 의지로 움직이고 있다고밖에 생각되지 않습니다. 당신들 입장에서는 사소한 인질 사건을 해결하는 퍼포먼스일지 모르지만 우리는 그런 시답잖은 일에 말려들고 싶지 않습니다."

여자의 목소리가 사회로 흘러들어갔다. 넓게 쳐진 폴리스라인 너머로 텔레비전 방송국뿐만 아니라 신문과 잡지사 기자들도 무리 지어서 모습을 지켜봤다. 경찰이 대답했다.

"궁지에 몰렸다고 아무 핑계나 대지 마라. 자꾸 말도 안 되는 소리해봤자 아무 소용없다."

"우리가 건물 반대편에 잠복해 있는 SAT를 모를 거라고 생각하나요? 냉정해지세요. 제발 냉정해지세요."

기동대는 아무 반응도 하지 않았다. 드디어 명령이 떨어졌다. 방송국 카메라가 SAT를 포착하려고 애썼지만 잡히지 않았다.

"아아, 공격당하겠구나. 냉정하라고 요구한 우리는 무참히 살해당하겠지. 인질을 풀어줬는데. 나쁜 짓은 전혀 하지 않았는데. 우리가 죽은 후에는 위험한 단체였다는 거짓 정보를 흘려 여론을 납득시킬 생각이겠지. 이건 국가 안전에 관한 일이니까, 설마 그럴 리는 없겠지만 제압 방법은 최근 만들어진 특정비밀보호법으로 감출 생각인가요? 그럴 리는 없겠죠? 아, 공격당하겠다. 그렇게 되면 우리는 죽을 수밖에 없는데."

기동대가 일제히 다시 방패를 들었다. 그곳에 긴장감이 감돌았다. 매스컴 관계자들이 웅성거렸다. 정말 강제 진입할까? 이 상황에 쳐들어가도 괜찮을까? 기자들이 서로 말을 주고받았다. 정말로? 이런 상황에서? 하지만 카메라에 잡히지 않은 SAT의 움직임이 갑자기 멈췄다. 무선으로 들어온 정보에 기동대는 할 말을 잃었다. 모습을 생중계하던 텔레비전 뉴스 캐스터들도 허둥댔다. 각 프로그램의 영상이 바뀌고 방송국 캐스터들이 똑같은 뉴스를 읽기 시작했다. 방송국에 무장 세력이 침입했다는 정보. 하지만 JBA에 채널을 시청하던 사람들이 본 것은 다른 영상이었다. 화면에는 기관총을 든 젊은 남자가 갑자기 모습을 드러냈다. 우울한 표정으로, 남성 캐스터에게 총구를 겨누고 있었다.

18

남성 캐스터에게 기관총을 들이댄 사람은 시노하라였다. 침통한 표정의 시노하라가 텔레비전 화면 한가운데에서 갑자기 울기 시작했다. 울면서 카메라를 향해 입을 열었다.

"부탁입니다……. 냉정해지세요."

시노하라가 계속 울었다.

"우리는…… 이렇게 할 수밖에 없습니다. 교단 시설에 침입하면 그들은 교리에 따라서 집단 자살을 해야 하니까. ……부탁입니다. 그들을 그냥 놔두세요."

남성 캐스터는 울면서 총구를 들이댄 시노하라를 경악스러운 표정으로 쳐다봤다. 스튜디오에는 상당수의 직원들이 인질로 붙잡혔고, 그들을 둘러싸듯 열 명이 넘는 남자들이 기관총을 들이댔다.

"이 방송을 중단시키는 순간, 우리는 이 사람들을 죽일 겁니다. 이 영상은 텔레비전에만 나가지 않습니다. 이미 인터넷에 접속돼서 전 세계에 영상이 흐르고 있습니다."

시노하라는 말을 이었다.

"우리는 이미 1년 전에 교단에서 나와 그들과는 상관없는 단체입니다. 하지만 서로 미워해서 갈라진 것은 아닙니다. 아직도 그들을 염려하는 마음은 남아 있습니다. 우리는 그들을 구하고 싶습니다. 그들을 집단 자살에서 구하고 싶습니다. 우리는 무기를 가졌지만 시설에 있는 동료들은 무기가 하나도 없습니다. 전혀 위험하지 않습니다. ……우리는 강제적으로 방송국에 들어왔습니다. 우리로서는 어쩔 수 없는 일이지만 죄는 죄입니다. 우리는 저항한 경비원을 쏘고 말았습니다. 죽이지는 않았습니다. 지금 인질 두 명을 해방하고 구급차를 불렀습니다. 우리는 프로 저격수입니다. 급소를 벗어나도록 쏠 뿐 살해는 하지 않습니다. 그래도 쐈다는 사실은 분명합니다. 그러니 죗값을 받겠습니다. 우리는 당장이라도 무기를 버리고, 인질을 해방하고, 방송국 점거를 풀고, 체포될 용의가 있습니다. 그러니까, 그러니까, 교단 시설에 침입하는 것만은 안 됩니다. 부탁입니다. 냉정해지세요. 대화를 합시다."

기관총 총구가 겨눠진 남성 캐스터는 아무 말도 하지 못했다.

"우리의 요구는 하나입니다. 그 교단 시설에 국가가 절대로 관여해서는 안 됩니다. 지금까지 했던 대로 그냥 놔두세요. 하지만 구두 약속은 신용할 수 없습니다. 그 교단 부지를 독립국가로 인정해줬으면 합니다. 그것이 무리라면 교단 시설을 임시 자치구로 인정해줬으면 합니다. 그렇게 해주지 않으면 우리는 절대로 믿지 못합니다. 옛날부터 원전이 안전하다고 말했지만 사실 전혀 안전하지 않다는 걸 알게 된 지금, 당신들이 하는 말은 조금도 신용할 수 없습니다. 그러니 우리의 자치구를 용인하도록 지금부터 정식으로 각료회의에서 결정해주길 바랍니다. 그리고 일련의 사건들에 우리의 교주는 전혀 관여하지 않았다는 점을 인정해주길 바랍니다. 혐의가 있는 사람들은 시설에서 나와 사정 청취를 받겠습니다. 필요하다면 체포도 당하겠습니다. 하시만 우리의 교주에게만은 손대지 마십시오. 그럴 수 있을 겁니다. 당신들이라면 할 수 있을 것입니다. 왜냐하면 당신들에게는 도쿄재판*이라는 과거가 있으니까. 제2차 세계대전에 일본이 패전하고 전범들이 전승국에서 재판을 받았을 때 재판하는 쪽 국가들 중에는 당시 일본을 통치한 천황에게 전쟁 책임을 묻겠다는 의견도 있었습니다. 하지만 천황은 재판을 받지 않았습니다. 당연한 얘기입니다. 전쟁은 정부가 했고 천황은 전쟁에 부정적인 의견을 가지고 있었으니까요. 천황에 의한 통치는 어디까지나 형식적이었고 실제 정치는 전부 정부가 했으니까요. 그렇다고 해서 우리의 교주와 천황을 동격으로 보는 건 아닙니다. 그런 생각은 하지도 않습니다. 우리는 일본의 주신인 아마테라스 오미카미의 자손인 천황을 존경합니다. 처음부터 우리는 자치구를 원했으니까 당신들의 국가 밑으로 기꺼이 들어가겠습니다. 하지만 도쿄재판의 구도만, 그 구도만을 우리에게 적용해줬으면 합니다. 그러니 교주에게만은 손대지 않기를 바랍니다. 우리의 자수로 사건을 종결하고 싶습니다. 도쿄재판을 경험한 당신들이라면 할 수 있을 것입니다."

회의실 모니터에 비친 남자를 히라이는 멍하니 바라보고 있었다. 경비부의 경비2과장이 된 지 2년째인 자신이 이런 사건에 휘말리라고는 생각지도 못했다. 곁눈으로 부총감과 경비부장의 얼굴을 훔쳐봤다. 형사부장, 공안부장, 외사3과장,

---

* 제2차 세계대전 후 연합국이 도조 히데키를 비롯한 일본의 중대 전쟁 범죄인을 재판하기 위해 도쿄에 재판소를 설치했는데, 정식 명칭은 극동국제군사재판이다.

경비1과장, 조직범죄 대책과 5과장도 있었다. 그들 역시 망연자실했다. 자치구? 무슨 말도 안 되는 소리인가? 아니, 그것보다 범인이 경찰에게 냉정해지라고 말하는 이 태도는 대체 무엇인가?

애초에 보고된 정보와 상황이 너무나 달랐다. 아파트 한 층에 X라는 은어로 불리는 교단이 잠복해 있다. 그들은 무기를 소지했으며 지금 당장 테러를 한다는 정보였다. 나아가 시민을 두 명 납치했다고 한다. 그리고 그중에는 미국의 무장 조직과 관련된 인물도 있어서 교단을 국제 테러 조직의 말단으로 파악했다. 한 번에 제압할 생각이었다. 그것이 현재 국제사회의 상식이니까. 그런데 집단 자살이라니 대체 무슨 말인가? 애초에 그 아파트의 1층뿐만 아니라 건물 전체에 신자가 있다는 얘긴가? 대체 무슨 일이지? 이런 상황에서 제압할 수는 없다. 보고된 정보와 달라도 너무 다르다. 어디서 어긋난 걸까? 아니면 의도적인 뭔가가 있는 건가? 자신으로서는 상상할 수 없는 윗선이 개입해서? 그리고 보니 조금 전까지 함께 있었던 공안 4과장의 모습이 보이지 않았다.

게다가 상황이 상당히 난감해졌다. 왜냐하면 교섭 상대가 하나가 아니라 둘이 됐으니까. 방송국을 점거한 쪽과 교단이 느슨하게 이어졌을 뿐 어쩌면 의사소통이 이뤄지지 않을 위험성도 있으니까. 어쩌면. 히라이는 생각했다. 사태를 해결할 방법은 제로에 가까운 것이 아닐까? 자치구? 그런 요구가 통할 거라고 저 녀석들은 정말로 믿는 걸까?

이건 현실인가? 방송국을 점거한 남자들. 울면서 방송국을 점거한 남자들을 화면으로 보면서 히라이는 기억을 떠올렸다. 1995년에 일어난 컬트 교단의 지하철 사린 사건. 그때도 믿기지 않는 일이 눈앞에서 펼쳐졌다. 당시 법무성 형사국에 있었던 히라이는 이해할 수가 없었다. 세상과 차단된 컬트 집단은 외부 세계와 단절된 세월이 길어질수록 현실의 상식에서 벗어나버린다. 그러다가 갑자기 현실 속에 '비현실'로 등장한다. 당시엔 마치 픽션 같다고 생각했다. 만화처럼 왜곡된 픽션이 현실에, 그리고 일상에 갑자기 출현한 순간이었다. 뉴욕을 덮친 9·11 역시 누가 현실이라고 바로 인식할 수 있었을까? 그런 말도 안 되는 일이 현실에서 일어났다. 갑자기 나타나는 픽션에 현실은, 그리고 일상은 위태로워진다. 자치구? 교주를 놔두라고? 도쿄재판? 이 녀석은 대체 무슨 말을 하는 거지?

다만 예감은 있었다.

이 녀석이 더 이상 얘기하게 해서는 안 된다.

문으로 정무관이 들어왔다. 정부에서 보낸 사람이다. 경시총감과 경찰청장관도 들어왔다. 정무관이 경비부장에게 뭔가 귓속말을 하자 경비부장이 고개를 가로저었다. 하지만 뭔가를 계속 귓속말로 듣고 있었다. 경비부장은 계속 고개를 가로젓다가 조용히 입을 열었다.

"애초에 제공된 정보랑 너무 다르잖습니까. 만약 이 타이밍에 강제 제압해서 다수의 사상자가 나오면 어쩔 생각입니까? 쉽게 말하지 마세요."

"……녀석들은 무기를 가지고 있다."

"그렇습니까? 하지만 일에는 타이밍이 있습니다. 어느새 우리가 공격자가 돼버렸습니다. 그들을 쏴 죽인 부하들에게 어떻게 설명할 겁니까?"

"이건 명령이다."

"누가 그 책임을 질 건가요? 누가요? 나는 괜찮아요. 하지만 또 누가?"

화면 속 시노하라가 다시 입을 열었다. 회의실에 있는 사람 모두가 그 화면을 응시했다.

"우리만 있다고 생각하지 마십시오. ……지금 작동됐습니다. ……이제 곧 뉴스가 흘러나올 것입니다."

의미를 알 수 없었다. 하지만 모두 아무 말 없이 화면만 쳐다봤다. 침묵이 이어졌다. 마침내 교단 시설과 기동대를 비추던 보도 프로그램 화면에 하얀 자막이 흘렀다. 이어서 회의실 전화가 울렸다. 아이치 현에서 대규모 폭발, 부상자, 사망자 불명.

"……이제 곧 그 영상이 모두에게 전달될 것입니다."

시노하라가 울면서 말을 이었다.

"30미터 사방이 전부 날아갔을 겁니다. 하지만 안심하세요. 부상자와 사망자는 없습니다. 우리 동료들이 치밀하게 망을 봤으니까. 폭발은 나중에 영상으로 전달하겠습니다. 어떻게 했을까요? 휴대전화를 기동장치로 사용한 폭발물입니다. 번호를 누르면 그 휴대전화에 전화가 걸려서 폭발하는 장치. 이것은 경고의 의미로 일으킨 폭발입니다. 지금 이런 폭발물들은 쉽게 알아볼 수 없는 형태로 전국 곳곳에 설치돼 있습니다. 만약 지금 내가 여러 대의 전화번호를 여기서 나열하면 어떻게 될까요? ……텔레비전을 보는 누군가가 그 번호에 전화를 걸지도 모릅니다. 말하자면 폭발물에 연결된 장치를 대다수 국민이 가지고 있다는 얘기입니다. 휴대전화는 누구나 가지고 있으니까."

회의실이 침묵에 휩싸였다.

"……안심하세요. 그런 일은 없을 겁니다. 하지만 우리가 있는 곳이나 교단 시설 둘 중 한 곳에 경찰이 침입할 경우, 간단히 말해서 이 방송이 정부에 의해 차단된 순간 외부에 있는 우리 동료가 일제히 그 번호로 전화를 걸 겁니다. 폭발만이 아닙니다. 사린도 대량으로 뿌려질 겁니다. 수천 명의 사망자가 나오겠죠. 우리는 어차피 당신들이 침입하면 죽을 테고 우리의 교리를 따라 모두 영웅으로 천국에 가게 될 것입니다. 각오와 용기는 더 이상 필요하지 않는 영역에 있습니다. 막는 방법은 단 하나. 업자들과 연계해서 일본의 모든 휴대전화를 불통으로 만드는 것. ……그렇지만 그것도 무리입니다. 무선으로 작동하니까."

히라이는 계속 화면을 쳐다봤다. 그저 바라보고 있을 수밖에 없었다. 장소가 특정되지 않은 테러.

"그런데 일본이라는 나라는 체면을 위해 어느 정도의 사망자까지 용인할 수 있는지."

회의실에 침묵이 이어졌다. 정무관이 어딘가에 전화를 걸기 시작했다. 회의실에 있는 사람들 모두가 그 모습을 지켜봤다. 하지만 이미 선택지는 없었다. 히라이는 그렇게 느꼈다. 회의실의 누구나가 그렇게 느끼고 있었다.

"우선 강제 진입은 기다리도록."

정무관이 혼잣말처럼 말했다.

"교섭이다. 이렇게 된 이상 1998년 각료회의 결정에 기초해서 내각에 대책본부가 마련된다. 그리고…… 전국 각 경찰서에 통달하라. 지금까지 알고 있는 교단 관계자 전원의 신병을 긴급히 확보하고, ……그리고 모든 장소를 수색하라. 폭발물이 설치돼 있을 만한 곳을. 무리인 것은 알고 있다. 전국 곳곳을……."

19

"우리 목소리가 들리는가?"

JMN 방송의 특별 프로그램 속에서 백발의 해설자가 중얼거렸다.

"거기, 교단 사람, 이 방송을 보고 있나? 보고 있다면 반응을 보여주지 않겠나?"

백발의 해설자가 화면을 향해 부르듯 말했다. JMN의 스튜디오 중앙에 놓인 거대한 모니터에는 시노하라가 권총을 들고 서 있었다. JBA 방송 화면이 그대로 흘러나왔다. 타 방송국이 모니터 화면을 빌리는 방식인데, 긴급 사태라고 판단해서 모든 프로그램에서도 같은 방식을 취하고 있었다.

"반응하길 바란다. 당신들은 대체 누구인가?"

캐스터가 백발의 해설자를 막으려고 했다. 지금 범인을 자극하는 건 당연히 좋지 않다. 하지만 시노하라가 입을 열었다. 그들은 여러 대의 컴퓨터로 모든 프로그램의 상황을 동시에 확인하고 있었다. JMN의 방송이 흘러나오는 컴퓨터가 시노하라 옆에 놓여졌다.

"당신의 발신은 들립니다. 우리가 누구인지는 중요하지 않습니다. 당신들이라면 이미 알고 있을 거라고 생각하는데."

JMN의 발언에 JBA에 있는 시노하라가 대답했다. 일종의 영상 통화를 시청자가 보고 있는 셈이다. 다른 방송국들은 당황해서 일제히 시노하라를 불러봤지만 지금 그는 한 대의 컴퓨터, 즉 JMN만을 보고 있었다. 모든 프로그램과 동시에 연결되는 효과적인 시스템을 시노하라는 구축하지 않았다.

"……알고 있다고?"

"네. 당신들도 신이 있지 않습니까?"

"신? 저마다 신앙은 있지. 하지만."

"저마다? 당신들의 신앙은 야스쿠니 신사가 아닙니까? 국가의 지도자, 총리대신이 특정한 종교 법인을 수많은 매스컴 앞에서 참배하고 선전하니까 국교가 아닌가요?"

"어? 그건 아니지. 일본은 국교가 없어. 수상의 야스쿠니 신사 참배에 나는 반대해. 하지만 굳이 옹호하자면 그건 전몰자들을 위령한 것이다. 추모하는 것이지 결코 종교는 아니야."

"추모? 야스쿠니 신사가 전몰자의 추모 시설입니까?"

시노하라는 그렇게 말하고는 숨을 한 번 들이마신 후 말을 이었다.

"야스쿠니 신사는 메이지 이후에 세워진 비교적 오래되지 않은 신사입니다. 국가를 지키기 위해 전쟁에서 사망한 병사들을 '제신'으로 모셔 제사를 지내고 있습니다. 하지만 예를 들어 오랑캐인 몽골 제국이 세계에 패권을 떨쳤을 때 그들의 침입을 막은 가마쿠라 막부의 병사들은 합사(合祀)*되지 않았습니다. 전 세계가 몽골 제국에 무릎을 꿇은 그 침략에서 일본은 승리했습니다. 게다가 두 번이나 이겨서 국가를 지켰습니다. 그런데도 합사되지 않았습니다. 메이지 정부가 세워졌을 때 내란으로 죽은 정부군은 합사됐지만 죽은 적군 쪽 병사들, 즉

---

* 둘 이상의 혼령을 한데 모아서 제사 지내는 것.

구 막부군과 반정부군은 합사되지 않았습니다. 공습과 원폭으로 죽은 수많은 일본 국민도 합사되지 않았습니다. 그런데도 제2차 세계대전의 지도자였던 소위 A급 전범들은 합사됐습니다. 대체 어찌 된 일일까요? 기준은 간단합니다. 특정 이데올로기, 즉 천황을 위해서 죽었는가 여부로 나뉘었습니다. 일본의 전쟁은 대부분 내란이었는데 자국민을 죽였다는 꺼림칙함 때문에 적군 전몰자도 제사를 지낸다는 풍습이 있었습니다. 하지만 야스쿠니 신사는 그렇지 않았습니다. 당신들이 모시는 주신은 아마테라스 오미카미가 아닙니까? 아마테라스 오미카미의 손자의 증손자가 초대 천황인 진무천황이고, 그 후 쭉 이어지니 결국 천황은 그 자손이 아닙니까? 일본의 신화는 그리스 신화처럼 다신교입니다. 하지만 그 신화에 등장하는 신의 자손이 천황으로 존재한다는 점이 다른 나라와 크게 다릅니다. 제2차 세계대전 중에도 아마테라스 오미카미의 자손인 천황이 통치하는 국가를 국민 대다수가 숭배하지 않았습니까? 죽어서 야스쿠니에서 만나자. 그런 말을 주고받으며 병사들은 죽어가지 않았습니까? 죽을 때도 많은 사람들이 천황 만세를 외치며 죽지 않았습니까? 미국과 영국은 그런 일본 병사의 이상한 용감함에 공포를 느꼈을 겁니다. 그리고 그것은 과거의 일이 아닙니다. 야스쿠니 신사의 기본 취지는 대전으로 죽은 병사들을 희생자로서 추모하는 것이 아닙니다. 영령으로서 현창(顯彰)하지 않았습니까? 현창이란 공적을 세상에 알리고 표창한다는 의미지요? 야스쿠니 신사는 근본이념을 바꾸지 않았습니다. 1946년 미국에 점령당했을 때 한 번 바꾸려고 했지만 일본이 독립한 후 다시 원래대로 돌아왔습니다. 그 후 잠시 목가적인 시대도 있었지만 1978년 이후 다시 원래대로 돌아왔습니다. 일관된 보수 본류의 정신, 그것을 국가지도자가 숭배하고 있습니다. 당신들은 민주주의인가요? 그렇다면 당신들의 신앙은 야스쿠니 신사가 아니라는 말인가요?"

"헛소리 마."

백발의 해설자 옆에 있던 안경 쓴 남자가 갑자기 큰 소리로 화를 냈다. 보수 논객으로 알려진 사람이다.

"영령을 모욕할 생각인가?"

"모욕할 생각은 없다."

"뭐?"

"국가의 지도자는 당당하게 숭배하면 된다. 그리고 당당하게 말하면 된다. 당신 같은 논객이 입버릇처럼 말하듯 제2차 세계대전 때 일본은 틀리지 않았다고. 야스쿠니의 영령은 그 이름대로 영웅이며 모든 국민은 그들을 찬미한다고. 그들은 국가의 그릇된 판단으로 전쟁에 내몰린 희생자가 아니라 올바른 전쟁을 위해 정당하게 싸운 영웅이라고. 다만 일본은 옳았지만 전쟁에 졌을 뿐이라고. 국제사회가 벌인 도쿄재판도 엉터리라고. 원폭과 공습은 재판받지 않고 패진국 일본만 일방적으로 재판받은 엉터리 재판이라고. 국제사회의 의지 따위는 인정하지 않는다고. 국가의 지도자라면 우물거리며 진의를 숨기지 말고 당당히 그렇게 말하고 참배하면 된다. 야스쿠니 신사의 근본이념은 그것이지? 도쿄재판을 부정한 인도의 펄 판사의 비석만 당당하게 설치한 신사가 아닌가. 그런 야스쿠니의 이념을 솔직하게 국제사회에 선언하고 참배하면 된다. 그것으로 불평을 들으면 옛날 국제연맹을 탈퇴했던 것처럼 국제연합을 탈퇴하면 된다. 양의 탈을 쓴 늑대 같은 짓은 해서는 안 되지. 당당한 신사잖아?"

"잘 들어." 안경 낀 보수 논객이 다시 성난 목소리로 말했다. "태평양전쟁은 자위전쟁이었다. 미국의 엄청난 경제 제재로 벼랑 끝까지 몰린 일본은 결국 싸울 수밖에 없었다. 그들은 국가를 위해 싸우다 죽었다."

"아, 당신 같은 논객들은 그런 말을 자주 하더군. 하지만 두 개의 질문에 대답해주지 않겠나?"

경시청 대책본부에서는 텔레비전 해설자에게 그만 입을 다물고 범인을 자극하지 말라고 몇 번씩 방송국에 전화를 걸었고, 내각부 공무원과 경찰 관계자들도 방송국으로 급히 달려갔다. 하지만 프로그램은 계속 방송됐다. 시노하라는 다시 입을 열었다.

"제2차 세계대전은 어쩔 수 없었다고 당신들은 자주 말하지. 미국이 헐 노트(Hull note)*를 들이밀었기 때문에 일본은 전쟁을 할 수밖에 없었다고. 그럼 질문하겠다. 지금 비슷한 일이

436

벌어진다면 당신들은 어떻게 할 것인가? 그 전쟁은 어쩔 수 없었고 틀리지 않았다면 지금 비슷한 일이 벌어져도 당신들은 똑같은 길을 걸을 것인가?"

"잘 들어라. 미국은 일본에게 먼저 선제공격을 하려고 했다. 당시 미국도 전쟁에 참가하고 싶어 했다는 사실은 이미 밝혀졌다. 당시의 미국 자료를 보면 그렇게 나와 있다."

"다른 나라 이야기는 우선 접어두지. 설령 그렇다고 해도 다시 반복할 생각인가?"

"지금의 가치관으로 당시의 가치관을 판단하는 건 잘못됐다. 그때와 지금은 국제정세도 다르다."

"그러니까 똑같은 정세에서 똑같은 일이 일어났다고 말하지 않았나. 그렇다면 질문을 바꾸도록 하지. 지금 당신이 그 시대로 돌아갔다고 하고, 그때의 일본 국내를 쥐고 흔들 만큼 강력한 권력을 가졌다면 당신은 그 전쟁을 멈췄을까?"

"멈추지 않는다. 그건 어쩔 수 없다."

"그렇군. 만약 당신 같은 인간이 정치가가 된다면 국민은 상당히 불안할 것이다. 그리고 또 한 가지 질문하겠다. 당신들의 동료는 천황을 강력하게 숭배하는가?"

"당연하다."

---

* 1941년 미 국무장관 코델 헐이 일본의 주미대사에게 전달한 사실상 대일 최후 통첩 문서인데, 인도차이나 반도에서의 일본군 철수와 중국에서의 이권 철회 및 삼국동맹 파기 등의 내용이 들어 있었다.

"그럼, 질문하겠다. 제2차 세계대전을 개전하면서 당시의 정치가들은 천황을 위험에 노출시켰다. 그 책임은 어떻게 생각하는가?"

"그건 어쩔 수 없는 일이었다고 말했잖아. 그래서 일본 국민은 천황을 지키기 위해서 목숨을 건 거야."

"어쩔 수 없었다고는 하지만, 당신들은 미국의 부당한 요구로 일본이 전쟁할 수밖에 없었다고 하지만, 그 과정을 꼼꼼히 살펴보면 주된 원인은 중국이다. 중국에서 군사를 철퇴했다면 전쟁은 피할 수 있었다. 일본이 세력을 너무 펼쳤기 때문에 미국과 이해가 격돌하고 말았다. 그렇지? 전쟁이란 이해관계의 충돌로 발생한다. 이 말은 무엇인가? 중국에서의 이권을 위해 천황을 위기에 노출시켰는가?"

"아니다. 당시 중국을 놓아줬다면 일본의 국력은 쇠퇴하고 언젠가 점령당했을 것이다."

"애초에 미국에서 국내 수요 대부분의 석유를 수입하고, 미국이 원조하는 중국과 싸우는 그런 멍청한 짓은 무엇인가? 얼마나 어리석은 판단인가? 경제 봉쇄를 당하리란 건 바보도 알수 있다. 중국에서의 이권을 잃었다고 해서 국가가 쇠퇴할 정도로 일본인은 허약하지 않다. 어차피 그렇다면 제대로 국제정치를 해서 불합리한 식민지 위기에 봉착하더라도 제대로 싸우는 것이 낫다. 그것이 본래 진정한 일본인이다. 만일 식민지로 전락했더라도 일본은 일시적으로 가난해졌을 것이다. 이권이란 이익이고, 국익이란 결국엔 돈이다. 위대한 천황보다도, 병사보다도, 민중의 목숨보다도, 돈이 중요했겠지?"

"아니다. 그건 대동아공영권을 세우기 위한 전쟁이었다. 당시 서방국가들의 식민지였던 아시아 국가들을 해방하고 인종 차별에 가득 찬 백인의 지배에서 탈출하기 위한 것이었다."

"나치와 손을 잡고도? 나치와 손을 잡은 시점에서 세계에 변명할 수 없다는 것쯤은 알지 않았나? 다시 한 번 말하지. 당신들은 나치와 손잡았다. 독일, 이태리, 일본의 삼국동맹만 맺지 않았다면 미국은 일본에게 그렇게까지 분노하지 않았을 것이다. 만약 자네들이 절대적으로 강력했다면 그건 동시에 나치의 승리를 의미하는 것이 된다."

"그건 전략상 한 일이다. 당시 일본에서는 나치에 대해 자세히는 파악하지 못했다. 우리는 아시아의 맹주(盟主)로서 아시아의 해방을 구가했다."

"파악하지 못했다는 어리석은 말은 국제사회에서 하지 않는 편이 좋다. 게다가 아시아의 해방이라고? 1942년 당시 사쿠라고 불린 콘돔을 군용품으로 약 3210개나 보낸 전쟁으로 아시아를 해방한다고? 점령지에서 소소하게 위안소를 만든 전쟁이? 유치한 소리 집어치워."

시노하라가 말을 이었다.

"당신들 수뇌부는 이념을 내걸었다. 당시 일본 군인들 중에는 상상할 수 없을 만큼 고결하고 훌륭한 사람들도 있었다. 예를 들어 가미카제(神風).* 가미카제 특공대원들의 수기는 눈물 없이는 읽을 수 없다. 하지만 그들 영혼의 순수함을 그 전쟁이 옳았다는 이미지 조작에 이용하는 것은 죽은 사람에 대한 실례가 아닌가? 그들의 영혼을 그런 식으로 이용하고, 게다가 돈벌이 수단으로 삼은 녀석들까지 있다. 게다가 일본 병사 전부가 그러지는 못했다. 외국에 나간 수백 만 명의 일본 병사들. 그들이 모두 군대 규칙대로 움직였다고는 말하지 못하겠지? 당신들은 이념을 내걸었다. 하지만 그 이념을 철저하게 추구할 국력도 없었고 능력도 없었다. 애초에 그 이념이 혼자 멋대로 날뛴 엉터리였으니. 전쟁이 더욱 치열해지면서 엉망진창이고 가혹한 작전이 이어졌다. 병사들은 내일 죽을지, 아니 몇 초 후에 죽을지도 모른다는 스트레스에 오랫동안 노출됐다. 항복하거나 포로가 되는 것을 허용하지 않아서 무수한 시체를 봐야 했고, 상관과 부하와 동료들이 매일 엄청나게 죽어갔다. 그런 절망적인 현장에서 성인군자처럼 살라는 건 오히려 전쟁의 현실을 모르는 헛소리가 아닌가? 착하고 온후하고 섬세한 일본인 일부가 광기로 인해 변하고 말았다. 그것이 그 전쟁이었다. 그런 말도 안 되는 상황을 만들어놓고 책임이 없다고? 일본인 병사와 일본인만 해도 전부 수백 만 명이 죽었다. 망국으로 전락했다. 그 일을 혹시라도 어쩔 수 없었다, 틀리지 않았다

* 신이 일으키는 바람이란 뜻으로 제2차 세계대전 말에 폭탄이 장착된 비행기를 몰고 자살 공격을 한 일본의 특공부대.

고 당당하게 말한다면 이미 국가로서 이류가 아닌가? 그건 아시아 침략 전쟁이었다. 전쟁은 말로만 번지르르하게 하는 것이 아니다. 대국에게는 오점이 남는다. 세계 대국 중에 한 치의 오점도 없는 국가는 존재하지 않고 존재할 리도 없다. 전쟁에서의 학대 행위는 유사 이래 현재에 이르기까지 전 세계에 언제나 있었다. 오점, 순진한 전망, 실수, 그것들을 하나하나 검토해서 그 개선책을 후세에 남길 생각은 하지 않고 그 전쟁은 옳았다, 어쩔 수 없었다는 말만 연발하는 논객을 과연 일류라고 할 수 있는가? 그런 당신들이 우리에게 이래라저래라 간섭할 자격이 과연 있는가?"

"자네들이 하려는 말은……."

잠자코 듣던 백발의 해설자가 무슨 말인가 하려고 했지만 시노하라가 막았다.

"당신이 쓴 책을 읽어봤다. 아시아의 평화를 위해 일본은 전력을 포기하라고 적혀 있더군. 그럼 묻겠다. 당신들에게 할 질문은 간단하다. 세계는 선으로 이뤄져 있는가? 세계의 본질은 악이다. 그런데도 무방비로 있으라고? 타국에서 침략과 학살이 일어나도 아무 상관없다고? 일본은 유사 이래 외국과의 전쟁에서 사실은 단 한 번밖에 지지 않았다. 일본을 실질적으로 패배하게 만든 건 역사상 단 하나, 미국뿐이다. 게다가 경제 봉쇄라는 큰 핸디캡 속에서 말이다. 그런 *상국*이 세계평화에 공헌하지 않고 멍하게 있으라고? 왜 당신들은 국가의 우경화를 우려한다고 말하면서 하나로 뭉치지 못하는가? 왜 선거에서 각자 후보를 내세워 표를 갈라서 보수정당에게 이익이 되는 일을 하는가? 그런 좌익은 후세에 비웃음을 당할 것이다. 또 하나 묻겠다. 만약 세계가 악이 아닌 선으로 이뤄져 있고 당신들 논리가 통하는 소꿉놀이 같은 세상이라고 치자. 그럼 우주인이 공격해오면 어떻게 할 것인가?"

"뭐? 우주인?"

"상상도 못한 일이라고 말할 것인가? 원전 사고 때 역대의 무능한 정치가들이 저마다 말했던 것처럼?"

"우주인과는 싸워봤자 지겠지."

"그럼 그때도 어차피 질 거라는 태도를 취하겠군. 온 인류가 우주인과 필사적으로 싸울 때 일본인은 손가락만 빨고 지켜보고 있으라고? 그게 아니면 무엇인가? 당신들이 잘하는 교섭으로 우주인을 설득시키기라도 할 셈인가? 시위운동으로 우주인을 공격할 생각인가?"

방송에서 무심코 웃음이 흘러나왔다. 하지만 메인 캐스터가 입을 열었다.

"지금은 정치 담판을 하고 있을 때가 아닙니다."

"이건 중요한 문제입니다."

시노하라가 캐스터의 말을 가로막았다.

"그토록 많은 국민들이 죽은 전쟁, 70년도 더 된 전쟁도 제대로 총괄하지 못한 국가에게 충고 따위는 듣고 싶지 않습니다."

"하지만 말이죠, 이것은 이미 일본만의 이야기는 아닙니다. 전 세계가 당신들을 주시하고 있어요. 세상은 테러를 용납하지 않습니다."

"그렇다면 전 세계를 향해 묻겠습니다. 테러를 용납하지 않는다는 그 세계는 과연 우리를 비난할 자격이 있는지?"

시노하라는 그 이후에도 길고 긴 연설을 계속했다. 연설은 대부분 다카하라가 자주 주장했던 빈곤과 기아의 문제였다. 하지만 시노하라는 거기서 실제로 몇 개의 기업명을 언급했다. 세계의 운동가들이 폭로했던 기업 범죄가 텔레비전에서 흘러나왔다. 게다가 세계가 주목하는 테러라는 이슈 한가운데에서. 몇 분이 지난 후 각 기업의 일본 지사에서 방송국으로 항의 전화가 걸려왔지만 프로그램은 멈추지 않았다.

일본의 소동이 세계로 퍼져 나갔다. 인터넷에 의해. 이 영상은 세계에 널리 퍼져 나갔고, 각국의 유저들이 자막을 달아서 더욱 확대됐다.

20

좁은 방. 텔레비전 화면을 보면서 오십대 남자가 웃었다.

"……아주 걸작이지 않은가! 하하하, 이거 보라고."

오십대 남자가 또다시 웃었다. 기묘하게 높은 목소리다. 삼십대 남자는 그런 남자가 불쾌하게 느껴졌다. 하지만 당연히 표정에는 드러내지 않았다.

"그런데 혹시 막중한 책임 문제로 번지는 게 아닐까요? 우리도……"

"어? 무슨 소리야? 아무튼 넌 어려."

오십대 남자가 웃음을 띤 채 말했다.

"내가 말했잖아. 우리에게는 이름 따위는 필요 없다고. 있는 건 직역(職域)뿐이라고."

화면에서는 시노하라가 계속 얘기하고 있었다.

"예를 들어 그들이 말하는 도쿄재판 말인데…… 그 재판에서 문제가 된 1928년부터 1945년 패전까지 일본의 정권이 몇 번 바뀌었는지 알고 있나?"

"……글쎄요. 자세히는."

"놀라지 마. 열일곱 번이야! 17년 동안 열일곱 번! 그러니 도쿄재판 때 연합국은 고생했겠지. 나치처럼 모든 악을 떠안은 눈에 띄는 악인이 없었으니까. 이놈저놈 엉터리 국책과 작전을 세워 위세를 떨치다가 사태가 틀어지니 모두들 직역에서 도망친 거야. 막대한 숫자의 병사와 민중들은 계속 죽어가는데! ……그러니까 우리도 그렇게 하면 되는 거야."

오십대 남자가 갑자기 웃음을 멈췄다.

"총을 맞았다는 경비원은 지금 어디에 있지?"

"신다이와 병원입니다. 생명엔 지장이 없는 것 같습니다."

444

"……쳇."

오십대 남자가 혀를 찼다. 삼십대 남자는 혀 차는 소리에 놀랐지만 자신의 반응이 어쩐지 어색하게 느껴졌다. 그는 이미 막연하게 알고 있었다. 자신이 해야 할 일을.

"그 병원은 손댈 수 없다. 정보에 따르면 이미 병원에 수용된 한 녀석이 있다던데? 누구인지 파악했나?"

"이름은 모르지만 아마도 그 교단 신자인 것 같습니다. 분열이 생긴 건지 어떤 건지는 잘 모르겠고……."

"……복장이 어땠지?"

"네?"

"옷차림이 어땠냐고?"

오십대 남자가 삼십대 남자를 물끄러미 바라봤다. 얼굴에 이미 웃음기는 사라졌고 평소의 나른함만 남아 있었다. 이 남자는 나른하게 움직인다. 이 남자들은, 이라고 말하는 것이 정확할 것 같다.

"검은 파카에 청바지. 어깨를 관통당한 부상입니다."

"……수용된 곳은?"

"가사가오카 병원입니다."

"좋아. 그곳이라면 해볼 만하지. ……나가자."

오십대 남자는 낡지도 않고 새것도 아닌 코트를 걸쳤다. 삼십대 남자는 브랜드는 잘 모르지만 결코 싸구려처럼 보이지 않은 새 코트를 걸쳤다.

구두를 집었을 때 삼십대 남자는 오십대 남자가 텔레비전으로 다시 시선을 돌렸다는 것을 알았다. 오십대 남자는 눈을 가늘게 뜨고 화면에 시선을 고정시켰다. 기분이 좋지도 나쁘지도 않은 채 어딘가 먼 곳을 응시하는 눈으로. 삼십대 남자는 독촉하려고 했지만 어쩐지 그러지 못했다.

"……역시 그렇군."

오십대 남자는 그렇게 화면을 향해 혼잣말을 한 뒤 텔레비전을 껐다. 두 사람은 좁은 방을 나왔다.

*

다치바나 료코는 좁은 복도를 빠져나가는 중이었다.

도중에 흥분된 신자들 몇 명이 옆을 지나갔다. 그들 모두 다치바나에게 인사했지만 그녀는 그들을 쳐다볼 여유가 없었다. 나라자키. 다치바나는 멍한 의식으로 그렇게 혼잣말을 했다. 1023호에 있다고 들었다. 나라자키가 여기에 있다. 나는 혼자가 아니다.

엘리베이터를 타고 또다시 좁은 복도를 걸었다. 문이 보였다. 1023호실. 나라자키가 있을 것이다. 다치바나는 숨을 약간 들이마시고 문을 노크했다. 하지만 아무 대답이 없었다. 다시 한 번 의식적으로 숨을 들이마시고 노크를 했다. 그리고 급히 문을 열었다.

문을 연 순간 다치바나는 모든 것을 알았다. 여자의 향수 냄새. 붉은 조명 속에서 발가벗은 여자가 남자 위에 올라타 격렬하게 숨을 헐떡이고 있었다. 심장박동이 빨라졌다. 남자는 나라자키였다. 나라자키 위에서 고마키가 헐떡였다.

다치바나는 멍한 상태로 그 자리에 멈춰 섰다. 그랬다. 나는 무엇을 기대했던 걸까? 그녀는 나라자키 위에서 움직이는 고마키를 보면서 빨라지는 박동을 계속 느끼고 있었다. 여기는 교단이다. 생각해보면 당연한 일이다. 이 현실 세계에, 인생에, 담담한 기대 따위는 해서는 안 된다. 전부터 쭉 확신했던 것을 한동안 잊고 있었다.

갑자기 문이 열렸지만 나라자키는 아무 생각이 없었다. 또다른 여자가 들어왔다고만 생각했던 것이다. 아직 괜찮은데. 나라자키는 몸을 일으켜 고마키의 가슴에 얼굴을 파묻으며 생각했다. 나는 아직 고마키랑 있고 싶다. 고마키의 몸을 좀더 탐닉하고 싶다. 가슴에서 얼굴을 떼고 문 쪽을 바라보는 순간 몸이 경직됐다. 다치바나 료코가 서 있었다.

나라자키는 고마키한테서 몸을 떼려고 했다. 나라자키의 태도에 고마키는 뒤를 돌아봤다. 고마키도 놀란 표정을 지었지만 뭔가를 생각하듯 눈을 굴리더니, 갑자기 희미하게―나라자키밖에 모를 정도로 희미하게―미소를 지었다. 그리고 더욱 나라자키 위에서 격렬하게 움직이기 시작했다. 마치 다치바나에게 그 모습을 보여주려는 듯.

"……비켜봐."

나라자키가 말했다. 고마키가 얼굴을 나라자키에게 갖다 댔
다.

"내 말 잘 들어. 계속하지 않으면 앞으로는 두 번 다시 나를
안을 수 없을 거야."

나라자키는 고미키의 몸을 밀쳤다. 눈앞의 시트를 걷어 자
신의 하반신을 가렸다. 다치바나는 나라자키를 계속 지켜봤
다. 고미키는 혼자서 중얼거리며 옷을 끌어안고 밖으로 나갔
다. 간부인 다치바나에게 고개 숙여 인사도 하지 않은 채.

"……여기에 왔다는 얘기를 들어서."

다치바나는 작은 소리로 말했다.

"음, 그렇지. ……내가 시킨 건 아니니까."

무슨 말을 하는 거지? 다치바나는 마음속으로 그렇게 생각
했다. 하지만 무슨 말을 해야 좋을지 모르겠다. 다시 밖으로 나
갔다 올까? 아니, 그래봤자 무슨 의미가 있지? 숨을 쉬기가 힘
들었다.

"……어째서 여기에?"

겨우 그렇게 말을 이은 다치바나를 보면서 나라자키는 여전
히 아무 말도 하지 못했다. 생각해보면 여기에 다치바나 료코
가 있는 건 당연했다. 자신은 다치바나를 찾으려고 온 것이다.
하지만 생각과 다르게 흘러갔다고 새삼스럽게 느꼈다. 어째서
여기에? 그렇다. 나는 왜 여기에……?

빨간 조명이 켜진 세 평 정도 되는 다다미방. 땀에 젖은 시트가 축축했다. 등에 흐르던 땀이 빠르게 식기 시작했다.

나라자키는 몸이 굳은 채 계속 생각했다. 당신을 만나고 싶어서. 물론 그랬다. 하지만 사실은 그게 아니다. 나라자키는 멍하니 그저 생각만 했다. 그것도 분명히 이유 중 하나였지만 알 수 없는 뭔가에 휘말리기를 원했다. 왜 그랬을까? 세상이 싫었기 때문에.

어릴 적 매일 화내면서 싸우는 부모의 목소리를 음악으로 지우고, 소설 문장을 머릿속에서 재생했다. 그렇게 늘 이야기 속에서, 다른 세계 속에서 지내왔다. 불쾌한 일이 생길 때마다, 세상과 맞지 않는다는 느낌을 받을 때마다, 그 세계 속에서 자신이 좋아하는 것만 열심히 선별해서 그 안에서 진중하게 살아왔다. 열악하고 짜증나는 회사를 다닐 때도 그랬다. 계속 고함치는 상사의 소리를 허비 행콕*의 피아노로 지우고, 남들과 어울리지 못하는 자신의 현재를 이방인의 뫼르소**의 독백으로 지우고, 부모 사이를 중재하려고 노력하며 체득한 눈치 빠른 피곤한 성격의 자신을 펠리니***의 카니발 영상으로 지

---

* 1940년에 출생한 전설적인 미국의 재즈 피아니스트 겸 작곡가.
** 알베르 까뮈의 소설 『이방인』의 주인공. 억압적인 관습과 부조리한 사회의 도덕률을 거부하고 냉소적이며 고독한 삶을 산 인물.
*** 페데리코 펠리니. 이탈리아의 영화감독으로 20세기 가장 영향력 있는 영화감독 중 하나로 추앙받고 있다. 작품으로 〈청춘군상〉 〈길〉 〈절벽〉 〈카라비아의 밤〉 〈달콤한 생활〉 등이 있다.

웠다. 늘 그렇게 인생을 대충 넘기듯 살아왔다. 하지만 잘 되지는 않았다. 현실은 공상 속으로 계속 침입했고, 매년 피로가 더해져 한순간 의식의 틈을 찔린 것처럼 내면에서는 충동이 흘러넘쳤다. 흘러넘칠 때 나타나는 건 폭력이었다. 상사에 대한 폭력. 게다가 내 손이 상사의 얼굴에 닿기 직전에 정신이 드는 어중간한 폭력이었다. 그래서 여기에 왔다고 나라자키는 생각했다. 자신의 현실 생활도 공상으로 만들기 위해서. 정체를 알 수 없는 이 교단에 들어와 자신의 지금까지 인생을, 아니 실제의 세계를 모욕하려고 여기에 온 것이다. 하지만 나라자키는 다치바나에게 그 말을 하지는 않았다. 자신의 성기는 아직도 발기 중이었다. 다치바나가 아닌 다른 여자에 의해 발기된 추한 성기. 나는 왜 이럴까? 예전 연인이 눈앞에 나타난 심각한 상황인데 자신의 뇌리 한구석에는 고마키가 계속 존재하고 있다. "내 말 잘 들어. 계속하지 않으면 앞으로는 두 번 다시 나를 안을 수 없을 거야." 그런 고마키의 말이 두렵다. 또다시 안고 싶다. 왜 이럴까? 나의 몸은? 나라자키의 눈에 눈물이 번졌다. 아무도 공감해주지 않는 눈물이 지금 자신의 눈에 그렁그렁 맺히려고 한다. 갑자기 분노가 솟구쳤다. 나의 부끄러움을 지우기 위한 분노. 지금 이 순간, 이 장면에서 절대로 느껴서는 안 되는 감정인 볼썽사나운 분노. 나라자키는 입을 열었다. 예전의 자신이라면 타인을 배려해서 절대 할 수 없었던 말. 하지만 지금은 공상 같은 현실 속에 있기 때문에 자신도 모르게 뱉어버리고 만 말.

"……왜 나한테 접근했어?"

나라자키는 말을 하면서도 그래선 안 된다고 머릿속으로 계속 생각했다. 나라자키는 자신이 내뱉은 말에 혐오감을 느꼈다. 하지만 결국 자신을 좀더 더럽히고 싶다는 욕망에 저항하지 못했다.

"왜 나한테 접근했어? 당신은 마쓰오 씨한테 사기를 쳤잖아? 그건 범죄야. 더군다나 다카하라라는 오래된 애인도 있었고. 그런데 왜 나한테 접근했어? 나를 가지고 놀면서 재밌었나? 애인이 있는데도 죽겠다는 말을 해서 걱정하게 만들어? 어이가 없어서. 그런 당신이 나를 욕할 자격이 있어? 당신도 다카하라인지 뭔지 하는 남자랑 이런 짓을 했겠지? 다카하라인지 뭔지 하는 남자한테 안겨서 암캐처럼 기뻐했겠지? 나를 비웃으면서 절대로 해주지 않는 짓을 다카하라라는 남자에게."

나라자키의 마음속에서 뭔가가 떨어져 나갔다. 흔해빠진 그의 말은 심하게 비열하지는 않았지만, 순박한 그의 입장에서는 온 힘을 다해 내뱉은 비열한 말이었다. 자신은 이미 회복 불가능한 수치심 속에 있다고 생각했다. 하지만 다치바나는 이미 냉정함을 되찾았다. 그녀가 자신과 똑같이 추락해서 흔해빠진 언쟁을 해준다면 조금은 마음이 편했을지 모른다. 하지만 다치바나는 야무지게 자신을 되찾았다.

"나는 당신한테 접근하지 않았어요. 사실은…… 고바야시

씨한테 접근한 거예요."

나라자키는 놀랐다. 고바야시? 그 탐정 견습생?

"교단에서 지시가 내려왔어요. 유능한 탐정이 있다고. 고바야시라는 남성이 목표물이 됐어요. 그는 탐정사무소에서는 견습생이지만 상당히 유능한 탐정이었어요. 아직 회사에서, 즉 탐정사무소에서 평가받기 전에 이 교단으로 끌어들일 필요가 있었어요. 사회에서 평가받지 못하는 자신을 교단이 평가해줬다는 구도가 필요했기에. 우리에게는 독자적인 정보 루트가 있어요. 그는 정말로 우수한 인재였어요. 자신은 인식하지 못하는 것 같았지만."

다치바나의 목소리는 냉정함을 유지하고 있었다.

"한 인간을 아래 세상에서 끌어 오려면 주변 사람들을 살펴봐야 합니다. 주변 사람들로부터 대상 인물의 정보를 되도록 많이 입수해서 권유에 만전을 기해야 하니까. 그래서 당신이 떠올랐습니다. 나는 고바야시 씨 이전에 당신에게 접근했고, 그런데……."

다치바나는 나라자키의 얼굴을 뚫어지게 쳐다봤다. 그녀의 목소리에는 연애의 달콤함도, 감정의 고양도 없었다.

"나는 당신이 좋아지고 말았어요."

나라자키는 침대 위에서 몸이 굳은 채 움직일 수 없었다. 방에서는 아직 고마키의 향수 냄새가 진동했다.

"당신 말대로 내게는 다카하라라는 애인이 있었어요. 우리

어머니와 그 사람 아버지가 재혼해서 우리는 남매가 됐고, 그 후 연인 사이가 됐죠. 우리는 기묘하고 복잡하면서 너무나 굳건하게 이어졌어요. 그는 파멸하려고 했어요. 그는 허무에 파묻혀 자신의 인생엔 흥미를 갖지 못하고 세계에 눈을 돌렸어요. 그리고 세상을 바꾸려고 무서운 행동에 나서려고 했어요. 나는 그걸 막으려고 내 인생을 희생했어요. 그와 함께 파멸하려고 했죠. 그때 당신을 만났어요. 고바야시라는 남성을 권유해야 하는데 나는 당신하고 만났어요. 다시는 되찾을 수 없는 잃어버린 연애를 하는 느낌이었어요. 한순간의 꿈같은 연애를. 하지만 섹스할 용기는 없었어요. 나는 다카하라 이외의 남성과 자본 적이 없어요. 무서웠어요. 당신과 관계한 다음 내가 바뀔까 봐."

다치바나는 갑자기 울기 시작했다. 나라자키는 그저 다치바나를 바라보는 수밖에 없었다.

"그래서 나는 당신 곁을 떠났어요. 그리고 내 삶으로, 진흙탕 같은 내 생활 속으로 돌아갔어요. 파멸을 향해 가는 남자와 운명을 함께하려고. 앞으로 인생의 기쁨을 전부 희생하려고. 그래서……."

다치바나가 문에 손을 댔다. 더 이상 한순간도 이 방에 있을 수가 없었다.

"당신은 내가 붙잡지 못한 또 하나의 운명이었어요."

다치바나가 방을 나갔다. 자신이 울고 있다는 것을 깨달았다. 하지만 앞으로 몇 초만 지나면 이 눈물도 고독 속에서 마를 것이었다. 그리고 자신은 마치 학생회장이라도 된 듯 한 명의 신자도 죽이지 않기 위해 이 사건의 소용돌이 속으로 들어갈 것이다.

복도의 전등은 약했다. 마치 그들의 생명처럼.

다치바나는 좁은 복도를 걸어갔다. 눈물은 그녀의 예상보다 오래 나왔고, 결국엔 말랐다.

21

"화장실에 보내줘요."

스웨터를 입은 남자가 말한다. 고개를 숙인 젊은 여자를 대신해 말한 것 같다. 우리에게 칼을 겨눌 용기는 없지만 마치 여자의 보호자라도 된 듯 도취된 것 같다. 얼굴에 친근한 표정까지 짓는다. 이 사건이 끝난 후를 생각해서 여자가 자신을 좋아하게끔 만들려는 행동인지도 모른다. 시노하라 씨를 향해 가볍게 고개를 끄덕인다. 나는 기관총을 든 채 여자를 앞세우고 화장실로 끌고 간다. 갑갑해 보이는 베이지색 바지를 입은 여자. 흰 블라우스에 흰색 속옷이 비친다. 팽팽한 블라우스에 가슴 굴곡이 확연히 드러난다. 조금 전 그 남자는 이 여자와 하고 싶은 것이 틀림없다.

나는 어디서 기다리면 좋을까? 화장실 입구에서? 하지만 만약 창문으로 도망친다면 나는 책임을 지게 될 것이다. 그러면 교주님의 기대를 저버린다. 나는 여자가 들어간 화장실 문 앞에 서서 기다린다.

벨트를 푸는 소리가 들린다. 이어서 딱 달라붙은 바지가 허벅지와 마찰을 일으키면서 벗겨지는 소리도 들린다. 속옷도 벗는다. 지금 여자의 은밀한 곳이 문 너머로 보이는 것만 같다. 플라스틱 변기에 앉는 소리가 들린다. 물이 흐르는 소리가 들린다. 자신에게서 나는 소리를 감추기 위해서 물을 흘러내린 것 같다. 나는 좀더 문 가까이 다가간다.

엄마를 떠올린다. 많은 남자들을 만족시킨 엄마. 2만 엔에 남자들을 만족시킨 엄마. 나는 송곳으로 뚫은 구멍으로 엄마의 모습을 훔쳐봤다. 거칠게 움직이는 남자의 허리 움직임을. 엄마는 미소 지으며 모든 걸 받아들이고 있었다. 엄마 위에 올라타 정신없이 몸을 갈구하는 남자를 밑에서 팔로 부드럽게 안았다. 남자들이 여러 명일 때도 질액은 언제나 흘러넘쳤다. 엄마는 헐떡이며 성기를 이용해 남자들을 절정에 이르게 했다. 탄탄한 근육을 가진 남자들이 부르르 떨면서 엄마의 젖은 성기 속에서 사정했다. 엄마는 모두 안에서 받아냈다. 남자들이 무리 지어 있어도 그곳의 주인공은 엄마였다. 몸을 갈구하는 남자들의 한가운데서 부드러운 살결은 빛났고, 머리 위를 뭔가가 비추는 것 같았다. 남자가 여럿이어두 엄마는 계속해서 느꼈고 끝나기까지 아주 오랜 시간이 걸렸다. 남자들을 집어삼킬 듯한 엄마의 아름다운 신음 소리도 들렸다. 지금 화장실 안에 있는 여자도 그때의 엄마와 같은 일을 할 수 있을 것이다. 엄마의 신음 소리가 점점 크게 들리는 것 같다. 이 화장실 안에 있는 여자도 많은 남자들을 만족시킬 수 있을 것이다.

문득 부럽다는 생각이 든다. 저토록 난잡하며 남자보다 훨씬 깊은 성의 영역에 도달할 수 있다는 사실이. 나는 화장실 문 너머의 여자에게 두려움을 느끼기 시작한다. 내 성기가 발기된 것을 알아챘을 때부터 키 큰 남자가 내 옆에 있는 것처럼 느껴진다. 모습은 보이지 않지만 분명히 누군가 있는 것 같다. 성기가 더욱 발기된다. 이 남자를 본 기억이 나는 것 같다. 그리스도인가? 아니면 그리스도 같은 어떤 존재인가? 그 존재가 내 본질을 나에게 보여주려고 하는가?

이 여자를 느끼게 만들고 싶다. 부끄러운 자세를 취하게 하고, 애원하게 만들고, 자아를 잃을 정도로 느끼게 해주고 싶다. 나는 여자와 하나가 되고 싶다. 교단 건물에 계속 머물고 싶었지만 나는 충성심을 보이기 위해 이곳에 왔다. 화장실 물이 계속 흐른다. 분명히 참았던 소변을 보는 것이다. 계속 참았으니까. 지금 여자는 그런 자신의 오랜 배뇨를 창피하다고 느낄지 모른다. 멈추지 않는 소변을. 나는 내가 여자의 소리를 듣고 있다는 것을 알려주기 위해 문 밑으로 신발 끝이 보일 만큼 가까이 다가간다. 뭔가가 나를 재촉한다. 나는 여자가 여기서 어서 나오기를 기다린다. 사실은 송곳으로 구멍을 뚫어 여자의 모습을 보고 싶다. 아니, 나는 문을 열고 안으로 들어가고 싶다. 여자가 옷을 입는 소리가 들린다. 문이 열린다. 그녀의 닫힌 세계가 나의 세계 안으로 들어온다. 나는 기관총을 여자에게 들이댄다.

"……벗어."

여자의 표정이 공포로 일그러진다. 부럽다. 나에게 겁탈당할 이 여자가. 여자의 절망이 부럽다. 성기를 몇 번 즐긴 후에는 항문에 넣어본다면 어떨까? 항문으로 할 때 느끼는 여자가 있다. 깊숙이 찔리면 머리가 돌아버릴 정도로 절정에 다다르는 여자가 있다. 여자의 성기가 어떻게 느끼는지 알지 못하지만 항문이라면 나도 시도해볼 수 있을 것이다. 그러니까, 그렇게 하면 나는 이 여자와 하나가 될 수 있다. 이 여자가 어떤 식으로 느끼는지 알 수 있으니 상상력을 발휘하면 나와 여자는 하나가 될 수 있다. 나와 여자는 나의 세계에 갇히고, 그 안에서 하나가 될 수 있다. 아무도 들어오지 못하는 완결된 장소 같다. 왜 지금까지 생각하지 못했을까? 나와 이 여자는 영원히 그곳에서 나오지 않고 둘이서 계속 헐떡일 수 있다. 갑자기 비명 소리가 들린다. 이건 뭐지? 왜 이 여자가 비명을? 나의 세계가 이 세계에서 박리된다. 분열된다. 튕겨져 나간다. 투명한 벽이 눈앞에 나타난다. 동료가 다가온다. 투명한 벽이 두꺼워진다. 동료가 나를 꾸짖는다. 이 사람은 무슨 말을 하는 거지? 나는 나의 세계를 만들려고 한 것뿐이다. 나의 세계를 이 세계에 드러내고 싶은 것뿐이다. 동료가 나의 몸을 제압한다. 나는 화장실에 엉덩방아를 찧는다. 동료가 여자를 위로한다. 우리는 그런 짓은 하지 않는다고 변명한다. 그에게 — 나 말이다 — 엄중하게 주의를 주고 두 번 다시 이런 일이 없을 거라는 약속을 받아내겠다고 말한다. 나는 화장실에 그대로 남겨진다. 발기된 채 더러운 화장실 바닥에. 정말 비참하지 않은가? 아직 발기된 상태인데?

나는 휴대전화를 손에 쥔다. 번호도 알고 있다. 폭파하는 번호를. 조금씩 긴장되기 시작한다. 이 번호로 전화를 걸어도 내가 나쁜 건 아니다. 나쁜 건 이야기를 들으려고 하지 않고 갑자기 나를 제압한 동료가 아닌가? 분노로 의식이 흐려진다. 방금 전 기억이 흐릿하다고 느꼈을 때 휴대전화를 쥐고 있다는 사실을 다시 깨닫는다. 그리고 조금 전의 이미지가 뿌연 안개처럼 느껴진다. 교주님이라면 알아주실 것이다. 나의 굴욕을. 어쩐지 멀리서 나의 호흡 소리가 들리는 것 같다. 누구가에게 알려야만 한다. 세상에서 배척당한 나의 존재를. 천천히 번호를 누르기 시작한다. 누구도 엄마를 모욕할 수 없다. 내 세계가 출현하는 걸 아무도 방해해서는 안 된다. 죗값을 치러야 한다. 손가락이 통화 버튼을 누른다. 몸속의 뭔가가 급속히 추락한다.

목이 마르고 심장이 격렬하게 뛴다. 나는 무엇을 하는 걸까? 돌이킬 수 없는 짓을 한 것은 아닐까? 아니, 그걸 원한 것이 아닐까? 이런저런 생각이 떠올라서 나는 무엇을 붙잡아야 좋을지 알 수가 없다. 하지만 이상하다. 이건 이상하다. 연결이 되지 않는다.

나는 일어서서 다시 스튜디오로 돌아간다. 시노하라 씨가 내게 다가온다. 눈빛이 어둡다. 시노하라 씨가 화를 낸다. 다카하라 님은 어디로 간 걸까? 시노하라 씨는 무서워서 싫다. 얻어맞는 건 싫다. 아아, 그렇다. 내게는 지금 정보가 있다. 시노하라 씨가 필요로 하는 정보가.

시노하라는 분노하면서 신자인 남자에게 다가갔다.

이런 상황에서 여자를 덮치려고 했어? 아무리 발정이 나도 그렇지! 시노하라는 자신의 분노를 억누를 수가 없었다. 하지만 어떻게 하면 좋을까? 어떻게 하면? 시노하라는 다가가면서 계속 고민했다. 이미 방송국도 기동대에 둘러싸였다. 지나치게 궁지로 내몰면 문제가 생길 수도 있다. 하지만 주의를 주지 않으면 다른 사람들에게 본보기가 되지 않는다.

다카하라라면 어떻게 했을까? 시노하라는 생각했다. 그 녀석은 마음에 들지 않지만, 이럴 때 어떻게 해야 좋을지 알 것 같았다. 시노하라는 남자를 구석으로 데려갔다.

"……너"

"암호가 연결되지 않습니다."

갑자기 남자가 작은 소리로 말했다. 이 녀석이 지금 무슨 말을 하는 거지?

"제가 눌러버렸습니다. 실수로, 번호를. 실수로, 누르고 말았습니다."

시노하라는 어이가 없어 입을 다물지 못했다.

"뭐라고?"

"연결이 되지 않는다고요."

"뭐?"

시노하라는 남자의 휴대전화를 빼앗았다. 생각이 정리되지 않았다. 화면을 확인했다. 분명히 이 녀석은 그 번호 중 하나에 전화를 걸었다. 대체 무슨 짓을 한 건가? 아니, 그건 그렇고 왜 연결되지 않지?

"화면을 보면 알 수 있습니다. 저는 이 번호로 전화를 걸었습니다. 하지만 신호음만 계속 이어집니다. 그럴 리가 없습니다. 신호음이 나기 전에 폭발물과 접속된 휴대전화는 폭파돼서 날아가게 돼 있습니다."

목과 어깨가 서늘해졌다. 화면을 응시한 채 떨리는 손가락으로 다시 한 번 번호를 눌러봤다. 틀림없다. 화면을 보니 이 녀석은 정말로 이 번호에 전화를 걸었다.

수화기에 귀를 댔다. 휴대전화를 켠 손가락에서 힘이 빠져나갔다.

"……제기랄, 그 자식."

시노하라는 자신도 모르게 중얼거렸다. 겁에 질린 눈앞의 남자를 마구 패고 싶었다. 다카하라가 우리에게 가짜 번호를 알려줬다는 것을 깨달았다.

22

병실 문을 조용히 노크하는 소리가 났다.

경호를 교대하러 온 것 치고는 시간이 이르다. 제복을 입은 경관은 의자에서 일어나 문밖의 상대에게 말을 걸어 누구인지 확인하려고 했다. 하지만 대답이 없었다. 누구지? 경관은 의문이 들었다. 하지만 지키는 사람은 자신뿐 아니라 엘리베이터 앞과 비상계단, 그리고 병원의 모든 입구에 배치됐다. 문제없다고 생각하면서도 살짝 긴장하면서 문을 열었다. 처음 보는 남자 두 명이 있었다. 한쪽은 오십대, 다른 한쪽은 삼십대 정도로 보였다.

"교대하러 왔어."

어둠 속에서 오십대 남자가 나른하게 말했다. 삼십대 남자는 아무 말이 없었다.

"……당신들 누구지?"

남자들이 수첩을 보여줬다. 경시청 공안부. 경관은 숨을 삼켰다. 하지만 어쩐지 진짜 경찰수첩인지 의문이 들었다. 경관은 주머니 속 휴대전화를 찾았다.

"나는 여기에서 움직일 수 없습니다. 허가가 필요합니다."

"……누구의?"

"내 상사의……."

오십대 남자가 경관의 오른쪽 팔을 살짝 잡았다. 휴대전화를 꺼내려고 했던 팔을.

"의심이 많군. 몹시 바람직하다. 하지만 이상한 일들이 일어났고, 앞으로도 상당히 이상한 일들이 일어날 것이다. 이것은 자네의 의지와는 상관없는 일이다."

오십대 남자가 나른하게 말을 이었다.

"나중에 확인해도 좋다. 조금 전까지 망을 보던 경찰들 모두 모습을 감췄다. 그리고 이제 자네는 나와 교대해야 한다. 하지만 이것은 절대로 다른 사람에게 말해서는 안 된다. 아마 묻는 사람도 없겠지만, 자네가 우리와 교대하면 더욱 이상한 일이 일어날 것이다. 자네가 아닌, 경관들 중 아무도 이름을 들어본 적 없는 가공의 경관이 지금 병실에서 잠자는 인물을 도망치게 하는 실수를 저지를 것이다. 물론 그런 경관은 존재하지 않고, 그것이 누구인지 아무도 추궁하지 않을 것이다. 잘하면 범인이 도망쳤다는 것도 알려지지 않고, 뉴스에도 보도되지 않는다. 그리고 자네는 이 일에 대해 입을 다물기만 하면 된다. 달리 아무 일도 하지 않아도 된다. 1년 후 염원하던 승진시험에서 이름만 써도 합격할 것이다. 그리고 출셋길을 걷는 형사가 되고, 경시청에서 2년 정도 일하면 갑자기 부서 이동 이야기가 나올 것이다. 주위에서 부러워하는 이동. 그 배속처에서 자네 앞에 상사로 나타날 사람이."

오십대 남자가 삼십대 남자를 손가락으로 가리켰다.

"이 사람이다."

경관은 망연자실해서 남자들을 쳐다봤다.

"왜 합해서 3년을 기다리느냐 하면 그동안 자네가 비밀을 지킬 수 있는지 심사하기 위해서다. 만약 자네가 이 일을 누군가에게 발설하면 정신감정을 받게 될 것이다. 그다음 일은 알겠지. 정신감정을 받으면 모든 것이 끝이다. 자네는 병원에서 나올 수 없게 된다."

경관은 휴대전화를 쥐려던 오른팔에서 힘을 뺐다. 기회다. 이런 생각이 들었다. 정체를 알 수 없지만 자신에게 기회가 왔다. 다른 사람에게는 찾아오지 않는 기회. 경관은 경례했다. 뭔가 거대한 것에 복종하는 쾌락이 그를 지배했다.

"……그걸로 됐다. 자네에겐 장래성이 있군. 생각했던 대로다. 사실 자네가 이 병실을 경호하도록 배치한 것도."

오십대 남자가 조용히 말했다.

"바로 우리다."

*

—몇 년 전 내전이 있었을 때 곳곳에 시체가 굴러다녔다. 시체 중에는 성기가 절단된 것도 있었다. 왜 그랬느냐고? 이곳에는 여자의 성기를 들고 다니면 힘을 얻는다는 전설이 있기 때문이지. 마을은 이상한 냄새에 휩싸였지만 결국 수상한 상인이 수상한 고기를 리어카에서 팔았지. 사람 시체를 잘라서 조리해서 판 거야. 우리는 굶주렸기에 먹었지. 맛있어. 음, 상당히 맛있어. 부위별로 딱딱한 것도 있지만. 하지만 이건 우리가 잔혹해서 그런 건 아니야. 그 상인은 마약으로 정신이 돌았으니까. 왜 마약을 했느냐고? 무서웠으니까. 자신이 언제 죽을지 모르는 상황에서 정상적으로 생활할 수 있을 것 같아? 탄환이 마구 날아다니는 와중에 제정신일 수 있나? 우리에게는 마약이 필요했다. 반드시 필요했다. 또 얼마 후에 내전이 있을 거니까.

—100달러? 그래, 100달러 괜찮아. 100달러만 주면 당신 몸에 올라타지. 로데오처럼 당신 위에서 춤을 출게. 어? 생각보다 비싸다고? 왜? 하하하, 미국 달러가 아니야. 리베리아 달러야. 그러니까 미국 달러로 치면 1달러도 안 돼. 당신 일본인이야? 엔이 뭔데? 돈이야? 그럼 얼마 정도지? 수십 엔? 그게 어느 정도 가치야?

—여기에 있는 건 전부 강대국들이 제조하는 무기들뿐이군.

—아프리카에 갔었는지 여자가 묻네. ……음, 어쩐지 이 아이는 다른 나라에 대해 흥미가 있나 보군……. 이 아이의 카스트?* 마디가라고 하네. ……그런 카스트는 모른다고? 아, 내가 대신 대답해주지. 당신들이 아는 카스트보다 훨씬 밑이야. 정확하게 말하면 카스트 제도권 밖이지. 이 아이는 불가촉천민(不可觸賤民)**이니까. ……그런 것도 모르고 이 나라에 왔어? 그런 신분의 인간들에겐 아무도 접촉하지 않아. 보지도 않지. 더러운 게 묻으니까. 물건을 살 때도 점원들은 그 사람들에게 물건을 던져버리지. 헌법에서는 위헌이라고 하지만 시골에서는 이상한 일이 아니야. ……매춘이 괴롭냐고 묻는 거야? 불가촉천민이란 말을 듣고도 안아주는 남자를 어떻게 생각하느냐고? 그건 물을 수 없지. 이 아이는 괴롭지 않아. 응? 물어볼 필요 없다니까. 왜냐하면 여신 옐라마***에게 바쳐진 매춘부니까. 옐라마도 몰라? 카스트는 세습이야. 운명이야. 이제 됐어? 너는 그만 가봐. 또 아프리카에 올 거지? 나이? 아아, 알았어. 물어볼게. 열네 살이라고 하네.

　　—그 또래의 아이를 죽이고 심장을 파먹었어. 물론 조리는

* 인도의 신분제도로 법적으로 금지됐지만 여전히 인도 사회에 남아 있다. 브라만, 크샤트리아, 바이샤, 수드라의 4계급으로 구성돼 있다.
** 카스트 안에도 속하지 않는 최하위 계층으로 이들과 닿기만 해도 부정해진다는 생각 때문에 이런 명칭이 붙었다.
*** 인도에서는 옐라마 여신에게 나이 어린 소녀들을 바치는데 이후 그 소녀들은 사원의 싱노에가 되기나 매춘부로 팔린다.

했어. 날것을 먹을 수는 없잖아. 어? 그런 걸 즐겁게 먹을 리는 없지. 시답잖은 너희 영화랑 똑같이 취급하지 마. 왜 그랬냐고? 주술 비슷한 거야. 그것을 먹으면 총알을 맞지 않는다고 하니까. 주술을 하려면 인간을 초월한 짓을 해야 하잖아. 그렇지 않으면 주술이 될 수 없지. 어린애의 심장을 먹는다는, 가장 해서는 안 되는 짓을 그래서 하는 게 아닌가? 맛? 간이랑 비슷해. 그리고 그런 게 아닐까? 인간을 참혹하게 죽이면 말이야, 그 사람을 보면서 나는 그보다 훨씬 낫다는 생각이 들지 않을까? 어떤 식으로 죽든 총알을 맞고 즉사하는 정도에서 끝날 거라고 말이야. 그래서 하는 게 아닐까? 자신보다 무참한 인간을 많이 만들수록 자신이 조금은 더 낫다는 생각이 드니까. 그래서 뭐? 우물을 만들어? 그거야 고맙긴 하지만, 혹시 현금 가지고 있어? 술은? 응? 이봐, 함부로 머니라고 말하지 마. 그 말을 듣기만 해도 사람들이 몰려올 테니까. ……이거 위험한데. 타관 사람도 있어. 당신 같은 일본인 눈에는 피부색이 비슷해 보이겠지만 우리는 금방 알지. 사투리도 그렇고. ……위험하니까 장소를 바꾸자. 빨리 와. 뭐하고 있어. 빨리 오라니까.

다카하라가 병실 침대에서 눈을 떴을 때 두 남자가 자신을 내려다보고 있었다. 한 사람은 오십대, 다른 한 사람은 삼십대로 보였다.

"……뭐하고 있어."

오십대 남자가 다카하라를 내려다보면서 말했다.

"빨리 폭파시켜. 파괴하라고."

다카하라의 심장박동이 빨라졌다.

"……너희들은? 그리고 무슨 소리냐?"

오십대 남자가 나른하게 말했다.

"통칭 R의 사자다."

다카하라가 일어나려고 했다. 붕대를 감은 오른쪽 어깨에
통증이 전해지자 얼굴이 일그러졌다. 왼쪽 팔에는 링거 바늘
이 꽂혀 있었다. 간호사를 부르는 버튼이 보였다. 하지만 이것
을 눌러봤자 아무도 오지 않을 거라고 다카하라는 생각했다.
그는 자신이 시노하라에게 공격받았다는 사실을 떠올렸다. 생
각이 흐트러진다.

"……나한텐 이제 볼일이 없을 텐데."

"무슨 소리야. 아직 남았다."

오십대 남자가 조용히 숨을 들이마시며 낮은 소리로 말했다.

"다치바나 료코가 어떻게 되든 상관없다는 얘긴가?"

"……나는."

"빨리 폭파시켜. 모든 건물을. 사망자를 만들어. 사망자를 만
들어야 한다. 목숨 없이는 신은 기뻐하지 않는다. 세계에 무차
별적 죽음이 흘러넘치게 해라. ……너와는 아무 상관없는 일
이잖아? 일반인 따위는. 네가 항상 무시하던 일반인이 어떻게

되든 아무 상관없잖아?"

남자들이 휴대전화를 건넸다. 선불식 휴대전화.

"우리가 여기에서 사라진 뒤, 오늘 오후 10시에 번호를 눌러서 폭파시켜."

다카하라는 남자들을 바라볼 수밖에 없었다. 두통이 시작됐다. 목소리가 점점 멍하게 들렸다.

"다치바나 료코가 무참하게 윤간당해 성기가 도려져 죽거나 일반인들이 대량으로 죽거나."

목소리가 더욱 먹먹하게 들렸다.

"둘 중 하나다."

*

그들은 아무도 없는 병원 복도를 걸었다. 삼십대 남자는 지금은 남자에게 아무것도 묻지 않는 편이 낫다는 것을 알았다. 차에 올라타서 핸들을 잡고 액셀을 밟았다. 좁은 길을 골라 달리며 천천히 입을 열었다.

"……R이라니요?"

"아아, 종교야. 이제는 존재하지 않지만."

오십대 남자는 나른하게 말을 이었다.

"소위 말하는 원리주의적인 종교인데 어리석은 그 남자는 거기 신자야. 교단 X도 그 일파라고들 하는데 아무래도 다르지. 하지만 그 남자가 신자라는 것은 틀림없어."

차는 더욱 좁은 길로 들어섰다.

"저렇게 말해놓으면 녀석이 폭파할까요?"

이 차는 고급차는 아니었다. 고급차는 눈에 띌 테니까.

"……알잖아? 저 녀석들의 이미지를 나쁘게 만들어야 한다. 원래는 성처럼 기동대로 멋지게 돌격해서 제압한 다음 녀석들의 이미지를 실추시킬 생각이었다. 방송 보도를 이용해서 말이지. 테러를 미연에 방지했다고 갈채를 받을 생각이었다. 선거에서 크게 이기고, 방위 예산과 경찰 관련 예산을 방대하게 증액하고, 국가의 일체감을 선동해 이 나라의 우경화를 더욱 진행시키려고 했지. 하지만 막상 뚜껑을 열어보니 방송국을 점령당하고, 이런저런 말들만 많이 나오고 말았어. 게다가 그들의 요구는 우리가 강제로 돌격해서 희생자를 내면서까지 제압할 정도는 아니다. 그래서 새롭게 만든 시나리오는…… 말하지 않아도 알겠지? 역사를 만든 방식을 우리는 답습할 뿐이다. 지금부터 정부는 외출금지령을 내릴 것이다. 경찰은 외부에 있는 교단 관계자를 확보할 것이다. 다시 말해 국민을 향해 노력하는 모습을 보여주는 거지. 그러다가 갑자기 저 녀석이, 정확히 말하면 아까 그 광신자 다카하라가 예기치 못한 타이밍에 건물을 폭파시킨다는 흐름. 정부는 진격에 대응했는데 그들이 약속을 깨뜨렸다는 흐름. 어디에 폭발물이 있는지는 모른다. 외출금지령을 내려도 사망자는 나올 것이다. 저 녀석들의 이미지는 땅에 떨어지겠지. 그 순간 우리는 그 아파트 시설과 방송국에 돌격한다. 저 녀석들 대부분을 죽여서 제압한다. 인질도 죽겠지만 세상은 더 이상 우리를 비난하지 않는다. 먼저 공격한 건 교단이니까. 더한 피해를 막기 위해 강경 진압한 꼴이 되니까."

오십대 남자가 나른하게 말했다.

"역사의 철칙이지. 먼저 공격하게 만드는 것. 전쟁은 늘 상대에게 선수를 당한 후에 시작했다. 예를 들어 미국도 역사적으로 늘 상대에게 선수를 줘서 전쟁을 시작했지. 일본과 전쟁할 때도 하이난 섬과 광둥 사이, 인도차이나 연안, 카마우 곶을 먼저 공격하게끔 함정을 파서 출항 명령을 내렸지. 실제로 당한 건 진주만이지만 먼저 공격하도록 시킨 것과 다를 바 없지. 당시 대통령 루즈벨트가 진주만이 공격당하는 것까지 알았는지에 대해선 여러 설이 있지만 그가 일본이 먼저 공격하게끔 만든 건 미국 자료들만 봐도 확실하다. 병사들이 가엾지. 이라크 전쟁에서는 그 전설을 깨뜨렸지만 잘못은 언제나 상대에게 있다고 주장하며 전쟁했어. 일본도 그렇다. 중국과의 전쟁에서 자신들이 만주 선로를 폭파하고는 중국이 한 짓이라면서 침략을 개시했지. 유치한 작전이지만 국민은 역사적으로 언제나 그런 일에 속았어."

"한 가지 물어봐도 될까요?"

"뭔데?"

"혹시나 해서 물어보는 건데…… 저는 당신이 모든 것을 다 파악했다고 생각했습니다. 하지만."

"그래, 나 역시 전부를 파악한 건 아니야."

차는 쉬지 않고 계속 달렸다.

"정부의 씽크탱크, 즉 정치가에게 조언을 해주는 이들이 만든 시나리오를 그저 구체화시켰을 뿐이야. 왜 이런 것을 할 필요가 있으며, 어떤 사람들이 배후에 있는지는 잘 몰라. 추측할 뿐이지. 아마 그 씽크탱크도 배후는 아니야. 특정 업계가 이번 사건을 움직이는 것도 아니야. 즉, 복수의 흑막이 있다는 말이야. 다양한 업계, 국내외를 불문하고 다양한 그룹에서 요청이 들어왔고, 그들 모두가 나름의 이익을 얻으려고 사건이 일어난 거지. 주가 동향도 배후에 있는 녀석들의 정체를 아는 데 힌트가 돼. 그들은 국가라는 시스템을 이용할 뿐이지. 국가는 존재하지 않는다. 지금 시대에 국가는 추상적인 의미 말고는 존재하지 않는다. 그저 그들이 이용하기 위해서 국가 개념을 사용할 뿐이다. 국민들은 어떻게든 만들 수 있다. 우경화를 하려면 쉽게 우경화할 수 있다. 인터넷을 들여다보면 알 것이다. 외국 유저들은 위키리크스를 지지하고, 표현과 발언의 자유라는 이념을 가지고 인터넷에서 활동하는 사람들이 많은데 이 나라 국민들 중 일부는 고맙게도 권력과 보수 정치의 보호를 받길 원하지. 그들이 움직여주기 때문에 인터넷이라는, 국가와 부자들이 보기에 귀찮기 짝이 없는 시스템도 마음대로 다룰 수 있지. 우리가 빈곤층에게 아무리 가혹한 처우를 해도 그들은 옹호해준다. 우리가 제조한 무기를 수출하고, 그 무기가 테러리스트들에게 건너가 여자들을 난사해도 옹호해준다. 일장기가 붙은 무기로 아이들의 내장과 뼈가 가루처럼 부서져도 그들은 비호해준다. 몇백 만 명의 선조가 죽은, 예측이 어긋난 전쟁조차 옳았다고 말한다. 우리가 무슨 짓을 해도 중국과 한국이라는 적을 안겨주면 우리를 옹호해준다. 그들은 강한 권력에 붙어서 사상으로 남을 공격하는 것을 좋아하지. 남을 공격하면 자신들이 뛰어나다는 쾌감을 얻을 수 있으니까. 그들은 우리 같은 보수를 절대로 부정하지 않아. 한번 믿으면 무엇을 보든 무엇을 듣든 절대로 부정하지 않아. 왜냐하면 우리를 부정하는 건 스스로를 부정하는 일이 되니까. 믿었던 것에서 거리를 두고 지금까지의 자신을 의심하고 새롭게 태어날 용기를 가진 사람은 많지 않지. 그건 상당히 고통스러운 일이야. 그들은 자신의 생각이란 것을 원하지 않는다. 우리가 교묘하게 부여한 사상이 자신의 생각이라고 굳게 믿으면 그걸로 된다. 그들은 취사선택하지 않는다. 거대한 것과 함께 휩쓸리길 원하기 때문이다. 이번 일도 그들이 도와주겠지. 인터넷에서 아무리 비밀정보가 누설된들 그들은 그것을 감시하고, 권력의 말단기관이 됐다는 쾌락 속에서 모든 걸 짓밟아줄 것이다. 더군다나 그들은 선의로 한다. 국가를 위해서 한 것이니까. 어떤 대의를 부여받았을 때, 선함 속에 숨어서 얼굴을 감출 수 있을 때, 그들은 주저하지 않고 내면의 추악함을 해방한다. 인접국의 위협에서 자국을 보호한다는 의지로 움직이니 결과적으로 우리의 이익을 불려주지. 국가를 전쟁의 위기에 노출시키는 줄도 모르고. 격차가 넓어져도 그것이 우리의 정책이라는 사실을 그들은 알지 못한다. 대기업을 위해서 앞으로는 임금이 싼 외국인 노동자를 많이 받아들일 것이다. 이민자들 때문에 일자리를 잃는 국민도 나온다. 그렇다면 그들이 이민자들을 증오하게 만들면 된다. 국가가 우경화하고 무기산업이 돈을 번다. 역사적으로 너무나 전형적인 보수국가를 만드는 방법이다. ……분명히 우리의 정보에는 오류가 있었다. 하지만 이것을 성공시키면 국가는 아무 문제도 삼지 않는다. 어떤 처분이 내려진들 구두 주의 정도로 끝난다. 공무원을 처분한다는 뉴스가 나올 때 마치 해고됐다는 인상을 주지만 구두 주의 정도의 처분이다. 징계 처분을 받아도 감봉되지 않는 경우도 있다. 모두 입에 발린 말들이다. 우리의 직역은 바뀌겠지만 급료나 처우는 똑같다. 우리처럼 도둑 같은 인간들의 직역만 바뀔 뿐이다. 우리를 부정하는 정치가가 나타나면 스캔들을 입수해서 실추시킨다. ……그리고 우리는 결과적으로 국가가 빚을 지게 만들고 폭리를 취해 이 국가를 조금씩 멸망시킨다. 만약 잘되지 않으면 우리는 사직하면 그만이니까. 정치가도 돈이 있으니 언제든지 그만두면 되니까. 아직 일하고 싶다면 기업에 낙하산으로 들어가면 된다. 해외 기업으로 날아가도 된다. 국가라는 건 이미 없으니까."

차가 어둠 속으로 들어갔다. 그래도 삼십대 남자는 오십대 남자의 말을 납득할 수 없었다. 오십대 남자가 이어서 말했다.

"……하지만 전체적인 모습은 아직 나도 모른다. 교단 X의 의도는 몰라."

"상대는 국가입니다. 쉽게 제거될 것입니다."

삼십대 남자는 무심코 그렇게 말했다. 그 말을 했을 때 내면에 묘한 쾌락을 느꼈다.

"……어리군."

오십대 남자는 희미하게 웃음을 띠었다.

"너는 사와타리라는 남자를 몰라."

*

병원 침대 위에서 다카하라는 휴대전화를 봤다.

얘기가 다르다. 아니, 자신의 예상이 애초에 틀렸다.

YG한테서 테러를 일으키라는 말을 들었다. 신의 이름으로 세계의 빈곤 문제를 세상에 알리라고. 방송국을 점거해서 부유한 일본인들을 죽이고, 우리 이름을 세상에 알리라고. 테러에서 도망친 너는 그렇게 해야만 한다고 들었다. 만약 거부하면 네가 소속된 교단 사람들을 전부 죽이고, 특히 네 여자는 윤간해서 죽이겠다고. 막을 방법이 없다고 생각했다. 경찰에 도움을 구한들 경찰은 늘 우리를 격리시킬 뿐 지켜주지 않는다. 적어도 료코는 언제, 어디서, 누구에게 습격당할지 모른다. 경찰의 보호가 느슨해진 틈에 공격당할지도 모른다. 5년 후일지도 모르고, 10년 후일지도 모른다. 자신과 관련돼 있는 한 료코에겐 늘 위험이 따라붙는다. 그녀와의 관계를 끊어도 그들은 그녀의 위기를 더욱 부채질할 것이다.

원래는 세상을 바꾸려고 사와타리에게 접근했다. 어떻게 세상을 바꾸면 좋을지 몰랐지만 계속 그런 생각을 했다. 하지만 사와타리는 여자를 안는 것 외에는 세상을 향해 아무 일도 하지 않았다. 그럴 때 YG에서 다시 접촉했다. 주장의 방향성은 비슷하다는 느낌이 들었지만 아무도 죽이지 않는 테러를 생각했던 자신의 의도와는 상당히 달랐다. 자신의 진정한 활동은 끝났다고 생각했다.

그래서 YG의 요구를 자신의 기대에 부합하는 형태로 바꾸려고 생각한 것이다. 아무도 죽이지 않는 테러. 그래서 일부러 실패할 생각이었다. 자신의 주장을 텔레비전에서 말하고, 액션을 취하고, 그 후에 일본인을 살해하는 건 일부러 실패할 생각이었다. YG는 배신은 용서하지 않지만 실패를 규탄하지는 않는다. 한 번이라도 테러를 저지르면 그때 배신했던 행위의 보상이 되고, 나아가 자신이 죽으면 그들은 더 이상 다른 사람들에게는 아무 짓도 하지 않을 거라고 생각했다. 체포될 다른 멤버들에게는 미안하지만 그들도 YG에게 죽임을 당하는 것보다는 나을 것 같았다.

하지만 이상했다. 왜 시노하라는 나를 공격한 걸까?

그 녀석들은 여전히 테러를 하는 걸까? 이 테러는 원래 YG 가 벌였나? 시노하라도 YG의 멤버였던 말인가? 하지만 그렇 다면 왜 나를 공격했을까?

두통이 왔다. 약간의 구토까지.

어쨌든 여기서 나가야 한다. 자신의 짐이 뭔가 할 말이 있는 듯 침대 아래에 놓여 있었다. 휴대전화는 선불식 전화기로 바 뀌었지만 지갑은 있다. 약통도. 진통제인가?

다카하라는 병실을 나와 어두운 복도를 걸었다. 비상계단으 로 이어진 은색 문이 자신을 불쾌하게 받아들이듯 열려 있었 다. 여기에서 나가라는 말인가? 계단에는 아무도 보이지 않았 다. 조금 전까지 분명히 누군가 있던 기척이 있었는데.

다카하라는 택시를 불러 근처 낡은 비즈니스호텔의 옹색한 방을 잡았다. 우선 상황을 확인해야 한다. 오른쪽 어깨에 아직 통증이 있어서 왼손으로 텔레비전을 켰다. JBA. 멤버들이 인 질들에게 총을 겨누는 영상. 채널을 돌렸다. 상황이 점점 파악 되기 시작했다.

이건 YG의 테러가 아니다. 다카하라는 생각했다. 이건 교단, 교주의 테러다.

사와타리는 내가 하려는 일을 전부 알고 있었던 걸까? 알았 기에 내가 테러 시스템을 만드는 것을 교묘하게 이용한 걸까?

그렇게 해놓고 도중에 탈취할 생각이었던가? 멤버 중에는 그를 모르는 녀석들도 있었을 것이다. 하지만 사와타리는 왜 이렇게 귀찮은 짓을 했을까?

무기 준비와 개조를 맡겼던 요시오카는 방에서 살해당했다. 그가 죽은 건 우연이 아니다. 시노하라의 기관총은 개조되지 않았다.

하지만 이건 또 뭔가? 자치구를 요구한다고? 애초에 그 타이밍에 교단의 아파트가 포위된 것도 이상하다.

사와타리는 진정 무엇을 노린 건가? 다카하라는 여전히 혼란스러웠다.

하지만 한 가지 분명한 것이 있다. 조금 전 2인조는 YG의 사자이며, YG는 이 상황에 초조함을 느끼고 있다. 자신들의 테러, 즉 나의 테러가 탈취당한 이 상황에 초조해진 것이다.

다카하라는 손에 쥔 휴대전화를 봤다. 번호는 나밖에 모른다. 테러는 복잡하게 얽혀버렸지만 이제 내가 할 일은 하나뿐이다. 료코의 목숨인가, 일반인의 목숨인가. 대답은 간단하다.

나는 지금까지 세상을 긍정한 적이 없다.

일반인 따위는 어떻게 되든 상관없다.

23

"……환영합니다."

병원 침대 위에 책상다리를 하고 앉은 마쓰오가 카메라를 향해 말했다. 부쩍 말랐다.

"나는 하고 싶었던 말을 지금 당신들에게 전했습니다.

사실 이건 태어난 순간, 당신들에게 내가 하려고 했던 말입니다. 이 세상에 오신 걸 환영합니다. 당신은 지금 생명을 얻었습니다. 무의 세계에서 찰나의 유를 갖게 됐습니다. 앞으로 이 세계를 온몸으로 마음껏 즐기길 바랍니다. 마치 첫사랑에 빠진 중학생처럼 전력을 다해 이 세상을 끝까지 즐기길 바랍니다."

마쓰오의 저택 거실에서 수많은 회원들이 화면을 보고 있었다. 내용을 아는 요시코는 맨 뒤에서 그 모습을 지켜봤다. 마쓰오의 유언이었다.

"우리의 우주는 빅뱅으로 탄생했고 이윽고 생물이 탄생했습니다. 생물이 다른 무기질보다 불안정하고 결국엔 죽어야 하는 건 아마도 다양성을 발생시키기 위해서입니다. 우리가 왜 살아가는가? 지금부터 그 이유를 제 나름대로 설명하겠습니다. 그건 이야기를 만들기 위해서입니다. 회사원으로 살아온 이야기. 방에 틀어박혀 살다가 20년 후 용기 내서 훌쩍 밖으로 나온 이야기. 우리는 이야기를 발생시키기 위해 살고 있습니다. 우리는 우리의 이야기를 살기 위해 살고 있습니다. 우리는 무수한 이야기를 이 세계에 발생시키고 이어나가고 있습니다. 그리고 그 이야기에 우열은 없습니다.

약 천 수백 억 개의 신경세포가 각각 무수한 시냅스로 결합된 뇌를 비롯해, 방대한 소립자의 경이로운 연결로 우리의 존재는 만들어졌습니다. 원자, 원자를 구성하는 양자, 중성자, 전자. 세상을 이런 모습으로 만들기 위한 전자력의 강도를 결정하는 전기소량의 수치, 양자와 중성자를 결합해서 원자핵을 만드는 힘의 강도를 결정하는 결합상수의 기적적인 값. 압도적으로 엄청난 마이크로 소립자의 구조와 그들의 집합인 이 세계. 빅뱅에서 탄생해 0.01초 후에 1000억 도가 되고, 3분 안에 헬륨 같은 원자핵이 만들어진 약 137억 년 전부터 이어진 압도적인 '세계'가 모두 지금 당신의 이야기의 토대에 있습니다. 우리의 삶은 이런 압도적인 시스템에 의해 지탱되고 있습니다. 그래서 이렇게 바꿔 말할 수 있습니다. 이런 어마어마한 시스템 모두가 태어난 우리에게 부여된 것이라고. 다시 말해 모두 당신에게 부여된 것이라고.

그럼 왜 이야기가 필요한가? 그건 모릅니다. 하지만 이 세계는 이야기를 원합니다. 원자는 인간이라는 존재를 창조할 가능성으로 가득하므로, 이야기를 만들어낼 가능성도 가득하다는 얘기가 됩니다. 우리의 불안정하며 생생한 많은 이야기들이 어디에 쓸모 있는지는 모릅니다. 하지만 세상이란 그런 건니다. 세계의 성립에, 다시 말해 원자에 가능성이 가득하다는 증거를 보면 우리는 이야기를 발생시키기 위해 산다고 생각할 수 있습니다. 신은 아마도 이 세계, 우주의 구조 전체를 말하는지도 모릅니다. 그러니 이 세계의 성립 자체를 신이라고 불러도 좋습니다. 세계의 오래된 위대한 종교는 각각의 문화에 의해 신을 바라보는 방식이 달려졌을 뿐입니다.

신에게 빈다. 그러니까 이 말은 모든 것에 대해 빈다는 얘기입니다. 자신 이외의 모든 것에게. 아니, 자신이란 것도 본래는 존재하지 않습니다. 우리의 몸은 늘 원자 상태에서 바뀌고 교체되니까요. 그래서 이렇게 바꿔 말할 수 있습니다. 신에게 빈다는 것은 자신을 포함한 모든 것에 비는 것이라고.

우리는 이야기의 행위자이면서 동시에 자신의 이야기를 응시하는 의식이라는 관객이기도 합니다. 그러니 마지막까지 지켜보도록 합시다. 의식이 있는 한 우리는 자신들의 이야기를 지켜봐야 합니다.

그리고 나도 곧 죽습니다. 아마도 내일쯤일 것 같습니다. 그러니 여러분이 이것을 볼 때쯤이면 이미 나는 죽었습니다. 하지만 이건 결코 무서운 일이 아닙니다. 무로 돌아갈 뿐이니까요. 우리는 본래 무이고, 찰나의 순간인 인생을 즐긴 후에는 겸허하게 무로 돌아갈 뿐입니다. 우리의 신체는 불타서 원자 상태로 해체되고 확산되어 또 당신들의 이야기를 지탱해주는 소립자 시스템의 일부가 될 것입니다. 우리는 전부 하나이고, 이 세계를 구성하는 커다란 물체의 일부입니다.

이야기를 발생시키기 위해서 우리는 살고 있습니다. 바꿔 말하면 누구도 타인의 이야기를 소멸시킬 권리가 없다는 말입니다. 인간은 이 세계가 만들었습니다. 다시 말하면 신이 인간을 만들었습니다. 그 세계/신이 만든 인간을 살해할 권리는 없습니다. 먹는 것 이외의 이유로, 즉 생명을 먹어서 생명을 유지하는 것 이외의 이유로 생명을 살해할 권리는 없습니다. 신은 인간을 죽이라고 말하지 않습니다. 그런 말은 신의 이름을 파는 사기꾼입니다. 그런 현대의 사기꾼들을 사람들을 조종하는 사기예언자라고 부릅시다. 대체 그런 사기예언자들은 어떤 권리로, 어떤 증거를 가지고, 신의 언어를 말할 수 있을까요? 신이 바란다는 걸 어째서 그 사람만 알 수 있는 걸까요? 어떤 증거로? 증인이 누구이며, 무슨 확신으로, 그렇게 말할 수 있는 걸까요? 인간이 신의 진의를 이해할 수는 없습니다. 그래서 본래 그들은 아마도 신은 이렇게 생각할 것이다, 하는 조심스러운 추측을 얘기해야만 합니다. 그들은 전쟁을 하라, 인간을 죽이라는 결정적인 말을 할 수는 없습니다. 신의 이름을 말하며 전쟁과 인간 살해를 요구하는 현대의 사기예언자들을 숭배해서는 안 됩니다. 그들은 단순한 인간에 불과합니다. 우리와 똑같이 배변하고 섹스하는 인간에 지나지 않습니다. 그런 사기예언자들을 숭배하면 신에게 등 질 수 있다는 위험을 늘 염두에 두십시오. 사기예언자들에게 사기를 당하는

지 신에게 시험당하고 있다고 생각해도 좋습니다. 예언자란 원래 신의 거대한 뜻을 조심스럽게 추측하고 신에게 겸허해 야 합니다. 인간 따위가 결코 단정해서는 안 됩니다. 전쟁이나 살인 같은 결정적인 얘기를 하는 건 인간을 만든 신에 대한 월 권 행위입니다.

지금 일본 내부에는 격양되고 싶어 하는 세력들이 있습니다. 제2차 세계대전 때도 그랬습니다. 개인보다 전체와 국가를 숭배하자. 그런 열광 속에 자신을 놓고 쾌락을 즐겼습니다. 사람들은 자신의 비소함을 잊고 커다란 대의를 얻음으로써 자신의 인생을 스스로 생각하는 자유라는 노동에서 해방시켰습니다. 지금 일본의 일부는 그 열광을 재현하려고 합니다.

확실히 기분은 격양될 것입니다. 일본인으로서 긍지를 느끼고, 누군가를 목숨을 걸 만큼 숭배하고, 국기를 향해 경례합니다. 기분이 들뜨겠지요. 하지만 그런 상태는 아주 사소한 계기로 폭주를 낳고, 인류에 따라서는 상당히 위험한 상황에 놓이기도 합니다. 독일의 나치 정권에서 하일 히틀러를 외치며 오른손을 들었던 당시 국민들 중에는 그것을 통해 쾌락을 느낀 사람들이 상당히 많았을 겁니다. 인간이 현혹되는 그런 상태를 더 이상 반복해서는 안 됩니다. 이것은 일본만의 일은 아닙니다. 옛날부터 현재에 이르기까지 세계 곳곳에서 이런 격양된 기분들이 생겨났습니다. 우리가 할 일은 신의 이름을 말하며 인간을 살해하라고 요구하는 무리들과 전체주의로 인한 격양된 상태를 인류사에서 내쫓는 것입니다. 그렇게 하면 우리 인류는 두번째 계단으로 갈 수 있습니다.

제2차 세계대전 전부터 패전 때까지 일본의 정권은 열일곱 번 바뀌었습니다. 하지만 전쟁은 진흙 속을 헤맸습니다. 일본에서는 시스템이 완성되면 쉽게 멈출 수가 없습니다. 국민들을 격양되게 만든 정부조차 그들을 멈추게 할 수가 없습니다. 아무리 지도자가 바뀌어도 중간 계급인 군인들이 격양돼 있는 한 항복은 생각도 할 수 없습니다. 그래서 부하들에게 말도 안 되는 무모한 작전만 계속 명령합니다. 전쟁 당시 전 세계의 분노를 산 중국에서의 관동군의 폭주를 떠올려보시길 바랍니다. 온건한 정치가들도 폭주를 멈추게 할 수는 없었습니다. 그런 들뜬 상태로는 평화국가로서의 균형을 유지하기가 불가능합니다. 지금 정치가에게 그런 균형을 유지할 역량이 있다고 생각하십니까? 전체주의로 인해 격양된 1억 2천만 명 전부를 균형감 있게 유지할 수 있을까요? 또다시 폭주하고 말 겁니다. 격양된 분위기가 부활하면 일본은 다시 위험한 상태가 됩니다. 일본 이외의 나라를 박해하고, 또다시 역사에 오점을 남길 것입니다. 제2차 세계대전 때와 똑같습니다. 일부가 폭주하면 모두가 거기에 이끌려 갑니다. 우리가 해야 할 일은 전사자들을 영웅이 아닌 희생자로서 마음으로 추도하는 것입니다. 물론 영웅으로 떠받들어 전쟁터에 내보내 죽게 만들고는, 진후에 갑지기 당신들은 희생자였다고 말하는 거 잔인한 얘기입니다. 하지만 이런 잔인한 이야기를 극복하지 못하면 우리는 앞으로 나갈 수 없습니다. 국가의 지도자가 대표로 죽은 병사들에게 머리를 조아려야 합니다. 울면서 그들에게 말해야 합니다. 우리는 평화를 바랍니다. 그러니 정말 잔인한 얘기지만 당신들을 앞으로 희생자로 다루겠다고. 우리는 당신들을 영웅이라고 부추겨 전쟁터로 내보냈지만 이제는 희생자로 바뀌었다는 사실을 영원히 인식하겠다고. 그리고 당신들을 계속 추모하겠다고. 아주 무거운 교훈으로 당신들의 모든 것을 받아들이겠다고. 그리고 그에 대한 보상으로 우리는 세계를 평화롭게 만들겠다고. 그들을 영웅으로 만들면 영웅으로 죽어갈 인간들이 생겨납니다. 병사를 영웅이라고 말하면 말할수록 우리는 전쟁에 다가가게 됩니다. 그들을 숭배하면 그들을 동경하는 사람들이 나오게 됩니다. 그런 인간들은 국가가 전쟁으로 기울어질 때 전쟁에 반대하는 세력이 될수는 없습니다.

도스토옙스키가 했던 말인데, 인간은 한번 사상에 사로잡히면 좀처럼 변화하지 않는 것 같습니다. 이론으로 아무리 부딪쳐도 그런 인간이 바뀌는 일은 극히 드뭅니다. 그들은 감정에 의해 바뀐다고 도스토옙스키는 말했습니다. 그리고 사상을 부정하기만 해서도 안 되고 대신에 다른 사상을 얻지 않으면 그들은 절대로 바뀌지 않는다고.

그 말이 맞습니다. 그래서 나도 대안으로 뭔가를 제시해야 합니다. 하지만 유감스럽게도 나는 그 단순한 들뜬 기분에 필적할 만한 대체사상을 제시할 수 없고, 내게는 그런 능력도 없습니다.

그래서 내 말은 잔소리가 됩니다. 이제 곧 죽을 나는 마지막까지 잔소리 같은 말만 내뱉게 됩니다.

우리는 평화를 추구하여 전쟁을 원하는 국가들이 멀리하는 존재가 돼야 합니다. 자, 그럼 타국에서 분쟁이 일어나 민중이 괴로워하는데 보고도 못 본 척할 것인가? 하지만 그 분쟁 뒤에 있는 것을 생각해본 적 있습니까? 대국들의 꿍꿍이가 얽혀 있습니다. 거대한 군수산업이 이익을 얻고, 전후 부흥으로 이익을 얻으려는 기업도 암암리에 활동합니다. 우리는 표면이 아니라 이면을 규탄하는 국가여야 합니다. 전쟁이 일어날 것 같은 지역에 뛰어들어야 합니다. 분쟁으로 대국 기업들이 이익을 얻는 상황을 막기 위해서 지속적으로 분쟁을 사전에 방지해야 합니다. 우리는 평화이념을 유지해야 합니다. 우리는 평화를 이념으로 내걸어야 합니다. 그렇지 않으면 현재도 상당히 일탈된 현실의 브레이크가 정말 말을 듣지 않습니다. 만약 타국에서 분쟁이 일어났다면 전 세계에 당당히 주장합시다. 그 이면에 어떤 국가와 어떤 기업이 있으며, 어떤 나라들이 이 분쟁으로 이익을 얻는다고. 그런 쓰레기 같은 무리들이 배후에 있다고. 배후에 있는 그들의 움직임이 멈추면 전쟁은 끝난다고. 반대로 말하면 배후에서 계속 움직이는 자들이 있는 한 전쟁은 끝나지 않습니다. 전쟁을 현실적으로 불가능하게 만드는 시스템 창출에 전력을 다해야 합니다. 암약하는 군수산업체가 멋대로 활동하게 만들어서는 안 됩니다. 지금 이 순간에도 그들이 세계에 대량으로 살포하는 무기들을 어떻게든 막아야 합니다. 무기가 세계에 흘러넘치면 넘칠수록 분쟁은 유발됩니다. 뒤에서 소국과 무장 세력을 조종하는 대국들에게도 당당히 의견을 말해야 합니다. 나는 일본이 군대를 포기해야 한다는 어정쩡하고 무책임한 말을 할 생각은 전혀 없습니다. 우리는 선진국에 어울리는 그 나름의 군수를 자위권으로 보유하면 됩니다. 그것만으로도 우리가 보유하는 군비는 세계 어디에도 뒤지지 않습니다. 우리는 제2차 세계대전의 단순한 가해자가 아닙니다. 원폭과 민간인 공습 학살을 경험한 피해자이기도 합니다. 우리는 가해자이면서 피해자인 특수한 경험을 했습니다. 그런 우리의 특수성을 다른 나라와 동화시켜서 잃어버려도 괜찮은가요? 그런 우리의 정체성을 잃어도 괜찮은가요? 스위스가 영세 중립국이라면 일본은 평화 추구 국가가 돼야 합니다. 우리가 이 정체성을 잃으면 제2차 세계대전에서의 막대한 전사자들의 죽음이 헛된 것이 됩니다. 그럴 수는 없습니다. 우리는 절대로 그래서는 안 됩니다. 우리는 전사자들의 목숨을 생각하면서 전 세계에서 전쟁을 없애려고 움직이는 특수한 국가가 되어야 합니다. 대국의 지도자들이나 일부 다국적기업들은 눈살을 찌푸리겠지만 세계의 민중들은 절대적으로 지지해줄 것입니다. 전쟁으로 피해를 입은 건 언제나 우리 민중들이니까요. 전몰자들도 그것을 바랄 것입니다. 자신들을 영웅으로 봐달라는 협소한 정신의 소유자는 없을 것입니다. 그들은 그 정도로 고결할 것입니다. 세계는……."

밖에 있던 회원이 달려와서 힘차게 거실 문을 열었다.
"밖에 경관들이 있습니다. 모두들……."
수많은 경관들이 그 뒤를 이어 거실로 들이닥쳤다.

"세계는 커다란 힘의 균형에 의해 성립됐습니다. 그 커다란 힘의 균형 속에서 일본이 전쟁이 가능한 방향으로 돌아선다면 그 균형은 붕괴될지도 모릅니다."

"얌전히 굴어."
경관 하나가 큰 소리로 외쳤다.
"너희들 전원에게 체포영장이 나왔다. 구속하겠다."
"왜지?"
요시코가 말했다.
"우리는 그 교단과는 관계 없다."
"자세한 얘기는 서에서 듣지."

"빅뱅 시점에서 모든 게 정해져 있는지 우리는 결코 알지 못합니다. 하지만 한 가지는 압니다. 적어도 이 세계에 운명이 존재한다는 사실. 좀더 정확하게 말하면 운명은 이 세계에 때때로 발생한다는 사실. 모두의 운명이 태어나면서부터 정해져 있다는 얘기는 아닙니다. 전체를 말하는 겁니다. 하나의 커다란 흐름이 생겨났을 때, 어느 쪽으로 구를지 모르는 거대한 돌에 다양한 힘들이 가해지고 어느 한 방향으로 낙하할 때, 그 힘은 운명이 돼서 아마 멈출 수 없게 될 겁니다."

"멈춰요. 우리와는 상관없는 일이에요."

울부짖는 요시코를 경관이 제압했다. 회원들이 차례로 구속됐다.

"멈추라니까!"

경관에게 칼을 겨누려는 회원 하나를 요시다가 제지했다.

"안 돼. 손대지 마. 이 쓰레기들이랑 똑같은 짓을 해서는 안 돼."

"공무집행방해다."

"그만해. 아직 아무 짓도 안 했어. 방어한 거잖아."

"체포한다. 오전 7시 5분."

"그만해."

"떨어져."

"성난 소리가 지금 저에게 들리는 것 같습니다. 말만 번지르르하지 세계의 현실을 모른다고. 하지만 저를 이상론자라고 말하는 녀석들이야말로 오히려 전쟁이라는 현실을 미화하는 이상론에 갇힌 녀석들이라고 말하고 싶습니다. 전쟁의 이면에 얼마만큼 지독하게 이권이 도사리고 있는지! 세계란 그 정도로 잔혹하고 무참합니다. 나는 그 성난 소리들 틈에서 이렇게 가냘픈 소리를 계속 지르고 있습니다. 이런 소리가 사라지면 세상은 암전된 듯 온통 어두워질 것입니다. 우리의 이야기를 아무도 지울 수 없다고 나는 계속 말할 겁니다. 세계가 눈을 떠야 한다고 나는 죽어서도 계속 말할 것입니다. 이익을 위해 사람을 죽이는 건 용서받을 수 없다고 계속 말할 겁니다. 우리는 한 사람이라도 살아가야 한다고 말할 겁니다. 이 세상은 즐겁기 위해서 존재한다고 계속 말할 겁니다."

"빨리 끌고 가."

"그만해. 상대는 노인이다. 이봐, 뭐하는 짓이야. 대체 왜 이렇게까지 하는 거야?"

"시끄러워!"

"하지 말라니까. 아무도 저항하지 않잖아. 그렇게 거칠게 나오지 않으면 불안한가 보지? 자신들이 말도 안 되는 짓을 한다는 걸 아니까. 그렇게라도 위세를 부리지 않으면 불안하겠지."

"끌고 가. 이 녀석들은 테러리스트다. 전부 테러리스트다."

경관들이 외쳤다.

"무기를 가지고 있을지 모른다. 칼을 빼 들면 쏴라."

"그만하라니까."

"우리는 평화를 위해 움직이는 국가가 돼야 합니다. 그리고 우리와 같은 생각이 세계에 퍼질 때, 즉 언덕 위의 거대한 돌이 다른 방향으로 떨어질 때…… 이 세계가 평화롭게 돼가는 흐름을 더 이상 어느 누구도 막을 수 없습니다. 나는 그렇게 믿고 싶습니다."

"모두 저항하지 마세요."

요시코가 외쳤다.

"그러니까 당신들도 폭력을 쓰지 말아요."

멤버들이 끌려갔다. 텔레비전이 바닥으로 쓰러졌다. 마쓰오의 목소리는 계속 울려 퍼졌지만 그것을 듣는 사람은 아무도 없었다.

"우리의 귀중한 인생을 그런 전체주의에 먹히게 할 수는 없습니다. 우리의 이야기는 어느 누구에게도 침식돼서는 안 됩니다. ……우리의 신체는 바뀌고 때론 교환됩니다. 나도, 눈앞에 있는 여러분도, 원류를 거슬러보면 선조는 하나입니다. 아주 먼 열대에 숨은 물고기도, 몇억 년이라는 세월을 거스르면 우리와 같은 선조를 가졌습니다. 아메바처럼 흐느적거렸습니다. 즉, 우리는 그런 물고기와 원래 하나였다는 얘기가 됩니다. 세계를 그렇게 바라볼 때."

몇몇 회원들이 두들겨 맞고 피를 흘렸다. 경관들은 그들이 테러리스트라는 소리를 듣고 모두 공포와 흥분으로 냉정함을 잃었다. 텔레비전이 쓰러졌는데 아무도 그것을 일으킬 여유가 없었다.

"세계는 완전히 달라져서 우리를 찾아올 겁니다. 그 압도적인 시스템에서 우리는 태어납니다. 누구나 소중합니다. 일상생활에 치일 때는 부디 의식을 억지로라도 넓혀보시길 바랍니다. 압도적인 우주와 소립자 시스템 속에서 긍지를 가지고 살아갑시다. 마음껏 울고 웃으면서 전력을 다해 살길 바랍니다. 당신이 가진 생명을 활성화시키길 바랍니다. 당신들은 힘들게 무에서 유를 손에 넣었으니까. 마지막으로…… 여러분에게 하고 싶은 말은."

성난 소리가 울려 퍼졌다. 피를 흘리는 회원들을 보면서 요시코의 눈에서 눈물이 흘렀다.

"지금까지 정말로 고마웠습니다. 누가 뭐라고 해도 나는 모든 다양성을 사랑합니다."

내각에 설치된 정부 대책본부에 한 통의 전화가 걸려왔다.
—자위대기가.
상대방의 목소리가 떨렸다.
—훈련 중인 자위대기 두 대가 레이더에서 사라졌습니다.
……중국을 향해 가고 있습니다.

24

다치바나 료코는 아파트 입구에 들어섰다.

자동문은 잠겨 있고 육중한 철 바리케이드가 쳐졌다. 이것
을 부수려면 아무리 기동대라도 힘들 것이다. 이 바리케이드
를 실제로 사용하는 날이 오리라고는 다치바나도 생각지 못했
다. 불쾌하게 세계를 거부하는 벽처럼 보였다.

어떻게 하면 좋을까? 바리케이드 앞에서 40명의 신자들이
총을 들고 대기하고 있었다. 그들과 어울리지 않는 총. 그들은
다치바나를 보고 총을 내리고 가볍게 인사했다. 모두 고양돼
있었다. 평범한 인생에서는 결코 맛볼 수 없는 기분. 이 고양은
결국 손끝으로 이어져 방아쇠를 당길지도 모른다.

"수비는 완벽합니다. 안심하십시오."

신자 하나가 이상하게 미안한 듯한 얼굴로 말했다. 미안하게도 쾌락을 느끼는 걸까? 모두 얼굴이 상기돼 있다. 상황에 지배당하거나 우울감에 사로잡힌 사람은 하나도 없다. 그들을 설득할 수는 없을 것 같다. 이런 상황 속으로 파고든 그들을. 이곳에서 분위기에 쫓지 않은 제대로 된 인간은 나라자키밖에 없다. 아니, 그 역시 이제는 제정신이 아닌지도 모른다. 나 역시 자신이 없다.

현관문에서 복도로 돌아왔다. 방 한 곳에서 여자의 신음 소리가 들렸다. 기분이 고양되고 이상한 흥분에 잠겨 서로 갈구하고 있겠지. 복도에서 한 여자와 마주쳤다. 다치바나는 그 여자를 불러 세웠다.

"……어디 가는 거지?"

"입구를 지키는 사람들을 위로하러."

큐프라의 여자다. 신자들이 유흥업소에서 일하는 여자들을 스카우트해서 데려온 사람 중 하나. 그녀는 신자가 아니었다. 그런데도 볼에 홍조를 띠고 있었다.

"그래?"

그다음에 무슨 말을 하면 좋을까. 다치바나는 알 수가 없었다. 하지만 입구가 열렸고 안에서 스기모토가 나왔다. 여성 간부. 교주가 특히 마음에 들어 하는 여자였다. 그녀는 교주에게 안기려고 하지 않는 다치바나를 경멸했다. 하지만 그것을 겉으로 드러내지는 않았다.

"리나 씨, 교주님이 불러요."

그녀도 고양돼 있었다. 조금 전 그녀의 연설은 신자들에게 갈채를 받았다.

다치바나는 살짝 고개를 끄덕일 뿐 이유는 묻지 않았다. 물어도 대답해줄 리가 없었다.

그녀와 교대하듯 엘리베이터를 탔다. 20층으로. 거기에서 계단으로 21층으로 올라갔다. 문 앞에 신자 두 명이 있었다. 그들이 다치바나에게 가볍게 목례했다.

"교주님이 기다리십니다."

다치바나가 들어가자 바로 문이 닫혔다. 사와타리가 있었다. 오랜만에 보는 얼굴이다. 그녀는 아래 세상에서 경찰들의 불온한 움직임을 파악했다. 하지만 알려주려고 해도 그는 만나주지 않았다.

"아래 세상으로 가라."

사와타리가 작은 소리로 말했다. 나른한 듯 의자에 앉아서 다치바나의 바로 앞의 공간을 멍하니 바라봤다. 압박받는 느낌이다. 이런 남자를 특별하게 생각할 마음은 없다. 그런데도 자신의 몸은 이 남자 앞에서는 싫든 좋든 긴장이 된다.

"……아래 세상으로요?"

"녀석들이 말하는 두 명의 인질 중…… 한 명은 해방한다고. ……음, 너를 풀어주지."

"왜죠?"

"너는 인질이었던 척해서…… 우리가 아무런 위해를 가하지 않았다고…… 증언을 하면 돼."

다치바나는 입을 열었지만 긴장해서 목소리가 나오지 않았다. 하지만 말해야 한다. 분노가 치밀어 올랐다. 이 남자가. 다치바나는 생각했다. 이 남자가 전부 꾸몄을 것이다. 다치바나가 다시 말했다.

"제가 방해가 됐다는 말인가요? ……앞으로 어떻게 할 생각인가요?"

사와타리는 다치바나 료코를 순간 이상하다는 듯 쳐다보며 희미하게 웃었다. 하지만 그건 단지 그렇게 보였을 뿐이다. 사와타리가 어떤 표정을 지었는지는 다치바나로서는 알 수 없었다.

"여전히……."

사와타리가 말했다. 나른하게. 하지만 아주 조금 흥미를 가진 것처럼.

"성실하게. 괴로울 만큼 성실하게. 그게 네가 사는 방식이겠지."

"나는 당신에게 충성을."

"거짓말할 것 없다."

다치바나의 몸이 갑자기 굳었다.

"그런 말할 필요는 없다. 음, 이제 밖으로 나가라. 스기……스기모도가…… 확성기로 교섭할 것이다."

"저는."

다치바나는 외쳤다. 자신이 무엇을 말하려는지 알지 못한 채.

"저는 어떻게 하면 됩니까? 당신 같은 존재를 앞에 두고 대체 어떻게 하면 됩니까?"

눈에 눈물이 번졌다. 다 말라버렸을 거라고 생각했던 눈물이.

"나는 그들이 죽길 바라지 않아요. 왜 그런 생각이 들었는지는 모릅니다. 착한 척하는 건지도 모르죠. 하지만 죽게 만들고 싶지 않아요. 아니, 아닙니다. 모르겠습니다. 나는 다카하라가……."

자신은 대체 무슨 말을 하는 건가?

"다만 나는 다카하라와 같이 있고 싶습니다. 그것뿐입니다. 그런데 어째서 이런 상황에 놓인 거죠? 당신 같은 괴물을 앞에 두고도 아무것도 못 하고, 나는."

사와타리가 오른팔을 가볍게 들었다. 어쩐지 그런 동작 때문에 다치바나는 어떻게 말해야 좋을지 알 수가 없었다.

"정말 그것뿐인가?"

"……네?"

"너는 괴로워지고 싶었던 것이다."

사와타리가 나른하게 말했다.

"그것이 너의 인생의 소원이다. 그저 괴롭고 싶은 거야. 이상한 남자의 인생에 휩싸여 진지하게 괴로움과 마주 보지. 괴로움 속에서 스스로를 위안하지. 그게 바로 너야. 그게 네 인생의 유일한 희망이다."

다치바나는 아무것도 생각할 수가 없었다.

"나는 네 엄마와 만난 적이 있다."

"⋯⋯네?"

문이 열리고 남자들이 들어와 다치바나를 재촉했다. 다치바나는 넋이 나간 채 방을 나갔다.

정신을 차리니 스기모토가 방에서 자신에게 뭐라고 말하고 있었다. 나를 이 시설에서 내보내려고 하는구나. 다치바나는 멍하니 생각했다. 누구 하나 구하지 못했는데 내보내려고 한다. 스기모토가 미소 짓고 있는 것 같았다. 나를 싫어했던 여자. 걱정하는 표정을 지으며 내가 나가는 걸 즐거워한다. 오늘도 완벽하게 화장한 얼굴로. 교주의 마음에 들려는 것뿐 아니라 다른 남자 신자들도 강하게 의식하는 타입이다.

다치바나는 화장실로 갔다. 왜 화장실에? 그건 화장실에 가고 싶기 때문이다. 아니, 내 몸이 뭔가에 저항하려고 한다. 나는 나다. 그 남자의 페이스에 말려서는 안 된다. 나는 나다. 나는⋯⋯.

화장실에 가는 도중 신자와 마주쳤다. 작은 총을 가지고 있었다.

"그거 빌려줘."

"네? 아, 그러세요."

다치바나는 신자가 조심스럽게 건넨 작은 총을 주머니에 넣었다.

"당신은 양손을 올리고 건물에서 나가. 하지만 그 틈에 그들이 침입할지도 모른다. 이건 상당히 위험한 일이야."

돌아온 다치바나에게 스기모토가 말을 이었다. 하지만 다치바나는 듣지 않았다.

여기서 나간다. 다치바나는 어떻게든 자신의 의식을 붙잡으려고 했다. 여기서 나가 다카하라와 만나자. 그녀는 약간 시선을 내려 회색 바닥을 응시했다. 옛날에 자신은 뭐든 할 수 있다고 생각했다. 작은 침대 위에서 그가 굶주림의 기억으로 괴로워할 때도 우리는 서로를 끌어안고 지냈다. 세상이 아무리 잔혹하고 우리에게 상처를 줘도 둘이면 괜찮을 거라고, 둘이면 견딜 수 있다고. 그때의 우리를 세상에 증명해보자. 뭐든 할 수 있다고 생각했으니까. 다치바나는 조용히 주머니 속 권총을 만졌다.

나는 그에게서 신의 속박을 풀어줘야 한다. 풀어주면 분명히 뭔가가 바뀔 것이다. 다치바나는 아직 그렇게 생각했다.

*

"무슨 일이야?"

내각 대책본부 회의실에서 피로한 얼굴의 남자가 화를 냈다.

"훈련 중인 자위대기가? 그런 말도 안 되는 일이 어디 있어?"

"하지만 사실입니다. 신속히 대처해야 합니다."

대답한 남자의 얼굴도 피로해 보였다. 또 다른 피로한 얼굴의 남자가 조용히 말했다.

"향한 곳은 중국입니다. 방향으로 볼 때 북경인 것 같습니다. ……어쩌면 이번 테러와는 관계가 없을 수도 있다는 보고가 있습니다."

회의실이 웅성거렸다.

"그 말은……?"

"국내 일부 과격파가 자위대원 두 사람을 동료로 끌어들여 중국에 침입하라고 했을 가능성이 있습니다."

침묵이 이어졌다. 하지만 이윽고 얼굴이 피로한 남자가 입을 열었다.

"일본 군용기가 북경을 공격했다고 하면…… 틀림없이 전쟁이."

"격추시켜."

또 다른 남자가 말했다.

"지금 당장 자위대기를 긴급 투입시켜서 그 두 대를 보는 즉시 격추시켜."

"……하지만 혹시나 해서 드리는 말씀인데."

또 다른 한 사람이 말했다.

"그들은 우리가 선동했습니다. 우리가 이웃나라를 적시하게 했습니다. 적을 만들어 우리에 대한 지지도를 높이기 위해,

우리와 우리의 동료들이 이 나라를 주무르려고 국민에게 인접국이라는 적을 만들었습니다. 그래서 울분을 느끼고 단독으로 공격하러 간 그들을, 그렇게 젊은 그들을 노인인 우리가 격추하라는 말인가요?"

회의실이 침묵에 휩싸였다. 하지만 다른 사람이 입을 열었다. "그렇다."

그는 조용히 말했다.

"그 말이 맞다."

25

다카하라는 침대 위에서 시계를 봤다.

호텔 벽에 걸린 시계는 목제 테두리의 사각형인데 컸다. 자신의 상황 따위에는 전혀 관심 없는 듯 흘러가는 시간. 자신이 상황으로 끌려가는 과정을 보여주는 것 같아서 다카하라는 압박감을 느꼈다. 앞으로 두 시간만 있으면 자신은 세기의 살인자가 된다.

담배를 피우고 싶었다. 일어났는데 다시 오른쪽 어깨에 격심한 통증이 느껴졌다. 조금 전 진통제로 보이는 알약을 먹었지만 그다지 효과는 없었다. 아마 졸음을 크게 유발하지 않는 종류의 약으로 효과도 약한 것 같았다. 애초에 이 상처는 진통제의 범위를 넘어섰다.

엘리베이터를 타고 호텔 밖으로 나왔다. 편의점 불빛이, 흔해빠진 일상의 빛이 강하게 눈을 자극했다. 다카하라는 번화가에 웅크리고 앉아 담배를 피우며 인파를 바라봤다. 무수한 다리들이 눈앞을 스쳐 지나간다. 이 시야의 높이에 기시감이 있다. 가출했을 때의 기억.

다섯 살 무렵, 술에 취하면 손을 대는 아버지로부터 도망치기 위해 다카하라는 집에서 나온 적이 있었다. 몸집이 큰 사람들이 자신의 바로 옆을 스쳐 지나갔다. 다카하라는 울지도 못하고 그저 거리 한구석에서 스쳐 지나가는 타인들을 바라만 보고 있었다. 다카하라가 그때 느낀 건 공포였다. 마구 울어서 경찰에게 도움을 청했다면 어떻게든 됐을 것이다. 하지만 당시의 다카하라에겐 그런 지혜가 없었다. 무관심하게 스쳐가는 타인의 무리를 앞에 두고 그저 겁을 먹었다. 세상은 기본적으로 존재라는 것에 대해 무관심하다. 자신을 두고 간 엄마의 기억과 겹쳐졌다. 엄마와 같은 사람들이 자신을 보지도 않고 반복해서 스쳐 지나갔다.

가출 후에 다카하라는 방에 틀어박혔다. 그리고 아버지는 자취를 감췄고 다카하라는 굶주렸다. 그때 계속 틀어뒀던 텔레비전에도 다카하라는 겁을 냈다. 자신에게는 무관심한 채 웃고 우는 텔레비전 속 인간들이 너무나 두려웠다. 다카하라를 구해준 건 다치바나의 엄마였다. 애인한테서, 즉 다카하라의 아버지한테서 아이를 두고 왔다는 말을 들은 다치바나의 엄마가 아파트 문을 열고 그가 틀어박힌 방문을 열었다. 하지만 그건 애정이 있어서가 아니라 다카하라가 죽는 것, 즉 시체가 나와서 다카하라의 아버지가 체포될지도 모른다는 공포심에서 나온 행동이었다. 다카하라의 아버지와 다치바나의 엄마는 결혼했지만 아버지는 집에 들어오는 일이 거의 없었다.

다치바나의 엄마는 그들을 키우긴 했지만 그건 애정이라고 말할 수는 없었다. 자신들을 키우고 고생하는 것으로 아버지에게 복수하는 것처럼 보였다. 인생에 학대당해 불쌍한 여자라는 태도를 그녀는 늘 보여줬다. 때로는 다카하라에게 감사를 강요했고, 그녀에게 불행한 사건이 일어나면 자신의 불행한 인생이 입증된 것처럼 묘하게 기뻐하는 것처럼 보였다. 다카하라의 아버지와 정식으로 헤어진 후에는 새옷을 한 번도 사지 않았다. 다치바나의 엄마는 다카하라와 료코가 열여섯 살 되던 해 과로로 인한 심근경색으로 죽었다. 시체는 료코가 발견했다. 이른 아침, 화장실 앞 좁은 복도에서 세상을 원망하는 눈빛으로, 하지만 어쩐지 웃음을 띠고 죽어 있었다고 들었다.

다카하라는 담배를 피우면서 눈앞의 사람들의 흐름을 하염없이 바라봤다. 옛날에 들은 성경의 시 일부가 떠올랐다.

"주여, 저에게 당신의 길을 가르치소서./ 당신 이름을 경외하도록 제 마음을 모아주소서."

주위 사람을 아무도 존경하지 않았던 다카하라는 이 시를 언제나 내면에 두고 자신을 바꾸려고 했다. 하지만 그건 다카하라의 착각이었다. '모두가 이름을 경외하도록'이 아니라 '당신 이름을 경외하도록'이며 경외의 대상은 신이었다. 하지만 그 의미에 큰 차이는 없는 것 같았다. 모두가 믿는 신을 믿으려면 겸허해야 한다.

"주여, 저에게 당신의 길을 가르치소서./ 당신 이름을 경외하도록 제 마음을 모아주소서."

사람들이 걸어갔다. 다카하라는 아무래도 이런 사람들의 흐름을 축복할 마음이 들지 않았다. 타인을 무시하는 감정은 늘 다카하라에게서 사라지지 않았다. 자신이 뛰어나다고 생각한 것은 아니지만 주변 사람들을 별 볼 일 없다고 바로 판단하는 버릇을 도저히 고칠 수가 없었다. 자신을 포함해 모든 것이 별 볼 일 없다고. 그저 학대당하는 인간을 보면 구해주고 싶다는 감정이 솟구쳤다. 아마도 옛날 자신의 모습이 겹쳐졌기 때문일 거라고 다카하라는 생각했다. 학대받은 존재를 구하면 구할수록 과거를 거슬러서 자신을 구할 수 있는 것처럼. 실제로 기아에 관한 보도를 접하면 다카하라는 옛날 일이 떠올라 구토를 했다.

하지만 이제 끝나려고 한다. 거리를 폭파하고 자신은 죽어야 한다. 자신이 무시하던 인간들로부터 범죄자라는 경멸을 받으면서.

자신의 존재는 뭐였을까? 다카하라는 계속 생각했다.

다치바나 료코는 구리타를 발견하고 조용히 다가갔다. 키
가 큰 남자. 미네노를 처음으로 지하실로 끌고 간 남자. 미네노
가 가지고 있던 USB 메모리는 큐프라의 여자한테 빼앗겼지만
미네노의 소지품이 그것뿐이라는 생각은 들지 않았다. 아마도
그녀는 교단 사람을 미행하다 여기로 끌려왔으니 지갑이나 적
어도 휴대전화는 가지고 있을 것이다. 구리타에게 물으니 자
신이 가지고 있다고 했다.

"그 여자 몸에 손대는 신체검사는 큐프라 여자에게 부탁했
습니다. ……지갑과 휴대전화는 제가 맡았습니다. 빨리 교주
님께 드려야 한다고 생각했는데 사건이 일어나는 바람에 깜빡
했습니다."

다치바나 료코는 머뭇거리는 상대로부터 지갑과 휴대전화
를 받아냈다.

"밖으로 나가는 건 구급차가 좋겠어."

스기모토 곁으로 돌아온 다치바나가 말했다.

"왜지? 멋대로 굴면 곤란한데."

"부탁이야. 그러는 게 인질 같아서 좋을 것 같아. 교주님은
나를 거북해하고, 나는 어떻게 되든 상관없으니까 부탁이야.
그리고 경찰들보다는 구급대원이 오는 편이 우리에게도 덜 위
험하고."

스기모토가 다치바나 료코를 쳐다봤다

"……생각해보니 그럴 수도 있겠네. 아니…… 그러는 게 낫 겠어. 게다가 경찰한테 항복하는 것이 아니라 인질이 병이 나서 풀어줬다면 우리는 인도적인 집단으로 비쳐지겠지."

인질 해방 교섭은 확성기를 통해 이뤄졌다. 여러 대의 카메라가 시설에서 나오는 인질의 모습을 찍기 위해 자리를 잡기 시작했다. 구급차가 도착하고 시설에는 긴장감이 감돌았다. 하지만 경찰은 움직이지 않았다. 병에 걸린 인질을 인도적으로 해방하는 순간에 제압했다가 사망자라도 나오면 이미지가 나빠진다.

바리케이드 앞까지 온 두 명의 구급대원은 긴장으로 표정이 굳었다. 무리도 아니다. 텔레비전 보도로 이미지가 상당히 달라지긴 했지만 테러 집단임에는 틀림없었다. 만약 그들이 구급대원으로 변장한 경찰관이라고 해도 두 명이라고 지정된 이상 아무것도 할 수 없을 것이다.

"부탁합니다. 상당히 괴로워해요."

스기모토가 아픈 표정을 지어 보이며 구급대원들에게 말했다. 다치바나는 쓰러져서 배를 움켜쥐고 있었다.

"자, 빨리 올라타세요."

다치바나는 들것에 실렸다. 바리케이드 하나를 옮겨 들것을 지나가게 한 후 다시 원래대로 바리케이드를 쳤다. 그리고 또 다른 바리케이드를 옮겼다. 드디어 밖으로 나왔을 때 다치바나는 자신의 얼굴을 천으로 덮었다. 구급차에 실렸고 그 주위를 포위한 기동대가 길을 열어 지나가게 해줬다.

다치바나를 태운 구급차 뒤로 두 대의 경찰차가 따라왔다. 다치바나는 갑자기 일어나 자신을 살피고 있는 구급대원의 관자놀이에 총구를 갖다 댔다.

"속도를 올려. 경찰차를 따돌려."

총구가 겨눠진 구급대원은 너무 놀라 말이 나오지 않았다. 이건 인질이 아니라 테러리스트라고 직감했다. 눈앞에 테러리스트가 있고 그 테러리스트가 자신에게 총구를 겨누고 있다. 운전수는 뒤돌아보고 정차하려고 했지만 다치바나가 고함쳤다.

"차를 멈추면 쏘겠다. 나는 이미 사람을 여럿 죽여봐서 사람하나 죽이는 건 별일 아니다. 죽고 싶다면 차를 세워라. 하지만 나를 풀어주면 절대로 당신들을 죽이지 않겠다."

구급차는 속도를 올렸다. 사이렌을 울렸고 교통신호와 상관없이 구급차는 앞으로 나갔다. 경찰차는 갑자기 속도를 올린 구급차의 변화를 아직 눈치채지 못했다. 하지만 통상적이지 않은 속도와 각도로 구급차가 우회전했을 때 사태를 알아챘다.

다치바나는 생각했다. 경찰차를 따돌리는 데 오토바이를 제외하면 구급차가 가장 좋은 수단이다.

"저기 백화점 옆에 세워."

구급차가 멈췄다. 다치바나는 구급차에서 뛰어내려 백화점 안으로 들어갔다. 약간 뒤늦게 경찰차 두 대가 정차했다. 다치바나는 매장 안을 달리면서 하얀 옷을 벗어 던졌다. 미리 안에다 블라우스와 스커트를 입고 있었다.

경찰관은 다치바나의 얼굴을 모른다. 구급차에서 뛰쳐나간 여자가 지극히 신흥종교 교인이 입을 법한 하얀 법의 같은 옷을 입었다는 사실밖에는. 백화점 안의 방대한 인파 속에서 경찰관들이 소리 질렀다. 이미 블라우스와 스커트로 옷을 갈아입은 다치바나는 화장실 반대쪽 입구를 통해 밖으로 나가 바로 앞에 정차한 택시를 탔다. 승객처럼 침착한 목소리로 적당한 행선지를 말하고 차를 출발시켰다. 경찰들은 체포할 방법이 없었다. 수배하고 싶어도 도망친 사람이 누구인지, 얼굴이 어떻게 생겼는지 알지 못했다.

다치바나는 구리타한테서 받은 미네노의 휴대전화 전원을 켰다. 다카하라의 번호를 눌렀다. 미네노의 전화는 받지 않을 수도 있다. 발신자 표시가 되지 않도록 통화 버튼을 눌렀다.

오십대 남자는 손에 쥔 휴대전화가 울리는 것을 알아챘다. 다카하라한테서 빼앗은 휴대전화였다. 발신자 표시 제한. 받았더니 여자 목소리가 들렸다.

26

나라자키는 문 앞에 섰다.

지키는 사람도 없이 문은 열려 있었다. 문 끝에는 밀도 높은 어둠이 안으로 쭉 이어져 있었다. 나라자키는 처음 마쓰오의 저택 문 앞에 섰을 때를 떠올렸다. 하지만 지금 그 끝에는 사와타리가 있다.

안으로 들어가자 문이 조용히 닫혔다. 사와타리가 자신을 바라봤다. 나른하게 책상다리를 하고 의자 위에 앉아 있었다. 고개를 약간 아래로 숙인 상태로 뭔가를 말하려다가 귀찮다는 듯 그만뒀다. 하지만 한참 후에 숨을 내쉬듯 입을 열었다.

"……거기 앉아."

사와타리의 맞은편에 빈 의자가 있었다. 나라자키는 어쩐지 도형 같은 것에 자신의 몸이 고정되는 것만 같았다.

"……저에게 대체 무엇을."

"……음."

나라자키를 보는 사와타리의 표정이 미묘하게 움직인 것 같았다. 특정한 표정을 짓기 전의 어떤 내면의 움직임.

"……확실히 많이 닮았군."

사와타리의 말에 나라자키는 숙였던 얼굴을 살짝 들었다.

"그때의 남자와 많이 닮았어."

하지만 그 표정은 바로 사라졌다.

사와타리의 과거

옛날에 기독교의 신을 믿으려고 했다. 하지만 그건 신앙이라기보다 조건에 가까웠다. 세상은 희박하고 따분해서 신 같은 존재라도 없으면 견디기 힘들다고 생각한 인간. 나의 신앙은 오만에서 태어났고, 오만했던 나는 그저 머리 숙여 신을 믿는 것이 아니라 신의 비밀을 알려고 했다. ……학생이었던 나는 의학을 공부하면서 전통적인 종교의 과거를 조사하려고 했다. 각 종교의 성전에는 그 전에 만들어진 뭔가의 영향이 반드시 보인다. 신의 말이라고는 하지만 먼저 만들어진 이야기와 전승의 영향을 받았다는 사실. 그런 건 쉽게 조사할 수 있었다. 종교를 역사로 파악해서 조사할수록 신은 내게서 멀어졌다. 나는 거기에서 고대 인간들의 흔적을 봤다. 신은 없다. 그것이 세상을 보다 희박하게 만들었다. 그리고 신이 없으면 나의 정욕을 멈출 이유는 전혀 존재하지 않는다는 얘기가 된다.

전쟁이 끝나고 의사로 일하기 시작하던 무렵 어떤 특정한 정욕에 사로잡혔다. 그건 여자의 새하얀 몸에 은색 메스를 대는 순간에 늘 일어났다. 마취로 의식을 잃은 여자의 몸을 앞에 두고 나는 언제나 목이 말랐고, 도취된 것처럼 의식이 희미해졌다. ……내 손에 의해 눈앞에 있는 존재가 어떻게 된다는 사실. 내가 1센티미터 깊게 메스를 움직이면 그 여자의 동맥은 끊어지고 피가, 목숨이 분출한다. 여자의 피부에 메스를 넣는다. 여자의 몸이 열리고 감춰져 있던 몸 내부의 활동을 두 눈으로 본다. 지금 이 여자의 인생, 운명 그리고 이 여자가 살아나서 앞으로 펼칠 모든 일들이 내 의지에 달려 있다. 그걸 의식했을 때 나의 칼끝은 늘 희미하게 떨렸다. ……나의 성기는 그때마다 발기됐다. 상당히 암울한 정경이다. 메스를 손에 들고 여자의 몸을 보며 서서히 발기되는 새파랗게 젊은 청년. 하지만 나는 늘 그 욕정에 몸을 맡기지는 않았다. 이따금 마스크 위로 보이는 나의 눈을 동료들이 걱정의 눈빛으로 보기도 했지만 수술을 마칠 때마다 나는 욕정을 억눌렀다는 사실에 안도했다. 그리고 감정의 고양을 진정시키기 위해 유곽에 가서 여자를 안았다. 유곽의 여자들은 아름다웠지만 그 여자들은 단지 성욕의 처리에 지나지 않았다. 전쟁에 지고 여전히 빈곤에 허덕이는 이 나라에서 환자들은 끊이지 않았고, 나의 정욕 앞에 드러누운 환자들이 끊임없이 나왔다. 나는 그때마다 메스를 들었고 수술이 끝나면 유곽으로 갔다. 그런 나날들 속에서 신을 찾았지만 그럴수록 신의 존재는 내게서 멀어졌다.

나는 선을 행할 때 내 몸에 찾아오는 쾌락에 흥미가 있었다. 하지만 동시에 악을 행할 때 내 몸에 찾아오는 쾌락에도 흥미가 있었다. 나의 뇌는 혼란스러웠다. 인간이라는 존재가 대체 어디까지 갈 수 있는가, 하는 흥미. 어릴 적 나는 아무렇지도 않게 벌레들을 많이 죽였다. 벌레를 죽이면서 내 내면에 어떤 감정이 생겨나는지 이상하게 관심이 생겼다. ……안됐다는 생각을 하면서도 비참하게 짓밟힌 벌레의 모습을 보며 귀엽다고 느꼈다. 선과 악의 양방향에 대한 갈망은 괴테의 파우스트*와 도스토옙스키의 스타브로긴**이라는 선례가 있기는 하다. 나는 그런 작품들을 읽으면서 위로받았지만 그들과의 커다란 차이도 동시에 느꼈다. 내 감정의 중핵(中核)에는 성이 있었다. 모든 것의 기점이 그곳이었고, 그들의 종교와 지식은 나와는 멀었다. 그들보다 나의 정신은 보다 성에 가깝고, 보다 구체적이고, 보다 어둠에 가까웠다. 그들의 근간인 선악의 관념이라는 민감한 괴로움과는 동떨어진 것이었다. 결국 나는 그들과 너무 달랐다. 십자가를 그리스어로 말하면 스타우로스가 되는 것처럼, 스타브로긴이라는 인물상의 배후에는 늘 기독교라는 존재가 있었다. ……나의 신에 대한 탐구는 기묘한 방향으로 틀어졌다. 스즈키라는 의사의 제자로 들어갔는데 그곳에 마쓰오가 있었다. 나는 가장 신에 가깝다고 생각했던 스승이 늙고 힘이 빠져가는 모습을 흥미롭게 지켜봤다. 나는 아주 쉽게 그를 몰락시킬 수 있었다. 몰락했을 때도 나는 정욕을 느꼈다. 하지만

* 괴테의 작품 『파우스트』의 주인공으로 대학자이지만 노쇠한 회의론자다. 선과 악에 갈등하면서도 악마에게 영혼을 팔아서라도 인간적인 행복을 손에 쥐길 원하는 고독한 인물.
** 도스토옙스키의 소설 『악령』의 주인공으로 주변 사람들을 전부 파멸로 몰아넣는 악마적인 인물. 자신의 관념을 시험하기 이해 스스로를 파괴하고 자살한다.

동시에 선에 대한 갈망도 있었다. 나는 결국 아시아 섬들을 떠돌았다. 의료를 받을 수 없는 가난한 마을을 돌며 약을 투여해주고 간단한 수술을 해줬다. 마치 나의 선에 대한 갈망을 충족하기 위한 재료라도 찾듯이. 인간을 구할 때 나의 감정은 언제나 따스한 것에 휩싸였다. 내가 특별한 존재처럼 느껴질 뿐만 아니라 목숨을 구해 기뻐하는 인간들의 모습을 보면서 성취감 비슷한 쾌락을 느꼈다.

……말레이시아 남부에서 나일라라는 소녀와 만났다. 약간 까무잡잡한 피부를 가진 아름다운 열다섯 살 소녀. 병명은 결핵이었다. 그녀는 가난한 마을에서 격리되고 주술 같은 의료밖에 받지 못했다. 일본에서는 이미 일반인들에게 보급된 스트렙토마이신을 나는 나일라에게 투여했고 결국 회복됐다. 나는 그녀의 회복에 기뻐했지만 기쁨과 동시에 내면에 상반된 감정의 움직임을 느꼈다. 나의 기쁨은 점점 시들어갔다.

결핵으로 괴로워하던 나일라는 회복하자 아름다움이 반감하는 것 같았다. 바싹 마르고 죽음을 앞에 둔 비극의 나락에 있던 그녀를 보며 내가 느꼈던 정욕은 서서히 엷어졌다. "고맙습니다." 어린 목소리로 그 말을 했을 때 내 몸에는 따뜻한 감정이 솟구쳤지만 동시에 그녀가 다시 병에 걸리기를 바랐다. 그건 바로 실현됐다. 그녀는 원래 몸의 면역력이 약했고 이런저런 병이 겹쳐 몸이 많이 상해 있었다. 결정적인 건 심장질환이었는데 방치해두면 바로 죽을 수도 있었다.

그녀는 목숨을 앗아갈지 모르는 중증 복막염에 걸렸다. 결국 마을의 간이침대에서 그녀를 마취시킨 다음 옷을 벗겼다. 메스를 손에 든 나는 그녀에게 의식이 빨려들어갔다. 목이 말랐다. 지금 이 소녀의 운명 전부를 나의 의지가 쥐고 있다. 그녀의 아름다운 피부에 메스를 넣는 순간을 음미하려고 칼끝을 응시했다. 아름다운 피부가 갈라지고 메스가 몸속으로 들어갔다. 내가 몸속에서 조금이라도 메스를 다른 방향으로 틀면 그녀는 피를 분출하며 죽을 것이다. 몸속에 들어간 메스와 몸속의 치명적인 부위들에는 죽음의 가능성이 숨어 있었다. 마치 그런 가능성을 바라고 조심스럽게 나를 유혹하듯이. 나는 숨을 들이마셨다. 나일라의 몸속에 들어간 은색의 메스 끝을 중심으로 완만한 소용돌이를 본 것 같았다. 소용돌이는 끊임없이 완만하고 길게 돌았다. 나는 메스가 그녀의 치명적인 부위를 찢어서 소용돌이가 흐트러지고 그녀가 괴로워하는 장면을 상상했다. 나는 그런 그녀가 가엾고 슬펐지만 계속 메스를 움직였다. 육체적인 자극 없이 나의 메스와 성기가 연결된 듯한 감각 속에서 나는 정액을 방출하는 망상을 품었다. 이런 시골에서는 의료사고가 일어나도 아무도 마음에 담지 않는다. 오히려 나는 스트렙토마이신 덕분에 마을 사람들의 신뢰를 얻었다. 하지만 나는 무난히 수술을 마쳤다. 침대 위에서 눈을 떴을 때 그녀는 눈에 눈물을 글썽이며 내게 감사 인사를 했다. 몸속에서 따뜻한 뭔가가 퍼지는 것을 느꼈다. 나는 한 소녀의 애처로운 미래를 건네줬다. 이런 달성감은 누구나 느끼는 건 아니다. 하지만 동시에 선의 감정이 일어난 그 순간 나는 하나의 생각으로부터 도망칠 수가 없었다. 그건 내가 급변했다면 그녀는 어떻게 되었을까, 하는 흥미였다. 지금 그녀를 구한 선량한 내가 냉혹하고 무참한 남자로 변했다면. ……나는 그 흥미에 나를 맡겼다. 맡겼을 때 나의 내면에 선악의 갈등은 일어나지 않았다. 나의 흥미 앞에서 갈등은 엷어졌고 느끼지 못할 정도로 작아졌다. 그저 심장의 박동만 빨라졌다. 내게 무슨 기대라도 하는 듯, 조용히, 심장박동만이.

"……옷 벗어."

치료한다고 생각했을 것이다. 소녀가 옷을 벗었다. 막 봉긋하게 솟기 시작한 가슴을 부끄러운 듯 감추면서. 나는 소녀에게 다가갔다.

"옷을 다 벗고 다리를 벌려. 너는 거부할 수 없다. 만약 네가 거부하면 나는 너를 치료하지 않겠다."

그 말을 나는 한 글자, 한 글자, 꼭꼭 음미하듯 내뱉었다. 몸속에는 어쩐지 선을 달성했을 때와 같은 따뜻함이 있었다. 아직 열다섯인 소녀의 목숨을 인질 삼아 능욕하려는 남자. 그런 추악함이 한층 나의 정욕을 부추겼다. 하지만 거기서 이상한 일이 일어났다. 당황할 거라고 생각했던 소녀가 가슴을 가리던 팔을 조용히 푼 것이다.

소녀가 속옷을 벗고 나를 향해 다리를 벌렸다. 그녀의 몸이 떨리는 것을 봤을 때 나는 그녀를 덮쳤다. 열대의 땅인데 그 방은 일본과 비슷하게 습기에 휩싸여 썰렁했다. 봉합된 곳이 아픈지 그녀는 얼굴을 찌푸렸다. 나는 그녀를 동정하고 상처를 도닥였지만 그녀를 더욱 아프게 만들었다. 그녀의 고통에 동정하면서 상상력을 발휘했고, 그러면 그럴수록 그녀의 통증에 다가가서 통증을 보다 친근하게 느낄 수 있었다. 나의 선에 대한 감촉, 즉 타인의 고통을 같이 느끼는 능력은 연마됐다. 그리고 그녀의 고통이 크면 클수록 나는 욕정을 느꼈다. 그녀 위에서 계속 움직이던 나의 그림자가 금이 간 잿빛 벽에 비쳤다. 나와 같은 존재에게 더럽혀진 그녀를 가엾게 여겼고, 그런 감정이 더욱 나를 몰아세웠다. 그녀가 흘리는 눈물을 부드럽게 닦아주면서 나는 좀더 그녀가 눈물을 흘리도록 했다. 격렬한 쾌락이 나를 감쌌다. 아름다운 그녀의 몸에 사정했을 때 내 속에 둔탁한 후회가 생겨났다. 나의 내면의 욕구 극히 일부를 처음 이 세계에 실현시킨 것에 대한 후회. 남자는 사정 후에 반드시 이런 냉정한 사고가 솟는다. 하지만 그녀는 울면서 나를 향해 미소 지었다. 어떻게 된 일인지 알 수 없었다. 하지만 나일라는 나를 향해 다시 살려달라고 말했다. 다시 살려주세요. 그리고 같은 짓을 또 해도 좋다고도 말했다.

"……목숨이 아까워서?"

"아깝지 않아요."

"그럼 왜?"

내 질문에 그녀는 울면서 대답하지 않았다. 나는 그녀에게 수면제를 주고 방을 나왔다. 뭔가 정체를 알 수 없는 것과 닿은 느낌이었다. 나는 그때 그녀에게 수면제를 주고 도망친 것인지도 모른다.

복막염은 완치됐지만 그녀는 열이 났다. 감기였지만 바로 폐렴이 될 위험성이 있고 그녀의 체질을 생각하면 죽음의 위험이 있었다. 괴로워하는 그녀를 보면서 나는 다시 격렬한 욕정을 느꼈다. 나는 감기약을 그녀에게 줬지만 양을 줄여서 줬다.

계속 괴롭기를 바랐다. 그렇게 하면 그녀는 내 안에서 영원히 완전에 가까워진다. 약을 주지 않는 것이 아니라 약하게 주는 비밀스러운 행위가 나의 욕정을 끌어냈다. 그녀는 내가 준 약한 약으로 아주 조금 힘을 얻고 얘기할 수 있게 됐다. 바로 그녀를 능욕했다. 그녀는 열의 고통 속에서도 헐떡거렸다. 마른 몸과 가느다란 팔로 나를 힘껏 안았다.

"왜지?"

나는 그녀 위에서 물었다.

"너는 지금 능욕당하고 있다."

"알아요."

"그런데 왜?"

"나는 지금 당신 손에 달려 있으니까요."

그녀가 숨을 헐떡이면서 말했다. 얼굴에 홍조를 띠었다. 그녀의 성기는 이미 성인 여자의 그것처럼 격렬하게 수축하고 상당히 젖었다.

"당신의 의지 하나에 내 목숨이 달려 있으니까. ……그게 기뻐요. 나는 완전히 당신의 것이 되니까요. 나의 의지 따위는 필요 없어요. 그저 당신에게 몸을 맡기면 되니까. 당신한테서 고통을 받고, 당신한테서 목숨과 기쁨을 받고, 나는 무조건 당신을 따르는 개가 됐어요. 좀더 나를 능욕해요. 더 꼭 안아줘요. 나는, 나는."

그녀는 웃음을 띠면서 몸을 부르르 떨었다.

"당신은 나의 신입니다."

나는 그녀 속에서 격렬하게 사정했지만 다 나오지 않았다. 더욱 몸을 움직여 사정하고 또다시 움직여 사정했다.

"나를 짓밟아주세요. 죽여주세요. 죽여서 다시 살아나게 하고, 다시 죽여줘요. 어떻게든 해봐요. 나는 당신을 사랑해요."

열에 들뜬 걸까? 그렇게 생각했다. 그녀의 목소리의 결마저 달라졌다. 하지만 그녀는 의식이 또렷한 눈으로 나를 바라봤다. 나는 떠오른 의문을 묻지 않을 수 없었다.

"나 같은 존재를 사랑한다고? 지금 이 행위를 보는 사람들이 있다면 어떻게 생각할까?"

"……무슨 말이죠?"

그녀가 말했다.

"이곳은 세상에서 버림받은 마을. 아무도 찾아오지 않아요. 당신 외에는. 당신이 오지 않았다면 나는 결핵으로 이미 죽었

어요. 내게는 우리 마을에 오지 않는 사람들은 없는 거나 마찬
가지예요. 내게 아무것도 해주지 않은 인간들의 동정 따위는
필요 없어요. 그런 인간들의 도덕 따위는 들을 필요 없어요."

통증과 괴로움 속에서 절망적으로 허덕이는 나일라를 보면
서 시야가 흐릿해졌다. 그녀의 몸을 혀로 핥으며 불교 사상을
떠올렸다. 불교 설화에서는 부처 같은 신비한 존재가 자주 평
범한 인간들과 섞여서 등장한다. 거지가 사실은 부처였다는
사례. 가난한 소년이 사실은 부처였다는 사례. 신은 그처럼 때
때로 현세에 내려와 사람의 모습을 하고 사람을 시험한다. 만
약 나일라가 부처였다면? 나는 그런 생각을 하고 웃었다. 그렇
다면 나는 부처를 범한 것이다. 아니, 나는 시험을 당한 건가?
무슨 시험? 나의 악덕을 포기하고 나일라를 사랑하라고? 구질
구질한 불교 설법의 하나라도 여기서 실현시키라고? 아니면
나일라가 죽음으로써 내가 깊이 후회하고 선한 존재로 다시
태어나라고? 나는 매일 나일라를 범하면서 기묘한 감각에 휩
싸였다. 나일라를 안으면서 벌레를 죽였던 어릴 때부터 쭉 그
랬던 것처럼 나의 체감과 내면의 감정을 자세하게 느끼며 도
망치지 않고 관찰하려고 했다. 거기서 확실히 알게 된 것이 있
다. 나는 나일라가 기쁨으로 소리 지를 때보다 고통의 비명을
지를 때가 훨씬 정욕이 솟는다는 것을.

나일라는 그것을 알아챘다. 나일라는 내게 좀더 격렬하게
할 것을 요구했다. 자신을 쾌락의 바닥으로 떨어뜨려 몸에 고

통이 가해질 정도로 격렬하게. 나일라는 자신의 기쁨이 나의 기쁨이 되지 않고 자신의 고통만이 내게 기쁨을 준다는 사실을 눈치챈 것이다. 내게 체위를 바꾸게 해서 스스로 능욕당하는 자세를 취했고 통증과 고통을 끌어들였다. 나일라가 병으로 쇠약했을 때 나는 나일라를 수없이 범했다. 그때 배척당한다는 생각이 들었다. 나는 성에게 배척당했다.

상대의 고통으로만 진정한 쾌락을 얻었던 나는 이 세계에서 배척당했다. 서로 사랑하는 아름다운 섹스에서 나의 존재는 멀어졌다. 인간의 가장 농밀한 소통이 섹스라고 한다면 상대의 거부로밖에 만족할 수 없는 나는 모든 것에서 배척당하고 있다. 신은 지금 내게 그걸 보여주려고 한 것일까? 나의 진실을 내 눈앞에 보여주기 위해서.

하지만 나는 그것에 겁먹을 존재는 아니다. 나는 파우스트와 스타브로긴처럼 기독교의 범주에 속한 인간이 아니다. 내게 그리스도는 지식이지 혈육은 아니다. 나는 그 점에서 자유로울 수 있었다. 자유로운 내게 한계는 없었다. 나일라는 자주 자신을 잃어버리는 순간이 있다고 내게 말했다. 뭔가가 자신의 몸을 이용해서 자신이 느끼는 감정과 감각을 맛보는 것 같다고. 자신의 몸을 사용해서 자신과 함께 그 뭔가도 동시에 그걸 맛보는 것 같다고. ……이건 불교도 아니다. 나는 그렇게 생각했다. 적어도 원시불교는 아니다. 불교는 기본적으로 무를 설법한다. 모든 것이 전부 사라진다는 걸 가르친다. 이것은······. 나는 그때 스즈키 곁에서 수행을 흉내 내던 때의 정경을 떠올렸다.

초목 속에서 명상한다. 내면에 초목을 떠올리고 명상을 하다 보면 초목과 자신의 경계가 모호해진다. 나는 그러던 중 딱한 번 기묘한 체험을 한 적이 있다. 대지의 육욕(肉慾)을 느낀것이다.

풀과 나무가, 대지와 바위가 욕정하는 것처럼 느꼈다. 모든것이 모든 것과 연결되려 했고, 상대방에게 거부당해도 연결되려 했고, 그때마다 쾌락에 몸을 떨었다. 나의 명상은 마을에까지 이르렀다. 나는 그때 그곳에서 벌어진 마을 남녀의 욕정을 내 눈으로 본 것 같았다. 남녀가 숨을 헐떡이며 목소리를 높였고 세상이 흔들렸다. 원자. 나는 생각했다. 원자는 인간을 탄생시킬 가능성으로 가득 찼지만 동시에 그건 육욕을 발생시킬 가능성도 가득 찼다는 얘기가 된다. 원자는 흘러가면서 교체되는 소용돌이처럼 다양한 것을 발생시키는데 그때정욕도 발생시킨다. 그것은 폭발적인 거대한 파도처럼 내 내면의 시야를 자극했다. 소립자들이 떨면서 마구 흩날렸고 육욕의 쾌락을 맛보기를 더더욱 갈구했다. 나일라의 뇌라는 형태의 소립자들이 나일라의 몸이 된 소립자들과 연동해서 고통과 쾌락과 절정을 끊임없이 갈구했다. 대지, 세계, 나의 육욕은 선도 악도 아니다. 이 세계에 출현하는 강렬한 떨림의하나에 지나지 않는다. 그럼 나는. 거기에 압도적으로 얽매인 나라는 존재는. 나일라와 하루하루를 살면서 나는 그 마을과 인근 마을에서 의료 활동을 계속했다. 의료를 통해 나는 많은 생명을 구하고 쾌락에 몸을 맡겼다. 나의 치료 덕분에 천진난만하게 뛰어다니게 된 아이들을 보면서 미소 지었고, 그 아이들이 낮은 절벽 아래를 쳐다볼 때 나는 등 뒤로 몰래 다가가 자그마한 그 등을 살짝 밀었다. 절벽을 내려다보는 아이의 등을 본 나는 그렇게 해야 할 것 같은 기분이 들었다. 벼랑으로 떨어진 아이가 고통으로 얼굴을 일그러뜨린 걸 보며 나는 유감스럽게 생각했다. 뭔가를 유감스럽다고 느낄 때의 감정이 나는 좋았다. 조금 전 그 자그마한 등을 민 오른쪽 손바닥에 따뜻함을 느끼며. 괜찮냐며 달려가서 가벼운 타박상을 치료해줬다. 아무것도 모르는 아이는 내게 감사한다. 나는 그 천진무구한 아이에게서 우스꽝스러움을 느꼈다. 아이의 엄마가 내게 감사의 뜻을 표하려고 내 병실을 찾아왔다. 아이 엄마는 좀처럼 돌아가려고 하지 않다가 내가 안아주면 황홀한 표정으로 나를 숭배하듯 바라봤다. 아무것도 모르고 내게 안긴 아이 엄마를 희롱하면서, 희롱을 당하고도 기뻐하는 그녀를 보면서 욕정을 느꼈다. 후회도 갈등도 없는 나의 쾌락은 나선이 돼서 멈추지 않았다. 신의 곁으로 올라가는 나선이 아니라 신에서 멀어지며 끝날 줄 모르는 나선. 끝은 일시적이었고 외부에서 찾아왔다. 나의 소문을 듣고 먼 마을에서도 나의 치료를 전심하게 원했다.

나일라는 내가 마을에 오래 머물면 그만큼 먼 마을의 생명을 구할 수 없다는 사실을 인식했다. 나일라에게는 이미 약혼자가 있었다. 아내와 사별한 쉰 넘은 술주정뱅이 남자인데 나일라가 열여덟 살이 되면 가정부처럼 시집가기로 약속돼 있었다. 설령 정의로 세상을 감싼다고 해도 그런 그물망의 세세한 부분까지 영향을 주는 건 쉽지 않다. 나일라는 자신을 죽여달라고 말했다. 당신은 나를 죽이고 마을을 떠나라고. 나는 당신이 없으면 어차피 병에 걸려 죽을 것이고, 약혼자가 있는 내가 당신과 사라지면 우리 가족은 마을에서 살 수 없다고.

나는 승낙하지 않았다. 아직 나일라의 몸에 미련이 남았기 때문이다. 하지만 갑자기 나일라가 괴로워하기 시작했다. 심장 발작이었다.

약으로 우선 안정시켰지만 언제까지 지속될 수는 없었다. 심장판막 수술을 해야만 한다. 나는 나일라에게 그렇게 설명했다. 하지만 자신을 죽여달라고 말한 나일라는 내게 수술받길 원했다. 말은 그렇게 했지만 아직 어린 그녀는 나와 헤어지고 싶지 않았던 것이다. 며칠 후, 준비를 마치고 그녀를 마취시킨 다음 침대 위에 나체로 눕혔다. 그녀의 몸에 메스를 댔다.

몸이 열리고 무방비가 된 그녀의 심장을 보면서 나의 박동도 빨라졌다. 나는 집중하기 위해 숨을 깊게 들이마셨지만 심장박동은 좀처럼 진정되지 않았다. 마취로 이완됐을 나일라의 심장은 어찌 된 이유인지 빨리 뛰었다. 마치 나의 심장과 호흡하듯. 나는 정욕에 사로잡혔다. 이 치명적인 부분에, 심장에, 가해서는 안 되는 충격을 주고 싶다는 흥미. 아니, 그건 안 된다. 그런 짓을 했다가는 나일라는 죽고 만다. 하지만 나는 왜 죽어서는 안 되는지 알 수가 없어졌다. 지금 나일라의 모든 것이 내 손에 있다. 은색 메스를 쥔 손이 희미하게 떨렸다.

시험 삼아 해보자고 생각했다. 시험 삼아 나일라의 심장에 상처 내기 바로 직전까지 가보자. 실제로 하지 않아도 좋다. 하지만 바로 직전의 그 감각을 맛보기로 하자. 나는 우선 조수 앞에서 크게 한숨을 쉬었다. 무척 심각하다. 이미 손쓸 수 없다. ……그렇게 말해놓으면 나일라가 죽어도 아무도 나를 책망하지 않을 것이다. 마을에서 나를 도와주는 조수는 깊은 의학 지식이 없었다. 여기를 절개해야 한다. 나는 그렇게 중얼거리고 심장 부위 중 수술해야 하는 곳과 완전히 다른 장소를 메스로 건드렸다. 말하면서 또 심장박동이 빨라졌다. 나일라의 심장박동도 나의 의도를 알아채고 공포를 느꼈는지, 아니면 나를 유혹하는지 빨라졌다. 나는 메스를 심장에 갖다 댔다. 조금만 더. 조금만 더 다가가면 나일라의 목숨은 끝난다. 나는 목숨이라는 것 바로 옆에 와 있었다. 나는 메스를 갖다 대고 숨 쉬기가 괴로울 만큼 아주 아슬아슬하게 다가갔다. 그리고 성적인 흥분에 도취되어 힘을 뺐다. 하지만 내가 멈췄는데도 내 심장박동과 나일라의 심장박동은 진정되지 않았다. 계속 뛰었나. 내가 그만뒀는데도 상황은 계속됐다. 해볼까. 나는 온몸이 땀으로 범벅이 된 것을 느꼈다. 줄곧 바라던 일이다. 인간의 모든 가능성을 손에 쥐고 아무렇게나 목숨을 찢는다. 나는 메스를 다시 한 번 가까이 댔다. 메스를 쥔 손가락의 떨림이 멈췄다는 사실에 살짝 놀랐다. 이대로라면 나는 해버릴 것이다. 환희가 몸속에서 용솟음쳤다. 이대로라면 나는 저지르고 말 것이다. 메스를 심장에 더욱 갖다 댔다. 뭔가가 마음에 걸렸다. 그게 뭘까 생각했을 때 그것이 수술대 위에 설치된 불빛이라는 사실을 깨달았다. 왜 그것이 마음에 걸렸을까. 그렇게 생각했을 때 불빛을 정면으로 바라본 내 눈을 빛이 격렬하게 때렸다. 시야가 넓어졌다. 나는 조금 전까지 나일라의 몸속이 흑백처럼 보였다는 사실을 그때 깨달았다. 어느샌가 나의 시야는 색을 잃어버린 것이다. 아마도 나의 긴장이 나의 잔혹을 달래주기 위해 뇌에서 색을 빼앗은 것이라는 생각이 들었다. 하지만 지금 눈앞에는 붉은 나일라의 몸속이 펼쳐져 있었다. 심장, 그 선명한 붉은색이 내 눈앞에 선명하게 드러났다. 넘어섰다. 그렇게 생각했다. 나는 선명한 색을 앞에 두고 이미 그걸 넘어선 거라고 생각했다. 나는 선명한 색의 심장에 메스를 댔다. 바로 찢길 거라고 생각한 그곳은 어쩐지 미묘하게 탄력에 의한 저항이 있었다. 경계였는지 모른다. 나와 어딘가를 나누는 미묘한 막의 경계. 심장이 아플 정도로 빨리 뛰었다. 마치 나의 심장에 메스가 육박한 것처럼 내 심장이 긴장하기 시작했다. 나일라의 심장에 메스가 푹 꽂혔고 파열했다. 그 순간 짜릿짜릿한 감각이 내 심장에 전해졌다. 피가 분출했다. 아름답게 구축된 인체는 무너질 때도 아름다웠다. 마지막으로 어둠에 직면한 각 기관들이 격렬히 저항하는 것 같았다. 하지만 나의 메스는 멈추지 않았다. 격렬하게 저항하는 목숨을 점점 찢어나갔다. 어느 정도 저항이 있긴 했지만 쾌락 속에서 마구잡이로 찢겨나갔다. 병에 전혀 침식되지 않은 부위를 자르고 봉합했다. 하지만 이미 그 심장은 치명적으로 손상됐다. 나는 혼신의 힘을 다했다. 존재가 흔들릴 정도의 환희와 함께.

혈압이 내려가고 그녀의 맥박이 급속히 빨라졌다. 심전도 모니터 소리가 계속 울렸다. 나는 마취하기 전에 그녀가 나를 물끄러미 바라봤던 것을 떠올렸다. 그녀는 이미 알았을까? 살려달라고 말하면서도 나를 향해 어떤 의지를 굳힌 표정으로 고개를 끄덕였던 것 같았다. 하지만 그녀가 알았다고 해서 그게 무슨 대수냐? 모니터 소리가 더욱 빨라졌다. 조수는 애가 탔지만 몸을 열었을 때 내가 수술이 불가능하다고 중얼거렸기 때문에 그저 눈물만 흘릴 뿐 더 이상 당황하지는 않았다. 나는 정욕의 만족 이외에 신체에 후회 같은 변화가 찾아오는지 기다렸다. 어떤 감상을 느끼려면 사체의 얼굴을 보는 것이 좋다. 인간 사체의 얼굴에는 뭔가 감정을 북돋을 만한 것이 있을 테니까. 아이처럼 자는 그녀의 표정을 바라봤다. 5초가 지나고 30초가 지났다. 울면서 무너지는 자신을 떠올렸지만 아무 일도 일어나지 않았다. 심전도 경고 알람이 울리고 모니터 소리가 불규칙해졌다. 나는 나의 평정함에 조금 놀랐다. 있는 건 고요한 만족감뿐이었다. 모니터 소리가 더욱 불규칙해졌다. 이제 더 이상 멈출 수 없을 것 같다. 아직도? 하고 나는 생각했다. 의외로 길다. 내면에 그런 감정은 없지만 울어볼까도 했다. 내가 그렇게 생각한 건 시간이 남아서 그랬는지 모른다. 시험 삼아 울기 위해서 그녀의 아름다움과 불쌍함을 계속 의식했다. 이윽고 나는 슬퍼지고 눈물을 흘렸다. 그리고 바로 뒤에 기뻐하자는 생각이 들었다. 그녀의 아름다운 신체를 마음껏 탐한 결과 목숨까지 내 마음대로 했다는 사실을. 마지막 경계를 넘어섰다는 사실을. 나의 입꼬리가 웃음 때문에 올라갔다. 선악이 섞인 나의 감정은 계속 요동쳤다. 나의 의식은 내가 어떻게 생각하든 자유자재로 움직일 수 있게 됐다. 소리가 멀어지더니 결국 멈췄다. 나의 신체에는 역시 아무런 변화도 없었다. 배척당했다는 말이 의식 한구석에서 떠올랐다. 신을 의식한 스타브로긴의 선악의 가책에서 나는 배척당했다. 결국 선을 받아들인 파우스트로부터도. 나는 선악의 가책에서 배척됐다. 그 후 나는 죽은 지 얼마 안 된 나일라를 또 한번 범했다. 그때 나는 흥분했고 사정으로 쾌락을 느꼈다. 그리고 그녀의 부모 앞에서 슬퍼했고 실제로 슬퍼져서 눈물까지 흘렸다. 그리고 마을을 떠날 때는 명랑해졌다. 나는 먼 마을로 안내하는 운전수에게 한낮 더위에 대해 자연스럽게 불평하는 자신을 의식했다.

　나는 다음 마을에서도, 그다음 마을에서도 똑같은 일을 반복했다. 나일라 정도의 소녀와 만나는 일은 없었지만 목숨을 구하고 능욕하면서 나의 감정은 눈부실 정도로 바쁘게 움직였다. 이제 나의 시야에서 색이 사라지는 일은 없었다. 하루하루의 허무함은 정욕이 높아질 때마다 사라졌다. 반대로 말하면 어떤 인생이 허무하지 않다고 할 수 있는가? 삶이란 결국 끝이 나게 돼 있다. 선악은 결국 사라지는 인간이 제 입맛대로 만든 것에 불과하고, 제2차 세계대전 같은 참극이 벌어진들 하루하루는 이어지며 크게 대단한 일은 일어나지 않는다. 나는 그렇게 느꼈다. 세계의 비극을 알고도 속수무책인 인간들이 나의 도덕을 비판하는 것이 우습게 느껴졌다. 인간은 스스로를 착한 사람이라고 생각하고 싶은 종족이고, 세계는 무관심의 악에 의해 성립한다. 나 같은 존재가 애초에 태어나지 않았으면 좋았을걸, 하고 생각했다. 나의 선조는 나 같은 괴물에게 귀착된 질긴 혈통을 지켜냈다고. 그래서 나의 혈통에 존귀함은 없고 귀중한 건 선조들의 한 회 한 회의 인생이며, 그 인생은 끝이 있으니 결국엔 허무하다고. 하지만 이건 타자라는 존재에 대해 내가 나른하게 중얼거리는 말에 불과할 뿐, 나의 진정한 내면은 그런 것조차 생각하지 않았다. 나는 각지에서 빈곤에 허덕이는 사람들의 목숨을 구해 만족을 느꼈고 그곳에서 여자들을 잔혹한 방식으로 능욕함으로써 만족을 채웠다. 스타브로긴이 그토록 괴로워했던 허무는 내게 있어서는 인생의 전제이지 고민의 대상은 아니었다. 그런 점에서 불교가 내게 복잡하게 얽혔는지도 모른다.

나의 흥미는 신이 있는지 여부였다. 신이 존재한다면 내 삶의 전부가 부정돼야 한다. 하지만 만약 나일라가 누군가의 쾌락의 감지기 같은 존재였다면 신이 존재해도 나의 존재는 긍정된다. 신에게 기도하는 인간들을 나는 가끔 미소를 지으며 바라봤다. 예를 들어 스포츠 경기에서 신에게 기도하는 선수들. 굶어 죽는 어린아이들을 계속 무시한 신이 운동선수의 승부에 관심을 가질 리가 없다. 아무런 죄 없는 어린아이가 자연재해나 병으로 죽을 때도 못 본 체했던 신에게 나를 규탄할 권리는 없다. 적어도 이 세계의 인간 이성의 논리로 말하자면 나와 마찬가지로 신 역시 선한 존재라고는 할 수 없다. 문제는 죽고 난 이후지만 그곳에서 신의 진리를 내게 제시한다 해도 한정된 인간의 뇌밖에 가지지 못한 우리가 현세에서 그걸 느끼는 건 불가능하다. 만약 내가 죽은 후에 신이 나를 벌한다고 해도 그것은 나와 신의 힘의 차이 때문이고, 만약 신이 나보다 힘이 세 벌을 주는 거라면 나는 그저 힘으로 모든 걸 말하는 신을 경멸의 눈으로 쳐다볼 것이다. 신의 진의를 가늠할 수 없다는 말은 편의상 만든 말이다. 그렇다면 그 가늠할 수 없는 진의에 따라 나를 긍정해줄 가능성도 있다는 얘기다.

그것은 내가 인도네시아에서 새로 병원을 열었을 때 일어났다. 영양실조로 죽어가던 소녀에게 링거를 맞혀서 소녀의 부모에게 감사의 말을 한창 듣고 있었다. 나는 투명한 유리잔에 든 투명한 물을 마시려고 했다. 나는 유리잔을 잡았다. 하지만 나는 손의 피부에 위화감을 느끼고 유리잔을 치웠다.

나는 유리잔을 바라봤다. 다소 탁하긴 했지만 투명했고 물 또한 투명했다. 나는 다시 한 번 유리잔을 쥐었다. 하지만 감촉이 이전과는 달라진 것처럼 느껴졌다. 정신을 차리니 조금 전까지 있던 아이 엄마가 없어졌다. 나는 병실을 둘러봤다. 병실에 있는 침대, 의료기구, 의자, 벽 등 모든 것이 전과는 조금씩 달랐다. 위화감 속에서 나는 유리잔을 들고 그 속에 담긴 물을 목으로 흘러 넘겼다. 미지근하게 느껴졌다. 희미한 녹 냄새도. 나는 다시 유리잔을 책상 위에 놓았다. 유리잔과 책상이 부딪히는 딱딱한 소리가 분명히 울렸다. 하지만 모든 것이 자연스럽지 못했다.

세계가 어딘가 삐걱거렸다. 내가 뭔가를 만지면 그 감촉을 느꼈고, 내가 어떤 물건을 이동시키면 그 물체는 이동했다. 하지만 모든 것이 어색했다. 마치 내가 원래 세계의 이상적인 상태, 물체가 그곳에 존재하는 이상적인 상태를 억지로 변화시킨 것처럼 배척당한 것 같았다. 이 말이 다시 한 번 떠오른 건 그때였다. 세계와 내가 원만하게 들어맞지 않는 감각.

나는 밖으로 나갔다 열대 나무들을 흔드는 뜨뜻미지근한

바람이 뺨을 때렸다. 모래가 날아다녔다. 하지만 그 모든 것이 냉랭했고, 내 눈앞에 어쩔 수 없이 나타난 것 같았다. 나는 체온이 뚝 떨어지는 걸 느꼈다. 그 이후에도 그런 감각은 가끔 찾아왔다. 정비되지 않은 흙길을 걸을 때, 죽음이 임박한 노인을 돌봐줄 때, 여자를 능욕한 후에도. 그건 내게 아무렇게나 불쑥 찾아왔다. 가끔 찾아오는 그 변화에도 나는 고독을 느낄 수 없었다. 고독이란 내겐 당연한 것이지 고민거리는 아니었다. 세상에서 배척당한 자의 입장에선 견딜 수 없는 상태는 아니었다. 나는 태어날 때부터 이런 존재는 아니었다. 체온 저하를 느끼고 주변의 물건들이 생뚱맞게 느껴질 때 나는 자주 생각했다. 나는 나일라의 심장 앞에서 색을 잃어버린 뇌의 배려를 넘고, 선명한 시야를 갖춤으로써 자신을 넘었다고. 나는 내 자신의 의지로 이렇게 됐다고.

나는 일본으로 돌아와 성을 파는 여자들을 해방시키고 할렘을 만들었다. 나의 아버지가 경영했던 일본 각지의 병원은 다른 사람에게 맡기고 거기서만 수익을 얻었다. 나는 가짜 신을 연기하면 진짜 신을 부를 수 있을지도 모른다고 생각했다. 나 같은 존재를 신이 그냥 내버려둘 것인가? 신이 없으면 안 된다. 신이 없는 세계를 살고 있다는 어리석음을 나의 오만함이 허락하지 않았다. 나는 반은 농담으로 신을 연출했다. 하지만 신은 오지 않고 신자들이 늘어났다. 내 안의 텅 빈 공동(空洞)이 인간을 끌어당기는 것 같았다. 모든 것에서 배

530

척당했던 내게 인간들이 모여들었다. 인간은 세계의 일부이니, 세계의 일부가 내 곁으로 떼 지어 오는 것 같았다. 나는 모든 것에서 배척당하면서도 슬픔도 허무도 느끼지 못하고 그저 쾌락만 느끼며 살았다. 나는 허무에서 배척당한 건지도 모른다.

하지만 거기서 문제가 발생했다. 내 속에 에너지가 감퇴했다.

악을 달성하거나 선을 달성하는 데 에너지가 필요했다. 격렬한 감정이 없으면 그 두 개를 적극적으로 달성하는 건 어렵다. 인간이 어떤 존재까지 될 수 있을까 생각했던 나는 맥이 빠져버렸다. 그저 욕망이 점점 희박해지고 서서히 쇠퇴해서 죽을 거라고. 이것이 인간이 도달할 수 있는 한계이고, 가끔 세계가 원활하지 않은 감각을 느끼면서, 체온 저하를 느끼면서, 서서히 무를 향해 갈 거라고. 나는 어렴풋이 그런 생각을 하게 됐지만 사실은 그렇지 않았다.

다시 한 번 아시아로 건너갔을 때였다. 이번에는 인도였다.

나는 몇 안 되는 신자를 데리고 빈곤 지역으로 의료 활동을 떠났다. 그 국가의 빈부격차는 흥미로웠다. 억만장자라 불리는 큰 부자 옆에서 한쪽 팔을 잃은 소년이 구걸한다. 구걸로 동정을 얻으려고 부모가 한쪽 팔을 잘라낸 것이다. 나는 감퇴하는 에너지 속에서 그런 가난하고 약한 어린 생명을 구할 때 내게 뭐가 찾아오는지 흥미를 느꼈다. 하지만 목숨을 구하는 일의 만족감은 옅어졌고, 그 후 여자를 능욕하는 일의 만족감도

엷어졌다. 강한 햇볕을 쬐어도 내 체온은 떨어졌다. 누더기 같은 오두막도, 자동차가 마구 흩뿌린 모래먼지도, 어딘가 자연스럽지 못했다. 중심가에서 떨어진 도로를 걷다가 나는 갑자기 성적인 흥미를 느꼈다. 왜인지는 모른다. 그곳에는 나를 자극할 만한 건 아무것도 없었다.

나는 내 앞에서 더러운 공이 굴러다니는 걸 알았다. 그 공은 이상할 정도로 붕 떠 있어서 어쩐지 존재감이 흘러넘쳤다. 그 공 끝에 아이와 부모가 있었다. 벽 위에 불안정하게 서 있는 소녀. 그런 소녀는 보지도 않고 현지에 새로 설치된 공중전화로 누군가와 계속 통화하는 젊은 엄마. 옷차림으로 부유한 모녀라는 걸 알 수 있었다. 높은 벽 위에 서 있는 소녀의 자세는 균형이 심하게 깨졌다. 나는 목이 마르고 심장이 마구 두근거렸다. 공이 소녀 밑으로 굴러갔다. 소녀는 이윽고 공의 존재를 알아챌 것이다.

소녀가 떨어진다. 그렇게 생각했다. 내가 찬 공에 정신이 빼앗긴 소녀가 떨어진다. 그 높이에서는 살 수가 없다. 이유는 모르지만 나는 그렇게 확신했다. 공은 포장됐다고는 말하기 힘든 도로를 그래도 똑바로 굴러갔다. 마치 내가 아름다운 선을 그은 것처럼. 그 공이 향하는 똑바로 그린 선, 소녀의 낙하를 유발하는 똑바른 그 선이 허공에 붕 떠 있는 것 같았다. 하지만 나는 의도적으로 그런 것은 아니었다. 내 다리는 내 의식을 통과하지 않고 공을 조용히 찬 것이다. 나중에야 그것을 의식했다. 느린 의식, 느린 뇌의 움직임. 에너지가 감퇴해서 몽롱했던 나의 뇌가 어딘가로 유혹하듯 나를 그렇게 움직인 것만 같았다. 선이 그어진다. 소녀 아래로. 소녀가 공에 정신이 팔린다. 떨어진다. 그렇게 생각했다. 공이 가까이 다가간다. 아직인가? 좀더 시간이 걸릴까? 공은 이미 나의 의지가 닿지 않는 곳에서 계속 움직이고 있었다. 이제 아무도 그 움직임을 제어할 수 없다. 공이 소녀 바로 밑을 지나간다. 자신을 보지 않는 엄마의 주의를 끌려고 한 것일까? 소녀는 공을 향해 뛰어내렸다. 나는 숨을 들이마셨다. 소녀의 작은 몸이 돌로 된 땅바닥에 부딪힐 때 소녀는 어른의 모습으로 나의 눈에 비쳤다. 몸 전체가 충격으로 흔들려서 경련하는 모습을 보고 나는 격렬한 욕정을 느꼈다.

엄마가 소리 지르며 뛰어왔다. 하지만 내게는 그들이 더 이상 인간으로 보이지 않았다. 격렬한 충격으로 생명을 잃어가는 소립자의 연결과 달려오는 소립자의 연결, 그리고 나라는 소립자의 연결. 인간적인 의미가 내게서 사라졌다. 나는 급속히 욕정을 잃고, 그저 뇌가 내게 보여주는 영상 속의 소립자의 움직임만을 보고 있는 것 같았다. 하지만 그 공이 통과한 선만이, 소립자를 흐트러지게 만든 똑바른 선만이 확실히 보였다. 나는 선도, 악도, 욕정도 없이 그 두 사람에게 다가갔다. 몸이 차가워진 것 같았다. 인간의 형태를 멋지게 흉내 낸 소립자 두 덩어리가 눈앞에 있는 것 같았다. 아니, 원래 인간이 소립자의 집합이니 그들은 소립자를 흉내 낸 것은 아니다. 나는 의식을 정지시켰다. 그런 일이 가능했다. 내가, 나의 뇌가, 뭔가를 말하려고 했다. 나는 그런 나의 목소리를 들었다.

"너의 얼굴은 아름답군."

나는 그대로 아이 엄마의 목을 졸랐다. 조금 전 격렬하게 목숨을 끝낸 소녀와 엄마가 아주 닮아서라고 생각했다. 주위에는 아무도 없었다. 범죄가 만연한 이 지역에서 여자의 순간적인 고함 소리는 별 의미가 없었다. 눈앞의 벽과 방치된 두 대의 자동차와 거대한 나무가 우리를 둘러싸서 주위의 모든 시선을 막고 있다는 것을 알았다. 인간들 속에 있지만 그들이 전혀 눈치채지 못하는 시각적으로 격리된 장소. 아이의 엄마는 왜 자신이 목이 졸리는지 알 수 없다는 표정으로 나를 보고 있었다. 당연하다. 나도 모르니까. 체온이 식어가고 모든 것이 엉망이 돼갔다. 나는 여자의 옷을 찢고 쓰러뜨린 후 몸을 핥기 시작했다. 목을 조르며 허리를 들썩였다. 조금 전 소녀를 능욕하던 감각 속에서. 소녀가 만약 살았다면 이렇게 됐을 것이라는 감각 속에서. 시간이란 것이 눈앞에 있는 것 같았다. 과거와 앞으로 있을 미래와 결과적으로 이렇게 된 미래가 섞여 있다. 하지만 나는 그것들에 흥미를 느끼지 않았다. 나는 의무처럼 그걸 했다. 지금도 나는 이런 의무를 가끔 느낀다. 무슨 의무일까? 이런 생각을 할 때 쾌락이 나의 배후에서 발생한다. 내가 유리된다. 위험한 인식의 장소에 내가 있는 것 같다. 세계가 변해간다. 세계의 내부를 들여다보는 내가 아직 세계의 표층을 보는 인간의 배후인 나를 위해서, 배후의 나라는 소립자를 위해서 여자를 능욕한 것이다. 여자가 이미 죽었는지 어떤지는 몰랐지만 나는 허리를 움직였다. 배후에서 쾌락이 계속 발생했다. 아까의 선은 역할을 다해서 흔들리고 완만한 소용돌이가 되더니 이윽고 사라졌다. 선의 소용돌이는 인간이 인간 같지 않을 때 뇌의 오차처럼 우리에게 보여주는 무엇일지 모른다. 흥분도 하지 않고 여자를 범하는 내가 보는 풍경은 지금까지와는 달랐다. 온도, 의미, 감촉, 모두가 사라졌다. 그저 전에는 여자라고 인식했던 물체의 얼굴이 일그러졌을 뿐이다. 모든 것의 윤곽이 흐릿해지고 점차 풍경과 눈앞의 여자가 모호해진다. 회화에서 말하는 원근법 같은 것이 사라지고, 미묘하게 탁하지만 투명하기도 하다가 결국엔 형태마저 사라지는 것 같았다. 내 배후에서는 여자를 능욕하는 쾌락이 계속 발생했다. 하지만 나 자신은 세계의 표층 구석으로 파고들었다. 기쁨도 고독도 쾌락도 없이, 그저 소립자가 결합해서 떠다녔다. 여기에는 뭐든 다 있고, 뭐든 다 없었다. 소립자는 태어나서 사라지고, 사라졌다가 다시 생겨난다. 있는 건 단지 그막연한 움직임뿐이었다. 이 세계를 구성하는 단순한 시스템. 그리고 나라는 기관은 그걸 의미 있는 것처럼 바라보는 것에 지나지 않았다. 나는 그 광경을 앞에 두고 순간 격렬한 공포를 느꼈다. 몸 내부가 차갑게 떨렸다. 이런 시스템 속에 내 존재가 지금까지 있었다는 사실에. 그때 느낀 냉기와 풍경의 냉기는 아마도 같은 온도였다. 하지만 그 공포는 순간적이었다. 나는 점점 공포에 익숙해지고 풍경과 동화돼서 여자 안에다 사정했다. 나는 아무것도 느끼지 않았지만 어쩔 수 없이 격렬한 쾌락이 내 배후에서 발생했다. 사정 후 다시 원래의 풍경이 눈앞에 펼쳐지기 시작했다. 나는 나로 돌아갔고, 나의 에너지는 다시 급속히 감퇴했고, 그 감퇴는 나의 생명을 위험하게 만들 정도로 체온을 저하시켰다. 나는 신의 비밀을 안 것만 같았다. 단순한 시스템을 인간을 속이기 위해 변화시켜 보여주는 신의 비밀. 나는 이제 때때로 세계를 그렇게 볼 수 있고, 그리고 그런 세계에서 나를 인간으로 돌려놓아서 전처럼 쾌락을 얻을 수 있을 거라고 생각했다. 그리고 아마 공포도 느끼지 않을 거라고. 그 예상은 맞았다.

……나의 마지막 흥미는 나 같은 존재가 마지막에 어떻게 되는가, 하는 것이었다. 만약 신이 있다면 신은 내게 어떤 최후를 안겨줄 것인가. 나의 최후는 파멸이 어울린다. 하지만 나의 몸에는 아무 일도 일어나지 않았다. 십 수 년이 지나고 나의 몸에 이변이 생겼다. 암이었다. 그것을 알았을 때 나는 너무나 평범해서 살짝 놀랐다. 이렇게 오래 산 내가 암이라니. 그토록 여자를 능욕하고 때로는 죽이기까지 했던 나의 마지막이 암이라니. 그런 벌로 괜찮은가? 나는 신에게 묻고 싶었다. 정말로 그

536

정도로 괜찮은가? 이 세계의 질서가 그래도 되는 건가? 암으로 괴로움을 느끼기 전에 죽는 약을 나는 가지고 있다. 생에 집착이 없는 내겐 그건 불행도 아니다. 나의 최후는 파멸이 어울린다. 나는 그렇게 생각했다. 나는 침대 위에서 여자를 나른하게 안으며, 잠을 자며, 멍하니 생각했다. 암은 평범하게 진행되고 나는 평범하게 죽음을 맞이하고 있다. 죽음은 이미 임박했지만 나의 최후는 파멸이어야만 했다. 신이 없다고 해도 오만한 나는 최후를 신과의 대치로 끝내고 싶었다. 신이 있든 없든 이젠 아무 상관없다. 내가 신을 만들면 된다. 나는 나를 초월한 존재 이외에는 마음을 움직일 수 없게 됐다. 내가 신을 만들면 된다. 내가 조금 움직이는 것만으로도 나의 파멸이 실현될 상황이 전개됐다. 결국……

"왜 저에게 이런 얘기를?"

중간에 갑자기 입을 다문 사와타리에게 나라자키가 중얼거리듯 말했다. 이런 괴물 앞에 있다는 사실에 공포를 느꼈지만 그렇게 묻지 않을 수 없었다.

"너는 많이 닮았다."

"누구와?"

"내 조수랑."

사와타리는 나른하게 중얼거렸다. 마치 자신이 먼저 꺼낸 얘기에 이미 흥미를 잃은 것처럼.

"내 조수는 나와 나일라와의 관계를 어렴풋이 눈치채고 있었다. 그는 순박하고 성실하면서 우스꽝스러울 정도로 무능한 남자였다. 그 무렵 나에게는 약간 신경에 거슬리는 남자였지. 아무것도 할 수 없고, 나를 비난할 용기도 없지만 뭔가를 말하고 싶어 했던 그 남자."

"……무슨 말인가요?"

"다치바나 료코가 탐정이 아닌 네게 눈독을 들였을 때 자료사진을 보고 약간 흥미롭게 생각했다. ……그런 선량한 조수도 결국엔 여자를 탐했다. 지금부터 이 층은 불길에 휩싸인다."

"……네?"

"아직도 모르겠나?"

사와타리는 나른한 듯 말했다. 말하는 것도 귀찮다는 듯.

"일련의 사건은 내가 파멸하기 위해 스스로 만들어낸 것이다. 내게는 어떤 주의와 주장도 없다. 그저 내 마지막을 파멸로 장식하기 위한 거대한 장난에 불과해."

"……말도 안 돼."

"그것뿐이다. 뒷일은 나도 모른다."

나라자키는 멍한 눈으로 사와타리를 바라봤다. 이 방에 오기 전에 바깥 상황은 이미 들었다. 자위대기 두 대가 행방불명이라는 보도도 흘러나왔다.

"……그럼, 당신이 모두?"

"그렇다."

"지금 얼마나 많은 사람이."

"일본뿐만이 아니다. 자위대가 중국을 공격하게 만들 거라고는 그들도 생각하지 못했겠지. 과격 사상에 사로잡힌 대원들을 내가 오랜 시간 후원해줬다. 나는 그저 정부를 분노로 불태우고 싶었을 뿐이다. 내게 정치적 주장은 없다. 정치가 어떻게 되든 상관없다. 나에 대한 그들의 공격을 무참하게 만들고 싶었을 뿐이다. ……이제 슬슬 기동대가 돌입할 것이다. 아마도 지하수로를 타고 이 빌딩으로, 밑에서 구멍을 파겠지."

사와타리가 나른한지 의자에 기댔다.

"기동대가 돌입하고 타오르는 불길 속에서 자살하는 것이 나의 최후다. 그것이 내게 어울린다. 마쓰오를 곁에 둘 수 없다면 그때의 조수를 이 자리에 두고 싶었다. 여자로 타락시킨 후에. 나는 존재하지 않는 신에게 말했다. 네게 말한 건 아니다. 그저 너는 이 자리에 소품으로서 놓여 있을 뿐이다. 너의 운명 따윈 이 불처럼 그저 나의 나른한 연출에 지나지 않는다. ……이 영상은 기록되고 있다."

나라자키는 움직일 수가 없었다.

"지금쯤 JBA를 점거한 시노하라가 컴퓨터에 영상을 보내고 있을 것이다. ……내가 주는 마지막 명령이 떨어졌다고 생각한 그들에게."

사와타리의 등 뒤에 있는 가구에서 연기가 피어오르기 시작했다.

"세상에서 한 번 버림받은 그들은 또다시 내게 버림받게 된다. ……어쩐지 재미있을 것 같군."

"나는 당신을."

"……용서할 수 없다고? 내 여자들을 탐했던 네가?"

사와타리가 이상하다는 듯 나라자키를 쳐다봤다. 나라자키는 아무 말도 할 수가 없었다. 불꽃이 피어났다. 사와타리가 일어섰다.

"……여기 있는 신자들은 지금쯤 모두 잠들었을 것이다. 내가 베푸는 의식의 형태로 약을 먹었다. ……세상에서 버림받고, 내게 버림받은 그들은 어떻게 될 것인가. 악의 씨앗이 된다면 조금은 자극이 될 것 같은데. 뭐 어떻게 되든 상관없겠지. 그들이 소유하는 무기는 전부 개조돼서 살상 능력이 없다. ……하긴 그것도 상관없겠지. 살리고 싶으면 살려도 좋다. 네 마음대로 해. 나는 이제 흥미 없으니까. ……가봐."

사와타리 등 뒤에서 불꽃이 커졌다. 연기가 솟아올랐다. 나라자키가 말했다.

"……나는."

"내 말 못 들었나?"

사와타리가 중얼거리듯 말했다. 벌레라도 치우는 듯.

"이제 너 따위는 어떻게 되든 상관없다는 것쯤은 알겠지?"

정신을 차리고 나라자키는 문밖으로 나왔다. 많은 것들이 무너졌다. 무너지지 않은 건 이런 남자를 믿으려 했다는 사실

540

과 스스로 놀랄 만큼 상처받았다는 사실과 이런 남자가 준비한 여자들에게 빠져서 다치바나를 잃었다는 사실이었다. 나라자키는 계단을 뛰어 내려오다가 갑자기 멈췄다. 뭘 하면 좋지? 나 같은 비참한 존재가 지금 해야 할 일은 뭘까? 나라자키는 그 자리에서 꿈쩍도 할 수 없었다.

사와타리는 불꽃 속에 서 있었다.

흰옷에 불꽃의 색이 옅게 비쳤다. 사와타리는 뜨거운 열기와 연기에 움직이는 것 같지는 않았다. 뭔가 귀찮은 작업을 하듯 주머니에서 권총을 꺼내 들었다. 자신이 좀더 불꽃에 휩싸이길 기다리는 것 같기도 하고, 불이 느리게 번져서 불만인 것처럼 보이기도 했다. 사와타리는 그저 권총을 바라봤다. 격철을 당기려다가 뭔가 생각났다는 표정을 짓고는 권총 끝을 자신의 성기로 향했다.

사와타리가 방아쇠에 손가락을 걸었다.

하지만 사와타리는 움직이지 않았다. 자신의 성기 주변과 권총 끝을 무표정하게 바라봤다.

사와타리는 갑자기 권총을 움직여 관자놀이에 대고 방아쇠를 당겼다. 건조한 소리와 함께 사와타리가 쓰러졌다.

등 뒤에서 문이 열렸다. 미네노가 걸어왔다. 불꽃 속에 쓰러진 사와타리에게 다가갔다. 손이 흔들려 권총은 사와타리의 머리를 스쳤을 뿐 관통하지 않았다. 치명적인 뇌 손상을 입었지만 즉사는 아니었다. 죽을 때까지 몇 초가 걸릴지도 모른다. 미네노가 사와타리 옆에 웅크리고 앉았다. 사와타리의 팔을 끌어당겨 쓰러진 그의 몸을 받쳤다.

"······아직까지 있었냐고 생각했죠?"

미네노가 속삭이듯 말했다. 사와타리는 이상하다는 듯 미네노를 올려다봤다.

"계속 듣고 있었어요. 절반밖에 들리지 않았지만. 지금 아파요? 하지만 그런 아픔으로는 당신이 바라던 파멸에는 다다르지 않았겠죠?"

미네노는 미소 지었다. 사와타리의 얼굴을 들여다보고 그대로 키스했다.

사와타리는 약간 놀란 듯 미네노를 올려다봤다. 등 뒤에서 불꽃이 뿜어져 나왔다.

"모든 것에서 배척당한 당신이 아주 조금은 불쌍하단 생각이 들어서. ······그런데 어떻게 할까요?"

미네노가 다시 미소 지었다.

"당신의 이 계획도 모두 신의 뜻에 따른 것이었다면?"

불꽃으로 방의 가구들이 쓰러졌다.

"신의 의지였다면 내가 이렇게 하는 건 잘못된 것인지도 모르죠. ······그럼."

미네노가 다시 한 번 사와타리에게 키스했다. 긴 키스였다. 사와타리는 움직이지 않았다. 그가 언제 죽었는지 미네노는 알 수 없었다. 하지만 이 세계를 그저 멍하니 바라보는 그의 눈은 움직이지 않았다.

"⋯⋯미네노 씨."

나라자키가 돌아왔다. 왜 돌아왔는지 그 역시 알지 못했다. 권총 소리를 들은 순간 그는 다시 계단을 올라 이곳으로 왔다. 불꽃과 연기가 거세졌다. 사와타리는 이미 죽고, 미네노가 있었다.

"위험해. 나가요."

나라자키는 멍한 미네노의 팔을 잡아끌었다.

"왜?"

미네노가 중얼거리듯 말했다.

"왜 살아야 하지? 살 필요가 있을까?"

나라자키는 대답할 수 없었다. 하지만 분노에 휩싸였다. 이 세계에 대한 분노. 자신의 비소함에 대한 분노.

나라자키는 아무 대답도 하지 못한 채 미네노의 손을 잡아끌었다. 등 뒤에서 사와타리의 몸이 불꽃에 휩싸였다. 그 불꽃에 특별한 일은 전혀 일어나지 않았고, 가까이에 있는 바닥과 의자에도 마찬가지로 불꽃이 생겼다.

27

다카하라가 아니야. 휴대전화를 손에 쥔 다치바나는 알아 챘다.

목소리가 다를 뿐만 아니라 등 뒤로 전해지는 분위기가 어 딘가 이질적으로 느껴졌다.

휴대전화를 쥔 손이 땀으로 젖었다. 택시 창으로 보이는 풍 경이 점점 바뀌었다. 다치바나는 자신이 왜 갑자기 그런 말을 했는지 떠올려보았다.

"다카하라는 어디에 있지? ……R과 관계있다."

다카하라가 아닌 누군가가 그의 휴대전화를 가지고 있었다. R의 관계자 아니면 R의 관계자인 척하는 누군가일 가능성이 상당히 높다. 하지만 경찰 관계자일지도 모르고, 낯선 목소리 라 가능성은 낮지만 교단 사람일지도 모른다. 도박에 가까웠 지만 다치바나는 불쑥 그렇게 말해버렸다.

휴대전화를 든 오십대 남자도 머리를 굴렸다. R의 관계자는 실재하는가? 상대가 R의 관계자라면 장소를 가르쳐주는 편이 도움이 될 것인가? 오십대 남자는 짧은 시간에 온갖 가능성을 계속 취사선택했다. 병실에서 봤을 때 다카하라는 아직 결단 과는 먼 표정을 짓고 있었다. 두려웠던 건지도 모른다. 그렇다 면 녀석들의 후원이 필요할 것이다.

그러나 이제껏 수많은 위험을 경험해온 오십대 남자는 어쩌면 상대방이 R과는 전혀 관계없는 사람일 수 있다는 가능성도 버리지 않았다. 하지만 오십대 남자는 그런 자신의 생각을 무시했다. 희미하게 웃음 지었다. 어떤 커다란 흐름 속에 자신이 있는 것 같았다. 그렇다면 그 흐름에 맡겨보자. 뇌리에는 사와타리의 모습이 아른거렸다.

남자가 처음으로 사와타리를 본 것은 공안부에 갓 배치됐던 삼십대 무렵이었다. 불온한 냄새를 풍기는 신흥 컬트 교단을 조사하고 있었다. 사와타리가 신자 일부를 데리고 자선사업이라는 명목으로 필리핀에 갔을 때 미행원으로 바다를 건넜다. 수도 마닐라를 멍하게 걷던 사와타리의 뒤를 밟았다. 그런데 갑자기 사와타리가 방향을 틀어서 다가왔다. 자신이 일본인이라서 그랬을까? 남자는 동요했다. 하지만 아무리 자신이 일본인이었다고 해도 그것만으로 미행자라고 의심할 리는 없었다. 왜냐하면 사와타리는 한 번도 자신 쪽을 돌아보지 않았으니까.

현지 사람들로 북적이는 시장 속으로 사와타리가 천천히 다가왔다. 지금 도망치는 건 위험하다. 남자는 기다렸다. 어쩌면 길을 비키기만 하면 될지도 모른다. 일본인을 발견해서 그랬는지도 모른다. 남자는 그런 기대를 품고 있었다.

사와타리는 남자 앞까지 왔다. 그리고 남자를 이상하다는 듯 보더니 갑자기 그의 턱을 손으로 쥐었다. 몸이 공중에 붕 뜨는 것 같았다. 남자는 놀라움을 넘어선 공포로 아무 말도 할 수가 없었다.

"……할 일이 없군."

사와타리가 말했다. 남자는 그 말의 의미를 알지 못했다.

"이런 곳까지 오다니."

그때 처음으로 들켰다는 것을 깨달았다. 살해당할 것인가? 이 녀석 주변에서 지금까지 여러 명이 수상하게 죽었다고 들었다.

하지만 사와타리는 움직이지 않았다. 남자의 눈을 뚫어지게 쳐다봤다. 남자의 숨이 멈출 정도로 긴 시간이었다.

"음…… 그렇군."

사와타리가 혼잣말처럼 중얼거렸다.

"너는 괴물이 될 것이다."

사와타리는 그렇게 말하고는 남자에게 등을 돌리고 갔다. 이미 남자의 존재는 잊었다는 듯. 남자는 진정되지 않는 심장 두근거림을 느꼈다. 가쁜 호흡을 내쉬며 그 자리에 웅크린 채 한동안 움직이지 못했다. 그는 자신의 모든 걸 꿰뚫어 봤다. 남자의 땀은 멈추지 않았다. 교주가 될 만한 사람이라 그런 건가? 아니면 그 남자만 그런 건가? 남자는 골똘히 생각했다. 자신의 야망도, 어두운 정념도, 전부 다 꿰뚫어 본 것처럼 느껴졌다. 어떤 존재도 구원해줄 수 없는 내면 깊숙한 진흙탕까지. 분명히 교주의 뭔가가 그 깊숙한 곳에 닿은 것 같았다.

그토록 자신의 내면을 파고든 존재는 없었다.

그리고 그 내면을 보고 놀라지 않은 존재도 없었다.

오십대 남자의 머릿속에 그때 사와타리의 뒷모습이 떠올랐다. 통행인을 아랑곳하지 않고 천천히 멀어져간 사와타리의 뒷모습이. 그가 있는 곳보다 높은 곳으로 갈 마음은 생기지 않았다.

"……죄송합니다. 다카하라 씨가 저에게 이 휴대전화를 맡겼습니다."

오십대 남자는 그렇게 말했다. 전화 속 상대가 물었다.

"다카하라는 어디에 있죠?"

오십대 남자는 상대가 눈치채지 못하게 한숨을 쉬었다. 그게 아니잖아? 오십대 남자는 생각했다. 자신을 R의 관계자인 것처럼 보여서 장소를 알아내려면 우선 나라는 존재에 대해 물어봐야 한다. 왜 중요한 연락 수단인 휴대전화를 다른 사람이 가지고 있는지. 이건 중요한 문제일 것이다. 오십대 남자는 이 목소리가 다치바나 료코일지도 모른다고 생각했다. 하지만 동요하지 않고 불쑥 R의 관계자라고 얘기한 배짱은 칭찬할 만했다.

"휴대전화에 붙은 GPS에 의하면…… 니시가모리쵸 번화가의 시계탑 밑입니다."

오십대 남자는 진실을 말했다. 미소를 띠면서. 어떤 결말이 될지는 모르지만 그렇게 해보고 싶다는 생각이 들었다.

"바로 갈게요."

휴대전화가 끊겼다. 그게 아니잖아? 오십대 남자는 또 생각했다. 너무 급하게 끊었다. 게다가 상황을 탐색하는 것도 잊었다. 오십대 남자는 웃음을 띤 채 소파에 깊숙히 몸을 기댔다. 휴대전화를 테이블에 놓고 마시다 만 홍차 잔을 향해 손을 뻗었다.

"무슨 전화입니까?"

삼십대 남자가 물었다. 하지만 오십대 남자는 대답하지 않았다.

"이제 곧 10시입니다. 폭파 시각."

어두운 방. 삼십대 남자가 그렇게 말하며 자리에 앉았다.

"저는 현장으로 가겠습니다. 만약 녀석이 겁을 먹으면 협박해서 번호를 알아내겠습니다."

"……녀석은 아무 말도 안 할 거야."

오십대 남자는 중얼거리듯 말했다. 홍차를 마시면서. 늘 맛이 없었지만 마치 그 사실을 잊은 것처럼 멍하니 차를 마셨다.

"하지만 가야 합니다. 어쨌든…… 녀석은 우리의 얼굴을 봤으니까."

오십대 남자는 준비하는 삼십대 남자를 찬찬히 바라봤다.

"아이히만에 대해 알고 있나?"

"……아니요. 자세히는."

시곗바늘이 또렷하게 움직였다.

"히틀러 정권 아래서 수백만 명의 유태인 학살에 크게 관여한 공무원. ……그는 냉혈한이라고 불렸지만 이따금 품에서 술이 든 작은 병을 꺼내 마셨지. ……그런 아이히만조차 잔혹한 짓을 할 때는 술이 필요했다. 하지만 자네는…….."

오십대 남자는 잔을 테이블에 놓았다.

"필요한 게 아무것도 없는 것 같군."

삼십대 남자는 그 말의 의미를 알 수 없었다. 그는 가볍게 고개를 숙이고는 방을 나가려고 했다.

"나는 은퇴하기로 했네."

오십대 남자의 말에 자신도 모르게 뒤를 돌아봤다.

"나머지는 자네가 하게. 육아 사무라이."

*

나라자키와 미네노는 계단을 내려와서 엘리베이터를 탔다.

전부터 독특한 구조라고 생각했다. 사와타리가 있는 21층과 그 아래층은 계단으로 이어져 있었다. 불은 21층에만 머물고 밑에까지 번지지 않는 구조인지도 모른다. 만약 그렇다면 사와타리는 이 건물로 교단을 옮겼을 때부터, 이미 이런 최후를 생각했다는 것이다.

엘리베이터에서 내려서 홀로 향했다. 문을 연 나라자키는 놀랐다. 사와타리의 말이 맞았다. 많은 신자들이 홀에 쓰러져 있었다.

중앙에 거대한 항아리 같은 용기가 놓여 있었다. 쓰러진 신자들 주변에 떨어진 무수한 컵들. 의식의 형식이었는지 뭔가가 불탄 흔적도 보였다.

"······죽지는 않은 것 같아. 하지만 왜일까요?"

나라자키는 그렇게 말했지만 미네노는 대답이 없었다.

아마도 자살을 방해받지 않기 위해서, 마지막을 방해받지 않기 위해서 그랬을 거라고 나라자키는 생각했다. 하지만 죽일 수도 있었다. 아니, 처음부터 21층을 출입 금지시켰다면 아무런 방해도 받지 않았을 것이다. 그런데 왜일까?

"신자들을 도우려고?"

"설마."

미네노가 중얼거리듯 힘겹게 말했다.

"흥분한 신자들을 불쾌하게 느꼈던 것 같아요."

"자신이 그렇게 만들어놓고서?"

"당신은 뭘 물었나요?"

눈앞에는 아직 아무것도 모르는 신자들이 쓰러져 있었다. 자신들을 잠재웠다고 생각조차 못하는 신자들이. 나라자키와 미네노는 그들을 내려다봤다.

"저 사람은 신자들이 어떻게 되든 상관없었을 거예요. 자살할 때조차 귀찮아 보였으니까. ······소란스러우니까, 이제 볼 일이 없으니까, 잠들게 했겠죠. 독이 있었으면 독을 먹였을지도 모르죠. 그런 사람이에요."

나라자키는 떨어진 총을 주웠다. 진짜처럼 보였다. 하지만
만약 사와타리의 말처럼 전부 개조돼 살상 능력이 없다면. 나
라자키는 머리를 굴렸다.

"하지만 결과적으로 웃기게 됐군요."

나라자키가 말을 이었다.

"국가가 장난감 총을 가진 종교 단체를 기동대로 거창하게
에워싼 꼴이 됐으니. ……국가로서는 악몽이죠."

떨어진 확성기를 발견했다.

"이것으로 기동대에 전달해요. 사람들이 모두 잠들어 있다
고. ……기동대 녀석들이 폭주하지 않도록 방송국 카메라를
한 대 들여보내요. 국가를 위해 가슴이 뜨거워진 나머지 폭주
하는 바보가 있을지 모르니까."

미네노의 바로 뒤에 큐프라의 여자가 잠든 채 쓰러져 있었
다. 미네노한테서 USB 메모리를 빼앗은 여자지만 미네노는
알아채지 못했다. 구해야 할 목숨들이 많다고 나라자키는 생
각했다. 누워서 움직이지 않는 고마키의 모습을 발견했다. 고
마키의 몸을 떠올리며 다시 성적인 기분에 휩싸이는 자신을
떨쳐냈다. 다치바나 료코는 보이지 않았다. 하지만 분명히 잘
도망쳤을 거라고 나라자키는 생각했다. 나중 일은 나중에 생
각하자. 우선은 이 사람들의 목숨을 구해야 한다. 그것이 이들
의 정신을 구원하는 일이 아니더라도. 확성기를 손에 든 나라
자키에게 미네노가 말했다.

"그들은 모두 교주와 함께 죽고 싶었어요. 교주의 본심을 알았다면 그들은 어차피 살 수 없었을 거예요. 그런데도 그들의 목숨을 구한다고요? ……왜죠?"

미네노가 말했다. 아무것도 모르는 신자들이 쓰러져 있었다. 모두 어린아이처럼 잠자는 얼굴이다. 아마도 저마다 상처 입은 어린 시절의 표정을 짓고 있을 것이다. 꿈속에서만은 안전했던 무렵의 표정을. 맨 위층에서는 사와타리가 불타고 있었다.

"……모르죠."

나라자키가 솔직히 말했다. 하지만 그들 대다수가 바라지 않는 일을 자신은 하려고 한다.

마쓰오라면 이렇게 할 것이다. 나라자키는 그렇게 생각했다. 마쓰오라면 분명히 죽고 싶어 하는 그들을 억지로라도, 참견 말라는 욕을 듣더라도 이 세계에 붙잡아둘 것이라고. 이곳에 있었던 나라자키는 마쓰오가 죽었다는 사실을 몰랐지만 각오는 했었다. 마쓰오가 설령 죽었더라도 계속 살아 있는 것 같은 느낌이 들었다. 나라자키는 자신 안에 있는 마쓰오를 따랐다. 그것이 지금 자신의 역할이라고.

나라자키는 확성기를 쥐었다. 밖에는 현실이 펼쳐졌다. 그들의 분노를 누그러뜨려야 한다. 긴장으로 흐트러지는 숨을 억누르며 창가로 향했다.

28

"······그럴 리가."

컴퓨터 화면을 응시하던 시노하라가 힘겹게 그 말을 뱉었다.

이상할 정도로 안색이 창백했다. 이 시간 교주의 마지막 명령이 있을 터였다. 인질을 모두 죽이라는 말을 들었다면 그렇게 했을 것이다. 기동대에게 돌격하라는 말을 들었다면 그렇게 했을 것이다. 자신은 황홀함을 맛보며 기동대에게 난사했을 것이다. 기동대의 총을 맞고 피에 물들어 쓰러지면서도 교주님을 떠올리며 행복했을 것이다. 그런데 자신의 파멸을 위한 행위라고? 이 테러가? 아니, 무엇보다도 정말 교주님인가? 총으로 자신을 쏴버린 그 인물이? 틀림없이 교주님이다. 동료들이 멀리서 자신을 보고 있었다. 인질들도. 어떻게 된 거지? 아니다. 자신은 이미 소리쳤다. 중간중간 의식이 끊어졌다. 뇌리에는 쓰러져가는 교주의 모습이 계속 떠올랐다. 다른 장소에 있던 동료들이 자신을 놀란 얼굴로 보고 있었다. 아직 아무것도 모르는 동료들이. 귀에서 헤드폰을 벗었다. 아직도 자신은 외치고 있었다. 교주님이, 교주님이, 아, 아니다······. 시노하라의 눈에서 눈물이 흘렀다.

그렇다. 그건 교주님이다. 그것이야말로 자신이 사모하던 교주님이다.

테러를 벌일 내 다카하리가 계획을 세우게끔 만들라고 교주는 지시했다. 다카하라는 그런 일에 우수하다고. 그는 뭔가에 협박당해 비밀리에 진행하겠지만 시기가 오면 그것을 빼앗으라고. 처음부터 하는 것보다 그게 빠르다고. 교주의 말이 맞았다. 텔레비전에서 해야 할 말도 알려줬다. 모든 계획을 알았던 무기 담당자 요시오카가 갑자기 겁에 질려서 빠지고 싶다고 말해 자신이 무심코 죽인 걸 알았을 때도 교주님은 눈썹 하나 찌푸리지 않았다. 교주님은 어떤 일에도 집착하지 않았다. 그렇다. 그것이야말로 교주님이다. 그렇게 신자를 주변에 널린 모래처럼 다루는 것이 교주님이다. 그런 교주님에게 이끌려 자신은 이 교단에 들어왔다. 머리를 감싸고 고민하는 자신과는 전혀 다른 존재인 교주님에게. 그의 그런 강함에. 자신이 이 세계에서 바라던 강함에.

모든 것이 어중간했다. 자신은 우수하지만 수험에 실패했다. 연달아 취직에도 실패했다. 자신에게 어울리는 회사에 들어가지 못하고, 일을 하지 못하는 건 어쩔 수 없다고 생각했다. 능력도 없는데 인간관계만 좋아서 집단에서 튀는 인간들. 늘 방해하는 인간들. 하지만 자신은 그들을 쓰러뜨리지 않고 굴복시켰다. 자부심은 없었다. 사회에서 나는 분명 유능한 자리에 있어야 하는데 현실은 어디에도 취직하지 못한 상태였다. 유력한 회사, 직함, 뭐든 좋다. 자신을 납득시킬 만한 것이 필요했다. 그것이 손에 들어오지 않았다. 그저 세월만 흐르고 내면의 뚝심 같은 것이 점점 왜곡되는 것을 느꼈다. 이런 사회를 망가뜨리고 싶은데 아무것도 할 수가 없었다. 그렇다고 묻지 마 범죄를 하고 싶지는 않았다. 줄곧 방 안에 틀어박혀 있었다. 세상을 저주하면서.

그리고 마침내 자신을 부르는 존재를 느꼈다. 어슴푸레한 방에서 꿈쩍도 하지 않았을 때. 어둠 속에 있는 뭔가가 자신을 이끌어내는 것 같았다. 지금 돌이켜보면 그건 전조였다. 그 존재가 교주님에게로 이어진 것이다.

과연 교주님이다. 이렇게 우리를 배신하다니. 그래, 그런 꾸밈없는 존재야말로 교주님이다. 아니, 교주님에게 배신당했다는 자각조차 없다. 내가 울면서 호소한다고 해도 아마도 교주님은 나를 이상하다는 듯 쳐다볼 것이다. 그리고 이렇게 중얼거릴 것이다. "아아, 그래, 배신했구나" 하고.

시노하라의 눈에서 눈물이 주르륵 흘러내렸다. 나를 인도했지만 영원이 손에 닿을 수 없는 존재. 하지만 어떻게 해야 좋을까? 교주님에게 버림받은 지금 어떻게 해야? 의식이 끊어진다. 붕괴된다. 의식이 멀어진다. 정신을 잃는다. 하지만 시노하라는 있는 힘을 다해 자신의 다리를 두드렸다. 의식을 유지하기 위한 반사적이고 광적인 행동이었다. 지금 저쪽에는 동료들이 있다. 인질도 있다. 아직 자신은 의식을 잃지 않았다. 하지만 버티기가 힘들다. 붕괴된다. 어떻게 해야 좋을까, 어떻게 해야.

좁아지는 시야 속에서 남자가 다가왔다. 생각지도 못한 방향에서 다가왔다. 누구지? 동료였다. 그 발정난 자식이다. 이런 상황에서 여자를 범하려고 했던 그 바보다. 그를 향해 말했다.

"대신할 것을 줘."

나는 무슨 말을 하는 건가?

"대신할 것을 줘. 교주님을 대신할 것을. 내게는 아무것도 없다. 지금 이 순간 아무것도 없어. 더는 못 버티겠어. 무너질 것 같다. 대신할 것을 줘. 내게 대신할 것을."

"봤습니다."

눈앞의 남자가 말했다. 창백한 얼굴로.

"봤다고요. 교주님은 죽었습니다. ……정신 차리세요."

알아챘구나! 시노하라는 좁아진 사고로 생각했다. 알았다면 살려둬서는 안 된다. 기관총이 시야에 들어와 그가 달려들었다. 이 녀석부터 쏴 죽이자. 그것밖에는 없다. 왜인지는 모른다. 여기에 있는 녀석들을 쏴 죽이고 자살하자. 그것밖에 없다. 그것밖에 남은 길이 없다. 아니, 자살하지 말고 이 녀석들을 죽인 후에 기동대로 가자. 기동대 녀석들을 다 죽여버리자.

시노하라는 기관총을 남자에게 겨누고 방아쇠를 당기려고 했다.

"……대신할 것?"

"그래, 대신할 것."

나는 또 모슨 말을 하려는 건가?

"……대신할 것은 없습니다."

정신을 차렸을 때 시노하라는 인질들을 향해 총을 겨누고 있었다. 소리를 질렀다.

"한 명씩 내 앞에 서! 총으로 쏴 죽이겠다!"

동료들의 표정이 바뀌었다. 아직 아무것도 모르는 동료들은 그것이 교주가 내린 지시인 줄 알았다.

"안 됩니다. 멈추세요."

시노하라와 인질 사이를 남자가 가로막았다. 흐릿해지는 시야에 비친 것은 역시 그 남자였다.

"비켜."

"싫습니다."

"왜 막지?"

"그게."

남자는 중얼거리듯 말했다.

"이 안에 엄마가 있으니까요."

시노하라는 넋이 나간 표정으로 남자를 봤다. 그리고 그 뒤에 있는 겁에 질린 인질들을 바라봤다.

"그럴 리가 없잖아."

"있어요. 내 엄마 같은 여자들이. 아니, 엄마가 될지도 모르는 여자들이."

시노하라는 그 말의 의미를 알 수 없었다.

"무슨 말이야? 너는 색골이잖아? 네 과거는 다 들었다. 경범

죄를 여러 번 저지르고 사회에서 배척당해 이 교단에 들어왔지. 여기라면 자신을 해방해줄 수 있다며. 너처럼 들어온 녀석이 나는 전부터 싫었다. 너는 쓰레기야. 꺼져. 꺼지지 않으면 너부터 쏘겠다."

"그럴 수는 없습니다."

남자는 벌벌 떨면서 시노하라의 기관총을 응시했다. 양팔을 힘없이 늘어뜨린 채.

"왜지? 왜 인질을 감싸지?"

"저는 이 세상을 좋아하니까요."

"이 세상을? 세상에서 배척당한 네가? 색골이라서 괴로워하던 네가?"

"그렇습니다."

남자의 눈에서 눈물이 흘렀다.

"저는 세상에서 배척당했습니다. 여자들한테서도. 그들은 늘 경멸의 눈으로 저를 봤습니다. 하지만 저는 여자를 너무 좋아해서."

남자가 계속 울었다.

"저는 색골이고 성도착증 환자입니다. 괴롭지만 그래도 그런 제가 좋습니다. 이 인질들은 섹스를 합니다. 섹스 말이에요. 모르겠어요? 저는 성적인 걸 아주 좋아합니다. 그것 때문에 괴롭지만 그런 괴로움마저 좋아합니다. 사람들은 섹스를 하지 않으면 자위라도 하겠죠? 저는 변태입니다. 잘 알고 있습니다.

하지만 이 세계의 성적인 것이 너무 좋습니다. 여자들을 죽이는 건 싫습니다. 그때 피폭 번호는 틀렸습니다. 저는 화가 나면 자아를 잊고 나쁜 짓을 합니다. 기억이 끊어진 것처럼 나쁜 짓을 하려고 합니다. 하지만 그때는 마음속으로 안도했습니다. 번호가 틀려서 정말 다행이라고."

시노하라는 울고 있는 남자를 넋이 나간 얼굴로 쳐다봤다.

"이미 이 교단은 끝났습니다. 저는 또 사회에 내보내질 겁니다. 또다시 자위만 하는 생활을 하겠죠. 때로는 성매매도 하겠지만 어쩌면 계속 자위만 하는 인생으로 끝날지 모릅니다. 하지만 그래도 좋습니다. 성이란 멋집니다. ……사람을 죽이는 건 싫습니다. 사람을 죽이는 건 제가 너무나 좋아하는 성을 부정하는 일이 됩니다. 제가 이 세계에서 유일하게 믿는 성을. 그것 때문에 계속 고민했지만 그래도 저의 존재의 근간은 성입니다. 이 여자들을 죽여야 할 이유는 없습니다. 여자를 저렇게 만든 남자들도 죽일 이유는 없습니다. 동성애든 뭐든 성은 아름답습니다. 저는……."

남자가 시노하라에게 다가왔다.

"이 교단에서 그걸 배웠습니다. 아무리 추하고 괴로울지라도 성 자체는 멋진 것이라고. 성 때문에 괴로워해도 언젠가 성을 멋지다고 생각할 때가 분명히 온다고. 교단의 여자들은 저를 저부하지 않았습니다. 사회에서 배척당한 저를 받아줬습니다. 처음이었습니다. 세계가 저를 받아준 건. 그녀들은 저에게 가르쳐줬습니다. ……그렇죠?"

시노하라는 말을 듣고 있지 않았다. 대신할 것을 달라고 혼잣말로 중얼거릴 뿐이었다.

"비켜. 쏘겠다."

시노하라가 기관총을 들었다. 하지만 남자는 미친 듯이 뛰어가서 시노하라를 쓰러뜨리고 기관총을 빼앗았다. 인질들 사이에서 비명이 들렸다. 당황한 동료들은 우선 시노하라를 지키기 위해 남자에게 달려들었다. 하지만 남자는 빼앗은 기관총을 들었다.

"……움직이지 마. 모두 알고 있지? 너희들 것은 개조됐다. 진짜는 이것뿐이다."

남자는 울면서 기관총을 들었다. 계속 떨고 있었다.

"그러니 더 이상 나를 자극하지 마라. 가까이 다가오지 마. 더 가까이 왔다가는 무슨 짓을 할지 모른다. 이건 진짜다. 이 기관총은 진짜다. ……동영상을 보면 된다. 시노하라 씨가 본 교주님이 보낸 동영상을 분명히 나는 봤다. 시노하라 씨에게 혼난 분풀이로 훔쳐봐도 된다고 생각했다."

동요하는 그들 시야에 한 대의 컴퓨터가 들어왔다. 조금 전까지 시노하라가 봤던 컴퓨터. 그것을 본 순간 예측하지 못한 사태가 일어났다는 걸 누구나 짐작할 수 있었다.

"……텔레비전에다 말하자. ……항복하라고. ……그리고."

남자가 갑자기 기절했다. 시노하라는 품 속에 다카하라를 쏜 권총을 가지고 있고, 기관총을 빼앗을 수 있는 위치에 있었지만 움직이지 않았다. 동료 중 하나가 컴퓨터로 다가갔다. 다른 사람들도 그 뒤를 이었다.

29

스쳐가는 다리들. 다카하라는 여전히 번화가에 앉아 있었다.

비가 올지도 모르지만 상관없다. 오후 10시까지는 앞으로 30분. 그것을 의식하지 않으려고 애썼다. 아직 이 세계에 미련이 있구나. 아직 이 세계에 미련이 남았구나.

몇 개비째인지 모를 담배에 불을 붙였다. 스쳐 지나가는 다리들 속에서 멈춰 있는 다리가 보였다. 자신의 바로 옆에 멈춰선 다리. 무심코 올려다본 시야 끝에 다치바나 료코가 있었다. 다카하라의 심장이 빨리 뛰었다. 료코가? 왜지? 거리의 네온사인이 다치바나의 머리를 비추고 있었다. 다카하라를 바라보는 눈이 살짝 젖은 것처럼 보였다.

"……겨우 찾아냈네."

다치바나가 중얼거리듯 말했다. 찾아냈다. 이유는 모르지만 다카하라의 내면에 그 말이 한동안 머물렀다.

"……어떻게 여길?"

"이제 다 끝났어."

다치바나는 혼잣말처럼 말했다. 사람들이 두 사람 옆을 지나갔다. 택시를 타고 여기로 오는 동안 라디오와 스마트폰을 보고 상황을 알았다. 사와타리가 죽었다. 교단 건물은 개방됐다. 그들의 무기에는 살상 능력이 없다고 여러 번 보도됐다. 방송국을 점거한 신자들도 항복했다. 중국으로 향하던 자위대기는 중국기와 교전에 돌입하기 전에 일본 자위대에 의해 격추됐다. 일본군이 일본군을 격추시킨 꼴이었다. 하지만 자위대기의 조종사가 공중에서 탈출했다는 정보가 전해져 생사를 알수는 없었다.

다치바나는 소식을 하나씩 천천히 전달했다. 다카하라는 명한 얼굴이었다. 그의 모습이 이상했다. 사와타리가 죽었다는 소식 외에는 아무것도 들리지 않는 것 같았다.

"……그러니까 끝났어. 너는, 아니 너와 나는 앞으로 해야 할 일이 있어."

다치바나는 작은 소리로 말했다. 사실은 다른 말을 하고 싶었지만.

"자수하자. 그리고 사람들이 교주에게 어떻게 세뇌당했는지, 그들이 왜 무죄에 가까운지를 증언하는 거야. ……그나마 제정신인 건 우리 둘뿐이니까. 그들의 죄를 조금이라도 줄일 수 있도록."

"아니야."

"어?"

"……아직 끝나지 않았어."

다카하라는 천천히 일어났다. 다치바나를 보고 아름답다고 생각했다. 머리 모양을 약간만 바꿨으면 좋을 것 같다는 쓸데없는 생각도 했다. 하지만 자신은 더 이상 그녀를 만질 수 없다. 다치바나를 만지면 이 세계에 미련이 남을 것 같았다.

"그들의 테러는 끝났을지 모르지만 우리의 테러는 끝나지 않았어."

invocation. 다카하라의 수기에 적힌 단어가 다치바나의 뇌리에 떠올랐다.

"진정하고 잘 들어. 나는 네 수기를 읽었어."

하지만 다카하라는 아무 반응이 없었다. 다른 것에 정신이 팔린 것처럼.

"YG. 랄세실교의 무장 조직. 이미 그건 붕괴됐어. EU의 공습으로 괴멸했어. 그리고 지도자인 니켈도 죽었어. 이미 끝났어. 네가 체험한 악몽은 벌써 끝났다고."

"……그건 알아."

다카하라의 말에 다치바나는 놀랐다.

"스승이 죽었다는 사실은 알고 있어. 하지만 그들의 잔당은 살아 있어."

"……무슨 말이야?"

"연락이 왔어. 일본에서 테러를 벌이라고."

다치바나는 골똘히 생각했다. 하지만 아무래도 그건 이상했다.

"……속았을 가능성은?"

"뭐?"

"아마도 처음엔 정말 그 잔당이 네게 접촉했을지 몰라. 테러를 일으키라고 요구했을지 모르지. 하지만 이미 그들은 괴멸했어. 너에게 요구했던 테러도 그들의 위신이 걸린 진지한 건 아니었을 거야. 일본에서 그런 일이 벌어지는 건 네가 말한 스승에 대한 조의(弔意)에 불과해. 게다가…… 너는 일본어로 그들과 교섭했잖아?"

"……그걸 어떻게?"

"생각해봐. 언제부터 너는 그들과 일본어로 교섭했지? 수기를 읽어봐도 그들 중에 일본어를 할 수 있는 사람은 없어. 넌 속았을 가능성이 있어. 도중에 그렇게 됐을 가능성이 있어. 사와타리가 아니면 테러를 바라는 다른 집단이."

"그럴 리가 없어."

다카하라는 중얼거리듯 말했다.

"어제도 나는 그들과 병원에서 접촉했어."

다치바나는 그 말을 가로막았다.

"무슨 소리야? 네가 수용됐던 병원? 경찰이 있었잖아? 거기서 어떻게 너와 접촉을 해? 이제 그만 정신 차려. 경찰이 있는데 어떻게 너와 접촉할 수 있냐고? ……혹시?"

다치바나는 문득 생각났다.

"혹시 중년 남자와 좀더 젊은 남자?"

"어떻게 그걸?"

"그들은 공안이야. 내가 아래 세상에 있었을 때 이 교단을 주시해서 공안경찰이 움직인다는 정보를 얻었어. 그들을 목격했어."

다치바나는 다카하라의 어깨를 붙잡았다.

"너는 지금 정상이 아니야. 평소의 너라면 그런 것쯤은 바로 알아챘을 거야. 그런데 너는."

"만약 그렇다고 해도."

다카하라가 다치바나를 물끄러미 바라봤다. 뭔가를 애원하듯.

"설령 네 말이 옳다고 해도, 모든 것이 파멸되고 YG에 더 이상 그런 힘이 없다고 해도, 내가 도중에 사와타리와 공안 둘 다에게 속았다고 해도, 그것이 **랄세실 R의 의지가 아닐 가능성이 제로라고 말할 수 있어?**"

"……뭐?"

"**만약에 말이야, 만약에 정말로 신이 있다면? 그 신이 랄세실이고 이미 붕괴된 자신의 조직 대신에 나를 선택했다면?**"

"무슨 소릴 하는 거야?"

다치바나는 울면서 다카하라의 몸을 흔들었다.

"신이 그런 일을 요구할 리 없어."

"너는 몰라. 그들은."

"다카하라!"

"너를 설득하겠어. ……여기는 적당하지 않아. 장소를 바꾸자."

설득한다고? 다치바나는 놀랐다. 설득하는 건 나인데. 그는 나를 설득하려고 한다. 다카하라는 겁에 질려서 걷기 시작했다. 통행인이 줄어들었다. 주차장이 나왔다. 적막한 주차장. 차가 한 대도 없었다.

"……잘 들어. YG는."

"그런 얘기는 아무 관심없어."

다치바나는 바로 말을 막았다. 더 이상 아무 말도 듣고 싶지 않았다. 주머니에서 권총을 꺼냈다.

"……대체 뭘?"

"네가 무슨 생각하는지 알고 있어. 너는 내 목숨을 지키려고 하겠지. 그들에게 내 목숨을 가져가겠다는 얘기를 들어서 그 대신에 테러를 벌일 생각이었잖아? 그렇다면."

다치바나는 권총을 자신의 관자놀이에 갖다 댔다.

"내가 죽으면 돼."

"안 돼!"

"움직이지 마……."

다치바나는 권총을 자신의 관자놀이에 갖다 댔다. 그녀의 눈에서 눈물이 흘렀다.

"너는 테러를 벌이고 죽을 생각이었지? 네가 없는 세상은 나에겐 의미가 없어. 그런 세상이라면 나도 죽을 거야. 전부터 쭉 생각했어. 그러니 나를 지키려고 테러를 벌이고 죽더라도 어차피 나도 따라 죽을 테니까 쓸데없는 짓이야."

"바보 같은 소리 하지 마."

"바보 같은 소리는 네가 하잖아."

다카하라는 움직일 수가 없었다. 다치바나는 괜히 겁을 주는 여자가 아니다. 감정이 격해지면 정말로 쏴버릴 것이다.

"내 말 들어봐. 왜 넌 R에 휘말린 거지? 공포가 개입했겠지. 그럴 거야. 하지만 좀더 깊은 곳을 봐. ……너는 기아를 없앤다는 설교에 이끌린 거지? 과거의 너를 생각하고 그런 가르침에 스스로 이끌린 거잖아. 너의 의식인지 무의식인지는 모르지만 너 스스로 세뇌되기를 원했지? ……하지만 그것만은 아니야. 또 하나가 있어. 너는 세상을 무시해."

다치바나가 말을 이었다.

"너는 흘러가는 네 인생을 부정하려고 했지? 테러를 일으켜 빨리 죽고 싶다고 마음속으로 바랐지?"

"그럴지도 모르지."

다카하라는 말했다. 아주 옛날부터 스스로 인식했던 일이었다.

"하지만 어떻게 하면 이 세상 사람들을 존경할 수 있지? 설령 네 말처럼 경찰에 자수한다고 치자. 그렇게 되면 나는 아무것도 못하고 과거에 굴복해서 지금까지 경멸했던 녀석들한테

타도당해 시시하고 재미없는 인생을 살 거야."

"역시 그랬어."

다치바나가 소리쳤다.

"그래서 너의 전부는 아니더라도 일부는 지금 이렇게 되길 바랐어. 테러를 벌여서 바보 같은 전설이 되려고 했어. 하지만 강한 건 그런 게 아니야. 설령 불만이 있고 자신의 인생이 괴로워도 마지막까지 살아남아. 그것이 진정으로 강한 거잖아?"

다치바나는 울면서 말을 이었다.

"이제야 마쓰오 씨가 했던 말을 이해할 것 같다. 인생은 비교하는 게 아니라고. 하나의 길, 한 사람의 길을 누군가와 비교하지 않고 사는 거라고. 남의 인생을 참고로 하는 건 괜찮아. 영향받는 것도 괜찮아. 하지만 지나치게 비교하는 건 안 돼. 알겠어? 내 말 잘 들어. 다른 사람과 비교하는 건 전혀 중요하지 않아. 중요한 건 눈앞에 놓인 자신의 인생을 걷는 거야. 타인과 비교하는 건 무의미해. 인생의 가치는 모두 똑같아. 어떤 인생이든 어떻게 사느냐가 중요해. 인생은 각각 독립된 거야. 산다는 건 각자 독자적으로 자신의 시간을 끝까지 살아가는 거야. 어떤 인생이든 설령 만족스럽지 못해도 마지막까지 살았다면 멋진 사람이야. 평온한 인생보다는 힘들어도 개선하려고 필사적으로 살았다면 그게 더 멋있는 거잖아. 그러니까 부탁이야. 제발 바보 같은 짓은 그만해. 경찰서에 가자. 가서 교인들의 죄가 조금이라도 가벼워지도록 노력하자. 세상에서 비웃음을 당해도 그게 뭐 어때. 그런 건 아무래도 상관없어. 가끔 괴로운 일이 있더라도 자신의 인생을 긍지 있게 살아서 마지막까지 살아남으면 돼. 그래, 나는 이런 인생을 살았다. 어떠냐. 이렇게 말이야."

"……하지만 R이."

"이 바보야."

다치바나는 다카하라의 가슴을 때리고 팔로 머리를 감싸 안았다. 이젠 그렇게 할 수밖에 없었다.

"지금은 힘들지 몰라도 그런 세뇌는 내가 풀어줄게. 너는 나와 신, 어느 쪽이 중요해?"

다카하라는 망연히 다치바나를 바라봤다. 뭔가가 다카하라 속에서 무너져 내리려고 한다. 전혀 예기치 못한 일이 그의 내부에서 일어나기 시작했다. 하지만 다카하라의 시야의 한구석에 남자의 모습이 들어왔다. 다카하라의 심장박동이 빨라졌다.

"……그 남자가 있어."

"……뭐?"

"쳐다보지 마."

다카하라의 동요가 몸을 통과해서 다치바나에게 전달됐다.

"네가 한 말은 믿겠어. 솔직히 아직 흔들리기는 하지만 나는 널 믿어. 믿기로 할게."

다카하라는 몸에서 다치바나의 체온이 퍼지는 것을 느꼈다.

"저 녀석들은 R과는 관계없어. 나는 그렇게 믿어. 하지만 상대가 공안이라면 네가 말한 것처럼 동료들의 죄가 가벼워지기는 힘들어. 그러니까…… 우리도 카드를 갖자."

"……무엇을?"

"촬영해. 공안 수사원이 테러리스트와 접촉하는 장면을 말이야. 저 녀석들이 변명할 수 없도록."

"다카하라."

"다른 동료들을 위해서야. 알겠지?"

"그래도 만약."

"괜찮아. 지령은 수행했다고 적당하게 둘러대고 따돌릴게."

다치바나는 다카하라한테서 몸을 뗐다. 왠지 부자연스러운 행동이었다. 그 남자를 알아채지 못했다는 몸짓을 보여주는 것도 잊지 않았다. 그러고는 바로 옆 골목길로 들어갔다. 동료들을 위해서. 다치바나는 생각했다. 하지만 사실은……. 어색하게 스마트폰을 켜면서 다치바나는 생각했다. 사실 이런 것은 별로 중요하지 않을지 모른다. 내가 하고 싶은 대로 하는 게 옳을지도 모른다. 그래서 이렇게 말했으면 좋았을 것이다. 이렇게 말했으면.

같이 도망치자.

세상으로부터, 동료들로부터 욕을 먹어도 좋다. 그저 둘이 도망쳐서. 그저 둘이서만. 자신답지 않았지만 사실은 그러고 싶었다.

하지만 다치바나는 스마트폰을 눌러 촬영을 시작했다. 고지식함은 여기까지다. 다치바나는 생각했다. 이 일을 끝내면 나는 다카하라에게 말할 것이다. 같이 도망치자고. 자신 속에서 뭔가가 서서히 붕괴되는 것 같았다. 교도소 따위는 가고 싶지 않다. 실패하면 앞으로 평생 교도소에서 나오지 못할 것이다. 이 영상을 요시코 씨에게 전해주자. 염치없지만 나는 이제 나를 해방시키려고 한다.

그렇다……. 오랜만에 다카하라의 체온과 닿은 다치바나는 또다시 흐르는 눈물 속에서 생각했다. 그렇다. 나는 다카하라를 좋아한다.

다치바나는 스마트폰 화면을 봤다. 그 남자다. 두 명의 공안. 그중 젊은 사람.

삼십대 남자는 초조했다.

외출금지령을 내릴 타이밍인데 교단이 항복했다. 녀석들이 소지하던 무기 중에서 진짜는 시노하라라는 남자가 가진 것뿐이었다. 거의 전원이 가짜 총을 들었는데 그들을 상대로 중무장한 기동대가. 국가 체면이 말이 아니었다. 두 대의 자위대기가 멋대로 날뛰어서 국민들이 공포에 휩싸이기 시작했다. 테러리스트가 아닌 정부에 대한 공포. 우경화로 흘러가는 것에 대한 공포. 텔레비전에서 빈곤 문제까지 언급하고 여러 국가와 기업명이 대두되며 대대적인 비판을 받았다. 이런 영향은 세상에 이미 퍼져버렸다. 최악이다.

하지만 아직 하나의 가능성이 있었다. 다카하라라는 녀석이 폭파 장치를 기동시키면 모든 것이 호전된다. 녀석들이 항복한 척하면서 피폭 활동을 했다고. 녀석들은 아직 끝나지 않았고 지하에 숨어서 활동 중이라고. 가공의 적을 만들면 우리에게 유리해질 것이다. 싸우는 정부는 지지율을 회복하고 공안의 권한도 늘어날 것이다.

하지만 녀석이 겁에 질렸다면. 그리고 번호를 우리에게 말하지 않는다면.

삼십대 남자는 다카하라 앞으로 다가갔다. 기분 탓인가. 얼굴이 조금 달라 보였다.

"······시간은 기억하지?"

삼십대 남자는 조용히 말했다. 다카하라는 고개를 끄덕였다.

"······정말이지?"

삼십대 남자가 다시 물었다. 시계를 봤다.

"앞으로 2분 남았다."

다카하라의 얼굴에 드러난 동요를 삼십대 남자는 놓치지 않았다. 역시, 이 녀석은 아직 마음을 먹지 않았다. 시간에 딱 맞춰 오길 잘했다.

"이제 시작해. 2분 정도의 오차는 괜찮다."

"싫다."

다카하라의 목소리에 동요가 섞여 있다. 숨기려고 해도 남자는 알 수 있었다.

"시간은 지키겠다."

"각오는 돼 있지?"

"바보 같은 소리 마."

"번호를 말해라. 내가 대신 누르지."

다카하라와 삼십대 남자의 눈이 마주쳤다.

이것은 삼십대 남자밖에 모르는 사실이지만 두 사람은 동갑이다.

다카하라는 주머니에서 천천히 휴대전화를 꺼내 들었다. 버튼에 엄지손가락을 댔다. 시간이 흘렀다. 다카하라가 다시 삼십대 남자의 얼굴을 봤다.

"······잔꾀 부리지 마. 널 보면 모든 걸 간파할 수 있다."

다카하라는 말을 이었다.

"너는 R의 관계자가 아니라 공안이야. 맞지?"

삼십대 남자는 다카하라의 시선을 시선으로 맞받아쳤다. 그역시 시선을 피하지 않았다.

"나도 잔꾀는 부리지 않겠다. 맞다. 나는 공안이다."

"나는 너희의 얼굴을 안다. 내가 번호를 누르는 것과 상관없이 나는 죽을 것이다. 아닌가?"

"맞다."

삼십대 남자는 다카하라를 응시했다. 그에게 우리의 얼굴이 드러난 이상 살려둘 생각은 없었다. 이 녀석을 이제 와서 경찰이 체포하게 내버려둘 수는 없다. 경찰 중에는 공안을 불쾌하게 생각하는 녀석들도 있다. 이 녀석이 이번 우리 행위를 발설하게 놔둘 수는 없다.

"지금 도망쳐도."

다카하라는 깊게 숨을 들이마셨다.

"너희들은 모든 국가기관을 이용해 나를 쫓을 것이다. 맞지?"

"그렇다."

시간이 10시를 지났다. 다카하라가 입을 열었다.

"부탁이 있다."

그 목소리는 지금까지 다카하라에게서 보지 못했을 정도로 지나치게 무방비하고 솔직했다.

"못 본 척해줘."

삼십대 남자는 아무 말도 하지 않고 물끄러미 다카하라를 응시했다.

"정치, 종교, 이젠 다 필요 없다. 나는 너희들에 대해서 발설하지 않겠다. 나는."

다카하라가 말했다. 그로서는 생각하지 못할 만큼 가녀린 목소리로.

"살고 싶다."

삼십대 남자가 권총을 꺼내서 쐈다. 머리를 관통당한 다카하라가 땅바닥에 쓰러졌다.

다카하라의 눈에 비친 건 삼십대 남자가 권총을 꺼내 뭔가를 말할 틈을 주지 않고 재빠르게 눈앞에서 방아쇠를 당긴 영상이었다. 움직여야 한다. 순간적으로 생각했지만 몸은 움직이지 않았다. 몸은 조금도 움직이지 않는다. 잠깐만, 하는 애원하는 감정이 솟아난 순간 머리에 극심한 열기가 생겼고 장면은 권총을 쥐고 총알을 쏴버린 삼십대 남자의 영상에서 멈췄다. 몸이 무너져가는 감각 속에서 시야만 그 영상에 고정됐다. 의식이 있는지 스스로 생각했을 때 눈꺼풀이 닫히는 걸 깨달았다. 잠자는 것과는 분명히 다른, 억지로 끝이 났다는 감각. 고정된 영상 앞으로 어떤 검은 그림자가 겹쳐졌다. 그것이 마지막이었다.

스마트폰 화면 너머로 삼십대 남자가 갑자기 권총을 꺼내든 걸 봤을 때 다치바나의 의식은 상황을 따라잡지 못했다. 순간적으로 자신이 외마디 비명을 지른 것은 알고 있었다. 하지만 그때는 이미 다카하라의 몸은 무너져버렸다.

거짓말이다. 그렇게 생각했다. 당연히 거짓말이다. 왜냐하면 다카하라는 괜찮다고 말했으니까. 하지만 이건 아니다. 뭔가 잘못된 것이다. 다카하라는 총을 맞았다. 이건 아니다.

자신이 크게 소리친 것 같았다. 하지만 그 순간 다치바나는 비명을 억지로 억누르는 자신을 의식했다. 스마트폰이 멋대로 손에서 미끄러졌다.

나는 무엇을 한 건가? 소리를 지르면 되잖아? 소리를 지르며 다카하라에게 달려가서 자신도 그 남자에게 총을 맞으면 되잖아? 그런데도 왜 자신은 여기에 숨어서 비명을 억누르고 있는 걸까? 왜? 이렇게 생각한 순간 자신이 이 영상을 의식하고 있다는 것을 깨달았다. 자신이 여기서 죽는다면 이 영상도 회수될 것이다. 다카하라의 죽음은 하찮은 죽음이 되고 만다. 지금 가지고 있는 권총으로 그 남자를 쏘려고 해도 총을 쏴본 적이 없는 자신이 제대로 맞힐 리가 없다. 살해당하는 영상도 당연히 회수될 것이다. 그러니까 자신은 지금 이렇게 비명을 꾹 누르고 드러내지 않는 편이 좋다. 다치바나의 눈에서 눈물이 흘러내렸다. 왜 자신은, 이렇게도 냉정하게 상황을 판단하는 걸까? 이렇게 고지식하게. **너는 엄마를 닮았다.** 엄마처럼 괴로울 정도로 고지식하게. 다카하라가 죽었다는 슬픔을 억누르고 신도들을 위해 움직이려고 하는가? 그런 자신을, 그런 비극의 주인공 같은 나를, 앞으로 신도들에게 보여주려는 건가? 그들이 감사하길 원하며? 싫다. 다카하라가 죽었다. 아니, 죽지 않았다. 죽었을 리가 없다. **너는 엄마를 닮았다.** 닮지 않았다. 다카하라도 죽지 않았다. 나는, 나는……

다치바나는 자신이 고함쳤다는 사실을 알았다. 그 소리를 들은 순간 자신 안에서 뭔가가 밑으로 뚝 떨어지는 것 같았다. 해방된 느낌. 눈물이 주르륵 흘렀다. 이걸로 됐다. 나는 여기서 다카하라와 죽는다. 죽기 전에 총을 쏘자. 삼십대 남자가 자신에게 다가왔다. 여기서 죽는다. 이제 됐다. 이제 됐어. 나는 다카하라와……. 그 순간 삼십대 남자의 움직임이 갑자기 멈췄다. 어떤 소리가 들렸다. 비명 소리다. 자신이 지른 비명이 아닌 다른 사람의 비명. 삼십대 남자의 등 뒤에서 현장을 본 누군가가 비명을 질렀다.

삼십대 남자가 도망쳤다. 다치바나는 튕겨 나가듯 다카하라 곁으로 달려갔다.

또다시 눈물이 흘렀다. 다치바나는 자신의 입을 틀어막았다. 머리가. 그녀는 계속 울었다. 머리를 맞았다. 하필이면 그녀석은 다카하라의 머리를.

"……나."

다카하라의 입에서 그런 소리가 들렸다. 하지만 다카하라는 이미 의식이 없었다. 그러므로 이 소리는 아마도 다카하라조차 인식하지 못하는 소리다.

"……나의 죄는 뭐였을까?"

죄? 다치바나는 생각했다. 죄? 뭐가 죄인가? 다카하라에게 죄가 있을 리 없다. 죄 따위가 있을 리 없다.

"죄라니."

다치바나는 팔로 다카하라를 안고 울면서 말했다.

"너한테 죄는 없어. 왜 죄가 있겠어. 너는 그저 어릴 적에 상처 입고 힘들게 산 것뿐이야. 죄 따위는 없어."

하지만 다카하라는 움직이지 않았다.

"다카하라."

다치바나는 울면서 말하려고 했지만 더 이상 목소리가 나오지 않았다. 말이 도중에 사라졌다.

"함께, 도망치자."

*

삼십대 남자는 자동차를 타고 그 자리를 떠났다.

핸들을 가볍게 쥐며 목격자에 대해서 생각했다. 그 여자는
누구지? 그리고 등 뒤의 행인도 봤다. 하지만……. 남자는 웃
음을 지었다. 뭐 어떻게든 되겠지. 자신이 누군지 그들이 알 리
가 없다. 관할 경찰서에는 이미 조치를 취했다. 문제없다.

소매에 묻은 피를 발견했다. 삼십대 남자는 혀를 찼다. 이건
세탁을 맡긴 지 얼마 되지 않았다. 세탁을 자주 하면 옷감이 상
한다.

자신이 뭔가 잊었다는 사실을 깨달았다. 그렇다. 왠지 그 다
카하라라는 남자를 동정해야 할 것 같았다. 왜냐하면 그게 제
대로 된 인간이니까.

불쌍하게도. 삼십대 남자는 갑자기 그런 생각이 들었다. 그
역시 희생자다. 국가라는 시스템에 의한. 나 역시 이런 일을 하
고 싶지 않다. 이건 존귀한 희생이다. 어쩔 수 없다. 그는 운이
나빴다. 이유가 될 만한 것들을 남자는 머릿속에서 차례대로
나열하기 시작했다.

이유를 만들면 인간은 어떤 일도 할 수 있다. 이유를 만드는

것에 탁월한 인간이라면 특히. 삼십대 남자는 자신의 내면이 그 생각 덕분에 안정되는 것을 느꼈다. 하지만 그의 내면은 조금도 흐트러지지 않았다. 그는 순간적으로 자신의 행위에 이유를 만들 수 있는 인간이니까. 다만 조금 귀찮았을 뿐이다. 왜 다른 녀석이 아니고 내가 해야만 하지? 소매를 더럽히면서까지. 그 녀석이 알아서 자살했다면 좋았을 것을. 그러면 일부러 내가 하지 않아도 됐는데.

남자는 그대로 집으로 돌아갔다. 꽤 좋아 보이는 아파트는 관사였다. 월세를 조금만 내지만 월세를 내는 것 자체가 남자에게는 불만이다.

현관문이 열리고 아내가 맞이했다. 평소에는 가방을 들어주는데 흥분해서 자신을 바라보고 있었다.

"……왜 그래?"

"섰어."

"어?"

"카이토가 일어섰어!"

삼십대 남자는 허둥대며 방으로 갔다. 아들인 카이토가 섰다. 불안해 보이는 두 다리로 서 있었다.

"카이토!"

남자는 외쳤다. 연기가 아니라 남자는 진심으로 그렇게 외쳤다. 왜냐하면 그것은 세상에서 가장 아름다운 장면이니까.

"에고, 두 발로 섰네……. 이쁘다 이뻐."

기뻐하면서 아이를 안는 남편을 아내는 미소를 지으며 바라봤다. 남편 양복 소매에 피가 튀었다는 것을 아까부터 알았다. 하지만 전혀 동요하지 않았다. 왜냐하면 남편이 밖에서 무슨 짓을 하든 아무 상관없으니까. 가신의 가정이 행복하기만 하면, 그리고 주변에서 자신들을 보고 행복하다고 여기면 그걸로 됐으니까. 만약 남편이 조직폭력배였다면 그 피가 신경 쓰였을 것이다. 하지만 남편은 국가를 위해 일한다. 국가를 위해 일하는 남편이니 무슨 짓을 하든 옳다. 그렇게 생각하는 여자였다.

말라서 가루처럼 변한 다카하라의 미량의 피가 아이인 카이토에게 묻었다. 총을 쏜 사람에게 묻어나기 마련인 초연(硝研)도.

목욕을 마친 삼십대 남자는 스마트폰으로 트위터를 시작했다. 육아 사무라이. 남자의 닉네임이었다.

'오늘은 여러분에게 중대한 발표가 있습니다. 세상에, 카이토가 두 발로 섰습니다.'

남자는 문장 끝에 붙일 얼굴 스티커로 고민했다. 엉엉 우는 것으로 할지, 기뻐하는 것으로 할지. 문자와는 달리 남자의 얼굴은 무표정했다. 엉엉 우는 얼굴 스티커를 고르고 트위터를 했다. 팔로워들의 반응이 속속 도착했다. 삼십대 남자는 희미하게 미소 지었다. 그의 행복은 사람들에게 일일이 전달하지 않으면 만족할 수 없는 것이었다.

하지만 반응은 약간 기묘했다. 모두들 어떤 뉴스 때문에 소란스럽다.

'축하합니다! 저도 우리 아이 어렸을 때가 생각나서 울었습니다. 세상에는 이처럼 무서운 일이 벌어졌지만 우리는 행복을 만끽합시다!'

사진도 있다. 다카하라의 시체 앞에 자신이 서 있다.

'축하해! 카이토! 잘했어요! 우리도 기뻐요. 지금 세상은 이 뉴스로 큰 소동이 일어났습니다. 모르는 사람에게 알려줍시다. 테러리스트를 쏜 남자. 무섭네요! 유튜브를 보세요. 이미 텔레비전에서도 방송을 시작했어요. 모두 출격!'

동영상에는 모든 것이 찍혀 있었다. 권총을 쏜 자신의 얼굴도 확실하게 찍혔다. 자신들이 나눈 그때의 대화 내용도 전부.

30

마쓰오의 저택에 수많은 회원들이 모였다.

밖의 정원과 저택 안의 거실에서 저마다 담소를 나누고 있었다. 경찰들이 저택에 들이닥쳐서 많은 사람들이 체포되기도 했지만 당연히 바로 석방됐다. 마쓰오가 살아 있을 때 매월 두 번째 토요일에 열리던 정례회가 다시 시작됐다.

요시코는 사람들 무리에서 떨어져 문으로 향했다. 모자를 쓴 사람이 있었다. 파란 파카를 입었다. 다치바나였다.

"……죄송합니다. 여기까지 오게 해서."

다치바나는 사과했다. 자신들은 사와타리의 교단의 일원으로 마쓰오에게 사기를 쳤다. 저택 안에는 들어갈 수 없다.

"괜찮아요. ……당신은 아마 그 사기를 몰랐을 거예요. 모르고 협력했을 거예요. ……내 말이 맞죠?"

그건 사실이었다. 하지만 다치바나는 요시코의 말에 수긍할 수가 없었다. 책임이 있다고 생각했기에. 다카하라와 가까웠다는 책임이. 그런 다치바나의 내면을 요시코는 알고 있었다.

"마음에 담지 않아도 돼요. 다른 사람들에게도 말하죠. 같이 가요."

"……아뇨. 저는."

다치바나는 요시코의 눈을 바라봤다.

"이제 경찰서에 갈 겁니다."

일련의 사건의 여파로 보도는 여전히 과열됐다.

교단 시설 지하에서 한 사람의 시체, 즉 요시오카의 시체가 발견됐지만 사후 시간이 경과해서 자세한 사인은 불분명하다고 나왔다. 방송국에서 총을 맞은 경비원은 목숨을 건졌다. 다카하라 무리들이 설치했던 폭발물은 다카하라를 도와 행동으로 옮긴 여러 신자의 증언에 의해 장소가 알려져서 전부 회수됐다. 기동장치의 진짜 휴대전화 번호를 아무도 몰랐던 신자들은 폭발물에 설치된 휴대전화를 회수하고 나서야 처음으로 알게 됐다. 즉, 일반인 사망자는 나오지 않았다. 오히려 죽은 건 자살한 교주이고(화재 현장에서 나중에 권총이 발견됐는데 장전된 탄환은 한 발뿐이었다), 주요 멤버인 다카하라를 쏜 사람은 공안의 수사원이며 그 수사원은 비밀리에 여러모로 활약했다는 사실이 밝혀졌다. 사회가 이 보도를 접하고 들끓지 않는 것이 이상했다. 지금 구치소에 구류된 교단 신자들에게 어떤 죄목이 붙을지도 주목받았다. 시설에 들어가서 나오지 않았던 신자들의 죄가 무엇인지는 알 수가 없었다. 그저 모조 총을 들었을 뿐이다. 그곳을 기동대가 에워싸고 진입하려고 해서, 그걸 거부했을 뿐이다. 방송국을 점거해서 경비원을 쏜 시노하라는 중한 죄를 받겠지만 다른 동료들에게는 검찰이 기대했던 만큼의 죄를 내릴 수는 없을 것이다. 먼저 공격한 건 경찰이었고 점거한 동료들은 자수했다. 그들을 극악무도한 사람들로 만들어야만 하는 사법은 초조해졌다.

공안과 다카하라의 대화를 찍은 동영상 탓에 국가에 대한 불신감은 널리 퍼졌다. 그 동영상을 찍은 사람은 시설에서 인질인 척하고 구급차에서 도망친 여자가 아닌가. 그런 억측이 퍼져 나갔다. 당연히 그 동영상을 흘린 다치바나의 존재를 사법은 주시하고 있었다. 경찰서에 가면 국가의 분노를 한 몸에 받을 것이다.

"저는 그들을 위해 증언해야 합니다."

그렇게 말하는 다치바나를 보면서 요시코의 눈에 눈물이 번졌다. 고지식하다. 정말, 이 아이는. 이런 삶은 괴로울 것이다.

"그래요. 그게 당신 삶이군요."

"네."

"잠깐만요."

요시코는 다치바나를 꽉 안았다. 따뜻하다. 다치바나는 갑자기 눈물이 북받쳤다.

"우리는 모두 당신 편이야. 사회도 그래요. 어떤 일이 있어도 우리가 지켜줄게. 믿어요."

다치바나는 고개를 끄덕였다. 작은 요시코에게 안긴 채 눈물을 훔쳤다. 나라자키가 멀리 있는 요시코와 다치바나를 알아봤다.

"다카하라의 병세는……?"

"의식은 돌아오지는 못할 것 같습니다. ……하지만."

"음."

"아직 몰라요. 기적이 일어날지도 모릅니다."

"너무 애쓰지 않아도 돼요."

요시코가 말했다. 다치바나의 눈을 똑바로 보면서.

"애초에 당신한텐 죄가 없으니까. 우리도 지원할게요. 나오면 다시 이 집으로 와요."

"네."

"경찰서에 함께 가요."

"괜찮습니다. 혼자서 갈게요."

나라자키의 모습을 보고 요시코는 눈치챘다. 요시코는 두 사람을 번갈아 본 다음 다치바나를 다시 꼭 안아주고 그 자리를 떠났다.

다치바나는 아까부터 나라자키의 존재를 의식했다. 저택에서 따뜻한 바람이 문을 통해 흘러왔다.

"저기, 나는."

나라자키가 중얼거리듯 말했다.

"당신한테 심한 말을 했어요."

"괜찮아요."

다치바나가 웃음을 지었다.

"괜찮아요. 신경 쓰지 마요."

두 사람 사이에 침묵이 이어졌다. 두 사람 모두 더 이상 함께할 수 없다는 것을 알고 있었다.

"그럼, 앞으로 어떻게?"

"경찰서에 가야죠."

"역시 당신은……. 다치바나 씨, 나는."

나라자키가 작아지는 목소리에 어떻게든 힘을 실었다.

"당신과 만나길 잘했어요."

다치바나는 나라자키의 얼굴을 봤다. 이 사람과 함께하는 선택지도 있다고 생각했다.

"고마워요. 나도 좋았어요."

"잘 지내요."

"나라자기 씨도."

요시코는 먼발치에서 두 사람을 보고 희미하게 한숨을 쉬었다. 그리고 자신도 모르게 소리 내서 중얼거렸다.

"이렇게 어렵게 두 사람이 만났는데, 아무도 매달리지 않다니."

걸으면서 요시코의 내면에 갑자기 불안이 피어올랐다. 마지막 메시지를 촬영한 후 마쓰오가 했던 말이 다시 떠올랐기 때문이다.

그 말은 가끔 요시코를 불안하게 만들었다. 마쓰오는 상당히 이상한 말을 했다.

사와타리를 죽이지 않으면 이 비극은 멈출 수가 없다. 하지만 사와타리가 죽으면 수많은 신자들이 자살한다.

하지만 단 하나, 비극적이지 않게 이 흐름을 끝내는 방법이 있다. 하지만 그 경우엔 다카하라가 죽게 될 것이다.

다카하라는 일단 목숨은 건졌다. 사와타리는 죽었지만 자살자는 아직 나오지 않았다. 뭐든지 예언대로 움직이는 건 아니다. 하지만……. 요시코는 생각했다. 이 세상에 어떤 비밀이 있다면. 운명 같은 무서운 비밀이 숨어 있다면.

마쓰오는 다카하라와 대면했을 때 아주 잠깐 기억이 끊겼었다고 말했다. 그때 쇼타로는 이 세계의 어떤 것과 닿았던 걸까. 요시코는 알 수가 없었다. 만약 그런 운명 같은 세계의 비밀이 우리의 토대에 있다면. 아직 우리 발끝에서 계속 움직이고 있다면.

하지만 요시코는 의식적으로 고개를 저었다. 그건 아무래도 상관없다는 생각이 들었다. 만약 그렇다고 해도 우리는 또 그 속을 헤엄쳐 나오면 되니까.

요시코는 먼 곳을 응시하며 미소를 지었다. 쇼타로라면 분명히 그렇게 말할 것이다.

밖으로 나온 다치바나는 택시를 잡으려고 했다.

경찰서에 가려면 용기가 필요했다. 자신의 죄목이 뭔지 판단할 수 없지만 자신의 증언이 사법에 방해가 될 것은 분명했다.

이런저런 공격을 받을 것이다. 매스컴에서도 자신의 부정적인 애기들이 계속 흘러나올지 모른다.

택시가 좀처럼 잡히질 않았다. 방향을 바꾸는 편이 낫겠다며 걷기 시작했을 때 미네노가 보였다.

장바구니를 들고 있었다. 시장에서 오는 길 같았다.

"……어? 다치바나 씨. 저택에 가나요?"

"지금 경찰서에 가려고요."

"……그래요?"

미네노가 시선을 내리깔았다. 뭔가 말해야 한다. 미네노는 그렇게 생각했다. 시간이 흘러갔다. 이런저런 말들이 떠올랐지만 본심을 말하기로 했다.

"……화해는, 할 수 없겠죠."

"아마도요."

두 사람은 아주 살짝 웃었다. 왜 웃고 싶어졌는지는 알 수 없었다.

"괜찮아요. 나는 그렇게 불행하진 않으니까."

다치바나가 말했다. 강한 척하는 건 아니었다.

"다카하라는 눈도 뜨지 못하니 가끔 바람을 피울까 봐요. 좋은 사람이 나타나면 갈아타야지."

다치바나의 말에 미네노는 자신도 모르게 웃었다.

"그거 괜찮네요. 저도 괜찮은 사람이 나타나지 않으면 다시 다카하라를 빼앗으러 갈지도 몰라요."

택시가 지나가서 다치바나가 세웠다.

"다치바나 씨."

차에 타기 전에 미네노가 말했다.

"나는 당신이 싫었지만…… 부러웠어요."

"그래요."

다치바나가 택시에 올라탔다.

"나도 마찬가지예요. ……당신이 부러웠어요."

요시코 곁에 회원들이 모였다. 요시코의 목소리는 아직 정정해서 마이크는 필요 없었다. 거실 중앙에 마쓰오의 사진이 있었다.

"여러분, 오늘 와주셔서 감사합니다."

오늘은 마쓰오의 49재도 겸했다. 종파마다 다르긴 하지만 불교에서는 죽은 지 49일째 되는 날에 영혼이 이 세상에서 정식으로 떠난다. 즉, 내세에 갈 곳이 정해지니 법요(法要)를 하고 친족들이 모이는 풍습이 있다.

　"사실은 요시다 씨가 경을 읊어야 하지만 감기 때문에 목소리가 나오지 않는 것 같아요. 그래서 대신 스님을 불렀습니다. 여러분, 요시다 씨한테 뭐라고 하지 마세요."

　요시다에게 야유가 쏟아졌다. 요시다는 변명을 하려고 했지만 목소리가 나오지 않았다. 웃음 소리가 퍼졌다.

　"우리는 마쓰오 쇼타로의 의지를 이어야 합니다. 마쓰오의 의지 중에서 평화론은 분명히 이상론일지 모릅니다. 하지만 그런 걸 이상이라고 치부하고, 현실 운운하면서 자신을 지극히 현실적이라고 생각하며 사는 건 쉽습니다. 이상을 버리면 인간은 후퇴합니다. 이상을 내걸고 현실 속에서 어떻게 평화를 위해 분투할지가 중요합니다. 평화를 바라는 일본인으로서 긍지를 가집시다. 마쓰오 쇼타로의 의지를 잇지만 무조건적으로 따르지 말고 자신들의 생각도 함께 가지면서 뜻을 따릅시다."

　요시코가 크게 숨을 들이마셨다.

　"우리는 세계를 긍정해야 합니다. 세계의 모든 걸 받아들이지 않아도 좋아요. 세계의 일부라도 긍정합시다. 마쓰오는 에로틱해서 야한 것을 아주 좋아했어요. 이 세계에는 뭔가 좋은 일이 분명이 있어요. 설령 섹스를 하지 못해도 밥은 먹잖아요? 밥을 먹는 순간 맛있다고 생각하잖아요?"

요시코는 말을 이었다.

"옛날에 가난해서 유곽에 있었을 때 눈 내리는 길을 걸은 적이 있었습니다. 배가 고팠는데 어두운 길가에서 찐 감자를 파는 작은 포장마차를 발견했습니다. 지갑 속을 살펴보고 고민했지만 감자를 샀습니다. 한입 먹었을 때 나는 '아아, 정말 맛있구나!'라고 생각했습니다. 정신을 차리니 눈물이 흘렀습니다. 나 같은 존재한테도 음식물이 행복을 준다고. 세상은 내게 친절하다고. ……맛을 느낄 수 없는 사람도 다른 뭔가를 느낄 것입니다. 아름다운 풍경을요. 풍경을 볼 수 없다면 아름다운 소리. 소리를 들을 수 없다면 따뜻한 감촉. 감촉을 느낄 수 없다면 아무리 작지만 긍정할 수 있는 것이 있습니다. 우리는 모든 인류가 이 세계의 일부라도 긍정할 수 있도록, 한 명이라도 더 많이 긍정할 수 있도록 노력하며 살아갑시다. 선을 행하는 데 큰 준비는 필요하지 않습니다. 가벼운 선이라도 좋습니다. 예를 들어 일본인 모두가 100엔을 내면 120억 엔이 됩니다. 세계를 조금이라도 움직일 수 있을 만큼의 돈이 됩니다. 그런 식으로 하루하루 조금씩이라도 좋습니다. 뭔가에 관심을 가지고 세계를 선으로 움직이는 톱니바퀴가 됩시다."

갑자기 박수 소리가 들렸다. 하지만 이건 요시코가 한 말에 대한 박수라기보다 인간 자체에 대한 박수처럼 울려 퍼졌다.

불완전하고 불안정하지만 어떻게든 살아가려는 인간이라는 존재에 대한 격려. 쇼타로……. 박수 속에서 쇼타로의 사진을 보면서 요시코는 마음속으로 혼잣말을 했다. 나는 아직 당신 곁에 갈 수 없어요. 내게는 할 일이 많으니까. 눈앞에 있는 사람들을 도와야 합니다. 지금 구치소에 있는 그 교단의 신자들도 도와야 합니다. 참견쟁이라는 말을 듣겠지만 나는 당신처럼 살 겠어요. 요시코는 나이가 많았지만 내면에 열기를 느꼈다.

인생은 알 수가 없다. 요시코는 미소 지었다. 아이가 없는 내가 이렇게도 수많은 아이들에게 둘러싸이게 되다니.

"여러분, 우리는 사람입니다. 불안정하지만 사람입니다. 여러분."

박수가 이어졌다. 함성도 들렸다.

"더불어 살아갑시다!"

*

조금 전까지 내렸던 비가 갑자기 멈췄다.

이곳 기후에는 아직 익숙하지 않다고 나라자키는 생각했다. 늘 우산을 가지고 다녀야 한다. 하지만 현지 사람들은 비에 아랑곳하지 않고 젖은 채로 다닌다. 마치 비도 자연의 일부라서 몸에 닿는 것이 자연스러운 것처럼.

아프리카는 비가 적다고 들었다. 하지만 우기라서 지금 스콜*이 내리는 것이다.

마쓰오의 유언 중에 해외 팀을 만들라는 말이 있었다. 각 그룹에 마쓰오의 자금을 배분해서 각자가 생각했던 사업을 실천 중이었다. 나라자키와 일행은 돈을 풀어 아프리카의 어린 창녀들을 자유롭게 해주고, 소녀들이 공동으로 생활할 수 있는 시설을 만들었다. 큰 나무 근처에 있는 학교를 겸한 시설. 다치바나는 지금 사법과 싸우고 있다. 미네노는 요시코와 함께 저택에서 살고 있다.

아직 이 지역 사람들은 자신들을 받아들이지 않았다. 이런 시설을 만든 탓에 무장 조직이 유괴라도 하러 오면 어쩌나 하는 걱정 어린 소리가 끊이지 않는다. 지역 경찰과 군에게 협력을 요청했지만 그들은 뇌물을 달라고 졸라서 신용이 가지 않는다. 아직 자신들의 활동은 궤도에 오르지 않았다.

시야를 가로막는 것은 없었다. 약간 높은 언덕에 오른 나라자키는 모래 위에 앉았다. 멀리까지 왔다고 생각했다. 앞으로 어떻게 하면 좋을지 막막했다. 눈을 감으면 교단 여자들의 몸이 떠올랐다. 해결된 것은 아무것도 없었다. 하지만 아무것도 해결되지 않은 채 앞으로 나아가기로 마음먹었다.

나라자키는 이미 햇볕에 많이 그을렸다.

"뭐 해요?"

* 열대지방에서 한낮의 강한 일사로 인해 퍼붓는 소나기.

소녀가 나라자키에게 말을 걸었다. 학교가 끝나고 사무국에서부터 나라자키의 뒤를 밟은 것이다. 3개월 전부터 보호하고 있는 열세 살 소녀. 처음에는 아무 말도 하려고 하지 않았지만 서서히 말을 트게 됐다. 여성 이외엔 일본인 남성하고만 말을 나누려고 했다. 같은 피부색을 가진 남자들에게 아직 공포를 느끼는 것 같았다.

"먼 곳을 보고 있어."

나라자키는 영어로 그렇게 대답했다. 아프리카에는 영어를 공용어로 쓰는 나라가 많았다. 이 나라도 사투리가 강하지만 영어가 주요 언어였다. 나라자키는 영어를 배우기 시작했다. 좀처럼 실력이 늘지 않는 자신이 한심했지만 언어를 배우니 어쩐지 새롭게 태어나는 느낌이었다.

말이란 인간의 근본에 있는 거니까.

"당신은 슬퍼 보여."

소녀에게 그런 말을 듣고 나라자키는 쓴웃음을 지었다. 소녀에게 걱정을 끼쳐서는 안 된다.

"잠시 옛날 생각을 했어."

"옛날?"

"응."

나라자키는 고개를 끄덕였다.

"먼 나라의 이야기야."

모두 움직이기 시작했다. 자신도 따라서 움직였다. 연애도 아닌, 우정도 아닌 뭔가로 우리는 이어져 있다.

소녀가 달리기 시작하더니 도중에 멈춰 서서 나라자키를 불렀다. 나라자키가 일어섰다. 소녀가 향하는 길은 땅이 질어서 약간 위험하다. 나라자키가 소녀를 불러 세웠다.

"그쪽으로 가면 위험해."

소녀가 뒤돌아봤다. 광대한 대지 위에서 햇살이 소녀에게 닿았다.

"아무렇지 않아."

소녀가 살짝 웃은 것처럼 보였다. 만약 소녀가 웃었다면 그건 만나고 처음 있는 일이었다.

나라자키는 달려갔다. 분명히 그렇다. 나라자키는 생각했다. 약간 땅이 질척거려도 걸어갈 수 있다.

"잠깐 기다려."

나라자키는 쫓아갔다. 해가 지려고 했다.

"그럼 함께 가자. 함께라면 괜찮아."

나라자키는 소녀에게 손을 내밀었다. 소녀는 그 손을 살포시 잡았다.

이 소설은 나의 열다섯번째 책입니다.

문예지 『스바루』에 약 2년 반에 걸쳐 연재한 글을 단행본을 위해 가필(加筆)해서 완성했습니다.

세계와 인간 전체를 파악하기 위해 개개의 인간 심리의 깊은 구석까지 쓰고자 한 소설입니다.

이런 소설을 쓰는 건 내가 목표로 했던 일 중의 하나였습니다. 현 시점에서 이것은 저의 전부입니다.

작가가 되고 12년이 지났습니다. 여러분도 저마다의 12년이 있을 것입니다. 앞으로 독자들과 함께 세월을 쌓아가고 싶습니다.

더불어 살아갑시다.

나카무라 후미노리

옮긴이 **박현미**

고려대학교 일어일문학과를 졸업하고 동 대학원에서 근대문학 전공으로 석사학위를
받았다. 고려대학교 교양 일본어 강사, 한국해양연구소 번역 연구원, 세종연구소 번
역 연구원, 한국서원 출판사 번역 연구원, (주)유공유체산업 전속 통역사를 역임했다.
옮긴 책으로는 『청춘의 문』(1~7) 『아무도 없는 밤에 피는』 『테두리 없는 거울』 『시튼
탐정 동물기』 『스위치를 누를 때』 『쇼와사』(1, 2) 『나 홀로 미식수업』 외 다수가 있다.

교단 X

ⓒ 나카무라 후미노리, 2017

초판 1쇄 인쇄일 2017년 3월 8일
초판 1쇄 발행일 2017년 3월 30일

지은이   나카무라 후미노리
옮긴이   박현미
펴낸이   정은영
편집   김정은

펴낸곳   (주)자음과모음
출판등록   2001년 11월 28일 제2001-000259호
주소   (04083) 서울시 마포구 성지길 54
전화   편집부 (02)324-2347, 경영지원부 (02)325-6047
팩스   편집부 (02)324-2348, 경영지원부 (02)2648-1311
이메일   munhak@jamobook.com

ISBN 978-89-544-3721-9 (03830)

잘못된 책은 구입처에서 교환해드립니다.

이 도서의 국립중앙도서관 출판예정도서목록(CIP)은 서지정보유통지원시스템 홈페이지
(http://seoji.nl.go.kr)와 국가자료공동목록시스템(http://www.nl.go.kr/kolisnet)에서
이용하실 수 있습니다. (CIP제어번호: CIP2017004093)